Im Feuer der Smaragde

Patricia

Shaw

Im Feuer der Smaragde

Deutsch von
Susanne Goga-Klinkenberg

Weltbild

Weltbild Taschenbuch

Originaltitel: *On Emerald Downs*
Originalverlag: Headline Book Publishing, London

Die Autorin

Patricia Shaw wurde 1992 in Melbourne geboren und lebt heute in Queensland, an der Goldenen Küste Australiens. Über viele Jahre leitete sie dort das Archiv für »Oral History« und schrieb zwei Sachbücher über die Erschließung des Fünften Kontinents. Erst mit 52 Jahren entschied sie sich ganz für das Leben als freie Schriftstellerin. Patricia Shaws Australiensagas sind heute internationale Bestseller. Im Weltbild Buchverlag erschienen bereits ihre Romane *Feuerbucht* und *Brennender Traum*.

In Liebe für Debbie, Sterling,
Lilly und Jaxson Daniher

1

Im Schutz der Bäume oben auf dem Hügel beobachtete Ilkepala den Überfall auf die Montone-Station. Er war ein großer, kräftig gebauter Mann mittleren Alters mit einem harten, ausdruckslosen Gesicht. Er trug das dicke Haar in Zöpfen, in die Schlangenhaut geflochten war, und sein hervorspringendes Kinn zierte ein dichter Bart. Sein Körper war mit Narben übersät, Erinnerungen an schmerzhafte Initiationsriten, doch anders als seine Begleiter trug er keine Bemalung. Ilkepala benötigte keinen Schmuck, denn er war ein Magier, ein Hüter des Wissens, ein Vertrauter der Geister. Seine Leute respektierten und fürchteten ihn … seine Feinde hingegen kannten ihn nicht. Nur wenige Weiße hatten je von Ilkepala gehört, geschweige denn, ihn zu Gesicht bekommen. Jack Drew, der Mann, den er gerade beobachtete, war einer dieser Auserwählten.

Jack Drew, ein weißer, entlaufener Sträfling, hatte vor etwa zehn Jahren bei den Aborigines Schutz gesucht. Feindliche Clans hatten Ilkepala darauf hingewiesen, dass Jack bei den Familien lebte. Sie verlangten, dass man den Schurken tötete, sich seiner sofort entledigte, doch seine Freunde und seine Geliebte Ngalla hatten um sein Leben gefleht und behauptet, er sei ein guter Mensch, der ihr Mitleid verdiene. Dessen war Ilkepala sich nicht so sicher. Drew sah nicht aus wie ein guter Mensch; seine Augen blickten zu stechend, waren ständig auf der Hut, argwöhnisch. Augen wie die eines Hais. Doch es stimmte, dass er vor seinesgleichen geflohen war und sich fürchtete, zu ihnen zurückzukehren. Einige Männer der Kamilaroi hatten erklärt, dass berittene Polizisten den Burschen nach seiner Flucht tagelang durch den Busch gehetzt hatten und ihn gewiss aufgehängt hätten. Kein Wunder, dass er die Vertreter der Obrigkeit nicht gerade schätzte… Vielleicht wäre es eine gute Idee, ihn eine Weile dazubehalten. Zu beobachten. Wenn er wollte, konnte er den Familien viel über die Welt der Weißen beibringen.

Und dabei blieb es. Ohne es zu ahnen, stand Jack Drew unter dem Schutz von Ilkepala, der jederzeit seinen Tod hätte befehlen können, stattdessen aber fasziniert war von dem ersten Weißen, den er aus der Nähe studieren konnte. Er fand Drew ausgesprochen widersprüchlich… kühn und großmäulig, gelegentlich gemein und selbstsüchtig, aber ein geborener Anführer. Auf seine Art war er ein Kämpfer, wenn auch kein Krieger, ging Auseinandersetzungen aus dem Weg, indem er Zuflucht in banalen Scherzen und Entschuldigungen suchte. Der weiße Mann litt nicht unter einem Gesichtsverlust; dieser Zustand existierte für ihn nicht, er lebte einfach vor sich hin. Und darin lag seine Stärke. Er versuchte, sich anzupassen, war gut zu seiner Frau, bemüht, die Sprache der Schwarzen zu erlernen, und unterrichtete die Aborigines unbewusst in der Lebensart der Weißen.

Ilkepala gebot den Männern, die das Lagerfeuer mit Jack Drew teilten, ihm zuzuhören und daraus zu lernen. Ihm so viele Fragen wie möglich zu stellen, die er offensichtlich gern beantwortete. Von ihm konnten sie etwas über die weißen Männer und ihre Schiffe lernen und die guten Männer, die sie »Sträflinge« nannten und die ihre Sklaven waren. Sie hörten von Pferden, die gute Kameraden waren, und Kühen, die man essen konnte, und auch von Schafen, deren Fell die meiste Wärme spendete. Von ihm konnte man alles Mögliche erfahren, sogar dass weiße Frauen genauso aussahen wie schwarze, wenn man erst die dicken Hüllen entfernt hatte, was die Aborigines ziemlich enttäuschend fanden.

Ilkepala wusste sogar von Jacks Plan, die gelben Steine, auch Gold genannt, zu finden, die die weißen Männer so schätzten. Er fragte ständig nach Gold, erkundigte sich vor allem bei vorbeiziehenden Stammesleuten danach, und obwohl ihm viele von ihnen Gesteinsproben mitbrachten, war erst vor kurzem tatsächlich das Gesuchte darunter gewesen. Ilkepala wartete gespannt, was Jack als Nächstes tun würde. Er hoffte, er werde bleiben, da sein Wissen in diesen schrecklichen Zeiten ungeheuer wichtig für sie war. Und hatte Drew nicht auch gelitten? Seine Frau Ngalla und viele ihrer Angehörigen waren von Weißen ermordet worden, weil sie nicht auf seine Bitten gehört und ihre geheiligten Stätten wieder aufgesucht hatten. Jack hatte sie gewarnt, dass selbst eine friedliche Wanderung durch von Weißen besiedelte Gegenden gefährlich sei, doch sie fanden nichts dabei. Er hatte sie angefleht zu bleiben und hatte erklärt, er könne nicht riskieren, mit ihnen in diesen Bezirk zu gehen, weil man ihn dort verhaften würde. Daher hatte er in den Bergen auf seine Lieben gewartet, die nie zurückkehrten. Danach hatte er sich einer anderen Familie angeschlossen, die nach Norden zog, dem Grauen voraus, und durfte schließlich an einem *Korrobori* teilnehmen, wo er das Privileg genoss, einen Blick auf die Macht der Magier zu werfen.

»Wer ist das?«, hatte er ängstlich gefragt, als Ilkepala auf einem nahe gelegenen Hügelkamm erschien und dann unvermittelt unter ihnen auftauchte, ein Feuer speiender Gigant mit der Stimme eines großen Geistes, die im Tal widerhallte. Diese Demonstration war nötig gewesen, um die verschiedenen Clans, die sich an diesem Ort versammelt hatten, zu zwingen, sich auf die Gefahr zu konzentrieren und ihre Differenzen beizulegen. Es war an der Zeit, Entscheidungen zu treffen. Wer konnte, sollte sich den Kriegern der Tingum anschließen. Da die Stämme der Tingum und der Kamilaroi nicht gerade die engsten Freunde waren, gab es verdrossenes Gemurmel, doch Ilkepala äußerte dröhnend sein Missfallen, und sie verfielen in erschrecktes Schweigen.

»Dies ist eine Zeit großer Gefahren. Ihr werdet auf mich hören! Wer wagt es, sein Gesicht abzuwenden? Die Krieger gehen ins Land der Tingum, die Familien ziehen tiefer in den Schutz des Buschs und halten sich von den Wegen der Weißen fern!«

Später erteilte er die Anweisung, Jack Drew solle sich ebenfalls den Tingum anschließen, und war verblüfft, dass der weiße Mann sich geweigert hatte, da er angeblich kein Krieger sei. Offensichtlich nicht, hatte Ilkepala geknurrt. Dann begriff er, dass dieser Narr keine Stammesgrenzen kannte; die meiste Zeit hatte er gar nicht gewusst, wo er sich befand.

»Sorgt dafür, dass er ins Lager von Bussamarai zieht«, befahl er, und so geschah es auch.

Als er viele Monde später von seinen Beratungen mit besorgten Stämmen im Norden zurückkehrte, traf er auf Jack Drew, der am Rande eines großen Kriegerlagers lebte, wo er sich unwohl fühlte. Verlassen durfte er das Lager allerdings auch nicht.

»Warum soll er bleiben, wenn ihr ihn nicht gebrauchen könnt?«, wollte Ilkepala vom Häuptling wissen.

»Ich hatte zu tun. Ich kann mich nicht mit abtrünnigen Weißen abgeben.«

»Mit diesem hättest du dich besser abgegeben. Wie viele Männer hast du letzthin verloren? Über vierzig, und viele tragen Wunden von den Gewehren. Dieser Jack Drew weiß, wie die Weißen kämpfen; sieh zu, was er euch beibringen kann.«

»Ich bitte keinen dreckigen Weißen um Hilfe!«

Ilkepala lächelte grimmig. »Du brauchst ihn nicht zu bitten. Hole ihn in den Kreis, wenn ihr eure Überfälle plant. Lass ihn zuhören. Der Mann kann einfach nicht den Mund halten. Ich glaube fest daran, dass er euch bald sagen wird, was ihr zu tun habt, dreist, wie er ist. Vielleicht kann er etwas Interessantes beisteuern.«

Von diesem Tag an wendete sich Häuptling Bussamarais Geschick zum Guten. Es war ihm stets gelungen, die Weißen von seinem Land nahe der Wide Bay fern zu halten, doch misslangen ihm die Überfälle auf die Siedler, die ihn allmählich einkreisten. Jetzt kam die Wende. Seit Drew die Angriffspläne entwarf und sich weigerte, die traditionellen Strategien einzusetzen, entwickelten sich Bussamarais Männer zur Geißel des Bezirks, vertrieben Weiße aus ihren Häusern und verscheuchten Schafe und Rinder.

Ilkepala erinnerte sich, wie Jack Drew sich zum ersten Mal in die Planung eines Überfalls eingemischt hatte. Er selbst war bei dieser Versammlung zugegen gewesen, ohne dass der Weiße ihn sehen konnte, denn er hatte allen Grund, nervös zu sein. Jack Drew war alles andere als hilfreich; den dritten Abend in Folge hockte er einfach da, den Mund fest geschlossen. Bussamarai war nicht gerade beeindruckt und würde sich auch nicht herablassen, den Burschen nach seiner Meinung zu fragen.

Doch als Ilkepala gerade kapitulieren und Drews Freunde bitten wollte, ihm einen Schubs zu geben, explodierte der Mann und fiel den anderen heftig ins Wort.

»Ihr Narren!«, brüllte er und sprang auf. »Es hat nichts mit Mut zu tun, in ihre Kugeln zu laufen. Eure Schilde sind nutzlos dagegen. Ihr seid alle verrückt!«

Das Gesicht des Häuptlings blitzte vor Zorn. So wenige Worte, so schwere Beleidigungen. Ilkepala fürchtete um Jacks Leben. Rasch ließ er eine dicke Rauchsäule aus dem Lagerfeuer aufsteigen und eine Stimme ertönen, die dem Häuptling befahl, weise zu handeln.

»Ein weiser Mann hört alle Meinungen an und verdaut sie«, fügte die Stimme hinzu.

Nie wieder sollten diese Krieger mit ihren zerbrechlichen Schilden und Speeren in den Kampf ziehen. Von Jack Drew lernten sie, List höher zu schätzen als Tapferkeit; ihre Hauptfeinde, die berittenen Polizisten, aufzuspüren und zu töten; auf ihr Kriegsgeschrei zu verzichten und schweigend anzugreifen; aus der Deckung heraus Herden aufzuscheuchen, Häuser niederzubrennen... o ja, Jack Drew kannte viele Tricks, die er mit großer Freude demonstrierte. Ilkepala kam der Gedanke, dass er die Planung vermutlich mehr genoss als die eigentliche Schlacht.

Der Überfall auf die Montone-Station lag Bussamarai sehr am Herzen. Der Angriff im letzten Sommer hatte in einer Katastrophe geendet. Die erste Reihe seiner Krieger war vom Gewehrfeuer niedergemäht worden, und nach dem Kampf hieben die Weißen mit Schwertern auf die Männer ein, die noch lebend am Boden lagen. Dann warfen sie die Leichen auf einen Haufen und zündeten sie an. Der Häuptling grämte sich noch mehr, als er erkannte, dass die Weißen anscheinend keinerlei Verluste erlitten hatten. Jedenfalls konnte er keines ihrer üblichen Begräbnisse beobachten.

Ilkepala spürte, wie Freude in ihm aufstieg, als die Tingum-Männer durch die Büsche schlichen, die das Wohnhaus und die Nebengebäude der Montone-Station umgaben, sich anpirschten, wie Jack Drew es ihnen geraten hatte. Obwohl Jack Drew und der Häuptling sich angefreundet hatten, würde ein zweiter Fehlschlag dem Ruf des Häuptlings schwer schaden, und es war durchaus möglich, dass man Jack Drew die Schuld geben würde. Ilkepala schauderte. Auch sein eigener Ruf stand auf dem Spiel. Er klopfte auf den Totemstock, den er bei sich trug, um die Geister daran zu erinnern, dass er Glück brauchte.

Doch dann startete Bussamarai den Angriff, und Ilkepala schoss in die Höhe. Er sah, wie der Häuptling aus der Deckung rannte, Speer und Kriegsbeil in Händen, während die Hunde auf der Station anschlugen. Von überallher stürzten seine Männer nach vorn.

Eine weiße Frau kam mit einem Korb aus dem Haus mit den Vögeln und wurde sofort von mehreren Speeren getroffen. Im Fallen kullerten Eier aus ihrem Korb und zerbrachen. Ilkepala seufzte. Die Angreifer waren weitergelaufen, die gefangenen Vögel kreischten und gackerten vor Panik, die guten Eier waren dahin. Er hatte großen Gefallen an den Eiern gefunden, die diese fremdartigen Vögel legten, und erteilte allen, die ihm solche Eier brachten, einen besonderen Segen.

Doch was war das? Jack Drew war unter der ersten Welle der Angreifer, schon tauchten Gewehrläufe an den Fenstern auf. Drew duckte sich zwischen den Gebäuden, gelangte zum Haupthaus, hielt Schritt mit Bussamarai.

»Was macht er da?«, fragte Ilkepala seine eigenen Leute.

»Befehl des Häuptlings«, sagte Moorabi. »Alle Männer müssen kämpfen.«

»Doch nicht er. Er steht nur im Weg.«

»Bussamarai wollte, dass er kämpft, um seine Treue zu beweisen.«

Ilkepala schüttelte den Kopf. Er konnte sich nicht vorstellen, dass Jack Drew besonders glücklich darüber war, da er Kämpfen stets aus dem Weg gegangen war und sich bisher an keinem Überfall beteiligt hatte. Er besaß weder die Kraft noch die Beweglichkeit der Schwarzen. Durchaus möglich, dass ihn Bussamarai auf die Probe stellen wollte, indem er ihn zur Konfrontation mit seinen eigenen Leuten zwang, sinnierte Bussamarai. Ein interessantes, wenngleich sinnloses Experiment.

Die Weißen leisteten Widerstand, feuerten pausenlos, sorgten für Verluste, doch die Männer der Tingum rannten zu einer Veranda, hämmerten gegen die Tür, stürzten schließlich ins Haus. Die Gewehrschüsse hallten wie Donnerschläge. Jemand hatte die Nebengebäude in Brand gesteckt, rannte mit einer lodernden Fackel zum Haupthaus, wurde aber mit einem Schuss niedergestreckt. Ein anderer Mann sprang vor und hob die Fackel auf. Jetzt konnte niemand mehr den Angriff aufhalten.

Das schienen auch die Verteidiger zu wissen. Ilkepala sah, dass sie das Haus verließen. Es war auch eine Frau unter ihnen. Im Davonlaufen schossen sie weiter, rannten zu einem lang gestreckten Gebäude, das ihnen nicht lange Schutz bieten würde. Plötzlich galoppierten aufgescheuchte Pferde von einer Koppel auf das Haus zu, getrieben von der gleichen Panik wie die eingesperrten Vögel.

Jetzt brannte auch das Haupthaus. Einige Minuten lang hatte Ilkepala das Zentrum des Kampfes aus den Augen verloren und sah nun, wie immer mehr Männer auf das Wohnhaus zuströmten. Doch plötzlich entdeckte er hinter dem lang gestreckten Gebäude eine Gruppe Weißer, die zu Pferd entkommen wollten, den Weg entlanggaloppierten, gefolgt von den Kriegern, deren Speere im aufgewirbelten Staub zu Boden fielen.

»Da entlang, sucht Jack Drew«, sagte er zu seinen Gefolgsleuten, und sie schossen davon.

Bussamarai hatte gewonnen! Zwar waren die Weißen entkommen, doch die Station war zerstört. Alle Gebäude und der große Heuhaufen standen in Flammen, die Feier konnte beginnen. Man würde diesen Erfolg mit einem großen Festmahl begehen. Später. Viel später. Denn Jack Drew hatte ihnen nahegelegt, rasch zu verschwinden, sobald die Schlacht gewonnen war, denn dies war die beste Schafstation im Bezirk, und man würde ihnen bald Schützen und berittene Polizisten auf den Hals hetzen, die auf Rache aus waren.

Rauch kräuselte sich zum Himmel empor und trieb im Wind davon, was den anderen Weißen in der Gegend als Warnung diente. Sie würden herkommen, und der Zorn über das Werk, das die Schwarzen an diesem Tag vollbracht hatten, würde groß sein. Doch es war notwendig gewesen. Ilkepala machte sich keine falschen Hoffnungen darüber, wer in diesem Teil des Landes letztlich den Krieg gewinnen würde. Die Tage der Tingum waren gezählt, wie es auch bei den Kamilaroi und allen anderen Stämmen und Völkern des Südens der Fall gewesen war, doch er hegte die Hoffnung, dass die kriegerischeren Stämme des Nordens durch eigene Gewalt oder die Gleichgültigkeit der Weißen überleben würden. Gewiss brauchten sie nicht das ganze Land der Schwarzen.

Er ging den Hang hinunter und sah seine beiden Männer, die Jack Drew zu den Bäumen hinübertrugen. Selbst von fern konnte er erkennen, dass seine Brust blutverschmiert war.

»Narr«, murmelte er. »Spielt den Helden. Er hätte zurückfallen und plündern und Schuppen anzünden können, wie viele zaghafte Männer es tun.«

Sie betteten ihn behutsam auf den weichen Farn, der am Boden wuchs, und schüttelten den Kopf, als Ilkepala näher kam. Auf die schlimme Brustverletzung war er vorbereitet, nicht aber auf die Verbrennungen.

»Er lag mit dem Gesicht nach unten im Haus«, sagten die Männer entschuldigend. »Was können wir für ihn tun?«

»Bringt ihn so schnell wie möglich weg. Bevor er aufwacht und den Schmerz spürt und zu schreien anfängt. Bringt ihn in die Höhle hinter den Wasserfällen.«

»Wird er überleben?«

Ilkepala gab keine Antwort. Er konnte sich keinen Irrtum leisten. Vielleicht, vielleicht auch nicht, dachte er.

Er lebte, schwankte aber am Rand des Abgrunds, zwischen den Welten. Sie wuschen Staub und Blut von seinem sonnengebräunten Körper, der eigenartig aussah mit den hellen Flecken unter den Armen, zwischen den Schenkeln und Zehen und im Nacken, den das filzige Haar vor der Sonne schützte. Doch sein Blut sah normal aus, wenngleich er so viel davon verloren hatte, dass sein Gesicht ganz grau wirkte. Ilkepala seufzte. Der Mann war in einem beängstigenden Zustand. Die Kugel hatte die rechte Schulter durchschlagen, und die linke Seite seines Gesichts war schlimm verbrannt, ebenso die linke Schulter und der Arm, die Hüfte und ein Teil des Beins. Wie am Spieß geröstet. Ilkepala fragte sich, ob es nicht gnädiger wäre, den Burschen friedlich sterben zu lassen. Doch immerhin war er ein Medizinmann; und dies hier war eine gute Gelegenheit, verschiedene Salben auszuprobieren. Zunächst musste er jedoch die Schusswunden behandeln.

Er bedeckte sie mit Auflagen aus zerstoßenen Knollengewächsen und Kräutern, beruhigte den Mann, als er stöhnend zu sich kam und sich von den Händen befreien wollte, die ihn festhielten. Ilkepala legte eine schützende Haut aus Honig und verdünntem Pflanzensaft darüber und schickte Moorabi in den Busch, um weiteren Wildhonig zu suchen. Er würde einen gewissen Vorrat benötigen, um alle Verbrennungen dieses hochgewachsenen Mannes zu versorgen. Dann griff er in seinen Beutel, holte ein Säckchen mit zerstoßenen Pilzen heraus und streute etwas von dem Pulver in Jacks Mund. Es war eine starke Medizin; sie würde den Schmerz eine Zeit lang lindern.

Die blauen Augen öffneten sich unvermittelt, Jack spuckte das übel schmeckende Pulver aus und drehte ruckartig den Kopf weg.

»Wer bist du?«, stöhnte er.

»Ich bin Ilkepala.«

»O nein, du hast mir gerade noch gefehlt. Verschwinde und lass mich in Ruhe!«

Ilkepala war überrascht, dass sein Patient Englisch sprach, was er in den vergangenen Jahren nur selten getan hatte, doch er begriff, was der Bursche sagen wollte, und hielt ihn noch fester, als er sich hin und her warf. Immerhin hatte ihn der Weiße nur bei dem Corroboree gesehen und fürchten gelernt. Und seither dürfte er noch oft von Ilkepala gehört haben.

Natürlich verschlimmerte die Bewegung seine Schmerzen, und Drew wand sich und fing an zu schreien, sodass Ilkepala Jack erneut das Pulver gab und ihm den Mund zuhielt, bis es sich aufgelöst hatte.

»Sei ruhig. Je mehr du dich bewegst, desto mehr wirst du leiden.«

Jack schrie auf vor Wut. Wer tat ihm das an? Wer hatte dieses Inferno in seinem Körper entfacht? Denn genau da war er, in der Hölle. »O Gott, verschone mich. Tu mir das nicht an.«

Eine Hand legte sich über seinen Mund, er biss hinein. Wer wollte ihn ersticken? Könnte er nur aufstehen, dann würde er das Schwein mit bloßen Händen erledigen. Seine Zunge schwoll an. Sie fühlte sich an wie ein Teigklumpen, der seinen ganzen Mund ausfüllte. Jack geriet in Panik; er packte einen Arm, wollte um Hilfe bitten, er war stumm, hilflos, schien zu sterben, erstickte an seiner eigenen Zunge.

»Sei still«, sagte eine Stimme, drückte ihn nach hinten, beruhigte ihn, und die Panik ebbte ab, nahm die große Last mit sich, die er trug. Jack war so erleichtert, dass er vor Dankbarkeit weinte und sich fragte, wer ihn gerettet haben mochte. Ein Freund wohl, aber wer? Er hatte auf diesem Schiff keine Freunde. Er hockte hier unten mit hundert stinkenden Verbrechern, von denen keiner einen Pfifferling wert war, und konnte sich kaum bewegen. Kein Wunder, dass sie sagten, er solle ruhig sein, sonst werde er noch mehr leiden. Das durfte er nicht vergessen. In dieser Hölle kämpfte jeder für sich allein, und Jack hielt sich an diese Regel. Bei Gott, das tat er. Wer klug war, ging Black Jack aus dem Weg.

Jetzt konnte er sie in einer fremden Sprache reden hören. Wer waren sie nur? Vielleicht hatte das Schiff in der Bucht von Sydney geankert, dem seltsamen neuen Land, und dies war die Landessprache. Sie waren gelandet und würden in Gefängnisse gesperrt, aus denen es kein Entkommen gab. Wirklich nicht? Er pfiff vor sich hin. Bei erster Gelegenheit wäre er weg.

»Geht es ihm besser?«, fragte Moorabi. »Sieht so aus.«

»Nein.« Es ging schon seit fünf Tagen so. Das Pulver wirkte, daher zog sich Ilkepala zu den kühlen Quellen über den Wasserfällen zurück. Sie konnten nicht ewig hier bleiben; Moorabi und sein Bruder mussten einen Teil ihres Clans in neue, sichere Gebiete führen, und ihm selbst stand die schwierige Reise ins Grenzgebirge bevor, wo er die Ältesten des mächtigen Kalkadoon-Volkes treffen sollte. Er hatte mit diesen schwierigen, gefährlichen Männern, die nie über das Kriegerdasein hinauswuchsen, ernsthafte Dinge zu besprechen. Die meisten hatten noch nie einen Weißen gesehen und machten sich lustig über die Bedrohung durch die Invasoren, weil sie auf ihre eigene Macht und Magie vertrauten.

Ilkepala würde dafür sorgen müssen, dass sie auf seine Warnung hörten, und – bei diesem Gedanken holte er tief Luft – offiziell darum ersuchen, dass die Kamilaroi und Tingum ihr Land betreten durften, wo sie wenigstens einige Jahre lang sicher sein würden.

Während er grübelte, wie die Kalkadoon auf einen so unerhörten Vorschlag reagieren würden, der nicht einmal Handelsvorteile versprach, da seinen Leuten nicht viel geblieben war, fertigte er kurze Nachrichtenstöcke an, die er Moorabi mitgeben würde. Die Stöcke wurden auf die Größe seines Mittelfingers zurechtgeschnitten, mit einer Markierung versehen und mit weißer Farbe bestrichen. Sie stammten unverkennbar von dem großen Mann, und kaum jemand würde es wagen, sich der Anweisung zu widersetzen, dem Reisenden Hilfe zu leisten.

Als er fertig war, kehrte er in die Höhle zurück, wo Moorabi, ein guter, freundlicher Mann, mit einem Fächer aus Blättern geduldig die hartnäckigen Fliegen von dem Patienten fern hielt.

»Ist er wach?«, fragte Ilkepala. Moorabi nickte.

»Wir müssen bald gehen. Noch zwei Tage. Länger können wir uns nicht aufhalten.«

»Ja.«

Schließlich war die Zeit gekommen. Moorabi wartete auf seine Anweisungen.

»Hole ein Kanu«, sagte Ilkepala bedächtig und schmiedete einen Plan, während er sprach. »Wir können ihn nicht tragen und auch nicht hier lassen. Der Fluss dort unten mündet in den großen Strom. Ich will, dass ihr beide ihn in das Kanu legt und so weit wie möglich von hier wegbringt. Er darf auf keinen Fall mit diesem Überfall in Verbindung gebracht werden, sonst töten sie ihn. Falls er überhaupt überlebt.«

»Verdammt, ich werde überleben«, flüsterte der Engländer, und Ilkepala wollte dies nicht bestreiten, widerspenstig genug war er jedenfalls. Verwundet, verbrannt, kaum fähig zu atmen, geschweige denn, für sich selbst zu sorgen, besaß Jack Drew dennoch die Stirn, seinen Worten einen drohenden Klang zu geben. Als wäre Ilkepala schuld an seinem Dilemma.

Der Magier nahm Moorabi beiseite. »Er braucht Ruhe unterwegs, daher werde ich ihm einen starken Schlaftrunk geben, wenn ihr aufbrecht. Ich möchte, dass ihr still den Fluss hinunter bis in die Nähe der großen Siedlung fahrt und ihn dort ans Flussufer legt, wo man ihn finden kann. Dann ist er in den Händen seiner eigenen Geister. Sie können ihm helfen, falls sie ihn nicht vergessen haben.«

Er reinigte noch einmal die Wunden und bestrich sie mit einer Salbe aus den Stängeln von Mondwinden, die betäubend und schmerzstillend wirkte. Er hatte gehofft, die Maden noch länger in der Wunde lassen zu können, damit sie dort ihre reinigende Arbeit verrichten, doch blieb keine Zeit mehr dafür. Er musste die Wunden zunähen und das Beste hoffen.

Er suchte in seinem Beutel nach Zwirn und feinen Bambussplittern und begann zu nähen. Zuerst verschloss er die Brustwunde, dann, nachdem Moorabi den Patienten umgedreht hatte, das Loch im Rücken. Danach bedeckte er die Wunden mit Lehm und Rinde, um die Blutung zu stillen und die Stellen vor weiteren Verletzungen zu schützen. Bald darauf war der Lehm hart geworden. Dann kümmerte er sich um die Brandwunden. Sie heilten recht gut, die Honigmischung war fest geworden und ermöglichte es der Haut, zu trocknen und nachzuwachsen.

Der Patient war wieder in sein Murmeln, Streiten, Fluchen versunken, und als Moorabi ihm Wasser in den Mund träufelte, rutschte Jack Drew rastlos hin und her und griff sich an die Brust, doch Ilkepala zog seine Hände energisch weg. »Es wäre vielleicht ratsam, die Hände festzubinden, damit er die Wunden nicht beim Heilen stört«, sagte er zu Moorabi.

Als die frühen Morgennebel über die Mangrovensümpfe zogen, sah er seinen Begleitern nach, die Jack Drew zum Kanu trugen und ihn auf ein Kängurufell legten, das den schmalen Boden des Bootes bedeckte. Sie stellten einen Sonnenschutz aus Rinde auf, hockten sich vor und hinter ihn und tauchten ihre Ruder in den Schlamm. Ilkepala versetzte dem Kanu einen Stoß, und es glitt in die Strömung hinaus.

Sie alle mussten jetzt Zeit gutmachen, nicht zuletzt Jack Drew. Er hatte zehn Jahre seines Lebens als Weißer verloren; falls er überlebte, würde es ihm schwerfallen, wieder in seine Welt hineinzufinden. Doch er musste zu seinen Leuten zurückkehren, da seine schwarzen Familien auf immer verschwunden waren. Sie waren in eine neue, seltsame Welt gezogen.

Er war wieder auf dem Sträflingsschiff, unter Deck, wo das Wasser gegen die Planken klatschte, und hörte, wie O'Meara seine Freunde mahnte, nach jeder noch so kleinen Fluchtmöglichkeit Ausschau zu halten. Sie hatten gehört, dass die *Emma Jane* in die Bucht von Sydney eingelaufen war und an diesem Morgen dort vor Anker gehen würde. Es war heiß, stank noch mehr als sonst, doch Brosnan lachte. Er gehörte zu O'Mearas Mob. Politische nannte man sie. Aus Irland deportiert, weil sie dort Unruhe gestiftet hatten. Das gefiel Jack. Die Politischen waren die Einzigen, die er im Laufe der

Wochen akzeptiert hatte, sie standen eine Stufe über dem übrigen Gesindel.

Ihm gefiel, wie sie redeten, worüber sie redeten, über die Rechte, die man hatte, und alles andere, von dem Jack früher nie etwas gewusst hatte. Er hatte also eigene Rechte. Das wichtigste lautete: »Ich zuerst«, war also weniger kompliziert als die irischen Regeln. Doch dieser Brosnan lachte ständig, selbst in dieser Hölle, und Jack staunte, dass er sogar ihn zum Lachen brachte. Er spürte einen furchtbaren Schmerz in der Brust und wollte die Hände bewegen, doch sie waren festgebunden. Nein, es waren die verfluchten Ketten, sie alle waren angekettet, und plötzlich war es pechschwarz und still, und Brosnan war nicht mehr da. Er konnte hören, wie O'Meara nach Brosnan fragte, und er sagte es ihm. Er weinte. Gott im Himmel, Jack Drew weinte um niemanden, aber ... Brosnan war tot. Erschossen. Natürlich, sie waren auf der Mudie Farm, arbeiteten für dieses Schwein von Mudie, jetzt waren sie auf der Flucht. Doch der arme Brosnan hatte es nicht geschafft.

Jemand gab Jack Wasser zu trinken, verschüttete etwas davon auf seinem Gesicht. Vielleicht bewegte sich das Schiff überhaupt nicht, er hatte es sich nur eingebildet und hockte seit unzähligen Jahren auf dem Gefängnisschiff, das auf der Themse ankerte.

»Lasst mich raus«, schrie er. »Lasst mich raus!« Doch es tat sich nichts; die Ketten waren schwer, er konnte noch das Wasser klatschen hören, es klatschte von außen ans Schiff. Es klang so kühl, so einladend, er wäre gern darin ertrunken, hätte diesen Schmerz ertränkt. Sterben. Und wenn schon? Er war des Lebens überdrüssig.

Die beiden schwarzen Männer ruderten gleichmäßig weiter, wichen geschickt Farn und Schwemmgut aus und bogen Tage später in den großen Fluss, der sich bis zum Meer wand, tauchten die Ruder tief ins Wasser, um das widerspenstige Gefährt in die Strömung zu drücken.

Für Moorabi war es eine traurige Reise. Er liebte Meerwah, den breiten Fluss, doch seine Leute zogen von ihm weg. Bei jedem Ruderschlag betrachtete er die Orientierungspunkte, die er so gut kannte... die gemächlichen Flussschlingen mit den stillen, bewaldeten Ufern, täuschend in ihrer Ruhe, denn manchmal ergossen sich tosende Sturmfluten über die Böschung.

Im Wasser spiegelte sich der Busch in seiner ganzen Schönheit, es gab Nahrung im Überfluss. Er erinnerte sich an ihre liebsten Angelplätze und hielt nach ihnen Ausschau, erkannte die Stellen, an denen er und seine Leute den Fluss überquert hatten, wenn sie nach Süden ins Land der Bundjalung zogen.

Jeden Tag steuerten sie das Kanu ans Ufer, hoben den weißen Mann behutsam ins Wasser, um ihn zu reinigen und kühl zu halten, wie Ilkepala es befohlen hatte. Bisher war er dank der Medizin des großen Mannes fieberfrei geblieben. Dann betteten sie ihn ins dichte Gras, damit er trocknen konnte.

Er wachte murmelnd auf, bewegte sich unbeholfen, wie ein Betrunkener, doch es lockerte die Gliedmaßen und ließ sein Blut gleichmäßiger fließen. Darin lag auch der Grund für die kurzen Pausen. Die Schwarzen hielten ihre Muskeln warm, während sie Nahrung suchten, denn bald mussten sie wieder aufbrechen.

Im Vorbeifahren beobachtete Moorabi den Busch längs der Ufer. Das Land wirkte verlassen; alles war so still, so normal, doch das täuschte. Es lebten noch Stämme hier, die sich weigerten zu gehen, die Fremden und Weißen feindselig begegneten, und die Gegend wurde von berittenen Polizisten kontrolliert, die nach entflohenen Gefangenen und Schwarzen suchten, die einfach erschossen wurden. Ein gefährliches Land.

Obwohl Ilkepala ihnen keine diesbezüglichen Anweisungen gegeben hatte, beschlossen sie, die Nacht hindurch zu fahren, da der Mond hell schien und der Fluss nach den schweren Regenfällen rasch dahinfloss. Nach ihrer Schätzung brauchten sie noch einige Tage, um den Rand der weißen Siedlung zu erreichen. Je schneller sie von dort wieder weg waren, desto besser. Sie würden das Kanu zurücklassen und rasch in nördlicher Richtung über Land wandern.

Moorabi verstand nicht, weshalb die weißen Männer ihre Häuser so weit im Landesinneren bauten, in derart einsamen Gegenden, wenn es hier so viel zu essen gab. Da er kein persönliches Eigentum kannte, wusste er auch nicht, dass diese Männer reich waren und riesige Ländereien für sich und ihr Vieh beanspruchten. Doch hatte Ilkepala sie nicht angewiesen, so viel wie möglich zu lernen?

Sie glitten durch die Dunkelheit, beinahe lautlos, und das Wasser schien nun, da die Sterne über ihnen standen, die Welt zur Ruhe gekommen war und der weiße Mann wieder im Schlaf vor sich hin murmelte, viel glatter und friedlicher als zuvor.

Eines Nachmittags entdeckten sie unmittelbar hinter einer Flussbiegung ein Haus, das hoch oben auf einem Hügel thronte. Moorabis Bruder hob sein Ruder und blickte nach hinten.

»Wo sind wir? Ich dachte, es würde noch einen Tag dauern, bis wir ihnen so nahe kommen.«

»Ich auch.«

Moorabi war verwirrt. Wie hatte er sich so irren können? Er schaute sich um. Er wusste genau, wo er war… in dieser Biegung wuchsen zwei Bunya-Bäume, sie standen auch noch an Ort und Stelle, und gegenüber lag unter dem Felsvorsprung ein Sandstrand. Dahinter gab es, wie er wusste, eine uralte Höhle, einen Ort aus der Traumzeit, der sehr heilig war. Ein Heiligtum für das Gute gegen das Böse, wie Ilkepala ihm erklärt hatte. Doch was war das? Ein Weißenhaus stand oben auf der Anhöhe, und ein Teil des Hügels wirkte kahl.

»Sie sind hier«, sagte er niedergeschlagen. »So weit flussaufwärts hätte ich sie nie erwartet.«

»Sollen wir ihn hier lassen?«

»Ja. Das muss der richtige Ort sein.«

Wieder hoben sie den Weißen aus dem Kanu und trugen ihn das steile Ufer hinauf. Moorabi tippte Jack an die Stirn und hoffte, dass seine Worte zu ihm durchdringen würden.

»Wir müssen dich jetzt leider verlassen, Jack Drew. Du bist sehr gut zu uns gewesen. Das wird dir unser Volk niemals vergessen.«

2

»Kommt mal her«, rief Bart, der die Löcher für die Pfosten grub, den fünf Männern aus seinem Arbeitstrupp zu. »Hier liegt ein toter Nigger am Ufer. Splitternackt. Seht euch das an.«

Sie rannten hinüber, und Albert, der Vorarbeiter, trat näher, wollte die Leiche umdrehen und wich entsetzt zurück. »Allmächtiger, das kann doch nicht wahr sein. Jemand hat das arme Schwein verprügelt und verbrannt. Bestimmt hat ihn einer der Bosse zu fassen gekriegt. Die mögen keine Schwarzen.«

Dann brüllte Bart: »Seht nur! Er ist nicht tot. Er hat gerade gezwinkert.«

»Ach, hör auf«, sagte ein anderer. »Du könntest nicht mal erkennen, ob ein Pferd zwinkert.«

»Ich hab's gesehen, so wahr ich hier stehe. Los, Albert, hör mal, ob er atmet. Ich glaube, er ist noch bei uns.«

Zögernd kniete Albert sich hin, fühlte den Puls, tastete auf der verletzten Brust nach einem Herzschlag, doch in diesem Moment stöhnte der Mann. »Scheiße, Bart hat Recht«, sagte Albert. »Der arme Kerl lebt noch. Wir bringen ihn besser in die Scheune. Holt den Karren, Jungs.«

»Und dann?«, fragte Bart. »Er sieht gar nicht gut aus, und wir haben keinen Arzt.«

»Die Ärzte behandeln sowieso keine Schwarzen«, gab Albert zurück. »Helft mir, ihn auf den Karren zu legen, wir können ihn nicht hier lassen.«

»Wartet, bis ich die Fesseln losgemacht habe. Sieht aus, als wäre er gefesselt worden und hätte sich irgendwie befreit. Könnte ein Sträfling sein, wir wollen doch keine

Schwierigkeiten bekommen, Albert. Sie werden ihn suchen.«

»Was sollen wir denn machen? Ihn hier verfaulen lassen? Na los, hebt ihn hoch. Vorsicht, der arme Kerl.« Albert bückte sich und hob die Schultern an, fuhr zurück, als der Mann vor Schmerzen aufstöhnte. »Haben wir nichts zum Zudecken?«

»Moment, hier ist was.« Bart hielt ein Kängurufell in die Höhe.

»Hier ist sein Schurz, ich kapiere bloß nicht, wie der halten soll.«

»Egal, bringt ihn mit. Und jetzt anheben.«

Sie trugen ihn den Weg entlang und legten ihn mit der rechten Seite auf den Karren, um die verbrannten Stellen zu schonen, dann bedeckten sie ihn mit dem Kängurufell.

»Wir können auch gleich Feierabend machen«, sagte Albert. »Es ist ohnehin dunkel, bis wir zurück sind. Packt die Werkzeuge auf den Karren, lasst nichts zurück. Ich will nicht, dass noch mal so etwas wie gestern passiert. Ihr wisst, wir müssen alles abgeben, Äxte, Stemmeisen und so weiter. Wir dürfen nicht mal einen Spaten liegen lassen, selbst wenn er morgen gebraucht wird. Wir müssen die Sachen verdammt noch mal jeden Abend vorzeigen.«

Albert war besorgt, als sie zur Baracke gingen. Sie alle waren Sträflinge aus dem Gefängnis von Brisbane, die auf der Farm von Major Kit Ferrington arbeiteten, der sehr strenge Regeln aufstellte. Sie erhielten einige Shilling im Monat, karges Essen und Unterkunft, wurden allerdings nicht angekettet oder über Nacht eingeschlossen. Sie hätten tagsüber ohnehin jederzeit fliehen können, und Ferrington war nicht bereit, sie rund um die Uhr bewachen zu lassen. Wenn sie flohen, würden sie ohnedies von Schwarzen ermordet oder von berittenen Polizisten gehetzt, dachte Albert bei sich. Die Farm lag tief im Busch am Rande der Stadt. Es hatte wenig Sinn, von hier zu fliehen, da der einzige Weg flussabwärts und damit zurück nach Brisbane führte.

Ferrington unterhielt ein so genanntes Ehrensystem, um seine Arbeiter bei der Stange zu halten. Es funktionierte ganz einfach. Er beschäftigte ausschließlich Männer, die sich gut geführt und ihre Strafe beinahe verbüßt hatten, was sie angreifbar machte. Ein einziger Verstoß, und man würde sie vor Gericht stellen und vermutlich auspeitschen oder ihre Strafe verlängern.

Dabei ging es wohl eher um Erpressung als um Ehre, dachte Albert, als sie den Buschpfad verließen und querfeldein über das Land zogen, das sie bereits gerodet hatten. Zweifellos versprach dieses Hügelland, man nannte es Emerald Downs, einmal prachtvolles Farmland zu werden... wenn es erst urbar gemacht worden war. Der Boden war gut, es gab ausreichend Wasser und ungeheuer viel Platz. Manche sagten, es gebe Farmen, die noch hundertmal größer seien, doch Albert fand diese zehntausend Morgen schon gigantisch. Ein Monster, das gewiss noch einige Männer fressen würde. Doch momentan dachte er nur an den armen Kerl. Ferrington hatte unglaublich viele Regeln aufgestellt, aber nicht für einen derartigen Fall vorgesorgt. Er hoffte, dass er das Richtige tat... was blieb ihm anderes übrig? Dennoch ahnte er, dass der Boss, der zum Glück unterwegs war, nicht allzu erfreut sein würde. Er verließ die Farm oft, ohne zu sagen, wohin er ritt, und kehrte unerwartet zurück, bereit, auf jeden loszugehen, der ihm in die Quere kam. Daher wechselten die Arbeiter ziemlich häufig und unter denen, die blieben, herrschte gemeinhin Furcht, weil sie ihre Freiheit unmittelbar bedroht sahen.

Zurzeit waren zwölf Männer auf der Farm – fünf von ihnen rodeten das Land und zäunten es ein, zwei Zimmerleute arbeiteten am Haus, und die übrigen rodeten Parzellen, die anschließend gepflügt wurden, und kümmerten sich um das Milchvieh. Alle arbeiteten schwer und sehnten sich verzweifelt nach Freiheit. Albert wusste, dass er als freier Mann Aufseher geworden wäre und einen angemessenen Lohn erhalten hätte, was bei Sträflingen nicht möglich war. Er war einfach der Vorarbeiter des Trupps, der mit den anderen Farmarbeitern in einem schäbigen Blechschuppen hauste und morgens und abends vor dem Küchenfenster anstand, um von einem zänkischen Chinesen namens Tom Lok sein Essen entgegenzunehmen. Doch letztlich, dachte Albert seufzend, war es gar nicht so übel. Alles war besser als das Gefängnis. Er konzentrierte sich auf die Zukunft; nur noch ein Jahr, dann würde er frei sein. Er beschloss, sich zunächst eine Stelle in einem Büro zu suchen; nur die wenigsten Sträflinge konnten so gut lesen und schreiben wie er …

»Bringt ihn in die Scheune«, sagte Bart. »Das wolltest du doch, Albert, oder?«

Er nickte. Der hinterlistige Bart wollte auf Nummer sicher gehen. »Ja. Ich laufe zu Polly und frage, ob sie mal nach ihm sehen kann. Sie wird wissen, was zu tun ist. Er ist sehr krank.«

Das Haupthaus war bei Weitem noch nicht fertig, sondern wurde abschnittsweise gebaut. »Flügel« nannte der Major die einzelnen Trakte. Schon dieser Flügel besaß alles, was ein Haus brauchte, doch Ferrington wollte ein Haus mit allem Drum und Dran. Auf den Plänen waren große Empfangszimmer und ein Gästeflügel zu sehen, sogar ein Spielzimmer war dabei. Albert war beeindruckt. Seine Familie in Liverpool hatte nie in einem richtigen Haus gelebt, es gab nur dunkle Zimmer in den Hinterhäusern der Mietskasernen. Sie besaßen nicht einmal eigene Möbel; jedenfalls nicht, bis Albert sich mit zwölf Jahren ein Bett kaufte. Ein Eisenbett mit Sprungfederrahmen, auf den man eine Matratze legen konnte, sofern man eine hatte. Er musste sich aber meist mit einem Stück von einem alten Teppich zufrieden geben. Doch das Bett war sein ganzer Stolz gewesen; er schleppte es bei jedem Umzug mit, was häufig vorkam. Er hatte es behalten, bis man ihn verhaftete, und fragte sich, was wohl daraus geworden sein mochte.

Schon jetzt war Ferringtons Haus elegant. Ganz aus Holz, mit Schieferdach. Von der vorderen Veranda blickte man auf Hügel und Täler, und quer durch das Haus verlief ein Korridor, durch den der Wind wehte und für Kühlung sorgte. Zu beiden Seiten gingen Zimmer ab, in denen ganze Familien Raum gefunden hätten. Obwohl er es nie zugegeben hätte, liebte Albert dieses Haus. Er hatte es Stück für Stück wachsen sehen, den Zimmerleuten und Putzern bei der Arbeit zugeschaut – unter den Sträflingen im überfüllten Gefängnis waren viele ausgezeichnete Handwerker – und gestaunt, als die Spediteure die herrlichen Möbel anlieferten. Wie gern hätte er so ein Haus besessen.

Es würde ein Traum bleiben, dachte er bei sich, als er zur Küche ging, die im hinteren Teil des Hauses lag. Andererseits wusste man nie, was kommen würde; in diesem wilden Land waren schon seltsamere Dinge geschehen. Erfreulich seltsame Dinge … wie der Mord an Captain Logan, dem Direktor des Gefängnisses von Moreton Bay, den Schwarze bei einer Jagdpartie im Busch getötet hatten. Sagte man jedenfalls. Klügere Leute flüsterten, die Jagdhelfer, lauter Sträflinge, hätten die Tat begangen, um sich für Logans sadistische Grausamkeit zu rächen, doch niemand konnte es beweisen. Wer immer es getan hatte, verdiente einen Orden, darin waren sich die Gefangenen und viele freie Siedler einig. Albert lächelte bei der Erinnerung und blickte zum Himmel empor.

»Dieses Blau«, murmelte er sehnsüchtig, »kein einziges Wölkchen.« Der einzige Schatten war die Sorge um den Schwarzen.

Mrs Pohlman, genannt Polly, war die Haushälterin und Köchin des Majors und bewohnte ein Zimmer zwischen Küche und Wäscherei.

Anscheinend hatten sich zunächst einige weibliche Sträflinge an der Hausarbeit versucht, wobei der Major großen Wert auf Sauberkeit legte. Schließlich hatte er sich auf die Suche nach einer Frau gemacht, die wirklich gut kochen konnte.

Polly, eine dünne, drahtige Irin Anfang dreißig mit vorzeitig ergrautem Haar und wilden, grünen Augen konnte zwar nicht mit weiblichen Reizen locken, doch sie prahlte damit, die beste Köchin weit und breit zu sein. Was der Major offensichtlich genauso sah.

»Ich habe hier eine Lebensstellung«, hatte sie zu Albert gesagt.

Er war überrascht gewesen. »Aber du hast deine Zeit bald abgesessen. Wie wir alle. Du könntest überall hingehen.«

»Wohin denn? Die Heimreise kann ich mir nicht leisten, vielleicht will ich das auch gar nicht. Mir würde das Herz brechen, wenn ich all die hungernden Menschen sehen müsste. Und hier habe ich mein eigenes Zimmer. Ich wäre dumm, wenn ich ginge. Hier ist es schön und so ruhig. Und wenig Menschen, die ohnehin alles verderben.«

Während der Jahre in einer überfüllten Fabrik, der grauenhaften Überfahrt auf einem engen Schiff und der Zeit im Gefängnis von Moreton Bay hatte Polly von Raum und Weite geträumt, davon, sich bewegen zu können, ohne fremde Körper zu berühren. Sie war von Sauberkeit besessen in einer Umgebung, in der man sich nicht sauber halten konnte, doch jetzt schrubbte sie sich ständig und ertrug es nicht, nach der Gartenarbeit schmutzige Fingernägel zu haben. Die Küche war blitzblank, ebenso jeder Winkel des Hauses. Polly schwor, sie würde bleiben, selbst wenn man ihr keinen besseren Lohn bezahlen wollte.

Als Albert auftauchte, war sie gerade im Gemüsegarten hinter der Wäscherei und zupfte Blätter von unbekannten Pflanzen. »Was willst du denn hier?«, fragte sie.

»Es geht ganz schnell.«

»In Ordnung. Riech mal.« Sie hielt ihm die Blätter unter die Nase. »Die duften, was? Er bringt mir jedes Mal neue Kräuter mit.«

»Riecht gut. Irgendwie sauber und glücklich.«

»So sollte es sein. Man nennt es Basilikum, schmeckt ausgezeichnet zu Lamm. Was wolltest du denn?«

»Wir haben einen kranken Mann in der Scheune. Ich dachte, du könntest ihn dir mal ansehen.«

»Was hat er denn? Und warum liegt er in der Scheune? Ist es was Ansteckendes?«

»Nein. Er ist verletzt. Überall Brandwunden. Wirklich übel.«

»Gott steh uns bei! Ich glaube, bei Verbrennungen kann ich nicht viel machen. Warte, ich hole meine Tasche und Verbandzeug.«

Als sie den Weg hinuntereilten, erzählte Albert ein wenig mehr.

»Wir haben ihn am Fluss gefunden. Beim Anleger. Wir dachten, er sei tot …«

»Guter Gott!« Sie ging schneller.

»Und da wäre noch etwas … der arme Kerl. Er ist wirklich schlimm dran. Keiner hilft ihm. Er ist nämlich schwarz.«

»Er ist was?« Sie blieb unvermittelt stehen und drückte Albert die Medizintasche in die Hand. »Ich weiß nicht, was ich mit einem Schwarzen tun soll. Ich hab noch nie einen angefasst.«

»Sie sind genau wie wir, Polly.«

»Wer sagt das? Ich habe Todesangst vor ihnen. An den gehe ich nicht ran.«

»Komm schon. Sieh ihn dir einfach an. Ich schaue nach und rufe dich. Vermutlich ist er schon tot, und du jammerst, weil du ihn anfassen sollst.«

Auf seine Worte hin ging sie zögernd weiter, bestand aber darauf, ihn nicht zu berühren. »Ich sage dir, was zu tun ist, falls ich es weiß. Aber ich fasse ihn nicht an, nie im Leben.«

Doch dann kam Bart angelaufen, stolperte aufgeregt den steilen Pfad entlang. »Er ist kein Nigger! Er ist weiß, ehrlich. Oder ein Mischling«, fügte er grinsend hinzu.

Albert stieß ihn beiseite. »Mischling? Wovon redest du? Natürlich ist er ein Nigger.«

Neugierig folgte Polly ihnen in die Scheune.

Albert konnte nicht viel sehen, weil die Schatten schon länger wurden, und zündete eine Öllampe an.

Der Kerl war eindeutig schwarz! Die Haut sah aus wie altes Leder. Zugegeben, sein Gesicht hatte nicht viel von einem Schwarzen, die Züge waren ausgeprägt, und er hatte eine Hakennase, doch wer kannte sich schon mit Schwarzen aus?

Bart tanzte eifrig um den am Boden liegenden Mann herum und zog das Kängurufell weg. »Seht euch seine Achselhöhlen an. Sie sind weiß. Und hier zwischen den Beinen, am Hintern ...«

Bart vergaß, dass er es mit einem schwer Verletzten zu tun hatte, und griff nach einem verbrannten Bein.

Jack, fast bewusstlos, tauchte gerade erst aus dem Drogenschlaf auf, in den Moorabi ihn versetzt hatte, doch der feste Griff ließ ihn vor Schmerz aufschreien, und er schlug wild mit den Fäusten um sich.

»Hau ab, du Schwein!«, schrie er. Und wurde ohnmächtig.

Als Polly die englische Stimme vernahm, eilte sie herbei, wandte sich aber rasch ab, als sie den nackten Körper sah, der auch ihr wie der eines Schwarzen vorkam.

»Ich weiß nicht recht«, meinte sie. »Was wird der Boss dazu sagen? Er mag doch keine Fremden.«

Es dauerte eine Weile, bis die Männer sie überzeugt hatten, da sie Barts Vorschlag, sich den Patienten genauer anzusehen, ablehnte. Als jedoch jemand ein Augenlid öffnete und ihr die blassblaue Iris zeigte, gab sie schließlich nach, wobei ihre Neugier größer war als ihr Mitleid.

»Er hat mehr als nur Verbrennungen«, sagte sie vorwurfsvoll. »Sieht aus, als hätte man auf ihn geschossen. Was geht hier eigentlich vor?«

Niemand antwortete. Die meisten zuckten die Achseln, wandten sich ab, nachdem sich die erste Aufregung gelegt hatte.

»Wenn ihr das Werkzeug abgegeben habt, lauft ihr zum Küchenhaus«, wies Albert sie an. »Und kein Wort, solange der Chinese dabei ist. Wir sollten es geheim halten.«

»Die anderen Jungs finden es sowieso heraus. Sie müssen hier rein; du kannst sie nicht aussperren.«

Das stimmte. Die Scheune war riesig, sie diente als Lager für Tierfutter, Vorräte und Farmgeräte.

»Sagt ihnen, sie sollen auch den Mund halten. Und ihn nicht stören, bis ...«

»Bis was?«

»Bis er sich so weit erholt hat, dass er weiterziehen kann«, sagte Albert zweifelnd. Polly knurrte verärgert.

»Keine Ahnung, wann das sein soll«, sagte sie grimmig. »Die Brandwunden sind schlimm, sie ziehen sich über die ganze linke Seite, bis ins Gesicht. Auch das Haar ist verbrannt. Ich hole meine Schere und schneide es zurecht. Jemand hat einen harten Belag auf die Brandwunden geschmiert, der eine Art Kruste bildet. Jetzt bröckelt er an den Rändern ab. Wird schon seinen Sinn haben, ich lasse ihn drauf. Riecht nach Honig.«

»Wer würde einen Sterbenden mit Honig beschmieren?«, fragte Albert besorgt.

»Wer sagt denn, dass er stirbt? Er scheint immer wieder wegzudämmern. Vielleicht haben ihn die Schmerzen erschöpft.«

Pollys große, plumpe Hände waren überraschend sanft. Sie untersuchte die Wunden in Brust und Rücken, wusch den Schlamm ab, der daran festgetrocknet war, und trat überrascht zurück, als sie sah, dass sie genäht worden waren.

»Holt mal die Lampe heran! Gott im Himmel, seht euch

das an. Ich würde sagen, ein Buschdoktor hat ihm geholfen. Die Wunde ist genäht. Und der Rücken? Die Kugel ist sauber durchgegangen, hier sind weitere Stiche.«

Albert warf einen flüchtigen Blick auf die Wunden und trat beiseite. Er roch das Desinfektionsmittel, das Polly verwendete, und hörte den Mann stöhnen. Er kam wohl wieder zu sich. Doch was nun? Eine Schusswunde konnte nur eins bedeuten. Er war auf der Flucht, wer immer er auch sein mochte, und das machte das Ganze noch schlimmer. Sie alle konnten wegen Fluchthilfe angezeigt werden. Im Geiste rang er die Hände, während er einen weiteren Eimer Wasser zu Polly schleppte und ihr dann einen kleinen Becher brachte, aus dem sie dem Verletzten zu trinken geben konnte. Er musste ihr helfen, die Brust zu verbinden, und entschuldigte sich für die Nacktheit des Patienten.

»Ja, Albert, du solltest ihm etwas zum Anziehen besorgen. Egal was kommt, er muss wenigstens Hose und Hemd tragen. Mit dem Fell kann er nicht rumlaufen.«

»Soll ich jetzt gehen?«

»Ja. Und zwar schnell. Ich will nicht hier drinnen erwischt werden.«

Sobald Albert gegangen war, beugte sie sich über den Fremden und flüsterte: »Hören Sie, Mister. Sind Sie geflohen? Wenn ja, können Sie nicht hier bleiben. Der Boss liefert Sie aus. Er ist ein hoher Offizier.«

Jack öffnete die Augen. Wer war diese Frau? Er stöhnte wieder. Jesus, schon das Atmen tat weh. Was war passiert? Er erinnerte sich noch an das Sträflingsschiff. Nein, er war auf der Gefängnisfarm von Mudie.

»Sie haben Brosnan erschossen«, sagte er; seine Zunge lag dick und schwer in seinem Mund.

»Wo? Wo ist das gewesen?«

»Bei Mudie.«

»Mudie? Major Mudie?« Alle Sträflinge in New South

Wales kannten Mudies Gefängnisfarm. Ein brutales Arbeitslager, in dem hauptsächlich Kettensträflinge einsaßen.

»Wer sind Sie?«, fragte er.

»Das tut nichts zur Sache. Sie liegen einfach still und ruhen sich aus. Albert soll Ihnen eine Pritsche besorgen.«

»Was ist mir passiert?«

»Sie wurden angeschossen. Und haben schlimme Verbrennungen. Ich gebe Ihnen Laudanum, damit Sie schlafen können.«

Jack strengte sich an, wollte sich erinnern. »Sie haben nicht auf *mich* geschossen«, wollte er sagen. Brosnan wurde erschossen, doch sie hörte nicht zu. Er wollte sie überzeugen, doch seine Stimme schwand. Es war, als wäre er in einen tiefen Teich gefallen, er kämpfte sich nach oben und versank wieder, tauchte auf, glitt so oft vom Wachsein in die Bewusstlosigkeit, dass sich Traum, Erinnerung und Wirklichkeit vermischten. Er schien in einer Folterkammer zu stecken, sein Verstand war Schlamm, Treibsand, zerfloss in dem Schmerz, den man ihm fortwährend zufügte. Alle Gedanken waren trügerisch. Doch Jack Drew war schlau, und irgendwo in seinem Gehirn gab es eine Ecke, die wusste, wann er zuhören musste...

Vielleicht war es ein Warnsignal, das ihm half, als alles andere versagte. Es war kürzlich so gewesen, als die Stimme ihm sagte, er solle ruhig sein.

Und heute erlebte er es wieder: Sein drittes Ohr hatte eine Warnung vernommen. Er wusste, er war in Gefahr, und hielt die Information fest, als er wieder unterging.

Sie trugen ihn irgendwohin. Sie gab ihm etwas Warmes, Breiiges, das seinem Magen guttat. Dann fiel die Tür in seinem Gehirn wieder zu, wobei er noch einen seltsam vertrauten Geruch wahrnahm.

»Er ist abgehauen«, sagte sie zu Albert. »Er sagt, er komme von Mudies Gefängnisfarm.«

Albert lachte. »Von wegen. Da gibt es gar keine Sträflinge

mehr. Wurde schon vor Jahren geschlossen. Der alte Mudie ist nach England zurückgegangen.«

»Das hat er aber gesagt. Muss wohl gelogen haben. Ist aber geheimnisvoll, wenn du mich fragst.«

»Wieso geheimnisvoll? Er ist auf der Flucht. Wurde angeschossen. Aber was sollen wir mit ihm machen?«

»Er muss sehen, wie er zurechtkommt. Wir können ihn nicht anzeigen, krank, wie er ist. Ich wette, die Polizei kann jeden Tag kommen und hier nach ihm suchen.«

»Ja. Vermutlich war er bei einem Arbeitstrupp im Busch. Und sie haben ihn angeschossen, als er durch den Fluss fliehen wollte.« Albert runzelte die Stirn, denn etwas stimmte nicht an seiner Geschichte.

»Klar«, sagte Polly sarkastisch. »Und unterwegs hat er seine Wunden verbunden und genäht und Lehm…«

»Schon gut, Mrs Neunmalklug. Ich habe nur laut gedacht. Die Schwarzen müssen ihm geholfen haben. Er wurde angeschossen. Sie haben ihn eine Weile versorgt… die Brandwunden sind nicht frisch… und hergebracht.«

Sie nickte. »Aber wenn die Polizei kommt, werde ich meinen Kopf nicht für ihn hinhalten. Wenn sie mich fragen, zeige ich ihnen, wo er ist, so leid es mir tut. Ich kann ihnen aus dem Weg gehen, aber du stehst mitten in der Schusslinie. Du wirst nicht davonkommen, immerhin hast du ihn versteckt.«

»Das weiß ich«, entgegnete er wütend. »Das weiß ich doch.«

In der Morgendämmerung rannte Polly zum Schuppen, hoffte fast, der Fremde wäre wie durch ein Wunder aufgestanden und verschwunden, aber nein, er saß auf der Kante der niedrigen Pritsche, den Kopf gesenkt, als koste es zu viel Kraft, ihn hochzuhalten.

»Ich habe Porridge für Sie«, sagte Polly, worauf er sie verstandnislos anblinzelte.

»Porridge?«, wiederholte er. »Porridge?« Doch er aß ihn rasch auf, als sie ihn fütterte.

»Sie sehen schon besser aus«, sagte sie. »Wie fühlen Sie sich?«

»Wacklig. Mein Kopf dreht sich, die Brust tut höllisch weh. Was ist passiert?«

»Das habe ich Ihnen bereits gesagt. Sie wurden angeschossen. Und haben Verbrennungen erlitten.«

»Jesus!« Er schüttelte verwundert den Kopf.

»Wie heißen Sie?«

»Jack Drew«, antwortete er geistesabwesend. »Haben Sie noch was zu essen?«

»Ich kann Ihnen Brot und Wurst besorgen. Ich wusste nicht, ob Sie essen wollten, da Sie so krank waren.«

»Ich habe Hunger«, sagte er schlicht. »Von dem Porridge-Zeug könnte ich noch was vertragen.«

»Recht haben Sie«, meinte Polly, »ich hole noch etwas.«

Jack sah ihr nach und rappelte sich mühsam auf. Sie hatten ihm eine Hose angezogen, die erste seit Jahren. Der raue Stoff scheuerte im Schritt und rieb schmerzhaft über die Brandwunden an seinen Beinen, doch er biss die Zähne zusammen und ging los, wobei er sich an der Wand abstützte. Er wusste, er konnte nicht hier bleiben, also musste er seinen Körper wieder in Form bringen; es ging nur darum, den Schmerz zu besiegen. Die Schusswunden würden ihn offenbar nicht umbringen, ebenso wenig die Brandverletzungen, auch wenn sie sich anfühlten, als wären glühende Kohlen in seiner Haut vergraben. Ihm blieb also keine Ausrede. Er hatte erlebt, wie die Schwarzen furchtbare Verletzungen mit zusammengebissenen Zähnen und Konzentration bezwangen, nun war er an der Reihe. Und er konnte es, ganz sicher.

Er wünschte, er hätte der Irin nicht seinen Namen verraten. Doch das wunderbar süße Essen der Weißen hatte ihn dazu verführt, sodass er ihm einfach herausgerutscht war. Immerhin war er ein entflohener Sträfling, doch wer sollte sich noch an ihn erinnern? Vermutlich hielt man ihn längst für tot.

An diesem Abend eilte Albert zu ihm herüber. »Wie geht's, Kumpel?«

»Ich fühle mich wund und elend. Wo bin ich hier?«

Seine Stimme klang eigenartig. Er sprach englisch wie die anderen, wie ein waschechter Cockney, aber ganz langsam, als hätte er Probleme, die Worte hervorzubringen, als kaute er auf ihnen herum. Vermutlich lag es an den Schmerzen.

»Auf der Emerald Downs Farm, außerhalb von Brisbane. Polly sagt, du heißt Jack Drew?«

»Ja. Brisbane? Wo liegt das?«

Albert starrte ihn an. »Na ja, es ist doch der Hafen. Er ist um die Gefängnissiedlung in der Moreton Bay gewachsen. Dreißig Meilen von hier.« Er sah, wie Drews Augen schmal wurden. Er runzelte die Stirn.

»Ist das deine Farm?«

»Himmel nein! Wir arbeiten nur hier für den Rest unserer Zeit. Dank der Gefängnisbosse. Darf ich fragen, ob du auf der Flucht bist, Kumpel?«

»Nein.«

»Gott sei Dank. Die Berittenen hätten dich bald erwischt. Wir tun ja unser Bestes, der Boss ist unterwegs, aber er mag nun mal keine Fremden…«

Drew setzte sich mühsam auf. »Sobald es geht, bin ich weg. Ich will euch keine Schwierigkeiten machen.«

»Du brauchst aber noch Ruhe, Kumpel… bist noch nicht reisefähig. Woher kommst du?«

Doch Drew ließ sich auf die Matratze sinken und schloss müde die Augen. »Von weit her«, sagte er. »Von verdammt weit her.«

Vier Tage lang schenkte ihm der Schlaf Trost und Sicherheit. Nachts schleppte er sich hinaus, um seine Kraft zu testen und die Farm zu erforschen, wobei ihn zwei misstrauische

Hunde begleiteten. Die halb verhungerten Tiere wussten nicht so recht, was sie von ihm halten sollten, doch die Reste von seinem Teller sorgten dafür, dass er in Ruhe durch ihr Revier hinken durfte.

Polly brachte ihm Essen, versorgte seine Wunden und wunderte sich, dass sie so rasch heilten. Dabei beantwortete sie seine Fragen. »Wer hat wohl mehr Fragen, Mr Drew? Ich weiß nämlich nicht, woher Sie kommen, und Sie nicht, wo Sie sind.«

Sie schnitt sein dickes, verfilztes Haar und rasierte ihm behutsam den versengten, zotteligen Bart ab. »Schließlich können Sie nicht mit halbem Bart und halber Haartracht herumlaufen«, tat sie seine Einwände ab.

Vermutlich hatte sie Recht, doch Jack war so lange nicht mehr glatt rasiert gewesen, dass er ganz vergessen hatte, wie er aussah. »Na bitte«, meinte Polly. »Sie sehen gar nicht so übel aus. Und ich hatte Sie für den Wilden Mann von Borneo gehalten. Aber jetzt sagen Sie mir mal eins, Mr Drew. Wie wurden Sie angeschossen? Wer tut so etwas?«

Jack hatte sich eine Geschichte zurechtgelegt. Er war ein freier Mann. Er war in die Kolonie gekommen, um das Land zu erforschen, und hatte viele Jahre bei den Schwarzen gelebt.

Er probierte die Geschichte an Polly aus. Sie war verblüfft.

»Was Sie nicht sagen! Konnten Sie denn nicht weglaufen?«

»Brauchte ich nicht. Ich habe gern bei ihnen gelebt.«

»Gütiger Gott! Was haben Sie denn erforscht, bevor Sie ein Eingeborener wurden?«

Hm. Rasch überlegen. »Ich habe nach Gold gesucht.«

»Nach Gold?«

»Ja.« Dann dämmerte es ihm, er ergriff ihren Arm. »Wo ist mein Gold?«

»Welches Gold? Sie hatten nichts bei sich. Gar nichts, Mr Drew. Keinen Fetzen Stoff am Leib. Albert musste Ihnen

Hemd und Hose anziehen, Sie trugen nur ein Kängurufell…«

Doch Jack hörte nicht mehr zu. Plötzlich wusste er es. Und explodierte vor Zorn.

Er erinnerte sich an den Überfall auf die Montone-Station. Den Kampf… er hatte mitmachen müssen, sich wie ein Irrer den Weg ins Haus erkämpfen, in ein Schlafzimmer, wo eine Frau… ihr Gesicht war vertraut… sie kauerte angsterfüllt an der Wand. Sie hielt ihn für einen Wilden.

»Bleib da«, hatte er gezischt und die Tür zugeschlagen, hatte seine schwarzen Kameraden weggeführt, doch dann war er dem Boss der Station begegnet, der ein Gewehr bei sich trug… von da an war alles schwarz. Nein. Der Brand. Das Haus stand in Flammen, und er lag da, wie ein Idiot…

Der Schweiß lief ihm übers Gesicht, als er sich mühsam erinnerte, und Polly wischte ihn mit einem feuchten Lappen ab, jammerte, nun habe er doch Fieber bekommen.

»Ganz ruhig«, sagte sie. »Sie sind ja völlig außer sich.«

»Das Feuer«, sagte er. »Ich habe mich verbrannt.«

»Ja, das stimmt. Die Verbrennungen heilen erstaunlich gut, aber es werden Narben bleiben. Sogar im Gesicht, vor allem auf Wange und Stirn. Aber es geht. Was ist denn mit dem Gold? Und wo war das Feuer?«

Irgendwo hier war Ilkepala. Er hatte immer Angst gehabt vor diesem hässlichen Kerl mit seinem Zauberbann. Jack hatte gesehen, wie der alte Bursche Furcht einflößende Kunststücke vollführte. Er konnte sich in einen Riesen verwandeln, scheinbar an zwei Orten gleichzeitig sein… doch das alles war jetzt egal. Wo war sein Gold? Er hatte es in einem Ledergürtel versteckt, den er selbst gefertigt hatte. Er war dick und stark und wog schwer mit dem Gold darin, doch Jack hatte ihn nie abgelegt.

»Ein Buschfeuer«, log er.

Die Schwarzen mussten gesehen haben, wie er angeschossen wurde, und hatten ihn aus dem Haus getragen. Wie wild tastete er an seinen Hüften. Vergeblich. Der Gürtel war irgendwo abgefallen, kaputt oder verbrannt. Eine Schnalle hatte er nie auftreiben können. Die Schwarzen wären jedenfalls nicht auf die Idee gekommen, seinen Gürtel zu nehmen. Vermutlich lag er noch in dem niedergebrannten Haus! Verdammt, er würde ihn nie wiedersehen. Die Eigentümer würden die Trümmer durchsuchen und ihn finden. Geschmolzen oder nicht, sie würden sein Gold dort finden.

»Es dürfte wohl weg sein«, meinte er niedergeschlagen.

»Ihr Gold? Wieso?«

»Die Schweine, die mich ausgeraubt haben«, log er erneut. »Was für ein Pech man doch haben kann. Zehn Jahre lang habe ich nach Gold gesucht. Und hielt es endlich in Händen…« Er fand Gefallen an der Geschichte. »Ich wollte gerade in die Zivilisation zurückkehren, als mich zwei Kerle aus dem Hinterhalt überfielen. Sie raubten mich aus, und ich dachte, ich würde im Buschfeuer sterben. Hätten mich meine schwarzen Freunde nicht gefunden, wäre ich jetzt tot.« Das jedenfalls war richtig. Jemand hatte ihn zusammengeflickt, vermutlich eine ihrer Frauen.

»So etwas Trauriges habe ich noch nie gehört«, bemitleidete ihn Polly. »Würden Sie die Kerle wiedererkennen?«

»Mag sein«, antwortete er müde. »Aber was nützt das schon?« Die Unterhaltung erschöpfte ihn. Alles erschöpfte ihn. Wohin sollte er gehen? Und wo war er überhaupt?«

»Ich kapiere das immer noch nicht, Missus«, sagte er und stützte sich auf die gesunde rechte Seite. »Können Sie mir noch etwas über Brisbane erzählen? Wo genau liegt das?«

»Ungefähr dreißig Meilen von hier.«

»Ja. Aber wie weit ist es von Sydney?«

Sie sah ihn fassungslos an. »Von Sydney! Mein Gott, Sie sind vielleicht herumgekommen, Mr Drew. Das ist weit weg. Fünf bis sechshundert Meilen südlich, sagt man. Wir Regierungsleute wurden mit dem Schiff nach Moreton Bay gebracht.«

Jack verbarg ein Grinsen, war überrascht, dass er in dieser Lage noch Belustigung empfinden konnte, doch der Begriff »Regierungsleute« gefiel ihm. Selbst die Sträflinge gaben sich inzwischen vornehm. Vielleicht behandelte man sie heute besser … Zugegeben, es wäre ein Wunder, aber diese hier schienen es ganz gut zu haben. Kein Boss in Sicht, keine Ketten.

»Ich könnte also nicht zu Fuß nach Sydney laufen?«

»Wohl kaum. Jedenfalls nicht in Ihrem Zustand.«

Jack wusste insgeheim, dass sie seiner Geschichte misstraute. Wie war er so weit in den Norden gelangt, ohne Brisbane zu kennen?

»Ich bin durchs Landesinnere gewandert«, sagte er. »Bin im Laufe der Jahre einfach weitergezogen, immer auf der Suche nach Gold. Ich weiß schon gar nicht mehr, wo ich überall gewesen bin.«

»Jahre«, sagte sie und beließ es dabei. Stellte keine weiteren Fragen. Doch Jack verstand sich auf das, was unausgesprochen blieb. Das hatte er von den Schwarzen gelernt, als er sich mit ihrer Sprache abmühte. Es gab nur zwei Möglichkeiten: sich ihrem Leben anzupassen oder ins Gefängnis zurückzukehren und wegen der Flucht hart bestraft zu werden. Ein Weißer konnte im Busch nicht überleben. Er hatte Glück gehabt, dass die ersten Schwarzen, denen er begegnete, mit eigenen Augen gesehen hatten, wie ihn die Polizei verfolgte – einen einsamen Mann, der blindlings durch den Busch stolperte. Und diese Wilden hatten ihm geholfen! Zuerst hatte er sich vor ihnen gefürchtet, vor allem, als sie ihm mitteilten, dass sie drei berittene Polizisten mit ihren Speeren getötet hatten!

Er war förmlich in das Leben mit den Schwarzen hineingestürzt. Jack überlegte, ob er zu Fuß nach Sydney gehen konnte, es war die einzige Möglichkeit. Er hatte gelernt, wie die Schwarzen lange Strecken zu Fuß zurückzulegen. Er schätzte, er würde die dreißig Meilen bis Brisbane an einem halben Tag schaffen, wenn er es wirklich wollte. Problemlos. Er hatte Übung. Und Fußsohlen wie Leder.

Sydney! Bei seiner Ankunft hatte er nur einen kurzen Blick darauf werfen können, aber während seiner jahrelangen Wanderungen immer davon geträumt, dorthin zurückzukehren. Ein Mann musste etwas bei sich tragen, an dem er sich festhalten konnte, das ihm eine Identität verlieh, und Jack war sich ziemlich sicher, dass seine Zukunft nicht im verdreckten London lag. Er dachte gern an den Tag, an dem sie die *Emma Jane* in der Bucht von Sydney verlassen hatten.

Zur Abwechslung standen die Sträflinge ordentlich aufgereiht, wie Kinder beim Schulausflug. Die Männer mit den kürzeren Strafen rissen den Mund auf und prahlten, sie müssten es nur wenige Jahre in diesem Hafen aushalten, bevor sie in die alte Heimat zurückkehren konnten. Doch die Politischen aus Irland wie Brosnan, Court und O'Meara verhöhnten sie und erkundigten sich, ob sie zu Fuß die Ozeane durchqueren wollten, da kein Schiff sie mitnehmen würde.

»Wir alle sind Verbannte«, hatte Brosnan lachend gesagt. »Zeigt es ihnen, Jungs.«

Doch Jack hatte eigene Pläne. Er hatte gehört, man könne die Hügel jenseits von Sydney überqueren und von irgendeinem Hafen aus nach China gelangen. Daher wartete er ungeduldig, bis er endlich an Deck gelangen und die Hügel mit eigenen Augen sehen würde.

Mit klirrenden Ketten kletterte er hinauf, und dort unter dem unglaublich blauen Himmel von Neusüdwales erhaschte er den ersten Blick auf sein Gefängnis. Verwundert blickte er sich um.

Am Kai standen Menschen, winkten und jubelten, als kämen Könige zu Besuch und nicht ein Haufen Sträflinge. Sie sangen und ermutigten die Gefangenen, als diese schwankend an Land gingen, begleitet von Soldaten in roten Röcken, die auf weitere Anweisungen warteten.

Im Hafen ragten die hohen Masten wie kahle Winterweiden empor. Das Wasser glitzerte so blau im warmen Sonnenschein, dass Jack sich vorstellte, wie er die Hand hineintauchte und blau gefärbt wieder herauszog.

Und dann geschah etwas Seltsames. Jack Drew, Straßenräuber, eine der übelsten Gestalten, mit denen der Kapitän der *Emma Jane* je zu tun gehabt hatte, musste lächeln.

Er blickte über den weiten Hafen mit dem leuchtend grünen Ufer, zu den weißen Häusern und dem fernen Kranz der blauen Hügel und verspürte zum ersten Mal im Leben etwas wie Frieden. Als könnte er in einer klar umrissenen Welt die Hand ins Unendliche ausstrecken.

Über ihm segelten bunte Vögel träge im Wind und schwangen sich zu den Hügeln hinüber. Um ihn herum herrschte geschäftiges Treiben, Offiziere brüllten Befehle, Männer wurden in Reih und Glied gestoßen, und die Zuschauer wichen vor den rauen Stimmen zurück, doch Jack gehörte nicht länger dazu. In dieser herrlichen Landschaft sind all diese Menschen Eindringlinge, sagte er sich mit einem Seufzen.

Dieses Bild erfreute ihn immer wieder. Er hatte es all die Jahre in sich getragen, obwohl er bei seinen Wanderungen durch das Land der Schwarzen auch andere prachtvolle Landschaften gesehen hatte. Doch dieses Bild gehörte ihm allein.

An das, was dann folgte, mochte er sich nicht gern erinnern … die öffentlichen Auspeitschungen, die Beleidigungen, das Gefühl, Abschaum zu sein und auch so behandelt zu werden. Er dachte nur gelegentlich daran, dass auch O'Meara und ein kleiner Bursche namens Scarpy von Mudies Gefängnisfarm geflohen und untergetaucht waren. Jack fragte sich oft, was aus ihnen geworden sein mochte. Vielleicht lebten sie in Sydney. Sie waren die einzigen Weißen, die er mit Namen kannte.

Im Grunde war es wie eine Wiedergeburt. Zu dumm, dass er angegeben hatte, er heiße Jack Drew, ein Name, der ohnehin falsch war. Doch hätte er sich vor dem englischen Gericht als Jack Wodrow, Straßenräuber erster Güte, zu erkennen gegeben, hätte ihn der Strick und nicht die Deportation erwartet. Doch auch als Jack Drew trug er einen Sträflingsnamen. Er war nicht geistesgegenwärtig genug gewesen. Er hätte sich besser etwas Erstklassiges wie Wellington oder Marmaduke ausgesucht und dazu einen anständigen Vornamen wie John.

Plötzlich fühlte er sich viel besser. Muss wohl am Futter liegen, dachte er.

Die Tage vergingen, und er spürte die Spannung, als Polly und Albert sich wegen der Rückkehr ihres Bosses sorgten, obwohl Jack nicht einsah, weshalb sie keinen Verwundeten bei sich aufnehmen durften. Doch als er Albert mitteilte, er wolle aufbrechen, brachten sie ihm sofort einen aufgerollten Schlafsack, den sie Swag nannten und in dem auch der Proviant verstaut war.

»Sieht aus, als müsstest du noch viel lernen, Kumpel, wenn du nicht mal weißt, was ein Swag ist«, meinte Albert.

»Ich habe damals keine Zeit verschwendet. Hörte in Sydney, dass es in den Hügeln Gold gibt, und bin sofort losgezogen. Ich wusste, dass die Straßen nicht mit Gold gepflastert sind, wie man so sagt.«

»Das mit deinem Gold ist schlimm. Wo hattest du es denn gefunden?«

»Das ist ja das Problem. Ich habe es nicht selbst gefunden. Einige Schwarze wussten, dass ich nach gelben Steinen suchte, und fanden schließlich welche. Wo, weiß ich nicht. Damit wollte ich dann nach Hause. Dachte, ich hätte mein Glück gemacht. Kurz darauf habe ich alles verloren.«

»Furchtbar«, meinte Albert mitfühlend. »Und du hast keine Ahnung, woher sie es hatten?«

»Nur ganz vage.«

»Himmel, wenn du jemals einen Partner für die Suche brauchst, denk an mich.«

»Klar doch. Aber fürs Erste habe ich vom Busch die Nase voll.«

Albert gab ihm einige Seiten, die er aus dem Hauptbuch gerissen hatte. »Ich habe ein paar Karten gezeichnet. Dies ist die Straße nach Brisbane. Dann noch ein grober Plan der Stadt mit der Flussbiegung und den Hafenanlagen und eine Karte vom Küstenverlauf.«

Jack schaute ihn an. »Du zeichnest gut, Kumpel. Wofür haben sie dich eigentlich hergeschickt?«

»Diebstahl von Geschäftsbüchern. Ich war Büroangestellter. Ich wollte die Bücher nicht behalten, nur ausleihen, damit ich die Unterschrift meines Chefs lernen und ein bisschen von seinen Gewinnen abzweigen konnte.«

Jack nickte. »Gut mit der Feder, was? Du hast fürs Ausleihen einen hohen Preis bezahlt.«

»Es hat keinen Sinn, sich deshalb zu grämen. Bald bin ich frei, dann wird sich etwas finden. Hab schon ein paar Ideen. Aber sieh dir mal die Küste an, besser habe ich es nicht hinbekommen. Du kannst erkennen, wie Brisbane und Sydney zueinander liegen und wo die Häfen dazwischen sind. Die Entfernungen habe ich geschätzt, aber sie dürften ganz gut hinkommen.«

Jack betrachtete aufmerksam die Karten. »Teufel noch mal, ich hätte nicht gedacht, dass ich mich so weit entfernt habe! Sind die Arbeiter hier alle aus dem Gefängnis?«

»Alle, sogar Polly.«

»Wieso könnt ihr euch so frei bewegen, wenn es eine Gefängnisfarm ist?«

»Hier gibt es keine Ketten und Wachen, Jack. Sobald wir gegen eine Regel verstoßen, stehen wir vor dem Richter, und man verlängert unsere Strafe. Der Schweinehund sucht sich nur Leute aus, die ihre Strafe beinahe abgesessen haben. Und wir bekommen das Essen, das wir auch in den Zellen kriegen würden. Es ist hart, aber immer noch besser als das Gefängnis.«

»Polly scheint aber Zugang zu gutem Essen zu haben. Warum gibt sie euch …?«

»Weil unser chinesischer Koch es dem Boss verraten würde. Der Chinese weiß nicht, dass du hier bist, und wir können nur hoffen, dass er es nicht herausfindet. Er ist ein Schnüffler. Und Polly muss über sämtliche Vorräte Buch führen, sie kann nicht allen helfen.«

Albert kam noch einmal nach dem Abendessen, um Jack Glück zu wünschen. Polly brachte ihm Tee und einen Wasserkessel, dazu Brot und Käse für unterwegs.

»Tut mir leid, dass es nicht mehr ist, Mr Drew, aber Sie wissen ja, wie es läuft.«

»Ich werde im Busch nicht verhungern«, entgegnete er. »Da draußen gibt es jede Menge zu essen.«

Albert wurde neugierig. »Ehrlich? Das wusste ich nicht. Sie haben uns immer erzählt, es sei schlimmer als jede Wüste.«

»Man muss genau wissen, wonach man sucht, also lass es lieber bleiben. Sonst passiert genau das, was sie dir prophezeit haben. Vielen Dank, Polly, dass ihr euch so nett um mich gekümmert habt. Ich sollte wiederkommen und Sie heiraten.«

Sie bog sich vor Lachen. »Raus mit Ihnen. Albert, es scheint ihm wirklich viel besser zu gehen, ich hätte nie geglaubt, dass er so schnell auf die Beine kommt. Wo wollen Sie hin, Mr Drew?«

»Ich heiße Jack. Dachte, ich seh mir mal Brisbane an. Bei Sonnenaufgang bin ich weg, dann könnt ihr aufatmen.«

Die beiden huschten davon und überließen ihn seinen Gedanken. Während der Unterhaltung war ihm der Name des Gefängnisses wieder eingefallen. Moreton Bay. Man erinnerte neue Sträflinge ständig an die Schrecken dieser Einrichtung und drohte, dass erneute Straffälligkeit, wozu auch Fluchtversuche gehörten, sie unweigerlich dorthin bringen würde. Es war ein Gefängnis für abgebrühte Verbrecher und Wiederholungstäter.

Jack legte sich auf die Pritsche, um sich noch einige Stunden Schlaf zu gönnen. Was sollte er von Alberts Geschichte halten? Er musste schon mehr gestohlen haben als einige Kontobücher, um von Sydney in dieses Höllenloch geschickt zu werden. Doch letztlich ging es ihn nichts an.

Besorgt dachte er an den Tag, der vor ihm lag. Er war noch ziemlich schwach, gab sich stärker, als er war, damit Albert und Polly sich keine Sorgen machten. Was sollte er in Brisbane tun? Schwierige Frage. Immerhin trug er keine Sträflingskleidung, doch die groben Landarbeitersachen waren kaum besser. Und er besaß keine Stiefel. Die Vorstellung, in eine Stadt voller Menschen und Fahrzeuge zu marschieren, schüchterte ihn schon jetzt so ein, dass er am liebsten in den Busch zurückgekehrt wäre. Doch das war unmöglich. Das Buschleben war vorbei. Die armen Kerle da draußen führten einen ungleichen Krieg, den man ihnen aufzwang, selbst wenn sie zurückwichen. Dort war kein Platz mehr für Jack Drew. Doch wo war sein Platz?

3

»Wer zum Teufel bist du denn?«

Jemand leuchtete ihm mit einer Laterne ins Gesicht. Ein Stiefel trat die Pritsche unter ihm weg. Jack fiel zu Boden und keuchte vor Schmerz, kam aber rasch auf die Füße und tastete nach dem Messer, das er an seinem Gürtel trug. Doch da waren kein Gürtel, kein Messer. Blitzschnell verschwand er in der finsteren Scheune, wartete auf eine Gelegenheit, während sich seine Hände um eine Mistgabel schlossen.

Doch dann durchdrang ein Schuss so plötzlich die Stille, dass er Jack ohrenbetäubend laut erschien.

»Komm raus«, befahl eine Stimme. »Gib auf, sonst schieße ich noch einmal. Vielleicht lege ich auch das eine oder andere Opossum um, aber dich treffe ich auf die Entfernung bestimmt.«

Jack gehorchte, trat ins Lampenlicht, die Hände über dem Kopf, und hielt den Blick auf das dunkle Glitzern des Laufs gerichtet, der seinen Bewegungen folgte. Dies war zweifellos der Boss, und er hielt einen Revolver in der Hand, es war ihm wohl ernst mit der Drohung.

Als er aus der Scheune trat, hörte er einen Mann knurren: »Du hast gesagt, er sei ein Nigger!«

»Das haben sie behauptet, Herr«, wimmerte ein dünnes Stimmchen. »Ich hab sie flüstern gehört.«

Jack seufzte. Der Chinese!

»Sie können die Waffe weglegen«, sagte er mit fester Stimme. »Ich habe nichts Schlimmes getan.«

»Halt die Klappe und geh weiter.«

Der Chinese rannte mit der Laterne vor ihnen her, dann kam Jack, gefolgt von dem Mann mit dem Revolver.

»Die Zelle«, befahl er, und der Chinese verneigte sich. – »Ja, Herr.«

Er öffnete eilig die Tür in einem Gebäude hinter der Scheune und wollte Jack hineinstoßen, doch dieser wich zurück.

»Da gehe ich nicht rein! Ich bin ein freier Mann. Ein freier Bürger. Sie können mich nicht einschließen.«

»Du bist ein Eindringling und Dieb«, entgegnete der Boss und stieß Jack mit dem Stiefel an. »Da hinein.«

Sie schlugen die schwere Holztür zu und schoben den Riegel vor.

»Ich hetze euch die Polizei auf den Hals«, rief Jack, als er sie weggehen hörte, doch seine Stimme prallte von den Wänden des engen Raums ab. Er tappte umher, unterdrückte eine leichte Panik. Zehn Jahre in einer Welt ohne Wände hatten ihre Spuren hinterlassen. Die Scheune war nicht weiter schlimm gewesen, doch dieser Raum, kaum größer als ein Besenschrank, machte ihn verrückt. Er troff von Schweiß, dabei konnte er es sich nicht erlauben, Flüssigkeit zu verlieren, denn sie hatten ihm kein Wasser hingestellt. Er tastete den Boden ab, um sich abzulenken. Himmel, dachte er. Wenn sie mich wieder einsperren, werde ich wahnsinnig, das halte ich nicht aus. Ich muss verdammt vorsichtig sein.

In einer Ecke fand er unter einem Haufen Stofffetzen und Sackleinen einige Metallstücke, die ziemlich scharf waren. Er ertastete eine Harke ohne Griff. Das Ende eines Spatens. Handschellen, um Gottes willen! Ketten. Fußfesseln. Alles verstaubt. Offensichtlich wurde diese Zelle kaum noch benutzt. Er war jetzt ruhiger, doch er musste irgendwie fliehen. Albert hatte Recht. Dieses Schwein würde ihm nicht einmal die Gelegenheit geben, etwas zu erklären.

»Verdammt!«, sagte er, spuckte Staub aus und hob einen Spaten ohne Griff auf. Eine brauchbare Waffe, doch gegen Schusswaffen konnte sie nichts ausrichten, das hatte er den Schwarzen lange genug gepredigt.

Der Boss war zu Hause!

Mitternacht war gerade vorbei, und der Klang der Feuerglocke und die schrillen Schreie Tom Loks rissen sie aus dem Schlaf. Sie taumelten auf den gepflasterten Vorplatz, reihten sich auf und ahnten Schlimmes, denn solche Versammlungen wurden nicht grundlos abgehalten.

Nachdem Tom seine Pflicht getan hatte, eilte er schadenfroh umher und zündete die Wandlampen an den Ecken der Gebäude an. Zuerst an den Baracken, dann am Küchenhaus, an den Ställen und zuletzt an dem lang gestreckten Schuppen, in dem sich die Büros des Herrn und die Lagerräume befanden. Er hatte lange gewartet, um sich an diesen undankbaren Kriminellen zu rächen, die so dreist waren, sich über seine Kochkunst zu beschweren. Und sie zogen ihn ständig auf, machten ihn wütend... einmal hatten sie ihm sogar den Zopf abgeschnitten... das würde er ihnen nie verzeihen. Ein Witz sollte das sein? Und jetzt standen sie da in Reih und Glied, blinzelten wie verängstigte Karnickel. Lauter Peiniger. Englische Peiniger. Und der Herr war ein noch größerer Peiniger. Was natürlich sein gutes Recht war. Ihm stand es zu, nicht aber diesem Abschaum.

So nannte der Boss sie, als er aus dem Haus kam.

»Abschaum! Diebe! Alle miteinander. Ihr habt schon wieder einen eurer räudigen Gesellen in meiner Scheune versteckt. Ihm zu essen gegeben. Ihm Kleider aus meinem Lager gegeben. Nun ja, es ist spät, also komme ich zur Sache. Ich setze euch für drei Wochen auf halbe Ration.«

Er beachtete ihr Stöhnen nicht. »Und was dich betrifft, Albert, ich hatte dir die Verantwortung überlassen, und du hast mich enttäuscht.«

»Nein, Sir«, entgegnete Albert. »Der Mann war schwer verletzt. Wir haben ihn nur aufgenommen, weil Sie es auch getan hätten.«

»Maße dir nicht an, für mich zu denken. Das steht dir nicht zu. Man kann dir offensichtlich nicht vertrauen. Ich habe dir eine Chance gegeben, es hat nicht geklappt. Also gehst du zurück ins Gefängnis und erhältst eine Verlängerung deiner Strafe.«

Albert fiel auf die Knie. »Bitte, Sir, tun Sie das nicht. Ich habe nichts Schlimmes gemacht.«

»Lügner!« Major Ferrington knallte seine Reitpeitsche gegen einen Pfosten. »Da bin ich ja gerade rechtzeitig zurückgekommen, was? Wolltest du diesen Schurken etwa bitten, mich für Proviant und Unterkunft zu entschädigen? Wohl kaum. Du wolltest ihm helfen, sich davonzumachen. Und wieso? Weil du wusstest, dass die Polizei nach ihm sucht. Also werde ich dafür sorgen, dass sie ihn finden. Aber was mache ich mit dir?«

Er holte ein silbernes Etui aus der Tasche, zündete sich einen Stumpen an und sog mit sichtlichem Genuss das Aroma ein, während die Sträflinge ihn ängstlich beobachteten.

»Albert! Du willst also nicht wieder ins Gefängnis? Schade, dass du dir das nicht früher überlegt hast. Aber ich lasse dir die Wahl. Sechzig Hiebe dort drüben am Pfosten oder das Gefängnis. Das ist fair. Wie sieht es aus?«

Albert schloss die Augen und holte tief Luft. Was für eine Wahl! Sechzig Schläge mit der Katze konnten einem Mann den Rücken zerreißen. Die Hälfte der Arbeiter hatte derartige Narben aufzuweisen, doch er war unbeschadet über die Jahre gekommen. Boshafte Wärter hatten ihm Zähne ausgeschlagen, einer hatte ihm das Bein gebrochen – er hinkte noch heute –, man hatte ihm alle möglichen Verletzungen zugefügt, doch war er niemals ausgepeitscht worden. Allerdings war er oft Zeuge bei diesen widerlich blutigen Vorstellungen gewesen. Albert hatte so viel davon gesehen, dass allein das Wort ihm Angst einjagte. Er stöhnte innerlich. Seine Freiheit stand auf dem Spiel. Vielleicht würde ihn ein freundlich gesinnter Richter wieder ins Gefängnis schicken, ohne die Strafe zu verlängern. Vielleicht auch nicht.

Die Nacht war warm. Eine angenehme Brise wehte vom

Fluss herüber. Eine Eule schrie. Männer scharrten mit den Füßen. Ein Hund bellte. Wolken türmten sich hell vor dem dunklen Himmel auf, das schwere Aroma des Stumpens zog zu ihnen herüber. Jemand seufzte tief.

»Ich habe nicht die ganze Nacht Zeit«, knurrte der Major.

Albert trat vor. »Ich nehme die Peitsche, Sir.«

Dann kam Polly an die Reihe.

Sie war außer sich. Der Boss war spät nach Hause gekommen, nicht weiter ungewöhnlich, und hatte an die Tür gehämmert, sodass sie sich rasch anziehen und in die Küche rennen, den Ofen anzünden und ihm das Abendessen zubereiten musste.

Sie hatte gerade den Wasserkessel auf den Herd gestellt, als sie ihn draußen mit jemandem sprechen hörte. Sie lauschte angestrengt und erkannte die Stimme Tom Loks.

»Hier? In meiner Scheune?«, brüllte der Major. »Das werden wir ja sehen.«

Polly eilte zur Tür und sah noch, wie er den Collier-Revolver lud, auf den er so stolz war, und wütend aus dem Haus stürmte.

Kurz darauf erklang die Feuerglocke. Vermutlich rief der Boss sie alle nach draußen, was er besonders gern tat, wenn er schlechte Laune hatte, doch diesmal schien die Lage ernster. Offenbar hatte er Jack entdeckt und den armen Mann nach draußen gezerrt. Sie wünschte, Albert wäre nie gekommen, um sie in die Scheune zu holen. Warum hatte sie sich nicht um ihre eigenen Angelegenheiten gekümmert?

»Gott steh uns bei«, betete sie und beeilte sich mit dem Abendessen.

Er saß im Wohnzimmer, die großen Fenster ließen eine leichte Brise herein. Er las Zeitung und trank Wein, als sie das Tablett hereintrug. Da er zehn Tage weg gewesen war, befanden sich kaum frische Lebensmittel in der Vorratskammer, doch zum Glück hatte Polly am Morgen noch gebacken. Sie servierte ihm frisches Brot mit Butter, kaltes Corned Beef, eine Käseplatte mit Zwieback, einige Scheiben von ihrer selbst gemachten Schweinskopfsülze mit eingelegtem Gemüse und eine Kanne Tee. Sie verneigte sich dankbar, als er das Handtuch anhob und nickte.

»Morgen mache ich Ihnen Rinderpastete, Sir, die mögen Sie doch so gern. Und ich brate eine Gans«, fügte sie eilig hinzu. »Jetzt, wo Sie wieder da sind, könnte ich auch einen Marmorkuchen backen, den mit dem rosa Guss.«

Da er sie gar nicht beachtete, schlich sie wieder in die Küche und wartete auf weitere Anweisungen.

Schließlich klingelte er mit dem Silberglöckchen, und Polly flitzte ins Wohnzimmer.

»Ich hätte gern noch Tee und Gemüse.«

»Ja, Sir.« Sie griff nach der Teekanne.

»Einen Moment. Ich glaube, du hast einen Schurken mit meinem Essen gefüttert.«

»O nein, Sir«, rief sie, die Teekanne wog wie Blei in ihren Händen. »Nur ein paar Bröckchen. Etwas Porridge. Er war krank, wissen Sie…«

»Deine Entschuldigungen interessieren mich nicht. Und im Übrigen retten dich nur deine Kocherei und die Tatsache, dass du im Gegensatz zu deinesgleichen ein Haus in Ordnung halten kannst, vor dem Gefängnis. Du solltest mich besser nicht so enttäuschen, wie Albert es getan hat.«

Sie schluckte. »O nein, Sir, bestimmt nicht, ehrlich.«

»Ich bin noch nicht fertig. Vielleicht brauche ich dein Zimmer. Ich will, dass du ausziehst.«

»Ja, Sir. Wohin soll ich gehen?«

»Wohin es dir beliebt«, sagte er leichthin. »Die Männer machen dir sicher Platz.«

»Oh, Sir, bitte, ich kann doch nicht…«

»Wohl nicht. Ihre Unterkünfte sind ohnehin überfüllt. Ich sag dir was. Dann ziehst du eben in die Scheune, neben der

Tür steht eine Pritsche. Wenn sie gut genug für deinen Freund war… wie heißt er übrigens?«

»Drew, Sir. Mr Drew.«

»Soso. Auf der Flucht, was?«

»Er sagt nein. Er sei ein freier Mann, der nach Gold gesucht hat. Und Gold hat er gefunden, aber dann wurde er überfallen, und sie haben ihn bei einem Buschfeuer halb tot liegen lassen.«

»Unsinn! Hol mir frischen Tee. Und vergiss nicht das Gemüse.«

Der Boss, Major Kit Ferrington, ließ die Zeitung auf den Boden fallen, gähnte und blickte über sein Anwesen unter dem Sternenhimmel. In seiner Welt stand alles vorzüglich, zehntausend Morgen besten Weidelands, die er für ein Butterbrot erworben hatte. Auf dem Kaufvertrag die Unterschrift von niemand Geringerem als Sir George Gipps, dem ehemaligen Gouverneur von Neusüdwales, dem er jahrelang als Adjutant gedient hatte.

Während seiner Zeit im Gouverneurspalast war Kit an wertvolle Informationen gelangt. Gegen den Widerstand des Militärs hatte der Gouverneur beschlossen, die berüchtigte Sträflingssiedlung in der Moreton Bay zu schließen.

»Ein grauenhafter Ort«, hatte er gesagt. »Passt gar nicht in die Gegend, dort gibt es eine herrliche subtropische Landschaft und einen majestätischen Fluss. Wenn ich zulasse, dass sich diese Siedlung ausbreitet, wird sie auf ewig dem Ruf von Brisbane schaden. Das ist ein kleiner Hafen am Fluss, der eine große Zukunft hat, wenn wir es richtig anpacken.«

»Es gibt noch immer Deportationen, Sir. Die Gefängnisbehörden behaupten, sie brauchten Moreton Bay.«

»Dann sollen sie dort ein normales Gefängnis errichten. Ich will nicht, dass ein so riesiges Gebiet den Zivilisten verschlossen bleibt. Der Umkreis der Sträflingssiedlung ist ungeheuer groß, die reinste Verschwendung. Wenn ich sie aufgelöst habe, ist das Gebiet frei für Siedler. Das steht als Erstes auf der Tagesordnung, Major. Und ich will keinen Streit deswegen, keine Debatten. Ich werde Landvermesser hinschicken. Eigentlich könnten Sie selbst einen Trupp dorthin begleiten. Dann ist alles vorbereitet, wenn der Erlass veröffentlicht wird.«

»Ja, Sir, ich werde mich sofort darum kümmern. Und wenn Sie erlauben, Sir, dürfte ich wohl selbst ein paar Grundstücke dort oben kaufen, wenn sie angeboten werden?«

Sir George schaute ihn über seine Brille an. »Es spricht nichts dagegen.«

Die aufregende Atmosphäre in den Regierungskreisen Sydneys, in denen Kit der gesellschaftlichen Elite begegnete, die über riesige Ländereien herrschte, hatte ihn dazu gebracht, einen Lebensstil anzustreben, der die Mittel eines gewöhnlichen Offiziers bei weitem überstieg. So etwas konnte sich höchstens ein Wellington leisten, der mit Landbesitz und Reichtümern überhäuft wurde. Die reichen Kolonialisten, die den gebürtigen Engländern seiner Ansicht nach unterlegen waren, nannte man Squatter. Sie besaßen weitläufige Landsitze, umgeben von eigenen Parks, und elegante Stadthäuser in Sydney – und sie gaben wunderbare Feste! Kit genoss ihre Gesellschaft und sehnte sich verzweifelt danach, so zu leben wie sie, statt nur der Adjutant des Gouverneurs zu sein.

Zunächst musste er billiges Land kaufen, doch wo sollte man so etwas in Neusüdwales noch finden? Die Squatter hatten sich schon vor Jahren die besten Parzellen geschnappt. Es schien, als läge das einzige Land, das er sich leisten konnte, Hunderte Meilen entfernt, weit im Westen, was für ihn natürlich nicht in Frage kam. Er hatte nicht vor, sich fern der Zivilisation zu begraben, der Witterung und den wilden Schwarzen auf Gedeih und Verderb ausgeliefert.

Dann hatte er entdeckt, dass schmierige Zollbeamte beschlagnahmten Alkohol aus den Lagerhäusern am Hafen stahlen. Weitere Untersuchungen enthüllten, dass sich in diesen Lagern Hunderte Fässer und Flaschen mit Wein und Schnaps befanden. Sie blieben dort, bis der Zoll entrichtet war oder die Eigentümer als Schmuggler ihre Waren herausholten. Der größte Teil des Alkohols war längst vergessen, setzte Staub an und diente den Zollbeamten als private Kneipe.

Major Ferrington zeigte die Herren nicht an, sondern schloss ein Abkommen mit ihnen. Er würde ihnen große Mengen abnehmen, um Platz für Nachschub zu machen. Er sah über die kleinen Diebstähle hinweg, und sie drückten für ein paar Münzen ein Auge zu, wenn große Lücken in den Regalen klafften. Kit hatte bemerkt, dass die offiziellen Nachweise völlig chaotisch geführt wurden, und verkaufte den Schnaps unbekümmert an eine Frau, der eine zwielichtige Kneipe namens The Rocks im Herzen der Hafenslums gehörte.

Es hob seine Stimmung, wenn er an Bonnie Hunter dachte.

Das war vielleicht eine Frau! Eine schlaue Wirtin. Geldverleiherin. Pfandhausbesitzerin. Dreist, fröhlich, frech, kühn… und noch immer eine Schönheit, auch wenn sie keine zwanzig mehr war, wie sie gern behauptete, sondern sich wie Kit den dreißig näherte. Er war ihr ein paar Mal bei Sauftouren mit Offizierskameraden über den Weg gelaufen und hatte ihren Rat eingeholt, als es um den Verkauf des Schnapses ging, den er in einem verlassenen Keller lagerte.

Von da an waren sie »Busenfreunde« geworden, wie Bonnie scherzhaft sagte. Er hätte sie gern mit nach Hause genommen; sie war aufregend, lüstern und sexy, sie machte ihn ganz wild. Was hätten sie hier im Haus für einen Spaß haben können, statt sich in ihren schäbigen Zimmern hinter dem Pfandhaus zu treffen. Doch es ging nicht. Bonnie kannte ihren Platz im Leben. Sie war stolz, seine Geliebte zu sein, mehr aber nicht. Obwohl sie darauf bestand, dass sie sparte, um sich aus diesen stinkenden Gassen freizukaufen, würden ihre Welten nie zusammenpassen, so viel war klar. Sie wusste von seiner Verlobten Jessie Pinnock, der Tochter reicher Viehzüchter aus Parramatta, und von seinem Anwesen; sie hatte ihm sogar Geld geliehen, um es zu kaufen. Bonnie war ein prima Kumpel, doch diese Seite seines Lebens blieb ihr verschlossen.

Ein Vogel krächzte, es raschelte in den Kronen der Bäume. Weiße Kakadus stiegen in den dunklen Himmel auf, segelten über den Wipfeln durch die Luft, kreischten wütend über die Störung, bevor sie zu ihren Schlafplätzen zurückkehrten. Kit zog sein Hemd aus, ließ es zu Boden fallen und schenkte sich aus der Kristallkaraffe auf der Anrichte ein Glas Weißwein ein. Dann setzte er sich wieder in seinen Sessel und überließ sich den Erinnerungen.

Er war mit den Vermessern nach Norden gezogen, wobei ihn die Gegend selbst wenig interessierte. Er lehnte das Angebot, beim Erstverkauf billige Stadtgrundstücke zu erwerben, rundweg ab. Danach hatte er nicht gesucht.

»Ich will Land. Gutes Farmland«, hatte er zu ihnen gesagt.

»Diese Gegend ist noch nicht so weit, Major. Jenseits der Berge kommen Squatter durchs Landesinnere aus dem Norden und schnappen sich Riesenparzellen, aber sie liegen außerhalb der Zivilisation und werden schnell von Schwarzen angegriffen.«

»Warum kann man das hier nicht tun?«

»Lassen Sie uns Zeit. Bis wir die Sträflingssiedlung los sind, gilt für dieses Gebiet eine Sperrzone von fünfzehn Meilen. Man braucht eine Sondererlaubnis, wie wir sie haben.«

Doch Kit gab nicht auf. »Na schön. Ich möchte Land kaufen, das jenseits der Zone liegt. Zwanzig Meilen weit draußen. Wie sieht es da aus?«

»Nach den alten Karten windet sich der Brisbane River wie eine Schlange hindurch. Nach fünfzehn Meilen ist man schon ein gutes Stück flussaufwärts, und so weit wir wissen, könnte es dort Mangrovensümpfe geben. Nutzloses Land, außer man entwässert es – doch das kommt teuer.«

Enttäuscht beließ Kit es dabei. »Lassen Sie mich wissen, wenn die richtige Arbeit beginnt. Dann komme ich wieder.«

Seither hatte er viel geschafft, hatte nicht zuletzt den Mut gefunden, um Jessie Pinnock zu werben und sie mit dem Segen ihres Großvaters Marcus Pinnock, eines einflussreichen Squatters und Freundes von Sir George Gipps, für sich zu gewinnen. Der Gouverneur freute sich, dass Kit in der Kolonie bleiben wollte.

»Englische Gentlemen werden hier dringend gebraucht, Kit. Die Bevölkerung wächst. Ich bin sicher, Sie werden Ihren Weg gehen. Sind Sie noch immer daran interessiert, eine Farm aufzubauen?«

»O ja. Sobald ich das richtige Land finde.«

»Ich würde mich an Ihrer Stelle noch einmal im Norden umsehen. Besitz am Stadtrand von Brisbane kaufen, solange es noch möglich ist.«

»Ich hatte gehofft, die Vermesser würden mir Bescheid geben, wenn etwas verfügbar ist...«

»Und ich schlage Ihnen vor, nicht länger zu warten. Ich glaube, dass man im Norden eine neue Kolonie gründen wird. Die Siedlung ist zu weit von Sydney entfernt, um als Teil von Neusüdwales bestehen zu können. Und da oben gibt es unermesslich viel Land.«

Kit wollte nicht in unermessliches Land investieren, das in der Wildnis lag, sondern im Tal des Brisbane River.

»Ja«, sagte Gouverneur Gipps, »ich glaube, die neue Kolonie soll Queen's Land heißen. Wenn ich Sie wäre, würde ich Land kaufen, bevor der große Ansturm losgeht. Brisbane wird die Hauptstadt der neuen Kolonie sein.«

Ein Rattennest als Hauptstadt!, dachte Kit verwundert, sagte aber nichts. Stattdessen befolgte er den Rat des Gouverneurs, reiste nach Brisbane und schnappte sich einen Landvermesser, um eine persönliche Expedition zu unternehmen. Kurz darauf wurde ein herrliches Stück Land am Brisbane River abgesteckt und als Major Ferringtons Besitz eingetragen.

Gerade noch rechtzeitig.

Gipps war ein ruhiger, ausgeglichener Mann. Er verließ sich darauf, dass ihn der Major bei gesellschaftlichen Veranstaltungen, die zu seinem Amt gehörten, möglichst vertrat, doch wenn es um die Regierungsgeschäfte ging, war er entschlossen bis zur Starrköpfigkeit.

Das sagten jedenfalls seine Gegner.

Die Sträflingssiedlung war längst geschlossen, doch dann gab es den Streit um die Schulbildung. Gipps glaubte und forderte, dass alle Kinder in Neusüdwales, ob arm oder reich, freien Zugang zu den Schulen erhalten müssten, während führende Bürger diese Idee stürmisch ablehnten. Sie behaupteten, die Kolonie könne sich eine derartige Großzügigkeit nicht leisten, doch ihre Petitionen und Beschwerden wurden ignoriert. Der Gouverneur ordnete den Bau von Schulen an.

Als Kit im Triumph aus Brisbane zurückkehrte, die Besitzurkunden für zehntausend Morgen sicher auf der Bank, musste er feststellen, dass ein noch schlimmerer Kampf entbrannt war. Diesmal hatten die Forderungen des Gouverneurs wahre Schockwellen durch die Gemeinde gesandt. Er ordnete eine neuerliche Gerichtsverhandlung gegen die Männer an, die des kaltblütigen Mordes an vierzig bis fünfzig Schwarzen beschuldigt wurden, darunter auch Frauen und Kinder. Das Verbrechen war bekannt als Massaker vom Myall Creek. Im zweiten Prozess hob man das erste Urteil auf und befand die Männer für schuldig. Die meisten wurden gehängt. Man rechnete bis zur letzten Minute mit einer

Begnadigung durch den Gouverneur. Doch was die Strafe für Mord anging, blieb er unerbittlich.

Gipps war mittlerweile so unbeliebt, dass er sich gezwungen sah, nach England zurückzukehren.

»Und so trennten sich unsere Wege«, murmelte Kit. »Es war auch Zeit, allein mein Glück zu suchen.«

Der Gouverneur hatte ihm einen letzten Gefallen getan, indem er ihn mit dem Hauptaufseher des Gefängnisses von Brisbane bekannt machte, der ihm helfen konnte, Arbeiter für die Farm zu finden. »Es ist nach wie vor legal, Sträflinge zu beschäftigen, die sich freiwillig melden. Kirk ist der richtige Mann für Sie, wenn es um Arbeiter geht.«

Wie sich herausstellte, war Rollo Kirk zwar überaus geeignet, Kit gesunde Arbeiter zu beschaffen, aber auch ein Schurke, ein Blutegel, der den Major als seinen Freund bezeichnete und sich bei weitem zu viel anmaßte. Er neigte dazu, uneingeladen auf der Farm vorbeizuschauen, und man wurde ihn nur schwer wieder los. Andererseits hatte Rollo ihm lange, bevor es allgemein bekannt wurde, die wahren Hintergründe der Heselwood-Katastrophe enthüllt.

Kit hatte seinen Wein ausgetrunken, nahm die Lampe und ging ins Schlafzimmer. Er beglückwünschte sich, weil er so klug gewesen war, Land zu kaufen, das nah an der Küste lag, auch wenn die weiten Flächen jenseits der Berge zum halben Preis zu haben waren. Lord Heselwood war das beste Beispiel. Sir George hatte die großen Squatter wie Jasin Heselwood gewarnt, dass es gefährlich sei, sich zu weit ins Landesinnere zu wagen. Doch sie wollten nicht auf ihn hören, waren zu begierig, riesige Batzen Land an sich zu reißen, die jenseits der Zivilisation lagen.

Jasin Heselwood hatte es am eigenen Leib erfahren. Die Schwarzen waren gekommen, hatten eine Frau und sechs Viehhüter getötet, seine Station namens Montone niedergebrannt...

Kit schauderte. Es war Wahnsinn, so weit nach Westen zu

gehen. Hier lebten die Menschen immerhin in Sicherheit. Die wenigen Schwarzen, die noch im Bezirk wohnten, waren vergleichsweise harmlos, dachte er grimmig.

Dafür hatte er Probleme mit seinen Arbeitern. Sie schienen gegen ihn zu kämpfen, seit die ersten Sträflinge eingetroffen waren. Statt sich zu freuen, dass sie nun Ketten und Schlösser ablegen konnten, waren sie in einem schockierenden Maße unverschämt und verweigerten sich. Der Major beklagte sich bei Rollo Kirk, weil sie Farmgeräte zerstört, ihre Unterkünfte beschmutzt und Vorräte gestohlen hatten, die sie an Vagabunden und Flüchtige verkauften, die sich auf seinem Besitz herumtrieben.

Rollo nahm acht der Männer wieder mit ins Gefängnis und ließ ihre Strafen verlängern; er errichtete einen Pfosten und führte die ersten Auspeitschungen durch, rasierte zwei Schlampen, die sich als Köchinnen ausgaben, die Köpfe und schickte Ersatz. Nun war es an Kit, die Kontrolle zu behalten, und er folgte Rollos Beispiel. Sie lernten bald, dass der Boss nie von seiner Regel abwich: Missetätern blieb die Wahl zwischen einer schnellen Bestrafung und der Rückkehr ins Gefängnis.

Es war ein langer Weg gewesen, dachte er seufzend, doch hatten die Arbeiter inzwischen eine vernünftige Arbeitshaltung entwickelt und begegneten ihm sogar mit einem gewissen Respekt.

Er war erleichtert, dass es ihm gelungen war, Albert und Polly zu bestrafen, ohne sie zu verlieren. Sie waren unerlässlich, wenn es um den reibungslosen Betrieb der im Aufbau befindlichen Farm ging. Wenn sie ihre Strafe verbüßt hatten, wollte er ihnen einen besseren Lohn bieten, um sie zu halten.

Seine Chance bei Albert hatte er heute Abend womöglich verspielt, andererseits kannten diese Burschen ihren Platz im Leben. Immerhin hatte Albert gegen die Regeln verstoßen …

Er musste fliehen, dachte Jack. Herauskommen, bevor jemand aufwachte, aber wie? Die Wände bestanden aus festen, unbearbeiteten Balken; sie rochen alt und muffig. Er war für Gerüche sehr empfänglich geworden. Zuerst hatte ihn der Gestank des ranzigen Fetts abgestoßen, mit dem sich die Aborigines einrieben, doch nun stellte er fest, dass die Weißen einen eigenen Gestank besaßen, schal und verschwitzt, ihre Kleider rochen nach Pisse. Wäre Jack gesund gewesen, hätte Ferrington ihn niemals erwischt. Er erinnerte sich an das Scheppern, das er gehört, aber nicht rechtzeitig erkannt hatte, bevor der Boss die Scheune betrat. Er war zu müde gewesen. Es wird nicht mehr vorkommen, sagte er sich und schüttelte den Kopf angesichts seiner Dummheit.

Er lehnte sich gegen die Wand und überlegte, wie er sich verhalten sollte, wenn die Polizei ihn abholte. Nicht die Beherrschung verlieren, mahnte er sich. Du musst höflich sein, auf deinen Bürgerrechten bestehen, aber Respekt zeigen. Keine Kritik am Major. Als glaubtest du, er hätte richtig gehandelt. Und vor allem Ruhe bewahren. Er dachte an das neue Haus dort oben, das einen ganz eigenen Geruch besaß. Es duftete nach frischem Holz und Gips; so etwas hatte er lange nicht gerochen. Dann traf ihn die Erkenntnis.

Frisch gesägtes Holz! Dieser Schuppen hingegen war alt. Unbearbeitet. Vermutlich hatte die Tür keine Metallscharniere; sie bestanden gewiss aus Leder. Er tastete den Türrahmen ab, und da waren sie, Scharniere aus geschmeidigem, altem Leder. Und schon rieb und kratzte er mit seinem Metallstück, immer schneller bewegten sich seine Hände aus Furcht, jemand könnte kommen und ihn erwischen. Der Major hatte keinen Wachposten aufgestellt, sodass die Gefahr nicht so groß war, aber… aber, dachte er, was zum Teufel soll ich machen, wenn ich draußen bin? Wenn ich weglaufe, könnte dieses Schwein die Polizei alarmieren und ich wäre wieder auf der Flucht… in einem Land, in dem die Kerle einfach schießen, wenn sie einen Eingeborenen oder

Sträfling jagen. Vielleicht sollte ich mich ins Haus schleichen und ihn unschädlich machen, während er schläft. Dann bliebe mir Zeit, mir den nächsten Schritt zu überlegen. Plötzlich spürte Jack, wie die Tür nachgab.

Er stellte sie beiseite, ging hinaus, setzte sie wieder in die Öffnung und schlich zum Haus. Er umkreiste das Gebäude im Schutz der Dunkelheit und prägte sich die Umgebung ein. Die meisten Räume gingen auf eine Veranda hinaus, die sich um das ganze Haus zog, und Ferringtons Schlafzimmer war mühelos zu finden: Der Boss war bei Lampenlicht eingeschlafen. Und dort auf der hohen Kommode lag der Revolver. Wie aufmerksam.

Rasch glitt Jack ins Schlafzimmer, schaltete das Licht aus, nahm den Revolver, der zum Glück geladen war, und setzte sich gelassen neben das Bett. Er pfiff leise. Als der Gentleman davon nicht aufwachte, drückte er ihm den Lauf unters Kinn, bis Ferrington zusammenfuhr und einen Angstschrei ausstieß.

Er krümmte sich nackt am Kopfende des Bettes, die Knie angezogen. »Wer bist du?«, flüsterte er entsetzt.

»Ihr Gast, Major. Aber Sie waren nicht gerade nett zu mir. Ich saß so da und überlegte, ob ich Sie nicht erschießen soll.«

»Nein! Guter Gott, nein! Erschieß mich nicht. Was willst du? Geld? Ich habe hier etwas. Du kannst es dir nehmen ...«

Jack stand auf und wich zurück, noch immer unentschlossen. Natürlich könnte er den Kerl erschießen, das Haus ausrauben, sich ein Pferd schnappen und verschwinden, bevor jemand aufwachte.

Und wieder im Gefängnis enden.

»Keine Sorge«, sagte er freundlich. »Ich erschieße Sie nur, wenn es unbedingt sein muss. Stehen Sie auf. Wir müssen reden.«

»Worüber?«, fragte Ferrington nervös und rutschte vom Bett.

»Über mich, was sonst? Ich bin ein guter Bürger, kein Verbrecher oder Dieb, wie Sie behaupten, und es war falsch, mich in den Schuppen zu sperren, ohne mich auch nur anzuhören. Also hören Sie mich jetzt an. Aufstehen.«

Ferrington stand auf. »Kann ich Licht machen?«

»Nein, im Dunkeln fühle ich mich wohler. Was tun Sie da?«

»Ich will nur meine Hose anziehen.«

»Lassen Sie das. Ich bin ohnehin keine Hosen gewohnt.«

»Wer zum Teufel bist du?«

»Kommen Sie raus, und setzen Sie sich auf die Stufe.«

Jack trat vor den Major, noch immer den Revolver in der Hand, und begann mit dem Verhör. »Erst mal das Wichtigste: Wer sind Sie? Ein ehemaliger Gefängniswärter, was?«

»Nein! Ich bin Major Ferrington, Offizier im Ruhestand und früherer Adjutant des Gouverneurs.«

»Und wie hieß der bitte?«

»Sir George Gipps. Der jetzige Gouverneur heißt Sir Charles FitzRoy, falls es dich interessiert.«

Jack nickte. »Nicht frech werden. Ich habe noch den Revolver.«

»Und wenn du ihn benutzt, wirst du dafür hängen.«

»Stimmt. Aber wenn Sie keine Vernunft annehmen, bleibt mir nichts anderes übrig. Jetzt wollen Sie sicher wissen, wer ich bin. Jack Drew. Ich habe seit Jahren im Busch nach Gold gesucht und bin soeben von dort zurückgekehrt.«

»Warum gerade jetzt?«

»Ha! Sie haben wohl schon von meinem Gold gehört. Keine Sorge, ich weiß, was Sie denken. Stimmt seine Geschichte nun oder nicht? Vergessen Sie das Gold, ich hatte wichtigere Gründe. Dort draußen tobt ein Krieg zwischen Schwarz und Weiß, und für mich als friedliebenden Mann war das ein zu heißes Pflaster. Also kehrte ich in die Zivilisation zurück.«

»Und das soll ich dir glauben?«

»Müssen Sie wohl. Sie würden ganz schön dumm dastehen, wenn Sie mich als entflohenen Sträfling verkaufen wollten. Wie viele Ihrer Galgenvögel, die seit Jahren im Knast gesessen haben, sind denn so sonnengebräunt wie ich?«

»Dennoch könntest du geflohen sein.«

Jack musste vorsichtig manövrieren. Er beugte sich vor und setzte den Fuß auf die zweite Stufe. »Hören Sie. Ich habe die Waffe. Sie stehen mit dem Rücken zur Wand, nicht ich. Wäre ich ein Flüchtiger, hätte ich das Land schon vor Jahren verlassen. Ich hätte in jedem Hafen zwischen hier und Sydney ein Schiff besteigen können.« Er war dankbar für Alberts Information.

»Aber du hast Gold gefunden?«

Jack grinste. Er spürte, dass der Major darauf brannte, mehr über das Gold zu erfahren, und würde diese Trumpfkarte geschickt ausspielen.

»Sicher doch – und es ebenso schnell verloren. Wenn ich diese Schweine zu fassen bekomme, werde ich sie rösten und anschließend verspeisen.«

Er sah, wie der Major zusammenzuckte. Jack war es gelungen, ihn daran zu erinnern, dass er ein gefährlicher Mann sein konnte, vielleicht sogar ein Kannibale.

»Und was machen wir nun mit Ihnen, Major?«

»Ich bestehe darauf, mich anzuziehen, es wird gleich hell.«

»Natürlich. Aber was bieten Sie mir im Gegenzug für Ihr Leben an?«

»Du kannst gehen. Doch falls du darüber sprechen möchtest, wo du das Gold gefunden hast, würde ich von einer Anzeige bei der Polizei absehen.«

Jack seufzte. »Und ich hatte auf Ihr Wort als Gentleman vertraut. Sehen Sie den Baumstumpf da drüben? Der wimmelt nur so von Bulldoggenameisen. Ich könnte Sie fesseln und mit dem nackten Hintern hineinsetzen und zusehen, wie Sie tanzen, bis wir zu einer Einigung gelangen, aber ich glaube, Sie werden Ihre Prinzipien ein wenig lockern, was? Sie machen mir ein Angebot«, sagte er, plötzlich wütend,

»und das werden Sie einhalten, sonst bin ich hier nicht mehr der Einzige, der hinkt.«

»Wer hat dich rausgelassen?«, wollte Ferrington wissen.

»Ihre eigene Dummheit. Die Scharniere sind aus Leder. Ich hab dieses Geschwafel allmählich satt.«

»Schon gut. Ich akzeptiere, du bist ein freier Mann. Du kannst eine Weile hier bleiben, vorausgesetzt, du sagst mir, woher das Gold stammte. Und wie es kam, dass du hier an Land gespült wurdest.«

Jack nickte. Mehr konnte er im Moment nicht verlangen. Er traute dem Kerl nicht, aber Ferrington wäre andererseits auch verrückt, wenn er ihm traute. Eine Patt-Situation.

»Darf ich mich jetzt anziehen?«

»Nur zu!«

»Ich will meinen Revolver haben«, sagte der Major, als er, gefolgt von Jack, ins Zimmer eilte.

»Das ist noch ein bisschen früh. Ich bezweifle nicht, dass Sie noch mehr Waffen besitzen, damit wären wir also quitt. Aber da fällt mir ein, dass ich kurz vor dem Verhungern bin. Sie könnten Ihrem Besucher immerhin ein Frühstück anbieten.«

Ferrington zog mit wütendem Gesicht Reithosen und Hemd aus feinem Stoff an, wie Jack neidvoll feststellen musste.

Daran ließ sich etwas ändern, dachte er bei sich.

»Ich nehme einen Whisky«, knurrte Ferrington und ging ins Esszimmer hinüber.

»Ich auch«, sagte Jack und bemühte sich, seine Ehrfurcht angesichts des prächtigen Zimmers zu verbergen.

»Woher kommst du?«, fragte Ferrington, stellte dem ungehobelten Kerl ein kleines Glas Whisky hin und schenkte sich selbst großzügiger ein.

»Natürlich aus London. Meine Leute waren Seelenretter. Ich habe mich eher um meine eigene Seele gekümmert.«

Obwohl Kit noch wütend war, dass man ihn in seinem

eigenen Haus überfallen hatte, machte er sich keine allzu großen Sorgen wegen Jack. Ein echter Verbrecher wäre nach vollbrachtem Raubmord längst seiner Wege gezogen, offenbar schien Drew also die Wahrheit zu sagen. Er war ein Goldsucher, es fragte sich nur, ob er tatsächlich etwas gefunden hatte. In diesem Fall hatte er einen waschechten Vagabunden vor sich, der sich vielleicht als nützlich erweisen würde.

In diesem Augenblick steckte Polly den Kopf zur Tür herein. »Ich dachte, ich hätte gehört…« Sie hielt keuchend inne, als sie Jack Drew mit dem Boss am Esstisch sitzen und Whisky trinken sah.

»Ich hätte gern Frühstück«, knurrte Kit und schickte sie hinaus.

»Ich auch«, rief Drew ihr nach, doch sie hütete sich, ihn anzusehen.

Kit warf einen Blick zu Drew hinüber und stellte interessiert fest, dass die Waffe in einer raschen, taktvollen Bewegung vom Tisch verschwunden war, bevor Polly sie entdecken konnte. Im frühen Morgenlicht konnte er den Burschen zum ersten Mal deutlich erkennen, bemerkte die listigen Augen und markanten Züge und schrak flüchtig zusammen, als sein Blick auf die schorfigen Brandwunden in der einen Gesichtshälfte fiel.

»Stammen die Brandwunden von dem Buschfeuer?«, fragte er. Die Waffe lag wieder auf dem Tisch.

»Ja. Hat mich auf der ganzen linken Seite erwischt. Hat scheußlich wehgetan.«

»In letzter Zeit hat es hier gar keine Buschbrände gegeben.«

»Es war in den Bergen. Ich wurde schwer verletzt, und ein paar Schwarze haben mich gepflegt. Sie konnten nicht viel tun, also bat ich sie, mich flussabwärts zu den Weißen zu bringen. Sie haben es wohl sehr wörtlich genommen und sind gerudert, bis sie weiße Männer auf den Feldern sahen.

Sie luden mich ab, bevor man auf sie schießen konnte. Woher sollten sie wissen, dass Farmarbeiter keine Waffen tragen?«

Kit nickte. Es klang glaubwürdig. Und ihm fiel keine andere Erklärung ein. Auffällig waren Drews gelegentliche Aussprachefehler, denn er sprach für einen Vagabunden ein recht anständiges Englisch. Er fragte sich, ob es wohl damit zu tun hatte, dass der Bursche angeblich zehn Jahre im Busch verbracht hatte.

»Du hast erwartet, man würde einen Arzt holen?«

»Natürlich. Warum haben Ihre Männer sich nicht darum gekümmert?«

»Weil es Gefangene sind. Es ist ihnen nicht gestattet.«

»Jetzt kommen Sie mir nicht auf die Tour, Kumpel.«

Kit beachtete ihn nicht und deutete auf die Waffe. »Die kannst du mir ruhig geben. Du wirst mir ja nicht den ganzen Tag hinterherlaufen, außerdem besitze ich noch weitere Schusswaffen. Eins wüsste ich gern: Wenn du tatsächlich bei den Schwarzen gelebt hast, dann sprichst du gewiss auch deren Sprache.«

Drew nickte. »*Marl boolar guliba boolarboolar boolargoolibar gulibaguliba.*«

»Was soll das heißen?«

»Eins, zwei, drei, vier, fünf.«

»Woher soll ich wissen, dass das nicht kompletter Unsinn ist?«

Drew antwortete mit einem Achselzucken. »Das können Sie nicht wissen. Und ich behalte den Revolver, damit die Lage ausgeglichen ist. Ich lasse mich nicht mehr einsperren.«

»Ich habe gesagt, du kannst bleiben.«

»Wo?«

Kit konnte nicht zulassen, dass der Vagabund in sein Haus zog, wollte aber ebenso wenig, dass er sich unter die Arbeiter mischte. Er hatte ein zu loses Mundwerk.

»Es gibt ein Zimmer neben der Küche«, sagte er mit einem

süffisanten Grinsen. »Polly wird es dir zeigen. Wir reden später. Du wirst nicht umsonst hier wohnen; ich habe einen Job für dich.«

Polly wirkte müde. »Er hat Albert auspeitschen lassen«, flüsterte sie, als Jack in die Küche kam. »Und die Männer auf halbe Ration gesetzt…«

»Tut mir leid.« Er hielt seinen verletzten Arm vor der Brust, als wollte er ihn schützen, verbarg dabei aber die Waffe unter seinem lose sitzenden Hemd. Er hätte sie zurückgeben können, doch sie fühlte sich einfach gut an. Er freute sich schon darauf, sie in Ruhe zu untersuchen.

»Der Boss hat gesagt, ich könne ein Zimmer neben der Küche haben. Ist es da draußen?« Er deutete durchs Fenster auf das Gebäude, das jenseits des kleinen Gartens lag.

Polly starrte ihn an. »Da drinnen bringt er dich unter? Wie kommt es, dass ihr beide plötzlich auf so freundschaftlichem Fuß steht?«

»Ich glaube, er weiß, dass ich ihm nützlich sein kann. Jemand muss ihm von meinem Gold erzählt haben.«

Sie errötete. »Und wir werden alle dafür bestraft? Albert windet sich vor Schmerzen, und du wirst mit offenen Armen empfangen, was? Das also ist der Dank. Ihr Zimmer ist hier drüben, Mr Drew. Frühstücken Euer Ehren gemeinsam mit dem Herrn?«

»Nein, im Zimmer«, entgegnete Jack wütend. Die Strafen waren vollzogen, daran konnte er nichts mehr ändern. Er hatte sich entschuldigt. Was wollte diese Frau denn noch? Sollte er etwa in den Schuppen zurückkehren und sich wieder einschließen lassen?

Das kleine Zimmer war ordentlich und roch ganz sauber. Das Eisenbett hatte Matratze, Kopfkissen, Laken und Decke, die Jack zaghaft berührte. Auf dem Steinboden standen ein schlichter Tisch mit Stuhl, ein Vorhang in der Decke diente wohl als Schrankersatz. Vor Jahren hätte er dies als kleinen Palast betrachtet, doch nun wirkte das Zimmer beklemmend. Er öffnete das Fenster ganz weit, stellte den Stuhl vor die Tür, damit sie offen blieb, und setzte sich auf die Bettkante. Er würde sich daran gewöhnen. Wieder ein normaler Mensch werden.

In diesem Moment brachte Polly ein Tablett und stellte es unsanft auf den Stuhl neben der Tür.

»Ihr Frühstück, *Mr Drew*«, rief sie zornig und stürmte wieder in die Küche. Jack bedauerte, dass sie noch wütend war, und kam sich schuldig vor, doch was hätte er tun sollen? Er hob das Handtuch und entdeckte köstlich gebräunte Koteletts, Brot und Butter und eine Kanne Tee. Und die Esswerkzeuge der Weißen! Er nahm sie behutsam auf und flüsterte: »Messer, Löffel, Gabel, Tasse.«

Er kannte sie zwar noch, war aber so hungrig, dass er die Tür schloss, das Tablett auf den Boden stellte und mit den Fingern über das Essen herfiel.

Danach rülpste er genüsslich und wandte seine Aufmerksamkeit dem Revolver zu. Ein schönes Stück mit silberbeschlagenem Kolben und glatter Bohrung. Er wurde von vorn geladen, im Zylinder gab es fünf Kammern. In seiner Zeit als Räuber hatte er zwar derartige Revolver gesehen, aber nie ein so gepflegtes und teures Exemplar besessen. Seltsam, dass er sich gerade jetzt an seine Vergangenheit als Straßenräuber erinnerte, wo er doch schon seit Jahren nicht einmal mehr an England gedacht hatte. Er war mit dreizehn von zu Hause weggelaufen, weg von seinen Eltern, einem frömmelnden Paar, das sich seinen Gebeten und der Heuchelei hingab, eine Mission für Seeleute am Hafen unterhielt und darauf erpicht war, Seelen zu retten.

»Mit Prügel und Peitsche«, knurrte Jack, als er sich aufs Bett legte. Die meisten Seeleute merkten rechtzeitig, dass es die Nächstenliebe nicht umsonst gab, und mieden die Mission der Wodrows, doch einige ließen sich dazu überreden, ihre Sünden zu beichten, und durften die Schläge des Reverends über sich ergehen lassen, während seine Frau Hymnen dazu sang. Natürlich durchdrang die Gewalt auch den Alltag der Familie. Die kleinen Söhne – Jack war der Ältere – mussten tagtäglich Prügel und Kopfnüsse ertragen. Jack nannte seine Mutter Clara heimlich »Kopfnuss«, weil sie nie an ihnen vorbeigehen konnte, ohne ihnen einen Schlag zu versetzen. Sie betrachtete ihre Jungen als Sünder, die mit harter Zucht dem Herrn zugeführt werden mussten, und behandelte die Kinder noch grausamer als der Vater. Manchmal zitterten sie vor Kälte, durften aber nicht die warme Küche betreten, während ihnen der Vater zu erklären suchte, ihre Mutter sei eine gute Frau und wolle nur ihr Bestes.

Jack verzog das Gesicht. »Hector, du Narr«, murmelte er. »Du hast diesen Mist tatsächlich geglaubt.«

Jack war realistischer als sein jüngerer Bruder, hielt seine Mutter für schlichtweg boshaft und seinen Vater Mervin für einen kompletten Idioten. Er hatte erlebt, wie sehr Reverend Wodrow es genoss, leichtgläubige Seeleute zu verletzen und zu demütigen, und auch die andere Seite seines Vaters gesehen, der vor den reichen Wohltätern, die zum Hafen kamen, um seine guten Taten zu besichtigen, im Staub kroch.

Jack begriff bald, dass diese Menschen es seltsam erregend fanden, einen Blick in die verdorbene Unterwelt Londons zu werfen. Beinahe alle spendeten für die Mission, ohne zu wissen, dass der größte Teil in Kopfnuss' Geldkassette wanderte, die sie verschlossen in einem schweren Eichenschrank oben in ihrem Schlafzimmer aufbewahrte. Die Wohltäter glaubten, die Wodrows lebten in dem winzigen Steinhäuschen hinter der Mission, weil die beiden Jungen dort bei den Hausaufgaben saßen, doch darin irrten sie. Sobald die Mission abends schloss, flüchtete die Familie über den Kanal in ihr gepflegtes Cottage, das anderthalb Meilen entfernt hinter einer hohen Mauer lag.

Die Wohltäter wunderten sich kaum, wenn sie in dieser kriminellen Gegend ihre Geldbörsen oder andere Wertgegenstände an Taschendiebe verloren, wären aber überrascht gewesen, hätten sie gewusst, dass einer dieser Taschendiebe niemand anderer war als der ältere Sohn des Reverends, der sein Handwerk bei den örtlichen Langfingern gelernt hatte.

Nachdem Jack auf diese Weise mehrere Pfund zusammengetragen hatte, wollte er bei seiner Flucht auch noch die Geldkassette mitnehmen, hatte aber zu lange gewartet. Kopfnuss hatte aus Angst, das Haus könne in ihrer Abwesenheit ausgeraubt werden, die stattliche Summe zur Bank getragen. Ihr Sohn hatte mittlerweile genug von seinen Eltern, er konnte die Flucht nicht länger aufschieben. Seinen zehnjährigen Bruder wollte er mitnehmen, doch Hector fürchtete sich vor dem radikalen Schritt. Er hatte Angst, Jehova könne ihn niederstrecken.

Jack tauchte wie benebelt aus diesen Erinnerungen auf. Er lag noch immer auf dem Bett und streichelte den Revolver. Er würde ihn wohl doch besser zurückgeben. Der Major hing offensichtlich sehr daran, und es hatte keinen Sinn, ihn zu reizen. Außerdem konnte er die übrigen Waffen jederzeit ausfindig machen, dachte Jack grinsend.

Er ging ins Esszimmer und legte den Revolver vor seinen Gastgeber auf den Tisch, der nur nickte und weiter von seinem riesigen Steak aß.

»Was für ein Job ist das?«, wollte Jack wissen.

»Ich werde beim Essen nicht gern unterbrochen. Du wirst in Zukunft anklopfen, bevor du mein Haus betrittst, und mich mit Sir ansprechen. Verstanden?«

»Ja. Ich warte auf der Veranda. Ich habe jede Menge Zeit.«

Er ging durch die Flügeltür und wünschte, er könnte die Kleider ausziehen, die an den Wunden scheuerten. Er schaute ins Tal hinunter. In der Ferne verbrannten Männer Gestrüpp auf dem gerodeten Gelände, der Rauch kräuselte sich träge in der feuchten Luft, und über ihnen kreiste ein Adler, der aufgestört von der Hitze nach Beute suchte.

Polly kam nach draußen. »Mister Drew, Sir, der Major wünscht, dass ich Ihnen das Badezimmer zeige. Er sagt, Sie seien sein Gast und benötigten ein Bad.«

Jack antwortete erst gar nicht, sondern folgte ihr durch den Mittelkorridor in einen Raum ganz am Ende, der sich neben einem großen Wassertank befand. Er hatte noch nie ein Badezimmer in einem Wohnhaus gesehen; in London hatte er in seinen wilden Tagen Badehäuser besucht.

Hier jedoch gab es eine Zinkwanne mit hochgezogenem Rückenteil, die mitten im Raum stand, darüber einen großen Wasserhahn.

»Hier ist ein Handtuch«, sagte Polly. »Steck den Stöpsel rein und dreh das Wasser auf. Heißes Wasser brauchst du heute nicht, dafür ist es zu warm.«

Es klang wie eine Strafe und Jack grinste. »Kaltes reicht. Willst du mich auch waschen?«

»Natürlich«, knurrte sie sarkastisch. »Gewöhnlich erledigen das wohl Ihre schwarzen Frauen, Euer Lordschaft.«

»Ja«, sagte er nur und drehte den Hahn auf, während Polly schnaubend davonstapfte.

»War doch nur ein Witz«, rief er ihr hinterher, doch sie antwortete nicht.

Es dauerte eine Weile, bis die Wanne voll war. Jack stieg mit einem großen Stück Seife hinein, mit dem er den Dreck abschrubbte, der sich seit seiner Ankunft am Flussufer angesammelt hatte. Er kam sich vor wie Moses und hätte gern seinen Eltern die Geschichte erzählt, wie ihr Sohn von König Ferrington gefunden und wie ein kleiner Fürst aufgenommen worden war. Das gäbe eine schöne Predigt.

Er sah auf, als Ferrington hereinkam.

»Auf Sie habe ich schon gewartet.«

»Du brauchst ein Bad. Du stinkst.«

»Genau wie Sie.«

»Ich habe dir Kleider gebracht. Du kannst nicht wie ein Sträfling herumlaufen. Stiefel bekommst du aus dem Magazin.«

»Ich brauche keine Stiefel.«

»Wie du willst.«

Während sie redeten, musterte ihn der Major eingehend.

»Die Schulterwunde ist keine Verbrennung.« Er trat rasch hinter die Wanne und sah sich den Rücken seines Gastes an. »Dachte ich's mir. Eine Schussverletzung.«

»Stimmt. Ich wurde überfallen.«

»Angeschossen?«

»Sie hätten Mühe gehabt, mich ins Feuer zu werfen, wenn sie mich zuvor nicht angeschossen hätten.«

»Wer hat dich denn angegriffen?«

»Keine Ahnung. Möchten Sie sich auch meinen Hintern ansehen? Da habe ich eine Narbe von einer Speerwunde.«

»Vor denen bist du auch weggelaufen?«

»Nein. Es war ein Spiel. Ich habe verloren.«

Der Major schaute aus dem Fenster. »Na schön. Du solltest den Arm verbinden, ihn scheint es am schlimmsten erwischt zu haben.«

Mit diesen Worten ließ er seinen Gast allein.

»Er scheint mir tatsächlich zu glauben«, dachte Jack und wusste noch immer nicht, für welchen Job der Major ihn auserkoren hatte. Vielleicht war der allmächtige Boss auch nur ein wenig einsam und suchte jemanden, mit dem er plaudern konnte.

»Himmel«, sagte er bei sich, als er aus der Wanne stieg. »Ob er wohl Karten spielt? Hab schon lange keine mehr in der Hand gehabt, aber ich könnte es wieder lernen.«

Ein Unwetter zog von den Hügeln herüber, und Jack sah aus dem Fenster, wollte sich an etwas erinnern, etwas, das mit diesem Tal zu tun hatte, das eine Saite in ihm zum Klingen brachte. Gewiss war er nie zuvor hier gewesen, war aber vielleicht an den Ausläufern vorbeigekommen, als er jenseits der Hügel entlangzog. Seine letzte Erinnerung war die Montone-Station, die hoffentlich weit entfernt lag. Er dachte nur ungern an den Überfall, weil er ihm nicht nur körperliche Schmerzen zugefügt, sondern auch zur Trennung von seinen Freunden und dem Verlust des Goldes geführt hatte.

Jack zog sich an. Die Hose war gebraucht, aber aus gutem Stoff. Er würde das weiße Hemd ruinieren, wenn er nicht die nässenden Wunden am Arm verband, und rief daher zögernd nach Polly.

»Du brauchst Verbandszeug für den Arm?«

Er nickte und sah zu, wie sie in einem Beutel Lumpen wühlte und ein Stück von einem Laken herausholte.

»Das müsste reichen.«

»Wie geht es Albert?«

»Was glaubst du denn? Meinst du, er liegt aus Spaß flach auf dem Bauch?«

»Kann ich irgendetwas für ihn tun?«

Polly sah ihn vorwurfsvoll an. »Frag ihn doch selbst!«

Jack zog sich in sein Zimmer zurück, verband seinen Arm, saß da und starrte in den Regen hinaus. Schwerer Donner kündete weitere Niederschläge an. Er fühlte sich müde und fiebrig, weil er zu wenig geschlafen hatte, doch das Bett mit dem weißen Laken schüchterte ihn ein. Schließlich gewann die Erschöpfung die Oberhand, und er schlief ein, die Decke über den Kopf gezogen.

Selbst jetzt fand er keine Ruhe, schreckte aus wirren Träumen hoch. Auch die Verletzungen ließen ihm keine Ruhe. Er vermeinte, eine Frau schreien zu hören. Es war dunkel, er konnte sie nicht sehen, ahnte aber, dass es die Frau aus dem Schlafzimmer war, die in den Tumult des Überfalls geraten war. Ihr Schrei war qualvoll, vermischte sich mit seinen eigenen lautlosen Schreien, und dann kam das Feuer, und er wollte zu ihr zurück, wusste aber, dass man sie getötet hatte, bei diesen Überfällen gab es keine Gnade, nicht einmal

Frauen gegenüber. Warum auch? Die schwarzen Frauen und Kinder wurden zu Hunderten abgeschlachtet. Hatten die Weißen nicht sogar seine Frau Ngalla erschossen, die unschuldig im Kreise ihrer Familie gelebt und nur das Pech gehabt hatte, schwarz zu sein? Doch wo war die Frau? Was war aus ihr geworden?

Jack warf sich unruhig hin und her. Die Tür stand jetzt offen, doch sie war nicht mehr da, und das Feuer rückte näher. Er meinte, sie rufen zu hören, und kroch weiter, fiel beinahe aus dem niedrigen Bett. Er war schweißnass und spürte, dass er hohes Fieber hatte. Entkräftet schaute er sich um. Der Regen prasselte nieder, im Zimmer war es ruhig, alles war trocken. Er wischte sich den Schweiß von der Stirn, wollte den Traum verscheuchen, doch das Gesicht der Frau war noch da. Vor kurzem hatte er einen ähnlichen Traum gehabt und spürte wieder Gewissensbisse, weil er an ihrer Marter beteiligt gewesen war.

Er trieb zwischen Licht und Dunkelheit dahin, hörte Moorabi in den wirren Stunden, bevor sie ihn flussabwärts gebracht hatten, sagen, die Montone-Station sei bis auf die Grundmauern niedergebrannt. Zerstört. Sie hatten gewonnen. Bussamarais Ruf blieb gewahrt. Jack hatte es erleichtert vernommen. Bis ihn die Frau im Traum heimsuchte. Verstörte. Aber was hätte er tun können?

Er dachte an Albert, den man brutal ausgepeitscht hatte. Und stellte sich wieder die gleiche Frage: Was hätte ich denn tun können? Nichts.

Doch die Schuldgefühle blieben, noch verstärkt durch Pollys feindselige Haltung. Obwohl er sich ein wenig schwach fühlte, beschloss er, Albert aufzusuchen; vielleicht kühlte ein Spaziergang im Regen den Brand, der hinter seiner Stirn tobte.

Auf halbem Weg den Hang hinunter begegnete er dem Major, der sofort in die Luft ging. »Wo zum Teufel willst du hin?«

»Dahin«, sagte Jack und deutete zu den Unterkünften der Arbeiter.

»Das ist verbotenes Terrain für dich. Geh zurück.«

»Ich habe gehört, Sie haben Albert ausgepeitscht, weil er mich mitgenommen hat.«

»Ich habe ihn nicht selbst ausgepeitscht, das haben zwei meiner Männer übernommen. Verdient hat er es allemal. Er hat gegen die Regeln verstoßen.«

»Ganz schön strenge Regeln, wenn er sonst nichts verbrochen hat.«

Ferrington fiel ihm wütend ins Wort. »Das übliche Verfahren! Er hatte die Wahl. Zurück ins Gefängnis oder die Peitsche. Und er ist schlau genug zu wissen, dass sie ihn im Gefängnis ohnehin ausgepeitscht hätten.«

»Aber Sie hätten diesen Befehl nicht geben müssen.«

»Und du kümmerst dich gefälligst um deinen Kram. Ich muss diese Halsabschneider an die Kandare nehmen, und das gelingt mir immerhin ohne Ketten und Schlösser. Du sagst, du seist kein Sträfling, sondern als freier Mann hergekommen. Also geht dich das alles nichts an.«

Plötzlich kam Jack eine Idee, weshalb Ferrington zu ihm ins Bad gekommen war. Er wollte nachsehen, ob er am Rücken die Narben von Peitschenhieben trug. Die verrieten jeden Sträfling. Er dankte dem Himmel, dass es ihm seinerzeit gelungen war, der Peitsche zu entgehen …

»Was den Job angeht«, sagte Ferrington und bedeutete Jack, in den Schutz einer Seitenveranda zu treten, »möchte ich jetzt mit dir darüber sprechen.«

Jack wünschte, er hätte den Mut gefunden und darauf bestanden, Albert zu besuchen, wünschte, er hätte die Möglichkeit gehabt, Ferrington zum Teufel zu schicken und einfach wegzugehen.

»So«, sagte der Boss, als sie im Trockenen standen. »Sobald es aufhört, zu regnen, wirst du die Gegend hier erforschen. Ich hatte bisher keine Zeit dafür. Da draußen gibt es riesige Stationen, die von Leuten aus dem Landesinneren aufgebaut werden. Hast du welche davon gesehen?«

»Ich habe einige wenige Häuser gesehen«, sagte Jack. »Ich war wohl weiter im Norden. Bin zuerst von Sydney aus nach Westen über die Berge gereist und dann mit den schwarzen Familien nach Norden weitergezogen.«

»Wie sieht es jenseits der Berge aus?«

»Ungefähr so wie hier.«

»Ich habe gehört, dort sei Wüste.«

»Wüste? O nein, die liegt viel weiter westlich.«

»Ich habe vor, dem Flusslauf zu folgen. Mich gründlich umzusehen. Das wollte ich schon immer mal tun...«

Jack hörte zu, wie Ferrington über das Tal und seine Umgebung schwafelte und die Notwendigkeit, die Gegend genau zu kennen, wenn man ein erfolgreicher Viehzüchter werden wollte. Er hatte offenbar seine Rolle gefunden. Offensichtlich wollte er die Reise nicht in Begleitung von Sträflingen unternehmen, was gefährlich war und überdies keinen guten Eindruck gemacht hätte. Allein konnte er im Busch nicht bestehen. Nicht alle Schwarzen waren von den Weißen vertrieben worden; vermutlich hatten sie sich in die dicht bewaldeten Berge zurückgezogen. Ferrington wusste das und würde einen Führer, der die Sprache der Eingeborenen beherrschte, zu schätzen wissen.

»Wie heißt der Fluss?«, erkundigte sich Jack.

»Brisbane River.«

»Der Name, den die Schwarzen dafür haben, könnte mir einen Hinweis darauf geben, wo ich eigentlich bin.«

»Was soll das heißen? Ich kann dir genau zeigen, wo wir uns befinden. Komm, sieh dir meine Landkarten an.«

Ja, dachte Jack bei sich, du weißt, wie es auf dem Papier aussieht, aber die Schwarzen haben andere Namen dafür. Ich kenne meine Orientierungspunkte. Mit etwas Glück erkenne ich sie wieder. Er unterdrückte ein Lachen. Natürlich beherrschte er die Sprache der Schwarzen. Jedenfalls die der

Kamilaroi, und auch die war eigentlich nur ein Dialekt. Wusste dieser Narr denn nicht, dass es Hunderte verschiedener Sprachen und Dialekte gab? Woher sollte er wissen, wie die Leute hier sprachen?

Jack zuckte die Achseln und folgte dem Major ins Haus, wobei sie an einem Schrank vorbeikamen, den ein Spiegel schmückte. Er sah jemanden darin, erkannte sich selbst, trat zurück, um sich besser betrachten zu können, blieb wie angewurzelt stehen... Das Gesicht eines alten Mannes. Grau meliertes Haar und schwere Brauen, wie mit Schnee bepudert. Sein Gesicht war schmäler, die Augen blickten ernsthaft und eindringlich; sie schienen das humorvolle Zwinkern verloren zu haben. Seine Haut sah ledrig aus, und die Verbrennungen auf der Wange wirkten abschreckend. Hässlich war er, vor allem aber furchtbar alt.

Er rechnete. Vierzig, erst vierzig, und er sah aus wie sechzig. Oder noch älter!

Ferrington wartete auf ihn. »Bewunderst du dich im Spiegel, Drew?«

Jack wandte sich langsam um, wie betäubt. »Nein. Mir ist nur klar geworden, welche Spuren die zehn harten Jahre bei den Eingeborenen hinterlassen haben.«

»Warum bist du so lange geblieben?«

»Ich war sicher, ich würde Gold finden.« Das war der glaubwürdigste Teil seiner bruchstückhaften Geschichte, dachte er seufzend. Und dabei hatte er sich in einen alten Mann verwandelt.

Ferrington bat Drew gar nicht erst mitzukommen, sodass Jack auch nicht ablehnen konnte. Er betrachtete es als selbstverständlich, dass ihn der Fremde begleiten würde. Drew war stur, dies war offensichtlich, stur bis zum Wahnsinn, wenn er so lange nach Gold gesucht hatte. Auch hatte er nicht hinnehmen wollen, dass Alberts Strafe notwendig gewesen war, und stand seinem Boss kritisch gegenüber. Andererseits war diese Haltung ganz typisch für die Angehörigen der Arbeiterklasse, man musste einfach aufpassen und auf der Hut sein. Dennoch wäre Jacks Teilnahme an einer Erkundungstour durch den Bezirk mehr als beruhigend.

Der Major ging in den Salon, wo die Stukkateure arbeiteten. Er war so stolz auf die zarten Rosen an den Simsen, als hätte er sie mit eigener Hand geformt. Dann marschierte er durch die Hintertür hinauf auf die schlammigen Felder, um seinen täglichen Rundgang aufzunehmen. Er hatte sich viel länger als erwartet in Brisbane aufgehalten, weil Treiber eine große Viehherde auf den Markt bringen sollten, doch das Geschäft war nicht zustande gekommen. Zu seinem Ärger hatte er erfahren, dass sie die Tiere unterwegs verkauft hatten, ohne sich um die wartenden Kunden zu kümmern.

»Das musste ja passieren«, hatte Rollo Kirk bemerkt. »Es kommen so viele neue Siedler in die Stadt. Sie sollten besser einen Makler beauftragen.«

Er kam an einer Hecke aus Grevilleen vorbei, deren rote Blüten wie Flammen im Grün aufleuchteten, und dachte, wie sehr sie Jessie gefallen würden. Als er sich umsah, fand er sein Anwesen trotz des Regens bildschön, alles war so grün, das weiße Haus schmiegte sich an den Hügel, als hätte es schon immer dort gestanden. Hohe Eukalyptusbäume säumten die lange Auffahrt wie stämmige Wächter. Kit selbst hatte sie markiert, damit sie beim Roden nicht gefällt wurden. Statt die Auffahrt gerade durch den Wald anzulegen, sodass sie von der Straße unmittelbar zum Haus führte, hatte Kit dafür gesorgt, dass sie sich um die riesigen alten Bäume herumwand. Sie maß eine halbe Meile, und das Haus blieb hinter einer Anhöhe verborgen, bis man um eine Kurve bog und Kits kostbarster Besitz sich den Blicken darbot.

Die Molkerei war blitzsauber. Tom Lok war dabei, die Milch zu zentrifugieren. Kit nickte ihm zu und ging weiter in die Ställe, wo er sein Pferd sattelte und den Weg entlangritt, um zu überprüfen, welche Fortschritte die Arbeiter beim Roden machten. Mittlerweile störte ihn der Gedanke, dass er zugesagt hatte, Jessie und ihre Mutter in Sydney abzuholen, damit sie das Anwesen besichtigen und die Hochzeitspläne besprechen konnten. Stand der Termin erst fest, würde es noch diverse gesellschaftliche Verpflichtungen in Sydney geben, bis der große Tag gekommen war.

Während er den Weg am Fluss entlangritt, kam ihm der Gedanke, einen richtigen Anlegesteg zu bauen. Doch die Hochzeit ließ ihm keine Ruhe. Wozu die ganze Mühe? Konnte er sich die zweite Reise nicht sparen? Heiraten. Heimkommen, gemeinsam mit seiner Frau. Das Haus mit der herrlichen Umgebung war wie geschaffen für die Flitterwochen. Er wusste, dass Jessie und ihre aufdringliche Mutter von einer Hochzeitsreise in die Blue Mountains gesprochen hatten, die ihn noch länger von der Farm fern halten und noch höhere Kosten mit sich bringen würde. Nein, das war unmöglich. Er würde Jessie notfalls erklären, dass sie kein Geld für solche Banalitäten besaßen. Zuallererst galt es, einen brauchbaren Viehbestand aufzubauen.

Fast hätte er sein Pferd an Ort und Stelle gewendet, entschied dann aber, die Männer auf Trab zu halten, ritt an ihnen vorbei und brüllte einige Anweisungen. Dass die Baumwurzeln ordentlich auszugraben seien und einige Bäume als Windschutz stehen bleiben mussten.

Bald saß er wieder in seinem Büro mit Blick auf den Hof und setzte im Geist einen Brief an Jessie auf, in dem er sie über seine geänderten Pläne informierte. Sie würde begeistert sein, genau wie er. Er wohnte schon viel zu lange allein hier. Grinsend dachte er, wie schön es sein würde, eine aufregende junge Frau, die ihre Rundungen an den richtigen Stellen hatte, ständig verfügbar zu haben. Jessie wäre die ideale Frau für einen einsamen Mann. Und ihre Mitgift war auch nicht übel, von dem späteren Erbe ganz zu schweigen.

Er holte ein Blatt Papier heraus und prägte mit einer Zange an der Ecke seine Initialen ein.

Meine liebe Jessie, begann er schwungvoll.

4

Adrian Pinnock war wütend, weil sein Großvater sie warten ließ. Er hatte sich auf das Essen im Government House gefreut, obwohl man ihm befohlen hatte, seine jüngere Schwester zu begleiten.

»Warum machst du ein solches Theater darum?«, wollte sie wissen.

»Sir Charles hasst es, wenn man zu spät kommt.«

»Die Gäste werden sich erst in einer Stunde zu Tisch begeben, uns bleibt also noch viel Zeit.«

»Ich will nicht hineinstürmen und über den Trog herfallen. Ich bin gern unter Menschen, möchte mich unterhalten.«

»Mit jemand Bestimmtem?«

»Cecilia Dignam, wenn du es genau wissen willst. Ich habe gehört, sie wolle mit mir reden.«

»Cissie Dignam! Dieses hochnäsige Dummchen? Worüber möchte sie wohl mit dir reden?«

»Ich glaube, ich soll sie zum Militärball begleiten«, erwiderte Adrian stolz.

»Ehrlich? Ich muss Mercia erzählen, dass sie die Jungen fragen soll, ob sie sie begleiten!«

»Sei nicht so albern, Jessie! Mit Mercia hat das gar nichts zu tun. Kümmere dich lieber um deine Angelegenheiten.«

Er lief wütend im Zimmer auf und ab, zupfte vor dem Spiegel seine weiße Seidenkrawatte und den Frack zurecht. Jessie betrachtete ihn belustigt. Bevor sie von Parramatta nach Sydney zogen und in die Militärkreise gelangten, hatte ihr Bruder sich nie für elegante Kleidung interessiert. Gewiss hatte ein junger Mann es nicht leicht, wenn er mit den hier stationierten Armeeoffizieren konkurrieren wollte; sie wirkten prachtvoll in ihren Uniformen und sahen oft sehr gut aus. Vor allem einer, dachte sie seufzend, ihr Major Ferrington. Groß, blond, attraktiv. Ein warmes Lächeln huschte über ihr Gesicht.

Sie vermisste ihren Verlobten so sehr, dass sie es kaum ertragen konnte. Vor allem, weil er kein großer Briefeschreiber war. Er hatte wunderbar romantisch um sie geworben, als er noch Adjutant im Government House gewesen war. Jessie war in einen Wirbel aus unterhaltsamen gesellschaftlichen Veranstaltungen geraten und völlig überrascht gewesen, als er ihr unvermittelt einen Antrag machte. Sie konnte es noch immer nicht richtig glauben. Sie, ein Mädchen vom Land, sollte Kit Ferrington, den elegantesten und beliebtesten Offizier von ganz Sydney, heiraten.

Er hatte oft davon gesprochen, eine Farm zu kaufen, was Jessie durchaus vernünftig erschien. Die Pinnocks waren ebenfalls Viehzüchter, und sie selbst hatte gern auf dem Land gelebt. Allerdings wunderte es sie, dass er so lange brauchte, um ein geeignetes Stück Land zu finden und ein angemessenes Haus zu errichten. Auch störte es sie ein wenig, dass seine Wahl auf ein so entlegenes Gebiet gefallen war, das eigentlich nur per Schiff zu erreichen war. Jessie schien es, als zöge sie in ein fremdes Land, und sie war traurig, weil sie ihre verwitwete Mutter und ihren hochbetagten Großvater Marcus zurücklassen musste. Doch es ging nicht anders, dachte sie seufzend. Sie wünschte nur, Kit würde öfter schreiben. Zudem war er in den vergangenen sechs Monaten nur einmal nach Sydney gekommen.

»Rom wurde nicht an einem Tag erbaut«, hatte Großvater gesagt. »Lass ihm Zeit. Mein Vater hat Jahre gebraucht, um unser Anwesen zu roden; er konnte sich keine Sträflinge leisten. Dank seiner harten Arbeit und Voraussicht stehen wir auf Generationen hinaus gut da. Falls dein Bruder es klug anstellt«, fügte er knurrend hinzu. »Und das Gleiche will Kit dir auch bieten.«

Was Adrian betraf, waren seine Mutter und sein Großvater grundsätzlich geteilter Meinung. Er behauptete, sein Enkel sei faul und verantwortungslos, wogegen Blanche Pinnock ihren Sohn in Schutz nahm.

»Wenn du ihm nur Verantwortung geben wolltest, würde er sich auch mehr engagieren. Aber nein, du willst alles selbst erledigen, ohne ihn jemals einzubeziehen. Kein Wunder, dass er mehr Zeit in der Stadt verbringt als auf der Station.«

»Sein Vater hat sich nie darüber beschwert, wie ich die Dinge leite. Er hat einfach mitgeholfen, er wusste, was zu tun war, ohne lange zu fragen.«

»Barney war eben anders, Marcus. Das weißt du genau.«

»Was willst du damit sagen? Dass dein Sohn nicht für harte Arbeit geschaffen ist? Dann sollte er besser rasch herausfinden, *wofür* er geschaffen ist, statt den Dandy zu spielen.«

»Ich habe nicht gesagt, dass er nicht hart arbeiten kann. Das würdest du merken, wenn du nicht ständig an ihm herumnörgeln würdest!«

Der Streit drehte sich im Kreis, dachte Jessie, er würde niemals enden. In diesem Augenblick kam ihre Mutter herein und teilte ihnen mit, Marcus sei bei der Vorstandsversammlung des Krankenhauses aufgehalten worden und habe sie angewiesen, vorauszufahren.

»Marcus hat die Kutsche, also müssen wir eine Pferdedroschke nehmen«, sagte sie und rückte ihren ausladenden Hut zurecht. »Ruf uns eine, Adrian.«

»Nicht nötig, Mutter. Ich hole meinen neuen Brougham, du musst endlich damit fahren. Es wird dir gefallen. Bin gleich zurück.«

Blanche schüttelte den Kopf. »Dein Großvater ist ohnehin schon wütend, dass du den Wagen gekauft hast. Er war so teuer, dabei brauchen wir ihn gar nicht.«

»Und ob«, meinte Jessie lachend. »Für Gelegenheiten wie

diese. Adrian ist so stolz darauf, und es macht sicher Spaß, darin zu fahren. Er rollt ganz leicht, und Adrian sagt, dem Pferd mache es auch keine Mühe, weil die Vorderräder so scharf wenden können.«

»Warum man das tun sollte, außer um zu rasen, ist mir unbegreiflich. Wenn wir, wie ihr behauptet, einen zweiten Wagen benötigen, hätte es auch eine kleine Kutsche getan. Adrian, ich würde dies nicht im Beisein deines Großvaters sagen, aber die Pinnocks brauchen nicht anzugeben. Ich finde den Wagen schlichtweg protzig.«

Der Brougham war bequem, das musste Blanche zugeben. Gut gepolstert, gute Qualität bis hin zu den lackierten Kästen für die Decken und die Seitenlampen, doch als sie die South Head Road entlangschossen, rief sie Adrian zu: »Langsamer! Das ist doch kein Rennen.«

Er zügelte das Pferd ein wenig. Sie lehnte sich zurück, damit man sie nicht in diesem schicken, federleichten Vehikel sah, mochte es auch der letzte Schrei sein.

»Zieh bitte die Handschuhe an, Jessie.«

»Wir sind doch noch nicht da. Es ist so heiß.«

»Dann verbirg deine Hände.«

Jessie sah reizend aus, dachte Blanche. Das sommerliche, blaue Georgettekleid, gestern erst fertig genäht, passte wunderbar zu ihrem dunklen Haar. Wie geschaffen für die elegante Gesellschaft, genau wie der entzückende Hut. Dabei hatte Blanche darauf bestehen müssen, dass Jessie ihn kaufte, weil er angeblich zu auffällig war! Geistesabwesend strich Blanche über die Revers ihres grauen Seidenkleides mit der weißen Satinpasse. Kühl und dezent, genau richtig.

Anders als ihre Tochter liebte Blanche schöne Kleider. Und Schmuck. Im Haus in Rose Bay wie auch auf der Station in Parramatta waren zwei ganze Räume ihrer Garderobe vorbehalten. Barney, ihr verstorbener Gatte, hatte ihre Besessenheit amüsant gefunden.

»Einige Damen«, pflegte er zu sagen, »arbeiten gern im Garten oder machen Handarbeiten oder lesen, während andere auf dem Piano klimpern oder ein Liedchen trällern, doch Blanches Hobby ist die Mode.«

»Das ist nicht ganz korrekt«, hatte sie erwidert. Es gab Mode und Mode! Überweite Röcke, breitkrempige Hüte und grelle Farben galten oft als modisch, während Blanche sie scheußlich fand.

»Alles muss sich dem guten Geschmack unterwerfen«, sagte sie, doch keiner hörte zu. Sie fand es enttäuschend, dass ein gut aussehendes Mädchen wie Jessie, die in den richtigen Kleidern hinreißend wirken würde, stets die bequemere Variante vorzog.

Sie fuhren nun die geschäftige Macquarie Street entlang, am Krankenhaus vorbei zum Botanischen Garten, dem Stolz von Sydney. Sie lebte wirklich gern hier, fragte sich aber, ob es nicht doch ein Fehler gewesen sei, nach Barneys Tod hierher zu kommen. Was ihre Kinder betraf, war es allemal ein Fehler gewesen. Adrian hatte sich einer wilden Truppe angeschlossen, meist Offiziere, und zu Blanches Entsetzen war auch Jessie hineingezogen worden.

Sie warf ihrer Tochter einen Blick zu. Jessie war willensstark und ein wenig zu geradeheraus für ihren Geschmack, aber dennoch ein vernünftiges Mädchen. Eigentlich stand sie mit beiden Füßen fest auf dem Boden, ganz anders als ihr Bruder. Blanche hatte sie gerügt, weil sie sich in so fragwürdige Gesellschaft begab, doch Jessie hatte nur gelacht.

»Keine Sorge, Mutter, ich weiß, sie sind ein bisschen wild.«

»Oberflächlich, würde ich sagen.«

»Mag sein. Aber sie können auch nett und überaus amüsant sein. Sie kommen alle aus England oder Indien, man kann sich wunderbar mit ihnen unterhalten.«

Sie konnte Jessie wohl kaum den Umgang mit den Freunden ihres Bruders verbieten, zumal das Mädchen noch andere Freunde besaß, und Blanche hatte gehofft, es sei eine vorübergehende Phase. Bis Major Kit Ferrington auf der Bildfläche erschienen war, gut aussehend, ein Gesellschaftslöwe aufgrund seiner Verbindungen zum Gouverneur, überaus ehrgeizig. Und berechnend, dachte Blanche.

Doch mit dieser Meinung stand sie allein. Selbst Marcus mochte den Mann. Behauptete, er sei ein Gentleman mit Weitblick. »Da oben in eine Farm zu investieren ist ein brillanter Schachzug, der Mann beweist Pioniergeist, genau wie mein Vater. Ich kann nicht glauben, dass du tatsächlich gegen eine Heirat wärst.«

»Mutter«, sagte Adrian. »Wir sind da.«

Sie waren vor dem eindrucksvollen Portal des Government House vorgefahren. Ein Lakai hielt ihnen die Tür des Brougham auf.

Sir Charles und Lady FitzRoy standen in der Eingangshalle und empfingen ihre Gäste. Lady FitzRoy begrüßte sie und wurde dann weggerufen.

»Es ist mir eine Ehre, Sie zu begleiten, Mrs Pinnock«, sagte ihr Gastgeber. »Es scheint niemand mehr zu kommen.«

»Vielen Dank«, sagte Blanche, als sie durch die Halle schritten. »Ich wollte unbedingt mit Ihnen sprechen, Sir Charles. Haben Sie Nachricht von Georgina und Jasin Heselwood?«

»Ja, meine Liebe, in der Tat! Ich habe nach Brisbane telegrafiert, wo sie sich gründlich ausruhen. Gewiss braucht Georgina Erholung nach diesem schockierenden Erlebnis. Jasin sagt, sie sei sehr tapfer gewesen. Ritt mit den Männern davon, die Wilden unmittelbar auf den Fersen.«

»Meine Güte, geht es ihr gut?«

»Ja. Sie wollten eigentlich mit dem ersten Schiff nach Sydney zurückkehren, und meine Frau lud sie ein, bei uns zu wohnen, aber wie es scheint, haben sie ihre Pläne geändert. Ich weiß auch nichts Genaues. Die Ärmsten, ihr schönes Haus ist bis auf die Grundmauern niedergebrannt.«

Eine Stimme unterbrach sie von hinten: »Ihnen bleibt aber noch das Land, Sir Charles; Land kann man nicht verbrennen. Wie ich höre, soll es ein prächtiger Besitz sein.«

Sir Charles drehte sich um. »Marcus! Wie schön, dass Sie kommen. Ich fürchtete schon, einen Ersatzredner suchen zu müssen. Aber Sie haben Recht, Montone ist prachtvoll. Sie werden wohl irgendwann dorthin zurückkehren. Falls Georgina dazu fähig ist. Seine Lordschaft selbst würde das Land niemals aufgeben.«

Der Salon war überfüllt, und Jessie schaute sich ein wenig traurig um. Das Government House und der herrliche Garten mit Blick auf den Hafen waren ihr sehr vertraut. Sie liebte die anmutigen Räume mit den wunderschönen Möbeln, doch mit Kit wäre das alles noch erfreulicher. Als Adjutant hatte er sich so gut ausgekannt, ihr sogar gezeigt, welches Porzellan und Besteck für welchen Anlass verwendet wurden. Heute würde wohl die drittbeste Garnitur genügen, da es um ein Essen zu Gunsten des Krankenhauses ging, bei dem außer den Gastgebern keine hoch gestellten Persönlichkeiten zugegen waren. Cissie Dignam und ihr Bruder Sam kamen zu ihnen herüber, als die Gäste sich langsam in den Ballsaal begaben, wo die Tische gedeckt waren.

»Wir sollten die Partnerinnen tauschen«, witzelte Adrian. »Sam, du nimmst Jessie, und ich kümmere mich um Cissie.«

»Das wirst du nicht«, warf Blanche streng ein. »Du setzt dich an deinen Platz.«

»Es war doch nur ein Scherz, Mutter«, sagte Jessie, doch Sam Dignam grinste. »Ich fand die Idee ganz gut.«

Blanche ebenfalls, doch sie konnte nicht zulassen, dass die jungen Leute die Tischordnung störten. Lady FitzRoy hatte sich so viel Mühe gegeben. Sie dachte über die seltsamen Wege des Schicksals nach. Sam hatte Jessie immer gemocht. Er war ein freundlicher, aufmerksamer junger Mann und durch Erbschaft zu einem Vermögen gekommen. Das genaue Gegenteil von Kit Ferrington, dachte sie säuerlich. Sams törichte Schwester Cecilia, die sich zu einem peinlichen Snob entwickelt hatte, war hinter Adrian her. Blanche wusste nicht, woher Cecilias Allüren kamen, denn ihre Eltern waren anständige Viehzüchter, die sich der Überheblichkeit ihrer Tochter geschämt hätten.

Blanche wünschte sich einen Zauberstab, mit dem sie Cecilias Zuneigung auf den Major und Jessies Liebe auf Sam hätte übertragen können, doch da das aussichtslos war, seufzte sie nur und setzte sich brav neben Marcus, dem es nicht gut zu gehen schien. Sein Gesicht war stark gerötet.

»Alles in Ordnung?«, flüsterte sie.

»Ja. Bin nur etwas erhitzt. Ich bin die Macquarie Street hinaufgegangen.«

»O nein, doch nicht an so einem heißen Tag.«

»Psst … Seine Exzellenz spricht.«

Sir Charles war in guter Form, gratulierte dem Ausschuss zu seiner harten Arbeit und der Vorsitzenden Lady FitzRoy zu ihrer Leitung. Dann verkündete er, dass die Zielvorgabe von hundert Pfund erreicht sei, doch falls anwesende Damen und Herren die Summe verdoppeln wollten, um eine Kinderstation im Krankenhaus von Sydney zu finanzieren, wäre nichts dagegen einzuwenden.

Zwei Herren verdoppelten die Summe und ernteten stürmischen Applaus.

Dann betrat Marcus Pinnock, der Vorsitzende des Krankenhausvorstands, die Bühne, um erfreut über die neuen Gelder seine Rede zu halten. Er bedankte sich bei den Gastgebern und den guten Menschen, denen daran gelegen war, dass man im Krankenhaus von Sydney die bestmögliche Behandlung erhielt. Dann wischte er sich den Schweiß vom Gesicht und bat um Entschuldigung für die Pause. Er setzte wieder an, kürzte seine Rede aber beträchtlich und ging direkt zu den Schlusssätzen über.

Blanche war beunruhigt. Ihr Schwiegervater hatte tagelang an der Rede gearbeitet, in der er strengere Zulassungsbedingungen für die Ärzte in Neusüdwales forderte, da es so viele Quacksalber gab, die in irgendwelchen Schuppen ihr Unwesen trieben. Davon hatte er jetzt kein Wort erwähnt.

Sie wunderte sich, dass der alte Mann auf den Tisch zukam, plötzlich kehrtmachte und zu der Tür taumelte, die in die Küche führte.

Blanche war sofort zur Stelle, konnte den Sturz ihres Schwiegervaters aber nicht aufhalten, da er ein schwer gebauter Mann war. Marcus brach zusammen und riss dabei einen Kellner um, der ein volles Tablett mit Tellern trug.

Sir Charles eilte herbei, ohne auf das zerbrochene Porzellan zu achten, und wollte Marcus aufhelfen.

»Tut mir leid, Sir, so ...« Marcus sackte wieder in sich zusammen.

Der Gouverneur machte Dr. Bob Austin Platz, der ebenfalls zu Gast war und ihm leise mitteilte, der alte Herr habe vermutlich einen Schlaganfall erlitten.

Zwei Diener trugen Marcus in einen ruhigen Salon und betteten ihn auf einen Diwan. Jessie und Adrian eilten herbei.

»Wie geht es ihm?«, flüsterte Jessie ihrer Mutter zu.

»Nicht gut. Bob sorgt dafür, dass man ihn gleich ins Krankenhaus bringt. Der arme Marcus ist kaum bei Bewusstsein. Er hatte sich solche Mühe mit der Rede gemacht. Es war ein furchtbarer Schock für die Gäste, hoffentlich setzt man das Essen fort«, meinte Blanche.

»Ja«, sagte Adrian. »Aber die Stimmung dürfte dahin sein.«

Sie kehrten spätabends heim, ein müdes Trio, das von tiefer Sorge um Marcus gezeichnet war und sich machtlos fühlte, weil die endgültige Diagnose erst am Morgen gestellt würde.

»Er schläft jetzt«, hatte Bob ihnen mitgeteilt. »Sie können nach Hause gehen.«

In der Eingangshalle hatte Blanche einen Brief von einem Tablett auf der Garderobe genommen. Er war für Jessie. Hoffentlich hatte Ferrington sich diesmal mehr Mühe gegeben, denn die letzten Zeilen an seine Verlobte waren mehr als dürftig gewesen. »Ein Brief von deinem Verlobten.«

Jessie griff aufgeregt danach und rannte nach oben in ihr Zimmer.

Zwei Seiten und somit lang für Kits Verhältnisse. Er hoffte, es gehe ihr gut, und berichtete, das Haus mache Fortschritte, sei sehr elegant für die Gegend …

Kit schrieb, er wolle Marcus' Rat befolgen und sich der Rinderzucht zuwenden, weil der Boden zu feucht für Schafe sei. Er sei geschäftlich in Brisbane gewesen und habe gehofft, dort mit Lord und Lady Heselwood zu sprechen, doch sie erholten sich anscheinend von dem Schock des Überfalls und empfingen noch keine Gäste. »Die Angriffe der Schwarzen waren Tagesgespräch, doch keine Sorge, wir leben in einer sicheren Gegend.« Jessie las die Unterschrift auf der zweiten Seite, hoffte auf mehr als das übliche »in Zuneigung, dein«, doch da stand es wieder. Vor kurzem erst hatte sie einen Brief lesen dürfen, den Mercia Flynns Schwester von *ihrem* Verlobten erhalten hatte, und war ganz grün vor Neid geworden. Er nannte sie »mein Liebling« und »mein liebstes Mädchen« und »erstickte sie mit Küssen«. Unterzeichnet war der Brief mit »in ewiger Liebe«.

Warum konnte Kit nicht so schreiben? Vielleicht sollte sie es in ihrem nächsten Brief einfach erwähnen. Oder besser nicht, denn auch sie hatte sich mit Liebesbekundungen eher zurückgehalten. Auch sie erstickte ihn nicht mit Küssen, da sie sich leider nicht traute, so etwas zu schreiben.

Seufzend wandte sie sich wieder dem Brief zu und erfuhr, dass die Temperaturen noch hoch, das Wetter aber durchaus erträglich sei.

Dann erklärte er, er habe viel zu tun und… »da beinahe alles bereit ist für meine Braut, sehe ich nicht ein, weshalb wir nicht so bald wie möglich heiraten sollten. Nächsten Monat komme ich nach Sydney. Meinst du, wir könnten dann heiraten? Lass mich wissen, ob dir dieser Plan angemessen erscheint, und schlage bitte ein Datum vor. Ich habe noch die irische Köchin und nehme an, du bist einverstanden, wenn wir sie behalten …«

»Mutter! Wo bist du? Wo bist du denn? Ich habe wunderbare Neuigkeiten!«

Blanche eilte aus dem Esszimmer, als ihre Tochter die Treppe herunterstürmte. »Was ist passiert? Warum schreist du so, Jessie?«

»Kit und ich werden nächsten Monat heiraten. Schon nächsten Monat! Ist das nicht wundervoll?«

»Du lieber Himmel. Jessie, beruhige dich. Was soll das heißen?«

»Ich hab's dir doch gesagt!« Aufgeregt umarmte sie ihre Mutter. »Wir heiraten nächsten Monat. Kit sagt, das Haus sei bereit …«

»Wie soll das gehen, wenn wir noch gar keine Maße für die Vorhänge, Portieren und Teppiche erhalten haben? Er hatte versprochen, sie zu schicken.«

»Keine Sorge. Kit schreibt jedenfalls, er werde nächsten Monat herkommen und möchte mich dann heiraten. Mutter, das ist doch vernünftig. Der arme Kerl kann nicht ständig die Küste rauf- und runterfahren.«

Blanche runzelte die Stirn. »So hatten wir es aber nicht geplant, Jessie. Wir sollten ihn besuchen, wenn das Haus fertig ist, damit du dir dein künftiges Heim ansehen und endgültig entscheiden kannst, ob du dort bis ans Ende deines Lebens bleiben möchtest.«

»Nein«, erwiderte Jessie zornig. »So hattest du es geplant. Ich muss mich nicht erst dann endgültig entscheiden, ich bin schon jetzt entschlossen, Kit zu heiraten. Alles andere ist überflüssig.«

Blanche führte sie ihn den Salon und machte die Tür zu,

damit die Dienstboten ihren Streit nicht mithörten. »Immer mit der Ruhe, Fräuleinchen. Dieses Abkommen hatte ich ursprünglich mit Kit getroffen. Und jetzt verlangt er, dass du dagegen verstößt, ohne vorher mit mir zu sprechen.«

»Ich weiß. Aber Mutter, es ist sicher kein Zeichen von Respektlosigkeit. Er sieht es nur praktisch, das kannst du nicht bestreiten.«

»Er macht es uns schwer. Er müsste eigentlich wissen, dass man eine richtige Hochzeit gründlich vorbereiten muss. Wie soll das gehen, nun da Großvater krank ist? Du wirst ihn doch nicht vergessen haben.«

Jessie errötete. »O Gott, ich hatte wirklich nicht...«

»Natürlich nicht. Daher solltest du Kit besser umgehend schreiben oder telegrafieren. Bedanke dich, aber lass ihn wissen, dass Marcus krank ist und solche Arrangements momentan überhaupt nicht in Frage kommen. Allerdings würden wir uns freuen, ihn nächsten Monat begrüßen zu dürfen...«

Enttäuscht trat Jessie ans Fenster. Dann wandte sie sich zu ihrer Mutter. »Ich kann einfach nicht glauben, dass du mir das antust. Nächsten Monat ist doch nicht morgen. Kit kann nicht ständig hin- und hersegeln, nur um dir einen Gefallen zu tun. Wir haben Verwalter auf unseren Gütern. Und Aufseher. Er hingegen muss sich selbst um alles kümmern.«

»Ich weiß. Aber wir hatten es so vereinbart.«

»Du hast Kit nie gemocht. Du machst es nur, um die Hochzeit hinauszuzögern.«

»Verstehe. Ich habe also dafür gesorgt, dass dein Großvater einen Schlaganfall erleidet, damit deine Hochzeit nicht stattfinden kann. Es ist einfach nicht der richtige Zeitpunkt, Jessie. Wir können nicht ans Feiern denken, wenn es Marcus so schlecht geht.«

»Du vielleicht nicht, ich schon«, versetzte Jessie stur. »Ich werde Kit schreiben, dass ich einverstanden bin. Großvater wird mich verstehen. Und wenn du mir nicht bei den Vorbereitungen helfen willst, mache ich es eben allein. Ich werde alles selbst organisieren.«

Sam Dignam ging früh am nächsten Morgen ins Krankenhaus, um sich nach Marcus Pinnocks Befinden zu erkundigen. Er war betrübt, als man ihm mitteilte, dass der alte Mann teilweise gelähmt und stumm sei. Er wartete unschlüssig, hoffte auf Jessies Besuch und wurde zunächst auch nicht enttäuscht, denn sie traf bald mit ihrer Mutter ein. Leider überfiel sie ihn jedoch aufgeregt mit der Nachricht von ihrer bevorstehenden Hochzeit. Niedergeschlagen verließ er das Krankenhaus, kaufte sich den *Sydney Morning Herald* und setzte sich in einen nahe gelegenen Park, um zu lesen und die schlechte Nachricht zu verdauen.

Er mochte Kit Ferrington nicht, und es war ihm auch egal, wenn jemand diese Haltung als Eifersucht auslegte. Er hatte seltsame Geschichten über den Burschen gehört, vor allem von seiner Verbindung zu einer anrüchigen Frau und heimlichen Schnapsgeschäften im Rocks-Bezirk. Allerdings waren es nur Gerüchte, die Sam nicht guten Gewissens weitertragen, über die er nicht einmal mit Adrian sprechen konnte, obwohl er mehr als einmal in Versuchung geraten war.

Er wusste, dass Kit Ferrington Adrian mit den Ballettmädchen vom Bijou-Theater bekannt gemacht hatte, worauf Adrian sich mit seinen neunzehn Jahren wie verrückt in Flo Fowler, die Assistentin des Zauberers, verliebt hatte. Flo war ein hübsches Ding mit lockigem Haar und einem aufregenden Körper, und Adrian erlag kampflos ihren Reizen.

Sam wandte seine Aufmerksamkeit wieder der Zeitung zu und las interessiert, dass in Brisbane seit neuestem der *Moreton Bay Courier* erschien. Er war selbst Journalist und schrieb für das Blatt, in dem er gerade las.

Wäre es nicht spannend, dort zu arbeiten?, fragte er sich. Und niemand könnte behaupten, ich jagte Jessie hinterher.

Ich hätte einen plausiblen Grund, mit ihr in Kontakt zu bleiben, selbst wenn sie verheiratet ist.

Sam gestand sich ein, dass es töricht sei, ein Mädchen, das bald einen anderen heiraten würde, derart zu lieben, und dachte mitleidig an Adrian, der von der Kleinen aus dem Bijou besessen war und diese Leidenschaft streng geheim hielt. Mit zweiundzwanzig kam er sich älter und weiser vor als Adrian. Er würde über Flo Fowler hinwegkommen, aber Sam würde Jessies Verlust nie verwinden. Niemals.

Am Nachmittag schrieb er eine Bewerbung an den *Moreton Bay Courier* und schickte sie sofort ab. Dann schlenderte er die George Street entlang und sagte sich, die neue Stellung werde ihn aus dem Alltagstrott reißen und ihm eine interessantere Laufbahn bieten als die Zeitung in Sydney. Zwar war Brisbane noch ein kleiner Hafen, doch er bildete das Tor zu den riesigen Gebieten im Landesinneren und versprach neue Abenteuer. Als er an einem Geschäft vorbeikam, entdeckte er das neu erschienene *Tagebuch einer Landreise in Australien* von Leichhardt und kaufte es sofort.

»Da kann ich gleich etwas über den Norden erfahren«, sagte er zu der Buchhändlerin.

Er betrat die Bar des Australian Hotel, wo er besonders gern einkehrte, und erfuhr dort, dass Leichhardt von den Darling Downs nahe Brisbane aufgebrochen war, um Australien von Ost nach West zu durchqueren. Man hatte Sam vor einiger Zeit angeboten, die Expedition zu begleiten, da er im Busch aufgewachsen war und mit seinem Vater große Gebiete des westlichen Neusüdwales erforscht hatte, doch er hatte leider ablehnen müssen. Sein Vater hielt eine derartige Expedition für zu gefährlich, zu vermessen, da man ohne vernünftige Rastplätze Tausende Meilen zurücklegen musste. Er behauptete, derartige Reisen müssten in Etappen durchgeführt werden, sodass man alle zwei bis drei Monate ausgeruhte Pferde und Proviant erhalten konnte. Vermutlich hatte er Recht, dachte Sam, doch nun, da die berühmte Expedition unterwegs war, hätte er doch gern daran teilgenommen. Welch ein Abenteuer! Als Erster die fernen Berge und Wüsten zu sehen. Was mochte da draußen alles warten!

Adrian Plonnock trat neben ihn an die Theke. Er wirkte niedergeschlagen, und das nicht nur wegen der Krankheit seines Großvaters.

»Mit dir wollte ich reden, Sam. Ich habe überall nach dir gesucht. Könntest du mir wohl ein paar hundert Pfund leihen?«

»Nein«, sagte Sam unverzüglich, und Adrian sah ihn verblüfft an.

»Nein? Einfach nein? Hör mir wenigstens zu.«

»Das ist gar nicht nötig. Du verspielst es ohnehin im Kasino oder beim Rennen, also sage ich nein. Aus und vorbei.«

»Aber warum denn? Ich gebe es dir doch immer zurück.«

»Ja, meistens. Aber du schuldest mir schon hundert und bist in der Stadt allmählich berüchtigt wegen deiner Spielschulden. Es ist Zeit, die Bremse zu ziehen, Kumpel. Vergiss es.«

»Danke vielmals. Du bist vielleicht ein Freund! Könntest du mir nicht wenigstens hundert leihen?«

»Nein. Möchtest du noch etwas trinken?«

»Mach dir bloß keine Mühe!«

Adrian stürmte hinaus, und Sam wandte sich gleichmütig seinem Drink zu. Er hatte seine Pflicht getan. Heute Morgen hatte Jessie ihn nämlich auf dem Flur beiseite genommen, sodass ihre Mutter sie nicht hören konnte, und ihm vorgeworfen, er ermutige Adrian bei seinem Glücksspiel.

»Gar nicht wahr!«, hatte er gesagt. »Außerdem braucht er weiß Gott keine Ermutigung, das kannst du mir glauben.«

»Aber du leihst ihm Geld. Das weiß ich genau.«

»Ein bisschen hier und da.«

»Das muss aufhören. Borge ihm nichts mehr! Mutter würde umfallen, wenn sie wüsste, dass er so viel ausgibt. Er hat seine Zuwendung schon durch, und ich weiß, dass Mr

Messenger von der Bank nach ihm sucht. Sam, du musst mit ihm reden. Sag ihm, er darf nicht mehr spielen.«

»Ich glaube kaum, dass er auf mich hören wird.«

Sie seufzte entnervt. »Du könntest es wenigstens versuchen.«

»Um dir eine Freude zu machen, meine Liebe«, hatte er gesagt und sich grinsend verneigt.

»Du brauchst dich nicht über mich lustig zu machen, Sam Dignam. Tu es einfach. Ich habe schon genug Sorgen, ohne dass du mich aufziehst.«

Wer zog hier wen auf, fragte er sich nun, als er einen weiteren Drink ausschlug und der Barmann sein leeres Glas abräumte. Und welche Sorgen außer Marcus' Krankheit konnte sie denn haben? Hoffentlich ging es um Ferrington, dachte er.

Er sah, wie eine Gruppe Männer an der offenen Tür der Bar vorbeiging, und schaute ihnen neugierig nach. Vermutlich Viehzüchter mit ihren ausladenden Hüten, der ländlichen Kleidung und den polierten Stiefeln, die ganz typisch für diesen Menschenschlag waren. Für einige von ihnen spiegelten sie den Widerstand gegen die städtische Mode, doch viele jüngere Männer empfanden diese Kleidung als Statussymbol, das ihre Zugehörigkeit zur elitären und mächtigen Klasse der Viehzüchter anzeigte.

Sam eilte nach draußen und fragte sich, weshalb sie alle so ernst dreinschauten und wohin sie gehen mochten. Mit dem Gespür des Reporters für Neuigkeiten schlenderte er ihnen hinterher.

Er entdeckte Edwin Flynn und trat neben ihn.

»Und wo geht es hin an diesem schönen Tag?«, fragte er. Edwin wandte sich überrascht um.

»Wir treffen uns mit Seiner Lordschaft.«

»Sir Charles?«

»Genau. Ist alles geplant«, meinte er augenzwinkernd.

»Nicht wie früher, als man einfach ins Büro des Gouverneurs marschieren konnte.«

»Worum geht es denn? Was steht auf der Tagesordnung – die Wollpreise?«

»Nein. Das da vorn ist Ossie Jackson mit zwei Freunden. Jacksons Viehstation im Norden wurde zur selben Zeit angegriffen wie die von Heselwood, und das Haus hat man ebenfalls niedergebrannt. Sie verlangen Schutz. Der Polizeichef in Brisbane behauptet, er könne keine Männer abstellen, er sei ohnehin schon unterbesetzt.«

»Was sagt der Polizeipräsident dazu?«

»So etwas haben sie dort oben nicht. Unser Donnelly ist für das Gebiet zuständig. Er sagt ständig, er wolle Männer schicken, aber es passiert nichts. Er hält sie hin. Also wollen wir als eine Art Delegation Jackson den Rücken stärken. Unsere Familien haben das Gleiche durchgemacht. Wir mussten kämpfen und berittene Polizisten ins Outback holen, damit wir uns dort niederlassen und einrichten konnten; wir wollen ihm jetzt beistehen. Wenn der Präsident nicht zuhört, gelingt es uns vielleicht beim Gouverneur.«

»Interessant. Darf ich mitkommen?«

»Natürlich. Du könntest auch etwas darüber bringen, falls es hilft.«

»Ja, das wäre möglich.« Dessen war Sam sich gewiss, immerhin hatte die Heselwood-Geschichte riesige Schlagzeilen gemacht! Eine echte Lady, die gezwungen war, um ihr Leben zu reiten. Ihre Köchin hatte man ermordet, ebenso einige Viehtreiber. Diese Abordnung war wie eine Fortsetzung der Story, Teil dessen, was Sam gern die Schwarzenkriege nannte, obwohl ihn Freund und Feind angriffen, weil er belanglosen »Scharmützeln« auf dem Land solche Bedeutung beimaß.

Sir Charles begrüßte die Delegation in seiner üblichen charmanten Art, obwohl Sam ein gewisses Misstrauen spürte, das sich noch verstärkte, als die Herren eintraten und der Gouverneur Sam unter ihnen entdeckte.

»Den *Sydney Morning Herald* hatte ich nicht erwartet«, sagte er lächelnd.

»Sir, die Mitglieder der Delegation haben mich eingeladen.«

»Seine Familie hat auch Landbesitz«, erklärte Flynn.

»Dann sind Sie also nicht in Ihrer Eigenschaft als Reporter hier, Mr Dignam?«

»Vielleicht ein wenig von beidem.«

»Das geht leider nicht. Dies ist ein privates Treffen. Wir wollen nicht, dass die Öffentlichkeit zu viel in die Vorgänge im Norden hineindeutet. Wobei ich nicht behaupten will, dass Sie in Ihren Artikeln übertreiben, Mr Dignam. Aber wir versuchen, gute Siedler in das Gebiet zu holen, das, wie Sie vermutlich wissen, bald eine eigenständige Kolonie sein wird. Es wäre mir lieber, wenn die Diskussion eine Diskussion bliebe, und keine journalistische Fingerübung.«

Sam begriff, dass man ihm als Reporter die Tür gewiesen hatte, und berief sich nun auf Flynns Erklärung.

»Völlig privat, wenn Ihnen das reicht, Sir. Ich würde gern bleiben, weil Viehzüchter wie mein Vater und meine Brüder berechtigte Sorgen haben.«

Sir Charles blieb nichts anderes übrig, als seine Anwesenheit zu akzeptieren. Nun waren sie zu zehnt. Zehn Männer, die im schönen Büro des Gouverneurs saßen, das auf die Ostterrasse und die dahinter liegenden Gärten hinausging. Sam fand es beinahe unpassend, in so einer friedlichen Umgebung über wilde und blutige Kämpfe zu sprechen. Als stammten die Geschichten, die sie dem Gouverneur in leuchtenden Farben schilderten, aus dem dunkelsten Afrika und nicht von diesem neuen Vorposten der Zivilisation.

Sam hatte alles schon gehört – von den Hinterhalten, den Überfällen durch die Schwarzen und merkte, dass man die vergleichbaren Angriffe weißer Männer auf Aborigines geflissentlich verschwieg. Die Massaker an schwarzen Familien wie das am Myall Creek, das so viel Unfrieden gestiftet und zum Sturz des früheren Gouverneurs beigetragen hatte.

Sir Charles war flexibler als Gipps, aber dennoch scharfsichtig, ihm entging nicht viel. Er war sich der anderen Seite der Geschichte sehr wohl bewusst, erwähnte sie aber nicht. Sam war, als wollte er diese Männer zu Wort kommen lassen und ihnen seine ganze Aufmerksamkeit schenken, damit sie sich Luft machten und ihn danach in Ruhe ließen. Genau wie der Polizeipräsident. Sam beharrte darauf, dass dies ein Guerillakrieg sei, und zwar von beiden Seiten. Die Siedler mussten vordringen. Die Aborigines ihr Land schützen. Nun meldete er sich erstmals zu Wort.

»Sir, da draußen tobt ein Krieg, obwohl niemand es eingestehen will. Können wir nicht zu einem Waffenstillstand gelangen? Damit das Morden auf beiden Seiten endet? Dann könnten wir einen Vertrag aufsetzen …«

»Einen Vertrag?«, meinte Sir Charles. »Mit wem? Wir haben es anscheinend mit schwarzen Völkern zu tun. Ich weiß aus zuverlässiger Quelle, dass diese Völker aus Stämmen, Clans und Familienverbänden bestehen. Kennen Sie die Häuptlinge dieser Völker? Wo können wir sie finden?«

Sam war sprachlos, denn Sir Charles war offensichtlich besser informiert, als er erwartet hatte.

»Ich habe Leute dort draußen, die Erkundigungen für mich einziehen, Mr Dignam; ich möchte das Blutvergießen ebenso gern beenden wie Sie …«

»Verzeihen Sie, Sir, aber ich glaube, Sie reden am Thema vorbei«, meldete sich Ossie Jackson zu Wort. »Wir wissen, dass es Scharmützel gibt, aber der Überfall auf meine Station war etwas anderes, nicht das übliche wilde Gebrüll und Gewedel mit Speeren. O nein, Sir, es war ein strategisch geplanter Angriff. Sie schlichen sich an, als hätten sie endlich kapiert, dass unsere Waffen tödlich sind. Sie hielten sich verborgen, bis jemand den Befehl erteilte, und dann überrannten sie das Haus, töteten meinen Sohn… meinen neunzehnjährigen Sohn…«, ihm brach die Stimme, doch er fuhr fort: »Wir hatten klein angefangen, als wir den Viehbestand aufbauten. Ich und meine Frau und zwei Viehtreiber, die an jenem Tag den Angriff vom Hügel aus erlebten. Sie sagten, es seien mindestens dreißig Schwarze gleichzeitig und überall ums Haus aus der Deckung gesprungen. Gegen einen Mob mit Speeren und Keulen konnten sie nichts ausrichten. Die Angreifer schlugen Fenster und Türen ein, erwischten meinen Jungen und plünderten das Haus, bevor sie es niederbrannten.«

»Welch ein Glück, dass Sie und Mrs Jackson nicht daheim waren«, murmelte Sir Charles.

»Aber das waren wir doch«, meinte Jackson. »Wir waren im Stall. Sie kamen so plötzlich, schrien und brüllten unentwegt, sie waren einfach überall. Unser Johnny konnte ein paar Schüsse abfeuern, bevor wir dann nichts mehr von ihm hörten. Inzwischen hatten ich und Mrs Jackson geladen und trafen ein paar von diesen Teufeln, doch unsere Pferde scheuten und rannten davon, bevor wir sie packen konnten. Dann sahen wir, warum sie flohen: Die Schwarzen hatten die Ställe hinter uns in Brand gesteckt. Sah aus, als wollten sie uns kochen, doch die Ställe haben einen Vorratskeller, in dem wir uns versteckten.

Wir blieben dort unten, bis unsere Viehtreiber kamen und sagten, die Luft sei rein. Aber wir alle wussten, dass unser Johnny drüben in den Ruinen lag«, seufzte er. »Und da war er, tot, im Schornstein, wo er sich vor ihnen versteckt hatte.«

Sir Charles unterbrach ihn. »Mr Jackson, hätten Sie gern etwas Kaltes zu trinken oder eine Tasse Tee?«

»Danke, nein, Sir«, erwiderte Jackson fest. »Wir sind gekommen, um Sie davon zu überzeugen, dass die Schwarzen sich organisieren. Jemand führt sie bei ihren durchgeplanten Angriffen, als handelte es sich um einen Krieg, und Sie wollen uns weismachen, dass Sie nach ihren Häuptlingen suchen. Nun, das tun wir auch.«

»Hört, hört«, murmelten seine Begleiter.

»Das stimmt«, pflichtete Flynn ihm bei. »Jackson hier sagt, es müsse einen Anführer geben. Der Angriff wurde nach dem gleichen Muster durchgeführt wie die Attacken gegen Montone und zwei weitere Stationen im Bezirk.«

»Die Menschen fliehen aus der Gegend«, fügte Jackson hinzu. »Als wir in die Stadt fuhren, begegneten wir einer Gruppe von Flüchtlingen, die nach Brisbane zurückkehren und dort bleiben wollen, bis die Polizei das Gebiet für sicher erklärt. Nun möchten wir wissen, was Sie in dieser Sache unternehmen werden. Es scheint niemanden zu stören, dass ein Schwarzer ein riesiges Gebiet von den Gimpi Gimpi Mountains bis hinunter zum Tal des Brisbane River zurückerobert hat.«

»Ich nehme an, wir könnten Truppen losschicken und diesen Häuptling festsetzen.«

»Und hängen«, fügte jemand hinzu.

»Das kann so nicht weitergehen, Sir Charles«, warf Edwin Flynn ein. »Je mehr Zeit wir verschwenden, desto mehr Schwarze werden sich zusammentun.«

Jackson wandte sich aufgeregt zu ihm. »Genau das hat Jasin Heselwood auch gesagt. Er behauptet, die Schwarzen seien nicht alle aus der Gegend gewesen, und es wäre durchaus möglich, dass dieser Häuptling Fremde rekrutiert. Im Norden gibt es noch viele Stämme, die sich nichts dabei denken, einige hundert Krieger als Schützenhilfe zu schicken.«

»Das dürfte wohl kaum passieren«, meinte FitzRoy, doch das Knurren im Raum veranlasste ihn, eine Akte zu öffnen, als könnte sie ihm die Lösung verraten.

Als er merkte, dass dies nicht der Fall war, griff er zu der alten, abgenutzten Antwort:

»Ich muss die Sache an Whitehall weiterleiten. In deutlichen Worten. Und sehen, was sich machen lässt.«

Er stand auf, womit er ihnen das Zeichen zum Aufbruch geben wollte, doch eine Stimme weiter hinten im Raum rief: »Wie? Das soll alles gewesen sein?«

»Verdammt noch mal, nein«, knurrte Jackson. »Ganz und gar nicht.«

Die Delegierten blieben sitzen und warteten.

»Ich werde die Angelegenheit mit dem Polizeipräsidenten besprechen...«, fügte Sir Charles eilends hinzu.

»Das haben wir bereits getan. Was soll er denn Ihrer Meinung nach tun?«, wollte Flynn wissen.

Sir Charles war nicht aufbrausend, doch Sam vermutete, dass er an diesem Morgen kurz davor stand, zu explodieren. »Ich glaube, dass man dort mehr Polizisten benötigt, aber die Truppe ist unterbesetzt. Der Polizeipräsident tut sein Bestes, um neue Männer zu rekrutieren und auszubilden, aber es braucht seine Zeit. Wie Sie sicher verstehen, liegt das Problem darin, dass die besiedelten Gebiete sich rasend schnell entwickeln und die Behörden kaum Schritt halten können.«

Jackson schüttelte den Kopf. »Wir wollen ja nicht, dass die Polizisten paarweise durch den Busch galoppieren und sich verirren. Wir brauchen Soldaten. Truppen, die hinausreiten und den Anführer dieses Wolfsrudels schnappen, bevor er es zu einer richtigen Armee formt.«

»Das ist tatsächlich zu befürchten, Sir«, meinte ein älterer Grundbesitzer, der seinen Hut wie ein Rad zwischen den Händen drehte. »Ich war ziemlich weit im Norden und habe mich gelegentlich mit Schwarzen unterhalten. Ich kann Ihnen mit Gewissheit sagen, dass es nördlich und westlich von Brisbane nicht Hunderte, sondern Tausende von Schwarzen gibt. Ossie hat Recht. Sie brauchen dringend Truppen.«

»Truppen? Wir haben in ganz Neusüdwales nicht genügend Truppen, um gegen eine Armee von mehreren tausend Schwarzen anzutreten.«

»Aber Sie müssen ausreichend Leute haben, um die Schwarzen aufzuspüren und unschädlich zu machen, die schon hier sind. Die Gegend ist für Weiße tabu, seien es nun Siedler, Goldsucher oder Holzfäller. Alle machen einen großen Bogen um das Gebiet, ziehen Hunderte Meilen durch unbekanntes Land, was die Reisen nur noch gefährlicher macht.«

»Ich weiß nicht, ob wir das versprechen können. Wir haben nur Teilregimenter, die in Neusüdwales stationiert sind, zurzeit findet eine Auswechslung statt.«

Einige Männer zogen sich zurück, um darüber zu diskutieren, während Sir Charles scheinbar gleichmütig und geduldig wartete, was Sam interessiert beobachtete.

Schließlich stand Flynn, der Sprecher, auf. »Mit allem Respekt, Exzellenz, aber das ist inakzeptabel. Wir brauchen die Truppen, und zwar jetzt.«

»An wie viele Männer denken Sie?«

»Mindestens hundert. Vielleicht zweihundert.«

»Ausgeschlossen.«

Der ältere Herr, den Sam nun als Harry Spicer erkannte, sagte beiläufig: »Dann sollten Sie die Bienenkönigin jagen.«

»Wie bitte, Mr Spicer?«, fragte der Gouverneur freundlich.

»Die Bienenkönigin. Den fraglichen Häuptling. Finden Sie heraus, wer er ist, und dann fangen Sie ihn. Dafür braucht man nur einen Offizier mit Ortskenntnis und einen kleinen Trupp berittener Soldaten, die die Lage sondieren, ohne die Menschen zu beunruhigen oder zu bekämpfen. Gewiss würden sie auch zivile Suchtrupps vertreiben, die ohnehin nur Unheil stiften.«

»Das wäre eine Möglichkeit, Mr Spicer. Ein Aufklärungstrupp, was? Ich werde Colonel Gresham diesen Vorschlag unterbreiten. Ich habe mit ihm bereits über die unglückselige Lage im Norden gesprochen, wo sich schwarze Marodeure in den Darling Downs herumtreiben. Er könnte ihnen Truppen schicken. Allerdings fehlt uns hier der geeignete Offizier.

Wir können die vorhandenen Männer nicht entbehren, zudem kennt keiner von ihnen die Gegend. Die meisten sind erst kürzlich hier eingetroffen.«

»Wie wäre es mit einem Ihrer Adjutanten? Das sind doch Offiziere!«, sagte Flynn barsch, als hielte er ihre Anwesenheit in Sydney für reine Verschwendung, doch Seine Exzellenz ignorierte den dreisten Vorwurf.

»Ich muss mit dem Colonel sprechen. Ich kann niemanden aus dem Ärmel schütteln.«

»Wie steht es mit Major Ferrington?«, fragte Sam. »Er ist doch Offizier. Lebt im Brisbane Valley. Er wird sicher nicht wollen, dass die schwarzen Horden über ihn herfallen.«

»Ferrington?« Sir Charles dachte nach. »Aber ja, natürlich! Ich werde es mir überlegen, meine Herren. Ja, ich glaube, der Colonel kann Ihnen vielleicht doch helfen. Unser Major Ferrington wäre geradezu ideal!«

Da Sam die Story noch nicht verwenden konnte, ging er in die Hyde Park Barracks und vereinbarte mit Colonel Gresham einen Termin für den nächsten Morgen.

Der Sergeant in der Eingangshalle sagte, der Colonel habe nun Zeit für ihn, wenn er ihn zu sehen wünsche, doch Sam wollte dem Gouverneur Zeit für die Unterredung lassen. Bis dahin konnte er den Artikel vorbereiten und das Interview mit Gresham später anfügen.

Als er in das Bürogebäude des Herald zurückkehrte, traf er auf einen großen, gut gekleideten Burschen Mitte dreißig, der durch die Flure wanderte.

»Suchen Sie etwas?«, erkundigte er sich.

»Ja, den Raum, in dem man Anzeigen aufgeben kann.«

»Kein Problem. Gehen Sie zurück, dann links, am Ende des Korridors sehen Sie eine Glastür mit der Aufschrift ›Bitte eintreten‹.«

Der Herr hob den Hut und verschwand. Sam wunderte sich flüchtig, was er wohl zu verkaufen hatte. Doch eigentlich beschäftigte ihn etwas anderes. Er fragte sich, weshalb er Ferringtons Namen so lässig in die Runde geworfen hatte. Er konnte sich nicht einreden, dass seine plötzliche Eingebung nur der unschuldige Versuch gewesen sein sollte, die Situation zu retten. Er hatte nicht eine Sekunde lang vergessen, dass der Major Jessie heiraten wollte. Seine Jessie.

»Eigentlich war es mir ja gar nicht ernst damit«, murmelte er, warf seinen Hut auf einen Haken und ließ sich in den abgewetzten Sessel hinter seinem Schreibtisch fallen. Im Grunde war es ein Witz.

Jeder wusste, dass Kit Ferrington immer nur einen Schreibtischjob gehabt und Lady Gipps' Anstandswauwau gespielt hatte.

Sam Dignam musste lachen. Er lachte, bis ihm die Tränen kamen. Ferrington führt Soldaten in den Busch! Dem Zinnsoldaten würde dieser Auftrag ganz und gar nicht behagen, doch er konnte ihn kaum ablehnen. Er wusste nicht das Geringste über den Busch und würde einen Erkundungstrupp anführen, der nicht mehr Ahnung hatte als er selbst. Ein Blinder, der Blinde führte!

Sein Redakteur Tom Grabble kam vorbei. »Was ist denn so komisch?«

»War nur ein Gedanke.« Sam wusste, dass er diesen Scherz mit niemandem teilen konnte. »Hör mal, ich habe morgen einen Termin bei Colonel Gresham; das könnte eine tolle Story geben.«

»Worum geht es?«

»Das erzähle ich dir morgen.«

Hector Wodrow hatte nichts zu verkaufen. Er war auf der Suche.

Man gab ihm ein Formular, in das er den Anzeigentext einsetzen sollte, und verwies ihn zu einem Tisch mit hohem Hocker.

»Sie können ein weiteres Formular haben, wenn das

nichts wird«, verkündete der Angestellte großzügig, doch Hector brauchte keinen zweiten Versuch. Seine Nachricht, die er seit Monaten formuliert hatte, stand klar und deutlich vor seinem Auge. Er nahm den Stift, leckte daran und machte sich an die Arbeit.

WER DEN AUFENTHALTSORT VON
JACK WODROW, 40 JAHRE, AUS LONDON STAMMEND,
KENNT, WENDE SICH BITTE AN
HECTOR WODROW IM TRAVELLERS INN,
PITT STREET.

Mervin Wodrow lag im Sterben. Er konnte den Tod wegen der Schmerzen, die er in den letzten Monaten ertragen hatte, kaum erwarten, wollte aber noch einmal seinen Jack sehen.

»Das ist vielleicht einer«, murmelte er zu seiner Frau Jane gewandt. Er war in zweiter Ehe verheiratet, Clara war schon lange tot.

»Er nannte Clara… immer Kopfnuss… wusste ich aber nicht. Ist weggelaufen.«

»Ja, mein Lieber, ich weiß.«

Jane war an dem Tag, als Clara einen Anfall erlitten und sich erbrochen hatte, in der Mission gewesen. Sie hatte rasch einen Arzt geholt, doch dieser konnte nichts mehr tun. Clara war zwei Tage später gestorben. Nun war Jane da. Sie hatte sich freundlich und hilfsbereit gezeigt und Hector und ihn über die schlimme Zeit hinweggetröstet, obwohl Mervin sich nicht erinnern konnte, dass sein Sohn auch nur eine einzige Träne vergossen hatte. Er war vierzehn und arbeitete für den Krämer am Ende der Straße.

Auch er selbst hatte nicht geweint. Er hatte lange Zeit eine Freundin namens Bridget gehabt, die abends gekommen war, wenn er zum Saubermachen in der Mission blieb und Clara schon vorschickte, um das Abendessen zu bereiten. Bridget gefiel es nicht, dass er Missionar war, und sie klagte, dies sei keine Arbeit für einen Mann. Um ihn zu ärgern, hatte sie hinzugefügt, er sei nicht gerade eine Schönheit und könne von Glück sagen, dass er überhaupt an ihre Wäsche gelangt sei. Bridget konnte grausam sein. Drohte immer damit, ihn fallen zu lassen, wenn er sich nicht von der verhassten Clara trennte und einen Männerberuf suchte. Er konnte sie nur halten, indem er ihr Geschenke machte und dann und wann Geld zusteckte, doch bei Gott, sie war es wert. Letztlich brannte sie mit ihrem Vermieter durch, der Frau und Kinder mittellos zurückließ. Dann war Clara gestorben.

»Sie hätte warten sollen«, sagte er zu Jane.

»Ja, Liebster.«

Doch dann hatte Jane ihm geholfen. Sie war Witwe, gut situiert und mit ihren Freundinnen in die Mission gekommen, um dort wohltätig zu arbeiten. Mervin hatte Gefallen an ihr gefunden, denn sie war stets freundlich.

Bald leisteten sie einander offiziell Gesellschaft, und Mervin schloss die Mission, weil er auf eine neue Stelle hoffte, die eines Mannes würdig wäre. Jane musste ihn missverstanden haben, denn sie begann, nach einer neuen Gemeinde in der Nähe ihres Hauses für ihn zu suchen, in der sie gemeinsam wohltätig arbeiten konnten.

Nun ja. Nachdem er ihr stattliches Haus in der Victoria Street gesehen hatte, hätte er überall gearbeitet, wenn sie es wünschte. Entschlossen arbeitete er auf sein Ziel hin, ließ sich von ihr deutlich weniger gefallen als von Bridget, ließ sich von ihr beschenken, wann immer er »vergaß«, sich bei ihr zu melden. Und als er sein Haus verkaufte und Jane mitteilte, er wolle mit Hector als Missionar nach China gehen, war sie endlich zur Tat geschritten und hatte die entscheidende Frage gestellt.

Bald waren sie verheiratet und führten ein angenehmes Leben. Mervin suchte nie mehr nach einer neuen Gemeinde, sondern ließ Hector zu einem richtigen Priester der anglikanischen Hochkirche ausbilden. Sie hatten jetzt das ganze

Haus für sich allein. Er entließ die Dienstboten und erklärte Jane, es sei eine Sünde, andere Menschen zu benutzen ... was ihm eigentlich egal war, doch es sparte Geld und enthob ihn der Pflicht, überhaupt zu arbeiten. Jane fügte sich, und sie lebten zufrieden miteinander ...

»Wir hatten eine gute Zeit miteinander, nicht wahr?«, fragte er sie.

»Ja, Liebster.«

»Und du kümmerst dich um meinen Jungen?«

»Ja, Liebster. Hector macht sich prächtig. Er hat jetzt seine eigene Gemeinde.«

Zum Teufel mit Hector. Er sprach von Jack. Als Clara starb, hatte er nach Jack gesucht, um es ihm zu sagen. Und hatte ihn gefunden, einen waschechten Räuber, der sich als Wegelagerer betätigte. Und in den Wirtshäusern, durch die er bei seiner Suche kam, hieß es, Jack habe es gut getroffen.

Dann sah er ihn. Aufgeputzt. Zu allem entschlossen. Übermütig lachend. Von Frauen umschwärmt.

Er hatte mit ihm sprechen wollen, nicht unbedingt über Clara, sondern ganz allgemein.

Doch Mervin wagte es nicht. Ihm fiel ein, weshalb Jack seine Mutter Kopfnuss genannt hatte. Er erinnerte sich an Jacks Trotz, wenn er ihn schlug, wie er geknurrt und gespuckt und noch mehr Prügel bezogen hatte, und bekam plötzlich Angst. Ungeachtet seiner Fröhlichkeit war der Mann, den er dort sah, ein hartgesottener Verbrecher.

Wie würde er auf den Vater reagieren, der ihn täglich geschlagen hatte, zwar mit gutem Grund, ihn damit aber aus dem Haus getrieben hatte?

Diesmal war es Mervin gewesen, der davonrannte, während ihm eine Stimme in den Ohren gellte ...

»He, Mister! Suchen Sie nicht nach Jack?«

Mervin rannte die ganze schlammige Straße entlang und fürchtete, Jack könnte ihn wiedererkannt haben und ihm nun mit einer Peitsche oder einer Schusswaffe folgen.

Zu Hause zimmerte er sich eine andere Geschichte zurecht. Er hatte nicht mit Jack sprechen und ihn mit nach Hause nehmen können, weil Jane kein Verständnis gezeigt hätte. Was wäre dann aus ihm und Hector geworden?

Lange Zeit später traf er Bridget wieder. Es ging ihr schlecht, sie bettelte ihn an, und er suchte sie gelegentlich als Kunde auf, ohne jedoch auf ihr Flehen um zusätzliches Kleingeld zu hören. Von Bridget erfuhr er auch, dass sie auf ihren Reisen Jack Wodrow begegnet war.

»Ist wohl dein Sohn.«

»Nie von ihm gehört.«

»Komm schon, natürlich ist er dein Sohn. Sieht aus wie du, kalte blaue Augen. Dürfte deiner grauen Maus im Haus wohl nicht gefallen.« Mehr sagte sie nicht. Niemand in der Stadt sagte etwas über Jack Wodrow, bis die Neugier Mervin dazu trieb, Bridget auszuhorchen.

»Was aus Jack geworden ist?«, fragte sie, als würde sie ihn gut kennen, was Mervin jedoch bezweifelte. »Oh, er hat etwas aus sich gemacht. Einen Haufen Geld mit seinem Gewerbe verdient«, sagte sie augenzwinkernd. »Dann ist er wohl weggegangen. Nach Australien, wo immer das auch sein mag. Ein sauberer Schnitt. Soll jetzt im Ruhestand sein.«

»Ich wusste, dass Jack es schaffen würde«, sagte er zu seiner Frau.

»Ja, Liebster.«

»Wenn ich sterbe«, flüsterte Mervin Hector zu, »sollst du Jack finden und ihm sagen, dass ich nach ihm gefragt habe.«

»Jack? Ich wüsste nicht, wo ich nach ihm suchen sollte.«

»In Australien«, grinste Mervin stolz. »Australien.«

»Woher weißt du das?«, fragte Hector verblüfft.

»Ich weiß es eben. Du wirst ihn suchen. Jane«, keuchte er, »er soll es versprechen. Bei seinem geistlichen Gewand.«

»Ja, Liebster.«

»Er hat es gut angetroffen«, prahlte der alte Mann. »Er ist reich. Ich habe es auch gut angetroffen.«

»Ja, Liebster«, sagte Jane unter Tränen. »Danke, Liebster.«

Hector brauchte kein Versprechen, er war hocherfreut, endlich seinen lang vermissten Bruder zu suchen. Und eine lange Seereise unternehmen zu können, falls er sich das leisten konnte. Er hatte keine Ahnung, dass sein Vater ein Geheimnis bewahrte, und war gerührt, als der alte Sünder nun die harsche Behandlung zu bereuen schien, die er Jack hatte angedeihen lassen. Hector selbst, ein geweihter Priester, hatte ihm bereits vergeben.

Mervin hatte sein Schicksal in die Hand genommen, indem er diese nette, törichte Frau heiratete, die fast ihr ganzes Leben auf Knien verbrachte, das dreistöckige Haus schrubbte und wienerte und Mervin, den anerkannten Hausherrn, bekochte. Alles für die Liebe Gottes, hatte sie ihrem Stiefsohn erklärt, der nur verwundert den Kopf schütteln konnte.

Am Tag von Mervins Begräbnis legte dessen Sohn sein Amt nieder, verabschiedete sich von seiner kinderlosen Frau – die ebenfalls dumm und fromm war – und buchte eine Überfahrt nach Australien. Zu Hectors Erstaunen hatte Mervin ein kleines Vermögen zusammengetragen, das aus dem gemeinsamen Konto von ihm und Clara hervorgegangen und durch den Verkauf des früheren Wohnhauses und die Tatsache, dass er Janes Gelder auf sein Konto umgelenkt hatte, noch beträchtlich angewachsen war.

Nun würde Jane Wodrow bald entdecken, dass sie mittellos dastand. Doch sie hatte noch das Haus, ihr blitzblankes Haus.

Hector entledigte sich seines Priesterkragens und marschierte zu einem Herrenausstatter, der ihm eine angemessene Garderobe für einen Mann verkaufte, der erster Klasse ans andere Ende der Welt reisen würde. Genau wie einst sein Bruder.

5

Die Sonne ging rasch auf, überzog den weiten Horizont mit rosa und gelben Streifen, bereit zum Angriff auf die feuchte Erde, nachdem sich der nächtliche Regen gerade erst verzogen hatte. Nebel stieg von den tiefgrünen Weiden auf, als Jack zu den Ställen schlenderte und die nasse Luft beschnupperte.

»Ein guter Tag für eine Wanderung«, sagte er, lachte und korrigierte sich: »... für einen Ritt.«

Heute würden er und der Boss zu ihrer Erkundungstour aufbrechen, und obwohl er es niemals zugegeben hätte, war Jack aufgeregt. Nicht so sehr, weil er nun die Gelegenheit bekam, herauszufinden, wo er sich im Vergleich zu seinen früheren Reisen befand, sondern wegen der Pferde. Er hatte auf keinem Pferd mehr gesessen, seit er England verlassen hatte. Genauer gesagt, seit man ihn ins Newgate-Gefängnis geworfen hatte. Hier draußen bekamen verurteilte Sträflinge keine Reittiere ... Sie gingen zu Fuß. Früher sogar in Ketten.

Er beobachtete, wie die »Regierungsleute« in einer Reihe aus dem Küchenhaus kamen, und sah ihre Blicke. Sie nahmen ihn nicht zur Kenntnis, bewegten sich ganz regelmäßig, unheimlich geübt, als befänden sich die Ketten noch an Ort und Stelle. Er fragte sich, wie lange sie brauchen würden, um diesen ganz bestimmten Schnitt abzulegen und wie normale Bürger drauflloszumarschieren. In seinem Fall war dieser Wechsel schnell erfolgt, geboren aus der Notwendigkeit – der Notwendigkeit, um sein Leben zu laufen. Blindlings durch den dichten Busch, die Polizei auf den Fersen.

»Wo ist Albert?«, fragte er, und ein Daumen zeigte zu den Männerunterkünften.

Er ging über den Platz, warf einen zweiten Blick auf das vertraute Kopfsteinpflaster – so etwas hatte er schon lange nicht mehr gesehen – und traf Albert zusammengesunken auf der Holztreppe an, das Hemd über den Knien, als wollte er sich gerade anziehen. Sein Rücken war mit Striemen übersät, blutete noch, und in den kleinen Furchen zeigten sich schon gelbe Infektionsspuren.

»Wie geht es dir?«, fragte Jack. Albert fuhr zusammen.

»Ich habe dich nicht kommen hören«, fuhr er ihn an. »Schleichst barfuß herum wie ein verdammter Schwarzer.«

Er sah blass und geschwächt aus, dennoch hätte er arbeiten müssen, wie Jack wusste. Auspeitschen gab einen Tag frei, einen Tag und nicht mehr, doch Albert saß in der Sonne und hoffte vermutlich, sie würde die Wunden trocknen lassen.

»Du brauchst mehr Salzspülung für den Rücken. Soll ich ihn abwaschen?«

»Du kannst dich gefälligst um deinen eigenen Kram kümmern.«

»Das höre ich von jedem. Albert, es tut mir wirklich leid, dass du Schwierigkeiten hattest.«

Albert stand auf und stieß ihn beiseite. »Raus hier, du Schwein! Hast ja nicht lange gebraucht, um die Seiten zu wechseln! Hast dich eingeschmeichelt!«

Jack wandte sich abrupt ab. Er würde sich hüten, diesen Fehdehandschuh aufzunehmen, auch bei den Schwarzen hatte er es schon mit derart unvernünftigen Männern zu tun gehabt. Nur waren die Schwarzen gefährlicher. Oder doch nicht? Er dachte an Alberts Augen. Es waren nicht mehr die Augen des freundlichen Mannes, den er hier kennen gelernt hatte: Sie waren hart. Grausam. Traurig schüttelte er den Kopf, denn er hatte in ihnen den Wahnsinn gesehen. Den Wahnsinn der Sträflinge. Rohheit und Einsamkeit hatten ihre Spuren hinterlassen.

Er nickte bei sich, als er zu den Stallungen ging, und überlegte, ob der Boss wohl wusste, dass Albert nicht anwesend war. Andererseits sollte er sich wohl wirklich lieber um seinen eigenen Kram kümmern.

Ein Stallbursche führte zwei große, kraftvolle Pferde heraus, und Jack sprang beiseite. Er hatte vergessen, wie groß diese Tiere aus der Nähe waren.

Der Stallbursche grinste höhnisch. »Noch nie gute Pferde gesehen, was?«

»Nein.« Jack ließ ihm seinen Spaß. Er staunte, als die Pferde gesattelt, Vorräte in die Satteltaschen gepackt und Schlafsäcke über das Hinterteil geworfen wurden. Dazu gab es Feldkessel und einen Kochtopf und natürlich Wasserflaschen. Jack fragte sich, wie lange sie unterwegs sein würden, doch eigentlich war es egal, er hatte ohnehin nichts anderes vor.

Dann kam der Major, herausgeputzt mit einer teuren Tweedjacke und weißen Moleskin-Hosen, und Jack sann über seine eigenartige Situation nach. Er war noch nie zuvor einem Kerl aus der Oberschicht begegnet, und während er Ferrington früher mit dem gleichen Misstrauen begegnet wäre, das dieser ihm entgegenbrachte, war ihm nun alles gleichgültig. Er empfand sich Ferrington gegenüber keineswegs als ebenbürtig, das nicht, war aber auch nicht eingeschüchtert. Vielleicht bedeutete es einfach einen Schritt zurück in die Welt der Weißen, man musste einen Platz finden, an den man gehörte, an dem man eine gewisse Distanz zu seiner Umgebung wahrte. Wie eine *bukuta*, dachte er grinsend, eine alte Eule, die nur dasitzt und zusieht.

Ferrington trug seinen schicken Revolver in einem Halfter um die Hüften, hatte aber auch ein Gewehr bei sich, das er im Halfter am Sattel verstaute. Jack konnte nicht widerstehen …

»Ziehen wir in den Krieg?«

Der Major beachtete ihn nicht, sondern rief nach Tom Lok und übergab ihm einige Briefe für die Post.

»Wo ist hier das nächste Postamt?«, fragte Jack den Stallburschen.

»Wir haben keins. Der Chinamann muss zehn Meilen den Weg bis zum Saxby-Laden reiten, und der Postbote holt die Briefe da ab. Kannst aufsitzen«, höhnte er. »Oder muss ich dir helfen?«

Jack führte das Pferd ein Stück weg, schwang sich mühelos in den Sattel und grub seine Füße in die Steigbügel. Bald darauf ritt er mit Ferrington die lange, baumgesäumte Auffahrt zur Straße hinunter und fühlte sich großartig. Er freute sich auf den Ausflug, vor allem, da er mit einem Pferd, das die ganze Arbeit tat, einen bequemen Weg entlangreiten konnte. Die Zeiten, da er tagelang mit den Schwarzen zu Fuß umhergezogen war, hatten ein Ende. Das hier ist das Leben, dachte er lächelnd, der pure Luxus!

Sie ritten meilenweit, und Jack hatte eine Menge Fragen, die er nicht zu stellen wagte. Wie weit war es nach Brisbane, wenn man den Fluss befuhr? Und welches Geld hatten sie dort? Er hatte in diesem Land noch nie das Privileg besessen, für seine Arbeit bezahlt zu werden, obwohl der Sträfling Jack Drew schwerer geschuftet hatte, als man sich überhaupt vorstellen konnte. Erstaunlich, dass er das überlebt hatte, sann er, immerhin hatte er vor dieser Erfahrung keine Stunde seines Lebens mit Arbeit verbracht.

Komisch, dass er gerade jetzt an Arbeit dachte, doch inzwischen hatte er gelernt, dass er den Ordnungshütern fernbleiben musste. Auf der Hut sein, keine Gesetzesverstöße mehr. Er grinste und dachte, ich verwandle mich noch in einen Heiligen! Das hätte der Kopfnuss gefallen! »Verbrechen zahlt sich nicht aus«, würde sie sagen und damit ein einziges Mal in ihrem unschönen Leben Recht behalten.

Er richtete seinen Blick auf Ferrington, der ein gutes Stück vor ihm ritt, und fragte sich, wann er wohl mit seinen Fragen anfangen würde. Der Major hatte das Gold gewiss nicht vergessen. Er spielte offenbar auf Zeit, suchte nach dem besten Weg, es für sich zu gewinnen.

Sie bogen in eine Straße, die vom Fluss weg ins Landesinnere führte, doch als sie das Vorgebirge erreicht hatten, rief der Major, Jack solle nach Holzfällerpfaden Ausschau halten.

»Wenn wir den Pfaden folgen, gelangen wir weiter bergauf«, erklärte er Jack, dem man nicht gesagt hatte, dass oder warum sie ins Vorgebirge unterwegs waren, doch er nickte und verschwieg geflissentlich, dass sie bereits an einigen Holzfällerpfaden wie auch Wegen, die von Schwarzen stammten, vorbeigekommen waren. Letztere waren sogar frisch. Aus irgendeinem Grund verlieh ihm die Gewissheit, dass sich Schwarze in der Nähe aufhielten, Sicherheit, so als wären ihm einige Freunde geblieben. Jedenfalls hoffte er, dass sie freundlich gesinnt waren. Die Zeit würde es zeigen. Er vermisste noch immer seine Frau Kana, doch sie war mit ihrer Familie nach Norden gezogen, als vor über einem Jahr die richtigen Kämpfe ausbrachen. Er selbst hatte sie weggeschickt, weil er nicht wollte, dass sie sich in die gleiche Gefahr begab, in der seine erste Frau Ngalla umgekommen war. Ihr war damals klar gewesen, dass sie sich nie wiedersehen würden, doch sie war stark und wusste vermutlich, dass es Zeit war, einen Mann aus ihrem eigenen Volk zu wählen.

»Wer hat die Wunde an deiner Schulter genäht?«, fragte Ferrington plötzlich, als sie über einen gerodeten Hang ritten.

»Was? Als ich angeschossen wurde? Ach, wohl eine der schwarzen Frauen. Ich hab's nicht mitgekriegt.«

»Bist du sicher, dass es keine Weiße war?«

»Wie kommen Sie darauf?«

»Ich kann mir nicht vorstellen, dass eine Schwarze Wunden nähen kann.«

»O doch.«

»Ohne Nadel?«

»Sie verwenden Bambus, feines Garn und ähnliche Dinge. Sie haben viele eigene Arzneien, sie können Menschen gut heilen.« Der Major beließ es dabei, doch als sie gezwungen waren, abzusteigen und die Pferde an den steileren Hängen am Zügel zu führen, erkundigte er sich, ob Jack den Weg zurück finden könne, wenn er sich allein im Busch befände.

»Kommt drauf an«, meinte dieser. »Wenn ich halb tot, verletzt und voller Selbstmitleid wäre, wohl nicht.«

»Ich rede nicht von dieser Sache«, entgegnete Ferrington gereizt. »Ich habe eine einfache Frage gestellt. Viele Leute empfinden die Entfernungen im Busch als verwirrend, weil alles so gleich aussieht. Es ist schwer, Orientierungspunkte auszumachen.«

»Tatsächlich? Na ja, ich weiß nicht. Ich finde, es ist nicht alles gleich, es gibt so viele Bäume, Pflanzen, Sterne, Bäche, die kann man gar nicht alle aufzählen.«

Danach versuchte er, Ferrington einige Dinge zu erklären, die er gelernt hatte, dass die Seiten eines Ameisenhügels die Himmelsrichtungen anzeigten, dass Vögel einen zum Wasser führen konnten und Bäume niemals gleich waren, einfache Dinge, doch er merkte, dass sein Boss das Interesse verloren und nur die Bestätigung gebraucht hatte, dass Jack sich auf so etwas verstand. Noch ein Schritt hin zum Gold?

Schließlich versperrten ihnen Klippen und Felsspalten den Weg, sodass sie den Pferden die Vorderbeine fesseln und sie zurücklassen mussten, um die Gegend zu erkunden und einen weniger beschwerlichen Weg zu suchen. Jack ließ die Tiere ungern zurück. Je höher sie stiegen, desto mehr Spuren von Schwarzen entdeckte er. Ein paar Familien mussten es sein. Es gab Stellen der Zerstörung an den Hügelflanken, wo man Bäume gefällt hatte; hässliche, kahle Flecken, an denen die Natur ihre Blöße verschämt mit hohem Gras und winzigen Wildblumen bedeckte. Doch die Holzfäller waren mit ihrer Ausbeute weitergezogen. In den höheren, felsigen Regionen, in denen sich das Fällen schwierig gestaltete, waren die Hügel noch stark bewaldet, sodass die Familien dort oben ihren Frieden hatten. Er betete, dass sie vernünftig genug waren, um in ihrem Versteck zu bleiben. Vernünftig und friedlich.

»Warum lassen wir es nicht gut sein?«, fragte er. »Es wird spät. Wir könnten morgen sehen, wie wir zum Gipfel kommen.«

»Und du willst ein Buschmann sein«, lachte Ferrington. »Ich habe mir vorgenommen, heute nach oben zu kommen, und bei Gott, das werde ich auch.«

Die Schwarzen würden wissen, dass sie hier waren, dachte Jack besorgt. Daran bestand kein Zweifel. Und diese Pferde waren nicht sicher dort unten, nicht sicher vor Rache, weil sie in dieses Gebiet eingedrungen waren. Es reichte schon aus, die Fesseln zu lösen und sie laufen zu lassen. Die Schwarzen kapierten einfach nicht, dass die Weißen ihren Sinn für Humor nicht teilten.

Er dachte daran, Ferrington davor zu warnen, wusste aber, dass dieser sofort Gebrauch von den Schusswaffen machen würde, und unterließ es. Mit einem bisschen Glück würden die einheimischen Schwarzen sie vielleicht gar nicht beachten.

»Du trägst das Gewehr«, sagte Ferrington. »Ich kann es nicht hier lassen.«

»Wieso nicht? Sie lassen die Pferde doch auch hier.«

»Die wird niemand stehlen.«

»Jedenfalls trage ich kein verfluchtes Gewehr. Ich bin kein Fußsoldat. Ich würde mir den Hals brechen, wenn ich mit dem Ding um den Hals hier herumkletterte.«

Ferrington gab ihm die Waffe. »Häng es um.«

Sie begannen den Aufstieg zum Gipfel, Jack vorn, Ferrington, der erstaunlich gut mithielt, hinter ihm.

»Das ist toll«, rief er, als sie sich an einem Felsvorsprung entlangtasteten. »Ich habe mich zu Hause schon im Bergsteigen versucht. Besser gesagt, in Schottland.«

»Ah!«, rief Jack hingerissen, als er von dieser Stelle hinunterschaute. Die Nachmittagsglut tauchte die faszinierende Landschaft in außergewöhnliche Farben. Er erkannte die Gegend sofort.

Der Major trat keuchend hinter ihn, ebenfalls beeindruckt von den drei Gipfeln, die so unvermittelt aus den Baumwipfeln wuchsen.

»Na so was«, staunte er. »Was für seltsame Formen! Ich wusste, der Ausblick würde herrlich sein, aber so etwas Eigenartiges hatte ich nicht erwartet. Ich würde sagen, es sind die Kerne erodierter Berge oder Vulkane. Aber ich hatte mit weiten Ebenen gerechnet, nicht mit diesem dichten Wald.«

»Dort drüben ist er nicht so dicht wie hier, es sieht nur von oben so aus.«

»Kennst du die Gegend?«

»Ja«, sagte Jack schlicht und dachte, warum nicht? Er hatte nichts zu verbergen. »Das ist Beerwah, wie die Schwarzen sagen. Sie ist die Mutter von Tibrogargan, dem ersten Gipfel, und Coonowrin, dem krummen Gipfel.«

»Tatsächlich? Jedenfalls sehen sie sehr friedlich und würdevoll aus.«

»Es sind Orientierungspunkte. Man sieht sie aus allen Richtungen. Wir sollten besser wieder runtergehen, bevor es dunkel wird. Die Felsen sind rutschig.«

Auch sorgte er sich um die Pferde, ganz anders als der Major. Der war noch aufgeregt angesichts des Panoramas, das sich ihm bot, der Gipfel, die sich hoch über das Land erhoben.

»Weißt du, ich glaube, das sind die Glasshouse Mountains, ich habe darüber gelesen. Man kann sie vom Meer aus sehen – Captain Cook hat ihnen den Namen gegeben.«

Jack wusste zwar nicht, wer Captain Cook war, doch überraschte es ihn, dass man die Felsbrüder vom Ozean aus sehen konnte. »Von da draußen? Himmel, das habe ich nicht gewusst. Und ich dachte, die Schwarzen wüssten alles.«

Einen Moment lang waren die Männer vereint in einer Art Kameradschaft, einer gemeinsamen Würdigung dieses Phänomens, aber dann kam der Major wieder mit seiner Idee.

»Sie müssen doch ahnen, wo man Gold finden kann. Ich nehme an, du weißt nur zu gut, wo es versteckt liegt. Die Geschichte, dass du es nicht noch einmal versuchen willst, akzeptiere ich nicht. Ich habe den Eindruck, du willst meine Station nur als Erholungslager benutzen, bis du wieder dorthin verschwinden kannst.«

Jack verzog das Gesicht. »Jetzt mal langsam. Die Schwarzen haben Gold gesehen; vermutlich auch jede Menge Diamanten und Rubine, aber Sie können drauf wetten, dass die ihnen gar nichts bedeuten. Ich habe jahrelang nachgebohrt, sie sollten die Augen offen halten, bis mir jemand endlich das brachte, was ich suchte, und nicht die wertlosen Steine, die sie gesammelt hatten, um mir eine Freude zu machen. Und wenn Sie glauben, dass ich Ihre Station zur Erholung benutze, stimmt das auch. Ich kann jederzeit verschwinden, falls Sie mir keinen Job anbieten.«

Der Major rührte sich nicht von der Stelle; anscheinend konnte er sich nicht von diesem sicheren Aussichtspunkt losreißen, bis seine Fragen beantwortet waren.

»Gibt es dort draußen wilde Schwarze?«

»Ja. Ein paar? Viele? Keine Ahnung.«

»Könnten wir durch das Gebiet reiten, ohne dass uns etwas geschieht?«

»Wahrscheinlich schon, aber von ihren Kriegen würde ich mich fern halten.« Als Jack zusah, wie der Horizont in Farben getaucht wurde, erinnerte er sich plötzlich an das wunderbare Gefühl, als er von dem überfüllten Transportschiff nach Sydney hinübergeschaut hatte. Das Gefühl von Frieden und Weite. Und Freiheit. Er hatte gespürt, dass Freiheit möglich war, obwohl er in seiner Dummheit geglaubt hatte, hinter den Bergen läge China. Die Berge, so erfuhr er später, wurden Blue Mountains genannt. In diesen wenigen Sekunden sehnte er sich danach, in den Busch zurückzukehren, das Gefühl der Freiheit zu spüren, doch er wusste, dass jede Form der Zivilisation, für die er sich entschied, Regeln, eiserne Regeln, besaß. Die Freiheit war nirgendwo vollkommen.

Er folgte Ferrington bergab und gestand sich ein, dass der Busch ihm jahrelanges Nachdenken ermöglicht hatte. Er war nicht mehr derselbe Jack Drew, der weggelaufen war, der nur daran dachte, das schnelle Geld zu machen und sich zu amüsieren. Er schämte sich ein wenig für den Burschen. Er hatte seiner Aborigine-Familie und seinen Freunden niemals erzählt, dass er ein Dieb und Räuber gewesen war. Sie wären entsetzt gewesen.

Er begriff jetzt, was ihn beschäftigt hatte, seitdem man ihn über das Wasser hergebracht und erneut auf fremdem Boden ausgesetzt hatte. Diesmal musste er es richtig angehen.

Als sie sich eine Stunde später der Lichtung näherten, spürte er, dass die Schwarzen in der Nähe waren, konnte aber die Pferde von weitem riechen und seufzte erleichtert. Als sie zu den Tieren kamen, ergab sich jedoch ein anderes Problem. Die Satteltaschen waren weg. Sie hatten nichts zu essen.

»Verdammter Mist!«, sagte er und sah sich um. »Verdammter Mist!«

»Was?«, brüllte Ferrington. »Was soll das heißen, weg? Wer hat sie genommen? Bei Gott, ich prügle die Schweinehunde windelweich! Es müssen Schwarze gewesen sein. Hier oben leben keine Weißen. Außer es sind Landstreicher, die herumschnüffeln. Verdammt! Du machst Feuer, ich gebe den Pferden zu trinken.«

»Wozu ein Feuer?«, wollte Jack wissen. »Wollen Sie etwa heißes Wasser trinken?«

Er konnte den Boss den ganzen Weg bis zu einem kleinen Bachlauf fluchen hören und beschloss, ihm zu folgen und seinen Magen wenigstens mit Wasser zu füllen. Der vorübergehende Hunger störte ihn nicht; er hatte auf der Farm eine ganze Zeit lang gut gegessen. Sein Magen konnte sich nicht beschweren.

»Nicht mal Tee!«, rief Ferrington und schleuderte den Feldkessel wütend über den Bach.

Als er sich beruhigt hatte, schlug Jack vor, weiter ins Tal abzusteigen.

»Hier gibt es nichts zu essen. Wir könnten etwas auf einer Farm bekommen.«

»Wie sollen wir die Pferde in der Dunkelheit diese gefährlichen Hänge hinunterführen? Sei doch mal vernünftig! Und du solltest wissen, dass ich nicht um Essen bettele.«

»Wie Sie meinen.« Die Schwarzen hatten auch nicht gebettelt, sondern zugegriffen.

»Wir sollten die Diebe suchen«, sagte der Major und schwenkte seinen Revolver, als lauerte der Schurke noch im Gebüsch.

»Das können Sie machen. Aber wollen Sie jemanden wegen eines Brotlaibs erschießen?«

»Eigentlich sollte ich das tun. Gib mir das Gewehr. Ich halte Wache.«

»Keine Sorge, ich höre, wenn sich jemand nähert.«

»Wirklich? Na schön. Dann kann ich mir ein bisschen Schlaf gönnen.«

Am Morgen stiegen sie hinunter und ritten zurück durchs Vorgebirge, als sie fünf Reitern unter Führung von Rollo Kirk begegneten.

»Was machen Sie denn hier draußen?«, fragte Ferrington.

»Wir suchen nach einem Flüchtling. Der Kerl ist gestern aus einem Arbeitstrupp geflohen. Haben Sie Fremde in der Gegend gesehen?«

»Nein«, entgegnete Kit aufgeregt. »Aber ich glaube, Ihr Mann befindet sich in diesen Hügeln. Jemand hat uns gestern Abend den ganzen Proviant gestohlen, hat uns nicht mal genug für eine Tasse Tee zurückgelassen, und ich bin kurz vor dem Verhungern, das können Sie mir glauben.«

»Erst gestern Abend?« Rollo rief zu seinen Männern hinüber: »Wir haben ihn, Jungs! Reitet bergauf, verteilt euch. Gute Arbeit, Ferrington! Was führt Sie eigentlich hierher?«

»Ich sehe mich nur um. Von da oben hat man einen guten Ausblick.«

»Natürlich.« Rollo gab sich interessiert, um seinem Freund zu gefallen, dann drehte er abrupt den Kopf nach hinten. »Wer ist der Kerl, den Sie da bei sich haben? Sieht nicht gerade toll aus. Hässliche Visage. Dachte zuerst, er wäre ein Nigger. Was ist mit seinem Gesicht passiert?«

»Verbrennungen. Er ist nur ein Wanderarbeiter. Hören Sie«, Kit bewegte sein Pferd von Drew weg, der zusah, wie die Reiter ihre Pferde bergauf trieben. »Er behauptet, er heiße Jack Drew. Sagt Ihnen das was?«

»Nein.«

»Er ist schon seit einigen Wochen bei mir. Haben Sie in letzter Zeit von irgendwelchen Fluchtversuchen gehört? Er sagt, er sei kein Sträfling, aber ich dachte, Sie wüssten vielleicht etwas.«

Rollo wendete sein Pferd und sah Drew ins Gesicht.

»Woher kommen Sie, Mister?«

»Wer will das wissen?«

»Ich stelle hier die Fragen.«

»Schön für Sie«, meinte Drew, stupste sein Pferd an und ritt weiter.

»Komm her!«, brüllte Rollo, doch Drew wandte sich nicht um.

»Was wollen Sie mit diesem finsteren Kerl?«, fragte er Kit. »Man muss sich schon fragen, warum er nicht antworten will.«

»Könnte auch an Ihrem Benehmen liegen«, knurrte Kit,

der wütend auf beide war. Vor allem aber auf Rollo, der ihm nicht einmal einen Zwieback angeboten hatte.

»Sie haben mich doch gefragt«, entgegnete Rollo gekränkt. »Soll ich auf dem Rückweg in die Stadt bei Ihnen vorbeikommen? Wir könnten uns mal über diesen Kerl unterhalten. Und ich würde gern sehen, welche Fortschritte Ihr prächtiges Haus macht. Jetzt muss ich diesen Trotteln hinterher; sie wollten mir tatsächlich weismachen, der Gefangene würde versuchen, den Fluss zu durchqueren und nach Süden zu laufen, aber ich wusste, dass er irgendwo hier oben ist. Vielen Dank, Major, Sie haben mir viel sinnloses Herumreiten erspart. Bis dann.«

Schon ritt er wie wild seinen Männern hinterher, noch bevor Kit etwas entgegnen konnte, was ihn gar nicht glücklich machte. Denn obwohl er von Rollo abhängig war, weil dieser ihn mit guten Arbeitern versorgte, hatte er festgestellt, dass ihm dieser komische Vogel Jack Drew, oder wie er auch heißen mochte, sehr viel angenehmere Gesellschaft bot.

Drew erwartete ihn auf der letzten Anhöhe, von der man in die Ebene blickte. Er deutete nach vorn. »Sehen Sie nur! So viele Rinder habe ich noch nie gesehen.«

Mindestens ein halbes Dutzend Männer trieb eine riesige Viehherde die Straße nach Brisbane entlang. Die Spitze des Zuges konnte man schon gar nicht mehr ausmachen.

»Mensch, ist das ein Anblick!«, meinte Kit. Bewundernd betrachtete er das Schauspiel, die Staubwolken, die die Tiere aufwirbelten, die Viehhüter, die neben ihnen entlangritten, die Peitschen knallen ließen und die ungeheure Herde dazu brachten, sich stetig vorwärts zu bewegen. »Es müssen mehr als tausend sein. Ich wüsste gern, wem sie gehören.«

Ihm war nicht danach, die hart arbeitenden Viehhüter mit seinen Fragen zu überfallen, und er wartete, bis die Herde vorüber war, bevor er in Richtung Fluss ritt.

»Wohin jetzt?«, fragte sein Gefährte.

»Ich möchte mir mal dieses neue Wirtshaus namens Baker's Crossing anschauen. Es ist nichts Besonderes, aber man müsste dort eigentlich etwas zu essen bekommen.«

»Ich könnte eine Schlange fangen und für Sie kochen«, schlug Drew grinsend vor.

»Keine Sorge, so hungrig bin ich nun auch wieder nicht.«

Kit war froh, wieder auf der offenen Straße zu reiten, wo er das Pferd richtig antreiben konnte, und nach einer Stunde kam der Fluss erneut in Sicht. Er folgte ausgetretenen Pfaden und war überrascht, nicht nur ein Wirtshaus, sondern eine kleine Siedlung zu finden, die beinahe hinter den Bäumen verborgen lag.

Der Ort wirkte so ruhig und friedvoll, dass sie beide erstaunt waren, als Schreie hinter dem Wirtshaus ertönten.

Sie stiegen ab, banden die Pferde an ein Geländer an der Wand, auf der ein Schild *Bakers Laden und Wirtshaus, gekochte Mahlzeit 1 Shilling* ankündigte, und gingen gelassen einen Pfad hinunter, um zu sehen, was los war.

Ein Mann drehte sich zu Kit um und rief sofort: »Mann im Fluss! Sehen Sie! Da draußen ist ein Mann im Fluss!«

»Haben Sie ein Boot?«, fragte Kit. »Irgendwas, mit dem wir ihn rausholen können?«

»Nein. Mein Boot hat ein Leck. Ich wollte es reparieren … Jesus, ist das eine Strömung. Er wird's wohl nicht schaffen. So weit kann ich kein Seil werfen, armes Schwein. Aber sehen Sie … da schwimmt jemand raus.«

»Wo?«, fragte Kit.

»Da drüben, wo der Fluss die Biegung macht. Er will ihn wohl abfangen, aber das wird schwer. Nach dem ganzen Regen führt der Fluss eine Menge Wasser.«

Er rannte davon, höher ans Ufer, um das Drama zu beobachten, und Kit lief hinterher.

Er schaute sich nach Jack um, da ihm plötzlich der Gedanke kam, der zweite Mann im Fluss könnte sein Begleiter sein.

»Sie werden beide ins Meer gespült«, schrie eine Frau, und ein Mann meinte lachend: »Bis dahin sind sie ertrunken oder von den Krokodilen gefressen worden.«

»Wer ist das? Der Kerl im Fluss?«, fragte jemand.

»Ich nehme an, der entflohene Sträfling, von dem der Postbote gesprochen hat. Ich wette, er wollte den Fluss durchqueren, um dem Suchtrupp zu entwischen.«

»Das hätte man dem armen Kerl sagen sollen, der ihn retten will. Lass die Ratte ertrinken ...«

Kit und einige andere Männer stolperten durch Gebüsch, den Fluss im Blick, und fanden sich in einem Mangrovenwald wieder, in dem verdrehte, glitschige Formen aus einem schlammigen Meer emporwuchsen. Einige Männer wollten weiter, balancierten vorsichtig von einem Ast zum nächsten, um nicht in den Schlamm zu rutschen, doch Kit machte kehrt.

Im Laufen zog Jack sich das Hemd aus und watete in den Fluss, den Schwimmer immer im Blick, dann schwamm auch er los und verfluchte dabei seine verletzte Schulter, die bei der plötzlichen Anstrengung wieder zu schmerzen begann. Sie machte ihn langsam, doch er kämpfte sich weiter, und es gelang ihm, den Mann zu packen, als er auf ihn zugetrieben wurde.

Der erschöpfte Schwimmer griff nach Jack und umklammerte ihn so fest, dass er sie beide unter Wasser zog.

»Lass los!«, brüllte Jack. »Lass los. Lehn dich zurück. Ich zieh dich an Land.« Er verschluckt den halben Fluss, wenn er so um sich schlägt, dachte Jack und war kurz davor, den Mann k. o. zu schlagen, um ihn zu retten, doch da gab der Trottel endlich nach und blieb ruhig, sodass Jack ihn ans Ufer ziehen konnte.

Alles lief gut, wenn auch langsam, als sein Begleiter plötzlich um sich schlug.

Jack war fassungslos und wollte erneut losschreien, als

seine Bürde ihm antwortete. »Falsche Seite«, blubberte er. »Bring mich ... da rüber.«

»Du Idiot!«, schrie Jack und trat wie wild Wasser. »Nein. Hier lang. Da draußen ertrinken wir!«

»Andere Seite«, zischte der Mann mit zusammengebissenen Zähnen und warf sich gegen Jack, wobei er die Arme ein wenig hob, sodass man seine Fesseln sehen konnte.

»Himmel!« Jack hielt ihn fest. »Verdammte Scheiße!« Er hatte kein Messer, konnte die Seile nicht lösen und musste einfach weiterziehen.

Vermutlich hatten sie den entflohenen Sträfling gefunden. Er zerrte wütend an dem Mann, packte die Seile – so ließ er sich leichter bewegen – und schwamm hinaus in den breiten Brisbane River.

Sie wurden ein ganzes Stück flussabwärts getrieben, doch schließlich gelang es ihm, den Kerl so weit zu ziehen, dass er sich an den Mangroven festhalten konnte, die hüfthoch im Wasser wuchsen, und von da aus ins flache Wasser glitt, bis sie das Ende des Schlamms erreicht hatten und auf den warmen Sand kriechen konnten.

»Danke, Kumpel«, sagte der Fremde. »Eines Tages revanchiere ich mich.«

»Kenn ich schon«, entgegnete Jack. »Du hast mich beinahe ertränkt.«

»Tut mir leid. Aber du siehst ja, in welcher Lage ich bin.«

In der Tat. Die grobe Kleidung war zwar nass, doch die Gefängnispfeile waren noch deutlich zu sehen. Er beugte sich vor. »Gib mir die Hände.«

Bald hatte er die Seile gelöst. »Wer bist du?«

»Heiße Harry Harvey, aber du solltest mich lieber vergessen. Wenn du ihnen erzählst, ich sei ertrunken ...«

»Das hatte ich mir auch schon überlegt.«

»Was bist du denn? Ein Strandläufer?«

»Was soll das sein?«

»Ein Mann, der vom Meer und dessen großzügigen Gaben lebt. Du hast viel Sonne abbekommen, daher dachte ich ...«

»Magst recht haben. Ich hätte nichts dagegen, Strandläufer zu sein.«

»Was tust du hier draußen?«

»Ich heiße Jack Drew. Ich wohne flussabwärts auf einer Station namens Emerald Downs. Jetzt muss ich aber zurück. Alles klar mit dir?«

»Sicher. Ich komme schon irgendwie nach Ipswich. Habe gute Freunde da.«

»Dann gehe ich mal.«

»Kannst du wirklich zurückschwimmen?«

Jack nickte. »Ich muss los. Und du solltest deinen Namen ändern, immerhin bist du ertrunken.«

»Stimmt. Auf geht's. Bist ein prima Kerl, Drew.«

Jack sah zu, wie Harvey das steile Ufer hinaufkletterte und davonwankte. Da bemerkte er, dass der Mann für sein Alter, er mochte achtundzwanzig sein, in keiner guten Verfassung war. Das Fleisch hing lose von den kräftigen Knochen. Er war ausgehungert. Eine erneute Erinnerung an das Schicksal, das Galgenvögel hier erwartete. Jack schauderte. Wäre ihnen genügend Zeit geblieben, hätte er dem Burschen durchaus etwas zu essen geben können; es gab hier viele *kudus*, erlesene Fische.

Er schwamm zurück, ließ sich von der Strömung zum Ufer treiben, obwohl er dabei noch weiter flussabwärts gespült wurde. Er würde länger laufen müssen, doch das Schwimmen gestaltete sich einfacher.

Am Ufer angekommen, kletterte er auf einen hohen Baum, um sich zu orientieren. Der Fluss machte eine beträchtliche Biegung und schlängelte sich durchs Tal. Jack bemerkte, dass in der Nähe ein kleinerer Wasserlauf in den Fluss mündete. Daher auch die gegenläufigen Strömungen. Als er sich auf den Rückweg machte, kam ihm der Gedanke, dass die *Murri*-Männer ihn wohl an dieser Stelle ans Wasser gebracht haben mussten. Ansonsten hätten sie ihn gewiss nach Baker's Crossing gebracht.

Kit wurde allmählich ungeduldig, wollte sich aber nicht zu den Männern gesellen, die auf der Straße entlanggeritten waren, um Ausschau nach dem entflohenen Sträfling und seinem Retter Jack Drew zu halten.

»Sinnlos«, sagte er. »Ihr wisst doch, die Straße führt weg vom Fluss, und das Gebüsch am Ufer ist undurchdringlich.«

»Darum müssen sie ja zur Straße laufen, falls sie überlebt haben«, sagte einer der Männer. »Und Sie sind ganz schön gelassen, Mister. Ihr Kumpel hätte ertrinken können, um diesen nutzlosen Schurken zu retten.«

»Er ist nicht mein Kumpel«, gab er zurück, gewiss, dass Drew sein Leben nicht einfach aufs Spiel setzen würde. Nein, dachte Kit zynisch, Drew würde hin- und auch wieder zurückschwimmen, Unkraut verging nicht.

Er kehrte zum Wirtshaus zurück, machte sich mit dem Besitzer Ceb Baker bekannt und bestellte Bier und eine Mahlzeit. Dann setzte er sich an die Theke und hörte den Einheimischen zu. Sie wetteten, wer das Bad im Fluss überleben würde, und Kit, der nichts gegen ein Spielchen einzuwenden hatte, setzte zehn Shilling auf seinen eigenen Mann.

Er erkundigte sich nach der großen Viehherde und erfuhr, dass sie von der Montone-Station stammte.

»Wie kann das sein? Montone wurde von Schwarzen überfallen und aufgegeben.«

»Das Vieh war noch da. Sie sind deswegen zurückgekommen.«

»Sie sind dorthin zurückgekehrt? Ist das nicht gefährlich?«

»Auf mein Wort, das ist es, aber diese Viehzüchter sind ein eigensinniger Haufen, die lassen ihre Herden nicht im Stich. Und außerdem ...«, Ceb zwinkerte Kit zu, »... außerdem haben sie mehr Vieh mitgebracht, als ursprünglich da war ...

Da die angrenzenden Stationen ebenfalls aufgegeben wurden, konnten sie das herrenlose Vieh für sich beanspruchen.«

»Ehrlich?«

»Wer weiß? Dieser Heselwood, der Boss auf Montone, ist ein harter Brocken. Er war ein paar Mal hier, mit dem ist nicht gut Kirschen essen.«

»Wir sind befreundet«, sagte Kit, obwohl Seine Lordschaft eher ein Bekannter war.

»Was Sie nicht sagen. Ist er ein echter Lord?«

»In der Tat.«

Auf einmal stand Drew in der Tür. Niemand hatte ihn kommen sehen oder hören, doch plötzlich wollten alle wissen, wie sein Abenteuer ausgegangen war.

»Konnte ihn nicht kriegen«, sagte er bedauernd. »Wollte ihn packen, aber er war schon ertrunken; die Leiche wurde weggeschwemmt. Sah aus, als wären seine Hände gefesselt, er trieb so komisch dahin. Vielleicht irre ich mich auch. Er dürfte irgendwann an Ihrem Ufer angespült werden, Major.«

»Der Idiot hatte keine Chance«, meinte Baker. »Aber es war gut, dass Sie ihn retten wollten, trinken Sie ein Bier. Auf Kosten des Hauses.«

Geld wechselte den Besitzer. Kit strich seinen Gewinn ein.

»Wofür ist das?«, wollte Drew wissen.

»Er hat gewettet, dass Sie's schaffen.«

»Ehrlich? Dann sind Sie mir ein Essen schuldig.«

Kit blieb nichts anderes übrig. Er musste warten, bis Drew versorgt war, der sich beim Essen Zeit ließ und mit den Einheimischen plauderte wie mit alten Bekannten. Als er schließlich fertig war, warnte Kit ihn wütend: »Ich hoffe, du weißt, dass die Sache nicht ausgestanden ist. Die Polizei wird nach der Leiche suchen und dich verhören, daher solltest du lieber die Wahrheit sagen.«

»War er ein entflohener Sträfling?«

»Das scheinen sie jedenfalls zu glauben.« – »Für welches Verbrechen saß er denn ein?«

»Er war ein Räuber. Ein Schurke, heißt es. Hat auf einsamen Straßen Kutschen und Reisenden aufgelauert.«

»Ein richtiger Unhold, was?«, meinte Jack.

Sie kamen gegen acht Uhr abends zurück auf die Farm. Nachdem Kit überprüft hatte, ob alles in Ordnung war, setzte er sich zu einem einsamen Mahl nieder, bei dem er eine Landkarte studierte.

»Soll ich ihm auch was geben?«, fragte Polly bissig.

»Wem? Drew? Ja, gib ihm was.« Kit war zu aufgeregt, um sich weitere Gedanken zu machen. Er war entschlossen, es mit der Goldsuche zu probieren, und nun, da er Drews Fähigkeiten kannte, war ihm klar, dass er sich im Hinterland zurechtfinden würde. Drew musste ihn nur in das Gebiet führen, in dem ihm die Schwarzen das Gold gebracht hatten oder, besser noch, wo er es selbst gefunden hatte. Denn er war sicher, dass Drew ihm eigene Funde verschwieg. Er war noch nicht dahinter gekommen, welches Spiel er spielte, doch der Mann würde gewiss nicht auf die Chance verzichten, es noch einmal zu versuchen. Nicht wenn er einen Begleiter, Pferde, sogar ein Packpferd bekam, dazu die bestmögliche Ausrüstung zum Zelten und Schürfen.

Die Schwarzen schienen das größte Problem zu sein, doch selbst dann ... er würde bewaffnet sein. Und sicher.

Kit grübelte über Drews Behauptung, er könne dort draußen vermutlich umherziehen, ohne von Schwarzen behelligt zu werden. Warum auch nicht? Mit seiner dunklen Haut sah er wie einer von ihnen aus. Kit fragte sich, ob er seine Haut ebenfalls schwärzen könnte, sodass er wie ein Eingeborener wirkte. Er hatte von Männern in Indien gehört, die sich auf diese Weise in irgendwelche Stämme eingeschlichen hatten. Doch vermutlich verhüllten sie sich und wickelten Turbane um den Kopf, während die Schwarzen hier überhaupt nichts trugen.

Er fand die Glasshouse Mountains auf der Karte und markierte sie. Von dort aus würden sie aufbrechen. Zum Teufel mit den Kämpfen. Was hatten sie damit zu tun? Vielleicht war es gar nicht der Krieg, der Drew Sorgen bereitete, womöglich wollte er sich nur ein bisschen ausruhen, bevor er aufbrach.

Kit beschloss, ihm noch ein paar Tage Zeit zu lassen. Morgen würde er ihn zum Angeln schicken, das sparte Lebensmittel. Und ihm eine Stelle als Aufseher anbieten. Alberts Stelle mit besserem Lohn. Damit er sich wichtig vorkam.

»Nein danke«, sagte Jack, als der Major ihm die Stelle anbot. »Ich verstehe nichts von Farmen.«

»Da gibt es nicht viel zu wissen. Sorg nur dafür, dass die Leute arbeiten. Die Regeln stelle ich auf.«

»Und wenn sie nicht parieren, werden sie ausgepeitscht! Sie müssen verrückt sein, wenn Sie glauben, ich würde eine Arbeit annehmen, bei der man ausgepeitscht werden kann. Darüber wollte ich ohnehin mit Ihnen reden.«

»Worüber?«

»Über das Auspeitschen. Ich habe nachgedacht und kann nicht länger hier bleiben. Ich weiß es zu schätzen, dass Sie mich behalten wollen, aber ich kann nicht zusehen, wie jemand ausgepeitscht wird. Ich bin weg, falls Sie mir nicht versprechen, darauf zu verzichten.«

Der Major stritt, polterte, verblüfft, dass dieses Großmaul es wagte, sich in seine Angelegenheiten einzumischen, bis Jack ihm schließlich einen Kompromiss vorschlug.

»Wenn Sie das Auspeitschen auf Ihrem Land abschaffen, werde ich es keinem verraten. So haben Sie noch Ihre Regeln, während meine Drohung weiterhin gilt.«

»Ganz sicher nicht. Das ist doch lächerlich. Ein kindischer Vorschlag… Ich müsste ja darauf vertrauen, dass du es ihnen nicht sagst.«

»Stimmt. Aber wenn Sie nicht wollten, dass ich mit Ihnen auf Goldsuche gehe, würden Sie sich das alles gar nicht anhören. Und wenn ich das täte …«, Jack sah ihn aufmerksam an, »dann müsste ich im Gegenzug Ihnen vertrauen. Angenommen, wir finden Gold? Sie könnten mich ausbooten und alles für sich behalten.«

Die Augen des Majors verrieten einen Moment lang die pure Gier. Jack seufzte. Was mache ich eigentlich hier?, fragte er sich im Stillen.

Erst als das Rumpeln des Viehtriebs auf der Straße nach Emerald Downs zu hören war, erinnerte Kit sich dran, dass er den Viehverkauf in Brisbane verpassen würde und dabei war, einen weiteren Fehler zu begehen. Wer konnte denn sagen, ob nicht auch diese Herde von Agenten und Viehzüchtern weggeschnappt wurde, bevor sie den Handelsplatz erreichte? Warum sollte er nicht das Gleiche tun? Den Treibern eine Herde zu seinem eigenen Preis abkaufen?

Er war nicht sicher, wie er sich in diesem Fall zu verhalten hatte, da er neu im Geschäft war, beschloss aber, einen Versuch zu wagen. Er lief zu den Ställen, sattelte ein Pferd und ritt die Auffahrt hinunter. Er wartete am Eingang von Emerald Downs, das weder Zaun noch Tore besaß, sondern durch ein von ihm entworfenes Holzbauwerk gekennzeichnet war, das einem Portal ähnelte. Der Name war in das Mittelstück eingebrannt, das stolz von zwei Ketten baumelte, während das Haus selbst von dort nicht zu sehen war.

Die Herde stampfte herbei, bewegte sich viel schneller als erwartet, es hätte ebenso gut eine Elefantenhorde sein können, die vorwärts stob, Büsche niedermähte, Äste von den Bäumen riss, endlos muhte, als bedauerten die Tiere einander auf diesem langen Gewaltmarsch.

Kit hatte sein Pferd gewendet, als er sie kommen sah, und war um die Flanke der Herde geritten, bis er die Gelegenheit bekam, einen der Treiber zu fragen, ob er Tiere aus der Herde kaufen könne.

»Fragen Sie den Boss«, sagte der Mann. – »Welcher von denen ist es denn?«

Der Viehhüter drehte sich im Sattel um und zeigte nach hinten. »Da drüben. Rotes Hemd. Graues Pferd.«

Es war mühsam, bis zum Anführer der Treiber durchzudringen. Kit musste anderen Reitern ausweichen, die ausbrechende Tiere einfingen, um Ordnung in der Herde zu halten, doch schließlich ritt er neben dem Mann im staubigen, roten Hemd, das schon bessere Tage gesehen hatte.

»Könnte ich mal mit Ihnen reden?«, rief er, und der Treiber brüllte zurück: »Worüber?«

»Guter Gott!« Kit bemühte sich, den Lärm zu übertönen. »Lord Heselwood!«

»Ja. Was wollen Sie von mir?«

Er war der Letzte, den Kit bei einem Viehtrieb erwartet hätte, selbst wenn ihm die Tiere gehörten. Der Lord Heselwood, dem er gelegentlich in Sydney begegnete, war ein Gentleman, die personifizierte Eleganz, doch hier war er nun, ungewaschen, in verdreckter Kleidung, und verrichtete seine Arbeit ebenso mühelos wie jeder seiner Angestellten! Kit musste sein Pferd zwingen, mit ihm Schritt zu halten.

»Vielleicht erinnern Sie sich an mich, Sir. Ferrington, Major Ferrington. Ich war …«

»O ja, sicher erinnere ich mich. Sie waren Adjutant, nicht wahr?«

»Ja, aber dann habe ich dieses Anwesen gekauft … Ich nenne es Emerald Downs.«

»Schön für Sie! Freut mich zu hören. Gut, die Stadt hinter sich zu lassen, auf dem Land lebt es sich einfach besser.«

Seine Lordschaft sah müde aus, das Gesicht dreckverschmiert, doch er war bester Laune, und auch das fand Kit überraschend. Heselwood war nicht gerade für seine Freundlichkeit berühmt; er galt gemeinhin als hochmütiger Vertreter mit einer scharfen, boshaften Zunge, die zu benutzen er sich nicht scheute, sodass ihm die meisten Leute,

Ex-Gouverneur Gipps eingeschlossen, mit Vorsicht begegneten. Kit schauderte ein wenig, dass er die Verwegenheit besessen hatte, diesen bedeutenden Mann einfach anzusprechen, doch Heselwood schien sich nichts daraus zu machen. Er verlangsamte seinen Ritt und wandte sich um.

»Gute Wahl, Major. Wie viele Morgen haben Sie?«

»Zehntausend, Sir.« Kit wünschte, er könnte nun, da er kein Adjutant mehr war, die Gewohnheit ablegen, Männern wie Heselwood derart devot zu begegnen. Immerhin war Heselwood erst um die dreißig, auch wenn er momentan wie fünfzig aussah.

»Gut geeignet als Land mit Weiderecht«, sagte er zu Kit. »Ideal, um Vieh zu mästen, das aus dem Westen kommt. Da kann es ungeheuer trocken werden.«

»Ich werde dran denken. Als ich das letzte Mal in Brisbane war, hätte ich gern bei Ihnen und Lady Heselwood vorgesprochen, um Ihnen mein Mitgefühl zum Tod Ihrer Leute auszusprechen. Es muss ein furchtbares Erlebnis gewesen sein, aber ich wollte nicht aufdringlich erscheinen.«

»Das weiß ich zu schätzen«, meinte Heselwood vergnügt.

»Wir standen nicht nur unter Schock und waren dankbar, dass wir mit dem Leben davongekommen waren, wir besaßen auch kein einziges sauberes Kleidungsstück mehr.« Er lachte. »Diese Klamotten kann man kaum im Salon tragen. Wobei unser Hotel in Brisbane auch nicht gerade elegant ist ...«

Kit bot eilends Hilfe an. »Mein Haus dort drüben ist neu und, wenn ich das so sagen darf, sehr komfortabel, Lord Heselwood. Es wäre mir eine Ehre, es Ihnen und Ihrer werten Frau Gemahlin zur Verfügung zu stellen ...«

»Nein, nein, sehr freundlich, Major. Wir wohnen zurzeit in Brisbane, um niemandem in die Quere zu kommen; es gibt noch einiges zu erledigen, bevor wir uns eine Unterkunft in Sydney suchen. Wir sind obdachlos, Major, man hat uns das

Haus genommen. Montone entwickelte sich gerade zu einer prächtigen Station …«

»Furchtbar, ich hoffe, sie spüren diese Wilden auf.«

»Dafür werde ich sorgen.«

»Es muss ein langer Weg gewesen sein mit dem Vieh, Sie sind sicher erschöpft. Darf ich Ihnen meine Gastfreundschaft anbieten … Erfrischungen, eine Mahlzeit … es macht keine Umstände.«

»Danke, nein, ich muss weiter. Die Jungs sollen nicht glauben, der Boss würde es nicht schaffen. Aber ich bin allmählich verdammt müde; die Verkaufsplätze werden ein willkommener Anblick sein.«

»Ja.« Das Vieh hatte Kit beinahe vergessen. »Darüber wollte ich mit Ihnen reden. Ich wüsste gern, ob ich etwas von Ihrem Vieh kaufen kann. Jetzt.«

»Warum nicht? Wie viele Tiere wollen Sie?« Er grinste. »Sie können auch alle haben, wenn Sie möchten.«

»Bisschen viel für mein Anwesen.«

»Das glaube ich auch.« Heselwood warf einen geschulten Blick über das Land. »Wie viel Vieh haben Sie jetzt?«

»Ich bin noch beim Roden. Nur einige Stück Milchvieh für den Eigenbedarf.«

»Diese Raufbolde werden Ihnen beim Roden helfen, die trampeln alles nieder. Und Sie haben jede Menge Futter hier. Sie könnten mit einigen hundert Tieren anfangen. Ich lasse die Jungs eine Herde auswählen und auf Ihr Land treiben. Die werden sich freuen, den Fluss zu sehen; sie sind ungeheuer durstig, aber wir können jetzt nicht anhalten.«

Bevor Kit einwerfen konnte, dass einige hundert Tiere vielleicht ein wenig zu viel des Guten seien, dass er eher an einen Kauf von fünfzig Stück gedacht hatte, pfiff Heselwood schon einen Viehhüter herüber und erteilte ihm entsprechende Anweisungen. Sofort ritt der Mann mit knallender Peitsche davon, um zweihundert Rinder von der übrigen Herde zu trennen. Heselwood verabschiedete sich von Kit, trieb sein Pferd an, um die Teilung der Herde zu beaufsichtigen.

»Wie viel pro Kopf?«, rief Kit ihm hinterher.

»Das ist gutes Vieh. Das Beste!«, entgegnete Heselwood. »Sie können Sie für ein Pfund pro Kopf haben. Geben Sie dem Burschen einen Schuldschein auf Ihre Bank.«

Kit war nervös, weil er so viele Tiere gekauft hatte. Sein Agent hatte gesagt, für gutes Vieh müsse man mindestens ein Pfund pro Kopf rechnen, doch ohne andere Käufer, die die Preise in die Höhe trieben, hätte er die Tiere eigentlich billiger bekommen müssen.

Zweihundert Pfund!, dachte er besorgt. Seine finanziellen Mittel wurden allmählich knapp. Sehr knapp.

Old Bart klopfte an die Tür seines Büros.

»Was willst du?«, rief Kit, der in Betriebsunterlagen und Geschäftsbücher vertieft war.

»Die Rinder da draußen, Boss. Die machen sich jetzt schon unbeliebt, zertrampeln die Maisfelder und rennen sogar durch den Gemüsegarten. Demnächst haben Sie sie im Haus.«

Kit schob den Stuhl zurück und kam heraus. »Ja, wir müssen Zäune ziehen, zweireihig und widerstandsfähig. Sag Albert, er soll ein paar Bäume fällen und die Sägegrube wieder ausheben lassen, sie ist eingebrochen. Wo steckt Drew?«

»Der ist angeln«, höhnte Bart. »Ist wohl ein angenehmes Leben gewöhnt.«

»Er hilft mit, euch durchzufüttern! Schick ihn rauf.«

Das stimmte. Statt den Tag mit einer Angelschnur zu vertrödeln, hatte Drew Fischreusen am Ufer gebaut, indem er Stöcke mit Zwirn verband. Das Areal war ungefähr zwanzig Meter lang und vier Meter tief und sah aus wie eine Miniaturfarm mit kleinen Weiden und Toren. Eine Fischfarm also. Jedenfalls fing er darin täglich eine anständige Menge Fisch und verdiente sich auf diese verrückte Art seinen Unterhalt.

»Was ist los?«, fragte Drew. »Ich möchte, dass du mir hilfst, Zäune um das Haus abzustecken, um das Vieh fern zu halten.«

»In Ordnung. Aber wie wollen Sie die Tiere auf Ihrem Land halten, wenn die Weiden nach außen nicht eingezäunt sind?«

»Das ist wieder eine andere Frage. Wir müssen ihnen Brandzeichen verpassen.«

»Brandzeichen? Mit heißen Eisen? Das wird den Biestern nicht gefallen.«

»Ich weiß, aber sie tragen noch die Montone-Brandzeichen. Die Station wurde von den Schwarzen niedergebrannt.«

Allmählich spürte er die Last, die seine Rolle als Boss mit sich brachte, und war sich seiner Unerfahrenheit und der Nachteile, die die Beschäftigung billiger Arbeiter mit sich brachte, nur zu bewusst. Er brauchte Hilfe, keine Frage. Er hatte keine Ahnung, wie er mit den ganzen Tieren fertig werden sollte, obwohl er sich bemüht hatte, die hastigen Ratschläge der beiden Viehhüter aufzunehmen, die die Tiere hergetrieben hatten. Zunächst hatten sie sich entschuldigt, dass ihre Schutzbefohlenen dieses »Tordings« niedergetrampelt hatten. Auch das musste wieder aufgebaut werden, sonst würde niemand sein Haus finden. Es gab Bücher über den Unterhalt von Viehherden, doch er hatte keine Ahnung, wo man sie kaufen konnte.

Er arbeitete mehrere Stunden mit Jack Drew, markierte den Verlauf der Zäune mit Pfählen und Schnur und schickte ihn los, um Löcher für die Pfosten auszuheben. Dann kehrte Kit in sein Büro zurück und dachte über einen Aufseher nach, den er sich allerdings kaum leisten konnte, da er Lohn und Unterkunft beanspruchen würde.

Wie wunderbar, wenn er Gold fände! Doch es würde schwierig sein, die Expedition zu organisieren, ganz zu schweigen davon, die Farm auf unbestimmte Zeit zu verlassen. Wie lange planten die Leute gemeinhin, bevor sie auf Goldsuche gingen? Ohne Aufseher konnte er nicht lange wegbleiben, das musste rasch erledigt werden. Morgen würde er in die Stadt reiten und sich umhören. Vielleicht fand sich einer von Heselwoods Männern. Sie waren nun, da Montone geschlossen war, arbeitslos und heimatlos.

Doch als er später am Abend auf der Veranda saß und seine liebste Tageszeit mit einem Weißwein genoss, fiel ihm jemand ein, der helfen könnte. Adrian Pinnock! Sein künftiger Schwager, der im Busch aufgewachsen war und ihn unterstützen könnte. Er würde ihn einladen und ermutigen, eine Weile zu bleiben. Damit würde er sogar Geld sparen. Adrian würde gewiss keine Bezahlung erwarten.

Was ihn wieder auf die Hochzeit brachte. Das Problem, dass er nach Sydney fahren musste, wo doch so viele andere wichtige Dinge auf ihn warteten. Er hatte seit seinem törichten Vorschlag, im nächsten Monat zu heiraten, nichts mehr von Jessie gehört. Mit etwas Glück würde sie die Zeit zu knapp finden, um die angemessenen Vorbereitungen zu treffen, und um einen Aufschub bitten, den er mit Freuden bewilligen würde. In letzter Zeit konnte er nur noch an die Goldsuche denken. Er war sicher, dass nur die Flasche Wein vor dem Schlafengehen das Gold von seinen Träumen fern hielt und ihm einen erholsamen Schlaf ermöglichte.

Vom Fenster des Lands Office Hotel aus sah Georgina Heselwood Jasin in den Hof reiten und rannte hinaus, wo sie ihn vor aller Augen umarmte, wobei ihr Tränen der Freude und Erleichterung über die Wangen liefen.

»Vorsicht«, grinste er. »Ich bin ganz schmutzig, es war ein rauer Trieb.«

»Ich bin so froh, dass du wieder da bist! Du warst wochenlang unterwegs. Ich hatte Angst, dir sei etwas zugestoßen. Geht es dir wirklich gut? Du siehst sehr müde aus.«

»Natürlich geht es mir gut«, sagte er, nahm seinem Pferd

die Satteltaschen ab und warf sie über die Schulter. Ein Stallbursche holte das Tier, und sie betraten das Hotel durch die Hintertür, wobei sie an der Besitzerin Mrs Pratt vorbeikamen, die sich mit kaltem Blick abwandte.

»Sie will ihr Geld«, flüsterte Georgina. »Ich habe ihr erklärt, dass wir hier mit nichts angekommen sind und Geld aus Sydney erwarten. Doch sie wird ungeduldig, das ist sehr peinlich.«

»Meine Liebe, wir haben Geld. In zwei, drei Tagen können wir nicht nur dieses elende Hotel, sondern auch die Stadt verlassen.«

Nachdem er seine Männer bezahlt hatte, blieben Jasin über tausend Pfund aus dem Verkauf der Tiere. Er hatte das Murren der Viehzüchter am letzten Verkaufstag ignoriert, ebenso die zögerlichen Nachfragen der Bezirkspolizei, die sich die durcheinandergewürfelten Brandzeichen ansah. Am nächsten Tag beglichen Lord und Lady Heselwood ihre Schulden und gingen an Bord eines Küstendampfers, der sie nach Sydney bringen würde.

Doch Georgina war verwirrt. Sie hatte gemerkt, dass Jasin bei seiner Rückkehr von Montone, von den Ruinen ihres herrlichen Hauses, sehr gut gelaunt gewesen war und sein Geld so unbekümmert ausgab, als würde es ewig reichen.

»Du hast anscheinend vergessen, dass der Bankdirektor sich geweigert hat, das Darlehen für Montone zu verlängern. Ich finde es schrecklich, dass ich Mrs Pratt belügen musste.«

»Das habe ich nicht vergessen. Dafür wird der Kerl noch bezahlen. Er hätte uns glatt völlig mittellos sitzen lassen. Ich werde dafür sorgen, dass er bei nächster Gelegenheit fliegt. Darauf bestehe ich.«

»Solltest du es nicht besser auf sich beruhen lassen, Jasin? Ich meine, wir sind noch nicht über den Berg.«

»Aber so gut wie. Keine Sorge, wir haben noch die Carlton Park Station, die Miete kommt uns sehr gelegen.«

Die Kabine war klein und muffig. Jasin warf die Satteltasche, von der er sich scheinbar nicht trennen konnte, in die Schlafkoje, dazu den neuen Koffer mit den wenigen standesgemäßen Kleidern, die sie in Brisbane gekauft hatten.

Er überprüfte die Tür, sie hatte kein Schloss. »Stell dich mal hier herüber, Liebste. Ich konnte es kaum erwarten, dir davon zu erzählen, aber ich wollte warten, bis wir auf See sind.«

Er holte einen prallen Leinenbeutel aus der Satteltasche. »Ich habe etwas Interessantes in der Asche unseres armen Hauses gefunden. Es gehört uns nicht, also müssen diese Wilden es mitgebracht haben. Vermutlich haben sie es gesammelt, weil es so schön glänzt, wie manche Vögel es tun…«

Er leerte den Inhalt auf die Koje, und die glitzernden, gezackten Steine fielen so schwer darauf nieder, dass Georgina sie zunächst für gefärbtes Blei hielt.

»Was ist das?«, wollte sie wissen. »Was hast du da?«

Er lachte. »Das ist Gold, pures Gold!«

In dieser Nacht konnte Georgina nicht schlafen. Sie durchlebte erneut den Albtraum des Angriffs, konnte den Schrecken, der sich in ihr Gehirn gebrannt hatte, nicht vergessen. In dem Lärm und Tumult und dem Donnern der Schusswaffen sah sie wieder den bemalten Körper des Schwarzen, der in das Schlafzimmer eingedrungen war, in dem sie sich versteckte, und hörte ihre eigenen Schreie, als er nach ihr griff. Sie dachte, er würde sie töten, und wehrte sich, doch er warf sie zu Boden und schob sie unters Bett! Und dann schlug er die Tür hinter sich zu und war weg.

»Es war, als wollte er mich vor den anderen Wilden verstecken, Jasin«, sagte sie.

»Unsinn! Vermutlich bekam er es mit der Angst, hörte jemanden kommen und rannte davon. Du bildest dir nur ein, dass er dich unters Bett geschoben hat. Du hast dich gegen ihn gewehrt und bist druntergekrochen, damit er dich nicht erwischen konnte.«

Jasin wollte von der Geschichte nichts hören, sagte, sie sei verwirrt gewesen durch das ganze Chaos und bilde sich Dinge ein. Und damit hatte er wohl Recht. Es war eine furchtbare Erfahrung, die jeden durcheinanderbringen würde. Doch da war noch etwas, an das sie sich zu erinnern versuchte, irgendetwas, und es war zum Greifen nah ... Sie blickte zurück in ihr eheliches Schlafzimmer mit dem Himmelbett aus Mahagoni, das sie in Sydney hatte anfertigen lassen, und der Chaiselongue, die anmutig vor dem Fenster stand, darüber die bauschigen Spitzenvorhänge, sah den Kleiderschrank neben der Tür. Jasins Schaffelljacke hing am Haken hinter der Tür; sie hing dort, weil sie so viel Platz im Kleiderschrank wegnahm. Und sie war auch an jenem Tag dort, als der bärtige Wilde hereinstürmte. Sie erinnerte sich an das Funkeln seiner wilden, grünen Augen ... und da traf sie die Erkenntnis! Grüne Augen? Seit wann hatten Schwarze helle Augen? Vielleicht war er ein Halbblut, was so weit im Norden jedoch ungewöhnlich schien. Doch, das war es, diese Erinnerung zumindest stimmte, selbst wenn der Mann nicht versucht hatte, sie zu beschützen. Das alles kam ihr so real vor.

Sie seufzte, zog es vor, alles zu vergessen, lag da und lauschte auf das Geräusch der Motoren, als das kleine Schiff den Brisbane River hinunter Richtung Küste stampfte. Sie wusste, ihr Mann wollte nach Montone zurückkehren, sobald es sicher wäre, und seinen Viehbestand wieder aufbauen. Es war nicht aufzuhalten, aber sie würde nicht dorthin zurückgehen. Niemals. Sie könnte dort nie wieder ruhig schlafen.

Sie dachte an die Reise nach Sydney auf der *Emma Jane,* eine schwierige Zeit, da das Schiff mehr Sträflinge als Passagiere transportierte. Jasin hatte sich bitter beschwert, doch vergeblich, und wollte, was typisch für ihn war, seine Reisepläne auch nicht verschieben. Sie segelten wie geplant von London los.

Georgina lächelte. Gott sei Dank war er auf dieser Reise besser gelaunt.

6

Adrian war in letzter Zeit so besorgt, dass er kaum schlafen konnte. Großvater Marcus war noch immer schwer krank, die Ärzte sagten, er habe einen weiteren Schlaganfall erlitten. Und als wäre das noch nicht schlimm genug, war Mercia Flynn von Parramatta gekommen, um bei den Pinnocks zu bleiben.

Es hatte nicht lange gedauert, bis sie über die Sache mit Cissie Dignam Bescheid wusste.

»Wenn dir Cissie lieber ist als ich, hättest du es gleich sagen sollen«, erklärte sie zornig. »Dann hätte ich Jessies Einladung gar nicht erst angenommen. Ich habe nicht den Wunsch, dich in Verlegenheit zu bringen, Adrian. Morgen früh reise ich ab.«

»Wohin willst du denn?«, hatte er gefragt, was anscheinend die falsche Reaktion war, da sie unter Tränen hinausgestürmt war. Er hatte sie nicht verletzen wollen. Doch das eigentliche Problem war damit nicht aus der Welt. Er mochte Mercia im Grunde lieber als Cissie, doch keines der Mädchen konnte der lieben, reizenden Flo das Wasser reichen, die er eines Tages zu heiraten hoffte. Doch zunächst musste er den Mut aufbringen, sie seiner Mutter vorzustellen, und das war eine gewaltige Hürde. Blanche war ein entsetzlicher Snob, die keinen Gefallen an Flo finden würde. Und doch freute Flo sich darauf, seine Familie kennen zu lernen. Er konnte es nicht länger hinausschieben; sie wurde ungeduldig und deutete sogar schon an, sie sei wohl nicht gut genug für seine Kreise. Doch das stimmte nicht, so dachte er nicht, es lag nur an Blanche …

»Was hast du zu Mercia gesagt, dass sie so durcheinander

ist?«, wollte Jessie wissen. »Sie packt gerade. Sie sagt, sie wolle morgen abreisen.«

»Ich habe gar nichts gesagt, sie hat mich bloß falsch verstanden. Jedenfalls hast du Mutter verärgert, indem du sie eingeladen hast.«

»Unsinn, Mercia ist in diesem Haus immer willkommen.«

»Das mag ja sein, aber als sie aufgeregt von der Hochzeit lossprudelte, war Mutter nicht gerade begeistert.«

»Nicht gerade begeistert?«, wiederholte Jessie. »Sie hat eine Woche lang geschmollt.«

»Nur weil sie nicht geglaubt hat, dass du die Hochzeit gegen ihren Willen weiterplanen würdest, jetzt wo Großvater im Krankenhaus liegt und so. Ich glaube, als Mercia kam, wurde ihr klar, dass du es ernst meinst. Ich persönlich verstehe nicht, was das ganze Theater soll. Ich meine, es ist nur eine Hochzeit, und du hast doch noch wochenlang Zeit. Wenn Großvater noch krank sein sollte, bekommt er ohnehin nichts davon mit.«

»Mutter fürchtet, er könnte sterben …«

»Er wird nicht sterben. Der alte Knochen lässt sich nicht hängen, glaub mir. Und wenn du jemanden brauchst, der dich zum Altar führt, kann ich das gern machen.«

Jessie starrte ihn an. »O ja, natürlich! Danke, Adrian, jetzt geht es mir schon viel besser. So wie Mutter sich aufführt, verdirbt sie mir richtig die Stimmung.«

Sie schlang die Arme um ihn, und Adrian umfing sie mit ungewöhnlicher Wärme.

Damit würde er Jessie hoffentlich auf seine Seite ziehen, was die bevorstehenden familiären Auseinandersetzungen betraf. Sie verblassten jedoch beinahe vor der Impertinenz von Alex Messenger von der Bank of New South Wales, der ihn wegen seines Geldausgebens gescholten und darauf hingewiesen hatte, dass er kein Recht habe, Wertpapiere zu verkaufen, die sein Vater für die Familie angelegt hatte.

Adrian hatte es Messenger heimgezahlt, indem er sein

Konto zur Bank of Australasia verlegte, wo niemand ihn ausspionierte, und weitere Wertpapiere verkaufte, um das Guthaben zu vergrößern und den neuen Bankdirektor zu beeindrucken, der sich freute, Mr Pinnock als Kunden zu begrüßen.

Er entschuldigte sich bei Mercia und überredete sie zu bleiben, indem er darauf bestand, dass Cissie nur eine Freundin sei. »Wir sind alle nur Freunde, Herrgott noch mal«, erklärte er Jessie, die betroffen aussah, aber nichts weiter dazu sagte.

Am folgenden Tag entdeckte er, wie sehr Jessie auf seine Unterstützung angewiesen war, was ihn aufmunterte. Hochzeiten kosteten ungeheuer viel Geld.

Blanche weigerte sich aus Prinzip, sich an der Planung zu beteiligen, bevor Marcus außer Gefahr war, und überließ es Adrian, mit Jessie über die Kosten zu sprechen. Er zeigte sich als großzügiger Bruder.

»Für dich nur das Beste«, sagte er. »Wir Pinnocks brauchen nicht zu knausern. Nur zu, Jessie, keine Sorgen wegen der Kosten.«

Mit diesen Worten fuhr er in die Stadt, noch immer großzügig gestimmt, und kaufte für Flo eine Diamantbrosche. Sie hatte die Form eines Hufeisens und kostete zehn Pfund, doch wenn Jessie in großem Stil leben konnte, konnte er es auch. Hoffentlich gefiel Flo das Schmuckstück.

Und wie. Sie war hingerissen. »Das bringt uns beiden Glück, Liebster«, sagte sie. »Ich habe noch nie etwas so Kostbares besessen. Kannst du dir das wirklich leisten?«

»Selbstverständlich.« Er nahm sie schwungvoll in die Arme und trug sie in das sonnige Schlafzimmer mit Blick auf den Park.

Adrian liebte dieses kleine Haus. Sicher, es war das kleinste Haus, das er kannte, es besaß nur zwei Zimmer, doch Flo hatte es hübsch eingerichtet und so gemütlich, dass er furchtbar gern herkam. Er hatte sich so an ihre Treffen am Morgen und spätabends gewöhnt, die sich an ihren Bühnenauftritten orientierten, dass er entsetzt war, als Flo ihm sagte, sie müsse umziehen.

»Warum musst du umziehen?«

»Weil der Eigentümer das Haus verkaufen und der Käufer hier wohnen will.«

»Ich dachte, es gehört dir.«

Flo lachte. »Sei nicht albern. Das könnte ich mir nicht leisten. Es ist nur gemietet.«

Doch Adrian würde sich ihr Liebesnest nicht so einfach wegschnappen lassen. Nach wenigen Tagen hatte er 77 Garden Street in ihrem Namen gekauft.

Er legte sie sanft aufs Bett, kleidete sie behutsam aus, bürstete ihr langes Haar, bis es glänzte, küsste nacheinander ihre Fingerspitzen, genoss das süße Spiel, das sie immer spielten, und dann zog er sich nach ihren geflüsterten Anweisungen aus, bis er nackt dastand, erstaunt über seine Kühnheit und sein Glück, das ihn zu ihrem Geliebten machte … dann winkte sie ihn zu sich. Und er liebte sie, war nicht länger der schüchterne, unbeholfene Junge. »Ich liebe dich, süße Flo«, sagte er wieder und wieder, und Flo schwor: »Ich werde dich lieben, bis ich sterbe, Adrian, Liebster. Für immer und ewig.«

Später sagte er: »Ich glaube, du solltest deine Arbeit aufgeben, Flo. Es ist zu viel, abends aufzutreten, dazu die Matineen und Proben …«

»Aber ich liebe die Proben. Merlin ist so klug, er denkt sich die erstaunlichsten Kunststücke aus.«

»Das habe ich nicht gemeint. Es gefällt mir nur nicht, dass du die ganze Zeit über arbeitest. Vielleicht wäre es anders, wenn du es als eine Art Hobby betrachtetest.«

»Aber es ist kein Hobby, Liebster. Ich lebe davon.«

»Das musst du aber nicht. Darum kümmere ich mich schon.«

Sie wickelte sich in einen Morgenrock aus rosa Satin und

verknotete den Gürtel. »Nein, du bist ohnehin schon so großzügig, Liebster. Das kann ich nicht von dir verlangen. Merlin bezahlt mich gut. Es war schwer für ihn, ein Mädchen zu finden, das klein genug ist, um in diese Kästen hinein- und wieder herauszuschlüpfen. Das genau weiß, wann es was zu tun hat. Auch muss das Mädchen hübsch sein, sagt er. Er zahlt mir vierzehn Shilling die Woche. Das ist doch anständig, oder?«

Adrian zog sich fertig an. Sie flocht ihr Haar zu festen Zöpfen, die hinter der Bühne unter einer winzigen roten Kappe mit buntem Flitter verschwanden. Er hasste es, wenn sie ihr herrliches Haar so platt an den Kopf drückte. »Er wird jemand anderen finden.«

»Das ist nicht so einfach. Es wird schwer für ihn, wenn ich gehe.«

»Warum gehst du nicht sofort? Früher oder später muss er sich ohnehin jemanden suchen.«

Sie drehte sich zu ihm um. »Wann ist früher oder später?«

»Ich weiß nicht, Flo. Ich mag es einfach nicht, dass meine Verlobte arbeiten muss. Ich meine diesen albernen Bühnenjob.«

»Aber ich bin nicht deine Verlobte, oder? Jedenfalls nicht offiziell. Wir leben nicht im selben Haus, doch in meinem Bett sind wir wie Verheiratete. Ich habe Angst, ich könnte ein Baby bekommen, bevor wir auch nur verlobt sind, das wäre furchtbar. Ich würde meine Arbeit verlieren, nicht mehr in die Kästen passen, und dann würdest du vermutlich auch nicht mehr mit mir schlafen wollen.«

Sie begann zu weinen, und Adrian kniete vor ihr, um sie zu umarmen. »Bitte weine nicht, Liebste. Alles wird gut. Wart's nur ab. Zu Hause geht alles drunter und drüber, mein Großvater liegt praktisch im Sterben. Verstehst du nicht, wie durcheinander wir im Augenblick alle sind?«

»Natürlich«, schniefte sie, »es tut mir so leid. Wegen des armen Mannes, meine ich. Aber, Adrian, sosehr ich dich auch liebe, ich kann so nicht weitermachen. Es ist zu belastend und stört mich bei der Arbeit. Vorgestern Abend wäre ich beinahe in den falschen Kasten gestiegen, was Merlins besten Trick völlig ruiniert hätte. Ich glaube, es ist besser, wenn ich nicht mehr mit dir schlafe. Nicht bevor wir verheiratet sind.«

»Ach Flo, was macht es denn für einen Unterschied?«

»Das ist nicht gerade nett von dir. Geradezu unfreundlich. Ich glaube, du hast mich gar nicht gern, Adrian Pinnock.«

»Aber sicher doch, Liebste, sicher doch.«

»Und wann verkündest du unsere Verlobung?«

Er spürte den Schweiß auf seinem Gesicht und in den Achselhöhlen, als er an ihre gewöhnlichen Freunde vom Theater dachte, die er zur Verlobungsparty und zu sich nach Hause würde einladen müssen, wo sie Blanche Pinnock begegneten, die sich von ihrer schlimmsten Seite zeigen würde. Er würde mehr leiden müssen als Jessie. Kit Ferrington mochte ein kalter Fisch sein, war aber zumindest gesellschaftlich akzeptabel. Ganz anders die arme Flo! Vermutlich würde seine Mutter ihr das Haus verbieten.

»Warum heiraten wir nicht heimlich?«, platzte er heraus. »Dann bekommen wir auch keine Probleme. Du kannst bei Merlin rechtzeitig kündigen, dann hat er Zeit, sich jemand anderen zu suchen. Es wird alles prima laufen. Wir brennen einfach durch … irgendwie.«

Sie sah ihn an. Er kniete noch immer vor ihr. »Oh, Adrian, Liebster, wie romantisch. Natürlich heirate ich dich. Wann?«

Als Adrian gegangen war, zog Flo sich wieder an und eilte ins Theater. Es war undenkbar, Merlin im Stich zu lassen, selbst wenn dies der aufregendste Tag ihres Lebens war. Sie, Flo Fowler, würde die große Liebe ihres Lebens heiraten, und ihr war noch ganz schwindlig vor Erstaunen. Sie hatte ihre Worte ernst gemeint. Sie hatte wirklich vorgehabt, ihre

Beziehung zu beenden, auch wenn es ihr das Herz gebrochen hätte, denn sie hatte schon zu viel Elend gesehen, das aus solchen Situationen entstanden war. Zu viele Mädchen, die sitzen gelassen wurden, und alte Hasen, die sagten: »Ich habe dich gewarnt. Du kannst diesen Casanovas vom Bühneneingang nicht trauen.«

Gestern Abend hatte sie am Fenster gesessen und die Sterne betrachtet. Da war die Entscheidung gefallen. Danach hatte sie sich in den Schlaf geweint. Heute wäre der letzte Tag ihrer Liebesgeschichte gewesen. Adrian war ein Jahr älter als sie, dachte sie zärtlich, wirkte aber viel unreifer. Behütet, könnte man sagen, wenn nicht gar verwöhnt. Daher war es notwendig gewesen, dass sie offen ihre Meinung sagte, die Situation klar darlegte. Denn sie liebte ihn und würde ihm eine gute Frau sein, konnte es sich aber nicht leisten, die Dinge schleifen zu lassen. Sie konnte jeden Moment schwanger werden und ihn verlieren. Beide waren zu jung für ein uneheliches Kind. Doch dann, welch eine Überraschung, war alles anders gekommen! Sie konnte nicht fassen, dass er sie so sehr liebte und ihm der Gedanke, sie zu verlieren, solche Angst machte. Sie würden heiraten!

Wie wunderbar, dass es im Geheimen stattfinden sollte. Sie fürchtete sich nämlich vor seiner Familie. Sie hatte von Adrian tagein, tagaus so viel über sie und das ganze High-Society-Getue gehört, was sie nicht nur uninteressant, sondern geradezu Furcht erregend fand. Er sagte, ihr Hauptwohnsitz befinde sich auf einer Schaffarm. Nicht im Haus in Rose Bay, dessen Garten größer und hübscher war als der Park dort draußen. Doch das größte Wunder von allen war, dass ein echter Gentleman wie Adrian sich in ein Nichts wie sie verliebt haben sollte. Daher verdiente er, dass sie gut und loyal war und alles in ihrer Macht Stehende tat, damit er für immer glücklich mit ihr wurde.

* * *

»Meine liebe Miss Pinnock«, sagte der Bischof, »es ist mir eine Ehre, dass Sie mich bei Ihrer Trauung wünschen, aber es gibt gewisse Regeln, die wir einhalten müssen. Ich will es Ihnen erklären. Zuerst müssen Sie in Ihre eigene Gemeinde St. John in Parramatta gehen ...«

»Aber wir wohnen doch in Sydney.«

»Sicher, aber wie Ihre Mutter mir sagte, ist das Haus in Rose Bay nur ein Feriendomizil, während sich der Familiensitz in Parramatta befindet. Also begeben Sie sich bitte nach St. John, und besprechen Sie dort Ihre Pläne mit Reverend Nicholson.«

»Wir würden gern in Sydney heiraten, Sir. In St. Andrew.«

»Ja, aber eins nach dem anderen. Reverend Nicholson in Parramatta wird Ihr Ersuchen prüfen, mit für Sie enttäuschendem Ergebnis, wie ich befürchte, und es liegt an ihm, ob er Sie an die Gemeinde St. Andrew in Sydney verweist. Wenn das entschieden ist, wird einer dieser Herren mir Ihr Ersuchen unterbreiten. Verstehen Sie? Und mir anbieten, beim Gottesdienst zu assistieren. Das ist das übliche Verfahren. Aber ich würde mir keine Sorgen machen, meine Liebe. Überlassen Sie es Ihrer Mutter; die werte Dame wird es in kürzester Zeit erledigen. Und wann soll der große Tag sein?«

»Ich weiß es nicht genau. Major Ferrington hat mich gebeten, ein Datum festzusetzen, was ich auch getan habe. Für den kommenden Monat. Allerdings habe ich von ihm noch keine Antwort erhalten.«

Der Bischof lachte betont herzlich. Herablassend, wie sie fand. »Du meine Güte, die jungen Damen von heute haben es immer so eilig. Ich sehe wenig Sinn darin, Reverend Nicholson aufzusuchen, solange Sie noch kein endgültiges Datum wissen. Sie sollten die Zustimmung des Majors abwarten, nicht wahr? Die Menschen haben Verpflichtungen, meine Liebe. Das werden Sie verstehen, wenn Sie älter werden.«

Er brachte sie selbst zur Tür und sagte, sie solle »rasch nach Hause laufen« – als wäre sie zehn Jahre alt.

Das Telegramm von Kit, auf das sie wartete, war an Adrian adressiert, doch sie öffnete es trotzdem. Sie zitterte vor Aufregung, als sie es vom Telegrammboten entgegennahm und gelassen ins Haus trat, als wären Telegramme etwas Alltägliches und keine Seltenheit. Vermutlich hatte Kit sich an irgendein Protokoll gehalten, indem er das Schreiben an ihren Bruder richtete. Vielleicht enthielt es die offizielle Frage, ob Adrian sein Trauzeuge sein wolle, doch das ging nicht, weil ihr Bruder sie zum Altar führen würde. Großvater Marcus war dem Teufel noch einmal von der Schippe gesprungen, wie Adrian prophezeit hatte, doch sein Sprechvermögen war stark beeinträchtigt, und es würde lange dauern, bis er wieder gehen konnte.

»Egal«, seufzte sie, als spräche sie mit ihrem fernen Verlobten, »du hast ein gutes Dutzend Freunde in Sydney, die nur zu gern einspringen würden.«

Dabei fiel ihr ein, dass sie Kit gar nicht von ihren drei Brautjungfern berichtet hatte, die ebenso aufgeregt waren wie sie selbst. Also brauchte er selbst auch drei Begleiter für die Trauung.

Doch in dem Telegramm, das sie in der Hand hielt, stand ganz und gar nicht das, was sie erwartet hatte:

KÖNNTE DEINE HILFE AUF DEM ANWESEN GEBRAUCHEN STOP SAG DASS DU KOMMMST STOP

Nicht sie – Adrian! Kein Wort über die Hochzeit. Keine Grüße an seine Verlobte. Und, was am schlimmsten war, kein Wort zu dem Datum im April, das sie ihm genannt hatte. Wozu brauchte er Adrian?

Das Telegramm musste unvollständig sein. Es gab keine andere Erklärung. Gewiss fehlte eine Zeile. Kit würde sie nicht auf diese Weise ignorieren. Immerhin hatte er sie gebeten, ein Datum festzusetzen.

Jessie nahm ihr Tuch von der Garderobe und legte es um die Schultern. Ihre Knie gaben nach. Hatte Kit seine Meinung etwa geändert? Berief er Adrian zu sich, um das Problem mit ihm zu besprechen? Das Problem, an das sie nicht einmal zu denken wagte, weil sie fürchtete, ihr Herz könne brechen. Sie konnte schon jetzt kaum atmen, weil es so in ihrer Brust hämmerte. Sie zwang sich, still und aufrecht in der offenen Haustür zu stehen, atmete tief ein und wieder aus. Noch einmal. Als sie sich ruhiger fühlte, ging sie los, raschen Schrittes, entschlossen, sich über das unvollständige Telegramm zu beschweren.

Als er nach Hause kam, fand er seine Mutter und Schwester im Sonnenzimmer vor, wo sie wegen seines Telegramms stritten.

Das gelbe Blatt lag zwischen ihnen auf dem Tisch wie ein unerwünschtes Kind.

Jessie schob es ihrer Mutter hin. »Was geht hier hinter meinem Rücken vor? Welche Arrangements haben du und Adrian getroffen, dass Kit so etwas schickt?«

»Ich habe es dir doch gesagt. Ich weiß nichts von ihren Arrangements. Ebenso wenig wie von deinen, wenn man davon absieht, dass du den Bischof aufgesucht hast, du dummes Kind.«

»Ich wollte nur seinen Rat einholen, da du mir ja nicht helfen willst.«

»Hilfe willst du also? Habt ihr euch etwa auf diesen übereilten Hochzeitstermin geeinigt? Davon weiß ich ja gar nichts!«

»Ich habe darauf gewartet, dass Kit das Datum bestätigt.«

»Dann warte ab. Und mach dich nicht zum Narren. Bei Telegrammen passieren keine Fehler. Und was soll das hier sein? Ist das deine Vorstellung von einer Hochzeitseinladung? Dieses halbgare Zeug?«

»Ich habe nur geübt…«

»Verstehe. Du bist die Tochter von… bla bla bla, aber wer sind die Eltern deines Verlobten? Woher kommen sie?«

»Das weiß ich nicht. Ich müsste ihn fragen. Aber ich will wissen, was Adrian im Schilde führt.«

»Wieso?« Adrian hatte von der Tür aus mitgehört.

»Dieses Telegramm ist an dich adressiert«, sagte Blanche und reichte es ihm.

»So viel weiß ich auch. Hat jemand etwas dagegen, wenn ich es lese?«

Er überflog die kurze Nachricht und lachte. »Mir war klar, dass er Schwierigkeiten bekommen würde. Aber nein, er wusste es ja besser. Jeder kann eine Farm leiten. Jeder Trottel. Jetzt soll ich hinfahren und ihm helfen. Aber das wisst ihr ja schon, nicht wahr?«

»Deine Schwester scheint zu glauben, der Major führe Finsteres im Schilde.«

»Was zum Beispiel?«

»Dass wir uns alle verschworen haben, um ihre Hochzeit zu verhindern.«

»Das habe ich nicht gesagt!«, schrie Jessie wütend. »Es kommt mir nur seltsam vor, dass ich nichts von Kit höre, wenn ich dringend darauf warte, und er plötzlich Adrian bei sich haben will. Was könnte er denn tun?«

Adrian zog einen Stuhl an den Tisch und setzte sich neben sie. »Ist noch Tee in der Kanne, Mutter?«

»Nein, ich hole frischen…«

Als Blanche gegangen war, wandte er sich an seine Schwester. »Nun, was ist los?«

Sie begann zu weinen. »Ich habe Kit geschrieben, ich sei einverstanden, dass wir nächsten Monat heiraten, und habe seitdem kein Wort mehr von ihm gehört. Bestimmt weiß er, dass er es bestätigen muss, oder? Und es gibt noch andere

Dinge, die ich erfahren muss …« Sie senkte die Stimme. »Ich kenne weder die Namen seiner Eltern noch weiß ich, wo sie leben, dabei muss das in der Einladung stehen. Bald ist es zu spät, um sie zu versenden. Ich muss so viele Dinge wissen, und mir läuft die Zeit davon.«

»Hör auf mit dem Theater«, sagte er. »Vermutlich hat Kit deinen Brief gar nicht erhalten. Du hättest ein Telegramm schicken sollen.«

»Das ging nicht, es wäre viel zu lang geworden.« Sie klammerte sich an ihm fest. »Adrian, meinst du, er will mit dir reden, um die Hochzeit abzusagen? Um dir als Erstem die Neuigkeit zu überbringen?«

»Du hast vielleicht eine Fantasie, Jessie! Nur eins ist klar: dass er Hilfe benötigt. Sonst nichts. Er hat noch nie auf dem Land gelebt. Ich glaube, es ist schon eine Leistung, dass er überhaupt so lange durchgehalten hat. Angesichts der Holzköpfe von Sträflingen, die für ihn arbeiten. Wenn das nächste Schiff nach Brisbane fährt, bin ich dabei.« Er stand auf und breitete die Arme aus: »Adrian, der Retter!«

»Und was wird aus mir? Ich habe noch immer kein endgültiges Datum.«

»Vielleicht soll ich mich um das Anwesen kümmern, während er zur Hochzeit fährt.«

»Was?«, jammerte Jessie. »Das kannst du doch nicht machen! Wer soll mich denn zum Altar führen?«

»Herrgott noch mal!«, ereiferte sich Blanche, die gerade mit einem Tablett voller Tee und Biskuitkuchen hereinkam. »Er wird dein Schwager, Adrian; wenn er dich um Hilfe bittet, solltest du nicht zögern. Telegrafiere ihm sofort, und schreibe dazu, dass ein Hochzeitstermin wegen Marcus' Erkrankung zurzeit unmöglich sei.«

»Nein!«, schrie Jessie.

»Hast du das in deinem Brief überhaupt erwähnt?«, wollte ihre Mutter wissen.

»Ich habe es ihm in dem Brief danach geschrieben.«

»Einem Brief, den er noch nicht einmal erhalten haben dürfte. Schiffe können nicht fliegen wie Telegramme. Wir wollen deine Pläne nicht durchkreuzen, ganz gewiss nicht. Nur wusste ich von Anfang an, dass Kit angesichts der schwierigen Verbindungen Unmögliches von dir verlangte, selbst wenn Marcus gesund gewesen wäre. Hochzeitseinladungen müssen mindestens einen Monat im Voraus verschickt werden. Berücksichtigt man die großen Entfernungen …«

»Mutter hat Recht«, sagte Adrian, der die Auseinandersetzung leid war. »Ihr drängt zu sehr. Ich glaube, die ganze Sache wird weitaus schöner, wenn sie nicht übereilt ist und ihr nicht Dinge wie Hochzeitsringe und Zylinder und Kisten mit Champagner vergesst. Ihr wisst doch … das Wesentliche«, sagte er leichthin. Schließlich blieb es Adrian überlassen, alles in Ordnung zu bringen, und er war ziemlich stolz auf seine neue Verantwortung. Sein Telegramm wurde abgeschickt, und es fiel teuer aus, weil es die Mitteilung enthielt, Adrian werde am Sonntag an Bord der *SS Argyle* gehen, und eine zweite Nachricht von Jessie, dass mehr Zeit für die Vorbereitungen erforderlich sei, da Marcus Pinnock ernsthaft erkrankt sei. Ein Folgebrief sei nicht nötig, da Adrian Jessies nächstes Schreiben persönlich übergeben und ihr nach seiner Ankunft in Brisbane telegrafieren werde, dass alles in Ordnung sei. Und dass er das Steuer auf Emerald Downs übernehmen und ihr Leben wieder in Ordnung bringen werde. Telegramm abgeschickt und Fahrkarte in der Hand, stieß Adrian mit Sam Dignam zusammen.

»Stell dir vor«, rief er, »der alte Ferrington hat sich mit seinem Besitz oben im Norden übernommen. Ich soll kommen und ihm zeigen, wie's gemacht wird.«

»Aber er züchtet Rinder, während du dich mit Schafen auskennst. Was weißt du denn von Rindern, außer dass sie größer sind und nicht geschoren werden müssen?«

»Ich weiß genug. Jedenfalls fahre ich nächsten Sonntag mit der *Argyle*.«

»Ehrlich? Ich auch. Habe in Brisbane eine Stelle beim *Courier* bekommen, daher erwarte ich, dass du mir alle Neuigkeiten lieferst. Bis Sonntag dann, Matrose.«

Das Gute an diesen plötzlichen Veränderungen war, dass er und Flo sich ein bisschen abkühlen konnten. Nicht dass er sie nicht heiraten wolle, das stehe noch immer auf dem Programm, würde er sagen, doch er müsse in Familienangelegenheiten in den Norden reisen. Ihm bleibe keine Wahl. Er sei jetzt das Oberhaupt der Familie und habe Verpflichtungen, werde aber so bald wie möglich heimkehren.

Sie zeigte Verständnis. War sehr tapfer, weinte nicht, war nur stolz, dass ihr Adrian Verantwortung für die Familie übernahm, wo sein Großvater doch so krank war. Seine Mutter und Schwester verließen sich offenbar auf ihn. Flo freute sich, die beiden eines Tages kennen zu lernen. Sie kicherte, als sie glücklich den Hügel hinunter zum Bijou-Theater ging; dann würde sie bereits Mrs Pinnock und sehr viel selbstbewusster sein als jetzt. Seine Mutter wirkte eisig, obwohl Adrian ihr versichert hatte, sie sei im Grunde ein reizender Mensch. Flo hatte Mrs Pinnock bisher nur von weitem gesehen, ohne ihre Meinung zu ändern. Adrian gegenüber hatte sie es jedoch nicht erwähnt, um seine Gefühle nicht zu verletzen.

Seine Schwester Jessica war anders. Ein wirklich toll aussehendes Mädchen. Lebhaft, dachte Flo, mit ihrem wunderbaren schwarzen Haar, der hellen Haut und den leuchtend blauen Augen. Flo hatte sie mehrmals mit Major Ferrington in der ersten Reihe sitzen sehen und gedacht, was für ein reizendes Paar sie doch waren. Und nun würde sie selbst bald zur Familie gehören. Adrian hatte gesagt, seine Schwester habe ihren eigenen Kopf und zu allem eine Meinung, was in Flos Augen kein Fehler sein musste. Sie bewunderte Jessica, die alle Jessie nannten.

Sie hatte gedacht, Merlin werde sich freuen, dass er nicht

so schnell einen Ersatz für sie suchen musste, doch er sagte, er habe seiner Nichte, die in Bathurst wohnte, die Position angeboten, das Geld für die Fahrt nach Sydney geschickt und ihr eine Unterkunft in der Pension Onslow hinter dem Theater besorgt. Und die Miete für die erste Woche bezahlt.

»Ich habe dich gewarnt, dich nicht mit diesem Frischling einzulassen. Dich besser an deinesgleichen zu halten. Aber nein, was machst du? Fällst auf das Gerede von wegen Hochzeit herein. Ich nehme an, du bist schneller als eine Gazelle in seinem Bett gelandet. Hast für die Flitterwochen geübt, was?«

»So war es nicht«, sagte sie, wobei ihr Erröten ihre Worte Lügen strafte.

»Das meinst du. Letzte Woche wolltet ihr heiraten; diese Woche ist der Bräutigam verschwunden. Wann kommt er zurück? Das weißt du natürlich nicht. Nun, du hattest deine Chance, Flo. Meine Nichte Patience ist unterwegs, und wenn sie herkommt, werde ich zwei Tage mit ihr proben, dann geht es los. Es wäre übrigens schön, wenn du mit ihr die kleinen Tanzschritte einüben könntest, die du beim Hereinkommen machst.«

»Schon gut«, sagte Flo gehorsam. Es war ihre eigene Schuld, daher hatte es keinen Sinn, anderen Vorwürfe zu machen. Sie hätte noch ein bisschen den Mund halten sollen, doch ihr Glück hatte sie einfach nicht verbergen können.

»Ich komme wieder, bevor du Zeit hast, mich zu vermissen«, hatte Adrian an dem Samstagabend vor seiner Abreise zu ihr gesagt und sie zum Abschied geküsst. Flo hatte erwidert, sie vermisse ihn schon jetzt. Allerdings hatte sie nicht erwähnt, dass sie ihre Stelle als Merlins Assistentin verloren hatte; er sollte nicht glauben, sie wäre unglücklich oder, Gott behüte, dass sie ihm nicht vertraute und um ihre herrlich romantische Hochzeit fürchtete.

Nun hatte sie Zeit, um das Brautkleid ihrer Träume zu nähen, ganz weiß und duftig mit Tüll und Spitze und rosa Bändern, statt des netten Blümchenkleids, dass sie bei einer übereilten Hochzeit getragen hätte.

»Ich komme nicht zum Kai«, sagte sie. »Deine Familie wird dort sein, da möchte ich nicht stören.« Auch fühlte sie sich der Furcht erregenden Mrs Pinnock noch nicht gewachsen.

»Wie sehr ich dich liebe«, rief er. »Du bist immer so verständnisvoll, liebste Flo.«

Blanche und Jessie standen am Kai und waren überrascht, dass Sam Dignam ebenfalls mit der *SS Argyle* nach Brisbane fahren würde.

»Die beiden werden sich amüsieren«, meinte Blanche lachend, wandte sich an Jessie und dann, da diese auf einmal verschwunden war, an Mrs Dignam, die ebenfalls ihren Sohn verabschiedete.

»Wo ist das Mädchen hin?«

»Sie ist mit Cissie an Bord gegangen, um das Schiff zu erkunden. Sam hat eine Stelle als Reporter in Brisbane angenommen, doch mir ist schleierhaft, wieso er den soliden *Sydney Morning Herald* verlässt, um im Hinterland zu arbeiten. Ich meine, das ist doch ein Rückschritt. Wer hat denn schon von dieser Zeitung gehört? Doch er sagt, er habe bereits eine gute Story im Kopf. Sehen Sie, ein Trupp Soldaten geht auch an Bord. Die brauchen sie sicher, um die Leute dort vor den Wilden zu schützen.«

»Sagen Sie doch so etwas nicht! Jessie wird dort leben, wenn sie verheiratet ist.«

Die Menge wurde dichter, und schließlich erfolgte ein Aufruf, dass alle, die nicht mitreisten, das Schiff verlassen müssten. Menschen eilten die Gangway hinunter. »Wo ist Jessie?«, fragte ihre Mutter. »Vermutlich ist sie dort drüben bei Cissie. Neben dem Fahnenmast.«

Blanche sah nichts, machte sich aber auch keine Sorgen; die Mädchen würden schon irgendwo stecken. Sie zog ihren Mantel enger, da ein kühler Wind vom Meer aufkam, und wünschte, die *Argyle* möge endlich vom Kai ablegen, damit sie nach Hause gehen konnte; dieses Herumstehen war ermüdend. Sie winkte, das Gesicht zum Wind, der bereits eine herbstliche Kühle verriet, bis das Schiff vom Circular Quay ablegte, wendete und durch den Hafen stampfte, vorbei an den imposanten, großen Schiffen, die dort vor Anker lagen, und schließlich verschwunden war. Manche Leute waren bis zum Ende des Kais gelaufen, doch Blanche hatte sich bereits verabschiedet, und Adrian war sicher unterwegs.

Die Menge verlief sich, als wäre nichts geschehen, und Blanche stieg als eine der Ersten in ihre Kutsche.

»Nach Hause, Missus?«, fragte der Kutscher.

»Nein. Nein… Jessie ist noch irgendwo.« Sie spähte aus der Tür. »Wo kann sie sich nur herumtreiben?«

Sie warteten. Blanche wandte sich besorgt um. »Jessie wird doch wohl nicht vergessen haben, dass der Wagen wartet? Joseph, würdest du bitte zu den Bäumen dort drüben gehen und nachsehen, ob sie dort ist? Sie kann doch nicht einfach weggelaufen sein.«

Joseph kam zurück. »Ich kann sie nirgendwo entdecken, Missus. Meinen Sie, sie ist an Bord aufgehalten worden? Dass sie den Aufruf verpasst hat?«

»Das glaube ich kaum. Sie ist in letzter Zeit so durcheinander, dass sie vermutlich in die Stadt gelaufen ist und mich völlig vergessen hat. Ich werde ein Wörtchen mit ihr reden, das kannst du mir glauben.« Sie seufzte. »Ja, wir können ebenso gut nach Hause fahren, Joseph.«

Blanche setzte sich auf ihren Platz, rückte ihre Haube zurecht, während sie sich im Kutschenfenster betrachtete, und dachte, wie sehr sie es hasste, diese Hauben zu tragen, auch wenn sie an windigen Tagen wie diesem durchaus ihre Vorzüge hatten. Sie saß sehr gerade und sah nicht nach links und nicht nach rechts, während die Kutsche die George Street entlangrollte. Sie war so wütend, dass sie beschloss, Jessie zu ignorieren, falls sie an ihr vorbeifahren sollte.

An Bord stellte Sam erfreut fest, dass er die Zwei-Bett-Kabine allein bewohnen würde. Nachdem er sich eingerichtet hatte, ging er zu Adrian hinüber.

Als er anklopfte, glitt Adrian heraus und zog ihn mit sich. »Kannst du dir vorstellen, wen ich in meiner Kabine habe? Inspektor Tomkins. Arnold Tomkins. Einen verdammten Polizisten!«

»So ein Pech, alter Junge«, lachte Sam, beschloss aber, bei Gelegenheit mit Tomkins zu sprechen. Zweifellos hatte seine Reise mit den Plänen des Polizeipräsidenten zu tun, der die Farmer im Norden schützen wollte. Das Gleiche galt für die Soldaten, die mit ihnen an Bord gegangen waren. Sein Gespräch mit dem Polizeipräsidenten hatte nichts ergeben, das er nicht bereits wusste, nur dass dringende Maßnahmen ergriffen würden, um das Problem aus der Welt zu schaffen. Womit er wohl die kriegerischen Schwarzen meinte. Er hatte auch gefragt, ob Major Ferrington beteiligt sei, aber dazu wollte der Präsident keinen Kommentar abgeben. Doch die Aussichten, dass er von Tomkins etwas erfahren würde, standen sicher nicht schlecht.

»Mit wem wohnst du zusammen?«, fragte Adrian.

»Mit einem sehr netten Burschen. Hab Glück gehabt. Komm mit auf Deck, dann können wir sehen, wie wir durch die Heads fahren, das ist immer ein spektakulärer Anblick.«

Sie traten beiseite, um einige Passagiere vorbeizulassen, die ihnen im engen Niedergang begegneten, gingen einige Stufen hinauf, vorbei am Eingang der Erste-Klasse-Salons. Sam wollte gerade die Tür nach draußen aufstoßen, als Adrian stehen blieb.

»Ich glaube, ich habe gerade jemanden gesehen. Im Salon.«

»Jemanden, den du kennst?«

»Ich glaube schon … warte mal.« Er machte kehrt, spähte

in den Salon und sah eine Frau still in der Ecke sitzen. Er erstarrte!

»Was will sie hier?«, keuchte er.

»Wer?« Sam trat neben ihn.

»Sehe ich Gespenster, oder ist das Jessie?«

Sam eilte an ihm vorbei. »Jessie! Ich wusste gar nicht, dass du mitfährst. Wie schön, dich zu sehen! Adrian, warum hast du mir nichts davon erzählt? Er hat kein Wort gesagt.«

»Was machst du hier?«, fragte Adrian gepresst. »Hast du überhaupt eine Fahrkarte?«

»Nein, ich bin ein blinder Passagier«, erwiderte sie gelassen. »Ich habe nicht eingesehen, weshalb ich dableiben sollte.«

Adrian sah sich gehetzt um. »Es ist zu spät, um auszusteigen! Man könnte dich verhaften. Du kannst doch nicht vor aller Augen hier herumsitzen.«

»Sie kann meine Kabine haben«, warf Sam galant ein. »Ich suche den Zahlmeister und kaufe noch eine Fahrkarte.«

»Verstehe. Und meine Schwester teilt die Kabine mit dem fremden Kerl? Und wenn es nun keine freien Kabinen mehr gibt? Du bist verrückt, Jessie, weißt du das eigentlich? Wir müssen dem Zahlmeister mitteilen, dass du an Bord bist, dann stopfen sie dich vermutlich ins Zwischendeck, was dir nur recht geschehen würde.«

Jessie lachte. »Keine Panik, Adrian. Ich habe mir gestern eine Fahrkarte gekauft, offen und ehrlich. Aber danke, Sam, es ist nett, dass es jemanden kümmert, was aus mir wird.«

»Mutter hat nichts davon gewusst, oder?«

»Natürlich nicht. Ich habe gestern meinen Koffer gepackt und an Bord gebracht. Heute Morgen habe ich ihr einen Zettel hingelegt.«

»Sie wird toben.«

»Und wie. Aber ich bin jetzt außer Reichweite.«

Sam reichte ihr seinen Arm. »Wir wollten gerade an Deck

gehen, um die Heads zu sehen. Möchtest du uns begleiten, Jessie?«

»Sehr gern.«

Die Reise war schöner, als Sam sich erhofft hatte. Drei Freunde reisten zusammen, so sollte es sein. Nur war Jessie mit einem Soldaten verlobt, der zu alt für sie war. Vermutlich eine Vaterfigur, immerhin war sie eine Halbwaise. Dennoch war Sam entschlossen, seine Chance zu nutzen, indem er so oft wie möglich mit ihr zusammen war. Nachdem er einen wunderbaren Sonntag in ihrer Gesellschaft verbracht hatte, beschloss er jedoch, sich zunächst einmal rar zu machen. Eine nützliche Strategie, vielleicht würde sie ihn ja vermissen.

Doch es funktionierte nicht. Jessie machte sich auf die Suche nach ihm. »Wach auf, du Schlafmütze«, rief sie. »Ich bin schon seit Stunden auf. Es ist ein herrlicher Morgen, und es gibt gleich Frühstück.«

»Wo ist Adrian?«, fragte er kühl, als böte ihr Bruder ausreichende Gesellschaft.

»Ich habe mich nicht getraut, an seine Tür zu klopfen und Mr Tomkins zu stören«, sagte sie von draußen. Dann keuchte sie. »O Gott, es tut mir leid! Habe ich den anderen Herrn geweckt?«

Sam öffnete die Tür. »Es gibt keinen andern Herrn. Alles meins. Sogar mit Bullauge.«

»Du Schurke!«, lachte sie. »Adrian wird grün vor Neid. Warum sagst du es ihm nicht?«

»Ich habe da so eine Idee. Sollen wir zusammen frühstücken?«

»Ja, beeil dich. Das Schiff schlingert ein bisschen, hoffentlich geraten wir nicht in schlechtes Wetter.«

Das hoffte auch Sam. Er malte sich faule Tage an Deck aus, mit Jessie natürlich, und milde Nächte unter den Sternen, ebenfalls mit Jessie. Könnte er Adrian nur loswerden, ohne sein Misstrauen zu erregen. Doch das Wetter war auf seiner Seite. Nicht lange, nachdem sie Platz genommen hatten, kam Adrian herein, warf einen Blick auf die fettigen Eier mit Speck und rannte wieder zur Tür hinaus.

»Vielleicht sollte ich einmal nach ihm sehen«, meinte Sam wenig begeistert.

»Würdest du das tun?«

Adrian hing über der Reling, nachdem es ihm gelungen war, das Deck zu überqueren, ohne sich eine Blöße zu geben, doch der Anblick des kochenden Wassers und das beständige Schaukeln von See und Himmel machten es nur noch schlimmer, sodass er davonwankte.

»Ich muss in meine Kabine«, murmelte er. »Hab gestern Abend zu viel gegessen. Das muss es sein. Nachher geht's mir wieder besser.«

»Dann komm.« Sam nahm vorsichtshalber einen Eimer von einem Haken und half Adrian den Niedergang hinunter und in seine Kabine. Sobald sein Freund sich hingelegt hatte, rebellierte sein Magen erneut.

Schließlich beruhigte er sich, versprach, es »wegzuschlafen«, und Sam trat erfreut den Rückzug an; von der muffigen Luft in der kleinen Kabine wurde ihm schon ganz flau. Jedenfalls war sein Appetit dahin, und er wartete auf Deck, bis Jessie herauskam. Er verkündete, ihr Bruder liege sicher in seiner Koje.

»Er ist schon immer seekrank geworden«, sagte sie. »Als wir in Hobart waren, hat er kaum das Tageslicht gesehen. Allerdings soll diese Route immer sehr rau sein.«

»Und dir macht die raue See nichts aus?«

»Nein, ich habe Glück gehabt.« Sie lehnte sich an ihn. »Es schaukelt immer mehr. Ich hoffe, du kannst dich auf den Füßen halten, sonst habe ich niemanden mehr zum Reden.«

»Bin ich nicht mehr als das? Der nächstbeste Gesprächspartner? So wie die unverheiratete Tante?«

»Nein, Dummkopf. Du weißt schon, was ich meine.« Sie ergriff seinen Arm. »Lass uns ein wenig spazieren gehen und den Winden trotzen.«

Später dachte Jessie, in diesem Augenblick könnte es angefangen haben. Es fühlte sich so angenehm, so richtig an, wie sie beide dort spazierten, eng beieinander, bemüht, auf den Füßen zu bleiben, als sich das Deck unter ihnen hob und senkte, und einander vor dem Wind zu schützen. Angenehm wie ein bequemer Schuh, würde er in seiner bescheidenen Art sagen, und es hatte auch eine gewisse Ähnlichkeit damit. Sam war immer in ihrer Nähe gewesen. Grosvenor Downs, das Anwesen der Dignams, grenzte im Westen an die Hauptstation der Pinnocks, auf der sich auch das Wohnhaus befand. Mit elf oder zwölf war sie in ihn verliebt gewesen, doch irgendwie war diese Schwärmerei verblasst.

Sam hatte an diesem Morgen eine Verabredung mit Inspektor Tomkins. Daher setzte Jessie sich in den Salon, wo sie auf eine Mrs Kirk stieß, die allein reiste und sich berufen fühlte, sie zu überfallen. Mrs Kirk gehörte zu jenen Frauen, die sich aristokratisch geben, was sie durch ein wiederholtes Schniefen mit ihrer Raubvogelnase unterstrich. Schniefen mit erhobenem Kopf drückte Verachtung aus. Ein Neigen des Kopfes beim Schniefen bedeutete Anerkennung, während ein gesenktes Kinn beim Schniefen nur als heimtückisch bezeichnet werden konnte. Insgesamt war sie keine sonderlich angenehme Gesellschaft, dachte Jessie.

Sie teilte Jessie umgehend mit, dass sie die Frau von Mr Kirk, einem bedeutenden Herrn aus Brisbane, sei, der bis vor kurzem Direktor des örtlichen Gefängnisses gewesen war … »Daher konnte ich nicht in der Stadt wohnen, schon gar nicht hinter Gefängnismauern. Doch nun hat man ihn in den Polizeidienst versetzt, was bereits vor Jahren fällig gewesen wäre, da man dort auf Mr Kirk angewiesen ist, wenn man den Frieden wahren möchte. Er ist der Einzige, der weiß, wovon er spricht. Ich könnte Ihnen Dinge erzählen, die sich dort oben abspielen, aber das ist nichts für junge Ohren. Jedenfalls ist er jetzt Polizeiinspektor …«

»Dann kennt er sicher Inspektor Tomkins, der eine Kabine mit meinem Bruder teilt. Er ist ebenfalls unterwegs nach Brisbane.«

»Tomkins? Der Name sagt mir nichts«, schniefte Mrs Kirk und beugte sich vor, wobei ihr voluminöses schwarzes Kleid den Geruch von Mottenkugeln verströmte. »Warum fährt er nach Brisbane?«

»Das weiß ich nicht.«

»Und was führt euch junge Leute in die Gegend?«

»Mein Bruder hat geschäftlich in Brisbane zu tun.«

»Wäre es indiskret, zu fragen, um welche Geschäfte es sich handelt?«

Ja, das wäre es, dachte Jessie. »Guter Gott, die Geschäfte, die Männer eben so haben. Hauptsächlich reisen wir als Touristen.«

Sam war seit mehr als einer Stunde weg, und Jessie war geflohen, um nach ihrem Bruder zu sehen, doch da er schlief, schlich sie davon. Wohin jetzt? Die Dame, mit der sie die Kabine teilte, hatte erklärt, sie leide zwar nicht unter der Seekrankheit, wolle das stürmische Wetter aber in der Kabine aussitzen, zusammen mit Liebesromanen und einer Dose Konfekt. Da Jessie keine andere Wahl blieb, lief sie in die Kabine, um ihren schweren Mantel mit der Kapuze zu holen.

»Meine Liebe!«, rief ihre Kabinengefährtin aus. »Sie wollen doch nicht den Elementen trotzen, oder?«

»Nur ein wenig«, meinte Jessie.

»Dann halten Sie sich gut fest. So wie diese Wanne schaukelt, könnte man glatt über Bord gespült werden, ohne dass jemand es merkt. Wer vernünftig ist, wartet lieber auf einen der großen Ozeandampfer, auf denen man einen gewissen Komfort genießt.«

Jessie nickte. »Ich passe gut auf. Ach, Mrs Maykin, Mrs Kirk hat übrigens nach Ihnen gesucht.«

»Guter Gott! Diese gewöhnliche Frau, nichts als Allüren und Bosheit. Bestellen Sie ihr, dass ich heute Morgen von Bord gegangen sei.«

Jessie lachte. »Wenn ich mich nur traute.« – »Kennen Sie den Ehemann, Rollo Kirk?«

»Nein.«

»Das ist vielleicht einer! Hauptaufseher im Gefängnis oder wie auch immer er sich nennen mag.«

»Aha! Aber jetzt nicht mehr. Er sei zur Polizei versetzt worden, sagt sie.«

»Tatsächlich? Noch schlimmer. Jetzt lassen sie den üblen Kerl auch noch auf *uns* los. Es hat unzählige Beschwerden über seinen schockierenden Umgang mit den Gefangenen gegeben; es würde mich nicht überraschen, wenn ihn der Gouverneur still und leise beiseitegeschafft hätte. An Ihrer Stelle würde ich einen großen Bogen um dieses Paar machen.«

»Ja. Ich bin oben. Viel Spaß mit Ihren Büchern.«

Die Tür zum Deck stellte eine Herausforderung dar, weil der Wind von außen dagegen drückte. Entschlossen stieß Jessie mit der Schulter dagegen und murmelte ärgerlich vor sich hin, weil die Tür sich nicht rührte. Plötzlich schwang sie auf, und Jessie stolperte aufs Deck. Sam hatte die Tür von außen aufgerissen.

Verlegen griff er nach Jessie, um ihr aufzuhelfen, doch sie schob ihn weg und kämpfte mit ihren langen Röcken, um Halt zu finden.

»Pass doch auf!«, fauchte sie.

»Es tut mir leid. Ich wusste nicht, dass du auf der anderen Seite warst.«

»Du hast gar nicht hingesehen, dabei hat die Tür eine Glasscheibe.«

Er stützte sie, bis sie die Reling erreicht hatten. »Das Glas in der Tür ist seit Jahren nicht geputzt worden. Wie soll ich da hindurchsehen?«

»Ach, egal«, sagte sie. »Wohin gehst du?«

»Ich wollte mal sehen, was sich im Salon tut.«

»Nichts. Zu viele Leute sind seekrank. Leider nicht Mrs

Kirk, die mich mit Beschlag belegt hat, sodass ich mich nicht mehr hineinwagen kann. Stattdessen habe ich mich für einen erfrischenden Spaziergang an Deck entschieden. Du solltest besser mitkommen, Mrs Maykin fürchtet nämlich, ich könnte über Bord gehen.«

»Klar doch. Hier entlang. Ich habe eben Delfine gesehen.«

Sie umrundeten mehrmals das Deck, aber die Delfine hatten sich verzogen. Dann entdeckte Jessie eine lange Kiste, die in das Schott eingelassen war und Schutz vor dem Wind bot. Triumphierend setzte sie sich darauf.

»Sieh nur! Einfach perfekt. Wir können die Sonne genießen und dem Wind ein Schnippchen schlagen.«

Sam setzte sich neben sie. »Ein nettes Eckchen. Soll ich dir eine Decke holen?«

»Nein.« Sie kuschelte sich an ihn. »Das ist wunderbar. Wer ist eigentlich diese Mrs Maykin? Sie scheint meine Familie zu kennen, da wollte ich nicht nachfragen.«

»Viehzüchter. Sie haben ein riesiges Anwesen in den Darling Downs westlich von Brisbane.«

»Ach so. Sie ist jedenfalls sehr nett. Witzig. Und wie war dein Gespräch mit Inspektor Tomkins?«

»Ausgezeichnet. Er freut sich auf den neuen Posten. Allerdings schien er nichts über Pläne zu wissen, wie man die Schwarzen von den Stationen vertreiben will.«

»Welche Pläne?«

Sam hatte vergessen, dass ihr Verlobter bereit war, sich an Vorstößen in Gebiete zu beteiligen, die Schwarze für sich forderten, und hielt es für denkbar, dass diese Befehle noch nicht offiziell erteilt worden. Also ruderte er zurück.

»Ich bin mir nicht so sicher. Es waren wohl nur Gerüchte.«

»Dennoch ist es seltsam. Mrs Kirk sagt, ihr Mann sei jetzt Polizeiinspektor. Ist es üblich, zwei Männer im gleichen Amt zu beschäftigen?«

»Ich weiß nicht. Vielleicht ist die Stadt größer, als wir glauben.«

Sie blieben auf der Kiste sitzen, dicht aneinandergedrängt, plauderten über dies und das, spazierten gelegentlich umher und beobachteten Wasservögel, die den Krumen nachjagten, die aus der Kombüse geworfen wurden. Ein majestätischer Klipper segelte am fernen Horizont nach Süden. Für Sam verging der Morgen viel zu schnell. Er war enttäuscht, als der Klang einer Glocke sie störte.

»Das Mittagessen«, sagte Jessie. »Ich verhungere gleich.«

Am Nachmittag spielten sie mit einem anderen Paar Karten und lasen bis zum Abendessen, das um sechs Uhr serviert wurde. Genauer: Sie blätterten in Zeitschriften. Danach erlebten sie einen musikalischen Abend beim Kapitän, der mit seinem schönen Tenor gefiel, was jedoch nicht für die Sänger galt, die ihn begleiteten. Doch der Abend wurde von einem Russen gerettet, der sich bereit erklärte, Violine zu spielen, und alle Anwesenden mit seiner virtuosen Vorstellung verblüffte.

Anschließend teilte er Zettel aus, die seine nächsten Auftritte im Lands Office Hotel ankündigten. Jessie war entzückt.

»Da müssen wir hin!«, sagte sie zu Sam. »Er ist wunderbar.«

Sam grinste. »Auf jeden Fall.« Auch das liebte er an Jessie, ihren ungebremsten Enthusiasmus. Und sie riss alle mit. Bald waren die Passagiere einverstanden, als Gruppe hinzugehen und den Herrn mit dem unaussprechlichen Namen zu unterstützen.

Doch Sam war auch verwirrt, verwirrt durch die Nähe und weil sie ihren Verlobten mit keinem Wort erwähnte. Aber er wollte sich nicht beklagen. Er wünschte, er hätte den Mut, Jessie geradeheraus zu fragen, ob sie ihm vielleicht die gleichen Gefühle entgegenbringen könnte wie er ihr... doch er fürchtete, ausgelacht zu werden. Es klang so kitschig. Vielleicht wäre sie auch gekränkt, immerhin trug sie einen blauen Saphir am Ringfinger. Womöglich wäre es am besten, wenn er sie bei Gelegenheit einfach in die Arme nahm. Dann konnte sie ruhig wütend werden oder ihn beleidigen oder sogar ohrfeigen, denn er wusste aus Erfahrung, dass ihr Streit nie lange währte.

Sie sahen nach Adrian, bevor Mr Tomkins sich schlafen legte, doch er war schlecht gelaunt, schwelgte in Selbstmitleid und beklagte sich bitter über das Schiff.

Das Essen habe ihn krank gemacht, gewiss sei er vergiftet worden.

»Du bist nur seekrank«, erklärte Jessie. »Und zwar nicht als Einziger. Die Hälfte der Passagiere liegt flach. Kann ich dir etwas bringen? Eine Tasse Tee?«

»Ich habe welchen hier. Übrigens habe ich Gesang gehört. Ihr scheint euch ja prächtig zu amüsieren.«

»Ja«, bestätigte Sam aufgeräumt. »Der Kapitän hat ein Konzert gegeben, und morgen gibt es einen Angelwettbewerb vom Achterschiff aus. Du solltest dabei sein.«

Adrian wandte sich stöhnend ab. In diesem Moment trat Inspektor Tomkins in die Tür, und sie gingen hinaus, bewegten sich vorsichtig durch den Niedergang, immer im Einklang mit den hohen Wellen, die in den letzten Stunden aufgekommen waren.

»Hier wohne ich«, sagte Sam und blieb vor seiner Tür stehen. Jessie nickte. Dann küsste sie ihn. Es war kein Gutenachtkuss, sie küsste ihn mitten auf den Mund, weil sie es brauchte, nicht widerstehen konnte, und dann spürte sie die ungeheure Erleichterung, als er sie in die Arme nahm und ihren Kuss leidenschaftlich erwiderte. Es war, als hätten sie die Wirklichkeit hinter sich gelassen, in Sydney, und als gäbe es hier draußen auf dem Ozean ein anderes Leben, süß und unkompliziert.

»Vielleicht solltest du jetzt besser gehen«, schlug Sam vor, klang jedoch wenig überzeugend.

»Willst du, dass ich gehe?«

»Natürlich nicht, aber es ist schon spät. Mrs Maykin würde es vielleicht nicht gutheißen.«

Sie sah ihn neugierig an. »Ich dachte, du wolltest mich lieben.«

»Zieh mich nicht auf, Jessie. Das passt nicht zu dir. Und jetzt gute Nacht.«

Jessie lachte und huschte davon. Leise betrat sie ihre eigene Kabine, zog sich rasch im Dunkeln aus und schlüpfte in ihre Koje. Hoffentlich hatte sie Mrs Maykin nicht geweckt, doch dann erklang eine sanfte Stimme, in der ein Lächeln mitschwang.

»Schönen Abend gehabt, Liebes?«

»Ja, vielen Dank.«

»Es geht doch nichts über eine kleine Schiffsromanze«, kicherte die Stimme.

Jessie war erleichtert, dass ihre Reisegefährtin so gelassen reagierte. Mrs Maykin war alt, beinahe vierzig, aber ungeheuer nett. Jessie hoffte, sie könnten Freundinnen werden, wenn sie erst in Brisbane wohnte. Und dieser Gedanke weckte ihr schlechtes Gewissen, das sie jedoch sofort zum Schweigen brachte.

Die herrliche Zeit an Bord der *Argyle* hatte nichts mit Kit zu tun, sagte sie sich, wollte es sich einreden. Ein Danach gab es nicht. Sie hatte nur ihren Spaß.

Jessie schlief gut. »Wunderbar«, erwiderte sie am nächsten Morgen auf Mrs Maykins Nachfrage. Es war der Beginn eines schönen, sonnigen Tages mit warmer Brise und ruhiger See. Selbst Adrian hatte sich erholt und war auf den Beinen, obgleich er noch blass und gereizt wirkte.

Sam erkundigte sich bei Tomkins nach Inspektor Kirk, weil er sich immer noch wunderte, weshalb die Polizeiwache in dieser entlegenen Gemeinde zwei Inspektoren benötigen sollte.

»Ach der!«, sagte Tomkins. »Er war Senior Sergeant, bevor er dort oben Hauptaufseher im Gefängnis wurde. Ich bin dem Burschen nie begegnet, aber er soll wohl an einer Sonderaktion teilnehmen, die sich noch im Planungsstadium befindet. Ich selbst habe nichts damit zu tun.«

»Hat Kirks neue Stelle etwas mit den Soldaten zu tun, die sich an Bord befinden?«

»Das kann ich mir nicht vorstellen. Er ist doch Zivilist.«

»Aber er wurde zum Inspektor befördert, und daher kam mir der Gedanke, dass es sich hier um eine Gemeinschaftsaktion von ziviler Polizei und Militär handeln könnte.«

»Mag sein. Ich habe meine Familie besucht und meine alte Stelle aufgegeben, nachdem ich diesen Posten hier erhalten hatte, sodass ich nicht auf dem neuesten Stand bin.«

»Und ich dachte schon, Sie wollten mir etwas verheimlichen. Dann kann ich Ihnen ja sagen, dass es sich bei der Sonderaktion um die Entsendung von Truppen in den Norden handelt, um die feindlich gesinnten Schwarzen zu vertreiben, die mehrere Anwesen überfallen und Wohnhäuser niedergebrannt haben.«

»Und Sie glauben, Kirk soll sie anführen? Das wäre äußerst ungewöhnlich.«

»Nein, ich vermute, er kennt den Bezirk und wird in dieser heiklen Lage polizeiliche Hilfe leisten.«

»Und wer führt die Truppen? Ich habe keinen Offizier an Bord gesehen.«

Sam zuckte mit den Achseln. »Abwarten.«

7

Der Major kam aus seinem Büro und stieß auf Jack, der auf einer Bank vor der Wäscherei seine Fische säuberte.

»Die Polizei ist hier. Ich habe dir ja gesagt, dass man dich verhören wird, aber lass mich bitte bei der Geschichte mit dem Ertrunkenen aus dem Spiel. Ich will nichts damit zu tun haben. Und je früher sie verschwinden, desto besser.«

»Kein Problem.« Jack folgte ihm ums Haus zur Scheune, wo ein Polizist zwei Pferden zu trinken gab.

»Wo ist Ihr Kollege?«, fragte Ferrington. »Ich habe doch zwei Leute heraufreiten sehen.«

»Stimmt. Der Inspektor ist ins Haus gegangen. Sagte, ich solle hier warten.«

»Geht es um den Burschen, der bei Baker's Crossing ertrunken ist?«

»Ja. Wir haben die Leiche nicht gefunden.«

Ferrington machte eine Kopfbewegung zu Jack hin. »Na los.«

Sie gingen zur Hintertür, wo Polly sie erwartete.

»Ich habe Sie gesucht, Sir. Vorn an der Haustür wartet jemand auf Sie.«

»Wie dreist! Seit wann benutzen solche Leute den Vordereingang? Lassen mich wie einen Idioten von Tür zu Tür rennen!«

Jack trabte hinter ihm her über die breite Veranda, bis sie vor der Haustür auf den Besucher stießen, der sich auf einem Rohrstuhl niedergelassen hatte. Es war derselbe Mann, der den Suchtrupp nach Harry Harvey angeführt hatte. Jack war nicht überrascht, Ferrington hingegen schon.

»Sie, Kirk? Seit wann tragen Sie denn eine Polizeiuniform?«

»Ich bin wieder dabei. Inspektor Kirk, wenn Sie gestatten.«

»Ist es vorbei mit der Arbeit im Gefängnis?«

»Ja, und darüber bin ich verdammt froh. Sosehr man sich auch anstrengen mag, um diese Kriminellen in Schach zu halten, die Öffentlichkeit dankt es einem nicht. Immer nur das Gejammere der Weichlinge, die sofort schreien, wenn sich solches Gesindel in die Nähe ihrer Häuser wagt. Ich kann Ihnen sagen…«

»An wen kann ich mich denn nun wegen der Arbeiter wenden?«

»Fragen Sie mich nicht. John Dempster, der Neue, wird Ihnen vermutlich helfen, wenn Sie ihn genügend schmieren. Hält gern mal die Hand auf.«

Der Major verzog das Gesicht und machte keinerlei Anstalten, sich gastfreundlich zu geben. »Sie sind also in Polizeiangelegenheiten hier. Und was wäre das?«

»Ich möchte mit Ihrem Kumpel hier reden.«

Seit wann war er Ferringtons Kumpel? Jack sah, wie sich die Grimasse des Major verstärkte, verzog selbst aber keine Miene. »Vortreten!«, bellte Ferrington. Jack kam betont entschlossenen Schrittes näher, damit niemand merkte, dass er beinahe stillgestanden hätte wie zu Sträflingszeiten.

Kirk, der noch saß, zog ein Notizbuch hervor, während Ferrington beiseitetrat und, einen Fuß auf eine Bank gestützt, aufmerksam zuhörte.

»Name?«, begann der Inspektor.

»Jack Drew.«

»Woher?«

»London. Bin über Sydney hergekommen. Habe lange im Busch gelebt. Nach Gold gesucht.«

»Nichts gefunden«, unterbrach ihn Ferrington.

»Mit welchem Schiff sind Sie gekommen?«

Aufgepasst, dachte Jack bei sich. Die Schifffahrtsgesellschaften führten angeblich Listen, auf denen sogar die Kombüsenkatze erwähnt war. Die *Emma Jane* würde keine Ausnahme bilden.

»Mal überlegen. Ich glaube, es war ein norwegisches Schiff, ein schönes altes Mädchen, Zweimaster, hieß *Königin Sibel* oder *Sabel* oder so ähnlich. Konnte den Namen nie richtig aussprechen.«

»In welchem Jahr sind Sie eingereist?«

»Ach, das weiß ich genau. Achtzehnvierzig«, log Jack. In Wahrheit konnte er sich gar nicht daran erinnern.

»Vorstrafen?«

»Ich doch nicht.«

»Haben Sie einen Beruf?«

»Ja, ich war Lehrer.« Er meinte, Ferrington scharf einatmen zu hören, als er diese Lüge auftischte, doch wer sollte das Gegenteil beweisen? Wenn ein Mann lesen und schreiben konnte, dachte Jack in einem Genieblitz, dann konnte er auch unterrichten. Also hatten ihm die Schläge der Kopfnuss, mit der sie ihm seine Zahlen und Buchstaben einbläute, doch etwas genutzt.

»Wo haben Sie unterrichtet?

»An der St.-Paul's-Missionsschule.«

»Und wo soll die sein?«

Jack lachte. Hier befand er sich auf sicherem Boden; der Bursche war kein Engländer, sein Akzent klang einheimisch. »Neben der St.-Paul's-Kathedrale. Die steht in London.«

»Ich finde, Sie sehen gar nicht wie ein Lehrer aus.«

»Nun ja, das macht Ihre Sonne aus den Menschen.«

Kirk erkundigte sich detailliert nach Jacks Rettungsversuch, und dieser erklärte schlicht, Harry Harvey müsse wohl ertrunken sein. Er habe den Mann nicht festhalten können, als er von der Strömung vorbeigetrieben wurde.

»Das sagen Sie. Aber es gibt keine Beweise. Was mich betrifft«, Kirk wandte sich an Ferrington, »ist Harvey noch auf der Flucht. Früher oder später werden wir ihn erwischen.

Jetzt würde ich gern einmal unter vier Augen mit Ihnen sprechen, Major.«

»Sehr schön. Du kannst gehen«, sagte Ferrington fügsam zu Jack. »Sag Polly, sie soll dem Wachtmeister etwas zu essen geben. Ich nehme an, Sie bleiben zum Essen, Rollo?«

»Wenn Sie darauf bestehen, Major.« Er erhob sich. »Wie läuft es denn mit dem Haus? Darf ich mich mal umsehen?«

Der Major dachte sich, er könne, wenn er schon mit Kirk gemeinsam essen musste, auch das Beste daraus machen, und öffnete zwei Flaschen Weißwein, um ihn bei Laune zu halten, obwohl sie letztlich wenig halfen.

Als sie bei Tisch saßen, überreichte Kirk seinem Gastgeber einen versiegelten Brief.

»Vom Generalgouverneur, Sir Charles FitzRoy höchstselbst«, verkündete er. »Persönlich auszuhändigen, also gebe ich mir die Ehre.«

Interessiert nahm Kit den Brief entgegen und ging ans Ende des Zimmers, um ihn unbeobachtet zu lesen. Er las ihn, las ihn noch einmal und explodierte. »Was zum Teufel soll das? Warum schickt man Soldaten in den Busch, um den Frieden zu sichern?«

»Ich dachte mir schon, dass Sie das gern erfahren würden. Ich selbst werde an dieser Säuberungsaktion teilnehmen.«

»Säuberung?«

»Ja. Wir müssen raus in den Busch und alles säubern, die Wilden loswerden, die die Menschen im ganzen Wide-Bay-Bezirk terrorisieren. Sie ein für alle Mal auslöschen.«

»Er teilt mir nichts mit, er befiehlt mir, einen Trupp Soldaten anzuführen, die alsbald nach Brisbane geschickt werden sollen.«

»Sie? Natürlich, Major! Auf mein Wort, wir werden die Gegend im Nu sauber haben. Ich bekomme meinen eigenen Trupp. Ich werde einheimische berittene Polizisten anführen.«

Jack traute beiden nicht. Er überbrachte Polly, die gerade im Kräutergarten war, die Nachricht und ging zur Hintertreppe. Hätte ihn jemand dabei beobachtet, hätte er annehmen müssen, Jack sei plötzlich vom Erdboden verschwunden, da er weder die Treppe hinauf- noch daran vorbeiging. Vielmehr glitt er blitzschnell unter die Stufen und zwängte sich durch einen Spalt, bis er unter dem Haus lag. Rasch kroch er Richtung Esszimmer, wo er die Männer durch die Bodenbretter belauschen konnte.

Er hatte herausfinden wollen, ob Kirk ihm glaubte oder weitere Fragen stellen würde, doch die Männer hatten ihn ganz vergessen. Das Hauptthema des Gesprächs ließ ihn erschauern. Sie wollten eine kleine Armee losschicken, um Bussamarai und seine Krieger zu jagen, die anscheinend eine starke Position auf ihrem eigenen Gebiet hielten, das nördlich der Gegend lag, in der sie ihre Überfälle durchgeführt hatten. Nördlich der Montone-Station, wo Jack die größte Katastrophe seines Lebens erlitten hatte… wo man ihn niedergeschossen, verbrannt und seines Goldes beraubt hatte. Und wer sollte sie anführen? Ausgerechnet diese beiden Gauner! Wobei Ferrington nicht allzu begeistert klang. Warum auch? Immerhin war er eigentlich dabei, seinen »Kumpel« zu überreden, ihn zu den Reichtümern jenseits der Hügel zu führen, und sah sich nun mit Regierungsangelegenheiten konfrontiert.

»Es hat keinen Zweck, deswegen zu jammern«, sagte Kirk gerade. »Sie haben Ihre Befehle. Ich würde es als Ehre betrachten, für eine so wichtige Aufgabe ausgewählt zu werden. Die Leute, die dort draußen Land besitzen, werden für unsere Anwesenheit dankbar sein. Wir können durchs Land fegen und die Schwarzen im Bezirk vollkommen auslöschen. Dann kehren wir als Helden zurück.«

»Ich reite mit Ihnen in die Stadt und rede mit Lord Heselwood. Er wird verstehen, dass es im Augenblick schwierig für mich ist, und Sir Charles bitten, jemand anderen zu ernennen. Er und Sir Charles sind nämlich enge Freunde.«

»Heselwood? Der ist weg. Er und seine Frau haben Brisbane ein paar Tage nach dem Viehtrieb verlassen.«

»Verdammt!« Jack hörte den Major auf und ab laufen, der Boden knarrte unter seinen Schritten.

Unter dem Haus war es staubig, überall lagen Sägespäne herum, leere Farbdosen und andere Abfälle, die die Bauarbeiter einfach weggeworfen hatten, als der Bauherr nicht hinsah. Dieses Durcheinander schien die Eleganz des Hauses zu stören, es war, als lauerte etwas Hässliches unter der schönen Oberfläche. Jack schauderte. Etwas Hässliches und Böses.

»Egal«, rief Ferrington unvermittelt, als ihm die Argumente ausgingen. »Ich kann nicht weg! Ich heirate bald.«

»Jesus! Sie sind vielleicht ein Heimlichtuer! Dabei wusste ich nicht mal, dass es überhaupt eine Dame gibt.«

»Das kannst du laut sagen«, flüsterte Jack, der sich inzwischen wie ein Gesprächspartner vorkam. »Verliert kein Wort über sein Privatleben, der Bursche.«

»Es ist aber so, und ich hatte vor, in Kürze wegen meiner Hochzeit nach Sydney zu reisen.«

»Was heißt in Kürze?«

»So bald wie möglich. Ich habe einem Aufseher telegrafiert, der so schnell wie möglich herkommen soll, damit ich abreisen kann.«

Jack fragte sich, ob Ferrington an seine Goldsuche dachte oder tatsächlich heiraten wollte. Er tippte auf Ersteres. Hauptsache, der Major musste diese Aufgabe nicht übernehmen, was man ihm kaum verübeln konnte. Bussamarais Männer waren gewiss nach Norden geflohen, bis sich die Aufregung legen würde, doch der Sinn der Überfälle bestand doch darin, die Rechte an ihrem Land einzufordern. Ihre Stammesrechte. Und sie würden, wenn nötig, wiederkommen, eben *weil* sie bisher nicht geschlagen worden waren. Und sie würden kämpfen!

Er fragte sich, ob jemand dort oben das verstand. Gewiss besaß der Major ein verständliches Interesse daran, feindseligen Schwarzen aus dem Weg zu gehen, doch dieser Kirk dachte vermutlich, er könne das alte Spiel weiterspielen, die Lager der Schwarzen aus dem Hinterhalt überfallen und sie aus der Deckung abknallen. In einsamen Gegenden, wo friedliche Familien lebten, die die Gefahr, die ihnen von den Weißen drohte, nicht erkannten, mochte das noch funktionieren, nicht aber bei Bussamarais Leuten.

»Sie sind ein Mann des Militärs und vor Ort, Major«, sagte Kirk. »Hier oben gibt es nur wenige Männer wie Sie, und es geht nicht an, dass Sie den Anweisungen des Generalgouverneurs Widerstand leisten. Sagen Sie Ihrer Liebsten, sie müsse den großen Tag noch ein wenig verschieben. Obwohl es ohnehin nur zwei, drei Wochen dauern dürfte, bis wir die Schwarzen und ihr Kroppzeug endgültig erledigt haben.«

»Was? Was soll das heißen? Mit so etwas möchte ich nichts zu schaffen haben. Das mache ich nicht. Und sagten Sie nicht, Ihre Männer seien Einheimische und keine richtigen Polizisten?«

»Es sind durchaus richtige Polizisten. Ausgebildet.«

»Zum Töten ausgebildet! Das will ich nicht. Das dulde ich nicht.«

»Nein, sie werden ja auch von mir ausgewählt. Sie sind selber Schwarze. Wir bekämpfen Feuer mit Feuer.«

»Verdammte Abtrünnige, meinen Sie wohl. Vergessen Sie's. Ich reite in die Stadt und kümmere mich selbst darum. Wer hat hier das Sagen?«

»Superintendent Jimmy Grimes ist der Boss. Er wird allerdings keine Befehle von Ihnen annehmen. Außerdem wollten Sie doch gar nicht mitmachen …«

Jack zog sich von seinem Horchposten zurück, klopfte den Staub von den Kleidern und hockte sich unter die Bäume beim Haus, um in Ruhe nachzudenken. Er sollte sich besser auf den Weg machen, um diesem Schweinehund Kirk zuvorzukommen und einen »Unfall« zu arrangieren, der ihn außer Gefecht setzen würde. Ein Stein, der aus einem Baum geflogen kam, ein Schlag mit einem schweren Ast… es war einfach, sich auf die Lauer zu legen, ihn von seinem hohen Ross zu holen… doch dann fiel Jack der Wachtmeister ein, der drüben im Schuppen wartete. Er hatte ganz vergessen, dass der Inspektor nicht allein war. Er würde sich ein anderes Mal um Kirk kümmern müssen.

Jack stöhnte. Und was war mit den einheimischen Polizisten? Kirk machte sich daran, sie auf ihre eigenen Leute zu hetzen. Jack kannte sich mit der einheimischen Polizei aus, der Geißel des Hinterlandes. Es waren nicht nur Abtrünnige, dachte er voller Zorn, dieses Wort war noch zu mild für sie; es waren heimtückische Mörder, die vom Militär rekrutiert wurden und die Nischen, die sich die Schwarzen geschaffen hatten, »eliminierten«. Sie töteten Frauen und Kinder ohne jedes Mitleid. Unter den Schwarzen erzählte man sich, dass sie die Macht genossen, die ihnen die weißen Offiziere übertrugen, dass es ihnen ungemein schmeichelte, wenn man sie mit Uniformen, Pferden, Waffen, Proviant ausstattete und ihnen sogar Sold zahlte. Jack erinnerte sich, dass der Major sich gegen den Einsatz dieser Wahnsinnigen ausgesprochen hatte, was einen gewissen Trost bedeutete. Immerhin waren sich einige Weiße ihres mörderischen Rufes bewusst.

Kirk war das allerdings egal; er wollte sie benutzen, um sich der Schwarzen so rasch wie möglich zu entledigen. Verstand denn niemand, weshalb die Schwarzen diesen Kampf begonnen hatten? Selbst der Major hatte keine Einwände gegen die Jagd als solche, sondern war nur besorgt, weil die Befehle seine eigenen Pläne durchkreuzten.

»Verdammter Mist«, murmelte Jack, als er die beiden Männer aus dem Haus kommen und zum Schuppen gehen sah. »Jemand muss Bussamarai warnen. Ihm sagen, dass er und seine Leute sich eine Weile unauffällig verhalten sollen.«

Er wusste, sie hatten sich zurückziehen wollen, doch da sie ihr Land, die Quelle ihres Stolzes, wiedergewonnen hatten, wollten sie es ungern preisgeben. Vor allem, da es gute Jagdgründe waren. Und wie weit hatten sie sich überhaupt zurückgezogen? Die zusammengewürfelte Armee, die der Major und Kirk anführen sollten, würde nicht umkehren, wenn sie die Schwarzen nicht fand. Sie wollten sich den Behörden gegenüber nicht lächerlich machen, sondern würden weiter vordringen, bis sie den Feind gestellt hatten, selbst wenn es sich dabei nur um eine schwarze Familie handelte, die an einem Wasserloch lebte oder auf dem Weg zu einem *Korrobori*-Fest oder einer geheiligten Stätte war.

Bussamarai musste seine Leute unbedingt von dort wegbringen!

Der Häuptling würde keine Schlacht gegen zwei Gruppen berittener Truppen gewinnen können. Ein Kampf war absolut undenkbar, selbst wenn er weitere Krieger zu Hilfe rief.

Jemand musste es ihm sagen, aber wer? Jack schauderte bei der Vorstellung, in das gefährliche Land zurückzukehren, er trug noch die schmerzhaften Narben, die ihm die Einmischung in die kriegerischen Auseinandersetzungen eingetragen hatte. Zudem war er gerade dabei, sich wieder in der Welt der Weißen zurechtzufinden, in einem fremden Land.

Ich will mehr als mich zurechtfinden, dachte er dann, als ein Hauch seines alten Ehrgeizes wiederkehrte. Er wollte Geld verdienen und wie dieser Major hier leben. Das konnte doch nicht so schwer sein, man musste nur den richtigen Anfang finden.

Vermutlich hatten er und der Major etwas gemeinsam. Beide weigerten sie sich, ihre Pflicht zu tun, weil die Pflicht ihren Plänen im Weg stand.

Doch er hatte längst begriffen, was er zu tun hatte. Er

schuldete es den Schwarzen, seinen Freunden, dass er sie warnte.

Ferrington verabschiedete sich knapp von seinen Besuchern. Kaum waren sie aufgesessen, wandte er sich schon ab, was Jack überraschte, der eigentlich erwartet hatte, der Boss werde mit ihnen in die Stadt reiten, um mehr über die Befehle des Gouverneurs in Erfahrung zu bringen. Stattdessen ging er zu den Ställen. Jack eilte zu seinem Zaun, setzte roh behauene Streben zwischen die Pfähle, was sehr viel schwieriger war, als er gedacht hatte. Zudem hatten seine Gefährten, zwei alte Burschen namens Len und Laddie, es sich in den Kopf gesetzt, ihm das Leben schwer zu machen, indem sie das ganze Trinkwasser hinunterkippten, ihm Balken auf die nackten Füße fallen ließen und ihn auf jede denkbare Weise ärgerten, solange das keine ernsthaften Konsequenzen nach sich zog. Doch heute war ihm nicht nach ihren Spielchen zu Mute; er wollte diese verdammte Arbeit fertigstellen, damit er sich um seine eigenen Angelegenheiten kümmern konnte.

Laddie, ein bulliger, kahler Schotte, der sich früher einen gewissen Ruhm als Ringer erworben hatte, rammte ein Brecheisen in den Boden und stützte sich darauf, als Jack zu ihnen trat. »Hier kommt der feine Herr, Len. Hast du eine Bank, damit er sich setzen kann?«

»Halts Maul, Laddie«, knurrte Jack. »Sonst stopf ich es dir.«

»Das hättest du wohl gern, feiner Pinkel. Aber ich würde es lassen, wenn dein Freund da oben nicht auf dich aufpasst.«

»Mach weiter, du räudiger Köter. Ich habe keine Zeit, mir dein Geschwafel anzuhören. Len, hilf mir mal, damit wir bis heute Abend fertig sind.«

Len verzog das Gesicht und hockte sich hin. »Das ginge, wenn drei statt nur zwei Leuten arbeiten würden. Du bist nämlich nicht unser Boss und hast uns nichts zu befehlen.«

»Wie du willst.« Jack wusste, der Miniaturstreik würde nicht lange dauern. Er griff sich eine Strebe von dem Stapel, den die Holzarbeiter aufgetürmt hatten, riss sie los und schwang sie herum, wobei er ganz zufällig Laddie streifte. Die splitterigen Kanten verfingen sich in dessen Hemd und zerrissen es. Jack hätte schwören können, dass Laddie ihm absichtlich in den Weg getreten war, doch nun hatte der Schotte einen Grund gefunden, um sich brüllend auf ihn zu stürzen.

Jack zuckte instinktiv zusammen, dachte an seine verletzliche Haut und wich aus, sodass ihn die riesigen Hände, die nach seiner Kehle griffen, verfehlten. Er fuhr herum, packte Laddie und hieb von hinten auf ihn ein, doch seine übliche Angriffsweise zeigte bei diesem Klotz wenig Wirkung. Laddie fand sein Gleichgewicht wieder und drehte sich um. Jack duckte sich, rollte sich auf die Seite und trat Laddie unvermittelt und mit solcher Wucht in den Magen, dass dieser in die Knie ging und japste.

»Tut mir leid«, sagte Jack und half Laddie auf. »Du solltest besser aufpassen, wen du als feinen Pinkel bezeichnest.«

»Vorsicht«, rief Len. »Der Boss kommt.«

Alle drei sahen zu, wie der Major zu ihnen herüberritt. »Was ist hier los?«

»Ich habe ihnen ein paar Tricks für ihre Ringkämpfe gezeigt«, antwortete Jack.

»Ich glaube kaum, dass diese Taktik zulässig ist«, entgegnete Ferrington. »Ihr werdet nicht bezahlt, um euch zu amüsieren.«

Jack trat zu ihm. »Wir müssen noch etwas anderes besprechen«, sagte er leise. »Ich werde nämlich überhaupt nicht bezahlt.«

»Darüber reden wir später. He, Laddie! Was weißt du über die Fischfarm? *Seine* Fischfarm?«

»Was soll damit sein?«, grollte Laddie.

»Jemand hat sie letzte Nacht zerstört, und ich wüsste

gern, wer das war. Sieht aus, als gäbe es hier in letzter Zeit eine Menge Sabotage, zerbrochene Gegenstände, fehlendes Werkzeug. Wenn ich dahinterkomme…«, er sah Jack an, »dann ist hier die Hölle los.«

»Wir haben nichts gemacht«, jammerte Len. »Sind nie da unten gewesen, Boss.«

»Ich will, dass sie repariert wird, kapiert? Ihr könnt sofort mit ein paar Leuten anfangen.«

»Und was wird mit dem Zaun?«, wollte Jack wissen. »Ich kümmere mich später um die Fischteiche.«

»Ich schicke Leute her, um den Zaun zu ziehen. Und du kommst mit und siehst dir an, was sie aus der Fischfarm gemacht haben.«

Jack kam es vor, als schickte der Major seine Arbeiter blind von einem Ort zum nächsten, ohne je etwas richtig zu beenden. Es hatte wenig Sinn, sich zerbrochene Fischreusen anzusehen, doch wenn der Boss es wollte, würde er mitgehen.

Er stieß einen Pfiff aus, als er die willkürliche Zerstörung seiner sorgsam konstruierten Fischfallen sah. Der Major starrte am Ufer hinunter.

»Weißt du jetzt, was ich meine? Ich muss hier Disziplin einführen, sonst zerstören diese Bestien alles. Das ist sinnloser Vandalismus; ich setze sie die nächsten vierzehn Tage auf halbe Ration. Nein, für einen Monat, schließlich haben sie sich selbst um gutes Essen gebracht.«

Jack grinste und setzte sich in den Sand. Er wusste, dass die Arbeiter nach wie vor nichts von ihm hielten, doch wäre es einfach verrückt, so etwas zu tun, da die Fischfarm auch für ihre Ernährung gesorgt hatte. Polly brachte ihm nach wie vor das Essen an die Tür, und er erhielt weitaus bessere Verpflegung als die übrigen Arbeiter. Sein Blick fiel auf einige deutlich erkennbare Spuren im Sand, und er erstarrte.

»Jesus!«, rief er und rannte das Ufer hinauf.

»Das waren nicht Ihre Männer«, rief er. »Sehen Sie die Abdrücke? Sie stammen von einem Tier.«

Der Major saß ab und blickte über den grasbewachsenen Hang.

»Na und? Willst du damit sagen, Dingos hätten die Teiche zerstört?«

»Schon möglich«, entgegnete Jack. »Sie wären dazu fähig. Aber die Abdrücke sind zu groß. Sie stammen von einem Krokodil, und zwar von einem ziemlich großen...«

»Was?!«

»Von einem Krokodil. Das sind richtige Ungeheuer, die könnten ein Pferd töten. Himmel, wenn ich gewusst hätte, dass sie in diesem Fluss vorkommen, wäre ich dem Flüchtling nicht hinterhergesprungen, sondern hätte den Kerl allein ertrinken lassen.«

Beinahe hätte er Harry Harvey verraten, doch Ferrington merkte nichts davon; er war zu fasziniert von der Vorstellung, ein menschenfressendes Ungeheuer halte sich in der Nähe seines Gartens auf.

»Siehst du es irgendwo?«, fragte der Major hoffnungsvoll und suchte den Fluss mit den Augen ab.

»Nein.«

»Bleib hier und halte Ausschau, ich hole mein Gewehr.«

»Sagen Sie lieber Ihren Männern, dass sie dem Fluss eine Weile fernbleiben sollen. Wir müssen herausfinden, ob das Krokodil hier lebt oder nur auf Partnersuche ist. Könnte auch ein Weibchen sein, das hier wartet, bis seine Jungen schlüpfen.«

Ferrington drückte sich noch lange herum, fragte Jack über die Tiere aus und hoffte, das Krokodil möge noch einmal auftauchen, doch schließlich gab er es auf und schwor, in Kürze eine Krokodiljagd zu veranstalten.

»Da müssen Sie aber zielsicher sein«, warnte ihn Jack. »Die Biester sind unglaublich schnell, sie schießen wie der Blitz das Ufer herauf.«

Als sie zum Haus zurückgingen, fragte der Major, noch immer fasziniert: »Wie fangen die Schwarzen die Tiere? Essen sie die auch? Wie groß können sie werden? Das wäre vielleicht ein Fang! Ich war nie Großwildjäger, aber das würde doch zählen, oder?«

»Nicht mein Ding. Ich würde lieber einem Löwen ins Gesicht blicken als einem Krokodil. Der Bursche soll seinen Fluss für sich behalten; ich geh da nicht mehr rein.«

Einige Tage später brachte der Postbote die Antworten, auf die Kit gewartet hatte, dazu die üblichen Landwirtschaftszeitschriften und Rechnungen. Der Mann berichtete auch von einem riesigen Krokodil, das man im Fluss beobachtet habe, doch Kit war momentan nicht an Konversation interessiert und beendete bald das Gespräch. Er hatte ein Telegramm von Adrian und einen Brief von Jessie erhalten, die unmöglich am selben Tag in Brisbane eingetroffen sein konnten, doch der Postbote behandelte alle Sendungen gleich und ließ sie in ihren Fächern warten, bis er zu seinen wochenlangen Fahrten über Land aufbrach. Und die trat er nur an, wenn kein Postsack mehr in seinen Wagen passte.

Adrian würde kommen! Er war bereits unterwegs. »Gott sei Dank«, rief Kit. Er brauchte ihn jetzt, da er sich an der Kampagne des Generalgouverneurs beteiligen musste, dringender denn je.

In seinem Telegramm teilte Adrian ihm mit, er würde am Donnerstag mit der *SS Argyle* in Brisbane eintreffen. Jessica müsse die Hochzeit leider verschieben, weil ihr Großvater erkrankt sei. Letztere Nachricht verwirrte ihn, da Jessie noch gar nicht auf seinen Vorschlag, im nächsten Monat zu heiraten, reagiert hatte, doch dann las er den wochenalten Brief von ihr und fand darin die Erklärung. Sie hätte gern im April geheiratet und war deswegen offenbar sehr aufgeregt gewesen, doch nun hatten sich die Umstände geändert, sodass sie wohl auf die ursprünglichen Pläne zurückgreifen mussten.

Er dachte an die plötzliche Erkrankung von Marcus Pinnock. Sie war nicht überraschend gekommen, der alte Bursche konnte ja nicht ewig leben. Und wenn er starb, würde Adrian das Pinnock-Vermögen erben.

Und das wusste er ganz genau, dachte Kit grinsend, während er durchs Fenster sah, wie Tom Lok eine Teekiste in einer Schubkarre über den Hof fuhr.

Er las Jessies Brief und seufzte sehnsüchtig. Heute Abend würde er seine Antwort aufsetzen und in der Stadt zur Post geben. Bei der Gelegenheit würde er mit Superintendent Grimes sprechen. Vielleicht konnte dieser einen anderen Offizier finden, der die Truppen in die Schlacht führen würde. Er selbst hatte mit dem Kampf ums Land nichts zu tun. Wenn Männer wie Heselwood solche riesigen Besitzungen haben wollten, die über die Grenzen der Zivilisation hinausreichten, konnten sie nicht von der Regierung erwarten, dass diese sie vor aufgebrachten Stämmen beschützte. Je weiter man die Schwarzen zurückdrängte, desto mehr Widerstand würden sie leisten, das war doch bekannt. Kit fiel ein, dass der Gouverneur die Leute gewarnt hatte, dort draußen Land abzustecken, weil Angriffe vonseiten der Schwarzen drohten, doch sie hatten nicht auf ihn gehört. Und jetzt kamen sie an und wollten beschützt werden.

»Da habe ich ein Wort mitzureden«, murmelte er. Doch dann fiel ihm ein, dass seine Order vom Gouverneur kam, der offensichtlich dem Druck der reichen Grundbesitzer nachgegeben hatte.

Egal, er würde morgen in die Stadt reiten und Drew mitnehmen. Er könnte die notwendige Ausrüstung für die Goldsuche besorgen, denn diese Chance konnte Kit sich einfach nicht entgehen lassen. Er würde nie wieder einen so fähigen Partner finden. Er kannte die Schwarzen, das Land; nach dem zu urteilen, was er am Morgen mit Laddie angestellt hatte, konnte er auch im Kampf Mann gegen Mann bestehen. Er wirkte wie ein Straßenkämpfer, nicht in Hochform, aber effektiv.

Und vor allem wusste der Halunke, wo Gold zu finden war. Dessen war Kit sicher. Und die Geschichte, er sei Lehrer gewesen, bevor er nach Neusüdwales kam… Kit musste lachen. Wie dreist von ihm! Doch er hatte Rollo überzeugt, der selbst kaum Bildung besaß und sich daher kein Urteil erlauben konnte. Diese Runde ging an Drew. Zwar hatte er sich einen neuen Feind geschaffen, doch das war sein Problem.

An diesem Abend lud er Drew auf die Veranda ein und bot ihm einen Whisky an.

»Gewöhnlich ziehe ich Bier an heißen Abenden vor, aber es ist mir ausgegangen«, sagte er.

»Whisky tut es auch. Worum geht es?«

»Auf die Förmlichkeit können wir verzichten. Setz dich.«

Kit schenkte zwei doppelte Whisky ein, um Jack milde zu stimmen, doch der nahm nur einen Schluck und griff dann nach der Wasserkaraffe.

»Ich muss ihn verdünnen. Bisschen stark für meinen Geschmack, wenn ich das sagen darf, auch wenn es sicher ein guter Tropfen ist. Hätte nicht gedacht, dass ich guten Whisky jemals verwässern würde, aber so ist das mit der Abstinenz. Was haben Sie auf dem Herzen?«

»Morgen. Ich muss morgen in die Stadt und dachte, du würdest mich vielleicht begleiten wollen. Seit wann hast du keine Stadt mehr gesehen?«

Drew grinste, wobei seine Zähne im dunklen Gesicht noch weißer schimmerten. »Keine Ahnung. Ist Jahre her. Vielleicht weiß ich gar nicht mehr, wie man sich da verhält.«

»Für den Anfang brauchst du sicher etwas Geld. Hier sind zwei Shilling.«

»Was ist das? Ein Almosen? Dann können Sie es behalten. Ist es Lohn, reicht er nicht aus.«

»Wie viel wäre denn ausreichend?« – »Ich möchte dieselbe Bezahlung wie Ihre Arbeiter.«

Kit war erfreut und überrascht. »Hm, gut, morgen bekommst du deinen Lohn für zwei Wochen. Aber ich muss jetzt Pläne machen, es gibt noch viel zu tun.«

»Zum Beispiel?«

»Das ist privat. Ich habe beschlossen, bald auf Goldsuche zu gehen. Sobald ich von gewissen Verpflichtungen entbunden bin. Dann sollst du mich auf der Expedition begleiten.«

»Als Ihr Partner?«

»Partner? Ja, das kann man so sagen. Aber ich brauche eine definitive Antwort von dir. Bist du dabei oder nicht?«

Drew trank den Whisky mit einem leichten Schauder und schaute ins Glas. »Ich habe Ihnen gesagt, ich weiß nicht, wo das Gold liegt.«

»Aber du hattest es schon in Händen. Ich will jetzt die Wahrheit hören.«

»Das ist die Wahrheit, bei Gott. Ich hatte einen ganzen Haufen, eingenäht in einen Geldgürtel. Und der ist weg, Schluss, aus. Ich weiß nicht besser als Sie, wo man Gold finden kann, und auch das ist die Wahrheit.«

»Wie das Wort schon sagt, man *sucht* ja nach Gold. Wenn die Leute wüssten, wo es ist, würden sie geradewegs hinrennen. Ich möchte versuchen, Gold zu finden, das ist doch nicht zu viel verlangt. Du scheinst den Mut verloren zu haben, aber der eine Versuch … den bist du dir doch schuldig, dazu mit der besten Ausrüstung, die es gibt.« Er wartete ab und fügte hinzu: »Außer natürlich, du hast andere Pläne.«

»Nein«, meinte Drew nachdenklich, »nicht direkt. Wann wollen Sie denn aufbrechen? Sofort?«

»Leider nicht. Wie gesagt, ich habe gewisse Verpflichtungen, die mich binden. Morgen weiß ich vielleicht schon mehr darüber. Aber ich kann auf dich zählen?«

Drew zuckte mit den Schultern. »Na gut.«

»Das klingt nicht gerade begeistert.«

»Das wären Sie auch nicht, wenn Sie wüssten, wie es da draußen aussieht.«

»Das kannst du mir morgen auf dem Weg in die Stadt erzählen. Und denk an deine Stiefel.«

Brisbane! Es war anders als alle Städte oder Dörfer, die Jack je gesehen hatte. Nur eine Reihe von Schuppen und Läden, dazwischen Holzhäuser mit spitzen Dächern. Es erinnerte ihn an eine Farm, durch die ein breiter, ungepflasterter Fahrweg verlief. Der breite Fluss umfing die Siedlung, als wollte er sie ausspionieren, und wirkte irgendwie misstrauisch.

Das wäre ich auch, dachte Jack. Der ganze Frieden ist dahin, weil diese Leute mit ihren Tieren und ihrem Gestank alles zerstören. Er blickte wieder zum Fluss hinüber und verspürte eine plötzliche Sorge, die er nicht näher erklären konnte. Er ritt neben dem Major her, seinem Herrn und Meister, wie er mit einem Grinsen dachte. Oder Partner, obwohl Ferrington das vermutlich nicht so gern hörte. Er sah sich um. Hier gab es ja auch Damen, die mit ihren hübschen Kleidern die Straße aufwischten, manche trugen sogar Hemden und Männerhosen!

»He, sehen Sie mal!«, rief er, als eine gut aussehende Frau mit wilder, roter Lockenmähne die Straße überquerte, ebenfalls angetan mit Hosen. Der Major hatte sie bereits entdeckt.

»Guten Morgen, Roxy!«, sagte er strahlend. Seine sonst so raue Stimme wurde honigsüß, und Jack hielt sie schon für die Verlobte, während er ihre festen Brüste und die schlanke Taille betrachtete. Damen in Hosen waren eine erfreuliche Erfindung.

Schmollend wandte sich die Frau an den Major. »Kit, wo bist du gewesen? Ich habe dich ewig nicht gesehen. Warum hast du mir nicht Bescheid gegeben, dass du in die Stadt kommst? Ich wohne wie immer im Lands Office Hotel. Und du?«

Ihre Frage klang beinahe wie eine Forderung, und Jack schien es zu genießen. Mit dieser Verlobten war nicht zu spaßen.

»He!«, rief Ferrington. »Immer mit der Ruhe, meine Liebe. Ich komme gerade an, müde und durstig, und habe es noch nicht mal bis in die Hotelbar geschafft! Außerdem blieb keine Zeit für einen Brief. Aber ich muss schon sagen, Roxy, du bist wie immer bildhübsch. Habe ich dir das schon mal gesagt?«

Sie lächelte. In ihrem sommersprossigen Gesicht erschienen Grübchen. »Mag sein. Du siehst auch nicht so übel aus. Läuft alles gut bei dir?«

»Mehr oder weniger«, erwiderte er. Die Pferde verloren allmählich die Geduld. Jack entdeckte einen Trog, den sie wohl interessanter fanden als das Geplauder des Reiters.

»Miss Maykin!« Ein Mann kam aus einem Geschäft gelaufen und schoss über die Straße auf sie zu.

»Die Reithandschuhe, die Sie bestellt hatten. Sie kamen mit der letzten Lieferung. Sehr hübsch, ganz weiches Ziegenleder, die allerbesten.«

»Ich hoffe, sie sind brauchbar«, sagte sie und stopfte sie unter den Sattelknauf. Jack merkte plötzlich, dass es sich um einen Herrensattel handelte. Er hatte beinahe vergessen, dass Damen eigentlich seitlich aufsaßen.

»O ja, natürlich. Sie tragen sich ausgezeichnet.«

»Na schön. Setzen Sie sie auf meine Rechnung.«

Sie wandte sich wieder dem Major zu. Jack ließ sein Pferd zur Tränke trotten, wo er sich die Zeit damit vertrieb, die Schilder an den Schaufensterscheiben und Mauern zu lesen.

»Gott«, murmelte er, »ich hatte ganz vergessen, dass es so etwas gibt. Tuchhändler. Café. Schneider. Krämer … was ist das denn? *Moreton Bay Courier*. Eine Zeitung, du lieber Himmel? Worüber soll man denn in dieser gottverlassenen Gegend berichten?«

Er sah einen Laden, der Pasteten anbot, und spielte mit

dem Gedanken, eine zu kaufen, spürte aber ein gewisses Unbehagen bei der Vorstellung, hineinzugehen. Er war menschenscheu geworden und begriff, dass es eine Weile dauern würde, bis er sich wieder an die Weißen und ihren Lebensstil gewöhnt hätte.

Er stieg vom Pferd, band es im Schatten eines riesigen Feigenbaums an, sah in die Bäckerei und klimperte mit den Münzen in der Tasche seiner groben, billigen Hose, die er in England nicht einmal auf dem Weg zum Galgen getragen hätte.

»Ich bin ganz schön heruntergekommen«, sagte er zu seinem Pferd. »Aber dem Gesetz noch immer einen Schritt voraus.«

Der Major gesellte sich zu ihm, nachdem er sich fürs Erste von Miss Maykin verabschiedet hatte, verlor aber kein Wort über die Dame.

»Wir bleiben ein paar Tage hier, Drew. Ich wohne im Lands Office Hotel. Du kannst dir selbst eine Unterkunft suchen, danach gehst du in den Laden und bestellst die Ausrüstung für die Goldsuche. Schreib alles auf eine Liste, rechne aus, was es kostet, und besorg sie mir.«

Mit diesen Worten ritt er davon.

Kit brachte sein Pferd in den Stall und ging geradewegs in die nächste Kneipe, die beste aller Informationsquellen. Er erfuhr, dass die *Argyle*, ein Küstendampfer aus Sydney, erwartet wurde, doch zurzeit näherte sich angeblich ein Sträflingsschiff namens *Randolph* der Stadt und sorgte für Unruhe.

»Was ist denn so schlimm daran?«, erkundigte er sich.

»Was daran schlimm ist?«, dröhnte der Barkeeper. »Es ist ein Transportschiff. Hat eine Ladung Sträflinge an Bord, und genau die wollen wir hier nicht.«

»Wieso denn nicht? Sie sind doch nützlich.« Am Ende der Theke entdeckte er Reece Maykin, Roxys Vater, und drängte sich zu ihm durch.

»Guten Tag, Reece. Warum machen alle so ein Aufhebens wegen des Schiffs?«

»Weil wir sie nicht hier haben wollen. Wir wollen kein Gesindel aus Englands Gefängnissen mehr. Gouverneur La Trobe hat dem Kapitän verboten, sie in Melbourne von Bord gehen zu lassen. Er schickte sie weiter nach Sydney, aber FitzRoy wollte sie auch nicht haben. Er befahl, sie nach Brisbane zu bringen. Doch die sollen bloß nicht glauben, sie könnten sie bei uns abladen. Wir weigern uns, weitere Sträflinge aufzunehmen.«

»Aber es könnten gute Arbeitskräfte sein, Reece.«

»Für Sie vielleicht, Sir, aber nicht für uns. Wir lassen uns nicht herab, Sklaven ...«

»Aber auf den Besitzungen zu arbeiten ist gewiss besser als das Gefängnis, oder?«

»Nicht wenn man die Leute so behandelt, wie Sie es tun, Ferrington!«

Kit keuchte angesichts dieser Grobheit. Maykin wandte sich von ihm ab. Nun bemerkte Kit auch die feindseligen Blicke anderer Gäste. Er hätte gern von Maykin eine Entschuldigung gefordert, schien sich aber in einer heiklen Lage zu befinden. Nur wenige Leute kamen nach Emerald Downs und gewiss nicht die richtigen, Leute wie Maykin und seinesgleichen, die großen Viehzüchter. Andererseits lebten sie ohnehin auf weit verstreuten Stationen, und sein Haus war noch nicht bereit für gesellschaftliche Anlässe. Wenn er erst verheiratet war, konnte seine Ehefrau sich um diese Dinge kümmern und den Einfluss ihrer Familie nutzen, um seine Position zu verbessern.

Kit verließ die Kneipe und schlenderte die George Street hinauf, um bei Jimmy Grimes, dem Superintendenten der Polizei, vorzusprechen. Die Order von Sir Charles FitzRoy trug er in der Tasche.

Die Polizeiwache war in einem Haus mit Schieferdach und vier Zimmern untergebracht. Sie hatte einen Blick auf den

Botanischen Garten geworfen, der zum viel bestaunten Wunder der Stadt geworden war, so schön entwickelten sich die einheimischen Bäume, und die Früchte gediehen bereits im Überfluss. Die erfreuten Bürger bezeichneten ihn als Rose unter Dornen, denn auf die berühmt-berüchtigte Sträflingssiedlung von Moreton Bay waren sie weit weniger stolz.

Kit entdeckte einen Pavillon, der neben dem Tor errichtet worden war, und beschloss, mit Roxy einen ruhigen Spaziergang dorthin zu unternehmen, weit weg von den Blicken ihrer Eltern. Grimes erwartete ihn offensichtlich bereits. Er war ein harter, schlanker Mann mit den durchdringenden Augen des Bushies, ein Mann, der lange Zeit im Sattel verbracht hatte und sich nicht auf Diskussionen mit einem Gentleman-Farmer einlassen würde. Er erhob sich.

»Mr Ferrington?«, fragte er mit kaltem Blick.

»Major, Sir.«

»Ah, aber wie ich höre, ist Ihnen die Rolle des Offiziers gar nicht so recht.«

»Das könnte man so sagen, Sir. Ich werde meine Pflicht tun, aber ich habe die Verantwortung für meine Farm und möchte mich erkundigen, ob Sie einen anderen Offizier vorschlagen können. Ich würde Sir Charles den Namen nennen, damit er ihn eventuell in Betracht ziehen kann.«

Grimes sank in seinen Sessel, bot Kit einen Platz an und zündete seine Pfeife an.

»Das Problem ist«, sagte er schließlich, »dass wir keine andere Möglichkeit sehen. Captain Forrester wäre eingesprungen. Er hat eine Station in den Downs, gleich neben den Maykins, aber er hat sich bei einem Sturz vom Pferd das Bein gebrochen. Dann hatten wir noch einen Major, angeblich von den Guards, doch wir halten ihn für einen Betrüger. Ist mit den Ersparnissen der Witwe Morpeth durchgebrannt. Wie Sie sehen …«

»Verstehe.«

»Und morgen kommen berittene Polizisten mit der *Argyle*

hier an. Sie werden sich umgehend in die Kaserne begeben und dort Ihre Befehle erwarten. Wir sind nicht auf Truppen eingestellt, da wir zurzeit nur ein Dutzend Soldaten und Leutnant Clancy hier haben. Ein anständiger Kerl, aber er hat wenig Erfahrung im Busch.«

»Ehrlich gesagt, habe ich die auch nicht, Superintendent. Und da ich die Gegend nicht kenne, könnte es sehr schwierig werden.«

»Keine Sorge, deshalb hat man Ihnen ja einen Trupp eingeborener Polizisten zugeteilt.«

»Und deshalb soll ich ruhiger schlafen? Ich bin nicht ganz so dumm, ich kenne diese Halunken. Mit denen möchte ich nichts zu tun haben, Sir, Schluss, aus. Wenn nötig, werde ich umgehend eine Beschwerde bei Sir Charles einreichen.«

Grimes seufzte. »Hören Sie ... die Schwarzen da draußen haben einen Sieg errungen, weiße Männer und Frauen wurden getötet, Häuser niedergebrannt. Sie müssen aus dem Bezirk vertrieben werden, damit die Viehzüchter das Land weiter erschließen können. Das ist eine Tatsache. Die Regierung und die Menschen hier erwarten, dass wir das Problem aus der Welt schaffen. Und was die einheimischen Polizisten betrifft, so würde ich sie am liebsten einsperren; sie sind weder Fisch noch Fleisch, sondern schlichtweg Kriminelle, niemand sonst würde sich dieser Truppe anschließen. Aber wir haben sie nun mal am Hals.«

»Ich nicht«, sagte Kit entschlossen. »Ich weigere mich.«

Grimes zuckte mit den Achseln. »Ich gebe Ihnen ja Recht, aber Rollo Kirk meint, er könne sie in Schach halten.«

»Von wegen. Wer hält *ihn* denn in Schach? Niemand. Nein, ich dulde diese Männer nicht. Ich werde keine Verantwortung für Leute übernehmen, die allerorts als Räuber, Vergewaltiger und Schlimmeres bekannt sind.«

»Und wie steht es mit der Verantwortung für Ihre eigenen Männer? Weder Sie noch Clancy haben Erfahrung im Busch. Man kann sich da draußen leicht verirren, und Sie müssen vom Land leben. Zudem ist es ein riesiges Gebiet, das Sie durchkämmen werden …«

»Ich weiß.« Kit stand auf und betrachtete die Landkarten an der Wand. »Ich werde die allerneuesten Karten brauchen, am besten diese hier.«

»Natürlich. Kann ich also berichten, dass Sie die Aufgabe ohne die einheimischen Truppen übernehmen?«

»Ja.«

»Ist Ihnen klar, dass die Schwarzen in diesem Fall separat operieren werden, und zwar bis zur Wide Bay hinauf?«

»Das ist nicht meine Sache. Ich nehme meine Befehle durchaus ernst. Ich kenne einen Bushie, den ich mitnehmen kann. Er kennt sich aus. Und nun muss ich nach Hause und den Aufbruch vorbereiten. Daher werde ich die neuen Truppen einige Tage unter Aufsicht von Clancy lassen.«

»Sehr schön. Es hat mich gefreut, Sie kennen zu lernen, Major.« Der Superintendent schüttelte ihm die Hand. »Wenn ich etwas für Sie tun kann, melden Sie sich. Und viel Glück … Übrigens, Sie sollten aufmerksam zuhören, wenn sich die Leute von den Stationen unterhalten; wir suchen nach dem Anführer der Schwarzen. Seinen Namen kennen wir noch nicht, aber sie sind in letzter Zeit so gut organisiert, dass es einen Boss geben muss, der die Befehle erteilt. Finden wir ihn, haben wir es fast geschafft.«

»Vielen Dank, ich werde daran denken.«

Die Pasteten lagen noch da. Er fragte sich, womit sie gefüllt sein mochten. Mit Fleisch, dem Geruch nach zu urteilen, aber mit welchem? Hoffentlich Schwein. Doch die beiden Damen vor ihm ließen sich Zeit, wählten in aller Ruhe aus, deuteten darauf, schürzten die Lippen, schüttelten den Kopf, während Jack draußen herumlungerte und es noch immer nicht über sich bringen konnte, die Tür mit der Glocke zu öffnen, deren Geklingel er bereits seit einer halben Stunde lauschte. Er war wütend auf sich, weil er nicht einfach hineinging, auf eine Pastete deutete und die Münzen überreichte, die heiß in seiner Hand lagen. Er war verunsichert. Eingeschüchtert. Wagte sich nicht vorwärts.

»Nur weil ich nicht weiß, wie viel das verdammte Ding kostet«, murmelte er, um seine Schwäche zu entschuldigen. »Vielleicht habe ich nicht genug dabei oder werde betrogen.«

Jesus, das war ein Gedanke! Er musste tatsächlich wieder lernen, mit Geld umzugehen.

Endlich kramten die Damen in ihren Handtaschen. Kauften Brötchen. Die Rosinenbrötchen sahen auch gut aus. Sie legten sie in ihre Körbe, unterhielten sich mit dem dicklichen Bäcker, und die Pasteten blieben an Ort und Stelle, zwei Stück, so groß wie seine Hand. Jetzt musste er hineingehen; wenn es die letzten waren, wollte er sie sich doch nicht vor der Nase wegschnappen lassen.

Die Ladenglocke bimmelte, und die Damen kamen heraus, schauten ihn neugierig an und machten einen Bogen um ihn. Jack betrat den Laden, doch der Bäcker stand schon neben der Theke und kam wild fuchtelnd auf ihn zu, wollte ihn aus seinem Laden scheuchen!

Jack blieb verwirrt in der Tür stehen. Dicke Hände schoben ihn weg… zur Tür hinaus.

»Raus hier! Wir verkaufen nicht an Nigger!«

»Was?«

»Du hast mich verstanden. Raus aus meinem Laden, sonst kriegst du einen Tritt in den Arsch!«

»Wen nennst du hier Nigger?« Jack packte den Bäcker am Ohr und zerrte ihn in den Laden. Die Glocke schien um Hilfe zu bimmeln, während der Bäcker vor Schmerz aufheulte.

»Siehst du die beiden Pasteten?«, knurrte Jack, schleuderte den Bäcker quer über die Theke, wobei Brötchen und ein Stapel Brotlaibe auf den Boden purzelten.

»Ja«, wimmerte der Mann.

»Wenn ich dich loslasse, wickelst du mir gefälligst die Pasteten ein, sonst breche ich dir an deiner eigenen Theke den Schädel.«

»Ja.«

Zitternd griff der Bäcker nach den Pasteten. »Ich dachte, Sie wären ein Nigger«, jammerte er und berührte sein rotes Ohr.

»Falsch gedacht. Wie viel?«

»Nichts. Nehmen Sie sie nur!«

»Jetzt willst du mich auch noch als Dieb hinstellen!«

»O nein! Nein. Vier Pence.«

Nachdem Jack die Pasteten bezahlt hatte, ging er zur Tür, drehte sich aber noch einmal um. »Und denk dran, beim nächsten Mal nennst du mich Sir. Kapiert?«

»Ja, Sir«, winselte der verschreckte Bäcker.

Also war das Einkaufen doch nicht so schwer, dachte Jack grinsend. Man musste sich nur daran erinnern, wie es ging. Die Pasteten in der Hand, trat er in den Schatten eines großen, alten Tinai-Baums, den die Männer auf Ferringtons Farm »Eisenrinde« nannten, und wollte sich gerade hinhocken, als er eine schwarze Familie auf sich zukommen sah. Sie waren mager, sahen Mitleid erregend aus, in Lumpen gehüllt, bei zwei Kindern war der Körper mit offenen Wunden bedeckt. Plötzlich schämte er sich, weil er wütend geworden war, als der Bäcker ihn Nigger nannte... er war ein echter Judas.

Er ging zu ihnen hinüber, doch sie wichen verschreckt vor ihm zurück.

»Wollen nur zum Fluss runter, Boss«, sagte der Anführer, ein alter Mann, doch Jack schüttelte den Kopf und hielt ihm die Pasteten hin. Eigentlich hatte er ihnen nur eine geben wollen, doch beide steckten in einer Tüte. Egal.

»*Nerundama*«, sagte er, »Freundschaft«. Sie starrten ihn an.

Er rechnete schon damit, das falsche Wort gewählt zu

haben, doch der alte Mann streckte der jungen Frau, die neben ihm ging, die Pasteten hin und fragte in vertrauter Sprache: »Wer bist du? Woher kommst du? Woher kennst du unsere Worte?«

Die Pasteten wurden geteilt und verschlungen, und die Frau gab dem alten Mann und Jack auch ein Stück, wofür er dankbar war. Es war eine üppige, fette Schweinefleischpastete, und er überlegte, ob er Polly wohl überreden könnte, so etwas zu backen, falls sie je wieder mit ihm sprach. Andererseits war sie Irin und wusste bestimmt nicht, wie man sie richtig zubereitete.

Alle lächelten, die ganze Gruppe nickte und wollte weitergehen, doch der alte Mann blieb zurück und wartete auf die Antwort.

»Nur ein Freund. Ich heiße Jack. Ich kenne einige eurer Leute.«

Er war vorsichtig. Er konnte es sich nicht leisten, in dieser Stadt von Schwarzen erkannt und mit Bussamarai in Verbindung gebracht zu werden, doch der alte Mann beugte sich zu ihm und strich über Jacks dunkle Haut.

»Hast lange im Sonnenland gelebt.«

Jack nickte und erkundigte sich, um vom Thema abzulenken, nach dem Namen des alten Mannes.

»Ich bin Berali vom Volk der Turrubul. Der Fluss gehört uns.«

»Danke. Ich muss gehen. Kann ich dich an diesem Baum treffen, wenn es dunkel ist?«

Als hätte er bereits gemerkt, dass sie ausführlich miteinander reden mussten, deutete Berali auf den Fuß des Baums und ging davon, wobei er sich schwer auf einen dicken Stock stützte. Jack hoffte, dass er das Richtige tat. Dies war die Gelegenheit, Bussamarai eine Nachricht zu senden. Doch wie sollte er das bewerkstelligen, ohne seinen Namen zu nennen? Dennoch, ein Gespräch konnte nicht schaden. Er würde prüfen, welche Aussichten eine Warnung hätte. Da er jedoch nicht wollte, dass die Weißen im Ort sahen, wie er mit Schwarzen sprach, musste er eine Zeit lang heimlich tun. Er beschloss, einen Laden zu suchen, in dem er die Ausrüstung fürs Schürfen kaufen konnte, wie immer sie auch aussehen mochte, und sich dann nach einem Bett umzusehen.

Leutnant Clancy war ein Ire von vierzig Jahren, stämmig, blond, mit dickem Schnurrbart und einem ständigen Grinsen, als wäre die Welt ebenso unschuldig wie er selbst. Aber das war nur oberflächlich, wie Kit bald entdeckte.

Clancy begrüßte ihn herzlich und führte ihn durch die Kaserne. Normalerweise hätte Kit eine gründliche Reinigung angeordnet, um den Schimmel zu entfernen, der die Wände bedeckte und die Atemluft aus den Zimmern saugte, doch schließlich war er nicht verantwortlich für den Zustand der Unterkünfte.

»Ich habe einige Karten mitgebracht, die Sie sich ansehen sollten«, sagte er zu Clancy, der wenig beeindruckt schien.

»Was sollen wir mit Karten, wenn es dort draußen keine Straßen gibt, Major?«

»Es geht um das Terrain, Leutnant. Flüsse, Berge, die so präzise wie möglich auf den Karten verzeichnet sind. Beispielsweise die Glasshouse Mountains. Ich habe sie gesehen, sie bilden einen spektakulären Orientierungspunkt.«

Er war froh, dass er mit diesem Wissen glänzen konnte. »Wir könnten sie sogar als Ausguck benutzen«, sagte er, was er später noch bereuen sollte, denn es brauchte schon erfahrene Bergsteiger, um die steilen Hänge zu überwinden.

Clancy war der Meinung, es würde nur einige Wochen dauern, bis sie gute Pferde und fertig ausgerüstete Truppen zur Verfügung hätten. »Dann wird Inspektor Kirk unseren Einsatzplan aufstellen. Seine Männer kampieren auf unserer Koppel.«

»Ich erteile hier die Befehle, nicht Inspektor Kirk. Es geht um eine Militärpatrouille, keine Polizeiaktion. Wo sie kampieren und was sie tun, geht uns nichts an.«

»Ja, Sir. Möchten Sie eine Tasse Tee in der Messe trinken? Oder etwas Stärkeres? Es war ein heißer Tag.«

»Nein danke, Leutnant. Ich habe noch ausgesprochen viel zu tun, da mir diese Verpflichtung sehr kurzfristig übertragen wurde. Aber ich komme morgen, um die neu eingetroffenen Truppen, ihre Ausrüstung und ihre Pferde zu inspizieren. Sie übernehmen die Leitung beim Ausladen, und ich komme dann dazu.«

»Ja, Sir.«

Als der Major gegangen war, machte Clancy sich auf den Weg in die Messe, um ein wenig zu feiern. Also verstanden Ferrington und Kirk sich nicht. Er war die ständige Einmischung dieses schmierigen Inspektors ohnehin leid, der sich als großer Herr gebärdete und eine Expedition in die Sahara zu planen schien.

Wozu brauchten sie überhaupt die Polizei? Die Soldaten der Königin waren nicht auf die Hilfe von Zivilisten angewiesen, um ein paar Schwarze, die praktisch keine Schusswaffen besaßen, zu verjagen. Wie weit war es mit der Welt gekommen. Kein Wunder, dass der Major nichts von der Idee hielt. Kein übler Kerl, dachte Clancy, wirklich nicht übel.

Der Dienst habende Steward steckte den Kopf zur Tür herein.

Clancy rief: »Nicht weglaufen, ich hätte gern einen *Whiskey. Irischen Whiskey,* aus dieser Flasche. Na los, Junge!«

Roxy war zum Flirten aufgelegt, als sie am nächsten Morgen durch den Park spazierte, und sie interessierte sich ganz und gar nicht für das schlechte Benehmen ihres Vaters, von dem Kit zu berichten wusste.

»Warum machst du so ein Theater? Er ist doch zu allen grob. Weshalb, glaubst du, reist meine Mutter so oft nach Melbourne und Sydney und so weiter?«

»Aber er hat mich bezichtigt, ein Sklavenhändler zu sein.«

»Ach, Liebling, sei nicht so melodramatisch. Was heißt denn hier Sklavenhändler?«

»Da ich Sträflinge beschäftige, behauptet er, sie seien Sklaven.«

»Ja, das habe ich auch schon gehört. Die Leute sagen, Sträflinge seien billige Arbeitskräfte, die schlecht ernährt und misshandelt werden. Stimmt es, dass du sie auspeitschen lässt, wenn sie nicht parieren?«

»Natürlich nicht«, log er und geriet ins Schwitzen. Kirk hatte gesagt, es sei legal und üblich. Er hatte keine Ahnung gehabt, dass sich die Einheimischen dafür interessierten, geschweige denn, dass sie es missbilligten.

»Na bitte! Ich wusste, es ist alles übertrieben. Jetzt ist mir aber ganz schön warm geworden. Komm, wir setzen uns, da drüben ist ein nettes Fleckchen.«

Sie führte ihn zu einer abgeschiedenen Parkbank, die im Schatten der Palmen stand, und er setzte sich neben sie, wobei ihm klar war, dass einer Frau wie ihr der Spaziergang eigentlich nichts ausgemacht haben dürfte. Beim Sportfest zu Weihnachten hatte sie den Lauf der Frauen gewonnen, dazu mehrere Pokale beim Reiten... aber sie hatte noch andere körperliche Vorzüge... er wandte sich zu ihr, um sie zu küssen und diese Attraktionen zu erforschen.

Danach schlenderten sie am Fluss entlang, und Roxy schmollte schon wieder. »Du hast mich gar nicht wegen heute Abend gefragt.«

»Du hast gesagt, du würdest mit deiner Familie essen, außerdem trifft ein Gast von mir mit der *Argyle* ein.«

»Meine Mutter kommt heute zurück, daher die Dinnerparty, aber danach ...«, flüsterte sie. »Bist du im selben Zimmer wie letztes Mal?«

»Ja.«

»Nun?«

Kit lachte, legte ihr den Arm um die Taille und schwang sie herum. Sie war wirklich wunderbar, immer so geradeheraus und fröhlich... und im Augenblick konnte er jede Aufheiterung gebrauchen.

»Wollt Ihr mir zur Hexenstunde lächeln, Lady?«, fragte er mit einer Verbeugung.

»Wahrlich, mein Herz«, kicherte sie. »Aber jetzt zeige ich dir die wunderbare braune Stute, die ich mir kaufen möchte.«

Bei seiner Erforschung der Stadt stieß Jack auf ein Lager mit Schwarzen in ungepflegten, schlecht sitzenden Uniformen. Das dürfte wohl die einheimische berittene Polizei sein, dachte er … Kirks muntere Mannen. Nur hatten diese Leute nichts Munteres. Sie erinnerten ihn an die tückischen Banden, die in seiner Jugend die dunklen Gassen von Soho heimgesucht hatten. Er hatte sich vor ihnen gefürchtet, bis er größer und kräftiger war, und sich nach Einbruch der Dunkelheit nur bewaffnet in diese Gegend gewagt.

Er stand da und beobachtete sie, als sie ihren Pflichten nachgingen, schnappte Gesprächsfetzen auf, meist Alltägliches, bei dem es um Frauen und Schnaps ging. Sie schienen insgesamt sehr selbstzufrieden, stolzierten umher wie kleine Könige, doch in ihren Augen entdeckte er die Kälte von Killern. Killern, die eben wegen dieser Eigenschaft ausgewählt worden waren. Krokodilaugen. So nannten die Schwarzen sie, Männer mit Krokodilaugen. Und das nicht ohne Grund.

Er wollte hingehen und mit ihnen reden, sie bitten, über ihr Tun nachzudenken. Die Werkzeuge wegzulegen und abzuhauen. Doch hier würde keine Predigt etwas nützen. Jemand wie Ilkepala könnte sie vielleicht verscheuchen, doch wo sollte er ihn finden?

An diesem Abend ging er mit Tabak zu Berali und setzte sich zu ihm, hörte traurig die Geschichten von den schlechten Zeiten, die über Beralis Volk hereingebrochen waren, auf dessen Land sie sich nun befanden.

Jack erzählte ein wenig von seinen Wanderungen, dass er von Sydney aus nach Westen und dann mit den Familien nach Norden gezogen war, bis er schließlich auf einer Weißen-Farm gelandet war.

Schließlich erwähnte er Ilkepalas Namen, und Berali reagierte verblüfft.

»Du sollst nicht über ihn reden. Die Weißen kennen ihn nicht. Er ist zu gut für Weiße! Spuck auf sie.«

Er sprang auf die Füße, fürchtete offensichtlich, der Weiße könne ihn aushorchen, doch Jack packte ihn, entschuldigte sich und bat ihn zu warten.

»Ich habe seinen Namen nur erwähnt, weil ich zu ihm Verbindung aufnehmen möchte. Ich hatte gehofft, du könntest mir helfen.«

»Nein!«

»Hör mir zu. Ich wollte ihn warnen, dass die Abtrünnigen, die Krokodilmänner, wieder unterwegs sind und bald in sein Gebiet ziehen werden.«

»Du bist dumm! Wir haben Augen. Wir sehen die bösen Männer hier.«

Er riss sich los und richtete sich stolz auf. »Du meinst, Ilkepala sieht das nicht?«

»Dann weißt du auch, dass noch mehr weiße Truppen kommen? Vergeltung.«

Schmerz spiegelte sich in den Augen des alten Mannes, doch er blieb misstrauisch. Er wandte sich ab und ging wortlos davon.

Jack tat es leid, dass Berali ihm nicht vertraute, doch immerhin wusste er jetzt, dass die Schwarzen die Lage kannten. Damit war er aus dem Schneider. Außerdem gestand er sich ein, dass er ein wenig dumm gewesen war, weil er nicht auf die Idee gekommen war, dass die Schwarzen, die in der Stadt lebten, lebenswichtige Informationen an ihre Freunde weitergeben würden. Sie verfügten über die unterschiedlichsten Kommunikationssysteme, hinterließen Zeichen im Busch oder schickten in dringenden Fällen Läufer los, die Feuerstöcke trugen, die sie bei Nacht beschützen sollten. Er lächelte … sie würden die richtigen Mittel und Wege wissen. Jedenfalls fühlte er sich jetzt besser.

Auch an diesem Abend traute Jack sich nicht, in einer Herberge zu übernachten, sondern schlief tief und fest am hoch gelegenen Flussufer und schwamm frühmorgens, als es schon warm war, in einem nahe gelegenen Bach. Später reihte er sich in eine Schlange wartender Viehhüter ein, die bei einem Straßenbarbier ihr verfilztes Haar und die dichten Bärte stutzen lassen wollten.

»Himmel! Was ist denn mit dir passiert, Kumpel?«, fragte der Barbier.

»Buschfeuer. Kannst du mein Haar ein bisschen angleichen? Die eine Seite ist länger.«

»Was du nicht sagst! Hier ist es doppelt so lang. Auf den Brandnarben wächst Haar, aber es werden wohl ein paar kahle Stellen bleiben. Ich sag dir was, ich war mal Damenfriseur und kenne alle Tricks. Ich ziehe einen Mittelscheitel, kämme die längeren Haare über die verbrannten Stellen und befestige sie hinten mit einem Band. Kapiert?«

Jack erinnerte sich, dass er sein Haar in seinen Zeiten als Modegeck einmal so getragen hatte. »Ist es lang genug?«, fragte er zur Überraschung des Barbiers.

»Beinahe. Lass es wachsen, und komm demnächst noch mal vorbei, dann machen wir es richtig schick. An den Narben im Gesicht kann ich natürlich nichts ändern. Soll ich dir das Vogelnest um den Mund auch schneiden?«

»Ja.«

Es hatte ihn einen Shilling und drei Pence gekostet, doch Jack fühlte sich gut, als er an einem Stand gekochten Fisch mit Kartoffeln kaufte und sich zum Essen auf den Pier setzte, von dem aus er auf den großen Fluss hinausblicken konnte.

Der Ladenbesitzer schwor, kein Goldsucher, der etwas auf sich hielt, würde jemals ohne seine Kollektion an Spaten, Hacken und Stemmeisen in den Busch ziehen. Dazu bot er verschieden große Siebe an, in denen das Gold am Flussufer gewaschen wurde. Außerdem gab es Äxte und Tomahawks, um Schösslinge zu kappen, mit denen man Verstärkungen für die Tunnel baute, wenn man tiefer in die Erde vordringen musste, um einer Ader zu folgen.

»Ader? Was soll das sein?«, fragte Jack.

»Eine lange Goldschicht, Kumpel. Hat man eine Ader gefunden, will man doch nicht mitten im Graben aufhören, oder?«

»Nein«, hauchte Jack verblüfft. Gab es etwa dort, wo seine Freunde die Nuggets gefunden hatten, eine ganze Goldader? Verdammt, und er hatte immer gedacht, das Zeug läge herum wie verlorene Münzen. Falls er überhaupt darüber nachgedacht hatte. Er bestellte alle empfohlenen Ausrüstungsgegenstände, dazu einige gute Messer und einen Kochherd, den er in einer Ecke entdeckt hatte. Die Zivilisation hatte ihn eingeholt.

»Hier ist die Liste«, sagte der Ladenbesitzer schließlich. »Sag deinem Boss, meine Preise seien lächerlich niedrig. Besser wird er nirgendwo bedient.«

Sein Boss sah sich lediglich den Gesamtbetrag an und rief: »Was soll das denn? Das ganze Zeug kann ich mir nicht leisten! Das reicht doch für zehn Männer! Wozu brauchen wir zehn Axtgriffe?«

»Sie brechen irgendwann. Ohne Griff ist eine Axt nicht viel wert.«

»Und wozu die Siebe?«

»Um in Flüssen Seifengold zu waschen«, erklärte Jack grinsend. Genau die gleiche Antwort hatte er auch erhalten. Es überraschte ihn nicht weiter, dass der Major ebenso wenig von der Goldsuche wusste wie er, fand es aber merkwürdig, dass er sich die wenigen Werkzeuge angeblich nicht leisten konnte. Jack hatte ihn für einen reichen Mann gehalten, der immerhin eine Farm und ein schönes Haus besaß. Allerdings galten viele reiche Männer auch als ausgesprochene Geizhälse.

»Na schön«, meinte Ferrington. »Sag ihm, er soll alles einpacken und nach Emerald Downs schicken.«

»Warum nehmen wir es nicht selbst mit? Falls wir auf Goldsuche gehen, kann er es uns schlecht nachsenden.«

»Was meinst du mit ›falls‹? Du hast zugestimmt, mich zu begleiten.«

»Na ja, ich bin mir nicht mehr so sicher.« Jack wartete darauf, dass Ferrington ihm von der anderen Expedition – dem Militärangriff auf die Schwarzen – erzählte, und fragte sich, welches Unternehmen zuerst stattfinden würde.

Seltsam, dass der Major sich so schweigsam gab. Wozu die Geheimniskrämerei?

»Darüber reden wir später. Ich habe jetzt zu tun. Lass das Zeug sofort auf die Farm schicken. Wir können es jetzt nicht mitnehmen. Schließlich haben wir, wenn wir auf Goldsuche gehen, Packpferde dabei, ein Packpferd, meine ich. Na los.«

Jack starrte ihn an. Was hatte der Kerl vor? Dann wurde es ihm klar. »Verflucht!«, murmelte er. »Er will zwei Fliegen mit einer Klappe schlagen. Seinen Kampf austragen und gleichzeitig nach Gold suchen! Vermutlich bekommt er auch noch Geld dafür.«

Das mache ich nicht mit, beschloss Jack, als er zurück zum Laden marschierte. Vom Krieg habe ich genug. Für immer.

»Wo bekommt man hier ein gutes, preiswertes Essen?«, fragte er den Ladenbesitzer.

»Im Rose, das ist Carmodys Pub unten bei der King's Wharf. Hast du Auslauf?«

»Was soll das heißen?«

»Freigang. Auf Bewährung.«

»Nein.«

»Und warum trägst du dann Sträflingsklamotten?«

»Tu ich doch nicht.« Er schaute an seiner Baumwollhose und dem Hemd hinunter.

»Die Kleider sind wie ein Brandzeichen. Sieh mal, ich habe gute, billige Hemden, das gestreifte würde dir passen, und dazu eine schöne Moleskin-Hose, genau das Richtige für dich. Du arbeitest auf Emerald Downs?«

»Nein«, meinte Jack. »Ich bin der Partner des Majors.«

»Na so was! Erfreut, Sie kennenzulernen, Mr ...«

»Drew. Wie sollen wir die Ausrüstung bezahlen?«

»Das geht auf die Rechnung des Majors.«

»Gut. Ich nehme ein paar von den Klamotten. Setzen Sie die auch auf die Rechnung.«

Schließlich verließ er den Laden in einem sauberen Karohemd, einer schönen Reithose und einem breitkrempigen Hut, der seine Verbrennungen geschickt verbarg.

Jack blieb stehen, um sich in einem Schaufenster zu bewundern. »Jetzt bist du kein billiger Jakob mehr«, lachte er, als er sich bückte, um ein Stäubchen von seinen neuen Reitstiefeln zu wischen. »Mich können Sie nicht für dumm verkaufen, Major, sonst springe ich aufs Pferd und bin weg.«

Jetzt freute er sich auf das gute Essen im Pub, doch als er sich dem Hafen näherte, sah er, dass sich dort eine Menschenmenge versammelt hatte. Vom Balkon des Pubs ertönte wütendes Geschrei.

»Was ist da los?«, fragte er einen Mann, der auf ein Schiff deutete, dass weiter flussabwärts vor Anker lag.

»Das ist die *Randolph*. Ein Schiff voller Sträflinge, aber wir wollen sie nicht an Land lassen.«

Er eilte nach vorn, um einem Mann zuzuhören, der sich an die Menge wandte. Der Mann hatte grau meliertes Haar und einen eleganten Bart, trug einen gut geschnittenen Tweedanzug, nur die goldene Uhr fehlte, die viele Männer aus Sicherheitsgründen nicht mehr offen zur Schau stellten.

Der Typ hat Geld, dachte Jack, der redet genauso fein wie der Major.

»Wir sind kein Abladeplatz für Kriminelle«, sagte der elegante Mann. »Wir wollen nicht das Gesindel aus englischen Gefängnissen! Das muss aufhören, und wir, meine Damen und Herren, werden dem ein Ende setzen. Keiner dieser

Schurken da draußen wird auch nur einen Fuß in diese Stadt setzen!«

Er deutete mit ausladender Geste auf den Fluss, und die Menge jubelte.

»Das hier ist nicht mehr die Sträflingssiedlung Moreton Bay, sondern eine angesehene Stadt. Es interessiert mich nicht, was der Generalgouverneur sagt … dieses Schiff wird nicht hier festmachen! Schickt es zurück nach Melbourne, da sollte es doch ursprünglich hin.«

»Schicken Sie es zurück nach England, Mr Maykin«, brüllte jemand, und der Redner nickte. »Wenn nötig, ja. Dann werden sie die Botschaft verstehen.«

»Ein Hoch auf Sie!«, riefen die Menschen, doch dann mischte sich ein Polizist vom Balkon des Pubs aus ein. »Im Namen des Gesetzes, der Kapitän und seine Mannschaft werden ihre Passagiere in diesem Hafen von Bord lassen, so lautet die Anweisung von Sir Charles FitzRoy, dem Generalgouverneur, und ich dulde keine Einmischung. Daher empfehle ich Ihnen, sich mit der gebotenen Ruhe zurückzuziehen.«

Maykin reagierte rasch. »Sir Charles hält uns zum Narren! Er ist weich geworden, weil Melbourne und Sydney sie nicht haben wollten, Mr Grimes; aber wenn er meint, dass wir uns das gefallen lassen, hat er sich geirrt. Und wie wollen Sie unsere Einmischung verhindern, wo Sie doch nur ein paar Leute als Unterstützung haben?«

»Ich könnte Sie wegen Unruhestiftung verhaften, Sir.«

»Ich stifte keine Unruhe, sondern übe meine Bürgerrechte aus. Das können meine Freunde Ihnen bestätigen.«

Die Menge bekundete ihre Zustimmung, doch dann drängte sich ein Armeeoffizier an Jack vorbei, der zwar nach Whisky roch, aber keineswegs betrunken wirkte.

»Denken Sie denn gar nicht an die armen Leute auf diesem Schiff?«, rief er. »Sie können doch nicht so tun, als wüssten Sie nicht, wie furchtbar die Zustände auf diesen Transportschiffen sind, in welchem Dreck die Gefangenen leben, wie mager die Rationen sind … und Sie wollen sie nicht an Land lassen!«

»Das geht Sie nichts an, Leutnant«, entgegnete Maykin höhnisch. »Das entscheiden die Menschen dieser Stadt.«

»Dann fragen Sie sie doch mal, wie viele Gefangene auf diesem Schiff gestorben sind, während es monatelang auf See kreuzte! Sie sollten sich schämen, dass Sie ihnen noch mehr Leid zumuten wollen … ihr seid ein ganz elender Haufen, alle miteinander!«

Der irische Leutnant war nicht sonderlich willkommen. Die Stadtleute zischten, höhnten, ein Apfel sauste am Kopf des Offiziers vorbei.

Schon stand Jack neben ihm. »Lasst sie an Land! Der Mann hier hat Recht. Da draußen auf dem Fluss leiden Menschen, genau vor eurer Nase. Himmel, ich kann das Schiff ja von hier aus riechen!«

Was auch stimmte, doch er bezweifelte, dass die anderen es auch konnten, obwohl sie auf einmal die Nasen rümpften und Taschentücher hervorzogen.

»Was ist denn los mit euch?«, donnerte Jack. »Ihr könnt sie doch nicht ewig herumsegeln lassen. Hand hoch, wer keinen Sträfling in seiner Familie hat oder nicht selbst mal einer war.«

»Auf mich trifft das gewiss nicht zu«, rief Maykin, und Jack wandte sich an ihn.

»Natürlich nicht. Ich vermute, die Ganoven aus Ihrer Familie sitzen noch in England.«

Die Menge amüsierte sich, und Hände gingen in die Höhe, um die Reinheit des Stammbaums zu bekunden.

»Nimm deine Hand runter, Tilly Duckworth«, knurrte der Leutnant. »Du hast selbst eine Nummer getragen, und dein alter Herr auch. Paterson, du bist wirklich dreist, dein Daddy war einer der ersten Insassen vom Goulburn-Gefängnis, damit hat er gern geprahlt. Jetzt los, bevor ich die

Truppen rufe. Und kommen Sie mir nicht dumm, Maykin, mein Freund Grimes da oben mag zwar nicht viele Polizisten haben, aber ich habe umso mehr Männer und erwarte heute Morgen sogar Nachschub.«

»Weg mit euch!«, rief Superintendent Grimes von oben. Die Leute zerstreuten sich zögernd.

»Was zum Teufel hast du dir dabei gedacht?«, fuhr Ferrington Jack an und stieß ihn beiseite.

»Wieso? Was ist denn los?«

»Welches Recht hattest du, dich in die Angelegenheiten unserer Stadt einzumischen? Du hättest verhaftet werden können! Und ...« Er verstummte verblüfft. »Woher hast du diese Kleidung?«

»Aus dem Laden in der Charlotte Street. Ich habe sie billig bekommen. Was halten Sie von der Reithose? Sieht ein bisschen aus wie Ihre, was?«

»Nein!« Der Major stürmte davon, einem anderen Schiff entgegen, das gerade flussaufwärts stampfte.

»Wollen Sie einen Job, Mister?« Der Polizeichef kam auf Jack zu.

»Welchen denn?«

»Uns helfen, die Gefangenen vom Schiff zu holen. Sie haben mutig gehandelt, als Sie Leutnant Clancy zur Seite traten. Ich dachte, Sie möchten uns vielleicht helfen. Die armen Leute können vermutlich kaum noch laufen, nachdem sie so lange dort unten eingezwängt waren. Es sind viele, beinahe zweihundert ...«

»Nein!«, entgegnete Jack zornig. »Holen Sie doch Ihre schwarzen Polizisten zu Hilfe.«

Grimes trat zurück, um den Fremden vorbeizulassen, überrascht über dessen wütende Reaktion. Warum eigentlich nicht die eingeborene Polizei?, dachte er bei sich. Es wäre sicher nicht falsch, sie zur Abwechslung einmal arbeiten zu lassen. Gar keine üble Idee. Sie könnten auch die Gefangenenquartiere reinigen, das brächte sie auf Trab.

Jack marschierte davon, doch plötzlich geriet er ins Stolpern, rutschte am Flussufer hinunter, stürzte, erbrach sich, würgte, klammerte sich an einen Baum. Er hatte diesen Elenden nicht helfen können, weil er ihren Anblick nicht ertragen hätte. Er hatte lange gebraucht, um die Schrecken seiner eigenen Reise zu vergessen, und nur die guten Dinge in Erinnerung behalten, darunter den Streit mit dem Kapitän der *Emma Jane,* von dem er sich nicht hatte einschüchtern lassen, und die wenigen Freunde, die er an Bord gewonnen hatte. Scarpy und die Iren.

»Ich werde allmählich weich«, stöhnte er und richtete sich auf. »Was gehen mich diese Leute eigentlich an? Sie sollten ihre Chance ergreifen, wie ich es getan habe.«

Ein hoch gewachsener Mann hatte ihn von einem Mangrovendickicht aus beobachtet und wirkte belustigt.

»Dieser Jack Drew wehrt sich gegen das Mitleid. Er ist gern der harte Mann, der nicht nachgibt. Jetzt hat ihn das Leben verwirrt.« Er seufzte. »Mich verwirrt es mitunter auch.«

Ilkepala glitt in den Schatten und eilte zum Lager der Männer mit den Krokodilaugen, die ihre Traumzeit verloren hatten.

8

Der Erste, der von Bord der *Argyle* stürmte und dabei Inspektor Tomkins anrempelte, der sich über diese Unhöflichkeit entrüstete, war Hector Wodrow.

Da er seinen reichen Bruder in Sydney nicht hatte finden können, war er dem Rat der Dame gefolgt, der die Pension gehörte, in der er untergekommen war, und suchte nun weiter draußen im Land.

»Die vor zehn Jahren hergekommen sind, wie Sie sagen, sind nach Norden gegangen, wenn sie schlau waren…«

»O ja, unser Jack ist ein kluger Kopf.«

»Dann müsste er da oben stecken. Die haben sich viel Land in die Tasche gesteckt, sind einfach hingegangen und haben es für sich beansprucht… man nennt sie Squatter, weil sie sich so breit gemacht haben, Mr Wodrow. Haben jahrelang keinen Penny dafür bezahlt und dann der Regierung ein Almosen gegeben. Die haben ihr Glück gemacht. Wollen Sie eine Tasse Tee?«

»Ich hätte nichts dagegen, Mrs Slade.«

»Gut. Setzen Sie sich an die Tür, ich stelle den Kessel auf den Herd. Normalerweise tue ich so etwas nicht. Gibt man den Mietern den kleinen Finger, wollen sie gleich die ganze Hand. Aber Sie sind ein netter Mann und sicher etwas Besseres gewohnt als mein armseliges Etablissement…«

»Wo genau ist Norden, Mrs Slade?«

»Sie könnten das Boot nach Brisbane nehmen und von dort aus suchen. Ich weiß Bescheid, weil meine Schwester dort oben für eine Squatter-Familie, die MacNamaras, gearbeitet hat, bevor sie einen Scherer heiratete. Damals musste man noch über Land reisen, es hat Monate gedauert, bis man die riesigen Besitzungen erreichte, aber das ist heute anders. Die Leute können mühelos dorthin reisen. Hier ist Ihr Tee. Sie mögen ihn stark, oder?«

»Und ob. Wie ist das in Brisbane … spricht man dort Englisch?«

»Was denn sonst?«

»Ich habe gehört, der Norden sei von Schwarzen bevölkert. Wie Afrika.«

»Stimmt, mich würden Sie da auch nicht hinkriegen, aber Brisbane ist sicher, heißt es. Zivilisiert.«

Als Hector von Bord der *Argyle* ging, seufzte er erleichtert. Erst als sie die letzte Flussbiegung hinter sich gelassen hatten, war seine Entscheidung, an Land zu gehen, endgültig gefallen. Bevor die kleine Siedlung in Sicht kam, hatte sich dichter, grüner Wald an den Ufern erstreckt, in dem sich Tausende von Wilden verstecken konnten, und er war kurz davor, nach Sydney zurückzukehren. Er staunte über die Kühnheit der Männer, die in die Wildnis vordrangen, Wilden und unzähligen Hindernissen gegenübertraten und sogar dem Tod ins Auge blickten, um ihr Glück zu machen. Doch Jack war so einer, wenn er wollte. Ein wagemutiger Bursche! Nie hatte Hector seine Bewunderung für den Bruder eingebüßt, der weggelaufen war, um der grausamen Welt allein zu trotzen. Er selbst hätte das nie gekonnt. Niemals.

Er nahm seine Tasche und schlenderte weg vom Kai, schnaufte ein bisschen, als die kühle Brise am Fluss einer erbarmungslosen Sonne wich, die auf die wenigen Menschen niederbrannte, die sich um die Mittagszeit nach draußen wagten. Hector hasste Hitze.

Kit stand ungeduldig neben der Gangway, als die Passagiere an Land strömten, und bezweifelte bereits, dass Adrian tatsächlich an Bord sei. Er entdeckte zwei Damen, darunter die reizende Madeline Maykin, Roxys Mutter, und zog galant den Hut. Auch an ihr hätte er Gefallen gefunden, wäre Roxy nicht dazwischengegangen. Aber man konnte nie wissen, es war noch nicht aller Tage Abend.

Er lächelte breit und frech, als er sie begrüßte. »Eine Freude, Sie zu sehen, Mrs Maykin. Eine große Freude ...« Er verstummte, als er die junge Dame in ihrer Begleitung bemerkte, und musste ein zweites Mal hinschauen, bis er begriff, dass ihn seine Augen nicht trogen.

»Jessie«, sagte er schwach, ihm fehlten die Worte.

»Überraschung!«, rief sie fröhlich. »Du hast mich wohl nicht erkannt, Kit!«

»Doch, natürlich«, stotterte er und bot ihr den Arm an, als sie festen Boden betrat. »Aber was machst du hier? Ich meine, ich hatte dich nicht erwartet ...«

Madeline Maykin berührte seinen Arm. »Ich muss gehen. Der Boss wartet. Schön, Sie wiederzusehen, Major.« Sie umarmte Jessie. »Nicht vergessen, wir müssen in Verbindung bleiben, meine Liebe. Genießen Sie den Besuch, es ist die beste Zeit im Jahr, das Klima ist einfach göttlich.«

Mit diesen Worten rauschte sie davon. Jessie klammerte sich an Kits Arm. »Freust du dich, mich zu sehen? Oder nicht?«

»Ich bin entzückt, Liebes. Aber eigentlich hatte ich Adrian erwartet.«

»Er ist auch hier. Er holt gerade meinen Koffer. Ich wusste, du würdest nichts dagegen haben, dass ich komme. Adrian findet mich aufdringlich, aber immerhin sind wir verlobt. Macht es dir wirklich nichts aus?«

»Natürlich nicht.« Er küsste sie auf die Wange. »Willkommen in Brisbane, Liebste.«

Schließlich ging Adrian hinter zwei Gepäckträgern von Bord und eilte ihnen mit ausgestreckter Hand entgegen. »Schön, dich zu sehen, alter Junge. Tut mir leid, dass meine Schwester sich derart aufgedrängt hat. War nicht meine Idee.«

»Schon gut, ich freue mich, sie zu sehen. Eine wunderbare Überraschung.«

Einige Passagiere gesellten sich zu ihnen, darunter Sam Dignam, doch Kit hatte keine Lust, sich ihre Bordgeschichten anzuhören; vor allem musste er überlegen, was er mit Jessie anfangen sollte.

»Bringen wir das Gepäck in mein Hotel«, sagte er zu Adrian.

»Ich habe ein Zimmer für euch gebucht. Es wäre wohl angemessen, Jessie woanders unterzubringen. Das Britannia ist ganz nett. Möchtest du lieber dort wohnen?«

Schließlich war alles geklärt, und Sam schloss sich dem Trio an. Er hatte sich gefreut, dass Jessies Verlobter nicht gerade begeistert gewesen war; der Major hatte sie nur flüchtig auf die Wange geküsst, während er selbst sie leidenschaftlich in die Arme genommen und wie wild geküsst hätte.

Doch es geschah ihr recht, dachte er gereizt. Erst heute Morgen hatte sie darauf beharrt, alles sei nur eine Schiffsromanze gewesen, er solle nicht mehr hineindeuten. Sie seien nur gute Freunde, sonst nichts.

»Sam, ich bin verlobt, das weißt du doch! Sei nicht so lästig. Wir hatten eine schöne Zeit, und nun verdirbst du alles.«

»Nein, angeblich gibt es ja gar nichts, das ich verderben könnte! Du hast mich benutzt, Jessie, hast mich geküsst, um deinen Spaß zu haben. Ich bedauere, dass es dazu gekommen ist, und glaub mir, es wird nicht wieder vorkommen. Es tut nur weh, zu entdecken, was für ein oberflächlicher Mensch du bist.«

Als sie die Straße entlanggingen, versuchte Jessie, sich auf Kits Bemerkungen über die Stadt zu konzentrieren, spürte aber noch immer Sams Missbilligung. Wie hätte sie zugeben können, dass es ihr gefiel, von einem Mann geküsst zu werden, dem wirklich an ihr lag? Denn ihr Verlobter hatte noch nicht gelernt, sich ihr gegenüber zu öffnen. Er war in England geboren, wirkte förmlicher als Sam, daher war seine Zurückhaltung verständlich. Doch war es gemein von Sam, sie oberflächlich zu nennen und zu behaupten, sie habe ihn benutzt.

Er hatte gut reden, dachte sie, als sie auf das Britannia Hotel zugingen, ein zweistöckiges Gebäude gleich an der nächsten Ecke. Es hatte ihn auch nicht gestört, dass sie verlobt war und mit keinem Wort angedeutet hatte, sie wolle die Verlobung lösen. Welch ein Heuchler!

Außerdem ärgerte es sie, als Sam verkündete, er wolle ebenfalls ein Zimmer im Britannia beziehen. Er stand grinsend da, während Kit den Portier anwies, Jessie auf ihr Zimmer zu bringen. »Ruh dich aus, meine Liebe. Ich würde mich gern mit Adrian unterhalten. Wir treffen uns um vier zum Tee. Ist dir das recht?«

»Denke schon«, meinte sie gleichgültig und folgte dem Portier die Treppe hinauf.

Mrs Rollo Kirk war auch nicht weit. Sie wollte ihren Mann im Britannia Hotel treffen. Sie trat gerade rechtzeitig an die Rezeption, um zu hören, wie ein großer, gut aussehender Engländer Jessica Pinnock mit dem Hotelbesitzer bekannt machte und als seine Verlobte vorstellte.

»Na so was«, meinte sie stirnrunzelnd und schaute zu Mr Dignam hinüber, den die gesamte erste Klasse für den Verlobten gehalten hatte. Kein Wunder, so wie sich die beiden benommen hatten, sie ließen einander ja nicht aus den Augen. Und der Bruder interessierte sich nicht die Bohne dafür. Sie schniefte laut, doch weder Miss Pinnock noch ihr Bruder schenkten ihr Beachtung.

»Dirne«, knurrte sie und suchte sich einen bequemen Sessel mit Blick auf die Tür, um Mr Kirk, nein, Inspektor Kirk zu erwarten.

»Hier gibt es nicht viel zu sehen«, sagte Kit, »daher schlage ich vor, dass wir gleich morgen früh aufbrechen.«

»Wunderbar«, rief Jessie, »ich kann es gar nicht erwarten, unser zukünftiges Heim zu sehen.«

»Sicher doch«, meinte er lächelnd, ärgerte sich aber angesichts der Vorstellung, dass er nun auch noch ein Pferd für sie kaufen musste. Er hatte bereits eins für Adrian erworben, es war ein Schnäppchen gewesen, doch billige Pferde waren dünn gesät. »Nach dem Tee kannst du dein Tier in Augenschein nehmen, Adrian, und dann müssen wir noch eins für Jessie finden.«

Schon bedauerte er diesen Satz, denn nun bestand Jessie darauf, sich ebenfalls die Pferde anzusehen, und nachdem sie durch die Stallungen geschlendert waren, entdeckte sie die braune Stute, auf die Roxy ein Auge geworfen hatte.

»Oh Kit, ich habe das schönste Pferd der Welt gefunden. Ich mag mir die anderen gar nicht mehr ansehen. Komm mit.«

Als sie auf die letzte Box zustrebte, wurde ihm klar, dass sie Roxys Pferd meinte.

»Sie ist schon verkauft«, meinte er rasch und wollte Jessie wegführen.

»Nein, noch nicht«, warf der Stallbursche ein. »Miss Roxy hat sie sich gestern angesehen, konnte sich aber nicht entscheiden.«

»Dann kommt sie zu spät«, entgegnete Jessie. »Ich nehme sie. Sie ist hinreißend. Wie heißt sie denn?«

»Honey Lou, wegen der Farbe und nach Miss Lucy, dem Muttertier. Miss Lucy war berühmt, hat zweimal den Darling Downs Cup gewonnen. Gutes Blut, Major, und schnell. Ist Ihre kleine Lady dem gewachsen? Ich meine, Miss Roxy könnte einen wilden Bullen reiten …«

»Jessie auch«, meinte Adrian stolz. »Kit, Honey Lou wäre genau richtig für sie.«

»Keine Sorge«, warf Jessie ein. »Ich kann mit diesem Mädchen umgehen.« Sie schleppte einen Sattel herbei. »Adrian, sattle sie bitte für mich.«

Während Jessie über die Koppel ritt, marschierte Kit wütend zur Bank of New South Wales, wo er ein unangenehmes Gespräch mit dem Direktor führte. Doch es gelang ihm, sein Darlehen zu erhöhen, und er zwang sich zu einem Lächeln, als er im Stall achtzig Pfund bezahlte, zwanzig für Adrians Pferd und sechzig für das Vollblut, das Jessie verlangt hatte, ohne auch nur nach dem Preis zu fragen. Reiche Leute!, dachte er verächtlich. Darüber denken sie gar nicht erst nach. Aber sie wird hier noch lernen, sparsam zu leben.

Jessies Ankunft hatte ihn derart verwirrt, dass Kit beinahe die Truppen vergessen hatte, die er am Schiff in Empfang nehmen sollte. Dann jedoch entdeckte er den Leutnant, der sie am Ende des Kais in Reih und Glied aufstellte, und sprach am Nachmittag bei Clancy vor. Da alles in Ordnung war, ließ er ihn mit den Leuten allein.

In dieser Nacht ging er nicht zum vereinbarten Stelldichein mit Roxy. Er lächelte bei sich, als er seine Zimmertür aufschloss.

»Meine zukünftige Frau hat mich zur Räson gebracht!«

Zweifellos würde Roxy toben; feurig war sie ohnehin, und der Zwischenfall mit dem Pferd würde sie auch nicht gerade beschwichtigen, doch sie würde schon darüber hinwegkommen. Am nächsten Morgen stand er früh auf und war erfreut, dass Jack Drew auf der Treppe vor seinem Hotel auf ihn wartete. Irgendwie hatte er geahnt, dass er den Mann dort finden würde.

»Wir brechen so bald wie möglich auf. Meine Verlobte Miss Pinnock und ihr Bruder sind gestern mit der *Argyle* eingetroffen. Sie kommen mit uns nach Emerald Downs.«

Dann eilte er zum Britannia Hotel, wo ab fünf Uhr morgens Frühstück serviert wurde, und entdeckte Jessie und Adrian im Speisesaal.

Sie machten sich gerade über Teller mit Steak und Eiern her, dazu gab es Tee und geröstetes Brot, und alle freuten sich auf den Ritt, denn das Wetter versprach einen vollkommenen Tag. »Du holst zusammen mit Jessie die Pferde«, sagte Kit zu Adrian, »und dann treffen wir uns vor meinem Hotel. Ich muss noch einige Dinge erledigen und meinen Gehilfen finden.«

»Welchen Gehilfen?«, fragte Jessie.

»Ach, nur ein Bushie. Heißt Jack Drew. Ganz praktisch für mich, dass er sich hier auskennt. Er reitet mit uns. Er lebt auch auf Emerald Downs.«

Jessie war so aufgeregt, dass sie kaum an sich halten konnte. Kit war nicht wütend gewesen, wie Adrian prophezeit hatte, sondern verhielt sich sehr nett und nahm ihre Anwesenheit als selbstverständlich hin. Und er sah wunderbar aus, sonnengebräunt und gesund; offensichtlich tat ihm die Landluft gut, nachdem er in Sydney nur im Büro gesessen hatte. Und da war so ein Funkeln in seinen Augen. Er wirkte so glücklich und entspannt, dass seine Gegenwart sie beinahe schwindlig machte. Sie war ja so verliebt.

Als sie den Speisesaal verließen, nahm sie seinen Arm, und Kit zog sie an sich und küsste sie flüchtig auf die Lippen.

»Ich bin froh, dass du hier bist, Liebes«, sagte er, und Jessie bekam weiche Knie.

Sie sattelten gerade die Stute, als ein großes Mädchen mit wildem, rotem Haar in den Hof ritt. Sie trug ein teures, maßgeschneidertes schwarzes Reitkostüm mit einer weißen Seidenbluse, wie Blanche es für Jessie bevorzugt hätte, doch ihre Tochter trug lieber Bluse, Pullover und ihre Lieblingsreithose. Bequemlichkeit geht vor Eitelkeit, dachte Jessie ein wenig selbstgerecht, fuhr aber zusammen, als das Mädchen den Stallburschen anherrschte:

»Was hat das Pferd hier draußen zu suchen? Wer hat dir erlaubt, sie von jemand anderem reiten zu lassen, Leo?«

»Diese Dame hat die Erlaubnis«, antwortete er. »Sie hat das Pferd gekauft, besser gesagt, ihr Verlobter.«

»Ihr könnt Honey Lou nicht verkaufen. Ich wollte sie haben. Ich habe gesagt, ich würde sie kaufen.«

»Sie haben nur gesagt, Sie wollten darüber nachdenken.«

»Ja, aber nur, weil ihr zu viel dafür verlangt habt. Du wusstest doch, dass ich sie nehme, nur fand ich sechzig Pfund ein wenig übertrieben. Jetzt gib dieser Person ihr Geld zurück, damit ist die Sache erledigt. Honey Lou gehört mir, ich habe die sechzig Pfund dabei.«

»Das geht nicht, Miss Roxy, wer zuerst kommt, mahlt zuerst. Die Stute ist verkauft. Sie gehört dieser Dame.«

Roxy fuhr herum. »Hören Sie, das alles ist ein Missverständnis. Hier ist das Geld. Nehmen Sie es. Und noch fünf dazu, wenn Sie wollen. Ich bekomme jedenfalls das Pferd.«

Jessie schluckte. Sie mochte keinen Streit, doch Kit hatte ihr die Stute gekauft, und sie konnte sie unmöglich zurückgeben; auch wollte sie es gar nicht, weil sie Honey Lou jetzt schon liebte.

»Es tut mir wirklich leid«, entgegnete sie, »aber das kann ich nicht.«

»Wieso nicht? Sie können doch ein anderes Pferd kaufen. Oder haben Sie etwa mehr bezahlt?« Sie wandte sich an Leo. »Das ist es, was? Ihr habt mehr aus ihr herausgepresst! Was hat sie bezahlt, du Mistkerl?«

»Was haben Sie bezahlt?«, wollte Roxy von Jessie wissen, die den Kopf schüttelte. »Ich habe keine Ahnung. Die Stute ist ein Geschenk meines Verlobten.«

Doch so leicht gab Roxy sich nicht geschlagen. »Und wer ist das, bitte schön? Ich gebe ihm zehn Pfund mehr, als er bezahlt hat. Wo kann ich ihn finden?«

»Ich glaube nicht, dass er das Tier verkaufen wird, Miss«, meinte Jessie. »Bedauere, aber ich habe dieses Pferd lieb gewonnen und möchte mich nicht von ihm trennen.«

»Das werden wir ja sehen. Wer ist Ihr Verlobter?«

»Major Ferrington«, entgegnete Jessie stolz.

»Was?«, keuchte Roxy. »Kit Ferrington?« – Leo mischte sich ein. »Lassen Sie, Miss Roxy, bitte! Ich finde ein anderes Pferd für Sie. Die Dame war zuerst da, Schluss, aus!«

»Kit Ferrington hat ihr das Tier gekauft?«

»Das habe ich doch bereits gesagt.«

»Wir werden sehen. Sie warten hier«, brüllte sie in Jessies Richtung. »Ich hole ihn.«

Mit diesen Worten wendete sie ihr Pferd und galoppierte wütend vom Hof.

»Ich brauche nicht auf sie zu warten«, sagte Jessie wütend, doch Leo wirkte besorgt.

»Wenn es Ihnen nichts ausmacht, sollte der Major diesen Streit lieber selbst schlichten. Warten Sie bitte.«

Roxy entdeckte Kit, der gerade das Hotel verließ, und sprang ihm genau vor die Füße.

»Du Schwein!«, brüllte sie ihn an. »Zuerst lässt du mich sitzen, dann suchst du dir eine Verlobte.«

Sie wollte ihn schlagen, doch Kit ergriff ihren Arm. »Immer mit der Ruhe, Roxy. Es tut mir leid, ich wollte dich nicht kränken.«

»Mich kränken!«, schrie sie und riss sich los. »Warum sollte ich gekränkt sein? Ich wusste nicht mal, dass du verlobt bist. Du Ratte! Du mieser Kerl! Und dann kaufst du auch noch meine Honey Lou und schenkst sie deiner grinsenden Göre von einer Verlobten!«

»Das war keine Absicht, Roxy, es tut mir wirklich aufrichtig leid.«

»Wenn es dir so verdammt leidtut, dann geh zum Stall und hole mir Honey Lou zurück.«

»Das geht nicht, es ist zu spät.«

»Tatsächlich?« Roxy wühlte in ihrer Tasche, fischte die Geldscheine heraus und streckte sie ihm hin. »Da ist das Geld. Ich habe sie dir soeben abgekauft!«

Er schob ihre Hand mit dem Geld zurück, doch sie ging

wütend auf ihn los. »Nimm es, sonst sage ich deiner Freundin, dass du letzte Nacht mit mir verabredet warst.«

»Aber ich bin nicht gekommen.«

»Meinst du, sie wird dir noch glauben, wenn ich ihr von den anderen Malen erzähle? Außerdem lüge ich nicht. Du wolltest in mein Zimmer kommen. Also nimm das Geld.«

»Roxy, meine Verlobte ist gestern überraschend angekommen. Ich hatte keine Ahnung davon.«

»Offensichtlich nicht. Vielleicht ist sie doch nicht so blöd. Wollte mal sehen, was du so treibst. Na ja, ich kann ihr ...«

Kit wollte an ihr Gewissen appellieren, doch es war sinnlos. Die Vorübergehenden drehten sich schon nach ihnen um.

»Ich will das Pferd«, verkündete Roxy, »und du wirst es mir besorgen.«

Jessie traute ihren Ohren nicht. Hier stand ihr Verlobter Kit und übergab dieser Dirne ihr Pferd.

»Die Maykins sind einflussreiche Leute«, flüsterte Leo ihr zu, als wollte er die Lage erklären. Es ging schnell über die Bühne. Roxy Maykin ritt ohne einen weiteren Blick auf Honey Lou davon, ihr anderes Pferd am Zügel.

»Ich hoffe, sie bricht sich den Hals«, sagte Jessie zu Adrian und brach in Tränen aus, als Kit sie trösten wollte.

»Sie hatte sich das Pferd zuerst ausgesucht, Jessie. Du willst deinen Aufenthalt doch nicht mit einem Streit beginnen. Ich werde es wieder gutmachen. Leo holt dir ein anderes Pferd. Sieh mal, der Kastanienbraune ist doch eine Schönheit, oder?«

Es war ein durchschnittlicher Hengst, nicht so edel wie die Stute, mit unscheinbarem Kopf, doch Jessie bemerkte Adrians Blick und begriff, dass sie das Geschenk besser annehmen sollte, um weiteren Verdruss zu vermeiden.

»Wie heißt er?«, fragte sie kleinlaut.

»Das ist Rufus«, sagte Leo eifrig. »Einen Netteren finden Sie so schnell nicht.«

Als Jessie vortrat, um sich mit dem Pferd vertraut zu machen, beugte Leo sich zu Kit. »Und er kostet nur die Hälfte«, fügte er grinsend hinzu.

Kit stellte Jack eher beiläufig vor, und schon bald ritten sie durch die Stadt auf einer Straße in den Busch hinaus, wo ihnen die Sonne auf den Rücken brannte.

Jessie ritt bequem, hatte keine Probleme mit Rufus, doch Kit spürte, dass sie noch immer um die Stute trauerte, und bemühte sich daher, sie aufzuheitern. Er hatte beinahe vergessen, wie hinreißend sie war mit ihrem schwarzen Haar, der cremeweißen Haut und den leuchtend blauen Augen. Neben ihr verblasste sogar die Natur um sie herum.

Er lenkte sein Pferd an ihre Seite und hielt beide Tiere ein wenig zurück, sodass Adrian und Jack Drew auf der schmalen Straße vor ihnen herreiten konnten.

»Du siehst heute wunderbar aus«, sagte er ruhig. »Miss Pinnock, Sie werden immer hübscher. Wie machst du das nur?«

Sie errötete, plötzlich schüchtern, und er war überrascht, dass ihn Vorfreude durchflutete, als er ihre Hand ergriff. Diese junge Schönheit sollte seine Frau werden! Er wünschte, er könnte seine wahren Gefühle zeigen, sie in die Arme nehmen und sie auf der Stelle lieben, unter dem Baum dort drüben...

»Danke«, sagte Jessie. »Das ist nett von dir, Kit.«

»Es ist wahr. Ich freue mich so, dass du hier bist, Jessie. Und ich hoffe, die Farm gefällt dir.«

»Ganz bestimmt.«

»Und du liebst mich noch?«, flüsterte er und blickte auf ihren Verlobungsring.

»O ja, natürlich«, rief sie und sah Kit erwartungsvoll an.

»Ich liebe dich auch«, sagte er.

Adrian kam in diesem Augenblick angeritten, um mit Kit zu sprechen, und Jessie folgte ihnen. Sie war begeistert, dass Kit sich auf einmal so romantisch zeigte, und zufrieden, dass sie den langen Weg in Kauf genommen hatte, doch sie spürte noch immer eine leise Unruhe. Sogar Angst. Angst vor dieser Roxy. Sie war sicher, dass es eine Verbindung zwischen ihr und Kit gab. Sie hatte Roxys Blick gesehen, als sein Name fiel, und reines Entsetzen darin gelesen. Das hatte ganz und gar nichts mit dem Pferd zu tun.

Sie grub ihre Fersen in Rufus' Flanken, um ihn anzutreiben und zu zeigen, dass sie mithalten wollte, und zwar in jeder Beziehung. Dass sie Roxy Maykin überrunden wollte, die keinen Ring am Finger trug. Kit war attraktiv und damit offenbar ein lohnendes Ziel für unverheiratete Frauen, worüber Jessie sich schon länger Sorgen gemacht hatte. Aus den Augen, aus dem Sinn, hatte sie befürchtet.

»Ich bin jedenfalls froh, dass ich hergekommen bin«, sagte sie zu Rufus und tätschelte ihm den Hals.

Adrian war voller Bewunderung für die üppige subtropische Landschaft mit ihren Palmen und Regenschirmbäumen, die zwischen dem Eukalyptus hervorstachen. Von den trockenen Wintern, die so ganz anders waren als das Klima, das Adrian kannte, erzählte Kit hingegen nichts. Für ihn war es wichtiger, dass sein zukünftiger Schwager in seiner Abwesenheit die Farm leiten sollte.

»Wo willst du denn hin?«

»Sir Charles hat mir befohlen, meinen militärischen Status wieder aufzunehmen und eine Gruppe Soldaten in den Busch zu führen, um Recht und Ordnung herzustellen. Die Überfälle durch die Schwarzen haben überhand genommen, das fragliche Gebiet liegt ungefähr hundert Meilen nördlich von hier.«

»Moment, du ziehst in den Krieg? Wie aufregend! Ich komme mit!«

»Unmöglich. Ich brauche dich auf der Farm, zudem darf ich außer Jack Drew keine Zivilisten mitnehmen. Er ist in meiner Order als Kundschafter aufgeführt.«

»Ach, das merkt doch ohnehin keiner.« – »Adrian, ich habe dich gebeten, dich um Emerald Downs zu kümmern und natürlich um Jessie. Vergiss das bitte nicht.«

Jessies Zimmer ging auf die offene Veranda hinaus und lag neben seinem eigenen, während Adrian weiter hinten im Haus untergebracht war. Am ersten Morgen besichtigte Kit mit ihnen die Farm und stellte Adrian den Arbeitern als seinen Stellvertreter vor.

Jessie war hingerissen, vor allem von dem Wohnhaus mit Blick auf den Fluss, den grasbewachsenen Hang und die weiten Ebenen.

Sie fand alles schön und lobte Kit, während Adrian alles ein wenig professioneller betrachtete und Kit später mitteilte, er scheine gute Arbeit zu machen, nehme sich aber zu viel auf einmal vor.

»Du musst dem Ort eine Chance geben, Kit. Dir Zeit lassen … Ackerbau, Viehmast, Milchvieh, Schweine und Geflügel, Landschaftsbau, Obstgarten, Gemüsegarten, Ziergarten … Was kommst als Nächstes?«, fragte er lachend. »Schafe habe ich noch keine gesehen.«

»Ich hatte welche, aber der Boden war in der Regenzeit zu feucht. Ich musste sie laufen lassen.«

»Zum Glück. Den ganzen Zierrat würde ich erst mal vergessen, den Chinesen den Gemüsegarten bestellen lassen und nur das Land roden, das du wirklich brauchst.«

»Aber das Vieh braucht doch Weideland.«

»Nicht das Schlachtvieh. Das ist Gestrüpp gewöhnt und findet sein Futter, außer wir bekommen eine echte Dürre. Und noch etwas – diese Burschen, die du hier hast, überarbeiten sich nicht gerade. Habe noch nie einen langsameren Haufen gesehen.«

Nun war Kit doch überrascht. Er hatte gedacht, sie arbeiteten so gut, wie man es von ihnen erwarten konnte. Andererseits war Adrian an Männer gewöhnt, die auf diesen Besitzungen geboren und aufgewachsen waren… und entsprechend entlohnt wurden.

»Dann ist es deine Aufgabe, sie in Form zu peitschen, mein Freund. Lass sie schwerer arbeiten, vermutlich ist deshalb alles erst halb fertig… die Zäune, die Schuppen, die Ställe und Hühnerkäfige. Die Hälfte fällt ohnehin um, bevor sie überhaupt fertig ist, weil nur am Haus selbst ausgebildete Handwerker gearbeitet haben.«

Insgeheim dachte Adrian, dass sein Freund besser die Reihenfolge eingehalten und das prachtvolle Haus erst dann gebaut hätte, wenn die Farm genügend abwarf, um die Menschen zu ernähren. Meist begann man mit Blockhütten, die bei Bedarf erweitert wurden, bis sie durch Holzhäuser und irgendwann durch Steinbauten ersetzt wurden. Gewöhnlich dauerte es eine Generation, bis ein Farmer ein Haus bauen konnte, wie Kit es schon jetzt besaß. Kein Wunder, dass Jessie so glücklich war. Sie hatte mit rauen Zeiten gerechnet und nie davon geträumt, dass alles so elegant sein und sie sowohl eine Haushälterin als auch einen Koch besitzen würde.

Als Kit ihn mit ins Büro nahm und ihm die Bücher zeigte, war Adrian entsetzt. Sein Freund war verschuldet, und die Zukunft sah düster aus. Es würde viele gute Jahre brauchen, bis dieser Ort etwas abwarf, selbst wenn Jessies Mitgift bei der Hochzeit dazukäme. Das schöne Geld, dachte er missmutig.

Dennoch war es ein prächtiger Besitz, und das sagte er Kit zu dessen unverhohlener Freude auch.

»Hoffentlich hast du nichts dagegen, wenn ich betone, dass du den Gürtel enger schnallen musst. Gib nur dann Geld aus, wenn es unbedingt sein muss. Lass die Männer härter arbeiten; die Farm muss sich wenigstens selbst tragen. Kauf nur, was du nicht selbst anbauen kannst.«

»Ein ausgezeichneter Rat«, meinte Kit. »Ich bin sehr erleichtert, die Farm in deinen fähigen Händen zu lassen. Glaub mir, ich bin dir wirklich dankbar.«

An diesem Abend nahm Adrian seine Schwester beiseite. »Kauf nur Dinge, die du von deinem eigenen Geld bezahlen kannst, Jessie. Dein Verlobter hat sich ein wenig übernommen, weil er es dir schön machen wollte, und zwar auf Kosten der Farm.«

»Was meinst du damit?«

»Er ist pleite! Er hat dir dieses hübsche Haus gebaut, nun musst du auch deinen Beitrag leisten. Außer natürlich, du willst die Verlobung lösen und nach Hause fahren.«

»Das will ich keineswegs«, entgegnete sie wütend. »Wie kannst du so etwas sagen! Ich arbeite hier mit Kit, und wir werden es schaffen. Wart's nur ab!«

»Wir werden knapp bei Kasse sein?« Es war eher eine Feststellung als eine Frage.

»Eigentlich nicht, Liebes«, sagte er, ahnte aber, dass ihr Bruder sie bereits informiert hatte. »Wir schaffen das schon.«

»Natürlich«, sagte sie und umarmte ihn, worauf sie einen zärtlichen Kuss erhielt. »Ich kann sparen. Ich denke darüber nach. Aber musst du wirklich weg, Kit? Letzte Nacht konnte ich deswegen gar nicht schlafen. Es ist eine gefährliche Mission, die Schwarzen aufzustöbern ...«

»Man hat sie bereits aufgestöbert. Ich muss nur noch mit einem Trupp Soldaten hinreiten und sie aus den besiedelten Gebieten verjagen. Wir werden nicht mit ihnen kämpfen, sondern sie einfach vor uns hertreiben.«

»Und wenn sie nicht freiwillig gehen?«

»Jessie, mal ehrlich. Sie haben keine Chance gegen bewaffnete, berittene Soldaten. Ich werde nur für ein paar Wochen weg sein.«

»Ich finde es ganz schön dreist von Sir Charles, dass er dich wieder in den Militärdienst zwingt, nur weil sie sich hier keine stehende Truppe leisten wollen. Irgendwann lässt sich das ohnehin nicht mehr vermeiden. Im Norden gibt es immer mehr Schwarze; sie werden ihr Land nicht kampflos aufgeben. Im Grunde tun sie mir leid. Ich begreife nicht, weshalb sie nicht auf den riesigen Viehstationen leben können. Da ist doch so viel Platz.«

»Weil sie die Wohnhäuser niedergebrannt haben.«

»Oh.«

»Hast du Jack Drew gesehen?«

»Ja. Er ist hinter dem Haus und streicht den Vorratsraum, um Ameisen fern zu halten.«

»Womit streicht er ihn denn?«

»Mit einer Art Schlamm. Er sagt, wenn er hart wird, sei er absolut ameisensicher.«

Polly war entsetzt. Die Geschichten von dem gigantischen Krokodil hatten sie zu Tode geängstigt, und als Jack Drew mit dem Boss und den Pinnocks aus Brisbane zurückgekehrt war und wieder an die Arbeit ging, lief sie ihm auf dem Hof hinterher.

»Warum hast du mir nichts davon gesagt?«, fragte sie. »Gibt es wirklich ein großes Krokodil in unserem Fluss?«

»Ja, mindestens eins. Ich habe die Spuren gesehen.«

»Kann es sein, dass noch mehr da sind?«

»Möglich. Vom Schwimmen würde ich zurzeit jedenfalls abraten.«

»Die Männer sagen, sie kommen nachts heraus und suchen nach Beute und dass sie mit einem Biss einen Menschen verschlingen können. Der alte Bart behauptete, er habe draußen im Sand vor der Männerküche Fußabdrücke entdeckt. Er sagt, der Geruch von Fleisch locke sie an.«

Jack lachte. »Sie mögen vielleicht am Ufer liegen, entfernen sich aber nicht so weit vom Fluss, Polly. Hier oben bist du sicher.«

»Albert hat Fleischbrocken ans Ufer gelegt.«

»Mit Gift?«

»Nein, so etwas würde er nicht machen. Er will das Ungeheuer sehen, es als Haustier zähmen. Meinst du nicht, er lockt es damit an Land?«

Jack dachte, dass Albert besser daran täte, die Fleischbrocken für ihre eigene Verpflegung zu behalten, denn nach allem, was er im Haus gehört hatte, wollte der neue Geschäftsführer an allen Ecken sparen und würde gewiss mit den Essensrationen anfangen.

»Keine gute Idee, Polly. Ein großes altes Krokodil kann man damit nicht herlocken, aber es ist dennoch gefährlich. Ich rede mit Albert.«

»Er mag dich nicht mehr, Jack Drew. Er sagt, du hängst dein Fähnchen nach dem Wind.«

»Hast du nicht auch so gedacht?«

»Mag sein. Hast du das Zimmer gesehen, das er mir in der Ecke der Scheune gebaut hat? Mit den Trennwänden aus Holz? Jetzt ist alles ganz privat.«

»Nein.« Er hatte keinen Gedanken daran verschwendet, wo Polly schlafen mochte. »Ist es gemütlich?«

»Ganz nett. Ich soll dir vom Boss ausrichten, du kannst in der Küche essen, wenn du möchtest.«

Jack grinste. Der Major hatte ihr das bereits vor Wochen gesagt. Offenbar war seine Strafe verbüßt.

Er ging zum Fluss hinunter. So eine Verrücktheit passte zu Albert. Als Haustier, Herrgott noch mal! Das Krokodil würde kurzen Prozess mit ihm machen, ihn ins Wasser reißen und sich mit ihm herumrollen, bis er ertrunken war. Oder für den Anfang vielleicht nur ein Bein abbeißen. Jack hatte schon Krokodil gegessen, es schmeckte ein bisschen wie Huhn, aber er hatte nicht den blassesten Schimmer, wie die Schwarzen die Viecher fingen und töteten.

Dabei fielen ihm wieder die gekürzten Rationen und die Pinnocks ein. Der Major hatte ihm gestern Abend schmeicheln wollen, indem er ihn zu seinen Gästen auf die Veranda einlud, wobei Jack die meiste Zeit Miss Pinnocks Fragen beantwortet hatte. Das Auftauchen der Verlobten hatte ihn überrascht, Miss Maykin dürfte wohl nur ein kleiner Flirt gewesen sein.

Miss Pinnock war ein hübsches Mädchen, reizend und wohlerzogen. Jack mutmaßte, dass der Major die richtige Wahl getroffen hatte, und fragte sich, wann die Hochzeit wohl stattfinden mochte. Ihr Bruder hingegen war ihm weniger sympathisch, er wirkte arrogant, selbstzufrieden und genoss es, dem Major zu sagen, was er auf seiner Farm falsch gemacht habe. Das schöne Haus bezeichnete er als Fehler, als Extravaganz. Jack hingegen war der Meinung, es sei das Beste an Emerald Downs. Doch während er in Jessie Pinnock wie in einem offenen Buch lesen konnte, erkannte er in Adrians Augen irgendein Geheimnis. Jack überlegte, was dieser Grünschnabel wohl zu verbergen hatte.

Weiter oben am Fluss kämpften zwei Dingos um einen Brocken Fleisch, und er grinste. »Dein Haustier hat Pech gehabt, Albert.«

Jessie war fasziniert, als sie erfuhr, dass Jack jahrelang mit den Schwarzen im Busch gelebt hatte. Sie stellte endlos Fragen über alltägliche Dinge wie Nahrung, Kleidung, Unterkunft, Sprache, Verhalten, doch das störte ihn nicht, es war ein netter Zeitvertreib.

»Sie sollten ein Buch schreiben«, meinte Jessie. »Die Leute würden gern mehr darüber erfahren.«

»Ja, das solltest du, Jack«, neckte ihn der Major. »In England war er Lehrer, obwohl er es längst vergessen zu haben scheint.«

»Guter Gott! Sie können lesen und schreiben?«, fragte Adrian verblüfft.

»Natürlich«, warf der Major ein. »Beim Kartenlesen lässt er allerdings zu wünschen übrig.«

»Karten ohne Städte und Straßen«, knurrte Jack.

»Seht mal, ich habe ein paar neue.« Der Major rollte die Landkarten auf dem langen Verandatisch aus. »Hier, nur wenige Städte, aber die Schaf- und Rinderstationen sind deutlich markiert, obwohl die Grenzen noch nicht endgültig gezogen sind.«

Jack studierte die Karte. Von Brisbane aus führten mehrere Wege ins Landesinnere. Er folgte dem Finger des Majors nach Westen bis zu einer Stadt namens Toowoomba und hörte sich die Erklärung an.

»Das sind die Darling Downs, ausgezeichnetes Land, ein Plateau, hier die Stationen im Umkreis ... keine Städte, nur große Anwesen ... McLean Creek, Wattle Creek und so weiter. Aber weiter im Norden, wo ich hinwill, gibt es die Ballymally-Station, Saturn Downs, Hanover, Juliana Plains und ganz im Norden Grosvenor und Montone.«

Jack starrte auf die Karte. Montone? Wo er sein Gold verloren hatte? Vielleicht war es ja noch da!

Er betrachtete den Verlauf der Flüsse und verstand endlich, wie seine Retter ihn so weit nach Süden hatten bringen können. Sie konnten sich in der Regenzeit zu reißenden Strömen entwickeln, und die Männer hatten den Brisbane River befahren. Auf der Karte sah es einfach aus, doch es brauchte viel Geschick, um die zerbrechlichen Kanus zu steuern. Andererseits besaßen sie auch die besten Ruderer.

Ein Gesicht kam ihm in den Sinn. Moorabi ... natürlich. Ihm fiel ein, dass er gehört hatte, wie der Schwarze beruhigend auf ihn einredete. Er war ein stiller Mann, der nur auf Geheiß Ilkepalas handelte.

Jack wandte sich wieder der Karte zu.

»... falls er sich uns anschließt«, meinte Ferrington gerade. »Offenbar kann er sich nicht entscheiden. Und wie steht es mit dir?«

Jack grinste. »Bin dabei.«

»Diesmal endgültig?«

»Ja. Wann brechen wir auf?«

»Ich gebe dir einen Brief, den du morgen zu Leutnant Clancy bringst. Sag ihm, er soll so bald wie möglich losziehen. Wir reiten von hier aus.«

»So bald schon?«, fragte Jessie enttäuscht. – »Je eher ich aufbreche, desto schneller bin ich wieder bei dir, Liebste. Und dann sollten wir über die Hochzeit sprechen. Könntest du dich mit der Vorstellung anfreunden, hier zu feiern? Ich glaube, das wäre praktischer.«

An diesem Abend gelang es ihm, Adrian abzuschütteln und mit Jessie allein zu sein. Obwohl es schon spät war, spazierten sie noch über den Hügel zu einem Wäldchen, wo Kit sie endlich in die Arme nehmen konnte. Er küsste sie leidenschaftlich, überrascht von ihrer gierigen Reaktion, und sie leistete auch keinen Widerstand, als er ihre Brüste streichelte und sich sanft mit ihr ins Gras legte.

»Ich liebe dich, Jessie«, sagte er wieder und wieder, und sie begann zu weinen.

»Wenn du wüsstest, wie sehr ich mir gewünscht habe, dass du das sagst, es mir schreibst«, schluchzte sie schließlich vor lauter Glück. »Ich liebe dich so sehr, Kit.«

Er küsste sie, knöpfte ihre Bluse auf, schob seine Hand in die Wärme zwischen ihren Brüsten und staunte, dass sie ihn nicht zurückwies, sondern vor Wonne stöhnte.

»Du bist so süß, Jessie«, murmelte er. »Ich liebe und brauche dich. Meine Frau.« Er spürte, wie ein Schauder sie überlief, als er sie seine Frau nannte. Sie wich nicht aus, sondern stöhnte lustvoll auf, als er seine Lippen an ihre Brüste führte, doch plötzlich hielt er inne. Setzte sich auf. Zog ihre Bluse zurecht. Stand auf und bot ihr seine Hand an, während sie sich verwirrt und errötend erhob.

Er brachte sie wortlos zum Haus und sagte an der Tür: »Es tut mir leid, Liebling, ich hätte nicht …«

»Nein, Kit, nein, bitte.« Ihre Hand legte sich auf seinen Mund. »Bitte entschuldige dich nicht, es lag an mir. Ich habe dich so vermisst. Ich wollte dich auch.«

Kit wusste, er hätte entschlossener sein sollen, gab aber der Versuchung nach. Er nahm sie wieder in die Arme.

»Mein liebstes Mädchen, ich glaube, du liebst mich wirklich.« In ihrem Zimmer angekommen, schloss er die Tür hinter sich.

In dieser aufregenden und wilden Nacht mit dem leidenschaftlichen Mädchen zögerte er nur einmal, flüchtig, dachte ans Aufhören, doch der Gedanke an den Abschied trieb ihn weiter an. Kits Lust und seine süßen Worte von der bevorstehenden Hochzeit verdrehten Jessie ihrerseits den Kopf, und sie war nur darauf aus, ihm Freude zu bereiten. Seine Frau zu werden. Den Genuss dieser ersten Nacht zu verlängern.

Jessie wusste genau, was sie wollte, und das war Kit, ihr zukünftiger Mann. Er war ein erfahrener Liebhaber, sie noch Jungfrau, doch sie spürte, dass sie ihm alles geben musste, um die kühne, forsche Roxy aus ihren Gedanken zu verdrängen. Zuerst fürchtete sie, er könnte sie langweilig und enttäuschend finden, doch bald vertrieb die Leidenschaft, die sie beide überwältigte, alle Bedenken, und Jessie strömte über vor Liebe zu ihm.

Er blieb sogar bis zum Morgen bei ihr im Bett, und Jessie flüsterte ihm zu: »Meinst du nicht, du solltest in dein Zimmer gehen? Jemand könnte dich hier entdecken.«

»Und wenn schon«, entgegnete er schläfrig. »Das hier ist unser Zuhause. Wir tun, was uns gefällt.«

»Unser Zuhause!«, wiederholte Jessie, um aus diesen Worten Mut zu schöpfen, denn sie fürchtete, Adrian könnte von ihrem Zusammensein erfahren.

Andererseits war es kühn von Kit, sich nicht um die Meinung anderer zu scheren. Warum denn auch? Hatte er nicht Recht? Dies war ihr Zuhause, schon jetzt, und sie konnten tun und lassen, was ihnen gefiel!

Sie legte den Arm um ihn, wobei seine Nacktheit sie schon wieder erregte, und küsste Kits Rücken.

»Wir heiraten hier, Liebling«, wisperte sie. »Warum sollten wir uns die Mühe machen, nach Sydney und zurück zu reisen?«

Kit brach zwar erst einige Tage später auf, doch die bittersüßen Abschiedsgedanken fachten ihre Leidenschaft noch stärker an.

Jack nahm drei Briefe mit nach Brisbane. Der erste und wichtigste enthielt die Anweisungen des Majors für Leutnant Clancy. Die beiden anderen wurden mit der Post verschickt. Adrian hatte ihm heimlich einen Brief zugesteckt, der an eine Miss Flo Fowler in Sydney adressiert war; den anderen hatten Adrian und Jessie an ihre Mutter geschrieben.

Clancy war erfreut, Jack nun auch offiziell zu begegnen. »Sie sind also der Kundschafter des Majors. Ich wollte mich noch bei Ihnen bedanken, weil Sie für die armen Kerle auf der *Randolph* eingetreten sind. Auf mein Wort, die Menschen haben ein kurzes Gedächtnis. Möchten Sie etwas trinken?«

»Hätte nichts dagegen.«

»Kennen Sie den Major schon lange?«, erkundigte sich Clancy auf dem Weg zum Pub, worauf Jack den Kopf schüttelte.

»Nein.« Er war momentan nicht in der Stimmung, Fragen zu beantworten, da ihn der Gedanke an die Kneipe nervös machte. Er war schon so lange in keiner mehr gewesen und redete sich ein, er müsse nur tun, was Clancy tat, doch in der lärmenden Menge fühlte er sich unbehaglich und blieb lieber in der Nähe der Tür stehen.

Leider fiel Clancy sein Verhalten auf. »Keine Städte mehr gewöhnt, Jack?«

»Es geht schon«, antwortete er ausweichend.

»Hierher kommen viele Bushies«, fuhr Clancy fort. »Sie lieben das weite Land und die Einsamkeit. Scheinen sich nicht an die Stadt gewöhnen zu können. Werden Sie wieder losziehen, nachdem unsere Patrouille beendet ist, oder bleiben Sie hier?«

»Kommt drauf an, woher der Wind weht.«

In einem hatte Clancy recht. Die Städte hatten ihren Reiz für Jack verloren. Der Busch war ihm lieber, jedenfalls in Friedenszeiten.

Der Leutnant hatte erklärt, dass er mit seinen Truppen in der Morgendämmerung aufbrechen würde, damit die Pferde noch frisch wären, doch Jack zog es vor, allein zu reiten.

Als er die Stadt verließ, wurde soeben der *Moreton Bay Courier* an seine begierigen Leser ausgeliefert. Auf Seite sechs fand sich die gleiche kleine Anzeige, die Hector bereits im *Sydney Morning Herald* aufgegeben hatte und in der er sich nach dem Verbleib eines Jack Wodrow aus London erkundigte; nur lautete die Anschrift diesmal c/o Postamt Brisbane.

Während Hector in seinem winzigen Hotelzimmer schwitzte, genoss Inspektor Tomkins sein neues Büro im Polizeipräsidium, das einen Ausblick auf den Brisbane River bot. Er öffnete das Fenster, um die Brise einzufangen, und bemerkte dabei die dunklen Wolken am westlichen Himmel.

Superintendent Grimes kam mit einem Stapel Akten herein. »Ich wollte Sie anfangs nicht überfordern, aber die sollten Sie einmal durchsehen; wir bekommen immer eine Menge Beschwerden über Rinder- und Pferdediebe. Sie glauben anscheinend, sie könnten hier leichte Beute machen, und das stimmt wohl auch, da wir so knapp besetzt sind, aber es wird Zeit, etwas zu unternehmen, bevor jemand erschossen wird. Manche Fälle dürften sich überschneiden, es wird wohl nicht allzu viel Arbeit sein.«

»Gut, ich sehe sie mir an.«

»Sieht aus, als würde ein Unwetter aufziehen«, meinte Grimes. »Würde mich nicht überraschen, es ist heiß, also ist die Regenzeit noch nicht vorüber.«

»Ach so ist das. Gestern erzählte mir jemand, die Regenfälle seien in diesem Jahr leicht gewesen und ich könne mich jetzt auf kühleres Wetter freuen.«

»In ein paar Monaten«, lachte Grimes. »Ich lasse Sie jetzt

allein. Sie könnten auch die Zeitungsmeldung überprüfen, die über den Überfall auf die Kutsche nach Ipswich berichtet. Sie stimmt nämlich nicht mit den Angaben überein, die wir erhalten haben.«

Der Inspektor legte die Akten beiseite und ergriff die Zeitung. Sich mit den Einheimischen und dem Geschehen vor Ort vertraut zu machen, war seine allerwichtigste Aufgabe. Er fand die Geschichte über den Überfall, bei dem ein einsamer Buschräuber den Fahrer und fünf Passagiere um Geld, Schmuck und Stiefel gebracht hatte.

»Mal was anderes«, sagte er sich grinsend und dachte an seine Zeit als Londoner Bobby. Erst danach war er zur Polizei von Neusüdwales gestoßen. Kein anständiger englischer Räuber hätte sich herabgelassen, jemandem die Stiefel zu stehlen. Andererseits waren die Entfernungen hier so gewaltig, dass Stiefel gewiss oft ersetzt werden mussten. Der Inspektor ahnte im Übrigen, wie die Diskrepanzen zwischen der Aussage bei der Polizei und der Zeitungsmeldung zustande gekommen waren. Der Polizei gegenüber waren die Bestohlenen meist ehrlich, prahlten im Gespräch mit den Reportern aber gern, sie hätten viel mehr Geld und kostspielige Uhren verloren.

Er warf einen Blick auf die Anzeigen, die ihm einen guten Einblick in das städtische Leben verschafften, und bemerkte die übliche Vermisstenliste, die in solchen Blättern immer zu finden war. Angesichts der Unwägbarkeiten der Sträflingstransporte und der Desertionen von Schiffen und Armee war Arnold Tomkins davon überzeugt, dass viele Familien in Zukunft die australischen Akten zu Rate ziehen würden.

Er wollte gerade weiterblättern, als ihm ein Name ins Auge sprang.

»Was soll das denn?«, lachte er. »Wen haben wir denn da? Jack Wodrow!«

Dass ihm ausgerechnet dieser Name ins Auge fiel! Jack Wodrow, der berüchtigte Straßenräuber, der in England wegen

Mordes und bewaffneten Raubüberfalls gesucht wurde. Tomkins fragte sich, ob es derselbe Mann sein konnte. Hatte man den Schurken je gefasst? Was war aus ihm geworden? Und wer stellte hier Nachforschungen an? Hector Wodrow. Vielleicht sein Bruder. Doch warum sollte er Jacks Namen öffentlich machen, wenn er seinem Bruder damit nur schadete? Man sollte schlafende Hunde nicht wecken. Dennoch…

Der Inspektor hatte London vor sechs Jahren verlassen, aber ein Freund von ihm, der ehemalige Polizeisergeant Fred Watkins, war erst kürzlich in der Kolonie eingetroffen.

Fred hatte lange Jahre mitten in London Dienst getan und besaß ein ausgezeichnetes Gedächtnis. Nach seiner Pensionierung war er nach Sydney ausgewandert und hatte sich dort erfolgreich als Privatdetektiv niedergelassen.

Daher schrieb Tomkins noch am selben Tag an seinen Freund und erkundigte sich nach dem Schicksal des berüchtigten Jack Wodrow.

Außerdem bat er den Postbeamten, er möge ihn benachrichtigen, falls ein gewisser Hector Wodrow die Antworten auf die Annonce abholen wollte, und diese zurückzuhalten, da der Inspektor sie gern sehen würde, bevor man sie Mr Wodrow übergab.

Der eifrige Beamte erinnerte sich nicht nur an Mr Wodrow, sondern teilte dem Inspektor auch mit, dass der Herr nach eigenem Bekunden nur ein paar Häuser weiter im Post Office Hotel abgestiegen sei.

Worauf Arnold Tomkins sich dorthin begab und alsbald auf Mr Wodrow stieß, den ihm der Postbeamte beschrieben hatte. Der große Bursche mit der bleichen Haut und der Adlernase erschien ihm interessant, denn obwohl er Jack Wodrow nie selbst gesehen hatte, erinnerte ihn der Mann im Hotel stark an die Personenbeschreibung des Verbrechers, die Tomkins oft genug studiert hatte. Natürlich konnte er nicht der Wodrow sein, aber Arnold ahnte, dass es eine Verbindung geben musste.

Er beschloss, Hector erst dann anzusprechen, wenn er von Fred gehört hatte.

Auf dem Ritt nach Emerald Downs erinnerte Jack sich an die Unterhaltung mit Miss Pinnock, die ihn über das »Outback« ausgefragt hatte, da sie sich um den Major sorgte und wissen wollte, welche Landschaft ihn dort erwartete.

»Wald, Wald und noch mal Wald«, hatte er geantwortet.

»Aber es muss doch noch mehr als nur Bäume geben. Ist das Land hinter den Bergen einfach nur flach und hässlich?«

Der Gedanke überraschte ihn. »Nein, es ist gutes Land, und schön ist es auch.«

Doch es fiel ihm schwer, auf Englisch die Schönheiten zu beschreiben, die ihm die Schwarzen gezeigt hatten, die herrlichen Wasserfälle, verborgenen Quellen, prachtvollen Blumen, tiefen Schluchten, seltsamen Tiere und – noch eigenartiger – die Lichter am Himmel und die flachen Hügel, die man mühelos hinauf- und hinablaufen konnte. Er würde ein ganzes Leben brauchen, um all die Wunder zu beschreiben, die er im riesigen Outback gesehen hatte.

Er hielt an einem Bach, um sein Pferd zu tränken, und entdeckte, dass vor ihm schon Reiter da gewesen waren, ungefähr ein Dutzend. Vermutlich folgte er der einheimischen Polizei. Nur wenige Männer in dieser Gegend ritten barfuß, es konnte niemand anderes sein als sie.

Er brauchte ungefähr eine Stunde, um sie einzuholen. Sie wirkten offiziell in ihren schwarzen Hemden und weißen Moleskin-Hosen. Er wollte herausfinden, was sie vorhatten, doch ihr Anführer legte keinen Wert auf Jacks Gesellschaft.

»Was machen Sie denn hier?«, knurrte Inspektor Kirk.

»Bin auf dem Heimweg.«

»Dann mal los. Und Sie können dem Major sagen, dass jeder weiß, dass er sich vor seiner Pflicht drücken will. Wenn er Angst vor ein paar unbewaffneten Schwarzen hat, soll er es offen sagen und Leutnant Clancy den Job überlassen.«

»Das können Sie ihm selbst sagen, Sie reiten in Kürze an seinem Haus vorbei.«

»Meine Männer folgen nicht den Straßen. Wir werden schon tief im Landesinneren sein, bevor er überhaupt die Stiefel anhat.«

»Unsinn.« Jack betrachtete die Männer, die Kirk begleiteten. »Diese Schwachköpfe bezeichnen Sie als Soldaten? Die Schwarzen da draußen werden sie fertigmachen.«

Er sprach sie im Dialekt der Kamilaroi an: »Diesmal werdet ihr mit den Morden nicht durchkommen, ihr Teufel. Die großen Geister wissen, dass ihr kommt, und erwarten euch. Sie nageln eure Ohren an die Bäume.«

Die Männer fuhren erschrocken zurück, als der Weiße ihnen drohte, und lenkten ihre Pferde beiseite.

»Was sagt er?«, brüllte Kirk, der die Angst in ihren Gesichtern sah. Einige erklärten es, andere zögerten, wollten nicht weiter, und dann brach ein Streit zwischen ihnen aus, den sie in ihrer eigenen Sprache führten.

Jack spürte, dass er für einen Tag genügend Unruhe gestiftet hatte, und ritt weiter, sodass Kirk die Situation allein in den Griff bekommen musste. Jack hielt sich an die Straße, weil das Reiten dort einfacher war, doch nach etwa einer Stunde spürte er eine unterschwellige Angst, eine Sorge, etwas lag in der Luft. Schon ritten einige von Kirks Männern von einem Hügel herunter auf ihn zu und heulten dabei wie die Wilden.

Er ließ sein Pferd galoppieren, doch sie holten auf, und er überlegte schon, ob er abspringen und im Busch untertauchen sollte, doch dann fiel ihm ein, dass ihn die Schwarzen unweigerlich aufspüren würden. Daher wendete er sein Pferd, ritt auf den Hügel und zwischen den Bäumen hindurch, wendete erneut, als er hörte, wie Schüsse von den Stämmen abprallten.

»Himmel«, keuchte er, »jetzt muss ich aber aufpassen.« Der Major drängte ihn ständig, ein Gewehr bei sich zu tragen, doch bisher hatte er keinen Grund dafür gesehen. Das war nun anders.

Jack blieb keine Wahl, als das Pferd laufen zu lassen. Er hoffte, es würde sie ein paar Minuten lang ablenken, bis er sich in unwegsameres Gelände durchgeschlagen hatte, wo auch die Polizisten absteigen müssten. Wieder fielen Schüsse, doch keine Kugel schlug in seiner Nähe ein. Von seinem Versteck hinter einem Busch aus sah er einen Polizisten, der bergauf marschierte, zielte und in eine völlig andere Richtung feuerte. Erstaunt sah Jack hinüber. Weitere Polizisten folgten, und er begriff, dass sie ein anderes Ziel im Auge hatten. Aber welches?

Er reckte sich, konnte ihre Beute jedoch nicht ausmachen. Alle ruderten wie wild mit den Armen und liefen an Jack vorbei, ohne sich um ihn zu kümmern.

Er konnte noch immer nicht sehen, wen sie verfolgten, da die Beute sie von ihm weggelockt hatte. Plötzlich hörte er eine leise Stimme, und ihm sträubten sich die Haare. »Los. Das geht dich nichts an.«

Er hätte schwören können, dass er die Stimme schon einmal gehört hatte, sah aber niemanden.

Doch Jack ergriff die Gelegenheit und schoss aus seinem Versteck, rannte bergab zu den Pferden, die seine Angreifer dort angebunden hatten.

Er hörte einen Schrei von oben und schaute sich um. Ein Fehler. Sie hatten einen Mann bei den Pferden gelassen, der noch eine traditionelle Waffe in Form einer Keule bei sich trug, mit der er ihn über den Schädel schlug.

Jack verlor beinahe das Bewusstsein. Obwohl ihm vor Schmerz fast übel wurde, musste er unbedingt verhindern, dass der Kerl zu seinem Gewehr gelangte. Er kämpfte um die Keule, riss sie weg und schwang sie so geschickt, dass der Polizist am Boden blieb, dann zerschlug Jack das Gewehr, schnappte sich ein Pferd, verscheuchte die übrigen Tiere und ritt davon. Diesmal querfeldein.

Als er sich dem Haus näherte, sah er sein eigenes Pferd, das ruhig den Weg entlangtrottete, und er pfiff, damit es auf ihn wartete. Da man ihm nicht vorwerfen sollte, er habe einem Polizisten das Pferd gestohlen, ließ er das Tier laufen und stieg müde in den Sattel.

Ihm war ganz schwindlig.

Der Major hatte den ganzen Tag über Ausreden vorgebracht, um sich am Eingang des Besitzes aufzuhalten, wobei es ihm jedoch nicht um Clancy und seine Männer ging. Nein, er hielt Ausschau nach seiner Schürfausrüstung. Er wollte vermeiden, dass Adrian sie entdeckte und dumme Fragen stellte. Niemand war immun gegen den Lockruf des Goldes. Falls Adrian von seinen Plänen Wind bekam, würde er darauf drängen, dass sie ihn mitnahmen.

Als er das Pferd langsam den Weg entlangkommen sah, den zusammengesunkenen Jack Drew im Sattel, eilte Kit rasch herbei. Entsetzt betrachtete er die blutige Wunde an Drews Kopf.

»Was zum Teufel ist passiert?«

»Hab einen Schlag mit der Keule bekommen. Helfen Sie mir vom Pferd, bevor ich runterfalle.«

Jessie war empört, dass Jack von den so genannten Polizisten niedergeschlagen worden war. Sie säuberte und verband die Wunde und brachte ihm einen Whisky gegen die Schmerzen, doch der Major zeigte sich weniger freundlich.

»Wie konnte es dazu kommen? Warum sollten sie dich einfach so angreifen?«

»Ich bin ihnen auf der Straße begegnet und sprach ein paar Worte mit Kirk. Dann habe ich seinem Mob ein bisschen Angst vor den uralten Geistern eingejagt. Das hat sie vielleicht aufgerüttelt, kann ich Ihnen sagen. Ich schätze, Kirk hat sie aus Rache hinter mir hergeschickt.«

»Du meinst, du hast es herausgefordert?«

»Nein«, meinte Jack entschlossen. »Ich wollte nur herausfinden, mit wem Sie es zu tun haben. Und das habe ich. Kirk ist noch verrückter als seine Leute. Wenn er sie losgeschickt hätte, damit sie mir eine Tracht Prügel versetzen… aber sie haben auf mich geschossen. Sie hätten mich töten können. Und weshalb? Wegen ein paar Worten? Ich wüsste gern, was dieser Wichtigtuer vorhat. Wer ist er überhaupt?«

»Der frühere Hauptaufseher der Sträflingssiedlung von Moreton Bay, ein richtiger Leuteschinder… Allerdings hat er mir geholfen, als ich hier anfing. Vergiss ihn. Ich lege zwar keinen Wert darauf, dass er herkommt, und halte noch viel weniger davon, dass er schwarze Polizisten anführt, aber er würde dir keine Leute nachschicken, die auf dich schießen.«

»Und ob er das würde! Machen Sie sich doch nichts vor. Er ist auf Ruhm aus. Er prahlt schon jetzt mit seiner Tapferkeit und Ihrer Feigheit.«

»Meiner was?«

»Wusste ich doch, dass Sie aufhorchen würden. Er betrachtet Sie als Konkurrenten.«

»Himmel, vergiss den Idioten. Ruh dich aus. Clancy kommt morgen her.«

Doch bevor Clancy Emerald Downs erreichte, galoppierten Inspektor Kirk und seine Männer wütend die Einfahrt hoch und hielten vor dem Haus.

»Wo ist dieses Schwein Drew?«, brüllte Kirk den Major an. »Raus mit ihm.«

»Verzeihen Sie, Inspektor«, sagte Kit und trat vor ihn hin. »Bitte bedenken Sie die Rangfolge. Ich bin Ihnen vorgesetzt und erwarte angemessenen Respekt. Sie können nicht wie eine Meute Hyänen auf mein Land stürmen. Worum geht es überhaupt?«

»Das werde ich Ihnen sofort erklären. Ich bin gekommen, um Drew zu verhaften.«

»Tatsächlich? Das ist ja wunderbar, vor allem, nachdem

Ihre Männer auf ihn geschossen und ihn niedergeschlagen haben. Er hat eine schwere Kopfverletzung erlitten.«

»Er wird noch mehr leiden, wenn ich ihn in die Hände bekomme.«

»Das werden wir ja sehen. Überfall und grundloses Schießen auf eine Person stellen schwere Vergehen dar, und ich habe die Absicht, diesen Vorfall Superintendent Grimes zu melden. Ebenso dem Generalgouverneur. Haben Ihre Männer Mr Drew mit Ihrer Zustimmung attackiert und seinen Tod in Kauf genommen, oder handelten sie auf eigene Faust?«

»Egal«, tobte Kirk. »Ich bin gekommen, um Jack Drew zu verhaften, und Sie werden mich nicht davon abhalten, wenn Sie erfahren, was er getan hat. Der Mann ist ein Schurke! Ich will das Schwein hängen sehen!«

Kirk, noch immer zu Pferd, hatte sich in eine derartige Raserei gesteigert, dass sein rundliches Gesicht ganz rot angelaufen war und der Schweiß unter seiner Kappe heraustropfte und in seine Bartstoppeln rann. Er schwenkte wild die Arme, sodass sein Pferd verwirrt zu tänzeln begann.

Der Major sprang beiseite und donnerte: »Es reicht! Reißen Sie sich zusammen, Mann! Absteigen.« Dann befahl er der eingeborenen Polizei, ebenfalls abzusteigen.

»Ich bin Major Ferrington«, brüllte er, da sie nicht genau zu wissen schienen, wer hier die Befehle gab. »Der Vertreter der Königin! Absitzen und stillgestanden!«

Sie gehorchten, reihten sich unbeholfen neben ihren Pferden auf und wirkten insgesamt verängstigt.

»Was ist denn mit denen los?«, fragte er Kirk, der gerade seine Satteltasche öffnete.

»Wenn Sie mich ausreden ließen, würden Sie es erfahren«, knurrte Kirk. »Wissen Sie, was er getan hat? Er hat Korporal Jojo die Ohren abgeschnitten! O ja. Und solchen Kriminellen gewähren Sie Unterschlupf...«

»Ach, kommen Sie! Wer hat Ihnen denn die Geschichte

erzählt? Ist das eine Entschuldigung, um auf ihn zu feuern?«

»Sie glauben mir nicht, was? Natürlich, Sie brauchen mich ja auch nicht mehr. Ein Schönwetterfreund, was? Mal sehen, ob Sie das vielleicht aus Ihren Träumen weckt!«

Er warf ein blutiges Tuchbündel zu Boden, und Kit wich zurück. »Was ist das?«

Kirk trat mit dem Stiefel dagegen. »Sehen Sie nur!«

»Oh, mein Gott! Ist es das, was …?«

»Ja. Jojos Ohren! Das Werk Ihres Freundes Drew. Ich musste Korporal Jojo samt Begleiter zur Behandlung nach Brisbane schicken, sodass mir schon zwei Männer fehlen. Ich kann ebenso gut zurückreiten und diesen Bastard Drew gleich mitnehmen.«

»Den Teufel werden Sie!« Jack stand auf der Veranda und zielte mit einer Schrotflinte auf Kirk. »Ich habe niemandem die Ohren abgeschnitten, das wissen Sie ganz genau. Und die da auch!« Er machte eine Kopfbewegung zu Kirks Männern hin.

»Leg die Waffe weg«, sagte Kit. »Das hier erledige ich.«

»Aber schnell«, meinte Jack. »Fragen Sie die Kerle, ob ich es war, der Jojo das angetan hat.«

Kit ging zu den Schwarzen hinüber, während Kirk aus Angst vor Drews Flinte wie angewurzelt stehen blieb.

Der Major sprach eine Weile mit ihnen und fand heraus, dass sie Drew tatsächlich gejagt und auf ihn geschossen hatten.

»Warum?«

»Er frech zu Boss, also sagt Boss, wir sollen hinterher.«

»Ihr hättet ihn töten können.«

Sie schauten einander achselzuckend an.

»Hat er Jojo angegriffen?«

»Nein, er greift mich an«, sagte ein Mann. »Er mich geschlagen, Boss.«

»Wie heißt du?«

»Trooper Wally, Boss.« – »Hast du ihn auch geschlagen?« – »Ja. Hab ihn mit Keule erwischt.«

»Wer hat Jojo die Ohren abgeschnitten? Ich muss das unbedingt wissen. Es tut mir leid für euren Kameraden. Aber wer war es? Einer von euch? Ihr seid nicht ganz miteinander im Reinen, was? Eine Art Vergeltung?«

»Nein!«, schrien alle aus voller Brust. »Nein, Boss, nicht wir.«

»Wer dann? War noch jemand anders da oben?« Der Major schrie jetzt förmlich.

Sie wichen zurück, die Augen gesenkt. Keiner sagte ein Wort.

»Leg die Waffe weg«, rief Kit noch einmal. »Sie können für dich zeugen, Jack. Wer also hat es getan, Kirk?«

»Er!«, beharrte dieser. »Ihr Kumpel hier. Niemand sonst kann es gewesen sein.«

»Außer Ihnen!«, brüllte Jack.

Kirk explodierte förmlich und wollte schon zur Vordertreppe, doch der Major packte ihn und riss ihn zurück. Das war zu viel für Kirks Pferd. Es ging durch, und die Männer stoben auseinander.

Jack war verblüfft. Er entlud die Schrotflinte und hielt sie Adrian hin, der gerade mit Jessie nach draußen gekommen war, um nach der Ursache des Lärms zu sehen. Er rannte durchs Haus und die Molkerei nach draußen. Rannte einfach und hielt erst inne, als er den Wald erreichte, der an die Farm grenzte.

Dort lehnte er sich gegen einen Baum, glaubte zu ersticken, konnte kaum Luft holen.

Als sich die Panik gelegt hatte, dachte er wieder an die blutigen Ohren. Was zum Teufel war geschehen? Wer hatte das getan?

Er musste sich zwingen, an den Unsinn zu denken, den er den Polizisten zugerufen hatte, an die Drohung, ihre Ohren an Bäume zu nageln. Es war reiner Bluff gewesen, um ihnen Angst einzujagen.

Was also war geschehen? Einem Soldaten waren tatsächlich die Ohren abgeschnitten worden! Und an einen Baum genagelt?

Er wagte nicht, danach zu fragen.

Wer war es gewesen? Und wer hatte ihn aus seinem Versteck geholt?

»Wer denn sonst?«, fragte Kirk und trank den Whisky, den Adrian ihm reichte. »Es konnte nur Drew sein.«

»Er war es aber nicht«, sagte Kit. »Ihre Männer haben ihn gejagt und auf ihn geschossen, da blieb ihm für so etwas gar keine Zeit. Er hätte einen Angreifer eher mit dem Messer verletzt und wäre geflohen. Ich glaube, Ihre Männer sind irgendwelchen Stammesleuten in die Arme gelaufen, die die Situation einfach ausgenutzt haben. Sie haben sich Jojo geschnappt und es ihm gezeigt.«

»Und wie erklären Sie die Tatsache, dass Drew meinen Männern zuvor gedroht hatte? Sie sagten, er habe gedroht, die wilden Schwarzen würden ihnen die Ohren abschneiden und an Bäume nageln.«

»Keine Ahnung«, meinte Kit müde. »Vermutlich ist es eine gängige Drohung und Strafe unter den Schwarzen des Nordens. Jack wird das gewusst haben.«

»Dieser Mischling ist mehr schwarz als weiß«, entgegnete Kirk bitter. »Ich schätze, er ist verschwunden. Er steht auf deren Seite. Passen Sie bloß auf.«

»Genau wie Sie. Ich wüsste immer noch gern, aus welchem unerfindlichen Grund Sie ihm die Bewaffneten hinterhergeschickt haben.«

Kirk schmollte. »Habe ich nicht. Er hat ihnen gedroht, das mögen sie nicht. Ist doch nicht meine Schuld, wenn ein paar von ihnen den Burschen erledigen wollten.«

»Sie tragen die Verantwortung, Sir«, warf Adrian ein.

»Das ist ja erschreckend. Und Sie wollen hier das Kommando führen?«

Kit hob beschwichtigend die Hand. »Ich möchte behaupten, dass Ihre Jungs mehr bekommen haben, als sie eigentlich wollten. Wenn Sie nach Brisbane zurückkehren wollen, sollten Sie sich auf den Weg machen.«

»Ich habe meine Meinung geändert. Wir reiten weiter Richtung Norden. Keine Sorge, Major, wir machen die Gegend sicher, damit Ihnen nichts passiert, wenn Sie nachkommen.«

9

Der Brief, den Mrs Pinnock von Adrian und Jessie erhielt, erzürnte sie über die Maßen. Schlimm genug, dass Jessie einfach nach Brisbane gefahren war. Was nur dachte Adrian sich, dieses Verhalten seiner Schwester zu dulden? Zumindest hätte er sich mit ihr in Brisbane eine anständige Unterkunft suchen müssen, bis die *Argyle* nach Sydney zurückfuhr, um sie dann nach Hause zu begleiten. Das zeigte nur, wie unzuverlässig ihr Sohn war. Die Familie war doch wohl wichtiger als Kit Ferringtons Probleme.

Und als wenn das nicht genug wäre, lebten ihre Kinder nun auch noch draußen in der Wildnis. In seinem Haus! Hatte Jessie denn den Verstand verloren? Es war einfach skandalös, dass sie mit ihrem Verlobten unter einem Dach wohnte.

Und dann die Hochzeit! Ein weiterer Schlag! Blanche klingelte nach dem Hausmädchen. »Einen guten, starken Tee«, sagte sie.

Jessie hatte ihr mitgeteilt, die Hochzeit werde im Haus dieses Wüstlings stattfinden. Denn genau das war Ferrington. Wie sonst sollte man einen Mann nennen, der, ob verlobt oder nicht, ein alleinstehendes Mädchen in seinem Haus beherbergte?

»Wenn es nach mir ginge«, tobte Blanche, »gäbe es überhaupt keine Verlobung. Ich würde sie heute noch lösen. Wie können sie es wagen, so gegen alle Regeln des Anstands zu verstoßen?«

Also würde die Hochzeit, die sie seit Jahren geplant hatte, nicht stattfinden, jedenfalls nicht in der Form, die sie vorgesehen hatte. Die wunderschöne Hochzeit in Sydney mit

Hunderten geladener Gäste und einem üppigen, romantischen Empfang im Park des Government House, mit Blick auf den Hafen! Sie hätte am liebsten geweint. Es war einfach zu traurig. Dieses dumme Mädchen! Nun würde niemand zu ihrer Hochzeit kommen. Und selbst wenn – wo sollten die Gäste wohnen? Hatte Jessie überhaupt daran gedacht? Und wer würde das Essen liefern? Jessie konnte für den Alltagsgebrauch kochen, aber eine Hochzeit überstieg ihre Möglichkeiten bei Weitem.

Blanche betrachtete den Schluss des hastig hingeworfenen Briefs, in dem sie gebeten wurde, die Schneiderin das Kleid fertig stellen zu lassen und es ihr so bald wie möglich zu schicken, damit Jessie eventuelle Änderungen selbst vornehmen könnte.

»Verstehe«, meinte Blanche drohend. »Ich soll dir also das Kleid schicken. Und was sonst noch? Ich werde dich lehren, mir wegzulaufen wie ein liebeskrankes Dienstmädchen.«

Sie zerriss den Brief und warf die Fetzen in den Papierkorb. »Die Post ist heutzutage auch nicht mehr, was sie war.«

Als sie an diesem Nachmittag die Macquarie Street entlangkam und das Krankenhaus betrat, warf ihr ein Mann in einem langen, weißen Staubmantel und mit einer blauen Samtkappe einen aufmerksamen Blick zu.

Er erkannte Mrs Pinnock und folgte ihr die Treppe hinauf und durch den Hauptkorridor.

Als sie die Männerstation betrat, fragte er eine Krankenschwester: »Das ist doch Mrs Pinnock. Ist ihr Sohn etwa krank?«

»Nein, ihr Schwiegervater Marcus Pinnock. Ein reizender Herr.«

»So ist er. Immer der Gentleman.«

»Möchten Sie ihn auch besuchen?« Er strich sich den grau

melierten Bart. »Jetzt nicht. Ich möchte die Dame nicht stören. Ich komme wieder.«

Merlin war geduldig, das Warten machte ihm nichts aus, sondern gab ihm Zeit, sich zu überlegen, wie er den glücklichen Zufall nutzen könnte. Flo Fowler war noch zu Hause und schmachtete nach dem jungen Pinnock. Erst heute Morgen hatte sie noch einen Brief erhalten, in dem er ihr ewige Liebe schwor.

»Der hat gut reden«, hatte Merlin zu ihr gesagt. »Männer schreiben alles, damit Frauen stillhalten. Seine Versprechen sind keinen Pfifferling wert. Denk an meine Worte.«

»Sag doch so etwas nicht, Merlin. Wie kannst du so unfreundlich sein? Was willst du überhaupt von mir?«

»Ich bin ein bisschen klamm. Nur vorübergehend. Ich dachte, du könntest mir vielleicht ein Pfund leihen.«

»Ein Pfund! Ich? Du bist vielleicht dreist. Warum bittest du nicht deine neue Assistentin?«

»Weil sie erst Geld hat, wenn ich sie bezahle, und das kann ich im Augenblick nicht. Außerdem bist du der reichste Mensch, den ich kenne.«

»Reich? Raus mit dir. Ich habe selbst keinen Penny, und das weißt du genau.«

»Aber was ist mit der Diamantbrosche, diesem schicken Stück, das du irgendwo versteckt hältst? Die würde im Pfandhaus ein nettes Sümmchen bringen.«

»Ich würde sie im Traum nicht versetzen. Lieber verhungere ich.«

»Vermutlich ja. Falls du dich schämst, ins Pfandhaus zu gehen, erledige ich das für dich. Es geht ganz schnell. Gib sie mir, Flo, dann feiern wir ein bisschen. Du wirst reich sein, dann musst du dich nicht mehr um dein tägliches Brot sorgen. Dein süßer Adrian kann die Brosche auslösen, wenn er wieder da ist. Und wenn nicht, hast du ein nettes Polster.«

Flo drückte Adrians Brief an die Brust. Es war furchtbar, dass Merlin hier auftauchte und ihr den herrlichen Morgen verdarb. Adrian hatte ihr sofort geschrieben, es war ein wunderschöner Brief, in dem er berichtete, dass er sich um die Farm eines Freundes kümmern müsse, der für ungefähr eine Woche verreise. Er werde bald mehr schreiben. Die Seite endete mit zahllosen Küssen.

»Wenn es dir nichts ausmacht, solltest du jetzt gehen, Merlin. Ich muss arbeiten.«

»Was denn arbeiten?«

»Das ist privat. Tut mir leid, aber ich kann dir wirklich kein Geld leihen.«

Doch hier im Krankenhaus fand sich nun die zukünftige Schwiegermutter Mrs Pinnock, die Salonlöwin, die im Geld schwamm. Es musste doch möglich sein, ein paar Pfund aus ihr herauszuquetschen.

Stunden später tauchte die Frau wieder auf, und er sprang auf, um ihr die Treppe hinunterzuhelfen. »Lassen Sie mich Ihnen helfen, Mrs Pinnock. Die Stufen sind glitschig nach dem Regen.«

»Vielen Dank«, sagte sie und wollte sich losmachen. »Nett von Ihnen, Sir, aber ich schaffe es schon.«

»Sie gehen zu Fuß? Dann möchte ich Sie begleiten.«

»Nein! Danke nein. Ich nehme eine Droschke.«

»Aha, sehr vernünftig. Adrian ist ein Freund von mir, müssen Sie wissen. Damit Sie nicht denken, ich wollte Sie belästigen.«

»Verstehe«, erwiderte sie steif. Der Name ihres Sohnes öffnete anscheinend keine Tür. »Wenn Sie mich jetzt entschuldigen wollen …«

Merlin litt noch unter Flos Zurückweisung, und nun kam ihm diese Dame auch noch etepetete. Dabei wollte er doch nur ihre Bekanntschaft machen. Immerhin war sie Witwe und wusste die Gesellschaft eines Mannes von Welt gewiss zu schätzen.

»Einen Moment noch, Mrs Pinnock«, sagte er aalglatt.

»Ich möchte Sie keinesfalls aufhalten, aber wenn ich mich vorstelle, kennen Sie vermutlich meinen Namen…«

»Nein, Sir. Wenn Sie mich jetzt vorbeilassen wollen…«

»Merlin, mein Name, Künstler und Magier der Extraklasse.«

»Mr Merlin, muss ich etwa die Polizei rufen?«

»Gewiss nicht, werte Dame. Ich wollte nur mit Ihnen über einen Gefallen sprechen. Es hat mit Adrian zu tun.«

»Was ist mit Adrian?«, fragte sie erzürnt, den Regenschirm drohend erhoben.

»Nun ja, er ist weg, wie Sie wissen. Und hat seine Verlobte mittellos zurückgelassen…«

»Welche Verlobte?«, rief sie.

»Flo«, entgegnete er süffisant und genoss den Schock, den er hervorrief. »Adrian hat darauf bestanden, dass sie ihre Arbeit aufgibt, dann aber vergessen, für sie zu sorgen. Sicher war es nur ein Versehen, aber wenn Sie einen Zehner entbehren können, um ihr aus der Not zu helfen…«

Sie schüttelte den Regenschirm vor seiner Nase. »Verschwinden Sie, Sie widerlicher Kerl, sonst hole ich die Pferdepeitsche!«

Merlin wich zurück, als sie herumwirbelte und sich in den Schutz des Krankenhauses zurückzog. Angesichts der Drohung, mit der Polizei zurückzukommen, verschwand er lieber.

Blanche floh ebenfalls, obwohl sie äußerlich gelassen wirkte. Doch ihr Herz hämmerte, sie bebte am ganzen Körper. Wie konnte dieser unappetitliche Kerl es wagen, sie anzusprechen? Sie war empört, außer sich und zudem ein wenig verängstigt durch diese Begegnung. Vor einer Station fand sie einen Sessel und ließ sich nieder, wobei sie schützend die Falten ihres Rockes um sich drapierte. Dann zog sie Bilanz.

Offensichtlich war der Bursche ein Betrüger, der sie »melken« wollte, wie Marcus zu sagen pflegte. Der arme Marcus… gewiss, er hatte gute Tage, an denen er bei klarem Verstand war und sprechen konnte, doch dann wieder, wie heute, konnte er sich kaum wach halten und wurde immer wieder ganz bleich im Gesicht. Der Arzt hatte den Kopf geschüttelt.

Warum gerade jetzt?, dachte Blanche, die sich auf einmal verzweifelt und einsam vorkam. Warum musstest du gerade jetzt krank werden, wo ich dich so sehr brauche? Ich habe niemanden zum Reden. Du darfst uns jetzt nicht verlassen.

Seit dem Tod ihres Mannes war Marcus immer für sie da gewesen, der Fels der Familie, doch nun zerfiel die Familie vor ihren Augen. Und wer war diese Flo? Was hatte das nun wieder zu bedeuten? Vermutlich gab es sie gar nicht. Der Kerl wollte gewiss nur einen Zehner aus ihr herausholen.

Von wegen, dachte sie wütend, und der Zorn verlieh ihr wieder Fassung. Ich werde ihn lehren, mich zu betrügen. Merlin! Sicher ein Künstlername. Ein Skandal, dass dieser Lügner und Betrüger sich an sie heranmachte!

»Sie sind schon wieder da, Mrs Pinnock?«, fragte die Oberschwester. »Geht es Ihnen nicht gut?«

»Doch, vielen Dank. Aber draußen ist es heiß. Könnte mir vielleicht jemand eine Droschke rufen?«

»Natürlich. Ich wollte Ihnen auch sagen, wie leid es mir tut, dass Ihr Schwiegervater sich nicht erholt. Ich hatte gehofft, Sie würden ihn bald mit nach Hause nehmen können, aber sobald wir ihn in seinen Sessel setzen, wird er so furchtbar müde…«

»Ich verstehe, danke. Aber es wird mir allmählich zu viel.«

Zum Schrecken der Oberschwester brach Blanche in Tränen aus, und obwohl sie darauf bestand, sie müsse nach Hause gehen, nahm die freundliche Oberschwester sie mit ins Büro und ließ ihr Tee bringen.

»Wir tun unser Bestes für ihn«, sagte sie zu Blanche, »aber seine Krankheit ist so unberechenbar. Seien Sie versichert, er bekommt rund um die Uhr die beste Behandlung.«

»Das weiß ich doch«, flüsterte Blanche unsicher. »Tut mir

leid, dass ich weine, aber ich hatte soeben ein ziemlich aufwühlendes Erlebnis und weiß nicht, was ich jetzt tun soll.«

Als die Oberschwester hörte, was geschehen war, zeigte sie sich entsetzt. Vor allem, weil etwas so Unerhörtes genau vor ihrem Krankenhaus geschehen war.

»Da draußen? Vor unserer Tür?«

Blanche nickte, kam sich lächerlich vor und wünschte, sie hätte den Mund gehalten; schließlich hatte man sie nicht überfallen, und den Kerl war sie sogar ohne fremde Hilfe losgeworden.

Doch die Oberschwester tobte weiter. »Was für ein furchtbares Erlebnis! Wollte Geld aus Ihnen herauspressen, als hätten Sie nicht schon genug Sorgen. Man könnte ja verstehen, wenn so etwas irgendwo im Hinterland passierte, aber doch nicht mitten in der Macquarie Street, in einem anständigen Viertel, nur wenige Meter vom Government House entfernt! Skandalös. Wir sollten ihn anzeigen.«

»O nein, das möchte ich nicht! Bitte. Er sprach von einer Person, mit der mein Sohn verlobt sein soll. Ich habe keine Ahnung, worum es geht, aber Adrian ist nicht verlobt. Jedenfalls möchte ich die Polizei auf keinen Fall ins Spiel bringen. Wenn Sie mir eine Droschke rufen, fahre ich nach Hause. Es geht mir schon viel besser, dank Ihnen.«

»Mrs Pinnock, Sie können so etwas nicht einfach auf sich beruhen lassen. Sie werden ständig fürchten, er könnte Sie erneut ansprechen. Ich kenne mich aus, es ist besser, die Sache aus der Welt zu schaffen, wenn auch ohne Polizei. Ich kenne da einen Herrn, er ist sehr diskret und wäre genau der richtige.«

»Nein, wirklich …«

»Mrs Pinnock, ich glaube, Sie sind im Augenblick ganz auf sich gestellt. Ihr Schwiegervater ist krank, die Kinder sind verreist. Ich würde Ihnen Mr Watkins empfehlen, einen pensionierten Londoner Polizisten, der jetzt als Privatdetektiv arbeitet. Er kann sich die Sache doch einmal ansehen.«

Blanche wollte schon ablehnen, überlegte es sich aber anders. Warum nicht? Falls dieser Mr Watkins respektabel war, gäbe es keinen vernünftigeren Weg, um ihre Fragen zu beantworten.

»Wenn Sie meinen«, entgegnete sie.

Am nächsten Tag führte das Mädchen Mr Fred Watkins pünktlich um zwei in den Salon.

Name und Beruf hatten Blanche mit einem etwas schmierigen Charakter rechnen lassen, der sich in dunklen Gassen herumtrieb und an Straßenecken herumdrückte, um Leute auszuspionieren, doch dieser Mann war groß und aufrecht, gut gebaut und anständig gekleidet. Er wirkte höflich, aber entschieden.

Nachdem sie sich bekannt gemacht hatten, nahmen sie einander gegenüber Platz, und er erkundigte sich nach dem genauen Ablauf des Vorfalls.

Nachdem Blanche berichtet hatte, äußerte er kein Mitgefühl, sondern notierte sich Merlins Namen und Beruf, dazu den Namen der Frau, die sich als Adrians Verlobte ausgab. Flo, mehr wusste Blanche nicht.

Sie zeigte Mr Watkins ein Foto von Adrian und erklärte seine Abwesenheit. Jessie hingegen erwähnte sie kaum, da sie deren peinliche Lage nicht eingestehen wollte.

»Und Sie glauben, Ihr Sohn sei nicht mit dieser Person verlobt?«

»Ganz gewiss nicht. Ich kenne die Mädchen, die er bei gesellschaftlichen Anlässen begleitet, von einer Flo habe ich nie gehört. Ich will damit sagen, dass wir gesellschaftlich gesehen in einer Kleinstadt leben, sodass ich unweigerlich erfahren würde, wenn Adrian mit dieser Person gesehen worden wäre. Im Gegenteil, es gibt sogar ein reizendes Mädchen, Miss Mercia Flynn, das er immer recht gern hatte. Wir hoffen, dass etwas daraus wird.«

»Gewiss.« Watkins klappte sein Notizbuch zu und holte

ein gefaltetes Blatt aus der Westentasche. »Hier sind meine Honorarsätze, Madam. Wenn Sie es wünschen, übernehme ich den Fall. Es dürfte nicht länger als einen Tag dauern, um der Sache auf den Grund zu gehen.«

»Sie werden diesem Merlin aber nicht sagen, dass ich … hm, Erkundigungen über ihn einziehe, nicht wahr? Er könnte es mir übel nehmen.«

»Keine Sorge, Mrs Pinnock.« Er lächelte beruhigend. »Er wird nicht merken, dass Sie auch nur eine Sekunde an ihn gedacht haben. Soll ich anfangen?«

Sie warf einen Blick auf das Honorar. »Ja, bitte. Auf jeden Fall.«

»Dann werde ich mich mit Ihrer Erlaubnis verabschieden. Um zwei Uhr am Donnerstag? Dann bringe ich meinen Bericht mit.«

»Vielen Dank«, sagte Blanche, die ganz verblüfft war von seiner effizienten Art.

Wieder in seinem Büro, legte Fred eine Akte über Mrs Blanche Pinnock an, in die er die Hintergrundinformationen eintrug, die er von der Oberschwester Carmichael erhalten hatte, die die Dame und ihren Schwiegervater sehr bewunderte. Er fügte die Namen der Kinder, Adrian und Jessica, hinzu und ein separates Blatt für den Schurken mit dem blumigen Namen Merlin. Dazu Flo, die er mit einem Fragezeichen versah. Danach ging er seine Post durch und las stirnrunzelnd den Brief seines Schwagers, des Bruders seiner verstorbenen Frau, der ihn um ein Darlehen von zwanzig Pfund bat, um seine Überfahrt nach Sydney zu bezahlen, wo er, wie er schrieb, sehr gern leben würde.

»So siehst du aus«, sagte Fred grimmig. »Dein sorgloses Leben auf Kosten meiner Familie endete mit dem Tag, an dem wir Martha begraben haben. Ich habe dein ewiges Schnorren nur ihretwegen ertragen, aber das ist jetzt vorbei. Du bleibst in London, mein Freund, soll doch jemand anders deine Rechnungen bezahlen.«

Danach las er den Brief von Inspektor Tomkins, der ihm ein Grinsen entlockte. »Bei Gott, Jack Wodrow, das ist mal ein Name aus der Vergangenheit.«

Fred war dem Schurken mehrmals bei seinen Streifzügen durch die zwielichtigen Spelunken begegnet, in denen die Londoner Unterwelt verkehrte. Der junge Wodrow war ein typisches Kind der Slums, das für sich selbst sorgte und immer auf Unfug aus war, um sich einen Kanten Brot zu verdienen, nur war dieser Bursche ein Einzelgänger. Er schloss sich keiner der listigen Banden an, die damals die Straßen unsicher machten, und galt dennoch irgendwie als Anführer. Man zollte ihm Respekt, falls dies der richtige Ausdruck für einen Räuberlehrling war.

Als Heranwachsender war Wodrow bereits ein voll ausgebildeter Dieb und durchlief eine Weiterbildung zum Straßenräuber, bis sein Gesicht auf den Steckbriefen erschien. Er war so geschickt in seinem Metier und so erfolgreich, dass man bald ein Kopfgeld wegen bewaffneten Raubüberfalls und Mordes aussetzte.

»Und was dann?«, fragte Fred das Porträt der Königin Victoria, das die Wand zierte. »Was ist aus Wodrow geworden? Erwischt haben sie ihn nicht, das steht mal fest. Hat er sich mit seinem schlecht verdienten Geld zur Ruhe gesetzt? Nicht ausgeschlossen. Aber irgendjemand hätte ihn doch mal gefunden. Außer er hat seinen Namen geändert.«

Da Ihre Majestät auch keine Antwort wusste, las er weiter.

Nein, er hatte seinen Namen nicht geändert, sonst wäre Arnold da oben nicht auf diesen Verwandten gestoßen, der nach Jack suchte.

Andererseits konnte es unmöglich derselbe Jack Wodrow sein. Man würde kaum eine Anzeige für das schwarze Schaf der Familie aufgeben; solche Leichen verbarg man gewöhnlich im Keller.

»Ein Rätsel«, schrieb er an Arnold Tomkins. »Unser Jack

ist glatt in Vergessenheit geraten. Bis jetzt. Vielleicht ist er tot. Ich werde das bei den Londoner Kollegen überprüfen. Dennoch ist es faszinierend, dass dieser Hector Wodrow dem Gesuchten ähnelt. Wir werden sehen. All das ist äußerst interessant.«

Jack Wodrow alias Drew ritt in diesem Augenblick mit einem Trupp Soldaten, dem er als Kundschafter diente, nach Westen. Er nutzte die Zeit, um über seine Vergangenheit nachzudenken.

Seine Laufbahn als Straßenräuber hatte er immer sehr nüchtern und geschäftsmäßig betrachtet, als Schritt hin zu einem besseren Leben. Jahrelang war er vorsichtig gewesen, hatte niemandem vertraut, doch dann hatte ihn das Unglück wie aus heiterem Himmel getroffen.

Er hatte sich ein beträchtliches Vermögen in Münzen zusammengeräubert, das beinahe ausreichte, um seinen Namen zu ändern und nach Liverpool zu verschwinden, wo die Leute, wie die Matrosen erzählten, keine dummen Fragen stellten. Vielleicht würde es reichen, um sich ein Wirtshaus zu kaufen und gut zu leben. Doch eines Tages, er hatte sein Zimmer nur kurz verlassen, war ein Dieb dort eingedrungen und hatte sein sorgfältig verstecktes Vermögen gestohlen. Wie er das Geld gefunden hatte, das tief unter den Dielenbrettern steckte, sollte Jack nie erfahren. Doch damit waren seine gesamten Ersparnisse weg! Black Jack war ausgeraubt worden!

Nach diesem Verlust war Jack noch aktiver geworden. Eines Nachts wollte bei einem Überfall an der Straße nach Birmingham ein Kaufmann auf ihn losgehen. Eigentlich wollte Jack ihn nur beiseitestoßen, doch irgendwie war seine Muskete losgegangen, und er sah noch immer vor sich, wie der Mann mit verblüfftem Gesicht zu Boden sank.

Danach war er nach London geeilt, hatte sein Pferd verkauft und sich in seinem eigenen Viertel verkrochen. Dann kam der nächste Schlag.

Er ging gerade durch eine dunkle, neblige Gasse nach Haus, als er einen betrunkenen Dandy aus Minellas Etablissement stolpern sah. Leichte Beute! Blitzschnell war Jack zur Stelle und durchsuchte gerade die Taschen des Mannes, als die Freunde des Dandys aus dem Bordell kamen und sich auf Jack stürzten.

Sie lieferten ihn beim Gemeindeaufseher unter dem Namen, den er ihnen genannt hatte, ab – Jack Drew. Damit retteten sie ihm das Leben. Ein Gemeindeaufseher würde kaum die Angaben feiner Leute in Frage stellen, und so wurde Jack vom Straßenräuber und Mörder zum einfachen Dieb.

Er musste laut lachen, worauf Leutnant Clancy sich zu ihm umdrehte.

»Was ist denn los?«

»Nichts. Aber man hat mir zweimal im Leben die Ersparnisse geraubt. Das erste Mal war es eigentlich ganz komisch, das zweite Mal hingegen ganz und gar nicht.«

Vor ihnen lag die Montone-Station, dort würde er Gelegenheit haben, nach seinem Gold zu suchen. Womöglich befand es sich noch irgendwo in den Ruinen des Wohnhauses. Wenn ja, würde er seinen ursprünglichen Plan wieder aufgreifen und als wohlhabender Mann nach Sydney zurückkehren, was er schon lange vorhatte. Aber dort bleiben würde er nicht. Jack wusste mittlerweile, dass ihm das Stadtleben nicht mehr behagte, zudem hatte er noch eine weitere Möglichkeit entdeckt. Er musste unbedingt mehr über das Leben dieser Strandläufer in Erfahrung bringen.

Sie ritten an der Abzweigung nach Grosvenor vorbei, und der Major an der Spitze führte sie unmittelbar in Bussamarais Gebiet.

Fred erschien zur verabredeten Zeit, ruhig und gelassen, obwohl er ein Versprechen gegenüber einer Dame gebrochen hatte. Schließlich war es nur zu ihrem Besten gewesen. Merlin zu überprüfen, war leicht gewesen, da ihn jeder kannte.

Und mehrere Leute hatten ihm mitgeteilt, ein Mädchen namens Flo Fowler habe als seine Bühnenassistentin gearbeitet.

Er traf Flo in ihrem Cottage an und plauderte mit ihr, wobei es ihm angeblich um Merlin ging.

»Anscheinend hat Mr Merlin Schulden. Ich versuche herauszufinden, ob er nicht bezahlen kann oder will. Verstehen Sie?«

»Oh. Erkundigen Sie sich deshalb nach ihm? Nun, ich klatsche nicht, würde aber vermuten, dass er nicht bezahlen kann, weil er knapp bei Kasse ist.«

»Woher wissen Sie das?«

»Er wollte sich Geld von mir leihen, aber ich habe nichts zu verleihen. Du lieber Himmel, ich habe ja nicht mal Arbeit!«

»Wie ich höre, sind Sie mit Mr Adrian Pinnock verlobt.«

»Das haben Sie wohl von Merlin«, fauchte sie. »Das hätte er Ihnen nicht erzählen dürfen. Es ist ein Geheimnis. Wir wollen bald heiraten und werden das ankündigen, wenn es uns passt.«

»Sie müssen sehr glücklich sein. Ein reizender Gentleman, wie ich höre.«

»Das ist er, Mr Watkins, die Freundlichkeit in Person. Möchten Sie eine Limonade? Ich mache sie aus meinen eigenen Zitronen von dem Baum da draußen.«

»Sehr gern, das Wetter macht durstig.«

»Setzen Sie sich, ich komme gleich wieder.«

Das Mädchen war ein einsames, trauriges Ding und freute sich, mit jemandem zu reden. Er blieb eine ganze Weile und gab ihr ein paar Tipps für ihren Garten.

Dann kam Merlin an die Reihe. Er hielt Fred für einen Polizisten, was dieser ausnutzte, um Merlin nach Mrs Pinnock zu fragen… Watkins drohte ihm mit einem Verfahren und warnte ihn, er und seine Kollegen würden untersuchen, ob unter seinem echten Namen Bill Jukes noch mehr gegen ihn vorliege.

»Das sind ernsthafte Vorwürfe«, sagte er im Gehen. »Und ich bin hartnäckig. Würde mich nicht überraschen, wenn Sie ein Kandidat für Norfolk Island wären.«

»O Jesus, nein! Hören Sie, ich habe nichts getan, ehrlich. Ich wollte nur ein bisschen Geld für die arme Flo...«

»Und nun sehen Sie, wohin Sie das gebracht hat.«

Fred ging seiner Wege und wusste genau, dass Merlin so schnell wie möglich aus Sydney verschwinden würde. Es gab noch andere Bühnen und Städte, die einen Magier, der angeblich an den Höfen Europas aufgetreten war, mit offenen Armen empfangen würden.

Blanche dinierte mit Lady Georgina Heselwood und versuchte, sich auf die neuesten Abenteuer ihrer Freundin zu konzentrieren.

»Wir reisen bald nach Brisbane«, sagte Georgina zu Blanches Verblüffung.

»Ich dachte, ihr wolltet nie mehr dorthin.«

»Ach nein, in die Wildnis bekommt mich niemand mehr. Ich war so dumm, es mir idyllisch auszumalen, eins mit der Natur, weit entfernt von der Zivilisation. Wir fahren nur nach Brisbane, um uns von Freunden zu verabschieden. Danach kehren wir nach England zurück.«

»Ach so, nur zu Besuch... aber ist das sicher?«

»O ja. Sie besitzen eine Schafstation in den Darling Downs, nicht oben im Norden, wo mein Mann unbedingt Land kaufen musste. Die Downs sind mittlerweile ziemlich sicher und besiedelt. Aber was ich dir sagen wollte... wir können ja einmal nach Adrian sehen. Wo genau liegt Major Ferringtons Besitz?«

»Das müsste ich herausfinden.« Blanche erbleichte bei der Vorstellung, Lord und Lady Heselwood könnten in Emerald Downs auftauchen und dort Jessie vorfinden, die mit ihrem Verlobten unter einem Dach lebte. Ihr wurde schwindlig, doch sie schaffte es noch bis zum Dessert, bevor sie zu einer »wichtigen Verabredung« ins Krankenhaus eilte.

Sie ging tatsächlich dorthin, verließ das Gebäude jedoch durch einen Seiteneingang und nahm eine Droschke, um pünktlich zu ihrer Verabredung mit Mr Watkins, die ihr seit Tagen Magenschmerzen bereitete, zu Hause zu sein. Merlin war in ihrer Vorstellung zu einem harmlosen Landstreicher geschrumpft, der um Kleingeld gebettelt hatte, seine Geschichten zu blankem Unsinn. Blanche fragte sich, warum um Himmels willen sie andere Leute hineingezogen hatte, dazu noch einen Privatdetektiv. Was würde Georgina zu dieser Torheit sagen? Vermutlich würde sie lachen. Blanche aufziehen. Es Jasin erzählen, der sie nach peinlichen Einzelheiten ausfragen würde ...

Sie traf gleichzeitig mit Mr Watkins am Tor ein, der ihr den Vortritt ließ. Er schien gar nicht zu merken, dass sie sich unwohl fühlte, als sie mit ihren hohen Absätzen vor ihm hertrippelte, wobei ihr langer Seidenrock mit dem feinen Georgette-Schleier sich im Wind bauschte, als wollte er ihn einhüllen.

Fred hielt nichts davon, Leuten mit der Ankündigung schlechter Nachrichten Angst einzujagen. Er hielt es für zweckmäßiger, seine Ergebnisse ruhig vorzutragen und den Dingen ihren Lauf zu lassen.

In diesem Fall konnte er mit ziemlicher Gewissheit sagen, dass sie sich keine Sorgen wegen Merlin mehr machen müsse. »... da er, wie ich höre, Sydney verlassen wird.«

»Gut.«

»Nun zu Miss Fowler. Miss Flo Fowler.«

»Ich dachte, sie existiere gar nicht?«

»O doch. Ich habe mit ihr gesprochen. Scheint ein nettes Mädchen zu sein.«

»Wer ist sie? Ich habe noch nie von ihr gehört.«

»Das glaube ich Ihnen gern. Sie bewegt sich in anderen gesellschaftlichen Kreisen. Ich kann jedoch in ihrem Namen bestätigen, dass sie von Merlins Versuch, Ihnen Geld zu entlocken, nichts gewusst hat. Meiner Meinung nach hatte er die Absicht, das Geld zu behalten.«

»Ich hätte ihm keinen Penny gegeben!«

»Allerdings ist Miss Fowler mit Ihrem Sohn verlobt.«

»Sie ist was? Das glaube ich nicht!«

»Ich habe die Diamantbrosche gesehen, die er ihr geschenkt hat.«

»Bestimmt ein Stück Glas vom Rummelplatz.«

»Ich habe beim Juwelier T. G. Poustie nachgefragt. Mr Adrian hat die Brosche bei ihm gekauft und zehn Pfund dafür bezahlt.«

Mrs Pinnock war entsetzt. »Zehn Pfund! Das ist ja ein Vermögen! Sind Sie sicher, dass das stimmt? Also, Mr Watkins, das ist ein bisschen viel auf einmal!«

Er fuhr fort: »Ich hatte den Eindruck, dass Miss Fowler das Cottage, in dem sie wohnt, als ihr Eigentum betrachtet, was ungewöhnlich ist für eine junge Frau, die auf bezahlte Arbeit angewiesen ist. Aber es ist wahr, ich habe es im Grundbuch nachgeprüft. Der frühere Besitzer war nicht geneigt, den Verkaufspreis zu nennen, erklärte aber, ein gewisser Mr Adrian Pinnock habe das Cottage bezahlt, auch wenn es im Grundbuch nicht auf seinen Namen eingetragen sei.«

»Das kann nicht sein. Wahnsinn! Sind Sie ganz sicher, Mr Watkins?«

»Ja. Ich habe hier den Bericht für Sie.«

»O Gott!« Sie wich zurück vor den gefalteten Seiten, als könnte sie sich daran verbrennen; doch dann griff sie resigniert danach und legte sie auf ein Tischchen.

»Miss Fowlers Adresse steht auch darin, falls Sie sie aufsuchen möchten.«

»Nie im Leben.«

»Das wäre auch klüger.«

»Meinen Sie? Dann muss es die erste kluge Entscheidung sein, die ich seit langem getroffen habe. Ich kann nicht glauben, dass Adrian eine heimliche Verlobte hat, dass er sie unterstützt und…«

Fred hob die Hand. »Da gibt es noch ein Problem. Adrian hat sie zwar großzügig beschenkt, nicht aber finanziell unterstützt.«

»Immerhin etwas.«

»Na ja. Miss Fowler ist jetzt ohne Arbeit. Sie hat überhaupt kein Einkommen. Und wenig Erspartes. Sie hat ihre Stelle auf Adrians Ersuchen hin aufgegeben, der nichts von ihrer Arbeit hielt.«

»Guter Gott! Was war sie denn?«

»Etwas Ehrliches«, meinte er lächelnd. »Sie war Merlins Bühnenassistentin. Vielleicht haben Sie sie einmal im Theater gesehen.«

»Das glaube ich kaum.«

Fred erhob sich. »Dann sollten wir es dabei belassen. Sollte ich Ihnen noch helfen können, lassen Sie es mich bitte wissen, Mrs Pinnock.«

Er gab ihr seine Visitenkarte.

Sie schaute kurz darauf und sah zu ihm hoch. »Meinen Sie, ich werde von ihr hören, falls Adrian sie nicht unterstützt?«

»Möglich.«

»O Gott. Dann ist es ja noch viel komplizierter, als ich dachte. Ich weiß gar nicht, ob ich meinen Sohn darauf ansprechen soll oder nicht. Ach, Mr Watkins, wie wäre es mit einer Tasse Tee? Ich muss gründlich darüber nachdenken, und allein werde ich nur wütend.«

»Ich möchte Sie nicht stören.«

»Das tun Sie nicht. Ich würde gern Ihren Rat einholen.«

10

Sie hatten eine weite Strecke zurückgelegt – Jack hatte ganz vergessen, wie schnell man zu Pferd vorankam – und dabei keinen einzigen Schwarzen entdeckt, was sie übermütig stimmte. Die Leute scherzten und staunten über die interessante Ausrüstung, die der Major auf dem Packpferd mit sich führte.

Jack hörte ihnen kopfschüttelnd zu und wunderte sich, dass die Weißen einfach ins Land der Aborigines vordrangen, obwohl sie sich dort nicht im Geringsten auskannten. Zwar mochten sie keine Feinde sehen, doch Jack spürte, dass sie von ihnen beobachtet wurden. Auch er begann, Zeichen zu hinterlassen, Signaturen der Kamilaroi, und hoffte auf eine friedliche Reise. Er trug ein Gewehr bei sich, da vielleicht ein Zeitpunkt kommen würde, an dem er sich dank dieser Narren verteidigen musste, hoffte aber, so bald wie möglich die Montone-Station zu erreichen. Dort würde er kehrtmachen. Egal, was der Major sagte, Jack würde ihn nicht weiter begleiten. Sie folgten den Viehpfaden und kamen gegen Abend an einen weiten See, den ein Schwarm Pelikane bevölkerte. »Wie sagen die Schwarzen dazu?«, wollte Ferrington wissen.

»Gulamboli«, sagte Jack.

»Weiter!« Clancy war fasziniert. »Und wie heißen Tauben bei ihnen?«

»Gulawilil.«

»Wenn Sie welche sehen, melden Sie sich«, warf Ferrington ein. »Ich habe eine Vorliebe für Taubenpastete.«

Sie schlugen ihr Lager am Ufer des Sees auf, und während sie bei gekochtem Rindfleisch ums Lagerfeuer saßen, erforschte Jack die Gegend, die er nicht kannte, aber schön fand. Hohe, süß duftende Bäume und eine Vielzahl von Tieren, die sich in diesem Land der Fülle wohl fühlten. Weiter draußen hingegen konnten die Ebenen nach der Regenzeit rasch austrocknen, sodass die Menschen gezwungen waren, auf der Suche nach Nahrung weiterzuziehen.

Am nächsten Morgen brachen sie zeitig auf, gut gelaunt nach einem Frühstück aus Eiern, Speck und Tee, und der Major beschloss, Patrouillen aus jeweils drei Männern in den Busch zu schicken, die sich jedoch nicht weit vom Hauptweg entfernen sollten.

»Um zwölf seid ihr zurück«, warnte der Leutnant. »Wir wollen nicht, dass einer verloren geht.«

Nach einigen Stunden deutete Jack auf Spuren, die in den Busch führten.

»Bisher sind wir Kirks Männern gefolgt«, sagte er zum Major. »An dieser Stelle haben sie den Weg verlassen. Ich sehe mich um und stoße wieder zu Ihnen.«

Es war eine gute Ausrede, um allein zu reiten, da er sich in der Gesellschaft von Soldaten nicht sonderlich wohl fühlte. Jack fürchtete, jeden Moment einen Speer in den Rücken zu bekommen. Seit sie die Farm verlassen hatten, war er immer in ihrer Mitte geblieben, um keine Zielscheibe abzugeben.

Mühelos folgte er den Spuren der Reiter. Sie mussten schnell geritten sein, das war am Busch zu erkennen und machte ihm Sorgen. Auf Känguru-Jagd waren sie wohl kaum gegangen, schon gar nicht alle zusammen und auch nicht in diesem Tempo. Die Spuren liefen auseinander. Sie hatten wohl gemerkt, dass sie beobachtet wurden. War es ihnen gelungen, die Späher zu erwischen? Der Gedanke verursachte Jack Unbehagen.

Die Spuren hatten ihn so beunruhigt, dass er ihnen folgte und bald auf drei Soldaten traf. »Hast du was gesehen, Jack?«

»Nur die Spuren, hier sind eingeborene Polizisten durchgehetzt.«

»Schon gut, die sind auf unserer Seite.« – »Ich sehe keine Spuren«, meinte ihr Korporal, und Jack erklärte, dass die Reiter sich aufgefächert hatten, aber noch immer in Suchformation ritten, zeigte ihnen das zertrampelte Gras, die Büsche mit den abgeknickten Zweigen.

»Dafür braucht man ja eine Lupe. Wie hast du sie entdeckt, Jack?«

»Weil ich weiß, wonach ich suchen muss. Es ist nicht schwer, wenn man es gewohnt ist. Ich glaube, wir sollten ihnen noch ein Stück folgen.«

Obwohl Jack Unheil witterte und kehrtmachen wollte, trieb ihn etwas weiter. Dann konnte er es wirklich riechen.

»Riecht ihr was?«, fragte er seine Begleiter.

»Was denn?«

Er zuckte mit den Schultern. »Hier entlang«, sagte er und ritt tiefer in den dichten Wald, dessen Baldachin aus Ästen fast kein Licht durchließ. Die Spuren waren im hohen Gras leicht zu erkennen. Er zügelte sein Pferd und schickte die Soldaten voraus, bis sogar sie sich über den Gestank beklagten.

»Da ist was Totes«, meinte der Korporal. Jack blieb zurück. Er wollte, dass sie die Leiche fanden.

»Jesus, ein toter Schwarzer! Mann!« Der Korporal taumelte davon, würgte, und die anderen, die ihre Gesichter vor Gestank und Fliegen schützten, taten es ihm nach.

»Woher wollen Sie wissen, dass es Kirks Männer waren? Vielleicht haben sie auch einen Streit untereinander ausgetragen.«

»Die Schwarzen hängen keine Menschen auf. Egal, er dürfte schon tot gewesen sein, bevor sie ihn aufhängten, so schlimm zerschnitten, wie er war. Sah aus, als hätten alle dabei mitgemacht.«

»Vielleicht eine Vergeltung«, meinte Clancy. »Immerhin hat man einem *ihrer* Leute die Ohren abgeschnitten.«

»Jedenfalls haben Sie ihn begraben, mehr können wir nicht tun«, sagte der Major. »Wir müssen weiter.«

»Ich würde mich an den Weg halten«, riet Jack. »Vergessen Sie die Patrouillen.«

»Sag mir nicht, was ich zu tun habe«, fuhr Ferrington ihn an. »Wir werden keine Schwarzen finden, die auf dem Weg sitzen und auf uns warten. Wir müssen ihre Lager aufspüren und sie auffordern weiterzuziehen.«

»Es wird keine Lager mehr geben, nachdem sie das Grab gefunden haben. Sie werden wissen, wer es war, und Kirks Mob verfolgen. Sie sollten weiterreiten, als passierten Sie einfach ihr Territorium.«

»Das tun wir aber nicht«, entgegnete Clancy. »Wir haben eine Aufgabe.«

»Wie Sie wollen«, meinte Jack gleichgültig. Von nun an hatten sie einen Mann weniger. Er würde den Trupp im Auge behalten, damit sich die Soldaten nicht verirrten, aber nicht länger gemeinsam mit ihnen reiten.

Bisher war Inspektor Kirk mit der Operation zufrieden. Sie hatten mehrere Tage gebraucht, bis sie einen Schwarzen eingeholt hatten, der seine Männer belauerte, und es ihm dann heimgezahlt. Wally hatte ihm die Ohren abgeschnitten, um sie Jojo zu bringen, und dann befohlen, die Leiche aufzuknüpfen, um andere Schwarze zu warnen.

Nun folgten sie nach Auskunft ihres besten Kundschafters einer kleinen Gruppe Stammesangehöriger, was einen netten Zeitvertreib bedeutete.

Kirk rief Wally zu: »Mein Boss hat gesagt, dass kleine Gruppen, schwarze Familien, in das Gebiet am See gezogen seien.«

»Ja. Viel gutes Essen.«

»Wo sind sie denn?«

»Waren hier, Lager jetzt leer. Kommen alle fünf, sechs Tage zurück. Lassen Krieger als Wache da.«

»Wieso?«

Wally lachte stolz. »Die wissen, wir kommen!« – »Woher denn um Himmels willen?«

»Leute sehen uns in Uniform in Stadt. Haben Angst vor uns, Boss!« Himmel, diese Idioten hatten die ganze Zeit gewusst, dass sie nicht auf das Überraschungsmoment bauen konnten, dachte Kirk wütend. Er fragte sich, wie weit die Eingeborenen gekommen sein mochten. Sie würden nach den Überfällen auf die Viehstationen ganz schön selbstbewusst sein.

»Das hier ist kein Picknick«, predigte er seinen Männern am Abend. »Ihr seid gefälligst bei Tagesanbruch bereit, wir müssen schnell weiter. Ich will wissen, wohin diese Schwarzen gehen, kapiert? Ich will sie finden.«

Kirk wusste, dass seine Aufgabe darin bestand, die Siedler vor den Attacken der Schwarzen zu schützen; auch war ihm bekannt, dass die meisten eingeborenen Familien völlig harmlos waren und in vielen Gegenden von Neusüdwales friedlich auf Schaf- oder Viehstationen lebten. Dennoch war er der Ansicht, dass es einfacher sei, sie auszulöschen, als sie zu zähmen.

Am Morgen ließ er seine Polizisten einzeln durch den Busch reiten und dort nach Spuren suchen. Die Männer riefen und pfiffen, wenn sie Zeichen entdeckten, die ihnen verrieten, dass die Richtung stimmte.

Ihre Begeisterung riss auch Kirk mit. Er jagte gern, vor allem Wildschweine, doch das hier stellte alles in den Schatten. Er war froh, dass er den Major hinter sich gelassen hatte… diesen Schwächling, der seinen militärischen Rang gar nicht verdient hatte. »Verdammter Snob«, murmelte er.

Bussamarai erhielt die Audienz bei Ilkepala nur mit Mühe, da sie augenblicklich nicht gut miteinander standen. Er war mit vier Männern zu einer Höhle beim Mount Beerwah hinaufgestiegen, und zwar einen Tag früher als geplant, damit er nach dem Aufstieg ausgeruht wirkte und keine Bedenken wegen seines Alters hervorrufen würde. An diesem strahlenden Morgen fühlte er sich wie neugeboren.

Er blickte über die Wipfel der Bäume, genoss die Aussicht, erinnerte sich aber auch, dass er als junger Mann auf alle diese Gipfel gestiegen war.

Egal, er hatte eine Aufgabe, und kein Zauber konnte ihn davon abbringen.

Einer seiner Männer deutete grinsend auf eine dünne Rauchsäule. »Unsere Verfolger«, sagte er.

»Ja. Die Krokodilaugen. Lass sie kommen. Wo sind die Soldaten?«

»Weit hinter ihnen. Wir wissen noch nicht, was sie vorhaben.«

In diesem Augenblick tauchte Ilkepala auf dem Weg über ihnen auf, was Bussamarai verärgerte. Natürlich wollte der Magier, dessen Alter niemand genau bestimmen konnte, beweisen, dass er die Anhöhe noch bewältigen konnte.

Sie befolgten das Ritual, nachdem zunächst Familien- und Rechtsangelegenheiten besprochen wurden, bevor sie zum eigentlichen Kern der Sache kamen.

»Ich weiß, du hältst es für deine Pflicht, weiterzukämpfen, aber diese Schlacht könnt ihr nicht gewinnen.«

»Welche Schlacht?«

Ilkepala seufzte. »Den Krieg. Er ist vorbei. Ich habe mit vielen weisen Männern darüber gesprochen, und alle gaben mir denselben Rat. Geht nach Norden, und bleibt dort.«

»Das hier ist unser Land«, entgegnete Bussamarai traurig und deutete mit der Hand in die Runde. »Wer sind sie, dass sie sagen können, es gehöre uns nicht mehr?«

»Niemand hat ein Recht, das zu sagen. Aber deine Leute sind hier einfach nicht mehr sicher.«

»Ich werde es sicher machen.«

Ilkepala schüttelte müde den Kopf. »Hast du die schwarzen Polizeileute gesehen?«

»Ja. Sie sind zum Untergang verdammt.«

»Sie haben Gewehre und schnelle Pferde. Sind schlau wie Ratten.«

»Na und?«

»Und was ist mit den weißen Soldaten, die ihnen folgen?«

»Sollen sie doch kommen. Sie kriegen die gleiche Antwort.«

»Wusstest du, dass dein Kriegsberater bei ihnen ist?«

Bussamarai starrte ihn an. »Wer soll das sein? Welcher Berater?«

»Jack Drew.«

»Das ist unmöglich. Er ist im Feuer gestorben.«

»Nein. Er ist zu den Weißen zurückgekehrt und lebt jetzt bei ihnen.«

»Warum reitet er mit den Soldaten? Ein Verräter! Wir werden ihm einen besonderen Empfang bereiten.«

»Ich weiß nicht genau, was er denkt. Aber ich kann dir versichern, dass er euch Warnungen bezüglich dieser Eindringlinge geschickt hat.«

»Diese Warnungen kamen von ihm?«

»Ja.«

»Ich wusste immer, dass er tief im Herzen ein Krieger ist.«

Der Magier hüstelte, nahm eine Hand voll Nüsse aus der Schale, die Bussamarai ihm reichte, und wandte sich wieder dem ursprünglichen Thema zu. »Ich verstehe, dass ihr die Gelegenheit nutzen müsst, um die Krokodilaugen zu bestrafen, denn sie sind die wahren Verräter, doch ihr dürft keinesfalls die Soldaten angreifen. Das kannst du von deinen Männern nicht verlangen.«

»Es ist meine Pflicht«, beharrte der Häuptling. »Dies ist unser heiliges Land. Ich werde es nicht aufgeben und bin entsetzt, dass ausgerechnet du von Weglaufen sprichst. Es ist unser spirituelles Zuhause, wo auch unsere Geister leben; sie werden tieftraurig sein, wenn sie dich so reden hören.«

Ilkepala schwieg. Verstand sein alter Freund denn nicht, dass es ihm das Herz brach? Dass sein Rat aus der Notwendigkeit geboren war, das Volk der Tingum und der anderen, die sich ihm angeschlossen hatten, zu retten? Sie vor dem sicheren Tod durch die Eindringlinge oder andere grausame Marodeure oder durch Hunger zu retten, da ihre Nahrungsquellen allmählich verschwanden und ihr Land von Tausenden Schafen und Rindern überrannt wurde.

Schließlich nickte er. »Tu, was deine Pflicht dir gebietet.«

»Wirst du mir helfen?«, drängte Bussamarai.

»Sei gewiss, dass ich dich nicht im Stich lasse.«

»Wo ist Jack?«, fragte der Leutnant, als sie ihr Lager aufschlugen. »Ich habe ihn den ganzen Tag nicht gesehen.«

»Keine Sorge, er wollte ein bisschen allein umherstreifen.«

»Meinen Sie, er ist hinter den schwarzen Polizisten her? Er kann sie nicht leiden.«

»Hoffentlich. Ich wollte ihm nicht befehlen, sich in ihre Streitigkeiten einzumischen, aber es wäre mir ganz recht, wenn er ihnen nachspionierte. Die Stelle hier am Fluss ist ganz günstig, nicht wahr?«

»Ja.« Clancy sah zu, wie Ferrington die Abdeckplane von seinem Packpferd nahm und anfing, die Ausrüstung abzuladen. Allmählich dämmerte ihm, weshalb der Major mitten am Nachmittag eine Rast angeordnet hatte. Sie hätten bis zur Dämmerung noch gut zwanzig Meilen zurücklegen können.

»Helfen Sie mir mal«, rief Ferrington. »Das Zeug hier muss ans Wasser, das kiesige Stück da drüben ist gut.«

»Also wollen Sie ein bisschen nach Gold suchen?«, fragte Clancy.

»Man sollte es jedenfalls versuchen. Die Regierung bietet eine ungeheure Belohnung für die Entdeckung von Goldvorkommen.«

»Ganz zu schweigen von dem, was man selbst so einstecken kann«, meinte Clancy lachend. »Und Sie halten diese Stelle für geeignet?«

»Kann schon sein. Ich habe darüber gelesen. Jedenfalls werde ich es versuchen, und den Männern steht eine Pause zu.«

Aha, dachte Clancy, so siehst du aus. Aber egal, wenn sie Gold fanden, wäre der Tag gerettet. Dann sagte er: »Sie haben zwei Siebe. Dürfte ich es auch mal probieren?«

»Natürlich.«

Es dauerte nicht lange, bis die anderen Männer entdeckten, was die Offiziere vorhatten, und sie kamen ans Ufer und feuerten sie an, manche baten auch um einen Versuch. Es war der aufregendste Nachmittag seit langem, obwohl letztlich nichts gefunden wurde, was auch nur im Entferntesten mit Gold zu tun hatte. Doch der Major galt fortan als prima Kerl. Clancy versprach dem ersten Mann, der Gold fand, einen halben Pint Whisky, trank ihn aber selbst, während er im dahinschwindenden Tageslicht Wasser und Sand verzweifelt nach Seifengold durchsiebte.

Moorabi, der aus der großen Stadt der Weißen zurückkehrte, betrachtete die Männer fasziniert. Er war es, der Jack vor den Abtrünnigen gerettet und einem Mann die Ohren abgeschnitten hatte. Er hatte gesehen, wie sie in den Busch ritten, und später Jack entdeckt, der mit Soldaten unterwegs war. Ein seltsamer Anblick.

Doch vielleicht war das hier ja ihr Ziel. Sie sprangen johlend um zwei Männer herum, die Sand wuschen, und dann wurde ihm klar, was das zu bedeuten hatte. Ilkepala hatte ihm erzählt, dass sich immer mehr Weiße in den Busch wagten, um Bach- und Flussbetten nach den gelben Steinen zu durchsuchen, von denen Jack Drew immer geredet hatte. Nach dem Zeug, das er in seinem Gürtel getragen hatte. Mittlerweile wussten sie, dass es Gold hieß und teuer gehandelt wurde.

Moorabi schüttelte den Kopf angesichts der Soldaten, die sich so prächtig amüsierten und nicht einmal Wachposten aufgestellt hatten. Er hätte ihre Pferde verscheuchen, ihre

Zelte verbrennen können… aber wozu? Er hatte interessante Neuigkeiten für Ilkepala. Jack Drew und die Soldaten waren auf Goldjagd.

Jack wäre nicht überrascht gewesen, hätte er erfahren, dass der Major bereits seinem Drang zur Goldsuche nachgegeben hatte, immerhin hatte er jeden Abend seit ihrem Aufbruch in einem Buch zu diesem Thema gelesen.

»Ein großer Leser«, hatte Clancy zu Jack gesagt. »Ich selbst hab es nicht mit Büchern, aber mein Bruder James hat immer seine Nase in ein Buch gesteckt und nur Schwierigkeiten bekommen.«

»Durch ein Buch?«

»Zu viel Wissen, sagte meine Mum. Er hatte alles über die Probleme der Iren mit den Engländern gelesen und wollte unbedingt dahin zurück, um für sie zu kämpfen. Ist schließlich im Gefängnis gelandet, der Narr.«

Jack war fasziniert. »Irische Freunde von mir wurden nach Neusüdwales deportiert; man nannte sie die Politischen. Ging es dabei um dieselbe Sache?«

»In der Tat. Ich habe versucht, meinen Bruder hierher zu holen, aber sie haben aufgehört, Gefangene herzuschicken. So ein Pech. Die Leute auf der *Randolph* dürften unter den Letzten gewesen sein.«

Manchmal betrachtete Jack es trotz des grauenhaften Transportschiffes und der Gewalt auf Mudies Gefängnisfarm als Glück, dass man ihn deportiert hatte. Sieben Jahre in Newgate wären mindestens ebenso schlimm gewesen. Immerhin war er besser in Form denn je und hatte mehr gelernt, als alle Bücher der Welt ihm hätten beibringen können.

Er ritt auf eine Lichtung und sah nach oben zum Gipfel des Mount Beerwah. Er spürte Zuversicht, denn er befand sich auf heimischem Gebiet; hier kannte er jedes Fleckchen wie seine Westentasche. Bald ritt er selbstsicher durch den offenen Busch, immer auf der Spur von Kirk und seinen Polizisten, die alle Vorsicht in den Wind geschlagen hatten, große Lagerfeuer entzündeten und keinerlei Versuch unternahmen, ihre Spuren zu verwischen, obwohl sie sich tief im feindlichen Gebiet befanden.

Der Busch hatte sich nicht verändert, sirrte in der Nachmittagshitze, Zikaden summten, rotgrünes Laub leuchtete in der Sonne, ein kleiner *Dirijiri* zupfte aufgeregt an seinem Nest, und ein Stück weiter hatte ein Python seine dicken Rundungen um einen Baum geschlungen und hielt sich für unsichtbar.

Jack durchquerte einen Engpass am Fuß des Berges, wobei er einen Schwarm Kakadus aufschreckte, die kreischend aufflogen, doch interessierte er sich mehr für die Tatsache, dass hier keine Pferde durchgekommen waren. Also hatte er einen Tag Vorsprung vor Kirk.

Er lächelte erfreut und stieg bis über die Baumwipfel, von denen manche noch in Blüte standen, sah einen großen Adler über sich dahinschweben und beneidete ihn um seine Aussicht; dann dachte er an Ferrington und seine Soldaten und wurde wütend. Warum nur mussten all die Menschen herkommen und alles zerstören? Er wusste, dass noch immer Rinder und Pferde durch den Busch trampelten, und wenn sie erst eingefangen waren, würden auch die Stationen bald wieder die normale Arbeit aufnehmen.

Müde führte er sein Pferd über den steinigen Grund zu dem Ort, den die Schwarzen »Wasser sprudelt hoch« nannten und während der Regenzeit nie aufsuchten. Es war eine seltsame, einsame Nische mit tropischen Palmen und exotischen blühenden Büschen, die sich um eine Quelle drängten, die in einen tiefen Felsteich mündete. Jack liebte diese Stelle. Er fesselte seinem Pferd die Vorderbeine und ließ es in der Nähe grasen, während er zwei Fische im tiefer gelegenen Bach fing, die eine gute Mahlzeit abgaben. Danach schlief er im weichen Gras unter den Palmen glücklich ein.

Am Morgen stieß Kirk auf einen Überrest der Grosvenor-Station – eine verlassene Schäferhütte, die über der Tür noch ein Brett mit dem eingebrannten Namen des Anwesens trug. Drinnen war es feucht und muffig, da der Regen durch das Reetdach auf eine darunter liegende Strohmatratze getropft war, und im Kamin hauste eine Armee von Spinnen.

»Der Kerl muss in aller Eile aufgebrochen sein«, meinte Kirk. »Hat nicht mal seine Stiefel mitgenommen.«

»Die will ich!«, meldete sich Wally, doch sein Anführer befahl ihm, sie hinzustellen und um Erlaubnis zu bitten. Sie nahmen nicht nur die Stiefel mit, sondern auch von Rüsselkäfern befallenes Mehl, Tee und getrocknetes Rindfleisch, das die Polizisten als gute Beute betrachteten.

Dann teilten sie sich wieder, um nach dem Wohnhaus zu suchen. Die Schäferhütten lagen meist weit davon entfernt. Wer in diesem Land den Posten eines Schäfers übernahm, ging ein Risiko ein, und nur wenige waren verrückt genug, eine so einsame und gefährliche Aufgabe zu übernehmen. Man saß nur da und zählte die Tiere, redete mit sich selbst und wartete auf einen Viehhüter, der einem die wöchentliche Ration brachte.

Gute fünfundzwanzig Meilen weiter fanden sie schließlich die ausgebrannte Ruine des Hauses, von dem nur noch der Schornstein stand. Sie beschlossen, dort zu lagern, wie Bussamarais Männer es schon vermutet hatten, da sie so die Berge im Rücken und einen Brunnen in der Nähe hatten. Als Kirk seine Wasserflasche füllen wollte, stieß einer der Schwarzen einen Warnruf aus. Der Inspektor fuhr herum, erinnerte sich wieder an die umherstreunenden Schwarzen. Wally trat neben ihn.

»Passen auf, schlechtes Wasser. Kann giftig sein.«

Kirk schob den hölzernen Deckel beiseite und schnüffelte. »Riecht ganz normal. Offensichtlich haben sie kein totes Getier ins Wasser geworfen.«

»Andere Wege«, meinte Wally. »Besser warten.«

Sie füllten den Eimer mit Wasser aus dem Brunnen und

stellten ihn neben einen Baum, da sie hofften, ein paar Tiere würden die Vorkoster spielen, jedoch ohne Erfolg.

»Einer von euch probiert das Wasser. Er kann mir sagen, ob etwas nicht stimmt« befahl Kirk, doch die Männer knurrten nur feindselig und wandten sich ab.

»Na schön. Wir brauchen Wasser. Toby, du holst alle Wasserflaschen und füllst sie am Fluss, während die anderen Jungs sich ums Essen kümmern.«

»Nicht mehr viel Rationen da, Boss«, sagte Wally, als er seine Wasserflasche übergab. »Nur noch Trockenspeck.«

»Was? Ich wusste gar nicht, dass wir so knapp sind. Dann müsst ihr auf die Jagd gehen. Sucht etwas zu essen, viel Buschfutter, was?«

Wally betrachtete seine nackten Füße. »Besseres Essen als Buschfutter hier, Boss.«

»Und das wäre?«

Er deutete auf eine einsame Kuh, die auf einer nahe gelegenen Weide graste.

»Ich weiß nicht recht, ich glaube nicht, dass wir …«

Zu spät. Wally hatte bereits sein Gewehr gehoben und die Kuh erschossen. Sie hob erstaunt den Kopf, wankte zur Seite und sackte schwer zu Boden.

»Na gut«, meinte Kirk, »besser als Känguru. Ihr geht hin und zerlegt sie.«

Doch dazu blieb keine Zeit. Sie hatten Glück, dass Toby rasch auf den Schuss reagiert, sein flinkes Pferd gewendet und die Stammeskrieger entdeckt hatte, die den Hügel herunterrannten. Er zeigte schreiend auf sie und preschte in den Busch, der den Fluss säumte. Blitzschnell rannten auch die anderen Polizisten zu ihren Pferden, um ihm nachzugaloppieren, während Bussamarai in seinem Ausguck oben auf dem Hügel tobte.

»Wer war das? Sie sind zu früh losgelaufen! Sie sollten warten, bis die Ratten sich niedergelassen hatten. Los, holt die Männer zurück. Ein Signal, schnell!«

Er rannte seinen Männern hinterher, um sie von dem abzuhalten, was sie in ihrer Aufregung vorhatten und wovor er sie immer gewarnt hatte. Jack Drew hatte es ihnen beigebracht: Lauft niemals auf Schusswaffen zu.

Bussamarai war langsam, doch sein Bote warf den Speer weg und schoss den Hügel hinunter, sprang über Felsbrocken und Baumstümpfe, wo die weißen Männer Land gerodet hatten, übertönte mit seinem Geschrei die Kampfrufe der Angreifer, holte tief Luft und stieß einen durchdringenden Pfiff aus. Die Männer wurden langsamer, er befahl ihnen, kehrtzumachen und in Deckung zu gehen, doch ihren Anführer konnte er nicht mehr erreichen. Der Mann war so entschlossen, sich in die Schlacht zu stürzen, dass er nicht mehr innehalten konnte.

Alle sahen zu, wie sich der letzte fliehende Reiter im Sattel umdrehte und feuerte, bevor er sein Pferd in den Schutz der Bäume trieb. Der Krieger erstarrte, schaute sich überrascht um und stürzte wie zuvor die tote Kuh zu Boden, wobei ihm sein Speer entglitt.

Sie warteten die ganze Nacht, doch es erfolgte kein neuer Angriff, obwohl die feindlich gesinnten Schwarzen noch draußen warteten und ganz offen ihre Lagerfeuer entzündeten und sie mit dem Aroma von gebratenem Rindfleisch quälten, als sie ihre Kuh brieten.

»Es müssen über hundert sein«, flüsterte Kirk wie versteinert. »Warum haben sie nicht noch mal angegriffen?«

»Ich sage doch«, meinte Wally selbstsicher. »Haben Angst vor uns.«

»Verstehe. Haben sie uns etwa deshalb beim ersten Mal angegriffen? Und bei Tageslicht? Red keinen Unsinn.«

»Ja, ich glaube, so ist es, Boss. Ich glaube, sie überfallen uns, aber Häuptling sagt, nicht überfallen, Schwarze wie ihr. Dann alle sitzen und reden.«

»Haben sie einen Häuptling dabei?«

»Bestimmt. Hören Pfeifen? Sicher Boss, der Befehle gibt. Sicher.«

»Und wer ist der Häuptling?«

»Sie sagen Tingum-Häuptling, starker Mann, viele Krieger…«

»Aber wie heißt er?«

»Weiß nicht. Keiner sagt mir.«

Kirk fragte sich, ob er es mit diesem namenlosen Häuptling aufnehmen könnte; besser, sie fanden einen Weg, um von hier zu verschwinden. Seine Männer hatten sich schlichtweg geweigert, in der Dunkelheit fortzuschleichen, weil angeblich eingeborene Krieger auf der Lauer lagen und auf eben diesen Versuch warteten. Daher wollten die Polizisten lieber warten, bis es hell wurde, und mit den Pferden durch den Fluss schwimmen.

»Aber sie werden doch damit rechnen, dass wir diesen Fluchtweg nehmen, oder?«

»Wir haben aber Gewehre. Schießen jeden nieder, der kommt, und fliehen mit Deckung. Weiße Offiziere haben uns gezeigt. Kugeln für Deckung, sagen sie. Gut, was?«

Kirk war sich nicht so sicher. Er zitterte, als ein Regenvogel sein Klagelied anstimmte, dessen Töne durch den Nebel drangen. Nun, da er angestrengt horchen musste, ob Eingeborene durch den Busch herbeischlichen, war die Finsternis erfüllt vom Geraschel und den Lauten der Nachttiere. Dreimal feuerte er, einmal auf etwas, das er für einen Schwarzen hielt und das sich dann als tief fliegende Eule herausstellte. Auch seine Männer eröffneten daraufhin das Feuer, und als der Lärm verklungen war, wirkte ihre stille Wache umso beängstigender.

Hundert von denen, und wir sind nur zu zwölft!, dachte er. Bitte, Gott, lass uns entkommen, bevor sie angreifen. Worauf warteten sie überhaupt? Er glaubte Wallys Prahlereien nicht eine Sekunde, er wusste, dass die Schwarzen da draußen sich nur vor Schusswaffen fürchteten, nicht vor seinen Männern. Vor allem nicht vor Abtrünnigen, denen der Ruf der Feigheit und der Grausamkeit vorauseilte. Seine Furcht wuchs. Wenn er und seine Polizisten ihnen nun lebend in die Hände fielen?

»O Gott!«, murmelte er, zog den Mantel enger um sich und umklammerte sein Gewehr.

Als sie vor Anbruch der Dämmerung zu ihren Pferden schlichen, um sie an den Fluss zu führen, schlugen die Aborigines draußen mit Stöcken auf den Boden, trampelten mit den Füßen und brüllten Beleidigungen, als wüssten sie genau, was vor sich ging.

»Wollen nur, dass wir weggehen«, meinte Wally. »Können schnell laufen, bevor sie Meinung ändern.«

Das Pferd trottete still zum Flussufer, und Kirk beugte sich vor, um Äste beiseitezuschieben, während er gleichzeitig seine Tasche und den Schlafsack wegwarf, um leichter durch den Fluss zu kommen. Immerhin hing sein Leben davon ab. Von allen verrückten Dingen, die er je getan hatte, bereute er nun am meisten, dass er den Major als Bürohengst bezeichnet hatte, der noch nie aktiven Dienst geleistet hatte, mit dem Kirk selbst jedoch auch nicht aufwarten konnte. Es war ihm immer gelungen, Posten im Büro zu erwischen, bis er in die Verwaltung aufgestiegen war, und er hatte gewiss noch nie hoch zu Ross einen Fluss durchquert, sondern immer nur in hochrädrigen, robusten Wagen, die jemand anders lenkte.

Sie hatten das sandige Ufer erreicht und wateten ins trübe Wasser, als Kirks Pferd auf einmal nach hinten drängte und vor dem Wasser zurückscheute. Während der Inspektor das Tier unter Kontrolle zu bringen suchte, ging ein Keuchen durch die Reihen seiner Männer.

Am anderen Ufer konnte Kirk die Umrisse dunkler Gestalten ausmachen, Stammeskrieger mit langen Speeren, die sie erwarteten. Still und drohend standen sie da. Der Ehrfurcht gebietende Anblick stürzte Kirks Männer in Verwirrung. Manche schossen drauflos, andere trieben ihre Pferde kühn in den Fluss, um ihn weiter unten zu überqueren, wieder andere sprangen von den Tieren, um neben ihnen herzuschwimmen.

Kirks Entscheidung war gefallen. Er begriff, dass man ihn in eine Position manövriert hatte, in der ihre Waffen nichts nützten. Er wendete sein Pferd und ritt auf Teufel komm raus am Ufer entlang nach Süden, noch bevor das Gebrüll von der Hügelflanke erscholl und die Stammesleute sich ins Gefecht stürzten.

Einige Männer hatten ihre Gewehre weggeworfen, um besser schwimmen zu können, und Bussamarai befahl, die Waffen gemeinsam mit den Patronengürteln zu bergen. Er beobachtete die Schlacht am Fluss. Schon waren vier Abtrünnige den Speeren zum Opfer gefallen, und der Fluss hatte ihre Leichen davongeschwemmt. Ein Mann bemühte sich, im Sattel seines aufgescheuchten Pferdes zu bleiben, während zwei andere ihn herunterzerren wollten. Zwei hatten es ans gegenüberliegende Ufer geschafft, zwei hatte man gefangen genommen, einige liefen noch frei herum. So viel zu den Krokodilaugen, doch wo steckte ihr weißer Boss? Er musste noch unter den Schwimmenden sein.

Im Zwielicht waren sie schwer auszumachen, doch Bussamarai befahl, beide Ufer gründlich abzusuchen. Dann kehrten die übrigen Krieger mit ihren beiden Gefangenen im Kanu vom gegenüberliegenden Ufer zurück.

»Was ist mit den Pferden?«, fragte einer.

»Behaltet die Sättel und das Zaumzeug und lasst sie laufen«, sagte Bussamarai geistesabwesend und starrte zu den schwarzen Gefangenen hinüber, die wie begossene Pudel daherkamen.

»Warum kämpft ihr gegen eure eigenen Leute?«

Einer der Männer ratterte eine Antwort in einer Sprache herunter, die Bussamarai nicht kannte, und der andere erklärte hastig: »Sie zwingen uns, die weißen Schweine. Sie sagen, sie töten uns, wenn wir nicht kämpfen.«

»Seid ihr gute Kämpfer?«

»Ja ... nein. Tun Schwarzen nicht weh.«

Bussamarai wandte sich an seine Männer. »Mal sehen, wie sie kämpfen können. Gebt jedem eine Keule. Sie können gegeneinander antreten.«

Ungeachtet ihrer Proteste wurden sie auf eine Lichtung geführt, und als sich das Publikum versammelt hatte, erging der Befehl zum Kampf.

»Der Verlierer muss zurück in den Fluss«, sagte Bussamarai. Das gab ihnen Auftrieb. Sie kämpften tückisch mit den schweren Keulen, bis beide so geschwächt und blutig waren, dass sie die Waffen nicht länger schwingen konnten. Bald wälzten sie sich am Boden und boxten und bissen einander.

»Und das wollen Krieger sein«, sagte der Häuptling angewidert. »Sie taugen gar nichts. Ich hatte auf einen guten Kampf gehofft.« Er trat dem einen Gefangenen in den Hintern und befahl, sie sollten aufhören. »Was machen wir nun mit ihnen?«

Es hagelte Vorschläge, wie man mit den Verrätern verfahren solle, wobei es die meisten Ideen an Brutalität durchaus mit den Methoden der schwarzen Polizei aufnehmen konnten, doch letztlich entschied Bussamarai, dass sie zu erschießen seien. Zur großen Enttäuschung seiner Krieger ließ der Häuptling ein Gewehr holen und erteilte einem seiner Freunde den Befehl, die Männer zu töten.

Nach wenigen Minuten war alles vorbei, die Leichen trieben im Fluss, und alles konzentrierte sich auf die Suche nach den Überlebenden, vor allem nach dem weißen Boss.

Kirk warf seine Kappe und die Uniformjacke mit den silbernen Knöpfen weg, als sein Pferd durch den dichten Busch trabte. Falls ihn diese blutrünstigen Heiden erwischten, könnte er sich vielleicht als Viehhüter ausgeben, der streunende Tiere zusammentrieb. Er hatte ein Dutzend riesiger Stiere in der Nähe grasen sehen. Einer hatte ihm drohend den Weg verstellt und angriffslustig die Hörner gesenkt, doch brauchte es mehr als das, um ihn an seiner Flucht zu hindern. Kirk hatte den Kopf des Pferdes zur Seite gedreht, sodass es auf dem feuchten Boden beinahe ins Rutschen geriet, und war um den Stier herumgeritten, ohne sein Tempo zu vermindern.

Das Problem war nur, dass der Busch hier zu einem dichten Urwald und das Ufer uneben wurde. Er beschloss, vom Fluss weg ins offene Gelände zu reiten, wo er einen Viehweg suchen konnte. Nachdem er den ganzen Morgen über so schnell wie möglich geritten war, hatte er die Schwarzen vermutlich hinter sich gelassen, wollte aber nicht so recht glauben, dass er tatsächlich entkommen war. Das Pferd wurde müde; er selbst fühlte sich furchtbar, sein Magen zog sich zusammen vor Hunger und bestrafte ihn mit stechenden Schmerzen und Übelkeit.

Die üppigen Wälder längsseits des Flusses lichteten sich, und selbst als es zu regnen begann, ritt er weiter. Hier wuchsen nur noch wenige Bäume, sodass er sein Pferd stärker antreiben konnte, bis plötzlich ein Blitz über den Himmel zuckte, gefolgt von Donner. Sein Pferd blieb abrupt stehen, zitterte vor Angst und warf ihn beinahe ab. Zuerst fielen nur ein paar Tropfen, doch dann ergoss sich eine Sturzflut, die ihn durchweichte und beinahe kein Licht mehr durchließ.

Der Inspektor führte das Pferd am Zaumzeug weiter und verfluchte den Regen, die Schwarzen, die nach ihm suchten, die Dummheit seiner so genannten Kundschafter, die ihn in dieses Chaos geführt hatten. Er verfluchte alles und jeden, stampfte vorwärts und wünschte, er hätte seine Jacke behalten, die ihm bei diesem Regen gute Dienste geleistet hätte. Die Äste schlugen ihm ins Gesicht und zerrten an seiner Kleidung.

Als der Regen aufhörte und die Sonne unvermittelt durch

die glitzernden Wipfel brach, war Rollo Kirk erschöpft; er konnte nicht mehr weiter. Er sank neben einem morschen Baumstamm zu Boden und schwor sich, nur kurz zu rasten, doch seine Augen fielen zu, als er sich zurücklehnte, die Hände auf dem Bauch, und der faulige Stamm wurde weich wie ein Kopfkissen.

Das Pferd wartete, entfernte sich dann ein wenig, wobei dem schnarchenden Mann die Zügel aus der Hand glitten. Das Tier trabte davon, bis sich die schleifenden Zügel in einer Baumwurzel verfingen und es ratlos stehen blieb. Irgendwann näherten sich vier Dingos, umkreisten das Pferd, spürten, dass es in Schwierigkeiten steckte. Sie schnappten nach ihm, wichen den Hufen aus, die nach ihnen traten, kamen immer näher. Schließlich schoss der Rudelführer hoch und biss in den zitternden Rumpf, schmeckte Blut! Das Pferd wieherte, bäumte sich auf, der Zügel riss, und es galoppierte ungehindert davon, wich mit tänzerischer Anmut den Bäumen aus und ließ die enttäuschten Dingos samt seinem Reiter hinter sich zurück.

Rollo erwachte abrupt. Er drehte sich um und rutschte mit dem Gesicht ins nasse Gras, prustete und spuckte, tastete nach der Kante seines Himmelbetts und erinnerte sich, dass dieses Bett im Schlafzimmer des Gefängnisdirektors stand, der er einmal gewesen war. Nun wohnte er in einem Hotel, mit seiner Frau, doch was zum Teufel …! Er rappelte sich hoch und taumelte orientierungslos dahin, stützte sich an einen Baum, als der Schock in sein Bewusstsein drang.

»Himmel«, murmelte er. »Ich muss hier weg. Aber wo ist das verdammte Pferd?«

Wally hatte die Situation erkannt und rutschte vom Pferd, sobald es ins Wasser glitt. Er tauchte tief und schwamm unter Wasser, so weit er konnte, ließ sich von der Strömung treiben, hoffte, er möge sich nirgendwo verfangen, als er wieder und wieder tauchte. Dann schwamm er an der Oberfläche weiter. Er hörte die Schreie hinter sich und fragte sich flüchtig, welche seiner Kameraden man gefangen haben mochte, doch nun musste er vor allem an sich denken. Er hatte schon Schlimmeres erlebt. Man hatte ihn seiner Familie entrissen; er war von Missionaren geprügelt und misshandelt worden; von einem Farmer und seiner Frau, denen sein Essen zu teuer war, ausgehungert und ausgepeitscht worden. Sie hatten sich einen anderen schwarzen Jungen geholt und Wally an einem Baum aufgeknüpft. Er trug noch heute die Narben am Hals. Und der andere Junge hatte einfach zugeschaut. Hatte ihm nicht geholfen. Einfach dagestanden. Doch ein vorbeikommender Scherer hatte ihnen zugerufen, sie sollten ihn abschneiden. Die Weißen stritten noch, als er davonrannte.

Viel später bekam er dann Arbeit in einem Stall und gelangte schließlich in die Stallungen der Polizei in Bathurst, wo man ihn in die berittene Truppe steckte, was ihn zutiefst überraschte. Er hatte gar nicht gewusst, dass es schwarze Polizisten gab, und erhielt jetzt sogar eine Uniform und alles, was dazugehörte.

Allerdings hatte er nun seine Waffe verloren, besaß aber noch das Messer, das er ums Bein geschnallt trug, was er ebenfalls von einem Offizier gelernt hatte. Es war ein gutes, starkes Messer. Wally watete ans Ufer. Er würde nach Brisbane zurückkehren, ein langer Weg, gewiss über hundert Meilen. Er konnte nicht gut zählen, aber Kirk hatte dauernd versucht, die Strecke nachzumessen. Wally lachte, denn sein Boss war auch kein großer Rechner gewesen. Wenn die Krieger ihn fänden, würden sie ihm Feuer unter dem Hintern machen. Auf seiner Wanderung vertrieb er sich die Zeit, indem er sich ausmalte, was die Stammesleute wohl mit Inspektor Kirk anstellen mochten.

Als Nächsten fingen sie Toby, der kein guter Schwimmer war. Als man feststellte, dass er einen Tingum-Dialekt sprach, schickte der Häuptling Nungulla zu ihm, der ihn verhören sollte. Bussamarai wollte aus erster Hand erfahren, wie viele Polizisten in der Gegend waren und wie viele weiße Soldaten ihnen folgten.

»Alle gehen in dieselbe Richtung«, meinte Toby besorgt. »Sie suchen nur auf dem Land.«

Nungulla schlug ihm über den Kopf. »Keine Lügen.«

»Sie alle wollen eure Leute vertreiben, damit sie das Vieh zurückbringen und die Farmen wieder aufbauen können. Sie bringen weitere Weiße mit.«

»Wie wollen sie unsere Leute vertreiben?«

»Gewehre«, meinte Toby schulterzuckend. »Wie sonst sollte es gehen? Und sie suchen auch nach eurem großen Boss.«

»Nach Bussamarai?«, fragte Nungulla und feuerte weitere Fragen ab, hoffte, der andere habe seinen Versprecher überhört. »Nach welchem großen Boss? Wir haben keinen Boss, nur Älteste, du Irrer! Selbst du solltest das wissen! Unsere Ältesten besitzen große Magie, sie verwandeln dich in einen Wurm und verfüttern dich an die Vögel. Ich brauche sie nur zu rufen, und sie kommen und verzaubern dich, dass du den Rest deines Lebens wie ein Krokodil watscheln musst. Auch ich bin ein großer Häuptling, vergiss das nicht!«

Toby krümmte sich vor dem riesigen Mann und überlegte, was er im Tausch gegen sein Leben anbieten könnte. »Töte mich nicht«, flehte er. »Ich kann euch helfen. Ich sehe, ihr habt einige unserer Gewehre. Ich kann euch beibringen, wie man damit schießt.«

Nungulla spuckte vor ihm aus. »Du hältst uns für Narren. Wir können Gewehre benutzen. Der weiße Mann hat es uns beigebracht.«

»Welcher weiße Mann?«

Der Schlag war so heftig, dass Toby nach hinten geschleudert wurde. Sein Gesicht war taub, Blut quoll ihm aus der Nase.

»Wage nicht noch einmal, solche Fragen zu stellen.« – »Nein, nein«, entschuldigte er sich. »Das wollte ich nicht. Bitte lass mich leben. Ich kann euch helfen. Es sind wenige Gewehre, wenig Munition. Sie reichen nicht für alle. Ich kann euch mehr besorgen.«

»Woher?«

»Von den Soldaten, die bald kommen. Sie haben viele Gewehre und Munition. Sie fürchten sich vor euch. Machen keinen Schritt ohne Waffe.«

»Wie willst du sie bekommen?«

Toby streckte die Arme aus. »Sie vertrauen mir. Sie werden mich willkommen heißen, wenn ich erzähle, was mit unserem Trupp passiert ist.«

»Und was ist mit den Waffen? Wie willst du an sie herankommen?«

»Jeden Abend bewacht ein Mann im Lager Waffen und Munition«, log er. »So kostbar sind sie. Wenn ich dran bin, kann ich sie euch alle geben, wenn ihr leise genug seid.«

»Wie?«

Toby erwärmte sich für seine Geschichte. »Nacheinander. Kiste für Kiste. Ihr tragt sie in den Busch.«

»Klingt zu einfach.«

»Ja. Es ist einfach. Wir machen es, während sie schlafen.«

Bussamarai fand ebenfalls, es klinge zu einfach.

»Aber wir können es versuchen. Wir können den Abtrünnigen jederzeit wieder aufgreifen. Sagt ihm das, danach ist er frei. Er kann den Soldaten die Nachricht überbringen, dass meine Krieger sie auslöschen werden, falls sie nicht umkehren.«

»Ich brauche ein Pferd«, beharrte Toby, nachdem er seine Anweisungen und überaus glaubwürdige Drohungen gehört hatte, die ihn in seinem Vorhaben, sich von den Soldaten und Major Ferrington fern zu halten und geradewegs nach Brisbane zu reiten, nur bestärkten. Er fragte sich, ob der Major wusste, dass sie die ganze Zeit beobachtet wurden. Er schauderte … von denselben Männern beobachtet wurden, die vergeblich darauf warten würden, dass er ihnen die Gewehre brachte.

In dieser Nacht fesselten die Krieger ihn und warfen ihn neben Nungullas Lagerfeuer, wo er schwitzend vor Angst lag und ihren Gesprächen lauschte. Dieser Nungulla schien sehr angesehen zu sein. Mehrere Älteste saßen bei ihm und seinen bemalten Kriegern, alle waren guter Laune nach diesem erfolgreichen Tag. Toby hörte, wie sie über ihn sprachen; manche schlugen vor, man solle ihn samt Fesseln in den Fluss werfen, doch Nungulla war auf mehr Waffen aus und beharrte, man solle dem Plan dieses »Schweins« eine Chance geben.

»Er könnte es schaffen; diese Männer bewachen tatsächlich die Lager der Weißen.«

Als die Sterne verblassten, wuchs Tobys Hoffnung, und er bemerkte an der Art, in der Nungulla zu ihm herüberkam, dass er noch nicht zum Sterben verurteilt war.

Einige Krieger sahen beleidigt zu, wie er ein Pferd erhielt und Nungulla ihm genau darlegte, was er zu tun hatte. Er warnte Toby, im Falle seines Ungehorsams werde man ihn töten, und Toby nickte eifrig, um dem großen Mann zu gefallen.

»Ja«, wiederholte er mehrfach; er hatte begriffen, dass die Kundschafter ihn im Auge behalten würden und er die Waffen übergeben musste, sobald ein Mann namens Jungar an ihn herantrat, er versprach, alles zu erledigen, und durfte sich schließlich auf den Weg machen. Sie waren so sicher, ihn bis nach Brisbane überwachen zu können, dass sie ihm nicht einmal einen Begleiter mitgaben. Sollte er den Major und seine Soldaten treffen, was er eigentlich nicht vorhatte, würde er ihnen erzählen, dass der große Häuptling so viele Männer in der Gegend hatte, dass sie jeden seiner Schritte nachvollziehen konnten. Toby hatte ein Pferd und freies Geleit und würde sich hüten, den Weißen jemals wieder in die Hände zu fallen. Sollte die Polizei ihre Uniformen behalten. Zwar ging er jetzt in Lumpen, doch das machte ihm nichts aus.

Toby grinste schlau und rieb sich den krausen Bart. Er würde in die Berge jenseits von Brisbane reiten und dort sein eigenes Leben führen.

Es gab keinen Grund zur Eile, niemand hatte ihn angetrieben, dachte er glücklich, als er sich an einem sandigen Flussufer niederließ und Flusskrebse und Schlammkrabben fürs Frühstück fing. Das Fleisch war so köstlich, dass er den ersten Fang hungrig verschlang und weiter fischen wollte, doch dann braute sich ein Unwetter zusammen, ein Platzregen wie am Vortag, und er suchte mit dem Pferd einen Unterschlupf.

Er hatte gerade eine Höhle hinter ein paar Büschen gefunden, als der Regen losprasselte, und zog das unwillige Pferd hinein, bevor er wieder die Zweige vor den Eingang schob.

An den Wänden entdeckte er Gemälde, Zeug aus der Traumzeit, und Toby betrachtete gerade die einzelnen Figuren, als eine Stimme weiter hinten aus der Höhle erklang.

»Toby! Bist du das etwa?«

Es war Wally. Die Kameraden fielen einander in die Arme, konnten kaum glauben, dass sie dem Hinterhalt entkommen waren.

»Was ist mit Kirk?«, wollte Wally wissen. »Hat er es auch geschafft?«

»Keine Ahnung. Wohl kaum. Hab ihn jedenfalls nicht mehr gesehen.«

»Ist kein Verlust«, meinte Wally achselzuckend. »Hast du noch andere gesehen?«

»Die sind wohl alle ertrunken oder von den wilden Schwarzen getötet worden.«

»Aber du bist auch noch mit einem Pferd entkommen!

Wie hast du das geschafft? Ganz schön gerissen, mein Freund.«

Als Toby ihm seine Mission erklärte, brach Wally in dröhnendes Gelächter aus. »Sie glauben, du bringst ihnen Waffen? Von wem willst du die denn bekommen?«

»Jedenfalls nicht vom Major«, meinte Toby grinsend. »Aber er würde sicher gern wissen, dass seine Truppe ständig beobachtet wird.«

»Sicher doch. Dafür würde er dir ein nettes Geschenk machen.«

»Das ist noch gar nichts«, prahlte Toby. »Er würde mir gleich zwei Geschenke machen, wenn er wüsste, was ich ihm sonst noch alles erzählen kann.«

»Was denn?«

»Na ja, sie wollen doch herausfinden, wer der große Boss der Schwarzen ist, der die Regeln für den Krieg aufstellt und den keiner kennt. Weißt du was? Ich habe seinen Namen erfahren!«

»Und, wie heißt er?«

»Bussamarai.«

»Von dem habe ich vor Jahren gehört, ich dachte, er wäre längst tot. War schon damals ein großer Kriegerhäuptling. Mann, da wird sich der Major aber gar nicht freuen.«

Der Donner grollte, der Regen strömte hernieder, doch sie saßen gemütlich in ihrer Höhle, sprachen von ihrer glücklichen Flucht und dem Schicksal der anderen, während Wally immer wieder zu dem Pferd hinübersah. Er war auf der Flucht, Toby nicht. Falls die wilden Schwarzen ihn erwischten, würden sie ihn töten, Toby hingegen nicht. Nicht einmal, wenn er das Pferd verlor. Sie würden ihm ein neues einfangen, wilde Pferde waren im Busch zurzeit keine Seltenheit. Eigentlich müsste Toby ihm das Pferd überlassen. Es war schon schwer genug, dieses gefährliche Land zu durchqueren. Wally dachte die ganze Zeit über das Pferd nach und hörte verärgert zu, als Toby von den köstlichen Schlammkrabben und Flusskrebsen schwärmte, während er es selbst nicht wagen konnte, sich offen am Fluss zu zeigen oder seelenruhig am Lagerfeuer zu sitzen, Krabben zu pulen und sich mit dem Fleisch vollzustopfen. Wally war ausgehungert.

Plötzlich schoss er vor und rammte Toby das Messer in den Bauch, zog es heraus, stach erneut zu, diesmal in die Brust.

»Es ist wegen des Pferdes«, sage er, als Tobys Leiche auf den staubigen Boden rollte. »Ich muss das Pferd haben. Und du hättest es mir nicht gegeben.«

Moorabi liebte Pferde. Sie waren die herrlichsten Tiere, die er je gesehen hatte, kraftvoll und doch sanft, eine Mischung aus Stärke, Schönheit und Intelligenz, sie kamen ihm vor wie Götter aus einer anderen Welt. In letzter Zeit liefen so viele von ihnen frei herum, dass sie sich zu kleinen Herden zusammengefunden hatten, wobei der stärkste Hengst den Anführer bildete. Oft hatte er vorgeschlagen, seine Leute sollten die *yarraman* nutzen, erklärte ihnen, wie sehr ihnen die *yarraman* das Leben erleichtern würden, dass er es bei den Weißen gesehen hatte … Doch sie hatten ihn nur ausgelacht. Waren sie nicht unzählige Jahre auch ohne diese Geschöpfe ausgekommen? Warum sollten sie die Tiere jetzt auf einmal nutzen?

Diejenigen, die ernsthafter darüber nachdachten, wiesen darauf hin, dass es nirgendwo ein *yarraman*-Totem gab, dass die Ältesten und Magier sie nicht in die Traumzeit einordnen konnten und dass es somit Wesen aus einer anderen Welt sein müssten. Folglich gehörten sie nicht zu ihnen. Waren vielleicht sogar tabu.

Moorabi war anderer Ansicht. Er behauptete, es sei reiner Aberglaube, dass die *yarraman*, anders als die Hunde, bei den Stämmen nicht willkommen seien, und dass dieser Aberglaube noch aus den alten Zeiten stamme, in denen die Schwarzen erstmals berittene Männer gesehen hatten und vor ihnen geflohen waren, weil sie glaubten, vierbeinige Menschen vor sich zu haben.

»Das war Unwissenheit«, sagte er. »Heute wissen wir es besser. Wenn wir uns mit den *yarraman* anfreunden, machen sie uns stärker als die Weißen.«

Doch alles Reden der Welt konnte sie nicht umstimmen. Selbst Ilkepala, der Weiseste von allen, erkannte ihren Nutzen nicht. »Sie laufen weg. Sie sind nicht so geduldig und treu wie Hunde, wenn sie auch klug sein mögen.«

Darauf konnte selbst Moorabi nichts erwidern, noch wagte er zu sagen, dass man Zäune für sie bauen konnte, denn die Schwarzen hassten Zäune. Dennoch ließ Moorabi sich nie eine Gelegenheit zum Reiten entgehen, während die anderen alle Strecken zu Fuß zurücklegten.

»Ihr werdet es noch sehen«, sagte er ruhig. »Eines Tages reiten wir alle. Es ist sinnvoll.«

Er war geschickt darin geworden, Pferde einzufangen. Er brachte sich bei, sie mit Seilen einzufangen wie die Weißen, und war zunächst überrascht, dass manche Tiere sich zur Wehr setzten und nicht geritten werden wollten, doch nach und nach zähmte er sie mit sanften Worten und süßen Früchten. Moorabi neigte nicht zur Prahlerei, erzählte nicht von seinen vielen Pferden und baute auch keinen Zaun. Sein Plan war einfach. Er würde seinen Geschäften nachgehen, bei denen es sich meist um lange Botengänge für Ilkepala handelte, und immer ein grobes Seil bei sich tragen, um damit streunende Pferde einzufangen. Er bevorzugte Tiere, die ihren Besitzern erst kürzlich weggelaufen waren und noch nicht zu einer Herde gehörten, deren Anführer ihn argwöhnisch betrachtet hätte. Die *yarraman* wirkten so Mitleid erregend und verloren, ihre großen Augen blickten traurig und verwirrt, und sie ließen sich bereitwillig von Moorabi trösten.

Moorabi ritt stets ohne Sattel und hielt sich an seinem Seil fest. Wenn er das Pferd nicht mehr brauchte, ließ er es laufen. Zwischendurch ging er zu Fuß, wie die Geister es empfahlen. Doch oft stieß er auf einen Freund, ein Pferd, das sich an ihn erinnerte, und die Begegnungen machten ihn immer glücklich.

Als er an diesem Tag nach Norden wanderte, hoffte er ein Pferd zu entdecken, da er schon durch den Platzregen gelaufen war, doch sie schienen alle verschwunden zu sein. Dann auf einmal kam ein Tier durchs Gebüsch auf ihn zu, mit vollem Zaumzeug!

Welch ein Luxus, nun hatte er Sattel und Zügel. Er stieß einen Pfiff aus, doch das Tier hob nur den Kopf und graste friedlich weiter.

Moorabi umkreiste es, schaute sich suchend nach dem Reiter um, der offensichtlich ein Weißer sein musste, fürchtete sich vor einer Kugel.

Er wartete lange, doch es kam niemand, und er schlich näher, griff nach dem zerrissenen Zügel und sprang in den Sattel. Dann trieb er das Pferd leise davon. Er entdeckte einen Pfad durch den Busch und lehnte sich zufrieden zurück, als das Tier in leichten Trab fiel und sich gar nicht darum zu kümmern schien, dass es nun von einem nackten Schwarzen geritten wurde, der sein runzliges Gesicht hinter einem Vollbart und glänzend schwarzem Haar verbarg.

Tage später erfuhr Nungulla, dass sein Waffenbeschaffer wie geplant durchs Tal ritt. So weit, so gut.

Jack hatte versucht, Kirks Männer einzuholen, doch der starke Regen hatte alle Spuren verwischt, und er war nicht mehr geschickt genug, um die anderen Zeichen zu lesen, die ihm ihren Weg verraten hätten. Bei solchen Gelegenheiten drohte ihn die schiere Unermesslichkeit des Landes zu überwältigen. Als er sich vor Jahren der ersten Familiengruppe angeschlossen und mit ihr losgezogen war, hatte er diesen Schrecken zum ersten Mal erlebt … eine abscheuliche Erfahrung … er konnte einfach nicht die Ausmaße der riesigen

Ebene erfassen, die sie durchquerten. Überall war Horizont, er sah Bäume und einen weiten, makellos blauen Himmel, doch nichts anderes, kein Haus, keinen Zaunpfahl, nichts, was von Menschenhand gebaut worden wäre…

Er hatte sich schwerfällig hingesetzt, war sich wie ein Narr vorgekommen, konnte nicht aufstehen, so groß war seine Furcht. Die schwarzen Frauen hatten sich um ihn gesorgt, ihm Wasser gebracht, an seiner Stirn gefühlt, fanden aber nicht die Ursache seiner Beschwerden heraus. Jack konnte nie erklären, welche Art von Anfall seine Beine damals in Pudding verwandelt hatte.

Da sie ihn in diesem Zustand nicht zurücklassen konnten, hatten die Frauen einem jungen Burschen befohlen, Jack zu tragen. Er hatte ihn huckepack genommen, bis sich die Lähmung legte. Noch heute verspürte er manchmal einen Anflug dieses Gefühls, wenn es auch nie mehr so schlimm geworden war.

Im Augenblick überlegte er, ob er zurückkehren und nach dem Major und seiner Truppe sehen sollte, doch nun, da er so weit gekommen war, wollte er herausfinden, in welche Schwierigkeiten Kirks böse Buben geraten sein mochten.

Er entdeckte eine verlassene Schäferhütte, um die er einen weiten Bogen machte; der Gestank hatte ihn immer angeekelt, und er wollte schon weiterreiten, als er eine Bewegung hinter der zerbrochenen Scheibe des einzigen Fensters wahrnahm. Vielleicht war es nur der Schatten der Akazie neben dem Wassertank. Jedenfalls reagierte Jack nicht darauf. Er hatte längst gelernt, dass in wechselvollen Zeiten wie diesen überall Gefahren lauerten.

Er ritt in sicherer Entfernung weiter, warf einen Blick auf die Rückseite der Hütte und stieg ab. Dann näherte er sich der kaputten Tür.

Da erklang eine Stimme: »Zurück! Ich bin bewaffnet!«

Jack stand still und seufzte. »Ich auch, Sie Witzbold. Was machen Sie da drinnen, Kirk? Und wo ist Ihr Pferd?«

»Himmel, du bist das, Jack!«, jammerte der Inspektor, als er schwankend aus der Hütte trat. »Gott sei Dank, dass du mich gefunden hast. Meine Männer sind alle tot. Die Wilden haben sie umgebracht. Ich dachte, du wärst einer von denen mit deiner dunklen Haut.«

Er klammerte sich an Jack. »Wir müssen hier weg, da draußen sind Tausende von ihnen. Hast du etwas zu essen? Ich verhungere, verdurste, krank bin ich auch. Ich verbrenne …«

»Ja, Sie haben Sonnenbrand«, meinte Jack und stieß ihn weg. »Setzen Sie sich, ich hole Wasser.«

»Lass mich nicht allein!«

»Ich gehe nur zum Pferd. Hinsetzen.«

»Wir sollten besser in die Hütte gehen. Da sehen sie uns nicht.«

»Bleiben Sie hier. Dieses flohverseuchte Loch werde ich nicht betreten.«

Er brachte Kirk Beeren und Nüsse, die er bei sich trug, und hörte sich die Geschichte des Überfalls an, die ihm sehr bekannt vorkam. Es hatte keinen Sinn, zu fragen, weshalb Kirk keinen Wachposten aufgestellt hatte.

»Wo ist denn Ihr Pferd?«, wollte er wissen und blickte sich suchend um.

»Ich war erschöpft. Bin eingeschlafen, das dürfte gestern gewesen sein, und da ist es mir weggelaufen. Seitdem bin ich zu Fuß gegangen. Du musst mich hier rausbringen. Sind der Major und seine Leute in der Nähe?«

Ihm war das Pferd weggelaufen?, dachte Jack angewidert. Ferrington war nicht in der Nähe, und er selbst hatte nicht die Absicht, sein Pferd mit dieser Ratte zu teilen, die ihm bei erster Gelegenheit an den Kragen gehen würde.

»Sie bleiben hier«, sagte er ungeachtet Kirks wütender Proteste. »Verhalten Sie sich still und unauffällig. Ich habe Sie übrigens durchs Fenster gesehen. Die Schwarzen werden nicht hereinkommen, sie wissen, dass dieser Ort voller Flöhe ist.«

»Ich auch, einfach schrecklich. Du kannst mich nicht zwingen, hier drinnen zu bleiben.«

»Das ist richtig. Sie können gern wieder zu Fuß laufen. Ihre Chancen stehen hundert zu eins, Ferrington zu finden, da draußen gibt es nämlich keine Straßen.«

»Wie lange bleibst du weg?«

Das wusste Jack auch nicht; es hing davon ab, wie schnell der Major vorangekommen war. »Nicht lange.«

»Kannst du mir etwas zu essen dalassen?«

»Ich habe nichts, aber Ihr Körperfett wird Sie eine Weile am Leben halten.«

Kirk tobte. Falls er ein Gewehr gehabt hätte, wäre er jetzt vermutlich auf Jack losgegangen, statt auf das Pferd loszustürzen und den vergeblichen Versuch zu unternehmen, sich in den Sattel zu schwingen und davonzureiten.

Jack riss ihn zurück und stieß Kirk in die Hütte. »Rein da und Klappe halten. Sie haben sich selbst in diese Klemme gebracht.«

»Und du willst abhauen und mich den Wilden überlassen«, brüllte Kirk. »Du bist doch selbst ein Wilder! Ich weiß, du wirst nicht zurückkommen, du dreckiger Schwarzer! Du gehörst zu ihnen, meinst du, ich wüsste das nicht, Abschaum bist du, abknallen sollte ich dich …«

Jack ritt kopfschüttelnd davon. Weiter so, dachte er, dann stehen die Jungs bald mit ihren Speeren vor der Tür.

Nun musste er Ferrington finden, was eine Verzögerung seiner eigenen Pläne bedeutete. Laut der Landkarte des Majors grenzte Grosvenor an die Montone-Station, was im Busch eine Entfernung von fünfzig Meilen zwischen den Wohnhäusern bedeutete. Mit anderen Worten, dachte er zornig, war er fünfzig Meilen von seinem Gold entfernt … falls es überhaupt noch da war. Gott, das wäre vielleicht ein Ding! Es einfach aufzuheben und mitzunehmen, in die Stadt zurückzukehren, es gegen Bargeld einzutauschen und als freier Mann weiterzuleben. Reich und frei zu sein! Sollte Jack Wodrow etwa so viel Glück beschieden sein?

Zu seiner Überraschung war ihm sein richtiger Name in den Sinn gekommen, doch er schob den Gedanken beiseite. Ferrington ritt in seine Richtung, ein Anführer, der seine Aufgabe kaum besser löste als Kirk und dessen Männer im Busch weniger erfahren waren. Das hatte nichts Gutes zu bedeuten, vor allem nicht, wenn Bussamarai auch nur annähernd so viele Krieger hatte, wie Kirk behauptete. Obwohl man für einen derartigen Überfall aus dem Hinterhalt gar nicht viele Leute brauchte... Plötzlich sorgte er sich, er könnte in die falsche Richtung reiten. Sollte er sich lieber nach Norden orientieren? Bussamarai aufsuchen und ihn bitten, die Soldaten ungehindert passieren zu lassen? Vielleicht sogar eine Abordnung für Friedensverhandlungen zu entsenden? Warum nicht? Dieser Krieg konnte nicht ewig weitergehen; es war bedauerlich, doch die Stadt am Brisbane River wuchs, und es würden immer mehr Weiße ins Land drängen.

Aber würde Bussamarai auf ihn hören? Jack war sich da nicht so sicher. Er könnte ebenso gut mit einem Speer in der Brust enden, weil er solchen Verrat vorgeschlagen hatte. Mit Heinrich dem Achten, dessen Taten ihn als Kind fasziniert hatten, konnte Bussamarai es jederzeit aufnehmen, wenn es um Strenge und Befehlsgewalt ging. Am besten, man dachte nicht einmal daran, ihm zu widersprechen.

Doch Kirk störte das Bild. Er war in Gefahr und musste so bald wie möglich aus seiner misslichen Lage befreit werden. Daher blieb Jack nichts anderes übrig, als Ferrington zu suchen, ihn zu Kirk zu führen und sich dann seinen eigenen Geschäften zu widmen. Geschäfte. Ein komisches Wort. Es erinnerte ihn an London, an lebhaftes Treiben auf den Straßen; drängende Menschenmengen; Frauen, die ihre Röcke hoben, damit sie nicht durch den Schmutz schleiften, feilschende Händler, Wagen, Lärm, Gebrüll, Rufe – das war der

Ort, an dem man Geschäften nachging, nicht hier am Ende der Welt. Eines Tages würde er den Major fragen, ob er ihm eine Weltkarte zeigen könnte, da er nur die Englandkarte kannte, die er für Mrs Kopfnuss hatte zeichnen müssen. Doch dieses Land hier kannte er nicht. Wusste nicht, wo es auf einer Weltkarte hingehörte, nur dass es weit entfernt war, da man es erst nach drei Monaten Bootshölle erreichte. Und manchmal fragte er sich, auf welchem Weg er wieder dorthin zurückkehren könnte.

Irgendwann merkte er, wie schnell die Zeit vergangen war und dass er noch immer keine Spur vom Major gefunden hatte, obwohl er in dieser Gegend eine hätte entdecken müssen.

Bei Einbruch der Dämmerung ließ er das Pferd rasten und machte sich dann wieder auf in Richtung Mount Beerwah, um an den Hügeln nach Lagerfeuern zu suchen.

Und da waren sie, leuchtende Punkte an den Hängen der dunklen Berge im Norden, Schwarzenlager, doch von Ferringtons Leuten war nichts zu entdecken. Jack band das Pferd an einen Baum und stieg weiter den Hügel hinauf, erkannte aber in der Dunkelheit nur das silberne Band eines breiten Flusses, der sich durch den schwarzen Wald wand.

Gereizt setzte er sich auf einen Felsbrocken, strich sich über die Bartstoppeln und fragte sich, was als Nächstes zu tun sei. Da sah er plötzlich eine dünne Rauchsäule, die sich im Westen emporkräuselte, und seine Augen wanderten automatisch zum Mount Beerwah. Die Rauchsäule stammte von einem Lagerfeuer! Aber es konnten unmöglich die Soldaten sein, sie waren zu weit entfernt. Waren sie es doch, zogen sie nach Westen, geradewegs zu den hohen Bergen, die für die Schwarzen das Rückgrat des Landes bildeten. Dahinter lagen große Ebenen und eine rote Wüste, doch er hatte die Angebote, ihm dieses Land zu zeigen, stets abgelehnt. Es war ihm einfach zu heiß unter den Füßen.

Sie waren vom Weg abgekommen, doch der Major hatte

es nicht bemerkt, weil sie die Gegend mehrere Tage lang durchkämmt hatten und erleichtert waren, als sie wieder auf den Fluss stießen. Nur war es nicht ihr Fluss, sondern ein kleinerer Wasserlauf, der in den größeren Strom mündete. Doch es fiel ihm und Clancy nicht auf, weil sie davon ausgingen, dass der Oberlauf immer schmaler war.

Noch etwas anderes hielt sie am Fluss, das schon zur Gewohnheit geworden war: Sobald sie ihr Lager aufgeschlagen hatten, wurden die Goldsiebe ausgepackt, und das große Rennen um den ersten Fund begann. Es war besser als alle Pferderennen oder Kartenspiele, der ultimative Wettbewerb. Manche waren so gebannt und fasziniert von der Einfachheit der Suche, dass die schlecht bezahlten Soldaten insgeheim ans Desertieren dachten.

Dann hatte der Leutnant Fieber bekommen, was Kit auf eine Erkältung infolge der Regengüsse zurückführte, während einige Männer behaupteten, Clancy fehle nur der Fusel, nachdem er vor wenigen Tagen seine letzte Flasche geleert hatte. Der kranke Mann war zu einem Soldaten aufs Pferd gestiegen und hatte sich an ihm festgehalten, sodass Kit nun allein die Führung übernahm. Die Verantwortung machte ihn nervös. Immerhin, so tröstete er sich, konnten sie noch den seltsam korkenähnlichen Gipfel eines der Glasshouse Mountains sehen. Er kam gar nicht auf die Idee, dass sie sich im Bogen bewegten, den Mount Beerwah immer zur Linken, und zog auch seinen Kompass nicht zu Rate.

Ein Soldat bemerkte, sie könnten reiten, so viel sie wollten, der verdammte Gipfel bleibe immer in Sicht.

»Ich hab da mal ein Bild gesehen«, sagte sein Kamerad. »Bei meiner Tante. Egal, wohin man im Zimmer ging, immer folgten einem die Augen. War ganz schön unheimlich. Richtig unheimlich.«

»Wir sollten raufklettern und Augen draufmalen«, schlug ein anderer vor und rief: »Seht mal! Clancy fällt runter!«

Schon stürzte der Leutnant zu Boden. Kit musste anhalten

und ein Zelt aufschlagen, denn der Patient war ernsthaft krank, lag im Delirium. Kit wies die Männer an, Clancy fortwährend abzuwaschen, um seinen Körper zu kühlen, und gab ein Antiseptikum ins Wasser, um die Bakterien zu töten. Er teilte vier Männer als Patrouille ein und wies sie an, einen weiten Kreis um das Lager zu ziehen. Er stellte zwei Wachposten auf und ging in die Luft, als sie andeuteten, tagsüber seien keine Wachen nötig.

»Das ist ein Befehl!«, brüllte er. »Na los. Ihr anderen kümmert euch um Ausrüstung und Pferde. Passt auf, nutzt die Zeit!«

Doch während er neben Clancy saß, ihm Luft zufächelte und den Schweiß von Gesicht und Brust wischte, schlichen sich die Männer, denen er keine besonderen Aufgaben übertragen hatte, nacheinander aus dem Lager und liefen die halbe Meile durchs dichte Gebüsch bis an das sandige Flussufer.

Zum Glück entdeckte Jack ihr Lagerfeuer und ritt rasch dorthin. Sollte er sich geirrt haben, hätte er zwei ganze Tage verschwendet.

Er stieß am zweiten Tag von Clancys Krankheit zu ihnen und war zunächst erleichtert, als er die berittenen Wachposten entdeckte. Doch der Anblick des nahezu verlassenen, verwahrlosten Lagers versetzte ihn in Wut.

»Was zum Teufel machen Sie hier?«, brüllte er Ferrington an.

»Clancy ist sehr krank!«

»Das weiß ich. Ihre Wachen haben es mir gesagt. Warum aber sitzen Sie ausgerechnet hier fest? Sie sagten, Sie wollten zur Montone-Station reiten, und bewegen sich nun davon weg.«

»Das stimmt nicht. Ich weiß genau, wo wir uns befinden. Aber wo hast du gesteckt? Du hättest dich bereits vor vier Tagen bei mir melden sollen.«

Jack nahm ihn beiseite und berichtete von dem Angriff auf Kirks Truppe.

»Sie müssen jetzt eine rasche Entscheidung treffen«, sagte er. »Bis dahin brauche ich Ihr Packpferd, um Kirk zu holen.«

»Auf das Tier kann ich nicht verzichten! Ich kann nicht ohne unsere Vorräte weiterziehen!«

»Sie können die Vorräte verteilen und den Rest wegwerfen, einschließlich dieses ganzen Krams ...« Er trat gegen die Schürfausrüstung, den Klapptisch und die Stühle. »Das brauchen Sie nicht mehr.«

Ferrington wollte schon eine Diskussion beginnen, änderte dann aber seine Meinung und deutete auf Clancy. »Für den Leutnant kann ich im Augenblick nichts tun, außer einen Mann bei ihm zu lassen. Hoffentlich übersteht er das Fieber. Ich dachte, du wüsstest vielleicht ein Heilmittel aus dem Busch.«

»Nein«, meinte Jack barsch. »Tut mir leid, dass er krank ist, und ich versuche auch, Mitleid mit den eingeborenen Soldaten zu empfinden, die getötet wurden, aber Sie sollten vor allem begreifen, was das für Sie bedeutet. Ein großer Krieg steht bevor, Sie müssen mit Kämpfen rechnen. Die Montone-Station liegt ungefähr sechzig Meilen von hier entfernt.« Er deutete in die Richtung. »Aber gehen Sie nur, wohin Sie wollen. Ich persönlich würde kehrtmachen und nach Hause reiten. Entscheiden Sie sich anders, sollten Sie Ihr Lager zumindest nicht mehr mit dem Rücken zum Fluss aufschlagen. Suchen Sie einen sicheren Ort. Ich esse etwas und reite wieder los.«

Kit war froh, Jack Drew ziehen zu sehen. Seine bohrende Kritik ging ihm auf die Nerven. Er setzte sich neben Clancy und betete, dieser möge sich erholen und ihm bei den bevorstehenden Entscheidungen helfen, doch der Leutnant war noch immer sehr krank und litt mittlerweile auch unter Schüttelfrost.

Kit wollte gerade Sergeant Rapper herbeirufen, mit dem er im Grunde gar nicht zurechtkam. Er war ein bulliger Typ mit sandfarbenem Haar und blasser Hautfarbe, der sich trotz seiner langen Dienstjahre nie daran gewöhnt zu haben schien, Befehle entgegenzunehmen. Erteilen konnte er sie mühelos und mit großer Entschlossenheit, doch seinen Vorgesetzten begegnete er ausgesprochen feindselig. Kit hatte mit Clancy über ihn gesprochen, der lachend meinte: »Keine Sorge, Major, er ist einfach gegen alles und jeden. Hat unheimliche Minderwertigkeitsgefühle. Sie haben mehr davon, wenn Sie ihn bitten, statt etwas von ihm zu fordern.« Verdammt, dachte Kit, als ihm dieses Gespräch wieder einfiel. Für solche Marotten hatte er nun wirklich keine Zeit.

Er klappte den Eingang auf und rief: »Holen Sie Decken für den Leutnant, er hat Schüttelfrost. Und räumen Sie das Lager auf. Wir brechen umgehend auf.«

»Was ist mit Clancy?«

Kit zuckte bei dieser Respektlosigkeit zusammen. »Suchen Sie einen Mann aus, der bei ihm bleibt.«

»Und dann?«

»Holen Sie die Decken, Sergeant!«

Er hatte Drew gegenüber nicht erwähnt, dass ihre Rationen knapp wurden. Es war kein Zucker mehr da, nur noch ein Sack Mehl, etwas Tee und Salz. Sie hatten von Buschtruthähnen und anderem Wild, vornehmlich kleinen Kängurus gelebt, die die Männer geschossen hatten. Das Packpferd hatte die Munition und die Zeltausrüstung getragen. Das musste nun aufgeteilt werden. Kit selbst nahm die Ersatzwasserflaschen, zu mehr war er nicht bereit.

Um die Mittagszeit salutierten die Soldaten vor dem Leutnant, den sie mit seinem Begleiter zurücklassen mussten, und saßen auf.

Kit ritt zu Rapper hinüber. »Wir reiten heute direkt zur Montone-Station, sie liegt sechzig Meilen in diese Richtung.«

Der Sergeant nickte, konnte sich ein hämisches Grinsen jedoch nicht verkneifen. »Das sage ich schon seit Tagen, aber auf mich hört ja keiner.«

»Ich brauche meine Befehle nicht zu erklären, Sergeant. Sie sollten die Männer lieber warnen, dass es Schwierigkeiten geben könnte.«

»Sieht aus, als hätten sich die Nigger verdrückt, Sir. Die Gegend dürfte sicher sein.«

»Da irren Sie sich aber gewaltig.« Kit hatte überlegt, ob und wann er ihnen vom Schicksal erzählen sollte, das Kirks Männer ereilt hatte. Sicher, Kirk würde es ihnen persönlich berichten, aber ... Er seufzte. Besser, er brachte es hinter sich.

Er wendete sein Pferd und richtete sich an seine Männer. »Ich habe schlechte Nachrichten. Die eingeborene Polizei wurde von einem Kriegstrupp angegriffen und ausgelöscht. Soweit wir wissen, hat nur Inspektor Kirk überlebt. Mr Drew ist losgeritten, um ihn zu retten.«

Wie erwartet reagierten die Soldaten schockiert, verängstigt, dann zornig, und er gab ihnen ein paar Minuten Zeit, um die Neuigkeit zu verdauen. »Ich hoffe, eure Waffen sind einsatzbereit. Bleibt wachsam. Wir haben die Pflicht, diese Gegend für die Siedler zu sichern, und das wird uns nur gelingen, wenn wir die Wilden verjagen.«

»Wie groß war dieser Kriegstrupp?«, wollte ein Soldat wissen.

»Das kann ich nicht sagen. Kirk wird uns darüber informieren.«

»Wusste Mr Drew es nicht, Sir?«

»Er war sich nicht sicher. Auf geht's, und Gott schütze die Königin.«

Ilkepala und Bussamarai feierten gemeinsam die Vernichtung der schwarzen Polizei.

»Als Nächste kommen die Soldaten an die Reihe«, rief der Kriegsführer. Ilkepala stöhnte.

»Meiner Ansicht nach werden die Weißen nicht sonderlich um die Abtrünnigen trauern, doch wenn wir ihre Soldaten töten, werden nur noch mehr von ihnen kommen. Und du hast selbst gesagt, du wolltest nicht gegen ihre Gewehre anrennen.«

»Stimmt.«

»Warum also nicht Frieden schließen?«

»Meinst du, sie wollen Frieden? Von wegen. Sie wollen unsere Knochen zu Asche verbrennen.«

Dennoch sorgte Bussamarai sich wegen der Gewehre und versuchte, einen anderen Weg zu ersinnen, wie sie die Soldaten überwältigen konnten. Nungulla prahlte nach wie vor, er könne ihnen mit Hilfe dieses abtrünnigen Schweins die Waffen stehlen, und Bussamarai ließ ihn gewähren, rechnete aber damit, dass der Plan scheitern würde.

»Du solltest sie zur Umkehr zwingen«, riet Ilkepala. »Vertreibe sie, und vermeide eine Schlacht.«

»Gut. Ich gehe einfach hin und sage ihnen, dass sie verschwinden sollen.«

Sie diskutierten hin und her, dann erinnerte Bussamarai sich an Jack Drew. »Ist er noch bei den Soldaten?«

»Nein. Sie sagen, er streife allein umher.«

»Wieso?«

»Vielleicht sucht er nach seiner eigenen Traumzeit. Er hat sich die Zeit genommen, den Ort der sprudelnden Wasser zu besuchen, wo er gerne sitzt und nachdenkt.«

»Er hat keine Traumzeit hier draußen. Aber du meinst, er sei nicht bei den Soldaten?«

»Jedenfalls nicht heute, heißt es.«

»Dann schlagen wir jetzt zu!«

»Wie? Das geht nicht. Es sind achtzehn Soldaten mit Gewehren, und du hast nur ein paar Männer bei dir.«

»Sechzehn. Und ist nicht einer der Anführer mit der roten Jacke krank? Sie haben ihn mit einem Begleiter zurückgelassen.«

»Das stimmt, aber es sind immer noch zu viele. Du darfst sie nicht angreifen.«

Bussamarai grinste breit und zuversichtlich. »Angreifen habe ich nicht gesagt, ich sprach von zuschlagen. Sie haben zwei Anführer mit Schwertern, einer davon ist schlimm krank. Was tun denn die übrigen Soldaten, wenn sie keinen Anführer mehr haben?«

»Das weiß ich nicht genau.«

»Dann finden wir es heraus. Ich schicke einen Mann los, der den anderen Anführer tötet. Den, der vor ihnen herreitet.«

11

Auf dem Weg zum Büro des Vieh- und Stationsmaklers, der zurzeit auch häufig Stadtgrundstücke veräußerte, traf Sam auf einen Burschen, den er schon einmal im Flur vor seinem Büro in Sydney getroffen hatte. Der lange Mantel und die Stoffkappe waren unverkennbar.

Er wünschte ihm einen guten Morgen und fragte, wie es ihm gehe, wobei ihm gleichzeitig einfiel, dass der Herr eine Anzeige im *Sydney Morning Herald* hatte aufgeben wollen.

»Gar nicht gut«, lautete die Antwort. »Ich habe weder hier noch in Sydney bislang eine Antwort auf meine Anfrage erhalten.«

»Wonach haben Sie sich denn erkundigt?«

»Nach meinem Bruder. Mr Jack Wodrow. Er ist vor zehn Jahren hierher ausgewandert und hat es gewiss zu etwas gebracht, aber ich kann ihn einfach nicht finden.«

»Vielleicht kann ich Ihnen behilflich sein. Ein Artikel in der Zeitung könnte etwas bewirken.«

»Wie meinen Sie das? Was würde mich so ein Artikel kosten?«

»Gar nichts. Ich bin Reporter und würde nur zu gern einen Bericht über Ihre Suche bringen.«

»Ehrlich? Das wäre wunderbar. Was für ein Glück. Es wäre so schade, wenn ich unverrichteter Dinge nach England zurückkehren müsste.«

»Also gut, kommen Sie mit in mein Büro, dort können wir uns in Ruhe unterhalten.«

Hector Wodrow war ganz aufgeregt, obwohl er es nicht zeigen wollte. Dieser Sam Dignam wollte alles über ihn und seinen Bruder wissen, damit er eine kleine Geschichte über sie bringen konnte. Er fragte sich, ob er wohl auf die Titelseite käme. Er nahm seine Kappe ab und informierte den Reporter über ihre Herkunft.

Ihr Vater Mervin Wodrow war ein feiner Mensch gewesen, ein Missionar, genau wie ihre Mutter Clara. Sie war geradezu eine Heilige. Die Eltern waren unglaublich freigebig, schenkten ihr ganzes Geld den Armen und bedachten diese mit Freundlichkeit und Gebeten. Sie behielten nur so viel, dass sie die Diener bezahlen konnten, die ihnen den Haushalt führten, während die Eltern tagein, tagaus die Armen und Bedürftigen von den Straßen retteten.

»Jack und ich haben die St. Thomas' Academy in der Edgware Road besucht. Ich bin dann in die Fußstapfen meines Vaters getreten, obwohl mir die Gemeindearbeit mehr lag. Jack hingegen neigte zur Landwirtschaft, während die religiöse Tätigkeit seiner Natur gar nicht entsprach, was unsere Eltern wirklich traurig stimmte. Ich glaube, der Streit darüber wurde Jack zu viel. Da hat er uns verlassen.

Erst kürzlich, als unser lieber Vater starb, erfuhr ich, dass Jack sich hier aufhält. Anscheinend als Schafzüchter … Reicht das für Ihren Artikel?«

»Ja, es werden ohnehin nicht mehr als ein oder zwei Absätze.«

»Ich könnte Ihnen noch mehr erzählen. An Bord des Schiffes habe ich den Wettbewerb im Scheibenwerfen gewonnen und wurde zum Ehrenoffizier für Deckspiele ernannt.«

»Welch eine Ehre, Mr Wodrow. Aber ich glaube, ich komme mit dem zurecht, was Sie mir bereits mitgeteilt haben.«

Bevor er das Gebäude verließ, stornierte Hector seine Anzeige und bekam seinen Shilling zurück.

Am nächsten Tag las Inspektor Tomkins den Artikel mit großem Interesse.

»Mervin Wodrow! An den kann ich mich erinnern. Ein

gieriger kleiner Parasit. Er führte eine Seemannsmission und besaß ungefähr so viel christliche Nächstenliebe wie ein Straßenkater. Hector und Jack sind also seine Söhne! Der Bursche malt ja ein nettes Bild von seiner Familie. Augenblick, die St. Thomas' Academy wurde doch erst vor zwölf Jahren eröffnet, wie kann er sie da besucht haben?«

Er lachte. »Falls du kein ungewöhnlich langsamer Schüler warst, Hector, hast du einen Haufen Lügen erzählt. Kommt mir verdächtig vor. Ich werde die Sache an Fred Watkins schicken.«

Leider meldete sich niemand auf die beiden Absätze über den verschollenen Bruder, die im *Courier* erschienen, sodass Hector beschloss, mit dem nächsten Schiff nach Sydney zurückzukehren. Allerdings hinterließ er seine dortige Adresse bei Sam Dignam, der ihn darauf hingewiesen hatte, dass die Stationen im Outback nur einmal im Monat eine Zeitung erhielten. Also könnte Jack oder ein Bekannter von ihm auch später noch auf die Geschichte stoßen.

Er hatte vor, in Sydney zu bleiben, da ihm das Klima behagte, das viel trockener war als im Hinterland um Brisbane. Vielleicht würde er sich sogar eine neue, wohlhabende Frau suchen und sich zur Ruhe setzen.

Eine Woche später ging er an Bord des Dampfers *Arabella,* der nach Sydney fuhr. Enttäuscht war er eigentlich nicht. Solche Dinge brauchten Zeit, sagte er sich. Er könnte die Passagierlisten der damaligen Zeit prüfen und nachsehen, wo sein Bruder von Bord gegangen war. Das wäre hilfreich.

Am Sonntagmorgen läutete die riesige Glocke am Hafen heftig, und die Menschen kamen neugierig herbeigerannt, wichen aber entsetzt zurück, als zwei Fischer berichteten, die *Arabella* sei im Rous Channel zwischen Moreton und den Stradbroke Islands gesunken. Überlebende habe man nicht gefunden.

Sam Dignam schrieb die traurige Story für den *Courier.* Das zum Untergang verdammte Schiff war den Brisbane River hinabgefahren und hatte in einem schweren Sturm die Moreton Bay durchquert, von wo aus es in die noch gefährlicheren Gewässer des Kanals geriet und gar nicht erst das offene Meer erreichte. Es ging mit vierundvierzig Menschen an Bord unter. Niemand überlebte.

An diesem Tag gelangte Hector Wodrow sogar auf die Titelseite.

Inspektor Tomkins las seinen Namen auf der Liste der Ertrunkenen, hatte aber einige andere Passagiere weitaus besser gekannt, darunter Miss Grimes, die Tante des Superintendenten. Hector wurde in den Hintergrund gedrängt, als eine Welle der Trauer die Stadt durchflutete.

In Ipswich, dem ehemaligen Limestone, trauerte man um den Polizeichef Inspektor Crotty, doch Harry Harvey und seine Kumpane, die im Hochland zwischen Ipswich und den Darling Downs untergetaucht waren, feierten. Crotty war ihnen gefährlich nahe gekommen und hatte Männer ausgesandt, die die Straße durch die Ebene und den schwierigen Anstieg zum Berg vor Buschräubern schützen sollten. Dank dieser Wachen waren einige von Harrys Plänen gescheitert, doch die Stadtleute zeigten sich undankbar. Sie hielten nichts davon, öffentliche Gelder für zivile Wachen auszugeben, und nun, da Crotty tot war, bestand sogar die Chance, dass man die Wachen ganz abzog.

»Zurück ins Bergwerk«, lachte Scarpy, als er nach der zerknitterten Zeitung griff. »Ich schätze, die sollten sich besser dir anschließen, als in den verdammten Stollen zu arbeiten. Ich würde für kein Geld der Welt da runterfahren.«

Scarpy war kein aktives Mitglied von Harrys Gang, die aus drei Leuten bestand, die im Lager lebten, und einem weiteren Mann, der in der Stadt wohnte und arbeitete und sie auf dem Laufenden hielt. Scarpy – seinen wahren Namen kannte keiner – besaß ein dicht bewaldetes Stück Land in der Ebene mit einem Cottage, einigen Pferden und Hühnern und einem Obstgarten. Er galt als verschwiegen und war auch bereit, den einen oder anderen Mann im Keller zu verstecken, wenn die Polizei hinter ihm her war.

In der Stadt hatte er keine Freunde, da ihm die Bushies lieber waren. Die meisten seiner Bekannten konnte man nicht gerade als gesetzestreue Bürger bezeichnen, doch das machte Scarpy nichts aus. Scarpy war um die fünfzig, sprach Cockney, und man glaubte gemeinhin, dass er selbst einmal Sträfling gewesen sei. Vielleicht war er sogar ein Buschräuber, denn er hörte immer mit besonderer Schadenfreude zu, wenn Harrys Leute von ihren Missetaten berichteten. Sie konnten sich darauf verlassen, dass er sie niemals verpfeifen würde.

Er war gerade zu Besuch, saß an einem improvisierten Tisch, in die Zeitung vertieft, die über den Schiffbruch berichtete. Er zeigte kein Bedauern darüber, dass Inspektor Crotty, der ihm immer mit besonderem Misstrauen begegnet war, auf der Verlustliste stand. Dann studierte er die übrigen Namen.

»Bei Gott, noch ein großer Name. Wodrow! Kennt einer von euch Jack Wodrow? Wohl kaum. In der alten Heimat war er als Straßenräuber berühmt. Aber das dürfte vor eurer Zeit gewesen sein. Ein schlauer Bursche. Ich kannte ihn. Hatte allerdings seinen Namen geändert …« Er zögerte, und Harry blickte interessiert hoch. »Ist in den Busch gegangen. Hat mit den Schwarzen gelebt. Als ich ihn das letzte Mal sah, das muss Jahre her sein, waren ich und ein irischer Kumpel namens O'Meara gerade dabei, Wildpferde einzufangen. Gott, O'Meara war vielleicht einer, richtig gefährlich. Und die Polizei hat er so was von gehasst. Und hat immer gegen die Regierung gewettert.«

»Was war mit Wodrow?«, hakte Harry nach.

»Darauf wollte ich gerade kommen. Ich und O'Meara hatten also diese Rinder eingekreist …«

»Ich dachte Pferde«, meinte Harry lachend. »Habt ein bisschen Viehdieb gespielt, was?«

»Nie im Leben!«, meinte Scarpy ausweichend. »Ich wäre jedenfalls beinahe umgefallen. Da kommt Jack, geradewegs aus dem Busch, schwarz wie die Nacht, nur einen Fetzen um sein bestes Teil. Hat mich beinahe zu Tode erschreckt. Hielt ihn für einen Schwarzen ... Er ist übergelaufen. Einer von ihnen geworden.«

»Und was ist danach passiert?«

»Keine Ahnung. Hab ihn nie wiedergesehen.«

Harry überlegte. Er erinnerte sich an den Burschen, der ihn aus dem Fluss gezogen hatte, die Haut dunkel von vielen Jahren in der Sonne. Er fragte rasch: »Und jetzt nennt er sich Jack Drew?«

»Ja«, antwortete Scarpy und machte sofort einen Rückzieher. »Nein, das hab ich nie gesagt. Ich sagte, sein Name war Wodrow, nicht Drew! Du bringst alles durcheinander.«

»Schade, denn ich wollte dir gerade mitteilen, dass ich deinem Wodrow begegnet bin. Oder Jack Drew, wie er sagte.«

»Das glaub ich einfach nicht! Erzähl weiter.«

»Wie du willst. Aber ich behaupte, er ist der Mann, der mir geholfen hat, durch den Fluss zu schwimmen. Hat mich vor meinen Verfolgern gerettet. Klingt das nicht nach einem Kerl, der mit dem Gesetz wenig im Sinn hat?«

»Mag sein.« Scarpy schob die Zeitung beiseite und stand auf.

»Ich muss los. Es kommt noch mehr Regen. Was sagt ihr dazu, dass Crotty ertrunken ist?«

»Und was sagst du dazu, dass dein Straßenräuber hier in der Gegend aufgetaucht ist?«

»Du irrst dich, Harry. Ich habe nie von einem Jack Drew gehört.«

»Wie hat Wodrow sich denn genannt?«

Scarpy ging zu seinem Pferd. Er wusste, er hatte schon zu viel geredet. »Ist jetzt auch egal«, meinte er. »Der arme Kerl ist vermutlich längst tot. Er sah so mager aus wie du, als ich ihn im Busch gesehen habe. Nannte sich Brosnan wie ein Ire.«

Als er sein Pferd den steilen Pfad hinunterführte, war Scarpy aufgeregt, weil er wieder von Jack gehört hatte, und ärgerte sich gleichzeitig, dass er ein solches Durcheinander angerichtet hatte. Harry war schlau, doch vielleicht hatte er die Geschichte geschluckt. Der arme Brosnan. Sein Name war ihm spontan in den Sinn gekommen. Er war bei der Flucht von Mudies Farm erschossen worden, was O'Meara nie verziehen hatte. Jahre später war er zurückgekehrt und hatte den Mann erledigt, der damals seinen Freund getötet hatte.

Egal, das alles ging Harry nichts an. Und falls Jack ihm tatsächlich einen Gefallen getan hatte, hatte Harry umso weniger Grund, ihm nachzuspionieren. In diesem Land fragte man nicht nach der Vergangenheit der Menschen.

Hoffentlich ging es Jack gut. Es wäre schön, wieder mal mit ihm zu reden. Ihm zu berichten, dass Scarpy den richtigen Weg eingeschlagen hatte. Und dass er eine Notkasse besaß, falls er erneut die Flucht ergreifen müsste. Sollten sie ihn fangen, würde das Geld unter dem Plumpsklo verschimmeln. Er fragte sich, weshalb Jack noch immer seinen Gefangenennamen Drew benutzte. Vielleicht glaubte er, man hätte ihn vergessen.

Scarpy hatte seinen wirklichen Namen nie verraten, doch er stand vermutlich noch immer in den Akten des Gefängnisses. Clarence Covington. Was für ein Rattenschwanz. Den vergaß man am besten, wie die Iren sagten.

Harry blickte ihm nach, als er den Hügel hinuntertrottete. Seinetwegen konnte der Kerl sich Diddlydoo nennen. Der Mann, dem er im Fluss begegnet war, hatte ihm einen großen Dienst erwiesen. Da brauchte der alte Scarpy gar nicht so empfindlich zu werden.

Adrian las den Bericht über die Tragödie und schauderte.

Er hatte keine Ahnung gehabt, dass der Kanal zwischen den beiden großen Inseln so gefährlich war. An Bord der *Argyle* war nie ein Wort darüber gefallen. Die Passagiere hatten es sogar aufregend gefunden, durch den Engpass zwischen Ozean und Bucht zu gleiten, und den Blick auf die Sandstrände und grünen Wälder genossen.

Seine Schwester betrat das Büro. »Von wem war dein Brief?«

»Welcher Brief?«

»Ach, komm schon, Adrian. Ich glaube, es war die Handschrift einer Dame.«

»Da könntest du Recht haben. In Jamesons Tuchladen arbeitete eine Frau. Ich hatte sie gebeten, mir die üblichen Arbeitshemden zu schicken, aber sie sind zurzeit nicht vorrätig. Hast du von dem Schiffbruch gelesen?«

»Welchem Schiffbruch?«

»Hier steht es.« Er gab ihr die Zeitung. »Ein Küstendampfer ist beim Verlassen der Bucht gesunken. Es gab keine Überlebenden.«

»Du lieber Himmel! War jemand dabei, den wir kennen?«

»Ich glaube nicht. Nimm die Zeitung ruhig mit ins Haus. Ich lese sie später.«

»Aber ich wollte mit dir über die Finanzen sprechen. Ich habe ein paar gute Ideen.«

»Schön, aber können wir nicht nachher darüber reden? Ich muss noch die Rechnungen sortieren, welche sofort bezahlt werden müssen und welche warten können.«

Mittlerweile hatte Jessie den Bericht über den Untergang der *Arabella* gefunden und sich darin vertieft. Sie fragte sich, ob der Artikel wohl von Sam stammte.

Als sie gegangen war, wandte Adrian sich wieder der Post und seinem Brief zu, der keineswegs von Jameson, sondern von Flo stammte. Er öffnete ihn sanft, als könnte ihr Duft aus den Seiten fließen und verfliegen, bevor er ihn in sich aufgenommen hatte.

Es war wie üblich ein reizender Brief mit Neuigkeiten aus der Stadt. Merlin war verschwunden, was Adrian erleichtert zur Kenntnis nahm, da Flo nun nicht mehr in Versuchung geraten konnte, wieder für ihn zu arbeiten. Sie schrieb, es würde sie nicht überraschen, wenn Merlin unter die Goldsucher gegangen sei, denn die Menschen zögen in Scharen los, und manche fänden sogar etwas.

»So etwas könnte Kit hier gebrauchen«, murmelte er. »Er verliert noch immer Geld und scheint zu glauben, die Geduld der Bank sei unerschöpflich.«

Adrian tat sein Bestes. Die Sträflinge erhielten einen bescheidenen Lohn von wenigen Shilling pro Woche, während freie Arbeiter ein Pfund bekamen, doch selbst dieses Geld war im Grunde verschwendet. Das Roden ging unregelmäßig voran; noch immer steckten tiefe Wurzeln in Flächen, die angeblich vollständig gerodet waren; sie hatten unsauber und willkürlich gepflügt; die Pferde waren schlecht beschlagen, die Gebäude undicht, überall lag etwas im Argen. Um die Arbeiter aufzurütteln, hatte er angeordnet, die Tabakrationen von der Qualität der Arbeit abhängig zu machen. Die Männer beschwerten sich, doch Adrian blieb hart. Er ließ die Arbeiten an der Westseite der Veranda einstellen und schickte die beiden Zimmerleute auf die Felder. Doch das alles waren nur Kleinigkeiten, sie würden das Unheil nicht verhindern.

Er nahm ein Blatt von Kits Briefpapier, um Flo zu antworten.

»Meine Herzallerliebste…«, begann er. Es war eine Freude, ihr zu schreiben und die Probleme um sich herum zu vergessen.

Da dies Jessies Heim werden sollte, war Adrian der Ansicht, es sei ihre Pflicht, ihm bei seinen Aufgaben zu helfen. Als sie im Esszimmer saßen und ihre Aufzeichnungen verglichen, sprach Adrian das Thema Mitgift an.

»Die Mitgift steht fest, das ist kein Problem. Allerdings will Mutter sie erst bei der Hochzeit auszahlen, also solltet ihr es am besten schnell hinter euch bringen.«

»Das klingt aber unromantisch«, meinte Jessie gereizt. »Eine Hochzeit auf dieser Veranda, mit der herrlichen Aussicht, das wäre doch wunderschön.«

»Sei nicht albern, Jessie. Du weißt, dass Mutter das nicht gutheißen wird. Sie besteht darauf, dass du in der Kirche heiratest, und die kleine Kirche, die wir in der Charlotte Street in Brisbane gesehen haben, wäre genau richtig. Das Hotel, in dem Kit gewohnt hat, dürfte in der Lage sein, den Empfang auszurichten.«

»Ich habe ihr gesagt, dass die Hochzeit und der Empfang hier stattfinden können, um Geld zu sparen.«

»Warum denn nur? Mutter braucht nicht zu sparen, sondern Kit! Sie bezahlt doch alles. Und du kannst keine Leute in dieses halb leere Haus einladen. Ohne Vorhänge, ohne Wäschemangel, mit wenig Besteck und Geschirr. Wie stellst du dir das vor! Zuerst behauptest du, das alles würde zurzeit nicht gebraucht, und dann schlägst du im selben Atemzug vor, den Empfang hier abzuhalten!«

»Ich weiß«, sagte sie niedergeschlagen. »Ich habe mich hinreißen lassen. Ich dachte, wenn Mutter uns die Mitgift vorher schickte, könnte ich die notwendigen Stoffe kaufen.«

»Jetzt mal im Klartext: Die Mitgift gehört dem Ehemann, er kann damit tun, was er will. Und Kit wird sie kaum für Tischwäsche ausgeben, dafür bist du verantwortlich. Und Mutter. Ich bin überrascht, dass diesmal kein Brief von ihr dabei war, sie hätte genügend Zeit dafür gehabt. Und ich habe ihr noch einmal geschrieben und erklärt, dass es mehr als vernünftig sei, die Hochzeit hier abzuhalten, da Kit kein Geld für die Hin- und Rückfahrt und die Hochzeitsreise habe. Aber von einer Feier in diesem Haus war nicht die Rede. Du solltest ihr besser noch einmal schreiben, dann reite ich zum Postamt.«

Samt meinem Brief an Flo, dachte er. Blanche hatte Adrians Brief in der Tat erhalten und war entsetzt, dass die beiden Hohlköpfe, die sie in die Welt gesetzt hatte, alles auf die leichte Schulter nahmen.

Major Ferrington bankrott? Kam das so überraschend? Sie hatte ihm schließlich nie vertraut. Dennoch, er hatte stets den Eindruck eines wohlhabenden Mannes gemacht, der ihrer Tochter ein angemessenes Leben bieten konnte. Er hatte von seinem Anwesen und dem schönen Haus gesprochen, das er gerade baute, und erklärt, Jessie solle es an nichts fehlen.

An sich war der Geldmangel gar nicht so schlimm. Jessie würde den Wert des Geldes schätzen lernen, obwohl Blanche, wie sie zugeben musste, diese Erfahrung als junge Braut nicht gemacht hatte, da sie aus einer reichen Familie stammte und in eine noch reichere Schafzüchterdynastie eingeheiratet hatte. Doch darum ging es auch nicht. Ferrington hatte sie und Marcus betrogen. Ihr Sohn hinterging sie ebenfalls, und Jessie war ihrem Verlobten nachgereist, ohne auf Anstand und Sitte zu achten. Und jetzt… war der Besuch zu einem ständigen Aufenthalt geworden!

»Aber nicht mit mir, Fräulein. Du kommst nach Hause, sonst gibt es keine Hochzeit, solange ich noch ein Wort mitzureden habe.«

Sie sorgte sich, weil Jessie allein mit den beiden Männern dort wohnte, und betete erneut, Adrian möge sie beschützen.

»O Gott«, stöhnte sie, »hoffentlich hat Jessie genügend Verstand, um unzüchtigen Annäherungsversuchen zu widerstehen.« Was würden die Leute sagen? Vermutlich das Allerschlimmste. Was also sollte sie tun? Sie wünschte, sie könnte mit Marcus darüber reden, doch nun, da er sich gerade erholte, durfte sie ihn nicht damit überfallen. Dann fiel ihr ein, dass Adrian sich in seinem letzten Brief nicht einmal nach dem Befinden seines Großvaters erkundigt hatte. Das schlug dem Fass den Boden aus!

Sie ging gerade die Macquarie Street entlang, als sie Mr Watkins begegnete, der sich hocherfreut zeigte und sie zu ihrem schönen Hut beglückwünschte.

»Vielen Dank«, sagte sie. An diesem schwarzen Tag konnte ein wenig Aufmunterung nicht schaden. Zuerst die Sorge um Adrian und Jessie, dann der Besuch im Krankenhaus, wo Marcus sich trotz seiner Fortschritte äußerst gereizt zeigte und verlangte, man solle ihn aus diesem »Leichenhaus« holen.

»Wie geht es Ihrem Schwiegervater?«, fragte Watkins, der ahnte, woher sie kam.

»Besser«, entgegnete sie grimmig. »Wird vom Kuschelbären zum Grizzly.«

»Männer sind schlechte Patienten, hat mir die Oberschwester erzählt.«

»Dafür wäre Marcus jedenfalls ein typisches Beispiel.«

»Haben Sie noch irgendwelche Besorgungen zu machen, Mrs Pinnock?«

»Nein, ich wollte mir eine Droschke nehmen. Ich bin auf dem Heimweg.«

»Mein Wagen steht drüben vor meinem Büro. Darf ich Sie nach Hause bringen?«

Blanche erklärte, das könne sie nicht annehmen, lehnte aber auch nicht rundweg ab, da sie eigentlich froh über sein Anerbieten war. Sie fühlte sich schlecht, richtig schlecht, und einsam. Verlassen von ihrer Familie, von den Menschen, die sich eigentlich um sie kümmern sollten.

»Haben Sie Familie, Mr Watkins?«, erkundigte sie sich, als sie neben ihm in dem schwarz gepolsterten Gig saß.

»Zwei Söhne«, sagte er. »Meine Frau ist verstorben.«

»Hoffentlich benehmen sich Ihre Söhne besser als meine Kinder«, sagte sie mürrisch. »Ich habe Adrians Verhalten satt. Ganz und gar satt.«

Er seufzte. »Mein Andrew sollte bei einem befreundeten Rechtsanwalt lernen, der ihn angestellt hatte, um mir einen

Gefallen zu tun, doch nun gefällt ihm die Arbeit nicht. Mein älterer Sohn Bede ist zweiundzwanzig, verheiratet, Polizist und hat sich auf und davon gemacht, um in Victoria Gold zu suchen. Zusammen mit seiner Frau!«

»Mit seiner Frau? Das ist doch ein Trost. Die meisten lassen Frau und Kinder im Stich.«

»Für mich ist es nicht so tröstlich. Ihre Mutter stand vor meiner Tür und beschimpfte mich, weil ich es zugelassen hatte. Verlangte, ich solle sie zurückholen. Sicher ist es kein Ort für junge Damen, aber was soll ich machen?«

»O Gott. Die jungen Leute scheinen alle den Sinn für Sitte und Anstand zu verlieren. Aber es sind nicht nur die Jungen. Überall wird von Gold geredet; jetzt beginnen Grabungen in Neusüdwales und in Victoria, die Menschen kennen kein anderes Thema mehr. Die Verantwortung ist dahin, immer mehr laufen einfach von ihrer Arbeit weg.«

»Ich weiß, einfach unglaublich! Sie scheinen nicht zu verstehen, dass dort gefährliche Krankheiten und andere Risiken lauern.«

Blanche nickte. »Und ich fürchte, das ist erst der Anfang.«

Watkins fuhr langsamer. »Auf der anderen Seite vom Park gibt es ein nettes Teehaus. Möchten Sie mich dorthin begleiten?«

»Ich könnte mir nichts Schöneres vorstellen«, entgegnete Blanche entschlossen. »Ich trinke dort oft meinen Tee, und die Windbeutel sind köstlich.«

Mr Watkins hörte erfreut, dass Merlin sich nicht mehr bei ihr gemeldet hatte, ebenso wenig Miss Fowler, und sie genossen auf angenehme Art ihren Tee unter Palmen, als wären sie alte Freunde. Dann berichtete Blanche von ihren Sorgen und hielt nicht einmal mit der Tatsache hinter dem Berg, dass Jessie in *seinem* Haus wohnte. Dennoch würde gewiss alles mit Anstand ablaufen.

»Selbstverständlich«, sagte er freundlich. »Ihre Tochter

scheint ungeachtet der derzeitigen Probleme eine nette junge Dame zu sein. Und sagten Sie nicht, sie sei sehr resolut und eigensinnig?«

»Das können Sie laut sagen.«

»Dann würde ich mir keine Sorgen machen. Sie schafft das schon.«

»Mag sein, aber ich bin so wütend auf die beiden, dass ich gar nicht schreiben mag. Ich beantworte ihre Briefe nicht mehr.«

»Mrs Pinnock«, sagte Watkins ruhig, »wenn ich das sagen darf, Sie sollten schreiben. Mit ihnen in Verbindung bleiben. Sie wissen lassen, dass Sie nicht erfreut sind. Wenn sie gar keine Briefe erhalten, werden Ihre Kinder denken, Sie seien zu beschäftigt oder die Post wäre verloren gegangen …«

»Oder ich wäre wütend auf sie?«

»Nein. Sie würden es vermutlich als Zustimmung auffassen. Ich würde lieber schreiben.«

»Ich werde es mir überlegen.«

»Und vielleicht sollten Sie sich auch überlegen, ob Sie am nächsten Mittwoch wieder mit mir Tee trinken möchten, damit wir über Ihre widerspenstigen Sprösslinge reden können.«

Blanche lächelte. »Gern.«

Und sie schrieb. An Jessie. War gereizt, dass sie ihre Anweisungen kaum in einem Telegramm unterbringen konnte:

DEIN BENEHMEN IST SCHÄNDLICH.
DU KANNST ES GUTMACHEN, INDEM DU UMGEHEND
NACH HAUSE KOMMST.
DANN KÖNNEN WIR DIE VORBEREITUNGEN
FÜR DIE HOCHZEIT TREFFEN.
MUTTER

Den folgenden Mittwochnachmittag verbrachten sie nicht in dem Teehaus. Blanche musste in Freds Büro vorsprechen, um die Verabredung zu verschieben, da ihr Schwiegervater an diesem Tag aus dem Krankenhaus entlassen werden sollte.

Mr Watkins war sehr verständnisvoll. »Schon gut, das macht nichts. Brauchen Sie Hilfe mit Mr Pinnock? Oder kommt er allein zurecht?«

»Eigentlich nicht. Er kann nur wenige Schritte gehen. Ich muss einen Rollstuhl kaufen, weiß aber nicht, wie ich ihn samt Rollstuhl nach Hause bringen soll.«

»Ganz einfach. Lassen Sie den Rollstuhl nach Hause liefern. Ich hole Mr Pinnock gemeinsam mit Ihnen ab, und wir bringen ihn sicher heim. Das heißt, wenn Sie das möchten. Sollten Sie andere Pläne haben ...«

»Nein. Die Krankenhausangestellten würden mir helfen, ihn in eine Droschke zu setzen, aber ich hatte mich schon gefragt, wie ich ihn ins Haus bringen soll. Wir haben nur weibliche Dienstboten. Ich glaube, Marcus würde Ihre Hilfe zu schätzen wissen.«

Was er auch tat. Er konnte kein Getue ertragen und war froh über die feste Hand des ehemaligen Polizeibeamten, der den Schwierigkeiten des alten Mannes sachlich und nüchtern begegnete.

»Woher kommen Sie denn so plötzlich?«, fragte er Watkins, als dieser ihn in den Rollstuhl hob, der am Seiteneingang des Hauses wartete.

»Ich bin ein Freund der Familie«, sagte Watkins. »Immer zu Diensten.«

»Lange werde ich diesen verdammten Rollstuhl ohnehin nicht brauchen.«

»Das sehe ich auch so. Sie müssen Fleisch auf die Knochen bekommen, dann laufen Sie bald wieder herum.«

»Hast du das gehört, Blanche?«, rief Marcus. »Ich laufe im Nu wieder herum. Und ich will nicht, dass ihr Frauen mich wie einen Säugling behandelt. Kein Krankenhausgetue mehr. Ich will anständiges Essen. Fangen wir mit einem großen Steak und viel Pudding an.«

»Ja, du kannst haben, was du möchtest. Die Köchin ist froh, dich wieder daheim zu haben. Möchtest du dich vor dem Essen hinlegen?«

»Da geht es schon los! Nein, das möchte ich nicht. Ich will auf der hinteren Veranda sitzen und auf die Bucht blicken und ein hübsches, kaltes Ale trinken. Sind Sie dabei, Mr Watkins?«

»Da sage ich nicht nein, Sir.«

»Nennen Sie mich Marcus.«

Sie genossen ihr Ale und unterhielten sich freundschaftlich, bis die Sonne unterging. Mr Watkins verabschiedete sich.

»Spielen Sie Cribbage?«, fragte Marcus.

»Ja.«

»Dann kommen Sie mal auf eine Partie vorbei, Fred. Sieht aus, als säße ich hier eine Weile fest. Sie sind jederzeit willkommen.«

Beim Essen rückte Marcus mit seinen Fragen heraus. »Netter Kerl, dieser Fred. Solider Bursche. Pensionierter Polizist. Wusstest du, dass er Detektiv ist?«

»Ja, das hat er mir gesagt.«

»Wie bist du ihm überhaupt begegnet? Was hattest du vor? Jemanden zu bespitzeln?«

»Natürlich«, meinte Blanche lachend, doch Marcus ließ nicht locker.

»Hier ist etwas faul. Was zum Teufel hat Adrian auf Kits Farm zu suchen? Und was will Jessie da oben? Wann soll die Hochzeit sein? Ich glaube, du hast mir einiges verschwiegen, Blanche, und Fred Erkundigungen einziehen lassen.«

»Hat er das gesagt?«

»Er hat nicht erwähnt, wie ihr euch kennen gelernt und angefreundet habt. Es stört mich auch nicht, glaub mir, ist aber dennoch seltsam.«

»Wir reden morgen darüber, keine Sorge. Eine Dame hat mich an ihn verwiesen, er sollte nur ein bisschen herumschnüffeln.« Sie tätschelte ihm die Hand. »Nichts Aufregendes.«

»Das sagst du«, knurrte er. »Ich mag es nicht, wenn man mich in Familienangelegenheiten übergeht, Blanche, daran solltest du denken.«

Blanche kam nicht umhin, Marcus von den Problemen mit den »Kindern« zu erzählen.

Sie spielte die Tatsache herunter, dass Adrian eine »Freundin« hatte, die sie noch nicht einmal kannte. Und gestand, dass sie nichts davon gewusst hatte, dass Jessie mit ihrem Bruder nach Brisbane wollte, und auch nicht damit einverstanden gewesen wäre. Dass Adrian Kits ernsthafte Finanznöte aufgedeckt hatte.

»Er kann es sich nicht leisten, zur Hochzeit nach Sydney zu reisen, daher …«

»Nicht leisten?«, explodierte Marcus. »Was soll das heißen?«

»Ich habe dir doch gesagt, du sollst dich nicht aufregen.«

Er lehnte sich in seinem Sessel zurück und holte tief Luft. Er spürte, dass er noch angeschlagen war. »Stimmt. Ab heute werde ich mich bessern. Sanft wie ein Lamm werden. Und was genau hat dich veranlasst, Fred Watkins zu Rate zu ziehen?«

»Ach, den Zwischenfall hatte ich schon ganz vergessen. Ein Mann hat mich auf der Straße angesprochen und um Geld gebeten. Er sagte, er sei ein Freund von Adrian. Es war vor dem Krankenhaus.«

Marcus setzte sich mit einem wütenden Schnauben auf.

»Keine Sorge, es war schnell erledigt«, meinte sie lächelnd. »Ich habe ihn mit meinem Schirm bedroht.«

»Gut gemacht! So weit ist es mit der Welt also schon gekommen.«

»Ich habe der Oberschwester davon erzählt, die sehr aufgebracht war, und sie verwies mich an Mr Watkins, falls mich der Bursche noch einmal belästigen sollte.«

»Und Fred hat die Sache erledigt, was?«

»Ja. Er hat mit dem Mann gesprochen, der die Stadt mittlerweile verlassen hat, das war schon alles.«

»Abgesehen von Adrians Freundin. Welche Rolle hat sie dabei gespielt?«

»Gar keine.«

Doch Marcus hatte zu viel Zeit. Er grübelte über Blanches Geschichte nach und glaubte, er habe nur die halbe Wahrheit erfahren.

Warum sollte sie jemand im Namen der Freundin anpumpen? Wie passte das Mädchen ins Bild? Fred weiß mehr, als er sagt, dachte Marcus. Nun musste er selbst aktiv werden.

Er schrieb in seiner zittrigen Handschrift an Alex Messenger von der Bank und bat ihn zu einem Gespräch. Am nächsten Tag stand Messenger vor der Tür. Blanche war zum Glück nicht zu Hause.

Zu seiner Überraschung und Erleichterung nahm Marcus die Sache sehr gelassen auf.

»Adrian erhält eine ansehnliche Zuwendung fürs Nichtstun«, sagte er zu Messenger. »Und dennoch hat er sein Konto überzogen? Und ist an den Sparstrumpf der Familie gegangen?«

»In der Tat. Auch hat er die letzten Aktien verkauft, die Barney ihm hinterlassen hatte.«

»Und was ist mit den übrigen Familienaktien?«

»Die befinden sich noch im Safe. Sie sind auf Blanches Namen ausgestellt.«

Marcus lehnte sich zurück. »Gut, zur Sache. Holen Sie aus der Schublade hinter sich bitte Papier und Feder, und setzen Sie in meinem Namen ein Schreiben an die Bankfiliale in Parramatta auf, wo meine Konten geführt werden. Ich möchte die Zuwendung für Adrian einstellen. Sie sollte eigentlich eine Art Gehalt sein, aber er ist sich mittlerweile zu gut für die Farmarbeit.«

Er sah zu, wie Messenger die kurze Notiz verfasste.

»Wissen Sie, wo er jetzt ist? Er leitet die Farm eines Bekannten. Ein Blinder führt den Blinden, möchte ich sagen. Man hätte annehmen sollen, dass er mir während meiner Krankheit auf dem Besitz zur Hand geht, aber nein. Sind Sie fertig?«

Er las die Mitteilung, die in der sauberen, geneigten Handschrift des Bankdirektors verfasst war. »Mal sehen. Ja. Oh, das klingt gut. Geben Sie mir den Federhalter, dann unterzeichne ich.«

Er beugte sich vor und unterschrieb umständlich den Brief.

»Das wird ihn aufrütteln. Er bekommt keinen Penny mehr, bevor er sich nicht sein Gehalt auf Parramatta verdient.«

Nachdem Messenger gegangen war, wartete Marcus auf Blanche. Diesen Schachzug würde er ihr gegenüber erst einmal nicht erwähnen. Er wollte lieber etwas über die mysteriöse Freundin und die Hochzeit erfahren und fragte sich, ob Kit auf eine finanzielle Rettung durch die Mitgift hoffte.

Was nicht weiter schlimm wäre, dachte er. Es war eben ein Geschäft.

»Wann findet die Hochzeit statt?«, fragte er seine Schwiegertochter fröhlich, als sie ins Zimmer trat. Er war ganz zufrieden mit dem Morgen.

»Du siehst erfrischt aus«, meinte sie. »Ein ruhiger Morgen in der Sonne hat dir gutgetan. Aber ich habe keine Ahnung, wann die Hochzeit sein wird.«

»Man sollte meinen, er würde sie vorantreiben, wenn er so knapp bei Kasse ist.«

»Das stimmt. Ich warte ja auch nur, dass Jessie nach Hause kommt, damit wir die Vorbereitungen abschließen können.«

Er nickte zufrieden. »Reece Maykin hat da oben eine schöne Schafstation. In den Darling Downs, wunderbares Land für Schafe, heißt es. Ist Jessie ihm schon begegnet? Er war ein enger Freund von Barney. Sag ihr, sie soll ihn mal besuchen. Nette Familie. Du kennst doch Madeline, oder?«

»Nein, ich bin ihr nie begegnet. Sie haben lange im Norden gelebt, nicht wahr?«

»Ja. Ach, wer ist eigentlich Adrians neueste Freundin?«

»Keine Ahnung.«

Flo saß am Fenster und bewunderte ihre diamantene, in Gold gefasste Hufeisenbrosche. Sie war wirklich wunderschön, und Flo würde lieber verhungern, als sie zu versetzen, doch nun war ein weiterer Brief von Adrian eingetroffen, in dem er wieder kein Wort über Geld verlor.

Sie verstand ja, dass reiche Leute nicht darüber nachdachten, weil sie einfach nur zugreifen mussten. Doch für die Armen sah es anders aus. Flo war tagein, tagaus durch die Straßen gelaufen und hatte eine Stelle gesucht, vergeblich. Nun wagte sie sich schon bis in die reichen Viertel vor, klopfte an Türen, erkundigte sich, ob jemand ein Dienstmädchen, eine Wäscherin oder Ähnliches benötigte, doch die Hintertüren wurden meist von Hausmädchen geöffnet, die sie sofort verscheuchten und ihr die Tür vor der Nase zuschlugen. Dennoch, sie würde Adrian nicht um Geld bitten, nie im Leben.

Aber sie besaß nur noch wenige Münzen.

Sie war ursprünglich aus Tasmanien hergekommen, auf der Flucht vor einem brutalen Stiefvater, und hatte sich der Summerville Showtruppe als Näherin und Aushilfe angeschlossen, als diese nach Melbourne segelte. Sie war theaterverrückt und sehnte sich nach einer Chance, auf der Bühne zu stehen, obwohl sie zugeben musste, dass sie kaum den Ton treffen und auch nicht sonderlich gut tanzen konnte. Die Besitzer behielten sie, weil sie ein fügsames Mädchen war und die Kasse ordentlich verwalten konnte.

Nachdem die Show nach Sydney gezogen war, erhielt sie ihre große Chance bei Merlin und war glücklich, als seine Assistentin endlich im Rampenlicht zu stehen.

Für diese Stelle würde sie ewig dankbar sein, denn dort war sie dem lieben Adrian begegnet. Er war an die Bühnentür gekommen, genau wie in den Groschenromanen.

Erst gestern war sie zum Theater gegangen, um zu fragen, ob sie ihre alte Stelle wiederhaben könnte, und wurde mit offenen Armen empfangen. Die Truppe würde nach Süden reisen, erst nach Melbourne, dann in die boomenden Goldstädte.

Aber sie konnte Sydney unmöglich verlassen, Adrian wohnte doch hier. Sie würde sich am Circular Quay von den Theaterleuten verabschieden, die außer Adrian ihre einzigen Freunde in der Stadt waren.

Sie betrachtete ihre abgetragenen Schuhe, die mit Zeitungspapier ausgelegt waren, und überlegte, ob sie sich wohl ein neues Paar leisten könnte. Sie besaß noch einige Jahrmarktspuppen; vielleicht konnte sie ein Schild vor dem Haus aufstellen und die Puppen und ein paar Möbelstücke zum Verkauf anbieten.

Als Fred Watkins einige Tage später an Flos Haus vorbeikam, entdeckte er ein Pappschild mit der Aufschrift:

ZU VERKAUFEN – SOFA, FUSSBANK, TISCH, ZWEI STÜHLE, EIN GERAHMTES BILD.

Er schüttelte traurig den Kopf und klopfte an.

»Was soll das denn?«, fragte er so fröhlich wie möglich, als Flo aus dem Fenster auf die winzige Veranda schaute. »Großreinemachen?«

»Ja, Mr Watkins«, sagte sie schüchtern. »Großreinemachen.«

»Ist da vielleicht etwas für mich dabei?«

»Ich glaube nicht. Am besten, ich nehme das Schild gleich

wieder ab. Es ist schon alles verkauft. Würden Sie es mir bitte bringen?«

Er holte das Schild und stellte es vor der Tür ab.

»Soll ich es hereinbringen?«

»Nein, danke, drehen Sie es einfach herum, sodass man es nicht mehr lesen kann.«

»War das Großreinemachen erfolgreich?«

»Ja.«

»Und wie geht es Ihnen sonst?«

»Danke, gut.«

»Dann wünsche ich noch einen angenehmen Tag.«

»Vielen Dank«, sagte Flo und verschwand vom Fenster, doch Watkins hatte einen raschen Blick ins Wohnzimmer werfen können, das bis auf zwei Stühle, die einsam auf den nackten Dielen standen, völlig leer war. Er hätte gern noch einmal mit ihr gesprochen, begriff aber, dass sie Wert auf ihre Würde legte und seine Einmischung ablehnen könnte. Am besten ließ er sie fürs Erste in Ruhe.

Flo hatte Recht. Adrian wäre gar nicht auf die Idee gekommen, ihr Geld zu schicken, selbst wenn er nicht damit beschäftigt gewesen wäre, die rebellischen Sträflinge zu organisieren, indem er ihnen mit der Peitsche drohte. Tatsächlich hätte er am liebsten schon Auspeitschungen angeordnet, vor allem für den hässlichen Karottenkopf namens Albert, diesen Unruhestifter, kannte aber nicht das entsprechende Verfahren. Er hatte nie mit Auspeitschungen zu tun gehabt, obwohl er sie wie die meisten anderen Leute als wesentlichen Bestandteil des Umgangs mit gewissen Vertretern der Kolonialgesellschaft betrachtete. Er hatte vergessen, sich bei Kit zu erkundigen, der solche Strafen bereits verhängt hatte. Musste er die Peitsche selbst ergreifen oder jemand anderem die Aufgabe übertragen? Und wem?

Da war noch etwas anderes. Er hatte Alberts bloßen Rücken gesehen, der noch deutliche Spuren der kürzlichen

Auspeitschung trug, und konnte sich nicht vorstellen, dass man diese Strafe so schnell noch einmal verhängen würde.

Was also sollte er mit ihm anfangen? Albert brachte die Arbeiten beinahe zum Stillstand, die Männer liefen wie Zombies umher und verhöhnten Adrian, wenn er an ihnen vorbeiging. Die Farmgeräte blieben auf den Feldern liegen, der Gemüsegarten war zertrampelt, jemand hatte eine Dose Farbe genau vor der Haustür auf die Veranda gekippt. Und es wurde immer schlimmer. Adrian erwog, die Männer nachts einzuschließen, doch dann hätte er die Fenster ihrer Unterkünfte vergittern müssen, obwohl nicht einmal das Gebäude selbst sicher war, da es aus Flechtwerk und Lehm errichtet war.

Schließlich besprach er sich mit Jessie.

»Kein Wunder, dass Kit hier nichts geschafft hat«, meinte er. »Die Arbeiter sind nutzlos! Man bekommt sie nicht unter Kontrolle.«

»Kit konnte sie kontrollieren. Er hat keine derartigen Schwierigkeiten gehabt.«

»Weil er sie ausgepeitscht hat.«

»Hat er nicht! Wie kannst du so etwas behaupten?«

»Ach, vergiss es. Ich will nicht mit dir streiten. Aber ich habe eine Entscheidung getroffen. Diesen Albert werde ich feuern. Er ist eine Art Vorarbeiter, sagt Kit, doch ich halte ihn für einen notorischen Unruhestifter, der die Wurzel aller Probleme ist. Bin ich ihn und noch einen weiteren Mann los, wird sich der Rest womöglich zusammenreißen. Außerdem sparen wir damit zwei Löhne. Kit braucht die beiden nicht unbedingt, das Geld dafür umso dringender.«

Jessie stimmte begeistert zu. »Großvater sagt immer, wer den Pfennig nicht ehrt, und damit hat er Recht. Ich habe mir auch einiges überlegt. Wir werden in Brisbane heiraten, sodass wir hier in der nächsten Zeit keine offiziellen Feste geben müssen... Ich werde kein Geld für Vorhänge und Wäsche verschleudern, solange wir sie nicht dringend brauchen.

Ich sage Kit, dass jeder Penny, den ich habe, in die Farm gesteckt wird. Wir werden nur das Nötigste für den Haushalt ausgeben, bis wir richtig auf den Füßen sind.«

Adrian nickte zustimmend. »Ich bin froh, dass du so vernünftig bist. Der Mann tut sein Bestes, daher darfst du ihn nicht mit Bagatellen belästigen.«

»Ich weiß. Außerdem möchte ich mich nützlich machen, statt wie die Dame des Hauses herumzusitzen. Das passt nicht zu mir. Ich kann selbst kochen und die Hausarbeit erledigen. Immerhin sind wir nur zu dritt, nach der Hochzeit sogar nur zu zweit. Ich brauche keine Köchin, und es fällt wenig Hausarbeit an. Ich werde Polly wegschicken.«

»Gute Idee«, meinte Adrian. »Allmählich kommen wir in Gang.«

»Ich sage es ihr heute Abend«, erklärte Jessie. »Aber da fällt mir ein… sie ist noch immer eine Gefangene, oder?«

»Das sind sie alle. Wenn wir sie feuern, müssen sie zurück ins Gefängnis.«

»Die Männer sind mir egal, doch um Polly tut es mir leid. Ich werde ihr eine ausgezeichnete Empfehlung schreiben, damit sie bald eine neue Stelle findet. Das reicht doch, oder?«

»Es ist überaus fair.«

»Gut.« Jessie sprang auf. »Am besten bringe ich es gleich hinter mich. Ich werde ihr erklären, dass wir uns ihren Lohn nicht mehr leisten können, das wird sie sicher verstehen. Und dann erzähle ich ihr von dem Empfehlungsschreiben…«

Als Miss Pinnock ihre kurze Ansprache beendet hatte, fragte sie: »Das verstehst du doch, Polly?«

Polly klammerte sich am Küchentisch fest, um nicht umzufallen, ihr war plötzlich ganz schwindlig… sie hielt sich aufrecht, damit diese dumme Frau ihr Entsetzen nicht bemerkte.

»Ja«, sagte sie mit zusammengebissenen Zähnen. »Ja, ich verstehe.«

Und als die dumme, dumme Frau die Küche verließ, sank Polly auf einen Stuhl.

O Gott, das konnte doch nur ein böser Traum sein, sie würde gleich aufwachen und das Rindfleisch ins Pökelfass legen, wie sie es vorgehabt hatte, bevor die Frau hereinkam. Aber sie hatte dort neben der Brotkiste gestanden und geredet, und es war kein Traum. Das würde sie ihr doch nicht antun? Oder doch? Diese Schlampe. Was war sie denn in den Augen einer feinen Dame, sie mit ihren abgearbeiteten Händen und dem Greisengesicht? Nur eine Sache, die man wegwarf, wenn man sie nicht mehr benötigte. Zurück auf den Müllhaufen von einem Gefängnis, und warum? Weil die Dame im Haus des Majors hockte, wie eine Königin speiste und dabei von Sparen redete. Aber Polly glaubte ihr kein Wort. Sobald sie selbst aus dem Weg geschafft war, würde diese Dame ihr elegantes Mädchen aus Sydney kommen lassen, eine Bilderbuchschönheit, die in weißem Schürzchen umherstolzierte. Aber …

»Gott nein!« Polly schlug die Hände vors Gesicht, als ihr die Tränen kamen, ihre Stimme war nur noch ein Krächzen. »Nein, ich kann nicht in dieses Gefängnis zurück. Das kann ich nicht. Ich dachte, ich könnte für immer hier bleiben. Ich will nirgendwo anders hin, selbst wenn mich die Empfehlung dieser Schlampe vor dem Gefängnis retten kann. Und wenn es nun nicht klappt? Man sagt, Menschen wie ich bekämen keine Arbeit mehr.«

Sie rappelte sich hoch, nahm das Tranchiermesser und schnitt das Stück Rindfleisch durch, legte die Teile auf eine große Platte, trug sie in die Vorratskammer und senkte sie mit einem langen Seufzer behutsam in die Salzlake. Immerhin war dies die beste Stelle, die sie je gehabt hatte. Und mit seinen sanften, grünen Hügeln und hohen Eukalyptusbäumen, den Königen des Waldes, auch der hübscheste Ort, den sie kannte.

Sie trat hinaus in Nebel und Regen und blickte sich um,

überlegte, ob sie Bart davon erzählen sollte. Mit Albert zu reden hatte keinen Sinn, da er wegen des Auspeitschens noch völlig von Sinnen war, als hätte man vor ihm noch nie einen Mann angebunden und gepeitscht, bis ihm das Blut über den Rücken lief. Polly erinnerte sich an eine Gelegenheit, da sie beinahe selbst gezüchtigt worden wäre. Der Richter hatte sie wegen ihres angeblich so scheußlichen Verbrechens dazu verurteilt.

Ob ihre Tat scheußlich war, war Ansichtssache, dachte Polly und ging in Richtung Scheune. Sie war neu im Haus gewesen, völlig unerfahren und sollte als Dienstmädchen angelernt werden, doch was Männer betraf, kannte sie sich aus. Und wusste, was der Herr, der alte Moffat, im Schilde führte, als er sie angeglotzt und sich, wenn er sich unbeobachtet wähnte, vor ihr entblößt hatte.

Sie ging an der Seite der Scheune entlang, dachte an Belfast, wo man vor dem kalten Regen floh, statt hineinzulaufen, und trat gegen eine leere Kiste, die im Weg stand.

Letzten Endes hatte er sie gehabt, wie alle anderen Hausmädchen unter vierzig. Hinter dem Stall hatten zwei seiner Diener sie festgehalten, obwohl sie sich gewehrt und um sich getreten hatte.

Sie schob sich das nasse Haar aus dem Gesicht und ging zur Koppel, um auf den Fluss hinauszublicken, doch in der Dunkelheit war nicht viel zu erkennen, was sie noch mehr bedrückte.

Ich sollte weitergehen, dachte sie, solange ich noch den Mut habe, mich in den Fluss stürzen, dann ist es aus. Ein Mal im Leben hatte sie wirklichen Mut gehabt. Der alte Moffat wollte, dass man ihm die Füße rieb, und der Butler hatte ihr das heiße Öl gereicht, das sie auf einen Schwamm geben und die Füße des Herrn gründlich damit einreiben sollte.

»Warum machen Sie es nicht selbst?«, hatte sie den Butler gefragt, doch er hatte ihr Schwamm und Öl in die Hand gedrückt und einen Schubs versetzt.

Sie kam in sein Zimmer, wo der Herr schon im Sessel wartete, die dicken Füße auf einem Handtuch, sodass sie sich nur noch hinknien musste. Sie hatte gerade den Topf mit dem Öl hingestellt, als der Herr das Handtuch über seinem Schoß beiseitegezogen hatte, und da saß er, bereit für sie...

Diesen Mut besaß sie nicht mehr, dachte Polly seufzend. Sie war fertig, am Boden. Damals hatte sie gelogen, die Sache als Unfall abgetan.

»Es war ein Unfall, Euer Ehren, nur ein Unfall, seien Sie gnädig«, hatte sie beteuert. »Es war ein Unfall, dass der Öltopf umgefallen und in seinen Schoß gekippt ist.« Die Schreie hatte man noch Meilen entfernt gehört.

Scheußlich. Sie nickte. Doch irgendwie hatte man das Auspeitschen vergessen und sie direkt aufs Transportschiff geschickt.

Polly rutschte auf dem nassen Gras aus, bewegte sich langsam zum Fluss hinunter, im Kopf das vage Vorhaben, ins Wasser zu springen und ihrem Elend ein Ende zu bereiten.

Ich gehe nicht zurück ins Gefängnis, schwor sie sich. Lieber sterbe ich. Das Ertrinken wird schnell gehen, das warme Wasser trägt mich einfach fort...

Sie hörte ihre eigene Stimme, nur jünger, tapferer, stärker, die sich fragte, weshalb sie so lange die Zustände auf dem Transportschiff und die fürchterlichen Gefängnisse ertragen hatte. Warum hatte sie das alles nicht schon früher beendet?

Aber zuletzt hatte sie eine gute Stelle gehabt hier auf Emerald Downs, schon der Name klang so hübsch.

Doch nun war sie zu alt. Eine andere Arbeit würde sie nicht mehr finden, sie musste ihre Strafe absitzen. Und danach?

Entschlossen ging sie auf den Fluss zu, blieb aber mit einem Aufschrei stehen.

»Jesus, Maria und Josef! Das Krokodil!«

Der Rückweg war anstrengender, sie musste bergauf, der Regen hämmerte auf sie nieder, nicht mehr sanft und erfrischend, sondern wie eine Strafe, und sie weinte um ihr vergeudetes Leben, um das, was hätte sein können, wäre ihr nur ein wenig Glück beschieden gewesen.

Schluchzend taumelte sie in die Scheune. »Ich habe es fast geschafft«, weinte sie. Und ihre junge Stimme schenkte ihr das verdiente Mitleid. Aber du hast es nicht geschafft, du Arme. Es ist vorbei. Und niemand auf der ganzen Welt interessiert sich für dich. Man hat dich weggeschickt, und keinen deiner Verwandten hat es gekümmert. Sie haben sich alle geschämt.

»Ich habe einen Brief schreiben lassen, damit sie wussten, wo ich war.«

Und wer hat zurückgeschrieben? Niemand. Nicht mal deine Mutter. Gib's auf, Polly, du hast es selbst gesagt. Du bist am Ende.

»Ja.«

Sie entzündete neben ihrem Bett eine Kerze und trug sie in die eigentliche Scheune, stellte sie auf einen Sims, damit sie nach einem Seil suchen konnte. Dann stieg sie auf eine Bank, schlang das Seil um einen Balken, verspürte eine schwache Freude, dass sie es beim ersten Versuch geschafft hatte ...

12

Die Hütte wirkte harmlos, doch Jack ritt samt Ersatzpferd im Bogen um sie herum, und erst als er nichts Verdächtiges entdeckte, begab er sich zur Tür und rief leise nach Kirk, der sofort herausgeschossen kam.

»Verdammt, hat das gedauert! Man hätte mich inzwischen ermorden können. Hast du mir Essen mitgebracht? Und Wasser? Ich habe kein Wasser mehr.«

»Steigen Sie auf. Die Wasserflasche hängt am Sattel. Und hier ist etwas zu essen.« Jack gab ihm ein kleines Paket. »Jetzt halten Sie die Klappe, los geht's.«

»Wohin?«

»Zum Major. Er reitet weiter nach Norden.«

»Ich nicht. Mir ist egal, wohin er reitet. Ich habe soeben eine Schlacht überlebt.«

»In der niemand auch nur einen Schuss abgefeuert hat.«

»In der meine Männer massakriert wurden! Ich kehre nach Brisbane zurück. Niemand kann erwarten, dass ich noch mehr erdulde.«

Zu Kirks Überraschung war Jack einverstanden. »Clancy liegt mit Fieber flach. Sie können ihn nach Brisbane eskortieren, nachdem ich mit dem Major gesprochen habe.«

Sie ritten stundenlang nebeneinanderher, ohne viel zu sagen. Nur Kirk beschwerte sich dann und wann, sie ritten in die falsche Richtung.

»Meinst du, ich könnte Osten und Westen nicht unterscheiden, wo doch die verfluchte Sonne ständig auf mich niederbrennt? Wir sind zu weit westlich, dabei sollten wir nach Süden reiten, du gehst Ferrington ja aus dem Weg. Was zum Teufel hast du vor?«

»Fragen Sie den Major. Er ist nach Westen geschwenkt, müsste jetzt aber auf dem Rückweg sein. Mit etwas Glück dürften wir ihn finden.«

Kirk sah ihn erfreut an. »Hat er sich etwa verirrt? Der Major und der Leutnant haben sich verirrt? Haben ihre Truppe in die falsche Richtung geführt? Warte ab, bis das bekannt wird. Also ist er doch nicht so oberschlau! Aber wie willst du ihn finden, wenn er und seine Männer durch die Gegend irren?«

»Ich habe ihn schon einmal gefunden ...«

»Muss ein verdammter Zufall gewesen sein«, knurrte Kirk. »Ich verlange, dass wir ihn sich selbst überlassen und dorthin reiten, wo Clancy auf uns wartet. Ich befehle dir, mich zu ihm zu bringen und mir von dort aus den nächsten Viehweg zu zeigen.«

Jack beachtete ihn nicht, sondern konzentrierte sich auf einen Reiter, der in der Ferne langsam über einen Hügelkamm ritt. Er fragte sich, wer das sein mochte.

Beim Näherkommen brachte der Reiter sein Pferd zum Stehen und beobachtete sie ruhig.

»Wer zum Teufel ist das?«, fragte Kirk, dann brüllte er: »He! Da drüben! Wer sind Sie?« Er wollte schon auf den geheimnisvollen Reiter zupreschen, als Jack die Zügel seines Pferdes packte und es zurückriss.

»Hierbleiben! Das ist kein Weißer.«

»Wirklich nicht? Dann muss es einer von meinen Männern sein, der den Wilden irgendwie entkommen ist.«

»Es ist keiner Ihrer Männer. Oder tragen die einen Knochen durch die Nase?«

»Wenn es ein Wilder ist, erschieß ihn. Schnell! Auf die Idee, mir ein Gewehr mitzubringen, bist du wohl nicht gekommen, was? Ich hätte ihn rasch erledigt.«

»Halten Sie den Mund, und bleiben Sie hier. Keine Bewegung. Ich sehe nach, was er vorhat.«

Jack bewegte sich ruhig auf den Reiter zu und nickte, als er ihn erkannte.

»Ich hätte es wissen müssen«, meinte er lächelnd. »Wer sonst reitet *yarraman?* Sei gegrüßt, Moorabi. Was führt dich her?«

»Die Soldaten kommen. Das Volk möchte, dass sie umkehren.«

Jack zuckte die Achseln. »Das geht nicht. Sie müssen weiter nach Norden bis dahin, wo das Feuer war …« Er berührte zaghaft sein Gesicht. »Dann kehren sie um. Sie wollen nur nachschauen, ob die Weißen sicher in ihre Häuser zurückkehren können.« Er schaute Moorabi offen an. »Können sie das?«

»Es ist nicht klug. Noch nicht.«

»Warum noch nicht?«

»Ilkepala sucht Frieden. Bussamarai will Krieg.«

»Gewiss kann Ilkepala großen Zauber vollbringen und Geisterlieder singen, um den Frieden zu erzwingen.«

»Er ist sehr mächtig, aber Bussamarai hat die Krieger und trägt eine Kummerlast, die er nicht ablegen kann.«

Er verstand den Hinweis auf die Trauer und das bei den Schwarzen übliche Verfahren. Jack wusste, dass es einen machtvollen Zauber brauchen würde, um so wichtige Stammesangelegenheiten zu beeinflussen, war aber froh zu hören, dass nicht alle Schwarzen den Krieg wünschten. Immerhin ein Anfang.

»Der Mann, der die Soldaten führt«, sagte er, »der Mann in der roten Jacke, der ein Schwert trägt, will auch keinen Krieg. Er wünscht, dass die Weißen hier in Frieden leben können und die Schwarzen ebenfalls. Daher wäre es gut, wenn die Häuptlinge miteinander reden könnten«, fügte er hinzu. »Zwei Krieger. Könntest du diese Botschaft überbringen? Und wo sind sie überhaupt? Die Soldaten, meine ich.«

Moorabi drehte sich um und zeigte mit dem Finger. »Sie kommen durchs Bunya-Bunya-Land.«

»Ach so, verstehe.« Ihm fiel ein, dass die Bunya-Kiefern essbare Samen trugen, die sehr beliebt waren, und dass schwarze Familien in die Gegend zogen, um sie zu ernten.

»Besser, du hilfst dem anderen Häuptling, der die Hitzekrankheit hat.« Moorabi überreichte Jack einen kleinen Beutel mit weißem Pulver. »Gib ihm rasch diese Medizin, sonst stirbt er.«

»Was ist das?«

»Das Gleiche hat Ilkepala dir gegeben, als du von dem Gewehr und dem Feuer krank warst.«

Jack war verblüfft. »Das war Ilkepala? Er hat mir geholfen? Warum hätte er das tun sollen?«

»Vielleicht findet er dich noch nützlich.« Der schwarze Mann zuckte die Achseln. »Vielleicht hat er Medizin an dir ausprobiert.« Jack wusste nicht so recht, ob das ein Scherz sein sollte, doch Ilkepalas Bote fügte hinzu: »Er sagt, in der Morgen- und Abenddämmerung einen Daumen voll von dem Pulver mit Wasser geben.«

»Ist er noch in dem Lager, in dem wir ihn zurückgelassen haben?«

»Ja. Kennst du das Hochland von Kianga?«

Jack nickte und deutete nach Westen. »Warum sollte ich diesen Weg nehmen?«

»Weil auf der anderen Seite Ebenen sind, da können die Pferde leichter laufen.«

»Aber so verpasse ich die Soldaten. Ich muss sie treffen.«

Moorabi hatte anscheinend das Interesse an ihrem Gespräch verloren. »Wer ist der Mann da unten?«

»Nur ein Kundschafter«, sagte Jack beiläufig, da ihm Kirks Mission wieder eingefallen war. »Danke für die Medizin und dass du mich den Fluss hinuntergebracht hast, als ich krank war. Leider befindet sich ein Krokodil im Wasser. Es hätte mich glatt auffressen können.«

Moorabi tätschelte den Hals seines Pferdes, als wollte er das Tier angesichts der Erwähnung seines mächtigen Feindes beruhigen. »Der Bursche ist neu hier, er ist aus einem anderen Fluss gekommen, um sich ein Weibchen zu suchen.«

Kirk tobte vor Wut. »Mein Pferd? Hast du das nicht gesehen? Dieser angemalte Wilde saß auf meinem Pferd! Wieso hast du ihn nicht erschossen? Bist du so blöd, dass du meinen Sattel nicht bemerkt hast? Es ist das am besten verarbeitete Leder, das ich finden konnte.«

»Los, wir haben es eilig.« Jack trieb sein Pferd zum Galopp an. Natürlich hatte er Sattel und Zaumzeug bemerkt und vermutet, sie könnten von Kirk stammen, doch das war ihm egal. Ihm war nicht danach gewesen, mit Moorabi wegen des Pferdes zu streiten. Kirk hatte es weglaufen lassen, das war sein Pech.

Und nun? Den Major suchen oder den Hügel überwinden und so schnell wie möglich zu Clancy reiten? Im Grunde blieb ihm keine Wahl. Clancy ging vor, vielleicht würde ihm das Pulver helfen.

Der Inspektor holte ihn ein, und sie stiegen gemeinsam den Hügel hinauf. »Wer war dieser Schwarze überhaupt? Und was hatte er zu sagen?«

»Ich kenne ihn. Und was das Pferd angeht – Sie haben es verloren, er hat es gefunden.«

»Ich habe noch nie gehört, dass Schwarze reiten. Ist er ein Häuptling oder so was?«

»Ja«, log Jack genüsslich. »Und zwar ein bedeutender. Einer von den ganz Großen. Er hat mir Medizin mitgegeben, die womöglich gegen Clancys Fieber wirkt.«

»Hat er etwas von seinen Kriegstruppen gesagt?«

»Nein, aber er meint, wir könnten die Hügel dort drüben sicher passieren.«

»Also befinden sich noch Krieger in der Gegend.«

»Keine Ahnung«, erwiderte Jack müde.

»Wie bange dauert es, bis wir Ferrington gefunden haben? Ich fühle mich nicht sicher, egal, was der Schwarze gesagt haben mag. Vermutlich reiten wir geradewegs in den nächsten Hinterhalt.«

Um Kirk und dessen ständige Fragen loszuwerden, schlug

Jack eine Abzweigung ein, die zum felsigen Gipfel des Hügels führte, und blickte in ein weites Flusstal hinunter. Diesseits des Flusses war das Land flach, und dort würden sie, dessen war er sicher, bis zur Dunkelheit auch Clancys Lager finden.

Moorabi nickte zufrieden, als die beiden Männer davonritten. Jack Drew begab sich genau dorthin, wo Ilkepala ihn haben wollte, weit weg von der Gefahr, die den Soldaten drohte. Es war nur ein kleiner Trupp von Kriegern; Bussamarai hatte seine Leute gern um sich, um rasch zuschlagen zu können, was auch am Fluss wieder zum Erfolg geführt hatte.

»Wird das Pulver den weißen Mann heilen?«, hatte er Ilkepala gefragt, weil er argwöhnte, es könnte sich um einen Trick handeln, mit dem der Magier Jack Drew in Sicherheit bringen wollte. Ilkepala war gekränkt.

»Natürlich, falls der Mann nicht schon zu weit in sein anderes Leben geglitten ist. Ich möchte doch nicht, dass Jack Drew mich für einen Scharlatan hält. Er ist die beste Brücke, die wir haben, um die Kluft zwischen weißen und schwarzen Stämmen zu überwinden; er kann uns eines Tages nützlich werden.«

Hätten sie gewusst, dass die großen Samenkörner, die unter den Bäumen verstreut lagen, die Überreste einer guten Ernte waren, hätten Ferringtons Männer mit den Bunya-Nüssen ein Festmahl feiern können, doch sie ritten weiter, ängstlich darauf bedacht, den düsteren Kiefernwald möglichst schnell hinter sich zu lassen.

Kit betrachtete im Vorbeireiten eine seltsame Pflanze, halb Baum, halb Farn, als er den Stoß spürte. Zunächst war da kein Schmerz, eben nur ein starker Stoß, der ihn aus dem Sattel hob und über den Hals seines Pferdes warf. Er stürzte zu Boden, umklammerte die Zügel, wollte das Pferd halten, das ängstlich nach vorn schoss und ihn mitriss.

Der Sergeant entdeckte den langen Speer, der aus der Hüfte des Majors ragte, und wendete so rasch, dass der Speerwerfer überrascht das Tier auf sich zupreschen sah. Ein Stiefel traf ihn am Kopf, und er wurde gegen einen Baum geschleudert. Er wollte wegtaumeln, sich das Blut aus den Augen wischen, doch das Pferd stob erneut auf ihn zu. Er sah nur das riesige Tier und nicht das Gewehr, mit dem der Reiter auf ihn zielte. Der Sergeant erschoss ihn und rief: »Absitzen! Nachladen! In Deckung! Zusammenbleiben! Bleibt zusammen!«

Während er die Befehle erteilte, blieb er mit seinem Pferd in Bewegung, falls weitere Speere heranflogen, dann trabte er zu den beiden Männern, die sich um den Major kümmerten, der stöhnend dalag, den Speer in der Hüfte.

»Zieht ihn raus!«, brüllte er. »Zieht das verdammte Ding raus, er darf nicht im Wind schwanken, das macht die Wunde noch schlimmer.«

Ein Soldat schaute ihn entsetzt an. »Er blutet, Sarge. Ich will ihm nicht noch mehr wehtun.«

»Himmel!« Rapper drängte sein Pferd näher heran, beugte sich vor, riss den Speer heraus und schleuderte ihn davon. »Jetzt tragt ihn rüber. In Deckung.«

Er trieb die Pferde zusammen und band sie an Bäume, wobei er weiterbrüllte: »Na los, bildet einen Kreis! In Deckung bleiben, eng zusammen! Da kommt noch mehr, seid auf der Hut.«

Sergeant Rapper war in seinem Element. Er befand sich in einer echten Schlacht und hatte das Kommando, eine Prüfung, die er bestehen würde. Sollten die Schwarzen doch kommen und sich eine Tracht Prügel abholen! Er saß ab und lief zum Major hinüber.

Die beiden Männer hatten ihn auf eine Decke gebettet, und der Sergeant setzte sich neben ihn.

»Es wird gut«, sagte er, als Ferrington sprechen wollte. »Ganz ruhig. Sie wurden von einem Speer getroffen. Ich musste Ihre Jacke und Ihr Hemd zerschneiden, um mir die Wunde anzusehen. Blutet ganz schön.«

Er sah, wie der Major nickte. Dann nahm er sein Bajonett und schnitt die Reste der Kleidung weg, befahl den Umstehenden, Tücher und Verbände zu holen. Missmutig knurrte er: »Was steht ihr hier herum, hier gibt's nichts zu sehen.«

Er war erleichtert, dass der Major stoisch die Zähne zusammenbiss, während Rapper ihn behandelte, und sich kaum ein Stöhnen erlaubte, obwohl die gezackte Wunde tief war. Der Sergeant überlegte fieberhaft, was zu tun sei, gelangte aber zu dem Schluss, dass Ferrington wohl oder übel reiten musste. Sie konnten nicht darauf vertrauen, dass der Angreifer einen Alleingang gewagt hatte, und darauf warten, dass der ganze Trupp über sie herfiel.

Doch wohin? Weiterreiten oder umkehren? Der Major war nicht umgekehrt, als es Clancy erwischte; er hatte gesagt, sie hätten eine Aufgabe zu erfüllen.

Er beugte sich zu Ferrington hinunter. »Wir können nicht hier bleiben. Ruhen Sie sich aus, danach müssen Sie wieder aufs Pferd, Major. Meinen Sie, es geht?«

Ferrington seufzte mit schmerzverzerrtem Gesicht und holte tief Luft. »Ja.«

»Der Befehl lautete weiterzureiten. Richtig?«

»Ja.«

»Dann machen wir, dass wir aus diesem Wald ins offene Gelände kommen, und suchen einen sicheren Ort, an dem Sie bleiben können.« Er hockte sich hin. »Nun, jetzt haben wir gefunden, wonach wir gesucht haben. Und ich habe den Schwarzen erwischt, der Sie verletzt hat.«

Ferrington nickte. »Gut. Wasser … könnte ich etwas Wasser haben?«

Die Schwarzen waren da draußen. Die Pferde spürten es, zerrten an den Lederriemen, mit denen sie festgebunden waren, und stampften nervös mit den Hufen. Rapper beobachtete sie. Sie mussten vor Einbruch der Dunkelheit weg, denn dann konnten sich die Schwarzen ungehindert anschleichen. Vermutlich warteten sie nur auf diese Gelegenheit.

»Also müssen wir uns dem Angriff stellen«, sagte er zu sich. »Wir müssen die Schweine loswerden. Falls ich mich irre und wir ganz allein hier sind, umso besser; habe ich Recht, werden wir ihnen einen anständigen Kampf liefern.«

Er sprach ruhig mit seinen Männern, fühlte sich wie Wellington vor der Schlacht und bereitete sie auf die erste schwierige Aufgabe vor: Zunächst mussten sie den Major aufs Pferd hieven, ohne ihm allzu wehzutun. Ein weiterer Mann würde mit ihm reiten, um ihn festzuhalten.

Rapper befahl, dass sie sich nicht davonschleichen, sondern angreifen, mit ihren Pferden vorpreschen und ins Gebüsch feuern sollten. Sie saßen auf und stoben auf Befehl des Sergeants los. Um sie herum sprangen verblüffte Stammesleute aus der Deckung, wo sie offensichtlich auf die Dunkelheit gewartet hatten. Kugeln pfiffen ihnen um die Ohren, Schreie ertönten, wenn sie ihr Ziel trafen, und zwanzig Berittene donnerten unbarmherzig über sie hinweg.

Die unmittelbare Bedrohung war damit vorüber, doch Rapper war noch nicht fertig. Er rief: »Kehrtmachen!« Seine Truppe wusste, was zu tun war. Zwei Männer ritten mit dem Major, die anderen drehten um und griffen erneut an. Die Schwarzen, die sie verfolgten, standen unbewaffnet und ohne Deckung da.

Manchen gelang die Flucht, doch nach dem Angriff zählten Rappers Männer fünfzehn tote Schwarze, während auf ihrer Seite nur ein Mann eine Beinwunde durch einen abgelenkten Speer erlitten hatte. Sie holten den Major ein, als er mit seinen Begleitern den Waldrand erreichte, und schon befanden sie sich im offenen Gelände.

Rapper lieh sich Ferringtons Kompass und legte den Weg nach Norden fest. Vor Einbruch der Dunkelheit lagerten sie zwischen riesigen Felsblöcken, die ihnen Deckung und einen guten Blick über die Ebene verschafften. Sie fanden sogar eine Quelle in der Nähe. Dies, entschied Sergeant Rapper, würde sein Hauptquartier sein.

Sobald die Männer Ferrington in seinem Zelt untergebracht hatten, brachte Rapper ihm einen Becher Tee und hockte sich neben ihn.

»Pech, dass Sie die ganze Zeit auf der einen Seite liegen müssen«, meinte er. »Kann ich Ihnen etwas holen, damit Sie es bequemer haben? Eine Decke?«

»Das wäre nett«, stöhnte der Major. »Meine Hüfte fühlt sich feucht an. Blutet es noch?«

»Mag sein nach dem Ritt, aber ich möchte den Verband noch nicht abmachen. Ich habe ein Antiseptikum in die Wunde gegeben, jetzt sollten wir sie in Ruhe lassen.«

»Wenn ich still liege, ist es nicht ganz so schlimm. Belassen wir es dabei.«

»Gut. Heute Nacht lagern wir hier, die Gegend ist sicher, sodass Sie beruhigt schlafen können. Schade, dass Clancy seinen Fusel ausgetrunken hat, Sie hätten sicher einen Schluck gebrauchen können.«

Er verließ das Zelt und sah im Lager nach dem Rechten, prüfte, ob die Pferde festgebunden waren, sah nach der Ausrüstung und den Waffen, bevor er gestattete, dass die Männer ihr Essen zubereiteten.

»So verfahren wir von nun an jeden Abend«, verkündete er. »Niemand bekommt etwas zu essen, bevor das Lager nicht tipptopp in Ordnung ist. Das hier wird vorerst unsere Ausgangsbasis. Wie ich weiß, sind viele von euch Bauernjungs. Ich möchte, dass ihr nach essbaren Pflanzen Ausschau haltet …«

»Zum Beispiel?«, fragte jemand, und Rapper donnerte los:

»Keine Ahnung, findet welche. Die Schwarzen leben doch auch hier, und keine der Leichen sah verhungert aus. Wir können Kängurus und Buschtruthähne schießen, aber hier muss doch auch irgendetwas wachsen.«

»Ich habe heute Morgen ein paar von den Beeren gegessen, die herumlagen«, rief ein Soldat. »Die waren gut.«

»Du hättest dich vergiften können«, meinte ein anderer lachend.

»Ich glaube nicht, dass der Herr so leckeres Gift erschaffen würde.«

»Und du bist nicht auf die Idee gekommen, Beeren für deine Kameraden zu sammeln?«, blaffte Rapper. »Hört zu, wer etwas Essbares beschafft, wird demnächst befördert. Jetzt macht Feuer und fangt an zu kochen. Ich verhungere.«

Sie mischten das letzte Mehl mit Wasser und einigen Rosinen und backten Fladenbrot daraus. Rapper wedelte mit dem leeren Mehlsack, um zu demonstrieren, wie nötig es war, essbare Pflanzen zu finden.

»Glaubt nicht, wir würden umkehren, nur weil der Proviant aufgebraucht ist«, sagte er und hätte am liebsten »dank Leutnant Clancys falschen Berechnungen« hinzugefügt.

»Ich erwarte von euch, dass ihr Nahrung beschafft, wie es in einer Armee auf dem Vormarsch üblich ist. Hier gibt es genug Nahrung, ihr müsst sie nur finden oder wir werden alle verhungern.«

Der Major litt fürchterliche Qualen, seine ganze Körperseite brannte. Er rief einen jungen Soldaten herbei.

»Wer sind Sie?«, fragte er mit schwacher Stimme.

»Billy Freeman, Sir. Der Sergeant sagt, ich soll Sie bewachen.«

»Sagen Sie ihm, ich möchte ihn sprechen.«

»Das geht nicht, er ist auf Patrouille. Ich bin allein hier.«

Kit lag eine Weile still, hätte sich lieber von dem groben Sergeant als von diesem Grünschnabel helfen lassen, doch letztlich musste er ihn doch bitten.

»Würden Sie mir helfen? Ich muss mal raus.« – »Wohin?« – »Helfen Sie mir!«, zischte Kit und biss sich auf die Zunge, als der Schmerz beim Aufstehen noch schärfer durch seinen Körper schoss. Er konnte sich nicht erinnern, jemals solche Qualen erlebt zu haben, und betete, es möge aufhören, doch Gott kannte kein Erbarmen, und als er zurücktaumelte, bat er den Burschen, ihn auf den Bauch zu betten.

»Wie ist es mit Tee? Wir haben Fladenbrot für Sie aufgehoben. Sie sollten erst mal was essen.«

Kit war zu benebelt vom Schmerz, um etwas zu sagen, und fiel einfach in Ohnmacht.

Sie ritten in Formation, immer zu viert, die Uniformen zugeknöpft, die Kappen gerade, die Patronengurte über der Schulter, die Gewehre in leichten Halterungen neben dem Knie. Sogar ihre Stiefel hatten sie poliert. Rapper fand, sie sahen gefährlich aus, und das gefiel ihm gut. Er ließ sein Pferd traben und suchte die Gegend systematisch nach Lagerfeuern ab. Den Lagerfeuern der Schwarzen. Er wusste nicht, wo die Männer steckten, konnte aber immerhin sehen, wo sie zuletzt gewesen waren, und dann von dort aus weitersuchen.

Bussamarai erfuhr vom Verlust so vieler guter Männer im Bunya-Bunya-Wald und verfiel in Trauer. Nun plagten ihn Zweifel. Er hatte gesagt, sie könnten die Weißen angreifen, ohne gegen ihre Schusswaffen anzurennen, doch diesmal war es ihnen nicht gelungen. Obgleich die Soldaten umzingelt und in der Unterzahl waren, hatten sie so überraschend angegriffen, dass die Gewehre ihr schlimmes Werk tun konnten.

Einige seiner Männer waren ohnehin nicht mehr mit dem Herzen dabei. Erfreut, dass sie die Krokodilaugen besiegt und Rache genommen hatten, waren sie in ihre neuen Lager weiter im Norden gezogen, wo sie ein normales Leben führen konnten. Sie erklärten, die Weißen würden ohnehin irgendwann zurückkehren und das Land besiedeln, warum also nicht gleich nachgeben?

»Darum geht es nicht«, hatte Bussamarai wieder und wieder gesagt. »Dies ist unser Land. Wenn die Weißen es haben wollen, müssen sie darum kämpfen. Habt ihr denn gar keine Selbstachtung? Wollt ihr einfach weggehen und sagen, nehmt unser Essen, unsere heiligen Stätten, nehmt sie nur. Nein! Nein! Glaubt nicht, sie würden euch nicht wieder vertreiben, denn es wird so kommen. Es ist nur eine Frage der Zeit...«

Das wussten sie selbst. Sie verstanden, was geschah, wollten aber ihr Leben noch so lange wie möglich genießen, mit ihren Frauen und Kindern zusammen sein und die neuen Gebiete erforschen, was ihnen die dort heimischen Stämme erlaubt hatten.

Ein Ältester sagte barsch: »Sie suchen nicht den Tod.«

Aufgebracht verwies Bussamarai ihn des Lagers, verbannte ihn aus dem Land der Tingum, womit er schwere Vergeltung riskierte, doch der Alte sah ihn nur traurig an und zog von dannen.

Dieses Ereignis führte Ilkepala wenige Tage darauf in Bussamarais *gunyah*, gefolgt von mehreren Frauen.

»Was tun sie hier?«, wollte der Kriegsführer wissen.

»Sie reisen, weil sie zu ihren Männern wollen.«

Bussamarai wandte sich an die Frau, die die Gruppe anführte. »Geht zurück. Ihr seid hier nicht erwünscht.«

»Unsere Söhne und Männer brauchen uns«, erwiderte sie streng. »Ich möchte wissen, ob meine Söhne anständig ernährt werden, du kannst mich nicht aufhalten.« Mit diesen Worten marschierte sie davon, gefolgt von ihren Begleiterinnen, und der Häuptling ließ sie ziehen.

»Sie sind nicht die Einzigen«, sagte Ilkepala. »Es gibt jetzt viele Frauen in den Lagern, sie suchen Nahrung für die Männer, während diese deine Befehle erwarten. Wird es ein *Kor-*

robori geben, bei dem die Menschen die Trauergesänge für die toten Krieger anstimmen können?«

»Nein.«

Bussamarai lieferte keine Erklärung für seine ungewöhnliche Entscheidung. Es war ein Befehl, mehr nicht. Ilkepala hingegen verstand seine Gründe und hielt es für das Beste, sie nicht auszusprechen, da der Häuptling ausgesprochen schlecht gelaunt war. Der Magier wusste, dass sich bei einer Versammlung aller Krieger Unruhe ausbreiten und sich auf die Männer ausdehnen konnte, die bisher noch kampfesmutig waren.

»Was hast du jetzt vor?«, fragte er.

»Das weiß nur ich«, entgegnete Bussamarai wütend, was jedoch nicht der Wahrheit entsprach. Er hatte noch keinen Plan. Die Soldaten zogen im Schneckentempo nach Norden, sodass er in Ruhe einen Angriff vorbereiten konnte, der sie auslöschen und ihn vor weiteren Verlusten schützen würde. Er hatte Ilkepala nicht gesagt, dass für jeden der fünfzehn Getöteten zwei oder drei andere Männer weggingen, was ihm große Sorgen machte. »Was ist mit den Waffen?«, fragte Bussamarai seinen Freund Nungulla. »Es wird Zeit, dass dein Spion sich für unsere Großzügigkeit bedankt.«

Nungulla schauderte. »Der Spion wurde gesehen, wie er nach Süden ritt, doch er schien nicht zu wissen, wo die Soldaten sind, was verständlich ist; immerhin gehörten sie zu unterschiedlichen Kriegertrupps.«

»Dann sollte man ihn führen.«

»Das war vereinbart, doch sie konnten ihn nicht finden.«

»Was soll das heißen?«

»Er ist verschwunden.« Nungulla erduldete mit gesenktem Kopf die Beleidigungen, mit denen ihn sein Häuptling vor den Mitgliedern seines inneren Kreises bedachte. Er wagte nicht aufzublicken, damit der Magier nicht die anderen Neuigkeiten von seinem Gesicht ablesen konnte.

Nur wenige seiner Leute waren in diesem südlichen Gebiet geblieben. Die meisten langweilten sich und hatten das Interesse an einer Aufgabe verloren, die ihnen wie Zeitverschwendung vorkam. Sie waren davongezogen. Nungulla gab lieber zu, dass der Spion verschwunden war, als einzugestehen, dass seine eigenen Männer ihn hatten entkommen lassen. Die Krieger, die die Soldaten verfolgten, hatten berichtet, sie seien ein harmloser Haufen, der gemütlich dahinritt und sich die Zeit mit Spielchen am Flussufer vertrieb. Sie waren nicht wie die Krokodilaugen, die einen Kundschafter getötet und aufgehängt und ständig nach Beute gesucht hatten. Dann hatten sich die Kundschafter dem kleinen Kriegertrupp angeschlossen, um ein bisschen Spaß zu haben. Und – Nungulla graute davor, diese Information weiterzugeben – sie hatten dem Anführer gesagt, die Soldaten seien leichte Beute, ganz und gar keine Krieger.

Zu spät hatten sie herausgefunden, dass es nicht stimmte. Die Soldaten hatten wie Raubtiere gekämpft, waren mit gefletschten Zähnen über sie hergefallen!

Sie hatten ihre Toten eingesammelt und mitgenommen, im Augenblick gab es keinerlei Informationen über die Lage in der Region. Die Soldaten waren nicht mehr gesehen worden, und Nungulla hoffte, Bussamarai werde ihn nicht fragen, wo genau sie sich aufhielten. Er spielte insgeheim sogar mit dem Gedanken zu desertieren, zu seinen kleinen Söhnen heimzukehren, die ihren Vater brauchten, und sie in den Sitten der unbekannten Clans zu unterrichten, denen sie nun begegnen würden.

Sergeant Rapper und seine Männer durchkämmten zügig den Busch im Norden und waren bereits auf die Reste zweier Lagerfeuer gestoßen. Er bestand darauf, dass seine »Bauernburschen« die unmittelbare Nachbarschaft auf Pflanzen hin überprüften, von denen sich die Schwarzen ernährt haben konnten. Sie fanden verkohlte Tierknochen, für die sich Rapper nicht weiter interessierte, doch dann stießen sie auf

Beeren, Nussschalen und Stücke von Knollen, die an Süßkartoffeln erinnerten.

»Na bitte!«, rief Rapper. »Ihr seid ja lernfähig. Jetzt wissen wir, wie wir die Vorratskammer der Schwarzen plündern können, und das ist erst der Anfang. Nun aber zum Geschäft. Aufsitzen, wir werden diesen kleinen Trupp verfolgen.«

Die Überlebenden des dezimierten Kriegertrupps trauerten noch um die Toten, als sie auf die Schäferhütte stießen, ein Symbol für die Dreistigkeit der Weißen, die ohne Erlaubnis Häuser auf dem Land der Tingum errichtet hatten. Bald stand die Hütte in Flammen, und sie schlachteten zusätzlich ein wildes Schwein und warfen es ins Feuer. Es zischte und prasselte, der köstliche Duft fetter, knuspriger Haut stieg mit dem Rauch in die Luft und wehte durch das trockene Gestrüpp. Dingos nahmen die Witterung auf und machten sich auf die Suche nach der Quelle. Für kleine Tiere wie Wallabys, Bandikuts und Wombats war der Rauch gefährlich, und sie huschten eilig davon. Ein Falke, dessen Flügel sich rostrot vom blauen Himmel abhoben, verharrte neugierig, während Currawongs kühn hinabstießen, um das eine oder andere Stück Fleisch zu erhaschen.

Auch andere entdeckten den Rauch. Die Tingum-Männer in den Hügeln kannten den Geruch von altem Bauholz und lachten. Es wurde wirklich Zeit, dass jemand dieses hässliche Ding niederbrannte.

Ein Soldat mit Adleraugen sah ebenfalls den Rauch und machte den Sergeant darauf aufmerksam. Rapper nickte und führte seinen Trupp in die Richtung, wobei er den Leuten bedeutete, sich ruhig zu verhalten.

Die Schwarzen hockten nackt am Lagerfeuer, stocherten in dem halb garen Schwein und warteten gierig auf das Mahl, was Rapper ihnen nicht verübeln konnte; auch ihm lief bei dem Duft das Wasser im Mund zusammen.

Doch er durfte keine Zeit verschwenden. Die Schwarzen konnten ihn jeden Moment entdecken. Angriff! Sie feuerten los, umzingelten die Eingeborenen, schlugen zu, man hörte Schüsse und Stöhnen und Schreie, wiehernde Pferde, dann herrschte wieder Stille. Es war heiß auf der kleinen Lichtung, vom prasselnden Feuer, von der Sonne, vom Schweiß der Männer und Pferde. Dingos stürzten zwischen den Hufen hindurch, um etwas zu erhaschen, doch die Hitze vertrieb sie wieder. Eine Leiche lag im Feuer, und ein junger Soldat stieg mit bleichem Gesicht ab und zog sie weg, legte sie neben zwei Kameraden. Dann blickte er sich verlegen um.

»Wieder ein Sieg, Sarge.«

Rapper saß ab, ging um die rauchende Ruine, trat mit dem Stiefel gegen den Schornstein und rammte einen umherliegenden Speer in das gebratene Schwein.

»Wer möchte in dieser Einsamkeit leben?«, murmelte er. »Man fordert die Gefahr geradezu heraus.«

Es waren nur sechs Männer beim Festmahl gewesen, sie hatten alle erwischt. Ein guter Schnitt, dachte er und befahl seinen Leuten, die Leichen ein Stück entfernt in den Busch zu schaffen.

»Wir wollen doch nicht den Gestank in der Nase haben, während wir uns die wohlverdiente Kriegsbeute holen«, meinte er grinsend. »Heute gibt es Schweinebraten. Aber lasst dem Major und der Wache noch etwas übrig.«

Doch selbst beim Essen ließ er Vorsicht walten. Acht Männer wachten, während die anderen aßen. Rapper würde nicht denselben Fehler begehen wie seine Opfer.

Zwei Tage lang pflegte Jack Leutnant Clancy, verabreichte ihm das weiße Pulver und sah, wie das Fieber sank. Der Leutnant war noch schwach, konnte aber Nahrung zu sich nehmen. Kirk hingegen beschwerte sich unablässig.

»Ich verlange, dass man mich nach Brisbane eskortiert.

Ihr könnt auf den Soldaten verzichten. Gib uns Proviant, dann reiten wir los.«

»Trooper Sutcliffe hat den Befehl des Majors, bei Leutnant Clancy zu bleiben. Ich kann mich nicht einmischen, Sie ebenso wenig. Wenn Sie nach Hause wollen, hält niemand Sie auf.«

»Du hast mich absichtlich vom Major weggeführt, sodass ich nicht umkehren und über das Massaker an meinen Männern berichten kann. Ein Massaker, das du geplant hast!«

»Wie bitte? Sie waren doch froh, hierher zu kommen.«

»Du hast mir keine Wahl gelassen. Warst zu sehr damit beschäftigt, den Schwarzen zu helfen.«

Jack beugte sich vor, zog eine Schlange aus dem Unterholz und schleuderte sie nach Kirk, der schreiend davonlief und versuchte, sich von dem Reptil zu befreien. Als er Jack weiterhin beschimpfte, holte dieser die nächste Schlange hervor.

»Möchten Sie die auch noch?«, rief er und hielt das sich windende Tier am Schwanz in die Höhe.

Kirk fuhr erschreckt zurück, und Jack stürmte auf ihn zu.

»Wenn Sie noch einmal die Klappe aufreißen, mache ich damit weiter. Also: Ruhe jetzt!«

Ein weiterer Tag verging, und Clancy wurde zusehends kräftiger.

»Ich stehe in Ihrer Schuld, Jack, das habe ich Ihnen und Ihrem schwarzen Freund zu verdanken. Das vergesse ich nicht, aber jetzt müssen Sutcliffe und ich allmählich aufbrechen.«

»Nach Brisbane?«

»Keine Sorge, ich fühle mich gut genug zum Reiten. Ich muss mich beim Major melden. Wären Sie bereit, uns zu führen? Allein finde ich die Leute nie.«

Jack erklärte sich bereit, sie am nächsten Morgen nach Norden zu führen, denn er würde nicht umkehren, bevor er seine Mission erfüllt und die Ruinen der Montone-Station nach seinem Gold durchsucht hatte.

Als Inspektor Kirk von ihrem Plan erfuhr, putzte er den Leutnant erbarmungslos herunter und verlangte, man solle ihn zurück in die Zivilisation begleiten. Er behauptete, Clancys Zustand erlaube keinen weiten Ritt, Jack Drew werde sie alle ermorden lassen, Ferrington rechne ohnehin nicht mit ihm, doch seine Tiraden waren vergeblich. Clancy blieb hart, Befehl war Befehl.

»Aber was wird aus mir?«, jammerte Kirk. »Sie können doch nicht erwarten, dass ich mitkomme!«

»Bedauere, Inspektor, Sie müssen.«

»Auf keinen Fall!«

»Dann gehen Sie doch!«, warf Jack ein. »Halten Sie sich an die Viehwege.«

»Der Regen hat sie weggewaschen.«

»Nein. Halten Sie nur die Augen offen.«

Kirk lungerte den ganzen Nachmittag im Lager herum und überlegte, was zu tun sei, doch letztlich erschien ihm der Rückweg nach Brisbane sicherer, selbst wenn er ihn allein antreten musste.

»Ihr werdet noch von mir hören«, warnte er Jack am nächsten Morgen. »Ich melde, dass du ein Spion bist. Du bist kein Weißer, sondern ein Bastard. Ich habe gesehen, wie du mit dem Feind geredet hast; vergiss das ja nicht. Du hättest mir mein Pferd holen können, hast es aber dem Schwarzen überlassen … Ich werde dich anzeigen, sobald ich in Brisbane bin. Ich lasse dich einsperren, sobald du deine Nase …«

Jack hatte genug von den Tiraden. Er ergriff den Eimer, in dem der Soldat das Kochgeschirr gespült hatte, kippte den fettigen Inhalt über Kirk aus und knurrte: »Ich hätte dich in der Hütte lassen sollen, du Schwein.«

Sie hatten damit gerechnet, dass sich der Major am späten Nachmittag, wenn sie ihren Stützpunkt erreichten, besser fühlen würde, doch das war nicht der Fall, und Rapper befürchtete, dass die Wunde sich entzündet hatte.

Er machte viel Aufhebens um Kit, verband ihn neu, machte es ihm so bequem wie möglich, doch insgeheim freute er sich, weil er noch immer der Boss war, der Anführer, der Kommandeur. Und hatte er seine Aufgabe nicht gut gelöst? Besser als zwei Offiziere zusammen? Zweimal hatte er den Feind aufgespürt und besiegt. Er konnte es gar nicht abwarten, seinen Bericht in Ferringtons Tagebuch einzutragen. Das war vielleicht ein wenig dreist, aber egal. Ferrington war unfähig, und irgendjemand musste ihre Fortschritte protokollieren. Auch würde er berichten, dass er sein Bestes tun würde, um die Wunde des Majors zu reinigen, doch im Grunde musste sie genäht werden. Rapper besprach sich mit seinen Männern, etwas Besseres als ein fester Verband fiel auch ihnen nicht ein, was angesichts von Ferringtons breitem Rücken gar nicht so leicht zu bewerkstelligen war. Er verbat den Männern, die blaue Flasche mit dem Antiseptikum zu berühren, selbst wenn sie kleinere Schnittwunden und Abschürfungen erlitten hatten. Sie musste unbedingt für den Major aufbewahrt werden.

Am nächsten Morgen führte er seinen Trupp erneut ins Feld. Er hatte dem Major mitgeteilt, er werde womöglich über Nacht wegbleiben, da sie sich in der Nähe der Grenze zur Montone-Station befanden. Die Landkarten wiesen das Gebiet als gutes, offenes Land mit sanften Hügeln aus, durch das der Mary River floss. Fanden sie hier keine Schwarzen mehr vor, konnten sie beruhigt zurückkehren und die Gegend als sicher melden.

Insgeheim fand Rapper die ganze Expedition ein wenig zweifelhaft, betrachtete sie als Versuch, den Siedlern Sand in die Augen zu streuen, damit sie auf ihre Farmen zurückkehrten. Doch was würde danach geschehen? Wer würde die Schwarzen davon abhalten, zurückzukehren? Nur die Siedler selbst. Vermutlich würden sie auf Jahre hinaus Krieg führen. Aber auf ihn hörte ja keiner ... Dennoch, sie hatten eine Aufgabe, wie der Major sagte, und das Militär war kein schlechter Arbeitgeber. Hier unten am Ende der Welt kämpfte man nicht gegen Gewehre und Kanonen wie in Europa. Rapper hatte schon geplant, den Dienst zu quittieren, wenn sein Regiment nach England zurückbeordert wurde, und überlegte, was er danach anfangen sollte. Die Goldsuche wäre nicht das Schlechteste. Auch der Major war mehr daran interessiert als am Kampf.

Wieder ließ er die Leute in Formation reiten. Der Verlust von Inspektor Kirks eingeborenen Polizisten war eine Lektion gewesen, und Rapper war sich der bevorstehenden Gefahren durchaus bewusst. Die Schwarzen sollten wissen, dass die Soldaten es ernst meinten, und sich lieber freiwillig verziehen.

Sie ritten an der verbrannten Hütte und den Ruinen der Grosvenor-Station vorbei, wohl wissend, dass die eingeborene Polizei hier in den Hinterhalt geraten war, und bewegten sich zügig nach Norden, bis Rapper befahl, an einem Flüsschen anzuhalten. Die Männer hoben binnen einer Stunde kurze Gräben aus, dann wurden die Wachen eingeteilt.

Nun war Bussamarai am Zug. Er war noch immer auf der Hut vor den Gewehren, zögerte die Entscheidung hinaus, doch seine Männer beschwerten sich, weil sie entweder kämpfen oder zu ihren Familien heimkehren wollten.

»Sie sagen, wir haben auf die Soldaten gewartet«, erklärte Nungulla. »Jetzt sind sie hier, warum also greifen wir nicht an? Wir haben doppelt so viele Männer wie sie.«

»Ist das alles?«, fragte Bussamarai entsetzt. »Nur doppelt so viele? Es sollten mehr sein, viel mehr. Wo sind die anderen hin?«

»Nach Hause gegangen«, entgegnete Nungulla ausweichend.

»Nach Hause gegangen? Und sie nennen sich Krieger? Ich hätte mir lieber ihre Frauen holen sollen«, rief er wütend. »Und ich erfahre nichts davon. Wer sich beschweren will, soll zu mir kommen.«

Seine Unfähigkeit, einen Plan zu schmieden, machte ihn wild, und er rief seine Getreuen zu sich, um sich bei einem Bad im Fluss abzukühlen. Danach ließ er sein dickes Haar mit feuchtem Lehm zu einem Knoten formen und sein Gesicht und den Körper weiß bemalen, um seinen Rang anzuzeigen. Dann legte er seinen kostbarsten Besitz an – zwei große Zähne, die den riesigen Tieren der Traumzeit gehört hatten und die er nun wie Hörner in sein Haar steckte.

In dem Lehm zwischen den Hörnern glitzerte der gelbe Stein, den er in den Gimpi Gimpi Mountains gefunden hatte. Ilkepala behauptete, es sei Gold, das Zeug, von dem Jack Drew andauernd redete, und sie hatten darüber gelacht.

Vielleicht möchte er mit mir darum kämpfen, dachte Bussamarai.

So vertrieb er sich die Zeit. Beschloss, weiter über das Problem nachzudenken und die Geister, wie schon so oft, eine Lösung finden zu lassen.

Schlechte Neuigkeiten erreichten ihn: Weitere sechs Männer waren von den Soldaten getötet worden. Erschossen!

»Ich habe es dir gesagt«, brüllte er Nungulla an. »Wie oft muss ich noch erklären, dass ihr euch von den Waffen der Weißen fernhalten sollt?«

Nungulla zuckte die Achseln. »Die Soldaten sind an dem Ort, den sie Montone nennen, vorbeigezogen.«

»Wohin wollen sie?«

»Ich weiß es nicht.«

»Dann finde es heraus!«, rief der Häuptling.

Wenige Stunden später kehrte Nungulla zurück und erklärte, sie hätten ihr Lager am Warrul Creek aufgeschlagen. Bussamarai schoss in die Höhe.

»Kommt«, rief er. »Lasst uns die weißen Krieger betrachten.«

Als sie auf einem Hügel in der Nähe ankamen, erfuhr Bussamarai, dass die Eindringlinge Löcher außerhalb ihres Lagers gegraben und Vogelfleisch gekocht hatten und sich nun einfach unterhielten.

»Wozu die Löcher?«, fragte Bussamarai misstrauisch.

»Das werde ich herausfinden«, sagte ein Freiwilliger und rannte davon, was der Häuptling kaum merkte. Er war niedergeschlagen, denn die Soldaten hatten ihren Lagerplatz klug gewählt. Dann fragte er: »Wohin ist der Mann gelaufen? Er soll zurückkommen. Es ist klar, sie wollen aus den Löchern heraus schießen.« Dieses Konzept war ihm neu, da ein Mann aufrecht stehen musste, um einen Speer oder Bumerang zu werfen, doch da man mit einem Gewehr nicht Schwung holen musste, war seine Vermutung wohl richtig.

Dann ertönte ein Schuss, durchschnitt die Luft so plötzlich, dass sie zurückwichen, als wären sie selbst das Ziel.

Doch es war ein Mann, der durchs Unterholz gekrochen war, um das Lager in Augenschein zu nehmen. Ein Wachposten hatte ihn in den Kopf geschossen.

Alle sechs Wachen begannen zu feuern, und Rapper brüllte, sie sollten Munition sparen.

»Wir kriegen hier draußen keinen Nachschub! Legt euch hin, mal abwarten, was als Nächstes passiert.«

»Ihr solltet den Mann zurückrufen«, sagte Bussamarai traurig.

»Haben wir«, antwortete jemand. »Das war nicht er, sondern ein anderer.«

»Das heißt, wir können tagsüber nicht angreifen«, seufzte Nungulla.

»Die Nacht ist auch riskant. Versteht ihr, ich will nicht, dass noch jemand getötet wird.«

»Dann hast du das Herz für den Krieg verloren«, meinte Nungulla. »Denn das hier *ist* ein Krieg.«

Bussamarai stand trotzig da, sah sich um, das Gesicht grimmig, doch tief im Inneren erbebte er.

War das richtig? Gewiss nicht. Auf keinen Fall! Er wollte nur klug vorgehen, schlau sein, die Schlacht auf seine Art gewinnen.

Letztlich musste er wider besseres Wissen den Befehl zum nächtlichen Angriff erteilen. Der Mond huschte von Wolke zu Wolke und beleuchtete die Attacke, als wollte er genau sehen, wie Bussamarai vor seinen Männern einherstürmte.

Speere flogen, Steine prasselten nieder, Gewehre krachten, Männer sprangen Soldaten an, die knieten, um zu feuern, und fielen unter den Kugeln der Heckenschützen in den Gräben. Viele Speere fanden ihr Ziel, doch die Verteidiger hielten stand, und die Angreifer zogen sich in die Dunkelheit zurück. Plötzliche Stille senkte sich nieder, nur unterbrochen vom Scharren und Flüstern der Männer, deren Pflicht es war, die Gefallenen zu bergen und den Verwundeten zu helfen.

Rapper hatte zwei Tote und vier Verletzte zu beklagen und war außer sich, da sein Stolz schwer gelitten hatte. Er hatte schon geglaubt, der Trupp wäre unter seinem Kommando unbesiegbar geworden.

Bussamarai verlor acht Männer, manche hatten Streifschüsse erlitten. Die meisten seiner Krieger waren noch nie einem Soldaten begegnet und wussten zwar, dass es weiße Krieger waren, doch die Zielgenauigkeit ihrer Waffen, vor allem bei Dunkelheit, hatten sie sich nicht vorstellen können. Bussamarai betrachtete seine Männer, die niedergeschlagen am Lagerfeuer kauerten, zu erschüttert waren, um zu schlafen, und runzelte die Stirn. Endlich wussten sie Bescheid!

»Ich nehme an, ihr wollt bei Sonnenaufgang erneut angreifen?«, donnerte er. »Wer dumm genug ist, kann das gern tun. Die Übrigen müssen nun aufhören zu trauern. Nungulla braucht viele Männer, um die Soldaten in Schach zu halten; aufmerksame Männer. Ihr da drüben geht jetzt zu ihm hinunter. Und ihr besorgt diese harten Fäden, die sie Draht nennen, aus denen man Zäune macht. Bei dem verbrannten Haus gibt es noch viele Zäune. Holt alles her!«

»Wozu sind die?«, fragte ein Mann.

»Damit ihre Pferde nicht weglaufen können. Sie machen Zäune, um sie einzusperren. Mit ihrem Draht können wir das auch. Bindet ihn von Baum zu Baum, ganz um sie herum. Schnell! Der Boss der Soldaten wird seine Männer so bald wie möglich hinausführen wollen, genau wie beim letzten Mal.«

Sie hatten Wasser, etwas Proviant, und im Fluss würde es gewiss noch mehr davon geben. Rapper hatte Schwarzen in Brisbane öfter Muscheln und andere Schalentiere abgekauft, die sie im Breakfast Creek gefangen hatten. Ein Korb voll für einen Penny war ein guter Preis, und den Korb bekam man gleich dazu. Er verkaufte immer den Rest samt Korb für einen halben Penny. Rapper holte seine Wasserflasche und nahm einen langen Schluck, wobei er einen Bienenstock im Baum über sich bemerkte. Zum Glück stachen die einheimischen Bienen nicht, doch für Honig hatte er jetzt keine Zeit. Er untersuchte die Verwundeten, die in einer Böschung am Flussufer lagen, und befahl zweien von ihnen, sofort aufzustehen.

»Das sind nur Fleischwunden, ihr werdet es überleben. Kümmert euch lieber um eure Kameraden. Bertie ist schlimm verletzt, er hat einen Speer in die Brust bekommen, und Pratt hat sich das Bein gebrochen. Ich habe es so gut wie möglich gerichtet.«

Einer der Männer unterbrach ihn. »Mein Arm blutet noch, die Speere sind höllisch scharf.«

»Verbinde ihn«, knurrte der Sergeant, doch der andere Mann, der eine Schulterwunde hatte, sorgte sich mehr um Bertie und Pratt.

»Was wird aus ihnen? Sie können nicht reiten. Wie sollen sie hier wegkommen?«

»Wenn der Major reiten kann, können sie es auch. Jetzt holt ihnen Wasser und kühlt sie.«

Er ging unvermittelt davon, weil ihm das Thema Kopfzerbrechen bereitete. Pratt konnten sie auf ein Pferd setzen, aber Bertie? Besorgt schüttelte Rapper den Kopf.

Später am Morgen pfiff ihn ein Wachposten zu sich. »Sehen Sie mal, Sarge, ist das ein Seil zwischen den Bäumen?«

»Sieht so aus.« Doch es war sehr straff gespannt, konnte folglich letzte Nacht noch nicht dort gewesen sein. Er wandte sich ab und rief leise zum nächsten Posten: »Siehst du Seile zwischen den Bäumen?«

»Was für Seile?«

»Da, sieh doch.«

Kurze Stille, dann rief der Wachposten: »Himmel, ja! Draht! Überall sind Drähte gespannt. Was zum Teufel soll das?«

»Finde es heraus«, knurrte Rapper und kehrte zum Fluss zurück.

Auch dieser Weg war ihnen versperrt. Er konnte den improvisierten Zaun am anderen Ufer erkennen. Auf ihrer Seite bildeten Schösslinge im Wasser eine Barriere, die ihre Pferde unmöglich überspringen konnten.

Falls sie es nicht schafften, die Drähte zu durchtrennen, wären die Pferde eingeschlossen! Rapper neigte nicht zur Panik, doch sein Herz klopfte wild, als er seinen Männern befahl, in Deckung zu bleiben. Das Durchschneiden der Drähte würde schwierig werden, zudem böten sie ausgezeichnete Zielscheiben, doch früher oder später musste es erledigt werden. Er würde Freiwillige suchen müssen.

Bis dahin konnte er entscheiden, was nun mit Bertie geschehen sollte. Er schauderte bei dem Gedanken an den Verwundeten und fragte sich beiläufig, was aus dem Kundschafter Jack Drew geworden sein mochte. Dann fiel ihm der

Major ein, der zwar Alarm schlagen konnte, wenn die Soldaten nicht zurückkehrten, aber keine Hilfe zu erwarten hatte, da sie in der Falle saßen.

»Wo ist Sergeant Rapper?«, fragte der Major, als sein Begleiter ins Zelt spähte.

»Auf Patrouille, Sir.«

»Schon? Es dämmert doch gerade erst!« Er zuckte vor Schmerz zusammen. »O Gott! Diese verdammte Wunde tut höllisch weh.«

»Tut mir leid, Sir, kann ich etwas für Sie tun?«

»Nein, ich muss es wohl einfach ertragen.«

»Sie sind letzte Nacht nicht zurückgekommen, Sir. Der Sergeant sagte, sie könnten einen Tag oder so wegbleiben, wir sollten hier auf sie warten.«

»Einen Tag oder so? Wann sind sie denn aufgebrochen?«

»Vor zwei Tagen, Sir. Vermutlich kommen sie heute wieder. Sie wollten nur bis zu der Grenze reiten, die auf der Landkarte verzeichnet ist, es kann also nicht mehr lange dauern.«

Kit lag auf der Seite, versuchte sich ein Bild von der Situation zu machen. Er erinnerte sich, dass der Sergeant von einem erfolgreichen Angriff auf eine Gruppe Schwarzer gesprochen hatte, was an sich gut war, obwohl er dick aufgetragen hatte, um Kit dessen angebliches Versagen unter die Nase zu reiben. Was diesem egal war, denn so, wie er sich im Augenblick fühlte, hätte Rapper seinetwegen auch einen ganzen Aborigine-Stamm auslöschen können.

Er konnte noch immer nicht fassen, dass ihn ein Speer getroffen hatte. Und dass die Wunde so sehr schmerzte. Er verfluchte sich, weil er sich von Sir Charles zu dieser Aktion hatte überreden lassen, und beschloss, bei seiner Rückkehr umgehend den Dienst zu quittieren, selbst wenn er dadurch seine Pension verlor. Das war es einfach nicht wert.

»Möchten Sie Tee, Sir?«

»Ja, gern. Wie heißen Sie?«

»Freeman, Sir. Sie sehen heute Morgen besser aus.« – »Es geht mir auch besser. Obwohl mir scheint, dass ich ein paar Tage verloren habe.«

»Sie haben nichts verpasst.«

»Wer ist sonst noch hier?«

»Niemand, Sir«, sagte Freeman, als er sich unter die Zeltklappe duckte, um den Tee zu holen.

»Guter Gott!«, rief Kit. Noch nie war er sich so schutzlos vorgekommen. Nur sie beide? Er und dieser grüne Junge? Er setzte sich mühsam auf, wobei ihm der Schweiß ausbrach, verspürte den Drang, sich anzuziehen, weil er sich in Reithosen und Hemd und dem Revolver in Reichweite sehr viel sicherer fühlen würde.

»Freeman«, rief er. »Helfen Sie mir. Und wo steckt eigentlich Jack Drew?«

Jack Drew und Leutnant Clancy ritten nach Norden, immer auf der Suche nach dem Major und seinen Leuten. Jack beschloss, auf einer Anhöhe zu rasten, einem seiner liebsten Aussichtspunkte, von dem aus er sie hoffentlich erspähen würde. Clancy war beeindruckt von dem Ausblick.

»Sehen Sie sich das an! Baumwipfel wie ein Teppich, der Himmel ganz rosig. Was für ein friedlicher Ort.«

»Sehen Sie sich das alles in einer halben Stunde noch einmal an. Dann ist es womöglich nicht mehr so friedlich.«

»Wieso?«

Eine halbe Stunde später war es dunkel geworden, und sie konnten die Lagerfeuer auf einem fernen Hügel ausmachen.

»Da sind sie. Ihre Schwarzen, Clancy. Irgendwo bei der Montone-Station. Falls wir Ferrington einholen, sollten Sie ihm sagen, dass Sie weit genug vorgedrungen sind. Er wird es verstehen. Es hat keinen Sinn, Schwierigkeiten herauszufordern.«

Clancy starrte auf die winzigen Lichtpunkte. »Wie viele mögen es sein?«

»Eine Menge. Und sie sitzen nicht zum Spaß da. Sie warten auf Sie.«

»Aber wir müssen sie aus dieser Gegend vertreiben, Jack. Was wird sonst aus den Siedlern?«

»Sie sollten zu Hause bleiben, wenn sie ein bisschen Verstand haben«, entgegnete Jack bissig.

»In diesem Fall müssten wir unser Scheitern eingestehen.«

»Und die Siedler bleiben zu Hause.«

»Sie verstehen nicht, es ist unsere Pflicht…«

»Auch sie haben Pflichten. Ihr Häuptling kann nicht nachgeben, dann würde er sein Gesicht verlieren.«

»Wer ist dieser Häuptling? Kennen Sie ihn?«

»Machen Sie ein Feuer, Clancy. Ich hole Essen.«

»Ist es sicher, hier ein Feuer anzuzünden?«

»Ich denke schon. Und halten Sie Ausschau nach dem Lager des Majors.«

13

Man erzählte sich von Goldfunden im Hinterland, das leichter zugänglich war, seit man den Hafen von Brisbane angelegt hatte. Die Viehzüchter waren ängstlich darauf bedacht, auf ihre riesigen Besitzungen westlich des Hafens zurückzukehren, da sie fürchteten, andere Squatter könnten ihnen das Land wegschnappen. Bevor die staatlichen Vermesser mit dem Ansturm der Siedler Schritt halten konnten, hieß es, wer zuerst kommt, mahlt zuerst; man beanspruchte einfach so viel Land, wie man wollte, und legalisierte die Grenzen irgendwann in der Zukunft. »Gut und schön«, klagten nun die Viehzüchter, »aber jetzt haben wir es nicht nur mit den Aborigines zu tun, sondern auch noch mit Siedlern, die es nach unserem Land hungert.«

Die Regierung hielt wenig von diesem Argument. In Sydney, das mehr als fünfhundert Meilen von den umstrittenen Gebieten entfernt war, ging Sir Charles FitzRoy davon aus, er habe sein Bestes getan, indem er Truppen dorthin entsandte. Er leitete die Beschwerden ans Parlament weiter, wo man daraufhin beschloss, die Größe der zu beanspruchenden Ländereien künftig zu begrenzen.

Diese plötzliche Wendung erzeugte Schockwellen in der reichen Vereinigung der Viehzüchter, und man riet den Mitgliedern, ihre riesigen Besitzungen angesichts fehlender Zäune durch angekohlte Bäume oder deutliche Schilder zu markieren.

All diese Fragen sorgten für Unruhe in Brisbane, denn die Menschen wollten wissen, wann die Behörden endlich Entwarnung geben würden.

Superintendent Jimmy Grimes konnte nur zur Geduld

mahnen, bis Polizei und Militäreinheit zurückkehrten. Erst dann würde er bekannt geben, dass das Land sicher sei. Im Augenblick konnte er die Menschen nur vom Reisen abhalten. »Es gibt kein Gesetz, das es verbietet, hinauszureiten und sich von einem Speer durchbohren zu lassen«, meinte er achselzuckend. »Aber sie sollen später bloß nicht ankommen und mir einen vorheulen.«

Kleinfarmer mit ihren Familien hatten begonnen, in die üppige Umgebung der Stadt zu ziehen und sich dort niederzulassen. So entstanden überall am Rand von Brisbane neue Vororte.

Baker's Crossing gedieh. Das Geschäft diente nun als Postamt und als Vieh- und Stationsmakler und an jedem dritten Montag auch als Bank. Alles schien über Nacht geschehen zu sein, wie Ceb Baker gern mit Stolz behauptete.

»Gerade waren wir noch ganz weit draußen, wenn man die großen Viehzüchter nicht mitrechnet, und schon gibt es hier Farmen ohne Ende. Sie schießen wie Pilze aus dem Boden. Wir mussten alles schöner gestalten, mehr Waren anbieten. Und nun müssen die Leute, die hier wohnen, nicht mehr ständig in die Stadt reiten. Baker's Crossing gehört die Zukunft, ganz sicher. Wir wachsen und gedeihen …«

Einer dieser Siedler, ein armer Farmer, der mit Frau und Tochter hart daran arbeitete, seine Parzelle zu roden, damit sie so bald wie möglich säen konnten, sah als Erster den heruntergekommenen Burschen, der auf einem lahmenden Pferd den Weg entlangritt. Er rannte hin, um zu helfen.

Es war derselbe Siedler, der Inspektor Kirk in seinem Rollwagen nach Baker's Crossing brachte und ganz wild darauf war, die furchtbare Neuigkeit zu verbreiten, dass Wilde die gesamte Abteilung der eingeborenen berittenen Polizei massakriert hatten.

Kirk war erschöpft und überrascht, dass es ihm gelungen war, in die Zivilisation zurückzufinden. Tagelang nahm er dankbar Ceb Bakers Gastfreundschaft an und genoss die Ehrfurcht der Zuhörer, die seine schreckliche Geschichte aus erster Hand erfahren wollten, eine Geschichte, die sie noch ihren Kindern und Enkeln erzählen würden. Dass sie als Pioniere in ihrem harten Kampf ums tägliche Brot sogar unter Wilden gelebt hatten. Auch konnten sie von der Tapferkeit Rollo Kirks berichten, dem sie selbst begegnet waren und dem sie die Hand geschüttelt hatten, einem Mann, der allein gegen zwei Wilde angetreten war, um sein Pferd zurückzuerobern, während seine eigenen Männer voller Panik in den Fluss gestürzt und darin umgekommen waren. Mit dem Pferd war er dann entkommen… hatte die feindlichen Linien durchbrochen, indem er einen weggeworfenen Speer als Lanze gegen einen hünenhaften Krieger einsetzte, der ihn vom Pferd zerren wollte. Er war schnell geritten, hatte nach Überlebenden gesucht und keine gefunden und sich verzweifelt in die Zivilisation durchgeschlagen.

Der arme Mann war halb verhungert. Sie gaben ihm ihr bestes Essen und sorgten dafür, dass er sich ausruhte, bevor Ceb Baker ihn in die Stadt fuhr, während das lahme Pferd hinterherhinkte.

Wally kehrte auf einem anderen Weg heim. Er hielt sich in Sichtweite der Küste, weil er wusste, dass er so früher oder später auf die große Stadt stoßen würde. Er kam durch die ursprüngliche Siedlung Redcliffe, die man aufgegeben hatte, da Brisbane günstiger gelegen war, weiter durch Petrie, wo ihn manche schief ansahen, da ein berittener Schwarzer ein ungewöhnlicher Anblick war, doch er konnte auch als Viehtreiber durchgehen. Er hielt am Breakfast Greek, um mit Schwarzen zu plaudern, die ihn gut bewirteten, da ihnen nicht klar war, dass er zur gefürchteten Polizeitruppe gehörte. Seine Uniformjacke hatte er längst weggeworfen.

Entschlossen ritt er nach Brisbane hinein und begab sich

geradewegs zur Polizeiwache. Er achtete darauf, nicht mit Weißen zu sprechen, da er fürchtete, man könnte ihn verprügeln und ihm sein Pferd wegnehmen.

Der Dienst habende Wachtmeister schaute verwundert, als der Schwarze hereinmarschierte. Sein Oberkörper war nackt, er ging barfuß und trug nur eine dunkle Hose, die um seine mageren Hüften schlabberte. Sein stoppeliges Gesicht war ledrig wie eine Maske.

»Raus hier!«, schrie der Polizist und schoss um sein Pult herum, um seinen Worten Nachdruck zu verleihen. »Raus hier, zum Teufel!«

Doch der Schwarze weigerte sich. »Nicht anfassen, Mister. Ich will zum Boss.«

»Der Boss will dich aber nicht sehen. Also schieb ab.«

Der Arm, den der Wachhabende ergriff, war hart wie Stahl, und der magere schwarze Körper schien am Boden festgewachsen, sodass er vergeblich stieß und zog. Er rief wütend um Hilfe.

»Was ist los?«, wollte Inspektor Tomkins wissen. Er war gerade dabei, Feierabend zu machen, und wollte in der Bar des National Hotel ein Glas mit Sam Dignam trinken.

»Berittene Polizei, Sir«, brüllte der Schwarze. »Inspektor Kirk und die anderen sind alle tot.«

»Was?«, riefen der Wachhabende und Tomkins wie aus einem Mund.

Tomkins war ein höflicher Mann und bot sich als Sekretär an, um Trooper Wallys Aussage in Anwesenheit von Superintendent Grimes aufzunehmen. Er machte sich Notizen, während sie die Geschichte mehrfach durchgingen, doch wie es aussah, war tatsächlich die ganze Abteilung in dem Hinterhalt ums Leben gekommen. Wally war es gelungen, flussabwärts zu schwimmen und ein Pferd aufzutreiben, bevor ihn die Stammeskrieger finden konnten, doch seine Kameraden hatte er nicht mehr gesehen.

»Hast du nach ihnen gesucht? Um zu sehen, ob du helfen konntest?«, fragte Grimes. Wally war verblüfft.

»Ich? Keine Sorge. Sind alle tot.«

»Was ist mit Major Ferrington und seinen Leuten? Wo sind sie?«

»Gefolgt. Sollten folgen, aber ich hab sie nicht gesehen.«

»Du bist ihnen auf dem Rückweg nicht begegnet?«

»Nein. Bin schnell aus dem verdammten Bezirk weg. Hinüber zum Meer, hab den Weg an der Küste genommen. Ist sicherer hier.«

»Also waren sie nicht vor dem gewarnt, was deinen Kameraden zugestoßen ist.«

Wally zuckte die Achseln. Die unablässigen Fragen gingen ihm auf die Nerven. Und das war vielleicht nicht der richtige Moment, um zu verkünden, dass der Major die ganze Zeit über von Schwarzen verfolgt wurde. Er selbst hatte lieber einen sicheren Rückweg gewählt, statt den Major zu warnen, obwohl dieser ihn für die Warnung gewiss belohnt hätte. Doch seine Aussichten auf Belohnung schienen hier in Brisbane besser zu sein, und danach würde er ohnehin für immer in den Busch zurückkehren.

»Gute Informationen, was?«

»Ja«, meinte Grimes. »Und sehr, sehr traurig.«

»Dann bekomme ich Geschenk dafür?«

»Geschenk? Was für ein Geschenk?«

»Shilling? Gute Shilling für Informationen?«

»Ja, ich denke schon«, erklärte Grimes. »Du hast etwas Furchtbares erlebt. Der Wachtmeister wird dich zurück in die Kaserne bringen und dir eine Uniform besorgen.«

»Lieber erst Shilling und Essen.«

»Na gut«, sagte Grimes und kramte zwei Shilling hervor. »Du kannst in der Kaserne essen.«

»Glauben Sie ihm?«, wollte Grimes von Tomkins wissen.

»Uns bleibt wohl nichts anderes übrig. Diese Katastrophe

wird noch Folgen haben! Er scheint sich allerdings keine allzu großen Sorgen um seine Kameraden oder Inspektor Kirk zu machen, nicht wahr?«

Grimes nickte. »Angesichts ihres mörderischen Rufes überrascht es mich nicht, dass er den Tod seiner Kameraden als Bagatelle betrachtet. Zuerst habe ich gedacht, Kirk sei verrückt, als er den Auftrag übernahm, aber er war Feuer und Flamme, der arme Kerl.«

Sam Dignam steckte den Kopf zur Tür herein. »Was höre ich da von einem Überfall? Im Pub heißt es, ein eingeborener Polizist sei in der Stadt verhaftet worden. Ich sah ihn mit Wachtmeister Brown am Pub vorbeigehen. Was ist denn los?«

Der Superintendent bat ihn herein und schloss die Tür. »Wir haben äußerst schlechte Nachrichten, können sie aber erst bekannt geben, nachdem wir mit Mrs Kirk gesprochen haben.«

»Rollo Kirks Frau? Wieso? Ist er verletzt?«

»Schlimmer. Sein Trupp wurde von Schwarzen in einen Hinterhalt gelockt. Der Bursche, den Sie mit Brown gesehen haben, ist der einzige Überlebende. Er steht nicht unter Arrest.«

»Teufel noch mal! Und alle anderen wurden getötet?«

»Soweit wir wissen, schon. Wir haben jedoch bisher nur das Wort dieses Polizisten, Sam, also immer schön langsam …«

»Aber ich könnte doch schreiben, man fürchte, er werde nicht wiederkommen, oder? Und die Zeitung erscheint ohnehin erst morgen früh, bis dahin können Sie in Ruhe mit Mrs Kirk reden.« Er zog vor Tomkins den Hut. »Verzeihen Sie, Inspektor, aber der Drink muss heute ausfallen. Ich möchte mit dem eingeborenen Polizisten reden und den Fotografen mitnehmen. Das ist doch in Ordnung, Jimmy?«

Der Superintendent sah keinen Grund, die Nachricht zurückzuhalten. Also verschwand Sam, und die beiden Männer sprachen über den Bericht und den möglichen Verbleib von Major Ferrington und seinen Leuten.

»Sie hätten Kirks Leuten helfen müssen«, sagte Grimes. »Ich verstehe das einfach nicht. Wir sollten besser zu Mrs Kirk gehen, bevor sie selbst Wind von der Sache bekommt.«

Rollo Kirks Rückkehr lief nicht so ab, wie er es sich erhofft hatte. Er hatte sich im Mittelpunkt gesehen, genau wie in Baker's Crossing, als Überbringer schlimmer Kunde, als einzigen Überlebenden, der sich zurück in die Zivilisation gekämpft hatte.

Die Menschen starrten ihn an, als er in Cebs Rollwagen in die Stadt fuhr. Gewiss, er sah nicht mehr aus wie der glatt rasierte, tipptopp gekleidete Inspektor, der stolz mit seiner Truppe von dannen geritten war. Er trug ein geliehenes Karohemd und eine Moleskin-Hose, dazu einen struppigen, sandfarbenen Bart, den er wegen der Wirkung behalten hatte. So würde er als Überlebender aus dem Busch überzeugen. Auch hatte er durch das viele Reiten und die kargen Rationen abgenommen, war er doch vier gute Mahlzeiten pro Tag gewohnt.

Er winkte traurig und deutete nach vorn in Richtung Polizeiwache, während die Leute einander verwirrt anstießen.

Jemand rief: »Willkommen, Rollo!«, worauf er selbstzufrieden nickte, doch dann lachten die Leute, jubelten ihm zu, und das war falsch, denn er hatte keine komische Geschichte zu erzählen, das Lachen würde ihnen noch vergehen.

Ein Mann rannte neben ihm her und schüttelte ihm die Hand. »Wir nennen dich jetzt Lazarus, Kumpel«, rief er, und die anderen nahmen das Wort auf.

»Lazarus!«, riefen sie, weil sie sich freuten, ihn zu sehen, doch Rollo war beleidigt.

Jimmy Grimes kam heraus, um ihn zu begrüßen. »Du lieber Himmel, Kirk! Wir wollten Sie schon auf die Verlustliste setzen. Haben Sie noch jemanden von Ihren Männern dabei?«

»Nein, keinen einzigen«, entgegnete er wütend. »Das dürfte doch wohl klar sein. Wir wurden von den Wilden überfallen und …«

»Ich weiß«, sagte Jimmy sanft, »Sie haben Schlimmes durchgemacht. Kommen Sie herein, Sie auch, Ceb. Wir trinken eine Tasse Tee, dann können Sie uns berichten …«

Rollo glaubte, jemand aus Baker's Grossing wäre ihm zuvorgekommen und hätte ihm die Schau gestohlen. »Sie haben schon davon gehört? Ich wäre früher gekommen, aber mein Pferd lahmt. Ich bin froh, dass ich es überhaupt bis Baker's Crossing geschafft habe.«

»Ja. Trooper Wally ist zurückgekehrt. Er glaubte, alle wären tot. Stimmt das?«

»Ganz sicher. Wir dürften die einzigen Überlebenden sein. Es war grauenhaft, kreischende Wilde mit Tomahawks, furchtbar …«

Grimes unterbrach ihn. »Guter Gott! Wir schicken Sie besser nach Hause, Rollo. Ihre Frau hält Sie vermutlich für tot. Und ich habe sie ohne Grund beunruhigt.«

Statt alle mit seinem Bericht über das Massaker verblüffen zu können, verfrachtete man ihn nach Hause, wo ihm seine Frau weinend um den Hals fiel und ihm die Zeitung zeigte, auf der Wallys Foto prangte, darüber die Schlagzeile: *Weitere schlimme Nachrichten für Brisbane.*

Der Artikel besagte, es habe nach dem Untergang der *Arabella* eine weitere Katastrophe gegeben, bei der eine Abteilung der eingeborenen berittenen Polizei unter Führung von Inspektor Rollo Kirk von Schwarzen überfallen und vermutlich aufgerieben worden sei. Einzige Ausnahme sei Trooper Wally Faith (Foto), dem es gelungen sei, zu entkommen und die furchtbare Kunde nach Brisbane zu bringen.

Es war das einzige Mal, dass man ihn in der Zeitung erwähnte. Rollo tobte. Statt zur Wache zu gehen, suchte er das

Büro des *Courier* auf, wo Sam Dignam sich seine Geschichte nur zu gern anhörte.

»Es ist interessant, die Sache aus einem anderen Blickwinkel zu betrachten«, sagte er, wurde vom Inspektor aber sofort korrigiert: »Dem offiziellen Blickwinkel!«

Rollo redete und redete, und Sam füllte Seite um Seite mit dem Bericht über den Hinterhalt und das Schicksal der Männer, bevor er schließlich den Inspektor über die Rolle des Majors befragte, der die Gegend sichern sollte.

»Ferrington? Der Mann ist doch ein Witz. Er könnte keine Katze vor einer Maus beschützen, wie hätte er als Verstärkung dienen sollen?«

Sam fand diesen Aspekt sehr interessant, war aber entschlossen, Jessies Verlobten fair zu behandeln. Sehr fair.

»Als ich nach meiner Flucht vor den Wilden in das Lager kam, in dem er Clancy zurückgelassen hatte, stellte ich fest, dass sie in die falsche Richtung geschwenkt waren. Er wusste nicht einmal, dass er nach Nordwesten ritt, statt uns zu folgen… ich hatte also keine Chance. Ebenso wenig wie die armen Männer in meiner Abteilung, die wegen ihm ihr Leben verloren haben.«

»Was soll das bedeuten?« Superintendent Grimes stand in der Tür. »Inspektor Kirk, wir haben auf Sie gewartet. Meiner Ansicht nach ist ein offizieller Bericht für die Polizei wichtiger als das hier!«

Sam schaute ihn neugierig an. »Der Inspektor erzählte gerade, Major Ferrington habe ihn im Stich gelassen.«

»Genau!«, rief Kirk. »Genau das wollte ich damit sagen. Er hat uns in der Not allein gelassen. Hat meine Männer in den Tod reiten lassen, weil wir alle glaubten, ein Trupp erfahrender Soldaten würde uns den Rücken stärken. Bei einem Gegenangriff hätten wir die Schwarzen niedermachen können. Und außerdem…«

»Zurück auf die Wache, Inspektor, wenn ich bitten darf!« Mit diesen Worten beendete Grimes das Interview, was Sam nicht weiter überraschte. Doch er war neugierig geworden. Noch bevor es Abend wurde, musste er Kirk erneut zu fassen kriegen.

Wieder hörten Grimes und Tomkins einen Bericht über den Hinterhalt, der sich, von der Art ihres Entkommens einmal abgesehen, kaum von Trooper Wallys Version unterschied. Der Polizist rettete schwimmend sein Leben und fand dann ein Reittier, während der Inspektor sich zu Pferd den Weg durch die Wilden bahnte. Nachdem Wally seine Geschichte erzählt hatte, ging es ihm nur noch um Geld, doch Kirk hatte noch sehr viel mehr zu sagen, und die beiden Männer hörten ihm besorgt zu und stellten bohrende Fragen.

»Sie behaupten, der Major habe keinerlei Versuch unternommen, auf der festgelegten Route zu bleiben?«

»Nein. Er schwenkte ab. Ich glaube, er hatte sich verirrt. Womöglich hat er auch ein bisschen nach Gold gesucht.«

»Was soll das heißen?«

»Der Soldat, der Leutnant Clancy bewachte, erzählte mir, der Major habe die Männer bei jeder Gelegenheit am Flussufer Gold waschen lassen. Sie hätten sich wunderbar amüsiert, weil Ferrington es gar nicht eilig hatte.«

»Gold?«, fragte Tomkins. »Sind Sie sicher?« Diese Neuigkeit verwirrte ihn, doch Grimes beschloss, sich später darüber Gedanken zu machen.

»Sie sagen, Leutnant Clancy war krank?«

»Ja, er hatte Fieber. Ferrington ließ ihn mit einer Wache zurück.«

»Ihm blieb wohl nichts anderes übrig«, meinte Grimes und rieb sich das Kinn.

»Sie sagen, Ferrington sei vom Weg abgekommen. Wie haben Sie ihn denn gefunden?«

»Ha! Darauf müssen wir auch noch näher eingehen. Ich ritt nach Süden und fand Unterkunft in einer Schäferhütte. Während ich sie auf ihre Sicherheit prüfte, lief mein Pferd weg. Als Nächstes kam dieser Verräter Jack Drew vorbei und ritt seelenruhig durch dieses gefährliche Terrain.«

»Wieso war er nicht bei Ferrington?«

»Gute Frage. Weil er ein Spion ist. Er stand die ganze Zeit über mit den Wilden in Verbindung. Ich selbst habe ihn mit dem Häuptling gesehen!«

Grimes schüttelte den Kopf. »Nun übertreiben Sie nicht, Rollo. Er ist Ferringtons Freund, er würde ihm nicht in den Rücken fallen.«

»Mein Freund ist er jedenfalls nicht. Er ließ mich weitere sechsunddreißig Stunden in der Hütte sitzen. Wollte mich nicht mitnehmen.«

»Wie sind Sie dann herausgekommen?«

»Drew berichtete Ferrington davon, der ihn mit einem Ersatzpferd zu mir zurückschickte.«

Tomkins beugte sich vor. »Anscheinend lag Ferrington Ihr Wohl sehr am Herzen.«

»Bisschen spät, was?«, knurrte Rollo. »Drew hat ihm vermutlich gesagt, dass alle meine Männer getötet worden waren. Aber das ist nur die halbe Geschichte. Auf dem Weg nach Süden, wir waren nur zu zweit, entdeckten wir, dass uns ein Schwarzer beobachtete. Ein großer Kerl in voller Kriegsbemalung. Der, man stelle sich vor, auf meinem Pferd saß. Dem Pferd, das mir an der Hütte davongelaufen war.

Nun, Drew sagte, ich solle mich nicht von der Stelle rühren, und er ging hin und plauderte mit dem Schwarzen. Ich konnte ihn mir genau ansehen, und ich schwöre, es war der große Häuptling, der den Überfall auf uns angeführt hat. War Drew etwa besorgt? Nicht die Spur. Er blieb einfach mit seinem Pferd stehen und hielt einen Plausch. Vermutlich haben sie sich damit gebrüstet, wie viele Männer dieser Kriegsherr getötet hat.«

»Unterlassen Sie die Spekulationen«, knurrte Grimes. »Was passierte dann?«

»Ich wartete darauf, dass Drew ihn erschießen würde. Er

hatte Gewehr und Munition und der Schwarze auf meinem Pferd nicht mal einen Speer. Aber nein, Drew wendete und ritt zu mir und sagte, wir müssten los.«

Tomkins blickte ihn verwundert an. »Sie wollen behaupten, der Kundschafter Jack Drew habe vor Ihren Augen eine freundschaftliche Unterhaltung mit dem Anführer der Schwarzen geführt?«

»In der Tat. Und er warnte mich, ich solle den Mund halten, sonst ...«

»Sonst was?«

»Er bedrohte mich mit lebenden Schlangen. Bewarf mich damit. Später in Clancys Lager weigerte er sich rundweg, mich aus der Gegend hinauszuführen, und ließ mich allein zurück. Zum Glück habe ich einen guten Orientierungssinn.

Ich möchte jedoch zu Protokoll geben, dass Ferrington seine Pflicht vernachlässigt hat und Jack Drew die Schwarzen über jeden seiner Schritte informierte. Somit sind die beiden verantwortlich für den Tod von mindestens elf Männern.«

»Mindestens?«, fragte Grimes.

»Ferrington ist ein Dilettant; vermutlich haben sie ihn längst überfallen, während er mit seinen Leuten im Fluss plantschte, oder er ist geradewegs in einen Hinterhalt geritten. Drew sagte, er wolle den armen Clancy und den Soldaten zu Ferrington bringen, doch darauf würde ich mich nicht verlassen. Ich habe Clancy aufgefordert, mit mir zurückzukehren, doch er hat abgelehnt.«

Als sie Kirk schließlich gehen ließen, sackte Grimes auf seinem Stuhl zusammen. »Ich könnte was zu trinken vertragen. Welch ein verdammtes Chaos!«

»Ich sage es ungern, aber es klingt plausibel.«

»Mag sein. Kirk hat was gegen Ferrington, aber mit gutem Grund, und auf Jack Drew, der sich so gut mit den Schwarzen steht, hat er es auch abgesehen, obwohl der ihm anscheinend aus einer bösen Klemme geholfen hat.«

»Ein unangenehmer Zeitgenosse«, bemerkte Tomkins. »Er wird uns noch eine Menge Probleme bereiten. Es könnte zu einer Verhandlung vor einem Kriegsgericht kommen.«

»Ja, aber meine Sorge gilt vor allem Ferrington und seinen Männern. Allerdings kann ich wohl kaum einen Trupp Freiwilliger losschicken, um die Soldaten zu retten.«

»Wohl kaum«, meinte Tomkins düster.

Die Kneipe war mit wütenden Trinkern und Möchtegern-Helden gefüllt, die allesamt forderten, dass einige Männer losreiten und die Aufgabe vernünftig erledigen sollten, indem sie die Schwarzen samt und sonders aufknüpften. Rollo genoss die Rolle, die er in dieser Gesellschaft spielen konnte.

»Meine tapferen Männer, die mutig genug waren, ihresgleichen anzugreifen, wären heute noch am Leben, wenn Ferrington nicht so feige gewesen wäre«, tönte er und schlug dazu bekräftigend auf die Theke.

»Das stimmt«, warf jemand ein. »Rollo sagt, Ferrington und seine Zinnsoldaten wären zu sehr mit Goldwaschen beschäftigt gewesen …«

»Was?« Sam Dignam war soeben hinzugetreten. »Kommen Sie, Rollo, das ist ein bisschen stark. So etwas würde er nicht machen.«

Doch das Wort war bereits aufgegriffen worden.

»Sie haben Gold gesucht?«, riefen die Leute.

»Natürlich«, brüllte Rollo. »Was sonst? Frauen? Da draußen?«

Er lachte, bis man ihn beiseitestieß. Die Männer fieberten, nachdem sie das magische Wort Gold vernommen hatten. Alle redeten durcheinander. Experten meldeten sich, die schon immer gewusst hatten, dass im Hinterland Gold zu finden war. Andere wollten lieber Gold statt Soldaten suchen, sich sofort auf den Weg machen. Ein Geschäftsmann tippte Sam auf die Schulter.

»Ich würde den armen Rollo nicht angreifen, mein

Freund. Ich selbst habe Ferrington die Ausrüstung verkauft, die er zum Goldwaschen benötigte. Haben Sie das gehört, Sam? Gold! Also behaupten Sie nicht, er wäre mit dem Herzen bei seiner Aufgabe gewesen. Man sollte ihn lynchen.«

»Er muss den Tipp von denen ganz oben haben«, meinte ein Viehtreiber. »Die Regierung weiß, wo Gold zu finden ist, und hat deshalb die Soldaten losgeschickt. Ihr wisst doch, wie die sind. Die wollen uns zuvorkommen.«

»Himmel, du könntest Recht haben«, sagte ein anderer. »Ich habe mich schon gefragt, weshalb sie zwei Trupps ausgeschickt haben! Polizei *und* Militär. Die Polizei sollte die Schwarzen vertreiben, damit die Soldaten sicher herumstöbern konnten.« Er wandte sich an den Geschäftsmann. »Ich gebe einen aus, wenn Sie Ihr Geschäft öffnen. Ich brauche auch so eine Ausrüstung.«

»Wenn Sie mir einen Whisky spendieren, stehen Ihnen alle Türen offen«, erwiderte der Geschäftsmann glatt.

Er wusste schon, dass er binnen einer Stunde alles ausverkauft haben würde, und zwar nicht nur die Schürfausrüstung, sondern auch alles andere, was man für Touren ins Outback benötigte. Ein Goldrausch könnte ihn reich machen.

Sam Dignam hörte sich das alles verwundert an. Er sah, wie sich die Kneipe leerte und die Männer murmelnd zur Tür hinausgingen. Er sah Rollo Kirk an, der betrunken an der Theke lehnte.

»Sie sind verrückt, Rollo«, sagte er. »Sie sind total verrückt.«

Der Morgen war von einer ganz eigenen Geschäftigkeit geprägt.

Die Straßen pulsierten, die Geschäftsleute strahlten über den Kaufrausch und fluchten, als ihre eigenen Angestellten sich davonmachten. Wagen drängten sich, Packpferde wurden verlangt, und Männer mit Swags auf dem Rücken trotteten schon die Straße hinunter. Der Exodus begann.

Jimmy Grimes war ein Frühaufsteher, doch das aufgeregte Hundegebell und die kreischenden Kinder weckten selbst ihn, und er stieg in seine Hose, um zu sehen, was draußen vor sich ging. Er wurde beinahe von einem vorbeirasenden Gig überfahren, und ein Nachbar taumelte über die Straße, auf dem Rücken einen Sack Kartoffeln.

»Den solltest du nicht tragen, Corky!«, rief er und nahm ihm den Sack ab. »Du hast doch einen krummen Rücken. Was soll das?«

»Die Missus und ich gehen auf die Goldfelder. Sie packt gerade den Rollwagen.«

Jimmy schlenderte hinüber und warf die Kartoffeln auf die Ladefläche. »Was für Goldfelder? Wovon redet ihr eigentlich?«

»Von den Goldfeldern da draußen.« Corky wedelte vage mit der Hand. »Es gibt einen Rausch, und diesmal bin ich dabei. Du solltest auch mitkommen, Jimmy. Ist besser, als mit einer ganzen Horde zu fahren.«

»Von einem Goldfund habe ich nichts gehört.«

Corky ging um den Rollwagen herum. »In dieser Gegend verbreiten sich Neuigkeiten rasch. Wir haben erst gestern Abend davon gehört. Ein Riesenfund. Melde dich, wenn du mitkommen willst, in einer Stunde sind wir weg.«

Wohin der Superintendent auch ging, er hörte überall dieselbe Geschichte, konnte aber die Quelle nicht aufspüren. Der Mann mit dem Gold war unauffindbar.

»Ich glaube, es ist nur ein Gerücht«, sagte er, und zu seiner Erleichterung stimmten ihm einige Leute zu, was den Ansturm jedoch nicht aufhielt.

»Das sind blöde Schafe«, meinte er verärgert, nachdem er eine zwanzigköpfige Gruppe, darunter Frauen und Kinder, hatte überzeugen wollen, wenigstens auf eine Bestätigung der Nachricht zu warten. »Die rennen jedem hinterher.«

Er ging in sein Büro, holte ein Megaphon, lief damit die Queen Street entlang und forderte die Leute auf, zumindest vorerst in der Stadt zu bleiben.

Wachtmeister Brown kam vorbei. »Warum lassen Sie sie nicht einfach gehen?«

»Weil es da draußen verdammt gefährlich ist! Haben Sie schon vergessen, was den schwarzen Polizisten zugestoßen ist? Ich will, dass Sie Ihr Pferd holen und den Leuten hinterherreiten. Drohen Sie ihnen mit dem Gesetz über Widerstand gegen die Staatsgewalt. Warnen Sie sie. Sagen Sie ihnen, dass uns keinerlei Informationen über einen Goldfund vorliegen.«

»Ich habe es ein paar Burschen gesagt, und die haben mir nicht geglaubt. Sie meinten, die Regierung halte es geheim, damit die einfachen Leute nichts davon mitkriegen.«

»Na los! Reiten Sie!«, rief Grimes gereizt.

Sie waren einfach nicht aufzuhalten. Die Straße nach Baker's Crossing verwandelte sich in einen Morast, als der letzte Sommerregen niederging und der Donner über den entschlossenen Reisenden widerhallte. Jenseits der Kreuzung gab es keine richtige Straße mehr, nur Feldwege, die aus den Viehrouten entstanden waren und sich wie Kanäle in einem Delta ausgebreitet hatten. Momentan standen alle unter Wasser, doch auch Regen und Schlamm konnten die Möchtegern-Goldsucher nicht abhalten. Sie drängten weiter, die Augen in eine goldene Zukunft gerichtet statt auf ein klares Ziel. Sie verschwanden in der Ferne, in den endlosen Wäldern, verloren einander aus den Augen, drängten weiter und stürmten blindlings in die Gefahren und Fallen eines nur scheinbar üppigen, wohlwollenden Landes.

Am Morgen eilte Tom Lok im strömenden Regen nach draußen und lief zu Pollys Küche hinüber. Er hatte keine Rosinen für den Pudding mehr. Als er über die hintere Veranda schlitterte, hörte er Miss Jessie und ihren Bruder in der Küche. Er blieb stehen und lauschte. Miss Jessie mochte er, sie war eine nette Dame, die sich immer für sein Essen interessierte und ihm zu seinen Kochkünsten gratulierte. Sie hatte sich sogar sein Rezept für Rindfleischeintopf mit Bier aufgeschrieben, der ihr sehr gut geschmeckt hatte.

»Polly muss verschlafen haben«, sagte Miss Jessie. »Sie steht sicher gleich auf. Vermutlich war sie über die Entlassung nicht gerade glücklich, aber es ging leider nicht anders.«

»Ja, es ist eine Schande, aber für Albert und seinen Kumpel kann ich kein Mitgefühl aufbringen. Ich habe an die Behörden geschrieben, dass sie die drei abholen sollen. Es ist nicht unsere Aufgabe, sie dort abzuliefern. Und Tom Lok soll den Brief zur Post bringen. Was für ein Tag! Wenn es hier regnet, dann aber richtig.«

»Machst du bitte Feuer im Herd, Adrian? Dann ist das wenigstens erledigt, wenn Polly kommt.«

Tom Lok trat in die offene Tür. »Trockenes Holz für Feuer ist hier, Missy. In der Kiste.«

Sie schaute ihn überrascht an. »Danke, Tom.«

Er hatte es vorgezogen, so zu tun, als hätte er soeben die Kiste gefüllt, statt in Gegenwart ihres Bruders nach den Rosinen zu fragen, dem das vielleicht nicht gefallen hätte, weil er an allen Ecken sparen wollte.

»Tom, lauf zur Scheune und sag Polly, sie soll sich beeilen. Mr Pinnock wartet aufs Frühstück. Und sie soll ein paar Eier mitbringen. Der Korb ist leer.«

»Ja, Missy.« Zu dumm. Er musste zurück in sein Küchenhaus; die Männer hatten ihren Hammeleintopf sicher gegessen, würden aber bei diesem Regen nicht aufs Feld gehen. Und er musste aufpassen, dass sie ihm nichts Essbares stahlen, wenn er sie dort allein ließ.

Er sauste von Baum zu Baum, hinüber zur Scheune, wobei er bemerkte, dass Albert mit einigen Kameraden unter dem Vordach hockte und rauchte. Sie waren außer Sichtweite des Wohnhauses, sodass Mr Pinnock schon nach ihnen suchen musste, um sie ans Arbeiten zu kriegen. Er kicherte. Der Major hätte sie längst in den Regen hinausgeschickt. Er duldete keinen Unsinn. Der Major war ein anständiger, harter Boss.

Tom Lok sauste in seinen Gummistiefeln um die Ecke und stürzte in die Scheune, zischte Polly zu, sie solle aufwachen, doch in dem dämmrigen Raum rührte sich nichts.

»Aufwachen, Polly! Die sind schon da, wollen Frühstück. Missy hat Herd angemacht…«

Er hielt inne, spürte, dass etwas nicht stimmte, spähte in Pollys improvisiertes Zimmer, nickte zustimmend, als er das gemachte Bett sah. Vermutlich war sie durch die hintere Tür hinausgegangen, doch es herrschte noch immer Spannung im Raum. Er spürte ein Kitzeln im Nacken, fletschte die Zähne, wie er es immer tat, wenn er nervös wurde, und ging auf das fedrige Licht zu, das durch die offene Tür fiel. Da entdeckte er die umgestürzte Bank, dann sie! Er sah sie dort hängen, verdreht, das Kleid verrutscht, entsetzlich! Er begriff, dass Polly tot war, und rannte schreiend zu den rauchenden Männern hinaus. Einer bewarf ihn verächtlich mit einem Erdklumpen, doch dann hörten sie endlich zu. »Polly ist tot, hängt in der Scheune.«

Sie sprangen auf, eilten an ihm vorbei in die Scheune, wo Albert brüllte, warum sie das getan habe. Er weinte, als sie sie abschnitten, wollte den Grund wissen, sie aufwecken, beharrte darauf, bis ihn seine Kameraden von ihr wegzogen und ihre Leiche mit einer Decke verhüllten. Albert fragte noch immer nach dem Warum.

Tom Lok wusste Bescheid. Er nannte ihnen den Grund. Und alle wurden auf einmal höflich. Verzichteten auf Beleidigungen.

»Wieso, Tom?«, fragte Albert. »Wieso hat sie das getan?«

»Wurde entlassen. Haus braucht keine Köchin mehr.«

Albert starrte ihn an. »Sie haben was?« – »Polly rausgeworfen. Ich höre sagen. Ist wahr. Sie haben entlassen. Muss zurück in Gefängnis …«

Albert stieß einen Schrei aus, der in der Scheune widerhallte. »Das haben sie getan? Dabei wollte sie nichts anderes als hier bleiben. Himmel, sie hätte auch umsonst gearbeitet …«

Sie standen herum, murmelten Drohungen vor sich hin. »Damit dürfen sie nicht durchkommen«, sagte Old Bart.

»Keine Sorge, das werden sie nicht«, meinte Albert unter Tränen. »Bei Gott, das werden sie nicht.«

»Wir müssen aber vorsichtig sein«, gab einer zu bedenken. »Sonst schicken sie uns auch zurück.«

»Noch mehr hören«, meldete sich Tom Lok zu Wort.

»Was?«, fragte Bart geistesabwesend, er wollte Albert gerade wegführen.

»Albert auch entlassen, und noch jemand. Wieder in Gefängnis.«

Sie verharrten reglos, und Tom Lok zitterte, doch für sich selbst hätte er nicht fürchten müssen.

»Läute die Glocke!«, sagte Albert. »Läute die verdammte Glocke, Tom, so laut und lange du kannst. Sie sollen alle herkommen.«

Die Glocke erklang unablässig, und Jessie rannte zur Hintertür, um zu sehen, was vor sich ging. Adrian trat neben sie.

»Was ist da los?«

»Keine Ahnung«, meinte sie.

»Ich hole meine Jacke. Du wartest hier.«

Der Regen dünnte zu einem weichen Nebel aus, als er zur Männerunterkunft lief. Er sah die Arbeiter, die über die Koppel zur Scheune gingen, und rief nach ihnen, doch sie reagierten nicht. Er rannte ins Küchenhaus, es war leer.

Wütend und verwirrt folgte er den Männern. Vielleicht wollten sie sich nur zusammenrotten, bei diesem Regen die

Arbeit verweigern. Egal, er würde Ruhe bewahren, es hatte keinen Sinn, sich deshalb aufzuregen; bald wäre Albert, der Unruhestifter, ohnehin aus dem Weg.

Und wie erwartet stand Albert draußen vor der Scheune und hielt den Männern einen Vortrag, worauf sich ein Murren erhob.

Doch als Adrian hinzutrat, verfielen sie in Schweigen und machten ihm Platz.

»Was ist hier los?«

»Zeigt es ihm«, befahl Albert, und Bart führte ihn in die Scheune.

Er war entsetzt, als er die Leiche erblickte, wich zurück, als er ihr Gesicht sah, und wandte sich ab.

»Was ist mit ihr geschehen?« Adrian ging zur Tür.

»Ihr habt sie getötet«, schrie Albert. »Ihr habt sie getötet!«

Adrian fühlte sich von allen Seiten bedroht. »Ich? Nie im Leben! Wie ist sie gestorben, die arme Frau?«

»Sie hat sich erhängt«, rief Bart. »Sie hat sich erhängt, weil ihr sie loswerden wolltet.«

»Was?«

»Sie haben es doch gehört«, warf Albert ein. »Wollen Sie das etwa bestreiten? Wollten Sie sie loswerden? Entlassen? Zurück ins Gefängnis schicken?«

»Ja, aber …«

»Also haben Sie sie getötet.«

»Nein!«, schrie Adrian. »Hört zu, wir wollten Polly nur entlassen, weil wir uns keine Köchin mehr leisten können. Meine Schwester wollte ihr ein ausgezeichnetes Zeugnis ausstellen, damit sie eine gute Stelle …«

»Sie hat sich hier wohl gefühlt«, sagte Albert und packte Adrian am Kragen. »Sie hat sich hier wohl gefühlt, Leute, oder nicht?« Adrian riss sich los, wollte alles erklären, doch sie hoben Erdklumpen auf und bewarfen ihn damit, sodass er den Rückzug antreten musste.

Er rannte zum Haus, rief Jessie zu, sie solle sich einschließen, stürzte die Vordertreppe hinauf und taumelte tropfnass und schmutzig hinein.

»Was in aller Welt soll das?«, rief sie. »Du machst alles dreckig. Du hättest die Hintertür nehmen sollen. Schau dir das an!«

Doch Adrian knallte die Tür hinter sich zu. »Schließ ab, habe ich gesagt. Sie sind hinter mir her!«

Jessie spähte aus dem Fenster. »Wieso? Wer ist hinter dir her?«

»Die Arbeiter. Und zwar alle!«

»Stimmt doch gar nicht. Da draußen ist niemand. Was ist nur in dich gefahren? Du siehst ja furchtbar aus. Zieh die Stiefel aus und mach dich in der Waschküche sauber.«

Er ließ seine Stiefel stehen und stürmte an ihr vorbei. »Schließ ab, na los! Es ist alles deine Schuld!«

»Wie bitte?« Sie folgte ihm ins Esszimmer, wo er die Flügeltüren zuschlug, an ihnen hinabsah und wütend dagegentrat.

»Die Türen haben ja weder Schloss noch Riegel!«

»Das weiß ich. Bisher haben wir das nie gebraucht. Warum bist du so erregt?«

Adrian beachtete sie gar nicht, sondern rannte durchs Haus, um alle Türen nach draußen zu verschließen, darunter auch die Tür, die zu dem separaten Gebäude führte, in dem sich Küche, Waschküche und das winzige Schlafzimmer, in dem Jack Drew gewohnt hatte, befanden. Es war durch einen kleinen, überdachten Weg mit dem Haupthaus verbunden.

»Polly ist tot. Sie hat sich erhängt, und nun geben sie uns die Schuld.«

Entsetzt brach Jessie in Tränen aus. »Nein! Das kann nicht sein! Adrian, wie furchtbar! Sie hat sich erhängt? Das kann ich nicht glauben! Gestern Abend ging es ihr noch gut«, schluchzte Jessie.

»Du hast sie gefeuert«, sagte er wie betäubt. – »Ja, aber ich habe ihr von dem Empfehlungsschreiben erzählt, sie wirkte ganz ruhig …«

»War sie aber nicht. Sie hat sich erhängt, und dieser Mob da draußen gibt uns die Schuld.«

»Ich rede mit ihnen.«

»Das wirst du nicht tun. Wir müssen einfach warten, bis sie sich beruhigt haben, und dann Tom Lok zum Pastor der kleinen Kirche beim Laden schicken.«

»Er ist Lutheraner. Ich glaube, sie war katholisch.«

»Egal, wir holen ihn her, damit wir den Tod und die Umstände offiziell melden können. Dann kann er entscheiden, in welcher Form das Begräbnis stattfinden soll.«

Jessie saß am Ende des Tisches, zu betäubt, um zu sprechen, entsetzt, dass man ihr die Schuld an dieser Tragödie gab. Allmählich gelangte sie zu der Überzeugung, dass es stimmte. Hatte sie den Tod der armen Frau verursacht? Würde sie sich das je verzeihen?

Von tiefer Reue erfüllt rannte sie in ihr Schlafzimmer, warf sich aufs Bett und weinte bitterlich.

Sie zogen sich ins Küchenhaus zurück, wo Tom Lok in der großen Emaillekanne frischen Tee aufbrühte und Zwieback an die Männer ausgab. Noch nie hatte er die Arbeiter so niedergeschlagen erlebt.

»Die alte Polly war eine gute Frau«, klagte einer.

»Hatte ein schweres Leben.«

»Der Major sagte immer, sie sei eine gute Köchin …«

»Das war sie, bei Gott, das war sie. Was wird er sagen, wenn er nach Hause kommt und feststellt, dass sie tot ist?«

»Warum sollte ihn das interessieren?«, donnerte Albert. »Er hat doch die Verlobte, die jetzt für ihn kocht und ihm zudem sein Bett wärmt. Er hat die Pinnocks die Dreckarbeit machen lassen, während er Soldat spielt. Dabei weiß dieser Schweinehund nicht mal, wo beim Gewehr die Mündung ist.«

Die Stimmen wurden zunehmend wütender und kampfeslustiger. Die Sonne kam hervor, doch niemand dachte ans Arbeiten.

»Ich schätze, wir sollten eine Totenwache für sie halten«, schlug Albert vor. »Eine gute irische Totenwache.«

»Seid vorsichtig«, warnte Old Bart. »Pinnock wird uns melden.«

»Ich brauche nicht vorsichtig zu sein. Ich werde ja auch entlassen. Fragt Tom Lok, er hat es gehört.«

Tom nickte so enthusiastisch, dass er sein besticktes Käppchen verlor, doch diesmal lachte niemand. Sie unternahmen nicht einmal den Versuch, es wegzuschleudern.

»Wir werden uns anständig von Polly verabschieden«, versprach Albert. »Sie hatte Alkohol in der Vorratskammer. Holen wir ihn.«

»Was ist mit Mr Pinnock?«

»Er kann uns nichts anhaben, solange wir zusammenhalten. Ich wette, sie schicken uns alle zurück, und wie es aussieht, lande ich auf einem Boot nach Norfolk Island. Da kann ich ebenso gut noch einen draufmachen.«

Albert marschierte hinaus und hob einen Hammer auf, mit dem er gewichtig auf die Fensterbank schlug. »Hiermit befehle ich, dass alle an Pollys Totenwache teilnehmen, sonst erleiden sie eine Strafe von fünfzig Hieben!«

Er sah so wild aus, dass niemand sagen konnte, ob er es ernst meinte, doch die Herausforderung war ausgesprochen und der Alkohol viel zu verlockend.

Sie marschierten zur Küche und drängten sich vor der Tür, während Albert in der Vorratskammer verschwand. Kurz darauf erschien er mit einer Kiste Rotwein.

»Da drinnen ist noch mehr«, rief er triumphierend und verteilte den Wein. »Es gibt auch Whisky und eine weitere Kiste Wein.«

Er eilte wieder hinein, doch da ging die Haustür auf, und Miss Pinnock blickte sie an.

»Was machst du da, Albert?« – »Wir halten eine Totenwache für Polly«, sagte er kampflustig. »Und Sie sind nicht eingeladen.«

»Ihr stehlt aus der Vorratskammer«, sagte sie.

Er lachte. »Wie schlimm!«

»Stell den Wein bitte zurück. Er gehört dem Major.«

»Er gehört dem Major«, äffte er sie nach. »Jetzt nicht mehr. Sie haben Polly so sicher getötet, als hätten Sie selbst Hand an sie gelegt. Sie und Ihr Bruder.«

»Das haben wir nicht«, entgegnete sie ruhig. »Aber es tut mir furchtbar leid…«

Albert war mit seiner Geduld am Ende. »Das hilft ihr nicht mehr. Gehen Sie rein, sonst setzt es eine Tracht Prügel.«

Sie wollte weiterreden, als einer der Umstehenden plötzlich rief: »Sie haben ihn gehört! Gehen Sie rein, Miss, wenn Sie wissen, was gut für Sie ist!«

Dröhnendes Gelächter begleitete ihren Rückzug, und die Vorratskammer wurde ohne weitere Störungen geplündert. Die Männer zogen im Triumph zum Küchenhaus, wo die Totenwache begann. Die Flaschen wurden entkorkt und weitergereicht, zuerst der Rotwein, dann der Weißwein, dann der Schnaps, und man brachte ein Hurra auf Polly aus.

»Das war dumm, verdammt dumm«, sagte Adrian, als Jessie zurückkam. Er hatte gerade versucht, das Haus von vorn zu verbarrikadieren, als er die Stimmen aus der Küche hörte. »Dir hätte Gott weiß was zustoßen können. Tu das nie wieder.«

»Ich wollte sie nur vom Alkohol fernhalten. Es wäre furchtbar, wenn sie sich auch noch betrinken würden.«

»Wir können nichts daran ändern. Sollen sie sich den Verstand wegsaufen und umkippen. Morgen läuft alles wieder normal.«

»Meinst du?«, fragte sie nervös. »Den heutigen Tag müssen wir überstehen. Es gefällt mir gar nicht, dass sie trinken.«

»Keine Sorge, Schwesterchen, ich passe auf dich auf. Zum Glück bewahrt Kit seine übrigen Waffen in seinem Schlafzimmer auf. Ein paar Schüsse werden für Ordnung sorgen.«

Einige von ihnen kippten bald um, da sie keinen Alkohol mehr gewohnt waren; andere sangen unzüchtige und sentimentale Lieder, während Albert sich über Polly ausließ, ihren ungerechten, grausamen Tod. Er faselte von dem Transportschiff, dem Schmutz und der Erniedrigung, und die Männer knurrten zustimmend. Mehrere Gläser Whisky später wankte er durchs Küchenhaus und verfluchte die feinen Leute, die anständige Engländer wie Lastesel, wie Tiere behandelten.

»Mehr sind wir nicht für sie«, predigte er. »Lasttiere, die man zum Abdecker schickt, wenn sie zu alt zum Arbeiten sind. Beim Abdecker landen wir alle, zusammen mit dem alten Pferd da draußen! Das hat es auch bald hinter sich, doch darf es auf der Koppel sein Gnadenbrot genießen? Nein, es muss schuften, Stämme schleppen ...«

»Sie schicken uns nicht zum Abdecker, Albert, das geht doch nicht«, brabbelte jemand.

»Woher willst du das wissen? Du hast doch keine Ahnung! Halt einfach die Klappe.«

Dann stachelte er die anderen auf. »Da liegt die arme Polly, tot, und was tun wir? Nichts. Dabei waren wir ihre Kameraden. Ich glaube, wir sollten etwas unternehmen!« Er ergriff einen Blechteller und schlug damit auf den Tisch. »Ein Hurra, Leute. So laut, dass sie es hören kann!«

Und so lärmten sie mit Tellern, Eimern, Waschbecken und Brettern, während sie aus dem Küchenhaus marschierten, über den gepflasterten Hof stapften, den Krach genossen, als wären sie stolze Musiker in einer Kapelle. Sie zogen vorbei am Büro des Majors, um die Ecke und den Hügel hinauf zum Wohnhaus.

Sie überholten Albert, das konnte er nicht dulden. Er musste seinen angestammten Platz an der Spitze einnehmen. Er schob Bart beiseite, der sich prächtig amüsierte, sein Lieblingsshanty sang und mit einem Schöpflöffel auf einen Topf hämmerte.

Das Singen verwandelte sich in Johlen, als der junge Pinnock auf der Seitenveranda erschien und ihnen befahl, sich in ihre Unterkunft zu begeben. Daraufhin wurde das Johlen zu Gebrüll, und er verschwand rasch im Haus. Manche warfen Steine, um irgendetwas zu tun, denn ihnen ging allmählich die Luft aus. Weitere Steine flogen, und dann ging ein regelrechter Hagelschauer nieder, die Instrumente wurden weggeworfen, und die Arbeiter von Emerald Downs stürmten wieder und wieder auf das Haus zu, fanden Gefallen an dem neuen Sport, dem Geschrei und Applaus, wenn ein weiteres Fenster zersplitterte. Bald gab es weder Fensterscheiben noch Laternen.

Jetzt war Alberts Stunde gekommen. Jetzt nahm er Rache für das Auspeitschen, für die Jahre im Gefängnis und die noch schlimmere Zeit, die ihm bevorstand. Er rannte brüllend nach vorn, in der Hand eine Fackel aus Lumpen und Kerosin, und schleuderte sie aufs Haus, das verhasste Haus, das so viel gekostet hatte, Polly aber kein Obdach bieten konnte. Und rannte zurück, gefolgt von betrunkenen Kameraden, die lauthals ein Freudenfeuer forderten!

Da hörten sie die Schüsse aus dem Haus, achteten aber nicht darauf; die Schüsse waren nicht echt, sie gehörten zum Feuerwerk, mit dem sie ihren Trotz und ihre Auflehnung feierten!

»Ein Freudenfeuer!«, brüllten alle, und die Fackeln loderten auf, als sie auf das Haus zusegelten, und der Himmel selbst stand in Flammen.

Adrian brachte es nicht über sich, auf sie zu schießen. Er hatte gedacht, die Schüsse würden sie abschrecken, und sah nun erstaunt, dass die Arbeiter von neuem heranrückten. Er packte Jessie und eilte in die Küche, wo er mit Tom Lok zusammenstieß.

»Müssen Missy wegbringen!«, schrie der Koch. »Ich habe Pferde gesattelt, kommen schnell!«

Sie folgten ihm über die dunkle Koppel, vorbei an der Meierei bis zu einem Wäldchen, in dem die Pferde warteten.

»Schnell!«, befahl der Chinese.

»Was ist mit dir, Tom? Du musst mitkommen.«

»Nein, ist gut hier. Räume morgen auf.«

»Steig auf«, zischte Adrian seiner Schwester zu und wandte sich noch einmal an Tom. »Danke, Tom, das werde ich dir nicht vergessen.«

Sie galoppierten davon, und als sie in sicherer Entfernung waren, blieben sie stehen und betrachteten das furchtbare Schauspiel, als Kits prächtiges Haus in Flammen aufging.

»Wird er mir das je verzeihen?«, weinte Adrian, und Jessie sah ihn scharf an. Sie traute ihren Augen nicht. Sie hatte – selbst unter diesen extremen Umständen – nicht erwartet, dass ihr Bruder, der immer so selbstgerecht war, zusammenbrechen würde. Der Adrian, den sie kannte, wäre mit Ausreden und Entschuldigungen angekommen, hätte alles auf die Männer, die dort drüben Amok liefen, geschoben. Doch nun war er aufrichtig erschüttert und offenbar bereit, als Verwalter die Verantwortung für das Desaster zu übernehmen.

»*Uns* verzeihen«, korrigierte ihn Jessie. Ihr kamen nun auch die Tränen. Sie bezweifelte, dass sie sich Pollys Tod je verzeihen würde. Damit hatte sie eine Katastrophe heraufbeschworen, die Kits Zuhause und seine Träume vernichtet hatte.

»Ich wüsste nicht, wie«, meinte sie resigniert. »Ich glaube, er wird keinem von uns je verzeihen.«

Die Flammen waren erloschen, die Ruinen glommen noch. Die Männer, eben noch wild wie die Teufel, waren jetzt still und nirgendwo zu entdecken.

»Wohin reiten wir?«, fragte Jessie.

»In die Stadt. Die Pferde sind ausgeruht. Schaffst du es ohne Rast?«

»Ja.«

»Gut. Mir ist nämlich nicht danach, mit irgendjemandem zu reden. Ich möchte auf direktem Weg zur Polizei gehen und den Aufruhr und Pollys Tod melden, dann können wir uns um alles Weitere kümmern.«

Jessie war erleichtert.

Sie war so entsetzlich niedergeschlagen, dass auch sie mit niemandem darüber reden wollte. Ihre Schultern erbebten in einem neuen Weinkrampf, als die Pferde an Tempo gewannen und auf die Straße galoppierten, an deren fernem Ende Brisbane auf sie wartete.

14

Da Ferrington in seinem angegriffenen Zustand ein bisschen zusätzliche Wärme vertragen konnte, kroch er aus seinem Zelt und schleppte sich zu dem riesigen Baumstamm neben der Asche des morgendlichen Lagerfeuers.

Er hielt seine Hüfte umklammert, während er sich vorsichtig hinsetzte, und stieß einen Seufzer aus, als die Sonne durch die Bäume drang. Er hatte festgestellt, dass drei Rippen gebrochen waren, die ihm zusätzliche Schmerzen bereiteten, doch sie würden von allein heilen müssen, er konnte nur abwarten und sich möglichst gerade halten. Die Speerwunde eiterte noch, und Freeman bemühte sich, ihn regelmäßig zu verbinden, doch da es ihnen an Bandagen mangelte, musste er sie ständig waschen und in der Sonne trocknen lassen, sodass sie inzwischen hässliche Flecken trugen.

Er sorgte sich um die Männer, doch Freeman beruhigte ihn, Rapper würde bald mit ihnen zurückkehren, und dann könnten sie gemeinsam nach Brisbane reiten. Es klang plausibel, aber Kit war dennoch überaus besorgt… so viel konnte schiefgehen. Möglicherweise hatten sie das gleiche Schicksal erlitten wie die eingeborenen Polizisten. Er hoffte, dass Rapper vernünftig gewesen und nur in die Gegend geritten war, um Flagge zu zeigen. Und dass er in Bewegung geblieben war. Es war eine Sache, es mit einer kleinen Gruppe Schwarzer aufzunehmen, doch der Aufenthalt in einem Bezirk, in dem Kirk zufolge zahlreiche Stammesangehörige lebten, schien sehr viel riskanter.

Da er dieses Problem momentan nicht lösen konnte, wandte er seine Gedanken Jessie zu. So hatte er sich in den vergangenen Tagen von den Schmerzen, den Moskitos und der Schutzlosigkeit dieses kleinen, verlassenen Lagers abgelenkt. Während er an seinem Haus und der Farm arbeitete, hatte er beinahe vergessen, wie reizend sie war. Als sie dann nach Brisbane kam, hatte er sie als fremd empfunden und, das musste er zugeben, ziemlich schlecht behandelt. Er hätte niemals zulassen dürfen, dass Roxy das Pferd bekam. Das war verdammt illoyal gewesen. Dabei hatte Jessie Licht und Wärme in sein Haus gebracht, und er hatte erstaunt feststellen müssen, dass sie ihn vergötterte.

Er lächelte, hob einen Zweig auf und zerdrückte ihn in der Hand. Nicht eine Sekunde lang bereute er, mit ihr geschlafen zu haben, denn sie war ihm begierig entgegengekommen, und ihre erste gemeinsame Nacht hatte seine Liebe ein für alle Mal besiegelt. Ihr Einverständnis und die Vollkommenheit ihrer Vereinigung hatten ihn völlig überrascht, und als er sie am nächsten Morgen im Arm hielt, spürte er, dass sie etwas Seltenes und Wunderbares erlebt hatten. Kit reckte sein Gesicht der wärmenden Sonne entgegen, fühlte sich ein wenig aufgeheitert und sehnte sich nach Jessie und den guten Jahren, die vor ihnen lagen.

Wenn er denn aus dieser Klemme herauskam.

Freeman hatte die Pferde durchs Gebüsch an das Wasserloch unterhalb der Quelle geführt, schien sich aber Zeit zu lassen, was Kits Ängste von neuem schürte. Er hatte gemerkt, dass sich der Schmerz der gebrochenen Rippen legte, wenn er sich ganz ruhig verhielt, doch er wollte vorsichtshalber nachsehen, wo Freeman steckte.

Vielleicht hatte er Schwierigkeiten mit den Pferden oder war einfach eingeschlafen, was in dieser Situation äußerst gefährlich werden konnte. Sie mussten ständig auf der Hut sein.

Er rappelte sich hoch und hinkte durch das hüfthohe Gras. Der Busch war grün nach all dem Regen, was bedeutete, dass sein Vieh daheim genügend Weidegrund finden würde. Hoffentlich machte Adrian seine Sache gut. Ihm selbst kam es noch immer eigenartig vor, die Tiere einfach umherziehen zu lassen, und er war entschlossen, in neue Zäune zu investieren, sobald er es sich leisten konnte.

Ein Schrei durchdrang die Stille, Kit schoss vor, da sah er sie! Freeman setzte sich verzweifelt gegen zwei Schwarze mit Keulen zur Wehr, die drei kämpften auf den rutschigen Steinen.

Kit fluchte, weil er keine Waffe bei sich trug, und stürzte sich ins Gewühl, packte einen Mann am langen Haar und riss ihn weg, nahm ihm die Keule ab und schwang sie wild nach den Angreifern. Jede Bewegung tat so weh, dass er nur noch heftiger auf die Männer losging, als trügen sie die Schuld an seinen Verletzungen, bis sie schließlich im Busch verschwanden.

Freeman lehnte sich an einen Felsblock. »Vielen Dank, Sir. Sie kamen aus dem Nichts. Wie geht es Ihnen?«

»Mehr oder weniger gut«, meinte Kit und stützte sich auf Freeman. Ihm graute vor dem Rückweg zum Lager. »Von nun an macht keiner mehr einen Schritt ohne Waffe, verstanden? Kommen Sie, helfen Sie mir zurück ins Lager.«

In dieser Nacht taten sie kein Auge zu. Sie packten das Zelt ein und blieben am Lagerfeuer, wo sie abwechselnd Wache hielten.

»Hier können wir nicht bleiben«, meinte Kit schließlich. »Morgen früh müssen wir aufbrechen.«

»In welche Richtung?«

»Nach Hause. Wir hinterlassen eine Nachricht für Sergeant Rapper. Es ist die einzige Möglichkeit. Allein finden wir die Männer nie.«

»Tut mir leid, Sie zu wecken«, sagte Jack zu Clancy und Sutcliffe. »Aber wir müssen los. Ich habe im Osten ein Lagerfeuer entdeckt. Es könnte Ferrington sein. Das hoffe ich jedenfalls.«

Er ließ sie packen und begab sich an eine höher gelegene Stelle, von der aus er sich orientieren und die Landschaft einprägen konnte. Doch es war noch ziemlich dunkel, und das Mondlicht half auch nicht viel.

Als er gerade gehen wollte, rief eine Stimme hinter ihm: »Ich habe Nachricht für dich.«

Jack spähte in die Schatten. »Bist du das, Moorabi?«

»Ja. Ich möchte dir das Lager drüben zeigen.«

»Ich habe es bereits gesehen. Wer ist es?«

»Dein Offizier. Der andere.«

»Gut. Ich fürchtete schon, ihn nicht zu finden.«

»Es sind nur zwei in dem Lager. Die anderen sind alle in Bussamarais Land, sie sitzen in der Falle.«

»Was soll das heißen?«

Moorabi erklärte, es sei zu einem Kampf gekommen, die Soldaten seien momentan umzingelt und in Gefahr. Ilkepala mache sich große Sorgen.

Jack fuhr bei der Erwähnung des Magiers unwillkürlich zusammen. »Warum interessiert er sich dafür?«

»Er mag das Kämpfen nicht. Er will Frieden.«

»Das dürfte schwer sein«, meinte Jack achselzuckend.

»Und noch etwas. Bussamarai ist wütend, weil er den Anführer nicht gefangen hat, den Offizier, der zu ihnen gehört. Ilkepala glaubt, er sei bereit, mit dem Boss-Offizier zu reden, wenn du ihn zu ihm bringst.«

»Und wohin?«

»An die Stelle, an der du beinahe getötet wurdest. Falls du noch einmal dorthin gehst.«

»Das werde ich.«

»Du sparst Zeit, wenn ich dir den Weg zum Boss-Offizier und seinem Soldaten zeige.« Er grinste Jack an. »Wir können ihn nicht töten, bevor er seine Rolle gespielt hat.«

Jack dachte darüber nach, als er zu den anderen Männern ging, um ihnen mitzuteilen, dass sie einen Führer gefunden hatten, der zudem für sicheres Geleit bürgte. Und er fragte sich, ob er noch sicher sein würde, wenn er seine Aufgabe erfüllt hatte. Er schauderte. Jack hatte sich nie vorgemacht, er sei einer von ihnen; man tolerierte ihn lediglich, manchmal war er von Nutzen. Doch er besaß kein Totem, keine Traumzeit, keine Verpflichtungen gegenüber einem Clan.

Der Leutnant, der neben ihm ritt, stellte viele Fragen über Moorabi und war fasziniert, dass Jack seine Sprache beherrschte. Der Aufenthaltsort der Soldaten verwirrte ihn, auch dass sie sich von Major Ferrington getrennt hatten, doch Jack sagte nichts, weil er tief in Gedanken versunken war. Ihm war klar geworden, dass er auch keine Verpflichtungen Weißen gegenüber besaß, sondern ganz allein in seiner Welt war, zwar geduldet und gebraucht wurde, dass ihn aber niemand vermissen würde, falls ihm etwas zustieß.

Als sie Ferringtons Lager erreichten, waren er und sein Gefährte bereits aufgebrochen. Sie mussten sich nun darauf verlassen, dass Moorabi sie aufspürte.

»Warum sollte der Major aufbrechen, wenn seine Leute im Norden sind?«, fragte Clancy. »Da stimmt doch was nicht. Sind Sie sicher, dass der Kerl nichts im Schilde führt?«

»Nein«, meinte Jack resigniert. Er war das alles leid.

Bald fanden sie Ferrington, der ziemlich langsam nach Süden geritten war, und erfuhren nun von der Speerwunde und den gebrochenen Rippen.

»Damit sind beide Offiziere außer Gefecht«, meinte Jack. »Sie müssen in die Stadt zurückkehren.«

Doch Moorabi war anderer Meinung. »Nein. Der Boss-Offizier muss mitkommen, sagt Ilkepala!«

Jack brauchte eine Weile, um dem Major klar zu machen, dass alle seine Männer einschließlich des Sergeants belagert wurden. Daraufhin sagte Ferrington besorgt: »Natürlich gehe ich dorthin.«

»In Ihrem Zustand ist ein langer Ritt nicht ratsam«, warnte ihn Jack. »Womöglich werden Sie getötet.« Mittlerweile war ihm alles zu viel. Er hatte mit einem gemütlichen Ritt nach Montone gerechnet, bei dem sich die Schwarzen klugerweise im Hintergrund halten würden und Ferrington nicht auf eine Konfrontation aus wäre. Nun geriet alles außer Kontrolle.

»Warum haben Sie Rapper allein losziehen lassen?«, fragte er wütend.

»Weil er mit seinen Patrouillen so erfolgreich war«, entgegnete Ferrington. »Er hat den Mob aufgegriffen, der uns zuerst überfallen hatte, und fünfzehn von ihnen getötet. Am nächsten Tag stieß er auf eine weitere Gruppe in ihrem Lager, die hat er auch erwischt. Er hat seine Sache gut gemacht.«

Jack sah nervös zu Moorabi, der knurrte: »Das wissen wir selbst!«

»Aber er sagt, eure Leute hätten zuerst angegriffen«, erwiderte Jack.

Moorabi zuckte die Achseln. »Wir müssen los. Bring ihn mit. Schick die anderen weg.«

Letztlich befahl Ferrington den beiden Soldaten, den Leutnant nach Brisbane zu eskortieren, da sie keinen Proviant mehr besaßen.

»Ich gehe, aber nur, weil es ein Befehl ist«, meinte Clancy. »Sir, das ist verrückt. Vermutlich wollen die Ihren Skalp als Trophäe. Sie werden Ihren Männern nicht helfen, indem Sie sich in die Höhle des Löwen wagen. Außerdem sind Sie verwundet …«

Doch der Major war fest entschlossen. »Ich brauche Ihre Jacke, Leutnant. Meine wurde zerschnitten. Ich muss wie ein Offizier aussehen. Auf dem Rückweg melden Sie sich bitte auf meiner Farm und richten meiner Verlobten Miss Pinnock aus, dass ich sie liebe. Dafür wäre ich Ihnen sehr dankbar.«

Bussamarai war mit sich zufrieden. Er lehnte sich zurück und lauschte den Männern, denen es gelungen war, mit dem

Draht, das Wort hatten sie von Jack Drew gelernt, einen Zaun zu ziehen. Wo steckte Drew überhaupt? Nun, da Bussamarai die Schlacht gegen die richtigen Soldaten gewonnen hatte, hätte er Jack gern wissen lassen, dass er noch das Sagen hatte. Er hatte eine ganze Horde Krokodilaugen vernichtet und alle richtigen Soldaten gefangen genommen. Sie samt ihren Pferden eingezäunt. War das nicht ein Tag des Triumphes? Seine Männer feierten mit einem geschlachteten Bullen, einem der streunenden Tiere, die die Siedler zurückgelassen hatten. Nützliche Tiere, das musste er zugeben, ihr Fleisch schmeckte hervorragend und die Haut konnte man für alle möglichen Zwecke verwenden, daraus ließen sich Seile, Taschen und Schlingen für Tragebeutel herstellen.

Ilkepala trat zu der Gruppe, die am Fluss hockte, und gratulierte Bussamarai zu seinem Sieg über den Feind.

»Wir können sie in Ruhe erledigen«, sagte Nungulla. »Sie können nicht raus.«

»Es gibt keinen Grund, sie zu erledigen«, warf Ilkepala ein. »Sie sind besiegt. Wir sollten sie ohne Waffen zurückschicken, um zu beweisen, wie gnädig wir sind.«

Nungulla war die ständigen Einmischungen des alten Mannes leid. Wenn sein Zauber so gut war, wie er immer behauptete, könnte er die Weißen doch ein für alle Mal damit vertreiben.

»Warum sagst du wir, wenn du keinen Finger rührst, um uns zu helfen? Wer bist du denn, dass du uns befehlen willst? Wir treffen hier die Entscheidungen.«

»Wir?« Ilkepalas ledriges Gesicht kräuselte sich zu einem schwachen Lächeln, doch seine Augen waren hart wie Kiesel. »Wir?«, fragte er noch einmal.

»Ja. Wir haben schon zu viel Zeit an sie verschwendet. Sie haben viele unserer Krieger getötet, Kinder haben ihre Väter verloren, Frauen ihre Ehemänner, also müssen sie sterben. Wir entscheiden nur noch, auf welche Weise das geschehen soll. Und …«, er sah seine Freunde an, »wir glauben, dass die

Angehörigen der Toten die Ehre haben sollten…« Er hielt inne, weil er spürte, dass etwas nicht stimmte.

»Seit wann sprechen in diesem Stamm andere Männer für ihren Häuptling?«, fragte Bussamarai zornig, und Nungulla begriff, dass der alte Mann ihn absichtlich in diese Konfrontation getrieben hatte.

»Wir sagen nur, was wir schon wissen«, stammelte er.

»Dann weißt du nichts, denn ich habe mich noch nicht entschieden. Lass uns allein! Du hast nicht genügend Respekt, um in diesem Rat zu sitzen.«

Bussamarai litt noch unter Nungullas Vorwurf, ihm fehle es an Kampfesmut, und er war froh, dass er ihn nun loswerden konnte, bevor es weitere Auseinandersetzungen gab.

»Die Boss-Offiziere sind nicht bei ihren Soldaten«, sagte er. »Das finde ich sehr enttäuschend.«

»Einer wurde mit einem Speer getötet«, sagte ein Krieger, doch Ilkepala schüttelte den Kopf.

»Nein, nur verwundet. Der andere Mann hatte Fieber und ist zu seinen eigenen Leuten zurückgekehrt. Der verwundete Offizier heißt Major, und ich habe erfahren, dass er ein Treffen mit eurem großen Kriegerhäuptling sucht.«

Ilkepala störte es nicht, dass diese Behauptung nicht ganz der Wahrheit entsprach und der Offizier die von Moorabi überbrachte Einladung womöglich gar nicht annehmen würde. Mehr konnte er im Augenblick nicht tun. Er wusste, dass die volle Gewalt der Weißen wie ein Donnerschlag auf sie niedergehen würde, falls all diese gefangenen Soldaten massakriert würden, und niemand würde diese Vergeltung überleben. Auch benachbarte Stämme wären betroffen, die an diesem Kampf gar nicht beteiligt waren. Die Geister hatten ihn gewarnt, das hatte er in den Wolken gesehen, doch war dies ein Argument, das Bussamarai kaum überzeugen würde. Er dachte nur an seine Pflicht, wobei sein Pflichtgefühl letzthin unter dem Wissen gelitten hatte, dass ein Kampf gegen weiße Gewehre aussichtslos war. Jack Drew hatte ihn gelehrt, nicht ungedeckt auf die Schusswaffen loszustürmen, doch sie existierten nun mal, und es war an ihm, die Waffen zu überlisten. Sonst würde er noch mehr Krieger verlieren. Er war nahezu bereit, Ilkepalas Denkweise zu übernehmen, aber auch nur nahezu. Er war in diesem Moment unberechenbar, konnte ebenso gut aufstehen und Befehle erteilen, die das Ende der Soldaten bedeuteten. Sie mit Feuer herauslocken.

Feuer! Es könnte schwierig werden, da der Busch grün und noch feucht war. Vermutlich würde das Feuer nur rauchen, glimmen und verlöschen.

Bussamarai riss Ilkepala aus seinen Gedanken. »Der Boss-Offizier möchte mich treffen?«

»Ja. Er will im Namen seiner Soldaten mit dir sprechen.«

»Und wann?«

»In zwei Tagen. Er ist schon unterwegs.«

Bussamarai stieß einen Grunzlaut aus. »Bis dahin können die Soldaten schon tot sein.«

Der Magier unterdrückte ein Zucken. Da war wieder das unberechenbare Element.

»In diesem Fall wird es kein Treffen geben.«

»Er muss ja nicht davon erfahren. Wenn ich ihn fange, wäre das eine große Trophäe. Ich frage mich, was sie mir für ihn geben würden.«

»Nicht so viel, wie sie dir für all die Soldaten geben würden!«

Der Häuptling hieb mit der Faust auf den Boden. »Stimmt! Das ist ein Wort! Was würden sie mir denn geben?«

Einer der Ältesten beugte sich vor. »Aber du musst dich fragen, was sie dir geben *können*. Sie haben nichts, was du willst, außer dem Recht, auf deinem Land zu leben, und sie würden dich eher töten, als dir das zu geben.«

Ilkepala schäumte, und den Ältesten überkam plötzlich ein heftiger Zahnschmerz, der ihn stöhnend zu Boden fallen ließ.

Der Häuptling wandte sich achselzuckend an Ilkepala. »Meine Männer haben tapfer gekämpft und viel riskiert, als sie die Drähte knüpften. Sie haben Anerkennung verdient.«

»Du meinst Vergeltung?«

»Vielleicht einen kleinen Angriff? Ich denke darüber nach.«

Das tat auch Ilkepala. Er setzte sich abseits hin und meditierte, behielt sie aber im Auge. Er verfügte über eigene Waffen, wollte aber geistig vorbereitet sein, und es war schwierig, sich um zwei Dinge gleichzeitig zu kümmern.

Sein Nachdenken war nicht von Dauer; sie entwickelten bald einen Plan, der es, wie sie Ilkepala erklärten, den Angreifern erlauben würde, unsichtbar zu bleiben.

»Was ist das für ein Zauber?«, wollte er wissen, doch Bussamarai lachte.

»Kein Zauber, sondern Rauch! Wir machen Rauchwolken, um die Speerwerfer zu verbergen… du wirst schon sehen.«

Ja, dachte Ilkepala, das werde ich.

Er sah zu, wie sie den Wind prüften und feuchtes Laub unter den Bäumen sammelten. Aufregung lag in der Luft, und ein Blick ins Lager der Soldaten verriet ihm, dass alles still war, eine atemlose, erwartungsvolle Stille – dort unten wartete der Tod.

Bertie lag im Sterben. Die Kameraden fragten ständig, wie es ihm gehe, und Rapper wiederholte: »Er packt es, Bertie ist ein Kämpfer.«

»Wann wird er wieder reiten können, Sarge? Wir müssen hier raus.«

»Ihr würdet mich doch nicht hierlassen, oder?«, rief Pratt.

»Nein. Wir packen dich und dein verdammtes Bein auf deinen Klepper. Wird schon werden.«

»Aber wir sind eingesperrt.«

»Keine Sorge, wir kappen die Zäune.« – »Ihr wartet darauf, dass Bertie stirbt, oder?«

»Das kann man so nicht sagen.«

»Und ob. Er ist verloren, das wisst ihr doch. Er leidet, warum erschießt ihr den armen Kerl nicht einfach?«

»Klappe! Ich will nichts davon hören! Ich leite dieses Unternehmen, dafür werdet ihr mir noch dankbar sein.«

Dann roch er den Rauch und hörte das panische Flüstern seiner Männer. »Sie räuchern uns aus! Himmel, die braten uns! Holt den Sarge!«

Jetzt war der Augenblick gekommen, das spürte Rapper.

Genau jetzt. Drähte durchtrennen, Pferde holen und abhauen, bevor das Feuer übergriff. Doch da war Bertie. Er kroch zurück zu Pratt und sagte ihm, er solle irgendwie auf ein Pferd klettern. Sich zumindest bereithalten. Es waren keine Flammen zu sehen, nur dicke Rauchwolken.

Natürlich, der Wald war feucht nach dem Regen, das wussten die Wilden. Was aber hatten sie vor?

»In Deckung«, zischte Rapper. »Gewehre laden. Sagt es weiter. Ich glaube, sie greifen durch den Rauch an.«

»Wir hätten verschwinden sollen!«, beklagte sich ein Mann. »Oder wir verschwinden jetzt, durch den verdammten Rauch, solange es noch geht!«

»Zu spät. Sieh nur«, rief sein Freund. »Da hast du dein Feuer!«

Rapper schaute verblüfft hinüber. »Nein!« Wie hatte er sich so irren können?

Flammen loderten aus dem Rauch und schossen in einen hohen Baum hinauf! Daneben ging ein zweiter Baum in Flammen auf, dann ein dritter, das Feuer verströmte eine mörderische Hitze, die die Männer auf beiden Seiten zum raschen Rückzug zwang. Die dicken Bäume brannten wie Fackeln, erleuchteten die Umgebung, ein spektakuläres Bild, das die Umstehenden nur bestaunen konnten. Es gab keine Funken, kein einziger Ast fiel zu Boden; die knorrigen

Stämme mit über einen Meter Durchmesser wankten nicht einmal. Die Bäume brannten, aber nicht richtig; sie blieben aufrecht stehen, drei unglaubliche Fackeln, die meilenweit zu sehen waren.

»Was ist das?«, brüllte Rapper. »Brennen die Bäume nun oder nicht?«

Alle standen verwundert da. Es gab keine Asche, die Äste ragten noch stark und kräftig in den Himmel, zeichneten sich wie Scherenschnitte vor den Flammen ab.

Und dennoch brannten die drei Bäume.

»Wenn mir das jemand erzählte, hätte ich es nicht geglaubt«, sagte der Sergeant. »Ich weiß nicht, was ich davon halten soll.« Pratt rief um Hilfe, und Rapper eilte zu ihm hinüber. »Was gibt's?«

»Die Bäume, das ist doch Teufelswerk. Wir sind von Teufeln umgeben.« Er brach in Tränen aus. »Herr erlöse uns von dem Bösen, wir werden diesen nackten Satansanbetern niemals entkommen!«

Rapper stieß ihn zur Seite. Er schaute zu den Pferden, die überraschend ruhig waren. Ein Brand in ihrer Nähe hätte sie wahnsinnig machen müssen, doch sie wirkten völlig ungerührt.

Rapper schob seine Kappe zurück und kratzte sich am Kopf. Nicht die Pferde waren verschreckt, sondern seine Männer. Seltsam. Bildeten sie sich das alles nur ein? Die Pferde… bemerkten scheinbar keine brennenden Bäume.

Die Männer wichen zurück, den Blick noch immer auf die Bäume geheftet, während die Flammen allmählich erstarben. Die Bäume hatten keinen Schaden genommen. Auch Rapper war nervös, obwohl er es nicht eingestehen wollte.

»In seltsamen Ländern passieren eben seltsame Dinge«, sagte er. »Die Schwarzen sehen das vermutlich jeden Tag. Am besten, wir tun, als wäre nichts gewesen.«

»Bertie ist tot«, rief jemand.

»Hab ich doch gesagt«, warf Pratt ein. »Die Teufel haben ihn geholt, während wir abgelenkt waren.«

»Und dich holen sie auch, wenn du nicht die Klappe hältst«, knurrte Rapper. Das mit Bertie tat ihm leid und machte ihm Angst. Was nun? Ausbrechen oder abwarten? Er fragte sich, ob die Schwarzen die Bedeutung einer weißen Flagge kannten.

Ilkepala ging zu seinem eigenen Lagerfeuer, um den Geistern zu danken, die ihm bei diesem schwierigen Zauber geholfen und so den Überfall verhindert hatten, der Bussamarais schwindendes Ansehen gestärkt hätte. Doch als der Häuptling und sein Rat zu ihm kamen, dankten sie ihm demütig und baten ihn, in ihrem Namen mit den Geistern zu sprechen und die Bedeutung der feurigen Bäume zu erfragen.

»Das braucht Geduld«, erklärte er. »Setzt euch zu mir, während ich sie befrage.«

Sie warteten stundenlang, bis eine donnernde Stimme verkündete, die drei Bäume seien die Grenze zwischen zwei Welten … sie zu überschreiten sei ein endgültiger Schritt in die Welt der Weißen. Es gebe kein Zurück.

Die Zuhörer schrien angstvoll auf und starrten die Bäume an, als könnten sie jeden Augenblick wieder in Flammen aufgehen, um das neue Gesetz zu bekräftigen. Als sie sich umdrehten, war der Magier, der mächtige Freund ihres mächtigen Häuptlings, verschwunden.

Rapper hörte die Donnerstimme im Busch und wandte sich an die Männer in seiner Nähe. »Und nun? Was hat er wohl gesagt?«

»Wer?«, wollten sie wissen.

»Der Schwarze mit der lauten Stimme, der Befehle gerufen hat.«

»Ich habe niemanden Befehle rufen hören.«

»Ich auch nicht.«

»Das kann nicht sein«, entgegnete Rapper wütend. »Ich wäre beinahe taub geworden.«

»Nein, Sarge, die Baumteufel haben Ihnen einen Streich gespielt.«

Er wurde verlegen. Ging zurück zu Berties Grab und blieb zitternd davor stehen. »Ich wette, du hast die Stimme gehört, Bertie. Sie war laut genug, um Tote zu wecken!«

Dann kam ihm der Gedanke, dass diese Bäume womöglich eine Art Demarkationslinie darstellten, hinter der Niemandsland lag, und dass ihn die Stimme angewiesen hatte, auf seiner eigenen Seite zu bleiben.

Mit Geduld und gründlichem Nachdenken würde er vielleicht doch noch einen Weg aus diesem Dilemma finden. Vielleicht wollten die Wilden etwas von ihm. Es war mehr als vierundzwanzig Stunden her, seit sie angegriffen hatten. Worauf warteten sie nur?

Am Morgen kochte Tom Lok den Eintopf und knallte ihn auf den Tisch, als wäre nichts geschehen. Einige Männer taumelten herbei und bedienten sich, während andere unschlüssig herumstanden.

»Was nun?«, fragten sie sich.

»Wir müssen Polly begraben«, sagte Old Bart.

»Wir haben keine Zeit«, warfen andere ein. »Alle Farmer im Bezirk werden uns jagen. Wo ist Albert?«

»Weg. Wer kann es ihm verübeln? Immerhin hat er das Haus niedergebrannt.«

»Dann sagen wir eben, es war Albert allein.«

»Das werden sie uns nicht glauben. Sie werden behaupten, wir hätten ihn davon abhalten müssen. Ich haue auch ab. Und ihr solltet das Gleiche tun, falls ihr etwas im Kopf habt. Ab in die Berge. Sonst geht die Fahrt nach Norfolk Island!«

Old Bart schaute sich wild um. Sein Kopf hämmerte vom Alkohol. Sie hatten recht. Sollte jemand anders Polly begraben. Er kehrte in die Unterkunft zurück und rollte ein paar dünne Decken zusammen, marschierte in die Küche und ergriff einen Topf und ein Messer, Brot und ein Stück Käse. Tom Lok reichte ihm eine Feldflasche. Dann ging Bart zu den Ställen hinunter, doch die Pferde waren schon alle weg. Er schaute sich nach einem Riemen um, mit dem er sein Bündel verschnüren konnte. Sie würden niemals freie Männer sein, das wusste er. Vielleicht konnte er sich den Schwarzen anschließen, wie Jack Drew es getan hatte.

Er verließ Emerald Downs als Letzter.

Tom Lok sah ihm nach, wie er über die Felder in den Busch trottete, ins Landesinnere, und begann mit dem Saubermachen, wie er es immer tat, wenn die Arbeiter aufgebrochen waren.

Leutnant Clancy vergaß sein Versprechen nicht. Es war nicht ganz leicht, den Besitz zu finden, da es dort seiner Erinnerung nach ein Haus hätte geben sollen, ein schönes Haus auf einer Anhöhe mit Blick auf den Fluss, doch es war nichts dergleichen zu entdecken. Schließlich stießen sie auf die lange Auffahrt, die von der Straße abzweigte und ins Nichts zu führen schien. Sie folgten ihr und standen am Ende vor ausgebrannten Ruinen.

»Jesus, Maria und Josef! Sind wir hier überhaupt richtig?«

»Das muss es sein«, meinte Sutcliffe. »Ich weiß noch, dass wir auf dem Hinweg hier vorbeigekommen sind, ich erkenne die Scheune da drüben. Und da unten sind die Quartiere der Arbeiter.«

Sie ritten weiter und trafen auf einen Chinesen, der ihnen die ganze Geschichte erzählte.

»Wo ist Miss Pinnock?«, rief Clancy. »Geht es ihr gut? Allmächtiger Gott, sie haben ihr doch nichts getan, oder?«

»Nein. Ist mit Mr Pinnock weggeritten. Schnell im Dunkeln.«

»Und was machst du hier?« – »Kann nicht gut graben. Sie helfen Polly begraben?«

»Jemand ist gestorben?«

»Polly. Hat sich aufgehängt.«

Clancy war entsetzt. »Wir sollten besser auf die Polizei warten.« Tom Lok stimmte ihm zu. »Ja, warten auf Polizei, muss bald kommen.«

Clancy ritt durch die Ruinen. »Der arme Major. Das wird ihm das Herz brechen, er war so stolz auf sein Haus. Was für ein Empfang.«

Adrian brachte Jessie ins Lands Office Hotel, wo sie in ein großes, kühles Zimmer geführt wurde, und begab sich auf die Polizeiwache, wo Inspektor Kirk mit unverhohlener Begeisterung seine Aussage aufnahm. Adrian mochte Kirk nicht und spürte, dass es nicht ratsam war, diesen Burschen in die Sache hineinzuziehen, doch er war so müde, dass er nicht mehr richtig denken konnte. Um die Situation zu retten, erkundigte er sich nach Inspektor Tomkins, den er auf dem Schiff kennen gelernt hatte, doch Kirk ließ nicht locker.

»Tomkins ist am Hafen. Ich komme schon zurecht. Ich habe immer gewusst, dass Ferrington nicht mit diesen Schurken umgehen kann«, sagte er, »also ersparen Sie mir die Entschuldigungen. Es war nur eine Frage der Zeit, bevor sie meutern würden. Und sie haben das Haus niedergebrannt?«

»Das habe ich bereits zu Protokoll gegeben«, meinte Adrian steif. »Und ich will, dass diese Männer vor Gericht gestellt werden.«

»Dafür werden wir schon sorgen. Aber wo sind sie jetzt? Ich glaube nicht, dass sie auf Emerald Downs sitzen und warten, dass man sie verhaftet. Aber Sie dürften ja die Namen kennen. Weit werden sie nicht kommen. Und wie war das, die Köchin hat sich erhängt?«

»Ja.«

»Warum?«

»Keine Ahnung. Warum machen Menschen so etwas?« – »Hat sie keinen Abschiedsbrief hinterlassen?«

»Ich glaube nicht. Es herrschte solcher Tumult, als wir von ihrem Tod erfuhren, dass ich nicht danach gesucht habe.«

Kirk lehnte sich zurück. »Sie wollen mir sagen, dass Ferringtons Köchin, mit der es nie Probleme gab, sich plötzlich umgebracht hat? Ich bin dort zu Gast gewesen und würde sagen, er war sehr zufrieden mit ihrer Arbeit, nicht wahr?«

»Da stimme ich Ihnen zu. Ich möchte sogar sagen, der Major wusste sie sehr zu schätzen. Sie war eine gute Köchin.«

Der Inspektor schlug mit einem Lineal auf den Tisch. »Was ist schiefgelaufen? Sie sagen, der Major wusste ihre Dienste zu schätzen. In welcher Hinsicht? Als Köchin und Bettgefährtin?«

»Ganz sicher nicht! Wie können Sie so etwas auch nur in Betracht ziehen?«

»Ich frage ja nur, Mr Pinnock. Ihre Schwester ist mit dem Major verlobt. Das, glauben Sie mir, war selbst seinen Freunden neu. Erst kurz vor Miss Pinnocks Ankunft erwähnte er überhaupt, dass er an Heirat dachte. Nehmen wir mal an, die Köchin, Mrs Pohlman, hat es auch nicht gewusst. War Mrs Pohlman überrascht, als Ihre Schwester eintraf?«

»Ja, das war sie. Aber als Haushälterin hätte sie sicher gern gewusst, dass eine Dame als Gast erwartet wird. Leider konnte der Major es ihr nicht mitteilen, da er selbst nicht wusste, dass meine Schwester mich begleitete.«

»Und sie war überrascht?«

»Ja, aber nicht aus der Fassung gebracht.«

»Das meinen Sie. Mir scheint, Mrs Pohlman sah ihre Stellung als einzige Frau im Haus gefährdet. Ihre Schwester war keine gewöhnliche Besucherin, sondern eine Verlobte!«

Adrian geriet in Wut. »Mir gefallen Ihre Andeutungen nicht!«

»Was deute ich denn an? Dass Mrs Pohlmans Träume in sich zusammenfielen, als ihr Geliebter plötzlich eine Verlobte aus dem Hut zauberte? Genau. Nur deshalb würde sich eine gesunde Frau einfach das Leben nehmen.«

»Das ist doch keine Erklärung, sondern eine unverschämte Spekulation!«

Kirk beachtete ihn gar nicht. »Und Sie sagen, ihr Tod habe zu dem Aufstand geführt?«

»Ja. Aber ich möchte nichts mehr von irgendeinem intimen Verhältnis zwischen dem Major und Polly hören. Ich meine, die Frau war so viel älter als er und keineswegs anziehend.«

Adrian wünschte sofort, er könnte seine Worte zurücknehmen, da Kirks bleiches Gesicht alles andere als anziehend und seine Frau schlichtweg hässlich war. Polly hätte jede Schönheitskonkurrenz gegen sie gewonnen.

»Erstaunlich, dass ihr jungen Leute glaubt, ihr hättet die Schönheit für euch gepachtet«, fuhr Kirk ihn an. »Mr Pinnock, ich sage Ihnen, Ihre Schönheit übersteigt Ihren Verstand bei weitem. Mrs Pohlman, eine verstoßene Frau, erhängt sich, und die Arbeiter zetteln aus Sympathie einen Aufstand an. Und was haben Sie die ganze Zeit über getan?«

»Was soll das heißen?«

»Es gab Schusswaffen im Haus, das ist mir bekannt. Haben die Aufrührer sie an sich gebracht?«

»Nein.«

»Na bitte, Sie waren also bewaffnet. Und doch nicht in der Lage, sich zu verteidigen.«

»Ich habe es versucht, ich habe in die Luft geschossen.«

»Nicht auf die Männer?«, fragte Kirk ungläubig. »Wissen Sie denn nicht, wozu Waffen gut sind?«

»Natürlich. Aber ich dachte nicht, dass sie so weit gehen würden. Sie waren immerhin betrunken.«

»Vom Alkohol, den sie aus Ferringtons Vorrat stehlen konnten, ohne von Ihnen daran gehindert zu werden!«

»Sie hatten ihn gestohlen, bevor ich eingreifen konnte …«

»Sie haben erwartet, dass betrunkene Aufrührer, berüchtigte Verbrecher, einfach davontaumeln und ihren Rausch ausschlafen? Machen Sie es etwa so, wenn Sie ausgehen? Schlafen Sie den Rausch in Ihren eleganten Stadthäusern in Sydney aus? Lassen Sie mich Ihnen sagen, hier im Grenzland läuft das anders. Hier schießt man sofort. Ich selbst habe schlimme Erfahrungen hinter mir, meine eingeborenen Polizisten wurden von Schwarzen ermordet …«

Adrian war entsetzt. »Die Abteilung, die an Emerald Downs vorbeigekommen ist? Alle tot?«

»Bis auf einen. Ich selbst bin nur knapp mit dem Leben davongekommen, und zwar nicht mit Hilfe dieses Feiglings Ferrington, der hat sich nämlich fein aus allem herausgehalten!«

»Wo ist Major Ferrington jetzt?«

»Wer weiß? Vermutlich spaziert er noch durch die sicheren Gebiete. Aber seine Heimkehr wird äußerst interessant. Er wird eine ruinierte Farm vorfinden, danach erwartet ihn das Kriegsgericht. Ich schlage vor, Ihre Schwester sieht sich nach einem passenderen Beau um.«

»Meine Schwester geht Sie überhaupt nichts an«, entgegnete Adrian aufgebracht. »Das mit Ihren Männern tut mir aufrichtig leid, aber Ihre Haltung ist nicht tragbar. Ich führe sie auf die Erregung durch die kürzlich überstandenen Schrecken zurück und hoffe, dass Sie bald zu einer vernünftigeren Sicht der Dinge gelangen.«

Er wollte seinen Hut nehmen und gehen, doch Kirk blieb sitzen.

»Es ist meine Aufgabe, den Zwischenfall schleunigst zu überprüfen und einen Suchtrupp zusammenzustellen, der die Schurken findet, die Sie auf die Menschheit losgelassen haben. Ich bezweifle, dass Ihre Nachbarn sich vernünftig zeigen werden, Mr. Pinnock. Guten Tag.«

»Warum um alles in der Welt hast du mit Kirk gesprochen?«, rief Jessie. »Du weißt doch, dass er Kit hasst. Er ist ein abscheulicher Kerl.«

»Es ging nicht anders. Tomkins und der Superintendent waren nicht auf der Wache. Aber egal, es lief ganz geschäftsmäßig ab. Er hat die Aussage notiert und bereitet eine Suchaktion vor.« Adrian fand diese Version der unerfreulichen Unterhaltung passender, da Jessie so müde und niedergeschlagen wirkte. Sie schien über Nacht um Jahre gealtert zu sein.

»Ich glaube, du solltest zum Arzt gehen«, schlug er vor. »Er wird dir etwas zur Beruhigung geben.«

»Keinen Arzt! Adrian, wir müssen doch etwas tun. Wir können nicht einfach hiersitzen ...«

»Was denn?« Er ließ sich in einen Sessel fallen. »Ich habe der Polizei alles gesagt. Ich wüsste nicht, was ich sonst noch tun sollte.« Er stöhnte. »Jessie, ich bin einfach ratlos. Ich würde gern etwas unternehmen, den Schaden wiedergutmachen ...«

Sie weinte, und er blieb bei ihr, bis sie erschöpft eingeschlafen war. Ihm graute bei dem Gedanken, in sein eigenes Zimmer zu gehen, jemandem zu begegnen, der Fragen stellen oder ihn bemitleiden könnte. Das Schlimmste kam erst noch. Wenn erst bekannt wurde, was sich auf Major Ferringtons Farm zugetragen hatte, würde die öffentliche Neugier unerträglich werden. Man würde womöglich Kritik äußern.

Inspektor Kirks Feindseligkeit hatte ihm sein letztes Selbstvertrauen geraubt, und er blickte nervös zur Tür, zuckte bei jedem Schritt zusammen und war froh, wenn derjenige weiterging und nicht eintrat.

Sam Dignam besuchte sie als Erster. Er hatte von dem Brand auf der Farm erfahren, als er nach einer Versammlung der Vereinigung der Viehzüchter ins Büro zurückkehrte. Die

Versammlung hatte sich zu einer Feier ausgewachsen, da man aus Sydney gehört hatte, die Landvermesser seien schon dabei, die Grenzen einer neuen Kolonie nördlich von Neusüdwales zu vermessen. Die meisten Viehzüchter stammten aus den Darling Downs, und ihr Vorsitzender Reece Maykin teilte erfreut mit, ihr Bezirk werde zur neuen Kolonie gehören, deren Hauptstadt Brisbane werden solle. Sam war begeistert – eine neue Kolonie, ein neuer Gouverneur, ein neues Parlament! Nun ging es zur Sache! Aus dem Courier, der bislang nur zweimal wöchentlich erschien, könnte eine richtige Tageszeitung werden.

Als er in sein Büro kam, war der publicitysüchtige Kirk bereits verschwunden und hatte dem Redakteur, der nun aufgeregt zu Sam gelaufen kam, eine schillernde Geschichte hinterlassen.

»Hör dir das an! Die beste Story überhaupt … Eine Tragödie nach der anderen, Brisbane ist wirklich gut zu uns. Wie klingt diese Schlagzeile: *Tod, Gewalt und Leidenschaft?*«

»Plump. Worum geht es eigentlich?«

»Setz dich. Leidenschaft und Selbstmord. Brandstiftung. Himmel, ist das eine Story, Sam. Da musst du unbedingt dranbleiben.«

Sam las die Notizen und fuhr plötzlich zusammen. »Wie, Ferringtons Farm ist abgebrannt? Eine Gefangene hat sich erhängt? Das kann doch nicht wahr sein! Meine Freunde verwalten den Besitz, während er unterwegs ist.«

»Dann haben sie keine gute Arbeit geleistet. Die würde ich nicht anheuern.«

»Wo sind Adrian Pinnock und seine Schwester jetzt?«

»In der Stadt, es geht ihnen gut. Ich glaube, Inspektor Kirk sagte, sie seien im Lands Office Hotel abgestiegen.«

Sam stürzte davon, die Straße entlang und ins Hotel, wo er Miss Pinnocks Zimmernummer erfragte. Man schickte ihn auf Zimmer vier, und er rannte die Treppe hinauf und klopfte an.

Zuerst antwortete niemand, dann öffnete Adrian vorsichtig die Tür.

Sam entdeckte am Ende des Raums ein Himmelbett mit Moskitonetzen, in dem er Jessies Gestalt ausmachen konnte.

»Darf ich reinkommen?«, fragte er leise. Adrian trat achselzuckend beiseite.

»Ich höre, ihr hattet Probleme auf der Farm. Ist das wahr?«

»Ja«, sagte Adrian wie betäubt. »Das kann man… so sagen.«

»Geht es dir gut? Und Jessie auch?«

»Weiß nicht. Sie ist endlich eingeschlafen. War nahezu hysterisch…«

»Warum hast du keinen Arzt gerufen?«

»Sie wollte nichts davon hören.«

Sam schloss die Tür und führte Adrian auf den Balkon. »Du siehst fertig aus, Kumpel. Können wir trotzdem reden? Ich habe eine Story über die Ereignisse auf der Farm, möchte sie aber überprüfen. Ich halte Kirks Version für unzuverlässig.«

Adrian schauderte. »Gott steh uns bei! Wenn du dich auf sein Wort verlässt, wird es schlimm für uns enden. Alles ist schiefgelaufen, wir konnten es nicht verhindern.«

»Jemand ist gestorben. Die Köchin hat sich erhängt. Stimmt das?«

»Ja. Damit hat alles angefangen. Kirk behauptet, sie sei Ferringtons Geliebte gewesen, aber das stimmt nicht. Das ist doch Quatsch!«

»Warum hat sie sich umgebracht?«

»Woher soll ich das wissen? Sie war Köchin und Haushälterin, hat nur ihre Arbeit getan. Sie hat uns nicht ins Vertrauen gezogen.«

»Wer hat sie gefunden?«

»Keine Ahnung. Ach ja, der chinesische Koch war es.«

»Er kocht für die Arbeiter?«

»Ja.«

»Und was ist danach geschehen?« Sam hörte aufmerksam zu, als Adrian die Ereignisse der Nacht beschrieb. Es musste eine furchtbare Zeit für die beiden gewesen sein, doch er begriff noch immer nicht, wie es zu dem Aufstand gekommen war. Hatten die Männer die irische Köchin so gern gehabt, dass sie durchdrehten, weil sie sich in aller Stille erhängt hatte?

Er spürte, irgendetwas fehlte, eine Tatsache, die sie erst erfahren würden, wenn sie einen der Aufrührer ausfindig gemacht hatten. Es musste eine Erklärung geben ...

»Wer ist da?«, rief Jessie vom Bett her.

»Ich bin es«, antwortete Sam und sprang auf, um sie zu begrüßen, als sie die Spitzenvorhänge auseinanderschob und durch die Flügeltür auf den Balkon trat.

Er war entsetzt. Ihr Haar war ungebürstet, ihr Gesicht grau und die Augen rot und geschwollen vom Weinen. Sie schwankte, und er wollte sie stützen, doch sie stieß ihn weg. »Nein«, sagte sie, »lass das bitte.«

»Verzeihung«, entgegnete er und stellte sich hinter Adrians Stuhl. »Ich wollte nur sehen, wie es dir geht.«

Jessie unternahm keinen Versuch, ihr Haar aus dem Gesicht zu schieben oder Bluse und Rock glatt zu streichen. »Danke, es geht uns gut.«

Sam wandte sich an Adrian. »Kann ich etwas für euch tun?«

Doch Jessie antwortete nur: »Nein, Sam, du kannst nichts tun.« Mit diesen Worten ging sie zurück ins Schlafzimmer.

»Sie ist sehr müde«, sagte Adrian. »Wir sind die ganze Nacht durchgeritten.«

»Schon gut, ich verstehe.«

Sie gingen über den Balkon zur Außentreppe, wo Adrian plötzlich Sams Arm ergriff. »Ich bin in furchtbaren Schwierigkeiten, Sam. Ich weiß nicht, was ich tun soll. Wie kann ich Kit jemals wieder gegenübertreten? Ich hätte mir nie träumen lassen, dass alles so schiefgehen würde. Ich habe ihn gründlich im Stich gelassen, was?«

»Komm mit nach unten, ich spendiere dir ein Bier. Du kannst es vertragen. Du darfst dir nicht an allem die Schuld geben. Sei froh, dass die Schurken euch nicht angegriffen haben.«

»Sie waren zu betrunken. Ich wollte sie mit ein paar Schüssen vertreiben. Ich schwöre dir, ich hätte nie geglaubt, dass sie das Haus niederbrennen könnten. Kit war so stolz darauf. Er wird sich kein neues Haus leisten können, er ist ruiniert.«

Zu seiner Überraschung verspürte auch Sam Mitleid mit Ferrington. »Na ja, wir müssen sehen, wie wir ihm helfen können«, meinte er. Kit konnte jetzt wirklich Freunde gebrauchen. Auf ihn warteten eine Menge Schwierigkeiten, nicht zuletzt das Gesetz in Gestalt von Inspektor Kirk.

Die Tage waren jetzt milder und sonniger, die Feuchtigkeit war mit der Regenzeit verschwunden, doch Adrian sah alles nur grau in grau. Er musste intensive Befragungen durch Superintendent Grimes über sich ergehen lassen, zudem meldeten sich zahlreiche Leute bei ihm, die sich nach unbezahlten Rechnungen erkundigten oder einfach neugierig waren. Schlimmer noch, die Lokalzeitung hatte den Eindruck erweckt, Kits Farm sei eine Lasterhöhle gewesen, obwohl Sam versucht hatte, die Begeisterung seines Redakteurs für Vulgäres zu dämpfen.

Adrian sprach mit dem Zimmermann, der damals das Baumaterial geliefert und mehrere Handwerker bereitgestellt hatte, über den Abriss der Ruine und den Wiederaufbau.

»Eine Schande«, meinte der Meister, »so ein schönes Haus. Drei meiner Leute haben mit Kits Jungs da draußen gearbeitet, um ihnen die nötigen Handgriffe zu zeigen und sie auf Trab zu halten. Als ich die Baustelle überprüfte, musste ich feststellen, dass sie verdammt gute Arbeit geleistet hatten. Und dann brennen sie alles nieder. Wahnsinn! Ich sage immer, diese Sträflinge verlieren beim Transport den Verstand.«

»Also werden Sie so bald wie möglich mit dem Aufbau beginnen?«

»Leider erst, wenn die ersten Rechnungen bezahlt sind. Der Major schuldet mir über dreiundsechzig Pfund, Mr Pinnock. Wenn die bezahlt sind, bestelle ich das Bauholz. Könnte allerdings dauern. Der Major wollte das beste Zedernholz, das ist momentan knapp.«

»Bestellen Sie es trotzdem. Ich komme für seine Schulden auf. Ich treffe umgehend die nötigen Vorkehrungen.«

»Anständig von Ihnen. Bringen Sie mir das Geld, dann kümmere ich mich um den Rest.«

Adrian begab sich in die Bank of Australasia in der Albert Street und überredete den Direktor, Gelder von seinem Konto in Sydney abzubuchen. Zunächst jedoch musste er sich von Sam Dignam identifizieren lassen.

»Ich hätte es gleich nach meiner Ankunft erledigen sollen«, sagte er zu Sam. »Jedenfalls telegrafiert dieser Bursche nach Sydney, sodass ich erst in ein paar Tagen Bargeld erhalte.«

»Und jetzt? Brauchst du was?«

»Ein paar Guineas könnten nicht schaden. Wir sind übereilt aufgebrochen.«

»Warum hast du das nicht gleich gesagt? Du musst dich ja auch um Jessie kümmern. Reichen zehn Guineas fürs Erste?«

»Sicher. Komm doch mit, vielleicht kannst du Jessie ein bisschen aufheitern. Sie ist sehr niedergeschlagen.«

Jessie hasste das Zimmer. Sie hasste es, die fröhlichen Stimmen unten auf der Straße zu hören, und sie hasste den Blick auf die Dächer, die sich vor dem strahlend blauen Himmel abzeichneten. Sie wickelte sich in eine Decke und setzte sich mit dem Rücken zur Balkontür in den Lehnstuhl. Entschlossen, sich nicht von der Stelle zu rühren, bis Adrian zurückkehrte.

»Ich habe niemandem gegenüber erwähnt, dass wir Polly über ihre Entlassung informiert hatten«, warnte Adrian sie. »Es wäre nicht gerade hilfreich, wenn es bekannt wird.«

»Dass *ich* Polly gesagt habe, sie müsse gehen, meinst du wohl«, jammerte Jessie.

»Ich habe kein Wort darüber verloren. Es ist auch nicht nötig. Sie hat sich umgebracht, und viele verrückte Männer haben das als Entschuldigung genommen, um sich zu betrinken und zu randalieren, also hör jetzt auf mit diesem dramatischen Getue. Wir haben schon genug Probleme, ohne dass du auch noch die Märtyrerin spielst. Reiß dich gefälligst zusammen.«

»Wag es nicht, so mit mir zu reden! Du willst, dass ich lüge. Aber das werde ich nicht tun.«

»Und ob. Und sei bitte netter zu Sam Dignam. Ich weiß, auf dem Schiff hast du immerhin mit ihm geflirtet. Meinst du, ich bin blind? Es ist vorbei, aber das solltest du nicht an ihm auslassen. Er ist unser einziger Freund in dieser verdammten Stadt.«

Damit knallte er die Münzen auf die Frisierkommode. »Morgen kaufst du dir anständige Kleider, sonst verlasse ich dieses Hotel, und zwar allein. Die Leute fragen sich schon, wer die Frau ist, die sich wie eine Irre in ihrem Zimmer verkriecht.«

Jessie starrte die Geldstücke an. »Hast du die von Sam?«

»Ja.«

Sie sank in ihren Sessel. »O Gott, ich wünschte, ich wäre in Sydney geblieben.«

Was Adrian daran erinnerte, dass er sie so bald wie möglich dorthin zurückschicken wollte.

Inspektor Kirk rief die Menschenmenge vor der Polizeiwache dazu auf, sich freiwillig für die Suche nach den entflohenen Sträflingen von Emerald Downs zu melden. Adrian lief in die Gruppe hinein, bevor er merkte, was dort geschah. Schon war es zu spät.

»Wie wäre es denn mit Ihnen, Mr Pinnock?«, rief Kirk. »Ich vermute, Sie sind ganz wild darauf, sich uns anzuschließen. Das ist Mr Pinnock, meine Herren! Er hat das Anwesen für Major Ferrington verwaltet, als sich die Arbeiter entschlossen, einen kleinen Urlaub anzutreten.«

Dann fügte er grinsend hinzu: »Nachdem sie auf Ferringtons Kosten ein bisschen gefeiert hatten.«

Ein Mann aus der Menge hatte Einwände. »Das ist nicht komisch, Kirk. Ich bin selbst Farmer und weide mich nicht gern am Unglück anderer. Der Anfang hier draußen ist schwer genug. Wie viele Männer brauchen Sie denn?«

Superintendent Grimes trat vor und bat um zwanzig Freiwillige. »Wir müssen die Gegend um Baker's Crossing durchkämmen, aber die Flüchtigen wissen, dass sie im Gebiet der Schwarzen landen, falls sie sich zu weit hinauswagen. Die Klügeren werden wohl nach Süden geflohen sein. Inspektor Tomkins nimmt zehn Männer mit nach Baker's Crossing, und Kirk führt seine Leute auf die Straße nach Ipswich.« Dann wandte er sich an Adrian.

»Ich möchte kurz mit Ihnen reden.«

»Ja?«

»Es wäre mir lieber, wenn Sie in der Stadt blieben. Ich brauche Sie, wenn wir die Kerle herbringen, Sie müssen sie identifizieren. Es wäre nicht das erste Mal, dass ein Suchtrupp gesetzestreue Bürger verhaftet.«

»Vielen Dank«, entgegnete Adrian, »ich kann meine Schwester nämlich nicht allein lassen. Sie ist noch sehr durcheinander.«

»Gewiss. Es muss ein furchtbarer Schock für die junge Dame gewesen sein. Falls ich Ihnen helfen kann, lassen Sie es mich wissen.«

Adrian seufzte erleichtert, weil er dem Suchtrupp entgangen war, und begab sich zur Bank, um sich nach der Antwort aus Sydney zu erkundigen.

»Ja«, sagte der Direktor, »ich habe eine Antwort erhalten. Auf Ihrem Konto befindet sich kein Geld, es ist sogar überzogen.«

»Das kann nicht sein! Ich bekomme eine monatliche Zuwendung. Haben Sie auch den richtigen Namen angegeben?«

»Ganz bestimmt. Vermutlich ist es nur ein Missgeschick, nächsten Monat wird sicher der doppelte Betrag eingezahlt.«

»Aber ich kann nicht bis nächsten Monat warten. In Sydney hätte ich dieses Missverständnis sofort aufgeklärt! Könnten Sie mir fünfzig Pfund vorschießen?«

»Guter Gott, nein. Nicht ohne Sicherheiten und einen offiziellen Antrag, der ohnehin in Sydney genehmigt werden müsste…«

Seine Argumente fruchteten nicht, und Adrian stürmte wütend auf die Straße. Er würde seiner Mutter umgehend schreiben und sie bitten, ihm Geld zu schicken. Leider musste er ihr dann erklären, weshalb er und Jessie auf einmal im Hotel wohnten.

»Was für ein Durcheinander«, murmelte er und trat in die Eingangshalle des Hotels. »Sie wird sich fragen, was aus der Hochzeit wird.«

Ein Hotelangestellter sprach ihn an. »Mr Pinnock, der Postbote hat nach Ihnen gesucht. Er hat einen Brief für Miss Pinnock. Er sagt, er habe ihn tagelang mit sich herumgeschleppt. Als er schließlich nach Emerald Downs kam und die Ruinen sah, hat er ihn wieder mitgebracht…«

»Gut. Wo ist er?«

»Hier.«

Adrian brachte ihn nach oben. »Mutter hat dir geschrieben.«

»Oh, was steht denn drin?« – »Keine Ahnung, es ist dein Brief.«

Jessie öffnete ihn. »Hm, sie beordert mich nach Hause, sonst gibt es keine Hochzeit. Aufregend, was?«

Er nahm das Blatt, das sie achtlos weggeworfen hatte, las die knappen Zeilen und nickte. »Nicht gerade bester Laune. Aber eine umgehende Heimreise wäre wirklich das Beste, Jessie. Kit wird es verstehen.«

»Meinst du? Hast du das gewusst?« Sie hielt eine Zeitung hoch. »Sie ist schon mehrere Tage alt. Im Hinterland hat es Kämpfe und Todesfälle gegeben, und Kit steckt mittendrin. Ich würde ja nach Hause fahren, da er mich vermutlich gar nicht mehr sehen will, aber ich muss unbedingt wissen, ob es ihm gut geht. Ob er sicher zurückkehrt.«

»Es wird schon«, meinte Adrian ein wenig hilflos. »Sam sagt, Kit und seine Männer müssten jeden Tag eintreffen.« Er hatte die Zeitungen gesehen, Jessie aber nichts davon sagen wollen. Sam hatte ihn über die Einzelheiten informiert und gesagt, Superintendent Grimes nehme Kirk seine Version nicht so ganz ab. Sie konnten nur auf neue Nachrichten warten.

»Ich schreibe an Mutter«, fügte Adrian hinzu, »und versuche ihr zu erklären, was geschehen ist.«

Als er durch die Halle ging, freute er sich schon darauf, an Flo zu schreiben, nachdem der Brief an Blanche erledigt war. Und er fragte sich, wie es Marcus wohl ging, denn die Krankheit seines Großvaters hatte er beinahe vergessen. Er würde ihm ebenfalls schreiben.

Dann kam ihm der Gedanke, dass die Zeitungen in Sydney womöglich über die Geschehnisse hier im Norden berichten würden.

»Ich muss Sam danach fragen«, sagte er zu sich.

15

Der *Sydney Morning Herald* erschien nun täglich und konnte auf breitem Raum über die neuesten Scharmützel mit den Schwarzen im sogenannten nahen Norden berichten. Die Nordspitze der Kolonie war gute tausend Meilen von Brisbane entfernt und galt als der »ferne Norden«. Die Konfrontationen kamen nicht unerwartet, da sie den Überfällen auf Stationen wie Grosvenor und Montone folgten, nach denen man vom Gouverneur verlangt hatte, er solle Truppen zur Verteidigung der Siedler entsenden. Neu war hingegen, dass eingeborene Polizisten von wilden Schwarzen im Schlaf massakriert worden waren. Inspektor Kirk wurde als Held des Tages gefeiert, der gegen die Angreifer gekämpft hatte und vier Tage pausenlos geritten war, um zu Hause vom entsetzlichen Schicksal seiner Männer zu künden.

Marcus studierte die Berichte mit großem Interesse und dachte an die Zeiten, in denen auch das Outback von Neusüdwales gefährliches Terrain gewesen war. Dann las er, dass sich auch Militär in der Gegend befand, angeführt von Major Kit Ferrington, dem früheren Adjutanten von Gouverneur Gipps.

»Blanche!«, rief er. »Sieh dir das an! Dein zukünftiger Schwiegersohn ist wieder im Dienst! Er jagt wilde Schwarze!«

Sie eilte ins Sonnenzimmer. »Was soll das heißen, er jagt Schwarze? Es kann sich nur um eine Verwechslung handeln. Er hat doch die Farm …« Sie hielt inne. »Guter Gott! Deshalb hat er Adrian da oben gebraucht. Warum hat er das nicht erwähnt? Himmel, Marcus!«

»Vermutlich wollte er nicht, dass du dir Sorgen machst.«

»Oder er fand, es ginge mich nichts an«, fauchte sie.

»Egal, sie hatten vermutlich erwartet, er würde nur einige Tage wegbleiben, sich dort zeigen, die Schwarzen mit den Gewehren abschrecken. Aber jetzt sieht die Sache ernster aus.«

Blanche zupfte welke Blüten aus einer großen Schale mit rosa und roten Azaleen. »Meinst du, sie sind auf Emerald Downs in Gefahr?«

»Nein, es liegt zu nahe bei der Stadt. Heselwood hat mir gesagt, die Unruhestifter seien viel weiter draußen... Ich glaube, seine Station ist hundert Meilen von dort entfernt.«

»Ich kann einfach nicht glauben, dass er und Georgina einmal dort gelebt haben, jenseits der anerkannten Grenzen...«

»Aber er hatte gutes Land, ich weiß gar nicht mehr, wie groß das Anwesen war. Irgendwann werden die Schwarzen nachgeben.« Er studierte die Zeitung, als könnte er darin die Zukunft lesen. »Ich frage mich allerdings, wie der Major mit der Taktik der Schwarzen zurechtkommt.«

»Keine Ahnung, jedenfalls ist das alles sehr beunruhigend. Ich habe Jessie geschrieben, dass sie nach Hause kommen muss. Wenn ich meine Besorgungen mache, sehe ich beim Schifffahrtsbüro vorbei und erkundige mich, wann das nächste Schiff aus Brisbane einläuft.«

»Wohin willst du heute?«

»Wir nehmen den Raddampfer nach Manly. Es ist ein so schöner Tag, im Hafen wird es herrlich sein.«

Sie sammelte die welken Blätter und Blüten auf, warf sie in einen kleinen Eimer und wollte gehen, als Marcus rief: »Wer ist *wir*?«

»Mr Watkins und ich«, entgegnete sie vom Flur aus.

»Dachte ich's mir«, grinste er. »Fred umwirbt seine Schöne.«

Flo wanderte ziellos über den Circular Quay, schaute sich die Boote und Fähren an, spähte zu den kleinen Fischen hinunter, die um einen größeren, silbrig-rosa Fisch herumschwammen, der träge zwischen ihnen dahintrieb.

Die Passagiere gingen gerade an Bord der Fähre nach Manly, und Flo blieb stehen, erinnerte sich an das Picknick, das die Theatertruppe kurz nach ihrer Ankunft in Sydney auf ebendiesem Schiff genossen hatte. Es war wunderschön gewesen.

Sie sah eine elegante Dame in einem himmlischen Kleid aus rosa Organza, einen hübschen Kaschmirschal um die Schultern, die von einem vertraut wirkenden Herrn zur Pier begleitet wurde… natürlich, das war doch Mr Watkins. Guter Gott, und er bestieg die Fähre mit Mrs Pinnock! Sie drängte sich durch die Menge, um eine bessere Sicht zu haben. Kein Zweifel, es war Mrs Pinnock, Adrians Mutter. Sie fragte sich, woher Mr Watkins sie kennen mochte, doch reiche Leute kannten einander wohl immer. Und Mr Watkins war so reizend, er war gewiss ein feiner Herr.

Er verhielt sich der Dame gegenüber überaus aufmerksam, führte sie die Gangway hinauf. Sie gaben ein schönes Paar ab. Mrs Pinnock war verwitwet, kein Wunder, dass ein Mann Interesse an ihr zeigte.

Flo wünschte, sie hätte die beiden früher gesehen, dann hätte sie Mr Watkins angesprochen, der sie daraufhin mit Mrs Pinnock bekannt gemacht hätte. Und sie hätte sagen können, dass sie und Adrian gut befreundet seien, dass sie genau genommen sogar verlobt seien und er es ihr schon lange hätten sagen wollen, aber Adrian habe ja weggemusst und so weiter… Doch sie gingen an Bord, und Flo konnte sich keine Fahrkarte leisten. Eine Zufallsbegegnung an Bord schied also aus.

Die Männer zogen die Gangway ein, und die Räder kamen in Bewegung, sodass Flo allein zurückblieb. Nun würde sie Mrs Pinnock nicht kennen lernen.

Sie schlenderte davon, am Wasser entlang, über die ausgetretenen Stufen hinunter zu den schäbigen Läden und

Kneipen von The Rocks, der Heimat aller finsteren Elemente von Sydney.

Es war ein dreckiger, deprimierender Slum, doch immer voller Leben. Die meisten Einwohner standen mit dem Gesetz in Konflikt. Flo hatte The Rocks für ihr Vorhaben ausgewählt, weil es so geschäftig und überfüllt war. Sie huschte die Maple Lane entlang, bezog Position an einer Ecke vor einer düsteren Spelunke und hoffte, dass ihr einige Säufer, die hinein- und herauswankten, ein paar Pennys spendieren würden.

Wenn Flo hier bettelte, kam sie sich nicht ganz so schlecht vor. Die Polizei interessierte sich nicht für The Rocks, und für die Bewohner war Betteln alltäglich. Überall drängten sich Bettler, zerlumpte Kinder, Greisinnen und Krüppel. Flo hatte in letzter Zeit oft hier gestanden und selten weniger als drei Pence eingenommen, es lief also ganz gut … abgesehen von den Männern, die sie für eine Hure hielten und ihr Beleidigungen ins Gesicht schrien. Aber Meg Flite, die tatsächlich eine Hure war, erklärte sich bereit, sich neben sie zu stellen und die Kerle abzulenken.

Doch an diesem Morgen rief die Frau, der die Spelunke gehörte, Flo zu sich herein. Sie war nervös, denn sie fürchtete, die herrische, raue Bonnie Hunter könnte sie wegschicken. Dabei fühlte sie sich an dieser Ecke mit Meg und Bonnie im Rücken ziemlich beschützt.

»Hör mal«, sagte Bonnie und stützte sich auf eines der großen Fässer, die die Theke bildeten. »Meg sagt, du bist verlobt.«

»Stimmt.«

»Na ja, ich hatte gedacht, du mit deiner hübschen Fratze könntest das Geld im Liegen nur so scheffeln. Aber sie sagt, du willst nicht einsteigen. Also habe ich mich ein bisschen umgehört. Stimmt es, dass du mit einem Mr Adrian Pinnock verlobt bist?«

»Ja«, strahlte Flo. »Kennen Sie ihn?«

»Nicht direkt. Aber, sag mal ... bist du jemals Major Ferrington begegnet?«

»Nein, aber ich weiß, wer er ist. Adrian hat gesagt, er sei mit seiner Schwester verlobt.«

Bonnie trat zurück, die Hände in die Hüften gestützt. »Da sag mir doch einer! Mädchen, rück jetzt mit der Wahrheit heraus, sonst trete ich dir in den Hintern, dass du bis in die George Street fliegst. Bist du mit Pinnock verlobt?«

»Ja, das habe ich doch gesagt.«

»Ich sehe aber keinen Ring.«

»Er hat mir ein Haus gekauft und ... andere Sachen. Er ist weg, bei Major Ferrington ...«

Bonnie hustete. »Gib mir den Krug da drüben«, keuchte sie. »Gieß etwas Whisky hinein ... nicht aus dieser Flasche, aus der hinter dir. Und jetzt her damit!« Sie trank den Whisky, hustete und keuchte mehrere Minuten und schenkte sich nach. Den zweiten Whisky kippte sie in einem Schluck herunter.

»Alles in Ordnung?«, erkundigte sich Flo.

»Nein, keineswegs«, blaffte die Frau sie an. »Ich habe Rasiermesser im Hals. Aber egal, ich werde nicht schlau aus dir. Warum zum Teufel gehst du betteln, wenn du Pinnocks Geld im Beutel hast?«

»Das ist ja das Problem. Ich habe keine Stelle mehr, und ohne Adrian habe ich kein Geld und finde auch keine Arbeit. Es ist furchtbar, aber ich möchte ihm auch nicht deswegen schreiben; er ist so gut zu mir gewesen.«

»Himmel, Arsch und Zwirn, stell dich nicht so an! Schreib dem Schweinehund. Geh zu seiner Mama. Ich habe noch nie im Leben einen solchen Quatsch gehört.«

»Das möchte ich nicht«, entgegnete Flo steif. »Lieber gehe ich betteln.«

»Wo wohnst du?«

»In der Prince's Lane.«

»Gott, das muss ich mir ansehen. Ich bringe dich heute

Abend nach Hause. Wag es bloß nicht, einfach wegzulaufen.«

»Das ist dein Haus?«, fragte Bonnie erstaunt.

»Ja. Tut mir leid, ich habe keine Möbel mehr.«

»Das sehe ich. Aber einen kleinen Garten, wirklich hübsch.«

Bonnie rauschte durch die beiden Zimmer, wobei ihr schwarz-oranges Taftkleid das ganze Haus auszufüllen schien.

Flo fragte: »Verzeihung, Bonnie, aber warum sind Sie eigentlich hier?«

»Das sag ich dir. Weil ich kaputt bin. Krank. Und ein Arzt hat mir gesagt, dass ich noch viel kränker werde mit dem Hals. Und ich suche jemanden, der sich um mich kümmert.«

»Ach Gott, Bonnie, setzen Sie sich doch.«

»Vielen Dank.« Sie ließ sich auf dem harten Stuhl nieder. »Aber ich will kein Mitleid. Ich bin kein Fall für die Wohlfahrt. Ich bezahle dafür.«

»Sicher doch«, meinte Flo höflich.

»Ich möchte nicht in diesem Drecksloch hinter der Kneipe sterben. Ich hatte für etwas Besseres gespart, aber der Tod kommt mir zuvor.« Sie schaute sich um. »Jesus, man kann wirklich Pech haben im Leben. Aber nun hör mir zu. Willst du das Haus verkaufen?«

»Nein.«

»Du kannst aber nicht weiter betteln gehen. Was sagst du dazu, wenn ich dich dafür bezahle, dass du dich um mich kümmerst?«

»Wie eine Krankenschwester?«

Bonnie nickte. »So ähnlich. Wenn du mir das Haus nicht verkaufen möchtest, suche ich mir eins in der Nähe. Was hältst du davon?«

»In Ordnung.« Flo wusste gar nicht, was sie denken sollte.

»Gut. Und später unterhalten wir uns in Ruhe über unsere Freunde, die Gentlemen.«

Bonnie Hunter schien überall Freunde zu haben. Sie erwarb ein Haus ganz in der Nähe, das der Besitzer zunächst nicht hatte verkaufen wollen, weil er und seine Frau erst wenige Monate dort wohnten, doch irgendwie gelang es ihr, ihn zu überreden, und bald fuhr ein Wagen mit ihrem Hab und Gut vor.

Dann brachte ein Mann Möbel für Flos Haus, alle nagelneu, und ein Lebensmittelhändler lieferte Vorräte für die Küche.

»Wer führt jetzt deine Kneipe?«, fragte sie Bonnie.

»Hab sie verkauft. Jetzt darf ich mir ein bisschen Ruhe und Frieden gönnen.«

»Ja«, meinte Flo schüchtern. »Was genau soll ich tun, Bonnie?«

»Jeden Morgen herkommen, Essen machen, sauber machen, dafür bekommst du zehn Shilling die Woche.«

Einige Tage später ging Bonnie mit Flo zu ihrem Arzt in der Macquarie Street. Der freundliche alte Herr freute sich, seine Patientin so gut versorgt zu wissen.

»Nun, meine Liebe«, sagte er zu Flo, »Sie wissen, wo Sie mich finden. Ich wohne oben. Falls die Praxis geschlossen sein sollte, klingeln Sie einfach. Kommen Sie, wann immer Bonnie mich braucht.«

Flo war beeindruckt. »Was für ein netter Mann«, sagte sie, und Bonnie lachte.

»Das sollte er auch sein. Er war wegen Unzucht angeklagt, aber ich habe ausgesagt, er sei in der Nacht bei mir gewesen.«

»Wie furchtbar für den armen Mann! Gut, dass du seine Unschuld beweisen konntest.«

Bonnie hustete, als sie die Straße überquerten. »Woher kommst du gleich?«, fragte sie.

* * *

Als Blanche an diesem Abend nach Hause kam, saß Lady Georgina Heselwood mit Marcus im Wohnzimmer.

»Hallo, Georgina!«, rief sie. »Welch nette Überraschung! Hätte ich gewusst, dass du uns besuchst, wäre ich schneller nach Hause gekommen. Hoffentlich musstest du nicht zu lange warten.«

»Mach dir keine Umstände, meine Liebe. Marcus hat mich wunderbar unterhalten, er sieht besser aus denn je.«

»Das liegt an der Gesellschaft«, strahlte er. »Schöne Damen haben mir immer gutgetan. Georgina hat Neuigkeiten vom nördlichen Teil der Familie.«

»Von Jessie und Adrian?«

Georgina nickte. »Ja, mein Mann hat es vom Gouverneur erfahren. Aber keine Sorge, es geht ihnen gut.«

»Was ist denn los?«

»Immer mit der Ruhe, Blanche.«

Blanche funkelte ihren Schwiegervater an, setzte sich aber brav auf ein Sofa, die Hände auf den Knien verschränkt.

»Ihr habt sicher gehört, dass die eingeborene Polizei schwere Verluste erlitten hat, als sie von Schwarzen angegriffen wurde?«, fragte Georgina. »Anscheinend wollten Major Ferrington und seine Leute in dasselbe Gebiet, wurden aber mehrfach aufgehalten. Zuerst erkrankte sein Stellvertreter Leutnant Clancy am Fieber, dann erlitt Major Ferrington bei einem Scharmützel eine schwere Speerwunde.«

»Woher wissen die das alles?«, fragte Blanche drängend.

»Weil Clancy, der noch geschwächt war, nach Brisbane zurückgekehrt ist.«

»Was ist mit Kit?«

»Er ist noch auf Patrouille.«

»Mit einer Speerwunde?«

»Der Leutnant sagte, der Major habe selbst so entschieden. Also kann es nicht so schlimm sein.«

Blanche seufzte. »Ich bin erleichtert, aber … es könnte zu einer Infektion kommen. Er hätte umkehren sollen.«

»Da stimme ich dir zu, aber Jessie und Adrian haben auch so ihre Probleme. Wie du weißt, haben sie sich auf Emerald Downs, dem Anwesen des Majors, aufgehalten ...«

»Adrian sollte die Farm leiten«, sagte Blanche und spürte, wie ihr die Hitze in die Wangen stieg. »Und Jessie wollte sich alles ansehen. Immerhin ist es ihr künftiges Heim.«

»Da wäre ich mir nicht so sicher«, murmelte Marcus, und Blanche sah zu ihm hinüber.

»Wieso? Was ist denn?«

»Die Armen«, meinte Georgina. »Sie sind doch noch so jung. Vermutlich war ihnen nicht bewusst, was die Leitung eines solchen Besitzes mit sich bringt. Die Arbeiter waren lauter Sträflinge ...«

»Dessen bin ich mir bewusst«, entgegnete Blanche.

»Sie haben sich aufgelehnt«, platzte Marcus heraus. »Sind über den Schnaps hergefallen. Haben das Haus niedergebrannt!«

»Guter Gott!«, schrie Blanche. »Wo waren Adrian und Jessie?«

»Wie ich gehört habe, blieb ihnen nichts anderes übrig, als das Anwesen zu verlassen. Sie sind sicher in Brisbane eingetroffen.«

»Wie furchtbar! Ihnen hätte Gott weiß was zustoßen können mit diesen Verbrechern in der Nähe, ich darf gar nicht daran denken. Ferrington hätte sie nie dort allein lassen dürfen, vor allem nicht Jessie. Was haben sich die Männer eigentlich dabei gedacht?«

Sie sprachen bei einem Sherry über die schlimmen Neuigkeiten, und Georgina teilte ihnen mit, sie werde in Kürze nach Brisbane reisen.

»Ich dachte, du wolltest nie wieder dorthin«, erwiderte Blanche.

»Nach Montone. Ich habe nichts dagegen, meinen Mann nach Brisbane zu begleiten, aber nach Montone gehe ich nie wieder. Heselwood brennt darauf, wieder nach Brisbane zu kommen, er will im Zentrum des Geschehens sein. Anscheinend befindet sich der Major zurzeit auf dem Weg nach Montone, ist vielleicht sogar schon dort.«

»Aber es sind noch wilde Schwarze in der Gegend! Sie haben die eingeborenen Polizisten getötet.«

Marcus mischte sich ein. »Das waren keine ausgebildeten Soldaten. Die Schwarzen werden es nicht so einfach haben, falls sie echte Soldaten angreifen.«

»Warum *falls*?«, fragte Georgina. »Meinst du, es besteht die Chance, dass sie sich zurückziehen?«

»Kann sein. Sie haben zwar ihre Mythen und Legenden der Traumzeit, aber ich halte sie nicht für Märtyrer.«

»Hoffentlich bekommen sie die Situation in den Griff. Bei uns auf Montone lebten auch Schwarze, bis irgendwelche Hitzköpfe sie gegen uns aufhetzten. Blanche, kann ich irgendetwas für Jessie und Adrian tun?«

»Ja, das kannst du«, antwortete sie entschlossen. »Schick sie nach Hause. Und… oh, mein Gott! Was ist mit ihren Kleidern, wenn das Haus abgebrannt ist?«

Georgina erbleichte. »Das habe ich auch durchgemacht. Nachdem unser Haus niedergebrannt war, sind wir in unseren einzigen Kleidern und ohne Geld nach Brisbane geritten. Es ist ein furchtbares Gefühl, so peinlich. Vielleicht kannst du ihnen telegrafieren, dass wir unterwegs sind und uns um sie kümmern werden.«

»Wohin telegrafieren?«

»Ans Postamt. Es ist ein kleiner Ort, man wird sie finden.«

»Ich sollte besser mitkommen«, sagte Blanche, doch Marcus war dagegen.

»Sie sind keine Babys mehr. Du wärst nur im Weg. Überlass es einfach Georgina.«

Sie waren auf Montone-Gebiet. Umstrittenem Gebiet. Eigentum des Tingum-Clans, das Lord Jasin Heselwood als

Viehstation beanspruchte. Jack erinnerte sich genau. Er hätte das Haus auch blind gefunden, da er die Gegend vor dem Überfall gründlich ausgekundschaftet hatte. Dort drüben waren die blauen Hügel, hinter dem dichten Wald floss ein kleiner Bach, den die Schwarzen Warrul nannten, weil dort Bienen lebten. Er floss durch eine tiefe Rinne, die sich bis zum großen Fluss auf der anderen Talseite zog. Jack hatte sie überflutet gesehen, ein spektakulärer Anblick. Meilenweit nichts als Wasser, beinahe wie der Brisbane River. Als er in der Stadt war, hatte ihn irgendetwas am Anblick des Flusses gestört, und nun wusste er, was es war: die ganzen Häuser dicht am Ufer! Die Leute sollten besser aufpassen. Der mächtige Fluss konnte immer wieder sein Bett verlassen und sich über das Land ergießen. Zum ersten Mal begriff er, dass die Station nie ein richtiges Hochwasser erlebt hatte, so lange hatte es sie gar nicht gegeben. Dann grinste er.

»Was ist denn so amüsant?«, fragte der Major, der neben ihm ritt.

»Ich dachte nur gerade, dass das Haus vermutlich einem Hochwasser zum Opfer gefallen wäre, wenn man es nicht niedergebrannt hätte.«

»Aber du sagtest doch, es habe auf der Anhöhe da drüben gestanden.«

»Das schon, aber es hätte dennoch nicht hoch genug gelegen. Nicht in diesem Land. Die starken Regenfälle im Norden verwandeln diese Flüsse in reißende Ströme.«

Besorgt erkundigte sich der Major nach Emerald Downs. »Würde der Brisbane River dann auch über die Ufer treten?«

»Ich denke ja. In der Stadt auf jeden Fall, weil er dort so viele Biegungen macht.«

»Und bei mir draußen?«

»Wohl auch. Das Land ist nicht umsonst so grün.«

»Aber mein Haus wäre sicher?«

»Vermutlich. Ist aber schwer zu sagen.«

Er fragte Moorabi, der darüber nachdachte und dann in seiner Sprache antwortete.

»Er sagt, Ihr Haus liege hoch genug, nicht aber die so genannten anderen Häuser. Damit meint er die Unterkünfte für die Männer, die Ställe, all das.«

»Himmel«, stöhnte der Major, und Jack ritt näher heran. »Wie fühlen Sie sich? Möchten Sie noch etwas von Moorabis Medizin?«

»Die könnte ich gebrauchen.«

»Gut. Einen Moment.«

Alle drei stiegen im Schatten hoher Kiefern ab, und während Jack in seiner Blechtasse das weiße Pulver mit Wasser mischte, schaute Moorabi zum nahen Vorgebirge hinüber.

»Bussamarai wartet da drüben.«

Der Major wandte sich mit schmerzverzerrtem Gesicht zu ihm um. »Ist er der Häuptling?«

»Der große Boss«, meinte Jack. »Nehmen Sie sich vor ihm in Acht.«

»Was, glaubst du, will er von mir?«

»Keine Ahnung. Vielleicht ein bisschen Ruhm. Wir gehen dort hinauf. Schauen uns in Ruhe um.«

»Wo sind meine Männer?«

Jack übersetzte die Frage für Moorabi.

»Sie lagern in dem Gebüsch dahinten, gleich neben einem Bach. Der Busch ist dicht, daher sind sie nicht zu sehen. Und die Krieger haben sie umzingelt.«

»Zäune«, verkündete Moorabi stolz. Jack nickte.

»Ja, so kann man es wohl nennen«, meinte er lächelnd. »Kommen Sie, Major. Reden wir mit dem Boss.«

Doch Kit blieb fest. »Nein. Hilf mir aufzustehen. Ich treffe mich erst mit ihm, nachdem ich meine Männer gesehen habe.«

Doch Jack und Moorabi waren verärgert. »Keine gute Idee«, warnte ihn Drew. »Wir wollen ihn doch nicht beleidigen.«

»Zuerst will ich meine Männer sehen. Ich muss die genaue Situation kennen. Für berittene Soldaten dürfte es nicht allzu schwer sein, dort auszubrechen. Ich sehe nach ihnen, und danach treffe ich mich mit dem Häuptling.«

»Sie müssen durch den Ring der Schwarzen hindurchreiten.«

»Ich weiß. Sag Moorabi, ich fordere sicheres Geleit. Er soll vor mir herreiten.«

»Warum sollte er das tun? Er könnte selbst erschossen werden. Na gut, ich rede mit ihm. Sie machen es uns wirklich nicht leicht.«

Er besprach sich mit Moorabi, der darauf bestand, zuerst ins Lager der Schwarzen zu reiten und sich dort neue Anweisungen zu holen.

»Natürlich«, sagte der Major und ritt ins offene Gelände, wo ihn die Späher der Aborigines und, wie Jack vermutete, auch seine eigenen Leute deutlich ausmachen konnten.

Schließlich kehrte Moorabi zu Fuß zurück und bedeutete ihnen, ihm zu folgen.

»Ich glaube, wir sollten auch laufen«, meinte Jack.

»Das kannst du gern tun. Ich gehöre zur Kavallerie. Ich reite.«

Jack entschloss sich, ebenfalls auf seinem Pferd sitzen zu bleiben, was sicherer wäre, falls es zu einer Konfrontation kommen sollte. Er blickte zurück in den verwilderten Obstgarten neben den verkohlten Trümmern von Montone und wünschte, er könnte die Gegner sich selbst überlassen, weil er darauf brannte, nach seinem Gold zu suchen. Anscheinend war er als Einziger wirklich an der Station interessiert; alle anderen dachten nur daran, wie sie einander töten könnten.

Als sie ins Gebüsch vordrangen, sahen sie Bussamarais Männer beiseitetreten. Plötzlich ertönte lautes Jubelgeschrei, als die Soldaten Major Ferrington erkannten. Moorabi hob die Hand, um sie zum Schweigen zu bringen.

»Und nun?«, fragte Jack. Dann entdeckte er den groben Drahtzaun. »Verdammt, Major, sehen Sie mal.«

»Ich sehe es sehr wohl«, entgegnete Ferrington wütend. »Sergeant Rapper! Bitte melden. Wie ist die Lage bei Ihnen?«

»Drei Tote, Sir. Ein Verletzter. Alle anderen einsatzbereit.«

»Aufsitzen.«

»Ja, Sir!«

»Guter Mann«, sagte Ferrington zu Jack. »Stellt keine unnötigen Fragen.«

»Was haben Sie vor? Was hat es für einen Sinn, hier aufzusitzen?«

»Ich gehe auf Nummer sicher«, sagte der Major und wendete sein Pferd. Dann rief er Rapper zu: »Beim Pfiff hintereinander aufreihen!«

Jack starrte ihn an. »Was? Sie wollen im Busch exerzieren?«

»Nein, ich möchte nur die Chancen ein wenig ausgleichen. Jetzt ist der beste Zeitpunkt, die Belagerer sind abgelenkt.« Er stieß einen schrillen Pfiff aus und galoppierte los, zurück ins offene Gelände, worauf ihm Rappers Reiter in einer langen Reihe durch eine schmale Stelle zwischen zwei Bäumen folgten. Vermutlich hatte Rapper einen Draht durchtrennt. Die Reiter donnerten an Jack vorbei und bildeten eine Reihe hinter Ferrington, bevor sie in Trab fielen.

Moorabi war entsetzt, Jack hatte ein flaues Gefühl im Magen.

»Jetzt sind wir dran. Der Idiot hat alles versaut.«

Er hörte, dass Ferrington etwas rief, und Rapper wiederholte den Befehl. Hoffentlich war das nicht das Signal zum Angriff, doch nichts geschah. Die Aborigines tauchten auf, die Waffen bereit, und vor ihren Augen begannen zwanzig Reiter zu exerzieren. Zuerst trabten sie in zwei Reihen vorwärts, bildeten verschiedene Formationen, ritten eine saubere Acht, wechselten im Zickzack die Position, bewegten sich paarweise auf den Major zu, der Befehle brüllte und mit den Armen wedelte wie ein Dirigent, und bogen kurz von ihm auseinander.

Jack schaute verblüfft zu, bis er merkte, dass ihm das Schauspiel gefiel. Die Soldaten waren gut, verdammt gut… vermutlich hatten sie außer Exerzieren nicht viel zu tun, wenn sie in ihren Kaserne in Sydney hockten.

Er sah sich um und stellte fest, dass auch die Schwarzen, die ein gutes *Korrobori* über alles liebten, die Vorstellung genossen. Er schlenderte mit Moorabi um den improvisierten Paradeplatz herum, bis sie plötzlich vor Bussamarai standen. Doch das war nicht der erzürnte Häuptling, mit dem sie gerechnet hatten, sondern ein faszinierter Zuschauer, der das Spektakel mit breitem Grinsen betrachtete.

Er nahm Jack kaum zur Kenntnis, schlug ihm nur beiläufig auf den Rücken und wandte sich wieder den Reitern zu. Als sie fertig waren, kehrte Bussamarais Argwohn zurück, Hunderte von Speeren richteten sich auf, aber der Major hatte seine Männer in zwei Reihen antreten lassen, vor ihnen der Sergeant, er selbst an der Spitze. Zu Jacks Erleichterung steckten ihre Gewehre noch im Halfter. Ferrington stieg steif vom Pferd, ergriff seinen Säbel und legte ihn auf den Boden.

Dann stimmte Rapper ein »Hipp, hipp, hurra!« an, und Jack begriff, was sie vorhatten.

»Sie ehren dich«, sagte Jack nachdrücklich zu Bussamarai. »Sie haben die Pferde dir zu Ehren tanzen lassen und bringen drei Hurrarufe auf dich aus. Das ist ihr Geschenk.«

Als das letzte Hurra verklungen war, nickte Bussamarai erfreut. Er ging auf und ab, hielt sich weiter fern von den Soldaten, warf ihnen aber neugierige Blicke zu. Dann klatschte er in die Hände und wandte sich an Jack.

»Hol den Boss-Offizier her.«

Und da fiel Jacks Blick auf den glitzernden Stein, der zwischen den riesigen Zähnen prangte, die der Häuptling als Kopfputz trug. Er wich zurück, deutete stotternd darauf, und Bussamarai verstand, dass Jack den gelben Stein als das erkannt hatte, wonach er immer gesucht hatte. Er lachte dröhnend. Bog sich vor Vergnügen.

»Du willst auch einen, was? Ich habe den Besten, was? Bussamarai kann dich sogar bei der Goldsuche schlagen.«

»Hast du noch mehr?«

»Nein.« Der Häuptling entfernte sich und rief Moorabi zu, er solle den Boss-Offizier zu ihm bringen.

»Was ist mit den Soldaten?«, fragte Moorabi, doch der Häuptling hatte vorübergehend das Interesse an ihnen verloren. Er wischte die Frage beiseite, dann fiel ihm noch etwas ein.

»Sag ihnen, wir wollen nachher noch einmal die Pferde tanzen sehen. Gutes *Korrobori.*«

»Woher hast du das Gold?«, fragte Jack und wollte ihm nach, doch sein alter Freund schritt davon und bedeutete ihm damit, dass dies nicht der richtige Zeitpunkt für Fragen sei.

Der Major trat wankend vor, auf einen Stock gestützt, den Jack für ihn gesucht hatte, doch Bussamarai reagierte nicht auf die Verletzung seines Gegenübers. Enttäuscht sah Jack, dass der Häuptling seinen Kopfputz samt Goldnugget abgenommen hatte und sein dickes, drahtiges Haar mit einem geflochtenen Band schlicht nach hinten gebunden trug.

»Ich glaube, es ist Sitte, dass man die Verwundung eines anderen nicht zur Kenntnis nimmt«, erklärte Jack.

Ferrington nickte. »Verstehe, eine Frage des Protokolls. Welche Rolle muss ich spielen?«

»Haltung bewahren. Er will Sie auf die Probe stellen. Moorabi wird Ihnen etwas zu trinken bringen. Kippen Sie es rasch herunter, dann fühlen Sie sich besser.«

»Aber er darf nicht die Oberhand gewinnen. Ich habe auch ein Protokoll, an das ich mich halten muss.«

»Vergessen Sie es. Sie sind schon einmal nur knapp davongekommen. Versuchen Sie es nicht noch mal.«

Er würde schon dafür sorgen, dachte Jack bei sich, als er Ferrington half, sich in die erste Reihe eines kleinen, natürlichen Amphitheaters zu setzen, in dem häufig *Korroboris* abgehalten wurden. »Ich werde dolmetschen.«

Schon waren die Aborigine-Tänzer dabei, sich für die Geschichte, die sie vortragen wollten, zu bemalen. Essen wurde gekocht und von den Frauen herumgereicht, von denen sich viele an Jack erinnerten und ihm Leckerbissen brachten, die er mit einem unwilligen Major Ferrington teilte. Jack wies ihn darauf hin, dass es unhöflich sei, Schlange oder Raupe abzulehnen, was allerdings nicht der Wahrheit entsprach. Kein Schwarzer war je gekränkt gewesen, wenn Jack unbekanntes Essen abgelehnt hatte, was häufig vorgekommen war, bis er sich an ihren Speiseplan gewöhnt hatte.

Rapper und seine Männer, die hinter ihnen saßen, aßen alles auf und warteten ruhig auf das, was Jack ihnen als »Konzert« angekündigt hatte.

Bei Einbruch der Dämmerung tauchten weitere Aborigines auf und nahmen jenseits des Feuers Platz. Jack stellte fest, dass die Weißen nun deutlich in der Minderzahl waren, und beugte sich zu Ferrington.

»Sie sollten Ihr Protokoll richtig hinkriegen, Kumpel.«

Für die Musik sorgten ein einziges Didgeridoo, Schlagstöcke und Sänger, und der Tanz dauerte Stunden, wobei das Publikum zu beiden Seiten lautstark Beifall klatschte. Plötzlich war das *Korrobori* vorbei, die Feuer verloschen, die Dunkelheit wirkte auf einmal unheimlich.

»Was nun?«, fragte Rapper leise, doch niemand antwortete.

Dann entdeckte Jack, dass Bussamarai aufgestanden war und ihn zu sich winkte. Er deutete fragend auf Ferrington, und der Häuptling nickte. Sie sollten beide in sein *gunyah* kommen, eine große Hütte, die mit Rinde gedeckt war. Zu Jacks Erleichterung würden sie nur zu dritt sein. Bisher hatte er damit gerechnet, dass sie es mit Bussamarai und seinem gesamten Ältestenrat zu tun haben würden, was die Sache kompliziert hätte, da bei derartigen Versammlungen so viele verschiedene Meinungen vorgebracht wurden.

Schließlich saßen sie Bussamarai im Gras gegenüber, der sofort eine Tirade über Weiße anstimmte, die sich unbefugt auf seinem Land aufhielten, und Jack war nicht in der Lage, seinen wütenden Anschuldigungen Einhalt zu gebieten. Ferrington hörte sich alles ruhig und gelassen an, ohne den Aborigine zu unterbrechen.

»Sag ihm, er hat in allem recht. Und ich entschuldige mich.«

Bussamarai, der mit einem Streit gerechnet hatte, wirkte überrascht. Er beugte sich vor und funkelte den Major argwöhnisch an.

»Dann geht weg. Weg von hier!«, rief er.

»Mit Eurer Erlaubnis, Sir, werden wir das auch tun«, entgegnete Ferrington ruhig, und Jack zog erstaunt die Augenbrauen hoch. Er gab die ehrerbietige Bemerkung gern weiter.

Bussamarai wusste sehr wohl, dass die Soldaten zwar in der Unterzahl, dafür aber mit Gewehren bewaffnet waren, nahm das Kompliment aber gern entgegen.

»Warum sitzen wir dann hier?«, fragte er.

»Weil ich keinen Krieg will und Ihr wohl auch nicht. Doch nach mir werden Siedler kommen, ob es Euch gefällt oder nicht. Sie sind so unvermeidlich wie der Regen.«

Jack übersetzte, und Bussamarai saß ganz still da, das dunkle Gesicht reglos wie Bronze, und dann zählte er alle Clans auf, die in dieser Gegend lebten oder gelebt hatten, und die Stämme, aus denen die große Nation bestand. Er erhob sich und deutete auf die Orientierungspunkte, die noch aus der Traumzeit stammten, erzählte ihre Entstehungsgeschichte aus Vorzeiten, in denen noch die riesigen Tiere und Vögel durch dieses Land gezogen waren, Eidechsen groß wie Bäume und Vögel, neben denen die Emus winzig wirkten.

Jack kannte das meiste schon und übersetzte mühelos. Der Major war fasziniert.

»Wunderbare Geschichten«, sagte er zu Jack. »Die musst du aufschreiben, wenn wir zu Hause sind. Ich bin sicher, dass Leute, die prähistorische Vögel und Tiere erforschen, alles dafür geben würden, noch mehr darüber zu erfahren.«

»Der Offizier findet, er habe nie bessere Geschichten als deine gehört«, sagte Jack, worauf Bussamarai ernst nickte.

Wieder kam er auf die Probleme zu sprechen, bis auch Ferrington auf seine frühere Antwort zurückgriff.

»Die Siedler werden kommen. Es ist traurig für Euer Volk. Aber sie werden kommen, das ist so unvermeidlich wie der Regen.«

Bussamarai sprang auf und ging davon, drehte sich um und bat Jack zu sich.

»Sag mir, Jack Drew, werden all diese Weißen kommen, egal ob wir kämpfen oder nicht? Spricht er wirklich die Wahrheit?«

Jack nickte betrübt, und Bussamarai ergriff seinen Arm. »Ich habe mir gewünscht, dass der Offizier lügt, dass er von Hoffnung spricht, aber das kann er wohl nicht.«

»Dann ist er jetzt am Zug. Biete ihm Friedensverhandlungen an.«

Und so wurde das Gespräch wieder aufgenommen, doch der Major wurde zusehends schwächer. »Bitte ihn um Erlaubnis, dass ich mich zurückziehen darf, Jack. Ich glaube, wir haben ausreichend guten Willen bewiesen, um die Feindseligkeiten fürs Erste zu beenden. Mehr kann ich nicht tun. Nun liegt es an beiden Seiten, den Frieden zu wahren.«

Nachdem er die Erlaubnis erhalten hatte, verkündete Ferrington, er werde am Morgen mit seinen Leuten abziehen, und Bussamarai nickte zustimmend.

In der Morgendämmerung ritt Jack rasch zu den Ruinen von Montone hinüber. Er sprang vom Pferd, eilte durch den verwilderten Obstgarten und blieb stehen, um sich zu erinnern, an welcher Stelle er in das weitläufige Haus eingedrungen war. Durch die Hintertür.

Der Hühnerstall stand noch, und er schauderte. Der große Hof zwischen Stall und Haus war ein Schlachtfeld gewesen. Er war über das gefährlich ungeschützte Gelände gelaufen, hatte beinahe vor Angst aufgeschrien, als die Leute von drinnen das Feuer eröffneten. Der Hof war ihm unendlich groß erschienen, und obwohl er die Szene verdrängt hatte, sah er nun wieder die verstreuten Leichen, die von Schüssen niedergemäht worden waren, und eine Frau mit eingeschlagenem Schädel, die neben einem Schwarzen mit blutbeflecktem Kriegsbeil lag. Opfer und Angreifer waren Seite an Seite gestorben.

Er zog den Hut in die Stirn, als wollte er die grauenhaften Bilder verdecken, und trat zwischen die Ruinen, über verkohlte Balken, ging durch graue Asche und konzentrierte sich auf diesen Abschnitt, der einmal ein Flur gewesen sein musste.

Er stocherte mit einem Stock herum, kam an ehemaligen Türöffnungen vorbei, in diesem Zimmer hatte er die weiße Frau entdeckt! Die Frau im Hof hatte er nicht retten können, doch dieser hatte er helfen wollen … hatte sie versteckt und die Schwarzen weitergedrängt, weg von ihr … und dann kam das Nichts.

Irgendwo hier musste es passiert sein. Er suchte sorgfältig, zuerst in dem kleinen Bereich, in dem er hingefallen sein musste, und zog dann immer weitere Kreise; dann fiel ihm ein, dass er seinen Geldgürtel womöglich verloren hatte, als sie ihn aus dem brennenden Haus trugen. Aber in welche Richtung waren sie mit ihm gegangen? Hatte er den Gürtel im Haus verloren oder erst draußen? Die Schwarzen hatten sich gewiss nicht für seinen Gürtel interessiert.

Letztlich musste er einsehen, dass es keinen Sinn hatte. Er hatte stundenlang gesucht, aber es gab keinen Gürtel, wahrscheinlich war er im Feuer zu Asche verbrannt. Alles war weg.

Du hast insgeheim gewusst, dass er nicht hier ist, schalt er sich. Die Viehhüter waren zurückgekehrt, um nach den Tieren zu sehen, und hatten dabei überall nach Wertgegenständen gesucht, die sie aus den Trümmern retten konnten. Gewiss hatte jemand die Nuggets gefunden; wenn das Feuer nicht einmal das ganze Holz verbrannt hatte, war sein Gold vermutlich gänzlich unversehrt geblieben.

Er marschierte nach vorn vors Haus, wo Rosen ums Überleben kämpften, weiter ins offene Gelände und rief zum Haus hinüber. »Wer hat mein verdammtes Gold gestohlen?«

Ein Echo war die einzige Antwort.

Neidisch dachte er an Bussamarais Nugget, das viel größer war als seine Fundstücke, und fragte sich, ob er es irgendwie bekommen könnte. Danach fragen? Wohl kaum, das wäre zu respektlos. Feilschen? Womit? Konnte er fragen, woher das Gold stammte? Auch nicht, die Lage war noch zu heikel. Egal, er könnte später wiederkommen und mit Bussamarai darüber reden, der sich gewiss über ihn lustig machen würde.

Als er ins Lager zurückkam, fand er den Major aufbruchbereit vor. »Dein Freund Moorabi hat mir eine honigähnliche Salbe gegeben, die ich auf die Wunde auftragen soll. Sie schützt wohl vor Infektionen«, sagte er, und Jack musste grinsen.

»Ihr Geruch kam mir schon so bekannt vor.«

»Vielen Dank, es riecht scheußlich, tut aber gut. Sergeant Rapper hat mich wie eine Mumie bandagiert. Wir haben noch einen Morgendrill für den Häuptling dargeboten, der sich gefreut hat wie ein Kind. Und jetzt brechen wir auf.«

Jack sah ihnen nach und ritt auf den Hügel, um sich von Bussamarai zu verabschieden. Der Häuptling trug keinen Kopfputz, von dem Nugget war nichts zu entdecken. Jack seufzte und gab seinem alten Freund die Hand.

»Es ist Zeit für mich.« – »Ja. Wieder trennen wir uns.« Bussamarai wünschte Jack ein langes Leben und viele Kinder.

»Erst muss ich eine Frau finden«, meinte dieser lachend. »Viel zu bieten habe ich ja nicht.«

Bussamarai sah ihn überrascht an. »Unsere Mädchen haben sich nie beklagt«, meinte er grinsend.

Ilkepala sah sie beieinander stehen, zwei gute Männer, die zusammen lachten, und freute sich über seine Voraussicht, mit der er Jack Drew aus dem Feuer gerettet hatte. Er hatte geglaubt, Bussamarai werde sich vielleicht von seinem Gold trennen, aber es war nicht geschehen. Hauptsache, sie schieden als Freunde, ein Trost für den Weißen, dem, wie der Magier wusste, stürmische Zeiten bevorstanden. Ilkepala hätte ihn gern gewarnt, vielleicht konnten ihm die Geister helfen. Der weiße Mann verdiente seinen Dank.

16

So etwas war genau nach Rollo Kirks Geschmack ... ein Suchtrupp aus einheimischen Männern, die wie er die Jagd genossen. Sie würden die besiedelten Bezirke durchkämmen, in denen ihnen zivilisierte Menschen Obdach und Nahrung boten. Die Sträflinge, die für Ferrington arbeiteten, waren alte Hasen, und nur völlige Idioten würden ins Landesinnere nach Baker's Grossing ziehen; alle anderen wussten, dass ihre einzige Chance im Süden lag.

»Wir kriegen sie, Leute«, prahlte er. »Wir reiten die Straße nach Ipswich entlang, durchsuchen die Stadt, und falls wir bis dahin nicht alle haben, jagen wir sie in den Ebenen. Aufsitzen, und denkt dran, es sind verzweifelte Burschen, allesamt Verbrecher, also aufgepasst.«

Er erkannte die Aufregung in ihren Augen. Die meisten waren jung und abenteuerlustig, sie rückten ihre Gewehre zurecht und trugen die Hüte verwegen schief. Die Gruppe ritt auf die Straße hinaus.

»Augen auf!«, rief Kirk. »Wir nehmen jeden Unbekannten fest, der sich auf der Straße, den Feldern oder in Häusern befindet. Durchsucht alles und jeden!«

Binnen einer Stunde fingen sie zwei Flüchtige, die gerade über ein gepflügtes Feld trabten. Der Farmer war nicht gerade erfreut über die Reiter, die seine Saat zertrampelten, bis er erfuhr, dass es sich bei den Fremden um gefährliche Sträflinge handelte. Daraufhin zeigte er sich sehr hilfsbereit. Die Gefangenen wurden an einen Baum gekettet und würden dort warten müssen, bis der Suchtrupp sie auf dem Rückweg abholte.

Obwohl sie Farmen und Feldwege durchkämmten, war ihnen kein weiterer Erfolg beschieden. Sie erfuhren allerdings, welche Stadtbewohner zur gesetzlosen Sorte gehörten und Kriminellen womöglich Unterschlupf bieten würden. Sie ritten nach Ipswich und suchten umgehend ein großes Haus am Ende einer abgelegenen Straße auf.

Hunde bellten und Frauen kreischten, als sie das Haus umstellten und in die Luft feuerten, bevor Rollo im Namen des Gesetzes verkündete, dass alle Bewohner augenblicklich das Haus zu verlassen hätten.

Frauen, Kinder und Dienstboten eilten heraus, angeführt von einem hochgewachsenen, erzürnten Herrn, der sich als Bürgermeister von Ipswich vorstellte und erklärte, er werde sie wegen Hausfriedensbruchs belangen.

Nachdem sich Inspektor Kirk gebührend entschuldigt hatte, rief der Bürgermeister seine eigenen Polizisten herbei und ließ sie die Suche durchführen, während er Kirk und seine Leute der Stadt verwies. Kleinlaut zogen sie ins Kohlerevier, wo sie einen weiteren Mann stellten. Er machte sich verdächtig, als er beim Anblick von Kirks schwarzer Polizeiuniform die Flucht ergreifen wollte.

Es handelte sich allerdings um einen gewöhnlichen Dieb, der sich wochenlang an den Schächten und Büros herumgetrieben hatte, und die Bergleute waren sehr erfreut, dass er nun endlich hinter Schloss und Riegel kam. Sie brachten ihn ins örtliche Gefängnis, und da einige Arbeiter ihre Schicht soeben beendet hatten, zogen alle ins nächste Pub, wo sie Kirk und seinen Leuten eine Runde Bier spendierten.

Danach fiel es Kirk schwer, seine Leute zusammenzutrommeln, da sie die Gesellschaft der Bergleute genossen, doch schließlich konnte er alle bis auf zwei an ihre Pflicht gemahnen. Diese winkten fröhlich von der Theke herüber und versprachen, später zu ihnen zu stoßen, doch der Inspektor war insgeheim froh, sie los zu sein, da sie die Suche ohnehin nicht ernst nahmen.

Sie ritten eine Straße entlang, als sie einen Mann entdeckten, der sich hinter einem riesigen Feigenkaktus versteckte, konnten ihm aber nicht folgen, weil sie mit den Pferden nicht zwischen den stacheligen Kakteen hindurchkamen. Also stiegen die Männer ab und setzten die Jagd zu Fuß fort.

Kirk lief auf den Burschen zu, rief, er solle stehen bleiben, und der Mann warf einen flüchtigen Blick über die Schulter, bevor er abtauchte.

»Das ist Minchin!«, rief der Inspektor. »Albert Minchin. Einer von ihnen!« Er war so aufgeregt, dass sich seine Stimme beinahe überschlug, worauf ihre Beute das Tempo noch steigerte.

»Verteilt euch! Kreist ihn ein! Fangt ihn, er ist der Anführer!«

Kirk zog sein Gewehr hervor und feuerte, dann ertönte eine ganze Salve, als die anderen seinem Beispiel folgten.

»Da vorn!«, rief jemand. »Er läuft in den dichten Wald!«

Die Jäger achteten mehr auf die gefährlichen Stacheln der Feigenkakteen als auf Minchin, der offensichtlich zu verzweifelt war, um sich um Kratzwunden zu scheren, und schon in das schützende Wäldchen gelangt war. Ein Verfolger stürzte ihm blind hinterher.

Doch Albert hatte auf ihn gewartet. Er schlug ihn mit einem schweren Stock zu Boden, packte sein Gewehr und ließ sich neben dem Bewusstlosen ins hohe Gras fallen. Er prüfte, ob die Waffe geladen war, und erschoss damit den nächsten Mann, der auf ihn zugerannt kam. Er seufzte genüsslich. Er feuerte noch einmal, stürzte vor, packte die Waffe des Toten und gab einen weiteren Schuss auf einen Verfolger ab, der sich ducken wollte, doch Albert traf, hörte ihn schreien. Er hatte ihn ins Bein getroffen.

»Das ist nur ein Vorgeschmack, ihr Schweine!«, brüllte er. »Wenn ihr euch in meine Nähe wagt, seid ihr tot!«

Als der bewusstlose Mann sich regte, erschoss Albert auch ihn. Er beugte sich vor, um nachzuladen.

Die Händler, die nach Emerald Downs kamen, hatten immer behauptet, der Busch am Fuße des Plateaus, das hoch nach Toowoomba führte, sei ein Treffpunkt für Gesetzlose, und als der Postbote ihnen von dem Sträfling erzählt hatte, der im Fluss ertrunken war, hatte Albert insgeheim an dessen Tod gezweifelt. Er vermutete, dass Harvey es mit Hilfe von Jack Drew durch den Fluss geschafft hatte und von dort aus nach Ipswich und ins Land der Gesetzlosen gelangt war.

Und Albert war beinahe dort! Ohne seine Verfolger hätte er es bereits geschafft. Möglich war es noch immer, denn eines stand fest: Sie würden ihn nicht mehr ins Gefängnis bekommen, schon gar nicht in die Hölle von Norfolk Island.

Zufrieden untersuchte er die Waffen. Die eine war ein besonders schönes Exemplar, ganz modern, die andere befand er für zu alt und zerschlug sie. Er drehte die Leiche um, zog dem Toten die braune Tweedjacke aus, die ihn an den jungen Pinnock erinnerte, der wie ein Lord über die Farm stolziert war.

Er spähte in das gedämpfte Licht, das hier im Wald herrschte. Die Bäume verströmten einen frischen Duft. Von den Jägern war nichts zu sehen. Sie riefen zu ihren Kameraden hinüber, ob alles in Ordnung sei. Sollten sie doch kommen, wenn sie sich trauten.

Er zog die Jacke an, strich über den feinen Stoff. »Wirklich nett«, sagte er. Dann zog er sich weiter in den Wald zurück, jeder Schritt würde ihn näher an das sichere Gebiet bringen. Er hatte gehört, man könne die Klippen gar nicht übersehen; sie ragten steil aus der Ebene empor, und er hatte sie schon in der Ferne ausmachen können.

Stimmen erklangen, besorgt um ihre Kameraden, und er feuerte einen weiteren Schuss ab, um sie zu beschäftigen, denn ihm war eine gute Idee gekommen.

Albert schlich davon, doch statt wie geplant ins Hochland zu laufen, beschrieb er einen Halbkreis. Er hielt sich von den

Stimmen fern und entdeckte schließlich die Pferde, die angebunden, aber unbewacht auf ihre Reiter warteten.

Er sprang auf das erstbeste und ließ die anderen frei, dann galoppierte er geradewegs auf die Straße, die zum Hochplateau führte.

Inspektor Kirk war wütend, weil Minchin seinem Suchtrupp entwischt war und zudem ein Pferd gestohlen hatte. Alle waren entsetzt und fassungslos, weil zwei Männer ihr Leben verloren hatten. Es war aber auch dumm von Mick Devine gewesen, einfach in den Wald zu rennen. Das hier war doch keine Kängurujagd.

Jedenfalls mussten sie die Leichen nach Ipswich und den Verletzten zum Arzt bringen, damit dieser sein Bein versorgte. Dann erklärte Kirk seinen Leuten, dass die Jagd von nun an ernst würde.

»Meint ihr etwa, wir halten hier ein Picknick ab?«, fragte er zornig. »Falsch gedacht. Ihr habt Kameraden verloren! Wir suchen nach einem Verbrecher, einem Mörder, kapiert das endlich. Der Weg da vorn führt durch Cunningham's Gap, und die Polizei sagt, wenn er es bis oben schafft, wird sie ihn dort abfangen, aber er dürfte sich wohl eher im Vorgebirge verstecken. Dort werden wir suchen. Ich drehe jeden Stein um, und wenn wir eine Woche hierbleiben müssen.«

Die Männer knurrten zustimmend. Jubelrufe erklangen nicht mehr. Jetzt waren sie entschlossen, Minchin zu finden, tot oder lebendig. Denn ihnen war eingefallen, dass Minchin eine lebenslange Strafe absitzen sollte, weil er in einem Wutanfall seinen Bruder getötet hatte, und nur wegen guter Führung auf Bewährung freigekommen war.

Eines hatte Kirk von den eingeborenen Polizisten gelernt – nach Lagerfeuern Ausschau zu halten. Sie hatten das unebene Gelände den ganzen Nachmittag über vergeblich durchkämmt, doch Kirk hatte auf die Dunkelheit gewartet und entdeckte nun prompt zwei kleine Feuer. Nicht dass Minchin eines anzünden würde, da er allein und ohne Proviant war, aber andere würden ihm vielleicht helfen oder für ihre Bande anheuern.

Diesmal bewegten sie sich vorsichtig und leise durchs Dickicht, näherten sich dem ersten Feuer und überraschten drei Männer, die völlig ungerührt am Boden saßen.

»Aufstehen, im Namen des Gesetzes!«, rief Kirk ihnen mit vorgehaltener Waffe zu. Sie erhoben sich und blickten die Eindringlinge neugierig an.

»Was können wir für Sie tun, meine Herren?«, fragte ein schlaksiger Typ.

»Beiseite treten, während wir das Lager durchsuchen.«

»Da gibt es nicht viel zu sehen, Kumpel. In der Kuhle unter dem Rand der Klippe liegt Schlafzeug, da haben wir unsere Vorräte, und in der Höhle nebenan wohnt eine Million Fledermäuse.«

»Wir suchen einen flüchtigen Verbrecher namens Albert Minchin. Ein gefährlicher Mann, ein Mörder. Habt ihr ihn gesehen?«

»Nie von ihm gehört«, meinte der Schlaksige und zündete seine Pfeife an. »Wen hat er denn ermordet?«

»Einige unserer Männer«, knurrte Kirk, »also komm mir jetzt nicht auf die schlaue Tour. Er treibt sich irgendwo in der Gegend herum. Wer ihn versteckt, wird mit ihm zusammen angeklagt, ihr habt also noch eine Chance. Ich frage noch einmal, habt ihr heute ihn oder einen anderen Fremden gesehen?«

»Nein. Wir sind gern unter uns. Fremde mögen wir nicht.«

Kirk wusste, es wäre Zeitverschwendung gewesen, nach ihren Namen zu fragen, daher hielt er sich einfach in ihrer Nähe, während seine Männer die Umgebung absuchten.

Sie fanden niemanden, und der Inspektor befahl, zu den Pferden zurückzukehren und zu dem anderen Lagerfeuer zu reiten. Sie waren schon ein Stück weit geritten, als ein junger Viehhüter namens Mitch ihn am Ärmel zupfte.

»Drehen Sie sich nicht um, Boss, aber die hatten unseren Mann bei sich.«

»Woher weißt du das? Konntest du ihn sehen?«

»Er stand auf einem Sims oberhalb der improvisierten Schlafhütte.«

»Warum hast du ihn dir nicht geschnappt?«

»Ging nicht, er war zu weit oben. Ich wollte schon die Waffe auf ihn richten und ihm befehlen herunterzukommen...«

Kirk tobte. »Warum hast du ihn nicht einfach erschossen? Himmel, er hat deine Freunde getötet, ohne mit der Wimper zu zucken.«

»Weil ich dachte, wir sollten leise umkehren«, sagte Mitch. »Ich will das Schwein hängen sehen.«

Zwei Männer liefen betont lärmend zu den Pferden, während Kirk und drei andere im Dunkeln warteten, bis sie Gelächter und eine neue Stimme hörten.

»Das ist er«, flüsterte Kirk eindringlich. »Das ist er, ich erkenne die Stimme.«

Sie stürmten los, stießen die anderen beiseite und griffen nach dem Neuankömmling. Mitch schlug ihn zu Boden und schlang ein Seil um seinen Hals, während die Gewehre auf Alberts Gefährten gerichtet waren.

»Euch drei sollte ich auch mitnehmen«, verkündete Kirk, obwohl er das keineswegs vorhatte; mit fünf Männern konnte er unmöglich vier Gefangene bewältigen. »Aber für diesmal lasse ich euch noch laufen. Und ihr solltet wissen, dass ich der Polizei in Ipswich Meldung erstatte.«

Er ging zu Minchin und drehte ihn zu sich herum. Dann hielt er inne. »Das ist er nicht!«, brüllte er. »Das ist... verdammt, der angeblich verstorbene Harry Harvey! Der bei Baker's Crossing ertrunken sein soll. Na los, Harry, hast du deine Zunge verschluckt?«

Minchin war vergessen, Kirk jubelte. Was für ein Fang! Er hatte von Anfang an recht gehabt.

»Ich habe nie daran geglaubt, dass du ertrunken bist, Harry, nicht eine Sekunde lang. Und Jack Drew glaube ich schon gar nicht. Ist er ein Freund von dir? Ihr seid aus demselben Holz geschnitzt. Der ist auch dran, wenn ich erst wieder in Brisbane bin.«

Sie fesselten Harry und schleiften ihn den Weg entlang. »Für dich geht es ab nach Norfolk Island, Harry«, sagte er zuckersüß. »Vielleicht komme ich dich sogar mal besuchen. Mal sehen, wie es dir so geht.«

Harvey schwieg. Er reagierte nur, wenn er angesprochen wurde, und dann sehr höflich. Er hörte, wie sich Kirks Männer beschwerten, als dieser die Suche abblies und nach Ipswich zurückritt. Harry war im Entkommen geübt. Er ließ sich keine Gelegenheit entgehen, und diesmal war es wirklich dringend. Er war den Strapazen dieser Insel körperlich nicht gewachsen; er musste Acht geben und die erstbeste Chance nutzen.

Sein Freund Scarpy erfuhr es zwei Tage später von einem der Männer, die die Verhaftung miterlebt hatten.

»Was für ein Pech. Harry ist über den Klippenrand auf diesen Sims gerutscht, wo ihn nur ein Adler erspäht hätte, aber dann sind sie zurückgekommen. Suchten nach einem anderen Kerl, der Leute von ihrem Suchtrupp erschossen hatte. Die Polizisten laufen wie aufgescheuchte Hühner in der Stadt herum, weil sich der Bursche noch immer im Bezirk aufhält. Sie haben sein Pferd gefunden, und bis nach oben auf das Plateau hat er es auch nicht geschafft, sonst hätten sie ihn dort geschnappt. Sie suchen den ganzen Berg nach ihm ab.«

»Warum?«

»Wegen der Belohnung. Hundert Pfund!«

»Wieso haben sie dann Harry verhaftet? Was werfen sie ihm vor?«

»Dass er nicht tot ist! Der Polizist hat ihn erkannt. Und sich gefreut wie ein Schneekönig. Sagte, er habe gewusst, dass Harry nicht ertrunken sei, ein Freund habe ihm durch den Fluss geholfen.«

»Hat Harry dessen Namen erwähnt?«

»Er nicht, aber der Polizist. Jack Sowieso. Den will er sich auch noch holen.«

»Tatsächlich?«, fragte Scarpy nachdenklich.

Wie erwartet fanden sie Albert Minchins Pferd. Er hatte es allein den steilen Pfad entlangtraben lassen, um den Suchtrupp von sich abzulenken. Dann hatte er nach oben geblickt und tief Luft geholt. Der einzige Pfad war eine Falle, die er unbedingt vermeiden musste, sodass ihm nichts anderes übrig blieb, als die Klippen zu erklimmen. Albert wusste, es würde nicht leicht werden, da es überall dichtes Unterholz und verborgene Rinnen, wenn nicht sogar Schluchten, gab, doch er musste unbedingt eine neue Route ausprobieren. Er war entschlossen, das Plateau zu erreichen.

Danach wäre es leichter. Er war bewaffnet, eine gute Voraussetzung. Albert hatte lange Jahre über diverse Fluchtwege nachgedacht, und als er nun durch ein Brombeerdickicht stolperte, kramte er den besten Plan hervor.

Oben angekommen würde er einen weiten Bogen um die Stadt machen, ein Pferd stehlen und abhauen. So weit nach Süden wie möglich. Dann würde er sich mit der Waffe Nahrung, Geld und weitere Waffen besorgen. Die Farmer konnte er bestechen, damit sie ihn nicht verrieten.

Albert war im Begriff, ein echter Buschräuber zu werden. Niemand würde jemals wieder mit ihm streiten oder ihm Befehle erteilen. In den Gefängnissen erzählte man sich Legenden über die Buschräuber, die schwer zu fangen waren, weil sie oftmals Geschäfte oder Banken ausraubten, die mehrere hundert Meilen voneinander entfernt lagen, und danach in ihre Verstecke in den Bergen abtauchten.

Zwei Tage später erreichte er das flache Hochplateau.

Seine Kleider hingen ihm in Fetzen vom Leib, doch das Gewehr war unversehrt. Er versteckte sich bis zur Dämmerung im Busch. Er war kurz vor dem Verhungern, weigerte sich aber, seinen Plan zu ändern. Zuerst brauchte er das Pferd.

Inspektor Kirk war mit vier Flüchtlingen und Harry Harvey nach Brisbane zurückgekehrt. Andere hatte man auf Farmen hinter Baker's Crossing gefangen, während Old Bart, der offenkundig einen Herzinfarkt erlitten hatte, tot neben einer Straße aufgefunden wurde.

Der Rest hatte sich wohl unter die Goldsucher gemischt, die in die Wildnis hinauszogen.

»Da draußen werden sie nicht lange durchhalten«, hieß es, und niemand kümmerte sich sonderlich um ihr Schicksal. Das Gefängnis war ohnehin schon voller Gefangener, die darauf warteten, dem Richter vorgeführt zu werden.

Kirk verschwendete keine Zeit und berichtete dem *Courier* umgehend von Harry Harveys Verhaftung. Er prahlte, er habe versprochen, ihn zu fangen, obwohl sich niemand an dieses Versprechen erinnern konnte. Aber es war eine gute Story, in der ein vermeintlich toter Verbrecher zum Leben erwachte, und sie fügte sich nahtlos in Kirks Forderung, Jack Drew auf den Zahn zu fühlen.

»Der Mann hat was zu verbergen«, sagte Kirk zu dem Redakteur. »Wie oft muss ich Ihnen das noch sagen? Wir wissen, dass er Harvey bei der Flucht geholfen hat, und das allein ist schon ein Verbrechen.«

Harry Harvey war einer der wenigen Gefangenen, die lesen konnten, und erfuhr zu seiner Zufriedenheit aus der Zeitung, dass er wieder berühmt war. Sein Name tauchte gleich viermal darin auf. Die Mithäftlinge waren beeindruckt.

Er grübelte auch darüber nach, wie Jack Drew in die Story

gelangt war, und erinnerte sich an Scarpys Geschichte von dem berühmten Straßenräuber Jack Wodrow, bei dem es sich eventuell um denselben Mann handelte.

»Ich glaube, Kirk hat ihn auf dem Kieker«, murmelte er. »Und wo steckt dieser Herr? Warum hat man ihn nicht längst verhaftet? Komische Sache.«

Harry, der immer geradewegs aufs Ziel losmarschierte, bat um ein Gespräch mit Inspektor Kirk, der mit einem Würstchen in der Hand vor das vergitterte Fenster trat.

Beim Anblick des Burschen mit dem fettverschmierten Gesicht hätte Harry beinahe seine Meinung geändert, doch da ihm Norfolk Island mit seinen Folterkammern drohte, besann er sich eines Besseren.

»Was willst du?«, grunzte Kirk. »Hast du es so eilig, auf die Insel zu kommen?«

»Nein, Sir. Ich habe über Sie in der Zeitung gelesen. Wie ich höre, wird darin häufig von Ihren Abenteuern berichtet.«

»Das kann man so sagen«, gestand Kirk ihm zu und aß das Würstchen auf.

»Ein Wunder, dass man noch kein Buch über Sie geschrieben hat, dann wären Sie noch berühmter.«

Kirk schaute ihn interessiert an.

»Ja, daran habe ich auch schon gedacht«, log er. »Was willst du eigentlich von mir?«

»Ich? Ich wusste nicht, dass Sie schon auf die Idee mit dem Buch gekommen sind. Aber das sollten Sie wirklich machen, Sir, und ich könnte Ihnen dabei helfen.«

»Warum solltest du das tun?«

Harry lachte. »Damit Sie mich darin erwähnen. Ich möchte auch berühmt werden.«

»Ach, komm schon.« Kirk wollte gehen, doch Harry rief ihm nach: »Ich habe mir überlegt, Inspektor, dass Sie mehr Bücher verkaufen und obendrein befördert würden, wenn Sie einen richtig dicken Fisch an die Angel kriegten.«

Kirk nickte argwöhnisch, hörte aber zu. »Welchen dicken Fisch, Harvey? Damit meinst du wohl kaum dich selbst.«

»Haben Sie je den Namen Wodrow gehört?«

»Nein.«

»In der alten Heimat ist er ganz schön berühmt.«

»Als was? Spuck es aus, Harvey, was willst du von mir?«

»Es geht eher darum, was ich nicht will. Bewahren Sie mich vor Norfolk Island, und ich liefere Ihnen den dicken Fisch.«

»Wen? Diesen Niemand Wodrow? Vergiss es.«

Er wollte gehen, doch Harry gab nicht auf.

»Er ist berühmt, ehrlich. Ein Straßenräuber, einer der ganz Großen. Und Sie könnten ihn schnappen. Wenn die Polizei in England davon hört, schicken sie glatt ihre Leute her.«

»Schön, dann kannst du ihnen ja deine Geschichte auftischen.« Mit diesen Worten schlenderte Kirk davon.

Doch die Sache ließ ihm keine Ruhe. Wenn Harvey nun wirklich etwas wusste? Er fragte Grimes, ob ihm der Name etwas sage, und erhielt zu seiner Überraschung eine Bestätigung.

»Ja, Hector Wodrow. Er war kürzlich hier. Der arme Kerl ist mit der *Arabella* untergegangen.«

»Ende der Geschichte. Angeblich soll er in der alten Heimat ein berühmter Straßenräuber gewesen sein.«

Grimes schüttelte den Kopf. »Das glaube ich nicht. Ich hab ihn mal kurz gesehen, der war kein Straßenräuber.« Er wandte sich an Tomkins: »Rollo hier scheint Wodrow für einen Straßenräuber zu halten. Sah mir eher wie ein Prediger aus.«

Kirk bemerkte Tomkins' aufflackerndes Interesse, Misstrauen keimte in ihm auf.

»Nein, er war nicht der Typ dafür«, sagte Tomkins. »Er suchte hier seinen Bruder, angeblich ein reicher Viehzüchter, fand ihn aber nicht. Ich dachte, der Bruder könnte vielleicht

Jack Wodrow sein. Mein Freund Fred Watkins sagt, er werde noch immer gesucht. Da er einen Mord begangen hat, ist seine Strafe nicht verjährt. Wissen Sie, wo der Bruder steckt, Rollo?«

»Nein. Jemand muss seinen Namen auf der Passagierliste der *Arabella* gelesen und sich an ihn erinnert haben.«

»Wer war das denn?«

»Hab ich vergessen. Es war in irgendeiner Kneipe. Nichts Wichtiges.« Er eilte aus der Wache und betrat das Pub gegenüber.

»Nichts Wichtiges«, bemerkte Grimes ätzend, »aber er erinnert sich an den Namen und fragt uns danach.«

Wodrow existierte also, dachte der Inspektor und kippte einen billigen Whisky herunter. Und wo steckte er? Tomkins wusste es vermutlich. Er würde sich ebenso sehr wie er selbst für Harveys Aussage interessieren. Wie aber sollte er dem durchtriebenen Kerl sein ganzes Wissen entlocken?

Er ging zurück zum Gefängnis und ließ Harvey in eine Einzelzelle neben dem Haupteingang führen. »Womöglich könnte es einen Burschen namens Wodrow geben, der in dein Bild passt«, sagte er. »Womöglich. Wo ist dein Mann?«

Harvey lehnte sich zurück. »Wo ist der Beweis, dass ich nicht nach Norfolk geschickt werde?«

»Erzähl mir ein bisschen mehr über ihn. Wo ist Wodrow jetzt?«

»Hab ich Ihnen doch gesagt. Eine Hand wäscht die andere.«

»Moment, ich meine, ist er noch im Land? Sonst hat das alles keinen Sinn.«

»Ja, er ist hier.«

»Und wird noch immer gesucht?«

»Das wissen Sie, sonst wären Sie nicht hier. War eine rasche Kehrtwende, Inspektor. Was haben Sie denn auf die Schnelle herausgefunden?«

»Egal, ich rede mit dem Richter, wenn du mir Wodrows Aufenthaltsort nennst.«

»Geht nicht, tut mir leid.«

»Ich mache kein Geschäft, bevor ich sicher weiß, dass es derselbe Kerl ist. Wurde er deportiert?«

»Mag sein. Reden Sie mit dem Richter.«

Sosehr es ihm auch missfiel, sich Tomkins anzuvertrauen und vielleicht die Hälfte des Ruhms an ihn zu verlieren, brauchte Rollo doch weitere Informationen.

»Ich habe den Typen aus der Kneipe aufgetrieben, da Sie sich so für diesen Wodrow interessieren. Viel konnte er mir nicht sagen. Ich wüsste gern, ob dieser Straßenräuber hierherdeportiert wurde.«

»Laut den Akten nicht. Falls er im Land ist, muss er aus eigenen Stücken hergekommen sein. Das würde zu Hector Wodrows Suche passen. Wir vermuten, er könnte sich hier mit seinem illegal erworbenen Reichtum zur Ruhe gesetzt haben.«

»Ist er ein reicher Mann?«

»Schwer zu sagen. Im Übrigen stimmt an dieser Theorie eines nicht. Hector hat über die Zeitung nach Jack Wodrow gesucht. Wäre sein Bruder ein bekannter Verbrecher, hätte er das wohl kaum gewagt. Vielleicht sind wir völlig auf dem Holzweg.«

»Wann hat man in England zuletzt von ihm gehört?«

»Vor zehn Jahren.«

Das nahm Rollo den Wind aus den Segeln. »Vor zehn Jahren? Himmel, wer interessiert sich denn nach so langer Zeit noch für ihn?«

»Das Gesetz.«

»Na, ich weiß nicht«, murmelte Kirk. Später jedoch verfasste er einen neuen Bericht über Harvey und behauptete, er sei »gehorsam und ohne Widerstand« mitgekommen, als man ihn verhaftete, und arbeite konstruktiv mit der Polizei an der Auffindung weiterer Krimineller. Er empfahl eine milde Beurteilung und betonte die Notwendigkeit, Harvey im Gefängnis von Brisbane zu belassen, damit er für weitere Verhöre zur Verfügung stehe. Den Bericht brachte Kirk umgehend zum Urkundsbeamten des Gerichts und holte das ursprüngliche Dokument wieder ab, das zum Glück noch niemand gelesen hatte.

Wen interessierte es denn, in welchem Gefängnis Harvey landete? Dann fiel ihm wieder die aufregende Idee mit dem Buch ein. Das wäre vielleicht eine Sache! Er würde mit seiner Frau darüber sprechen. Sie war gebildet und würde wissen, wie man so etwas anstellte. Kirk hüpfte geradezu die Treppe vor dem Gerichtsgebäude hinunter und begab sich wieder zum Gefängnis.

Im Gerichtssaal war es drückend, der Richter nicht gerade bester Laune.

»Allmählich müsste die Regenzeit doch vorüber sein«, beklagte er sich bei seinem Protokollbeamten, »hier drinnen ist es wie im Dampfbad.«

»Ja, die Schauer wollen einfach nicht abziehen, Sir«, meinte der Beamte.

»Sie haben schon letzte Woche gesagt, der Regen sei vorbei.« Brummend wandte sich der Richter seinen Unterlagen zu, schaute ins Publikum und murmelte etwas über muffigfeuchte Gerüche in seinen Bart.

Nacheinander wurden zwölf Sträflinge aufgerufen und rasch abgeurteilt, die alle auf Emerald Downs gearbeitet hatten. Man bezichtigte sie der Brandstiftung und der Flucht vor dem Gesetz.

»Worauf plädieren Sie?«, wurden alle gefragt, und der Richter wartete kaum ihr »nicht schuldig« ab, bevor er mit seinem Hammer auf das Pult schlug und jeden einzelnen Unglücklichen zu lebenslanger Haft auf Norfolk Island verurteilte.

»Das können Sie nicht tun!«, rief ein Schurke namens Lennie Hobbs. »Ich und Laddie hatten gar nichts damit zu tun. Albert hat das Haus abgefackelt, nicht wir.«

Man schleifte ihn davon, während er noch weiterbrüllte. Er konnte von Glück sagen, dass er nicht auch zu Peitschenhieben verurteilt wurde, doch der Richter wollte den stickigen Raum so schnell wie möglich verlassen.

»Worauf plädieren Sie?«, fragte er den Nächsten.

»Nicht schuldig, Euer Ehren.«

Wieder ging der Hammer nieder, das Urteil war fast ausgesprochen, als der Gefangene protestierte und der Protokollbeamte aufsprang und zu einer Erklärung ansetzte.

»Das ist keiner von denen, Sir. Er heißt Harold Harvey. Sie werden bemerken…«, er verfiel in Flüstern, »dass er nichts mit Emerald Downs zu tun hatte. Er zeigt Reue und arbeitet mit der Polizei daran, mehrere bekannte Verbrecher aufzuspüren.«

Der Richter blickte den Burschen an, der sich wieder beruhigt hatte. »Ich sollte Sie wegen Missachtung des Gerichts belangen, Harvey. Halten Sie den Mund, während ich mir das hier ansehe.«

Er schaute auf die Seiten, drehte und wendete sie, als könnten die Rückseiten lebenswichtige Informationen enthalten, atmete die faulige Luft ein und traf seine Entscheidung.

»Die Strafe wird um sechs Monate verlängert, abzusitzen im Gefängnis von Brisbane. Der Nächste.«

Alle Augen richteten sich jetzt auf die Angeklagte, die der eigentliche Grund für den großen Publikumszulauf war. Olivia Fernwood war eine junge Frau mit üppigen, dunklen Locken und einem hübschen Gesicht, die ihren Arbeitgeber Jancy Cribb in den Fluss gestoßen und auf diese Weise ertränkt haben sollte.

Der Richter lächelte, als ihre blauen Augen ihn flehentlich anblickten.

»Wo ist er?«, sagte Kirk und packte den Gefangenen, als man ihn in Ketten zur Hintertür brachte. Harry lachte.

»Sie sind vielleicht ein Spürhund! Sie sollten besser Acht geben, Kirk, Sie hatten ihn doch schon.«

»Wen?«

»Wodrow. Sie hatten ihn genau vor der Nase. Ein gewisser Jack Drew!«

»Woher weißt du das?« Rollo konnte sein Glück kaum fassen.

»Einer seiner alten Kumpel hat's mir verraten.«

»Der Mann hat mir nie gefallen«, murmelte Kirk im Gehen. Keiner der Männer dankte dem anderen für den Gefallen, das Geschäft war abgeschlossen, es gab nichts mehr zu sagen. Und Harry besaß schon genügend belastende Informationen über einen Gefängniswärter, mit denen er sich beizeiten seine Freiheit erkaufen würde.

Nachdem die Soldaten einen Tag geritten waren, was Ferrington schon stark erschöpft hatte, sahen sie zu ihrem Erstaunen ein Fuhrwerk, das ihnen entgegengeholpert kam.

Das alte Paar, das darin saß, begrüßte Sergeant Rapper herzlich und erkundigte sich nach dem Weg zu den Goldfeldern.

»Welche Goldfelder?«

»Irgendwo da draußen, das weiß doch jeder.«

Rapper grinste. »Glauben Sie mir, wenn ich von Goldfeldern wüsste, würde ich Sie gern hinbringen.«

Die anderen Soldaten sammelten sich um das Fuhrwerk und wollten die Leute zur Umkehr überreden, doch Rapper fand schließlich die Lösung.

»Hiermit beschlagnahme ich Ihren Wagen. Unser befehlshabender Offizier wurde in einem Scharmützel mit Schwarzen verwundet und muss in die Stadt transportiert werden. Außerdem hat sich einer meiner Männer das Bein gebrochen. Sie kommen gerade richtig, Sie können beide mitnehmen.«

»Ich sehe keinen Offizier«, widersprach der alte Mann. »Und ich kehre für niemanden um.«

»Er wird bald kommen. Das Reiten fällt ihm schwer …«

»Sie können Ihrem Offizier und dem Soldaten sagen, dass wir sie mitnehmen«, rief nun die Frau. »Ich fahre nicht weiter, Corky. Hast du nicht gehört, was der Sergeant gesagt hat? Der Offizier wurde von Schwarzen verwundet! Du wendest sofort mit dem Wagen, verstanden? Willst du uns etwa umbringen?«

Der Sergeant verschwieg geflissentlich, dass die Gegend mittlerweile relativ sicher war, und als der Major und Jack Drew endlich eintrafen, half er einem bleichen, geschwächten Ferrington erleichtert in den Wagen. Blut sickerte durch dessen Hemd, und Rapper bezweifelte, dass er sich noch lange auf dem Pferd gehalten hätte.

Die Frau, Mrs Corkland, machte es ihm bequem und zeigte sich entsetzt, dass er mit dieser Verletzung geritten war.

»Er muss furchtbare Schmerzen haben!«, sagte sie zu Rapper, der ihr zustimmte. Er hatte die Qual in Ferringtons Gesicht gesehen, als er die Manöver auf dem Paradeplatz abhielt, um die Schwarzen zu unterhalten, und gewusst, wie sehr er sich bemühte, nicht nur auf dem Pferd zu bleiben, sondern auch eine möglichst elegante Vorstellung hinzulegen.

Als sie den Major untergebracht hatten, beugte sich Rapper in den Wagen. »Wie fühlen Sie sich, Sir?«

»Ein bisschen schwummrig, aber ich möchte mich aufsetzen, helfen Sie mir bitte. Ich will kurz mit den Männern sprechen.«

»Das dürfen Sie nicht!«, schrie Mrs Corkland. »Sonst fängt es wieder an zu bluten. Ich verbiete Ihnen, sich von Ihrem Lager zu erheben.«

»Die Dame hat recht«, meinte Rapper. »Sie sollten die Wunde in Ruhe heilen lassen.«

»Schon, aber ein paar Minuten muss ich mich schon hinsetzen.«

Brummend lehnte ihn die Frau gegen die Plane aus Segeltuch, und er bedankte sich in Gegenwart der Männer für Sergeant Rappers gute Arbeit.

»Nach dem ersten Angriff, bei dem mich leider der Speer erwischte, hat Sergeant Rapper konsequent weitergekämpft und den Schwarzen gezeigt, dass man mit euch rechnen muss.«

»Bis sie den Spieß umgedreht haben!«, rief ein Soldat.

»Sagen wir, beide Seiten haben gemerkt, wie hoch der Preis einer kriegerischen Auseinandersetzung ist. Ihr Häuptling hat es jedenfalls begriffen; er war zum Friedensschluss bereit, vor allem nach Sergeant Rappers Angriffen. Ich war von eurer Disziplin unter diesen schwierigen Umständen sehr beeindruckt. Ihr habt Selbstbeherrschung gezeigt, indem ihr in den vergangenen Tagen die Waffenruhe wahrtet. Falls Schwarze und Siedler eurem Beispiel folgen, stehen uns in dieser Gegend friedliche Zeiten bevor. Gott sei Dank.«

Als Corky dies hörte, beklagte er sich, man habe ihn ausgetrickst, es bestehe gar keine Gefahr durch die Schwarzen, doch seine Frau wollte kein Risiko eingehen.

»Du hast gehört, was der Mann sagt. Falls sich die Leute daran halten. Ich glaube nicht an die Vernunft der Menschen. Wir sollten nach Hause fahren und die beiden Verletzten mitnehmen.«

Nachdem Jack versprochen hatte, umgehend nach Emerald Downs zu reiten und Jessie und Adrian über alles zu informieren, brach er mit Sergeant Rapper und den Soldaten auf.

»Ich hatte den Eindruck, Sie und der Major seien mehr an Gold interessiert«, sagte Rapper.

»Ich wollte den Major unterstützen, Sergeant. Das Problem war jedoch, dass wir nicht wussten, wo wir suchen sollten. Ich habe es jahrelang versucht und im Grunde nie etwas gefunden.«

»Wollen Sie es noch einmal versuchen?«

»Nein.«

»Und der Major?«

»Ich weiß nicht, was er vorhat. Warum?«

»Falls er sich entscheiden sollte, noch einmal loszuziehen, könnten Sie vielleicht ein gutes Wort für mich einlegen. Ich glaube, wir wären ein gutes Team.«

Jack hustete verlegen. Ferrington als Teamspieler? Wohl kaum. Das sollte mal jemand seinen Arbeitern sagen, wenn er sie mit fünfzig Hieben bedachte. Doch dann betrachtete er die Sache aus Rappers Blickwinkel. Er war ein harter Bursche, und der Major hatte sich seinen Respekt erworben, was für einen Schreibtischsoldaten gar nicht so einfach war.

»Wunder über Wunder«, murmelte er.

Er hatte bereits beschlossen, dass er weiterziehen wollte, sobald der Major auf die Farm zurückkehrte. Er besaß ein Pferd und ein paar Pfund, sogar mehr Geld, als er brauchte, um nach Sydney zu gelangen. Es wäre ein langer Weg, doch er hatte es nicht eilig und freute sich darauf, die Wege an der Küste zu erforschen. Wenn er den Hafen wiedersah, könnte er vielleicht von vorn beginnen und es diesmal richtig machen. Er interessierte sich nicht mehr für flüchtigen Reichtum, sondern würde lieber in einem ruhigen Dorf leben, nahe seinem geliebten Busch.

Die Truppen waren begierig, in die Stadt zurückzukehren, und Rapper legte in dem offenen Gelände ein schneidiges Tempo vor, bei dem sie alle Sorgen vergaßen. Jack hielt mit und genoss ihre Gesellschaft.

Doch in dieser Nacht stießen sie auf ein großes Lager mit Leuten, die alle unterwegs zu den nicht vorhandenen Goldfeldern waren, und es gelang Rapper, einige von ihnen zur Umkehr zu bewegen. Die meisten beharrten allerdings darauf, dass sie das Recht hätten, überall hinzugehen. Er konnte sie nicht aufhalten. Am Morgen behaupteten einige, dass ihnen Schutz durch die Soldaten zustehe, was Rapper sehr verärgerte. Er brüllte, sie seien doch keine Polizisten, und wenn die Leute Sicherheit wünschten, sollten sie doch einfach umkehren. Danach ritt er wortlos an den Abenteurern vorbei, was Jack freute, der schon ungeduldig auf den Aufbruch wartete.

Schließlich erreichten sie Baker's Crossing, wo Rapper ein wohlverdientes Bier trinken wollte, doch Jack drängte weiter und verließ die Soldaten an der Abzweigung beim Fluss.

Er ritt auf dem kürzesten Weg nach Emerald Downs und nahm dabei den Weg durch den Busch, da sich die Straße endlos wand und schlängelte, sodass er unvorbereitet und entsetzt vor den Trümmern ankam.

»Was zum Teufel ist hier geschehen?«

Er ritt über den zerstörten Besitz, betrachtete die Ruinen von Ferringtons Haus und entdeckte in der Scheune schließlich den Chinesen.

Tom Lok zeigte ihm Pollys Grab, und Jack überkam große Trauer, als er von ihrem sinnlosen Tod erfuhr.

»Sag mir, was geschehen ist«, sagte er ernst zu Tom Lok. »Erzähl es mir von Anfang an.«

Nur wenige Stunden später trafen die Soldaten ein. Rapper hatte in Baker's Crossing von dem Unglück gehört und war hergekommen, um zu fragen, ob er irgendwie behilflich sein könne.

»Nett von Ihnen«, sagte Jack müde. »Aber hier kann niemand etwas tun, bevor der Boss wieder da ist.«

Sergeant Rapper ging umher, hob die Reste eines Esszimmerstuhls auf. »Was für eine Schande«, sagte er. »Eine verdammte Schande. Kommen Sie mit uns in die Stadt, Jack?«

»Nein, ich warte auf ihn.«

»Gut«, sagte Rapper verständnisvoll.

Die Abteilung saß auf und ritt langsam und schweigend

zur Straße hinunter. Jack sah ihnen nach, bis sie verschwunden waren, und wandte sich nur unwillig wieder dem Bild der Zerstörung zu.

Spät am Nachmittag sah er einen riesigen Schwarm Wellensittiche, die ihre Abendrunde flogen, bevor sie sich niederließen. Das Ritual, das auch andere Vögel, sogar Krähen, ausführten, hatte ihn schon immer fasziniert. Sie kreisten über den Hügeln, kehrten zurück und glitten träge am anderen Flussufer dahin, wobei das helle Orange der untergehenden Sonne ihr farbiges Gefieder noch leuchtender aufblitzen ließ. Ihm kam es vor wie ein Familienausflug, eine Versammlung, die Vögel ließen sich mit dem Luftstrom treiben, wogten über den Himmel wie Wellen auf einer riesigen Leinwand. Dennoch, diesmal deprimierte ihn das Schauspiel. Vielleicht war es Neid, weil er so erdgebunden und allein war und traurige Nachrichten zu überbringen hatte, während hoch über ihm Freude und Harmonie herrschten.

Superintendent Grimes war ein umgänglicher Landmensch, der diesen Posten erhalten hatte, weil in einer Hafenstadt mit einer gewissen Unruhe zu rechnen war, vor allem in dieser Stadt, die nach Sir Thomas MacDougall Brisbane benannt und aus einer Sträflingssiedlung entstanden war. Grimes war in seine Aufgabe hineingewachsen, nachdem er akzeptiert hatte, dass hier im Norden alles überlebensgroß war … Die Aborigines waren kriegerischer als ihre südlichen Brüder, die Viehzüchter ehrgeiziger, die Stadtleute zielstrebiger, und die Arbeiter kannten sich besser in ihren Rechten aus. Er lernte, dass man mit Geduld und Beten viele Probleme lösen konnte: Mit Geduld erklärte er den Leuten die Gründe für die zahlreichen Schwierigkeiten und Verzögerungen, die sie hier an der Grenze der Zivilisation überwinden mussten, und betete, sein Rat möge auch nur halbwegs vernünftig sein. Doch im Falle von Inspektor Kirk halfen selbst Geduld und Gebete nicht mehr.

Sergeant Rapper und seine Soldaten waren in die Stadt zurückgekehrt, ruhig und ohne Geschrei, da sie drei Männer verloren hatten und ihr befehlshabender Offizier verwundet worden war. Der Sergeant erstattete Leutnant Clancy Bericht, der Jimmy Grimes dazubat, da er in diesem Bezirk das Gesetz vertrat. Sie hörten erfreut, dass es letztlich zu einer Art Friedensschluss gekommen war, dass Soldaten und Schwarze ein gemeinsames *Korrobori* abgehalten hatten, womit niemand gerechnet hätte.

Rapper informierte die Männer über Ursache und Ausmaß der Verletzungen von Pratt und Major Ferrington, und das Gespräch kam unwillkürlich auf die tragischen Ereignisse auf Emerald Downs.

»Wir haben es auf dem Weg hierher gesehen«, erklärte Rapper. »Jack Drew ist dort geblieben, um auf den Major zu warten und ihn auf den Schicksalsschlag vorzubereiten. Wie furchtbar, dass Major Ferrington diesen Anblick vorfinden wird, wo er doch mit wehenden Fahnen begrüßt werden müsste.«

Clancy schaute zu Grimes, als wollte er ihm die nächste Frage zuschieben, doch der Superintendent lehnte sich gleichmütig zurück.

»Der Leutnant hat ein Problem, über das er mit Ihnen sprechen muss, Sergeant. Er hat mich gebeten, als Zeuge dabeizubleiben.«

»Wieso? Was habe ich denn getan?«, fragte Rapper.

»Nichts, überhaupt nichts, Sergeant. Ich will es Ihnen erklären. Unser Freund Inspektor Kirk hat bei Ihrem Colonel in Sydney Beschwerde über das Führungsverhalten von Major Ferrington eingelegt.«

»Was für eine Beschwerde?«, fragte Rapper angriffslustig.

»Immer mit der Ruhe. Der Colonel seinerseits hat verlangt, dass Major Ferrington schriftlich zu den Vorwürfen Stellung nimmt, was allerdings nur haarscharf an einer offiziellen Untersuchung vorbeigeht. Die Vorwürfe lauten: Major Ferrington hat mit seinen Männern Gold gesucht und damit gegen militärische Befehle verstoßen; Major Ferrington ist absichtlich nach Westen geritten und damit von der vereinbarten Route abgewichen, wodurch er sich von der eingeborenen Polizei entfernte und diese in Gefahr brachte.«

Rappers dunkles Gesicht war beinahe purpurrot vor Zorn. »Ein Haufen Quatsch, Sir.«

»Mag sein. Aber wir haben nachgeforscht...«, meinte Clancy.

»Das mit der Goldsuche war nur im Lager.«

»Wir sind aber von der Viehroute abgewichen.«

»Aus Versehen«, warf Rapper entschlossen ein. »Und wir konnten den berittenen Polizisten nicht helfen, als sie angegriffen wurden.«

»Weil sie sich unglaublich schnell nach Norden bewegt haben. Wir haben in einem weitläufigen Gebiet patrouilliert. Wir wussten nicht, dass sie angegriffen worden waren. Dieser Kirk ist ein elender... Verzeihung, Mr Grimes. Aber ich glaube, er will dem Major einfach an den Kragen. Ein Blinder würde sehen, dass er ihn nicht leiden kann.«

»Was nichts an der Tatsache ändert, dass Major Ferrington zu den Vorwürfen Stellung nehmen muss. Mit Ihrer Erlaubnis wird Leutnant Clancy allerdings gleichzeitig Ihre und seine Aussage dem Colonel vorlegen, um Major Ferrington zu entlasten.«

»Gut«, sagte Rapper scharf.

Nachdem er diesem deprimierenden Gespräch entronnen war, stieß der Sergeant einen leisen Pfiff aus. Die Vorwürfe klangen gar nicht gut. So etwas konnte hängen bleiben. Hoffentlich verstanden sich der Colonel und Major Ferrington gut, wie es bei Offizieren häufig der Fall war, sonst steckte der arme Kerl ganz schön in der Klemme. Rapper machte sich auf die Suche nach Inspektor Kirk, wurde aber von Sam Dignam aufgehalten, der Wind von ihren Abenteuern bekommen hatte und die ganze Story hören wollte.

»Ich gebe Ihnen einen aus, Sergeant, oder auch zwei«, schlug er vor. »Kommt drauf an, wie gut Ihre Geschichte ist. Ich höre, Major Ferrington wurde verwundet?«

»Das ist richtig.«

»Ich bin einigen Ihrer Männer begegnet, die ihn für einen Helden halten.«

»Das ist ebenfalls richtig. Nach Ihnen, Mr Dignam.«

Nachdem der Sergeant gegangen war, besprachen Clancy und Grimes ihr anderes Problem.

»Es wird nicht lange dauern, bis Kirk erfährt, dass Jack auf Emerald Downs ist«, sagte Clancy. »Der Mann war ungeheuer wertvoll für uns. Können Sie dieses Schwein Kirk nicht irgendwie ablösen? Wir brauchen doch keine zwei Inspektoren. Sein Job ist erledigt. Kann man ihn nicht als Wärter nach Norfolk Island schicken?«

»Ich kann den Lauf der Dinge nicht aufhalten. Als sein Vorgesetzter musste ich seinen Informationen nachgehen. Jack Drew ist nicht nur ein entflohener Sträfling, er hat auch vor Jahren auf Major Mudies Gefängnisfarm gearbeitet, das hat Kirk rasch herausgefunden. Der Name Drew ist falsch, er heißt eigentlich Wodrow…«

»Das hat Tomkins auch gesagt. Er hatte keine Ahnung, wer er wirklich war; er mag den Mann und ist ganz verzweifelt, dass er ausgerechnet Kirk davon erzählt hat.«

»Ja«, meinte Grimes, »er macht einen netten Eindruck. Ich hätte ein Auge zugedrückt, immerhin haben wir schon genügend Schurken, die wir jagen müssen, da können wir auf Bekehrte wie Drew gut verzichten.«

»Was sollen wir denn tun?«, fragte Clancy besorgt. »Ihn wegen Tapferkeit auszeichnen?«

»Das hätte keinen Sinn.«

»Was denn dann?«

»Ich will verdammt sein, wenn ich es weiß. Lassen Sie mich nachdenken.«

Sergeant Rapper wurde von Miss Pinnock in einer ruhigen Ecke des Hotelgartens empfangen.

»Der Major bat mich, Ihnen seine besten Grüße zu überbringen«, sagte er und vermied taktvoll jede Erwähnung von Emerald Downs.

»Vielen Dank, Sergeant.«

Sie sah dünn und verhärmt aus, gar nicht mehr die strahlende Schönheit, der er vor der Expedition begegnet war.

»Leutnant Clancy sagt, er sei mit einem Speer verletzt worden«, fuhr sie fort. »Ich war so schockiert. Hat er sich erholt?«

Sie sprach dumpf und gleichgültig, als würde sie die Unterhaltung ermüden.

»Das kann ich nicht bestätigen, Miss. Er wirkt noch mitgenommen, wird aber in einigen Tagen nach Hause kommen.«

»Sie haben ihn nicht mitgebracht?«

Sergeant Rapper fand die Unterhaltung äußerst eigenartig. Wäre der Major gemeinsam mit seinen Männern in Brisbane eingetroffen, hätte er wohl kaum einen Vertreter zu seiner Verlobten geschickt.

»Nein, Miss. Zwei Leute mit einem Fuhrwerk bringen ihn her, damit er nicht reiten muss.«

»Ach so, ich verstehe.«

Eigentlich wollte er mit den Pinnocks noch etwas anderes besprechen, doch nun, da er Jessie in diesem Zustand erlebte, empfand er es als ratsam, das Thema zu wechseln.

»Und wie geht es Ihrem Bruder, Miss Pinnock?«, fragte er.

»Danke, ganz gut.« Sie zupfte an einem Taschentuch, das sie im Schoß hielt.

»Ich würde auch ihm gern meine Aufwartung machen.«

»Ja, er wird sich gewiss freuen, Sie zu sehen. Ansonsten ist wohl alles gut gegangen. Außer der Verletzung von Major Ferrington, meine ich. Vielen Dank für Ihren Besuch, Sergeant. Ich weiß Ihre Aufmerksamkeit sehr zu schätzen.«

»Es war mir eine Freude, Miss Pinnock.« Er stand auf und tippte grüßend an die Mütze. »Wo finde ich Mr Pinnock?«

»Das weiß ich nicht«, antwortete sie und schaute sich um, als lungerte Adrian hinter den Hortensien herum. »Irgendwo wird er schon sein.«

»Vielen Dank, Miss.«

Rapper fragte sich, ob er womöglich nicht die ganze Wahrheit über den Aufstand auf Emerald Downs kannte. Jessie Pinnock war nicht mehr derselbe Mensch. Sie und ihr Bruder waren entkommen, aber was war davor geschehen? War sie vielleicht von diesen Schurken überfallen worden? Hatte sie vor Angst den Verstand verloren?

So kam es ihm jedenfalls vor. Schade um das nette Mädchen, dachte er.

Er fand Adrian Pinnock in der Hotelbar, nahm aber seine Einladung auf einen Drink nicht an, da es ihm unangemessen erschien, sich in die engeren Kreise eines Offiziers zu drängen.

Er erklärte diesem deshalb knapp, dass der Major von den Corklands nach Brisbane gebracht und in wenigen Tagen eintreffen werde.

»Aber ich wollte in Ruhe und unter vier Augen mit Ihnen sprechen, Sir. Ich möchte Sie warnen, dass dem Major möglicherweise eine Untersuchung bevorsteht, bei der es um die Durchführung unserer Mission geht …«

»Verstehe. Leutnant Clancy erwähnte etwas Derartiges, er sagte auch, es sei alles großer Unfug. Wir sollten uns keine Sorgen machen. Dennoch vielen Dank, dass Sie mich darauf aufmerksam gemacht haben.«

»Verzeihen Sie, Sir, aber ich glaube, Sie sollten die Lage nicht unterschätzen und den Major ebenfalls warnen, sobald er in die Stadt kommt.«

»Der arme Ferrington. Ich glaube, er hat Dringenderes zu tun, als sich um Kirks schäbige Beschwerden zu kümmern.

Wir sind alle krank vor Sorge. Möchten Sie wirklich nichts trinken?«

»Nein, danke, Sir.«

»Verdammter Narr«, knurrte Rapper, als er aus der Bar marschierte. Diesem Grünschnabel hätte man nicht einmal die Aufsicht über einen Hühnerstall anvertrauen dürfen. Ein paar Jahre in der Armee wären das Richtige, sie würden einen Mann aus ihm machen.

Als das Fuhrwerk nach Baker's Crossing hineinrollte, erkannten die Einheimischen den Major und rannten herbei, um ihm die Neuigkeiten mitzuteilen. Schreckliche Neuigkeiten! Seine Arbeiter hatten sein schönes, neues Haus niedergebrannt und waren geflohen; Suchtrupps waren unterwegs; der Verwalter von Emerald Downs und seine Schwester hatten sich in die Stadt abgesetzt.

»Lasst den armen Kerl in Ruhe!«, keifte Mrs Corkland. »Ihr habt ihm einen furchtbaren Schock versetzt mit eurem großen Maul. Hier, Major, nehmen Sie einen Schluck.«

Sie gab ihm einen Schluck Whisky. Er trank ihn und murmelte: »Die müssen sich irren. Es kann nicht mein Haus gewesen sein.«

»Hört sich aber ganz so an«, meinte Pratt. »Himmel, ein Buschfeuer wäre ja schlimm genug, aber wenn Leute es absichtlich niederbrennen, furchtbar. Ich würde mir die Kerle schnappen, Sir, sie mit meinen eigenen Händen erwürgen.«

Kit hasste mittlerweile den Soldaten mit dem gebrochenen Bein und der klagenden Stimme, der tagelang mit ihm den Wagen geteilt hatte, und nun war das Maß voll.

»Wenn ich Wert auf Ihre Meinung lege, werde ich danach fragen«, fuhr er ihn an. »Satteln Sie gefälligst mein Pferd.«

»Mein Bein, Sir, ich kann mich kaum bewegen.«

»Ist schon erledigt«, meinte Corky. »Ich habe Ihrem Pferd Wasser gegeben und es gesattelt. Ich hoffe, die Leute irren sich, Major, das hoffe ich bei Gott.«

Kit bedankte sich bei Corky und seiner Frau, und es gelang ihm, in würdevoller Haltung davonzureiten, bis er außer Sicht war. Dann brach sich die Panik Bahn, und er trieb sein Pferd an, das tagelang gemütlich hinter dem Fuhrwerk getrabt war. Mit fliegenden Hufen galoppierte er die Straße hinunter.

Jack fand keine Worte, konnte ihn nicht trösten, nichts sagen, das den Schmerz des Mannes gelindert hätte. Daher setzte er sich einfach neben den Holzstapel und rauchte den Stumpen, den Tom Lok ihm geschenkt hatte. Er versuchte, Ferrington nicht zu bemitleiden, denn das konnte der Major im Augenblick wohl am wenigsten gebrauchen.

Er wollte über das Haus sprechen, dass es nur ein lebloses Ding gewesen sei, dass man es wieder aufbauen könne, dass das Land so grün und fruchtbar wie zuvor sei, doch war dies nicht der richtige Zeitpunkt. Er sah zu, wie Ferrington Tom Lok zum dritten Mal befragte, wie sich dessen Verzweiflung in rasende Wut verwandelte! Ferrington schritt energisch zur Scheune, rief Rache auf die Männer herab, die dies getan hatten, verfluchte sie, warf Farmgerät beiseite, das Tom Lok aufgesammelt und ordentlich neben die Scheune gelegt hatte.

»Warum verbrenne ich das nicht auch noch?«, brüllte er zu Jack hinüber. »Warum verbrenne ich nicht alles! Wozu brauche ich das jetzt noch?«

Jack zuckte die Achseln. »Wenn Sie sich dann besser fühlen, verbrennen Sie es.«

»Natürlich, genau diese Antwort hatte ich von dir erwartet. Ein Mann, der nichts hat, der sich damit zufrieden gibt, bei anderen zu schmarotzen! Der weder Tisch noch Stuhl besitzt! Was kümmert es dich, wenn ich den Rest der Farm auch noch niederbrenne? Dir bedeutet es verdammt noch mal gar nichts...«

Er stürmte tobend und brüllend davon, und Jack staunte,

wie vielschichtig Menschen doch waren. Hier sah er einen Mann, der mit den Schwarzen Frieden schließen wollte, die ihn beinahe mit einem Speer getötet hatten, doch bei den Leuten, die sein Haus zerstört hatten, kannte er keine Gnade. Ferrington war in mörderischer Stimmung; wäre einer der Arbeiter greifbar gewesen, hätte er ihn erbarmungslos ausgepeitscht. Hier war er kein Soldat, der nach strengen Regeln lebt, hier musste er seine eigenen Regeln aufstellen.

Jack kam der Gedanke, dass die Schwarzen jahrelang alle Entscheidungen für ihn getroffen, die Regeln für ihn aufgestellt hatten… was tun wir, wohin gehen wir, wen besuchen wir, wo sollen wir jagen oder ernten…

Tom Lok überbrachte ihm eine Botschaft und riss ihn damit aus seiner Versunkenheit: »Boss sagt, Sie können gehen. Ich auch. Kann aber nicht gehen, Mr Jack. Bringen mich wieder in Gefängnis.«

»Du bist auch ein Sträfling?«, fragte Jack überrascht.

»Ja. Mein Daddy guter Koch in Sydney. Weißer Mann schlägt ihn, nimmt sein Geld. Mann kommt wieder, schlägt ihn noch mal, nimmt Geld, diesmal stirbt mein Daddy. Also warte ich auf weißen Mann in der Gasse und schneide Kehle durch.« Er lachte. »Hab's ihm gegeben.«

»Dann solltest du besser hierbleiben. Vielleicht ändert er ja seine Meinung.«

»Vielleicht schlägt mich.«

»Du rennst schneller als er.«

Tom Lok nickte. »Stimmt.«

Ferrington schlief in seinem Büro, Jack legte sich auf ein Bett im Männerquartier, und Tom Lok übernachtete in seiner Küche. Er servierte Steak, Eier und Kartoffelbrei zum Frühstück, wobei der Major im Büro und Jack im Küchenhaus aß.

»Boss geht in Stadt, Dame besuchen«, sagte Tom, als sie Ferrington nachblickten, der zum Stall ging. »Sagen ihm, er soll besser erst rasieren, Jack. Nett machen für Missy.«

»Das tue ich nicht, Tom.« Doch auch er fand es überraschend, wie ungepflegt Ferrington auf einmal wirkte, so hatte er nicht einmal mitten im Busch ausgesehen.

»Du hast ihm nicht erzählt, dass Miss Pinnock Polly gefeuert hat, oder?«

»Nein, nicht sagen. Sie sagen, ich soll nicht.«

»Gut. Wir wollen nicht, dass er wütend auf sie ist.«

»Nein«, entgegnete Tom ernst. »Heute Morgen er sehr wütend auf Mr Pinnock. Dreht Hals um, sagt er.«

»Gott«, seufzte Jack. »Na ja, danke für das Frühstück, so gut habe ich schon lange nicht mehr gegessen. Aber jetzt müssen wir uns an die Arbeit machen. Wir spannen das Pferd vor den Karren und räumen die Trümmer weg. Wir können die Asche und die verkohlten Holzreste in die Grube hinter dem Haus kippen.«

Tom wich zurück. »Ich koche. Kein Kuli.«

»Hol die Schaufeln!«

Irgendjemand musste anfangen, dachte Jack, und er hatte ohnehin nichts Besseres zu tun. Doch da war noch der Ritt nach Sydney, ein Ritt von fünfhundert Meilen. Nun, der konnte warten, eins nach dem anderen.

Das alte Pferd zog den Karren vors Haus, und Jack ergriff eine Schaufel. »Was für eine Verschwendung«, sagte er und stieß die Schaufel tief in die pulvrige Asche.

17

Wann immer ein Schiff in den Hafen einlief, ob es nun vom weiten Ozean oder von den Küstenorten kam, begrüßten die Menschen die Passagiere und fragten nach Neuigkeiten. Manchmal fanden sie es auch einfach nur aufregend, zu sehen, wie ein Schiff den Fluss heraufstampfte.

An diesem Tag wurde geflüstert und mit dem Finger gedeutet, als Lord und Lady Heselwood, die Aristokraten, die eine Horde Wilder von ihrem Besitz vertrieben hatte, an Land gingen. Sie wurden von Reece Maykin empfangen, der einen Regenschirm für Lady Heselwood bereithielt, obwohl es ein strahlender Apriltag war.

Sie trug ein elegantes, blaues Kleid mit Krinoline und einem kecken Hütchen, das manche Damen als überaus ungeeignet für das Klima erachteten, doch alle waren sich darin einig, dass die Heselwoods ein hübsches Paar abgaben.

»Vor allem er sieht gut aus«, kicherte eine Frau und schnalzte mit den Lippen. »Den würde ich jederzeit nehmen. Und wer ist der Gelackte da drüben?«

Misstrauisch beäugten sie einen eleganten Offizier, der sich in seinem roten, goldverschnürten Waffenrock zu den Heselwoods gesellte und Maykin vorgestellt wurde. Den Bürgern dieser Pionierstadt verursachte der Anblick von Uniformen Unbehagen, weil er sie an Regeln und Vorschriften erinnerte, und die Zuschauer vor dem Zollamt wichen ein wenig zurück.

Colonel Gresham, ein großer, schlanker Mann mit weißem Haar und dickem Schnurrbart, beachtete sie überhaupt nicht. Er genoss es, an Bord die Bekanntschaft der Heselwoods gemacht zu haben, und hatte nicht vor, ihre allseits geschätzte Gesellschaft so rasch zu verlassen. Mittlerweile bedauerte er, seine Frau nicht mit auf diese kurze Reise genommen zu haben, dann hätte auch sie sich mit den Heselwoods anfreunden können. Der Colonel war stets darauf bedacht, mit den richtigen Leuten zu verkehren, und hätte es als echten Meisterstreich betrachtet, wenn er die Lieblinge der Gesellschaft von Sydney als seine persönlichen Freunde hätte bezeichnen dürfen.

Er hörte Mr Maykin sagen, dass er Zimmer im Lands Office Hotel bestellt habe, und wollte gerade einwerfen, dass auch er dort absteigen werde, als Lady Heselwood die Unterkunft rundweg ablehnte.

»Ein klares Nein«, sagte sie. »Diese Frau hat uns beim letzten Mal wie Diebe behandelt. Wir ziehen ins Britannia.«

»Gewiss doch, meine Liebe«, meinte Maykin.

Der Colonel strahlte. »Dieses Hotel hat man mir empfohlen. Ich werde ebenfalls dort wohnen. Könnten Sie mir den Weg zeigen, Mr Maykin?«

»Ich bringe Sie hin, Sir. Mein Wagen steht dort drüben, er ist sehr geräumig.«

Bei seinem Wunsch, zu gefallen, hatte Maykin gar nicht bemerkt, dass Heselwood das Gesicht verzog und seine Frau schadenfroh grinste.

»Mein Lieber, du hast einen neuen Freund gefunden«, sagte sie zu ihrem Mann, als sie sich in ihr Zimmer zurückgezogen hatten.

»Ein verdammter Langweiler«, gab er zurück. »Wie heißt er doch gleich? Colonel wie?«

»Jasin, er heißt Gresham, wie oft soll ich dir das noch sagen? Aber du sollst ihn einfach Charles nennen.«

»Ich nenne ihn überhaupt nicht. Triff bloß keine Verabredungen mit ihm, Georgina, ich bin nicht aus gesellschaftlichen Gründen hier. Noch ein Wort über Indien und ich hätte ihn über Bord geworfen.«

»In der Tat, beim Mittagessen warst zu ziemlich grob zu ihm.«

»Mittagessen? Wer hat ihn denn eingeladen? Niemand! Er hat sich einfach an uns geheftet wie eine Klette. Außerdem war ich nicht grob, sondern habe einfach nur gesagt, dass ich selbst nach Indien fahren würde, wenn ich etwas über das Land erfahren wollte.«

»Ich glaube, das hat ihn gekränkt.«

»Unsinn. Solche Leute kann man gar nicht kränken. Und ist dir aufgefallen, dass er ständig in den Spiegel blickt und seinen Schnurrbart zwirbelt?«

»Er sieht recht gut aus.«

»Verschone mich! Ist noch Wasser im Krug?«

Kit interessierte sich nicht für das Kommen und Gehen am Hafen, sondern ritt geradewegs in die Kaserne, wo Clancy ihn erfreut begrüßte. »Sie sehen schon viel besser aus, Major. Schmerzen die Rippen noch?«

»Nicht sehr. Ich wollte die Formulare ausfüllen und den Bericht erledigen.«

»Recht haben Sie! Kommen Sie mit ins Büro. Ich war sehr besorgt wegen der Vorfälle auf Emerald Downs, Sir, es tut mir schrecklich leid.«

»Hat man schon jemanden gefangen?«

»Ja. Sie kommen nach Norfolk Island. Einer hieß Bart, er starb am Straßenrand. Albert Minchin macht noch Schwierigkeiten. Es heißt, er sei der Anführer gewesen.«

»Wo ist er jetzt?«

»Verschwunden. Sie hatten ihn bei Ipswich aufgestöbert, aber er bekam ein Gewehr zu fassen, tötete zwei Männer, verwundete einen dritten und machte sich aus dem Staub. Sie suchen noch nach ihm. Die Leute haben Weisung, ohne Vorwarnung zu schießen.«

»Gut. Das dürfte reichen. Ich setze mich hierher. Geben Sir mir bitte ein paar Blätter …«

Er griff nach einem Federhalter und untersuchte die Spitze. Clancy legte ihm das Papier hin und öffnete ein Fenster.

Der Leutnant machte sich Sorgen um Ferrington, der niedergeschlagen wirkte, unrasiert und zerlumpt war. Er trug nur Uniformhose, Hemd und einen Buschhut.

»Kann ich etwas für Sie tun, Major? Sergeant Rapper sagt, Sie hätten erstklassige Arbeit geleistet.«

»Ein steifer Drink wäre gut.«

»Das lässt sich machen. Ich habe einen feinen irischen Tropfen da.«

Er schoss davon und kam mit dem Whiskey zurück. »Einen Doppelten zum Aufwärmen«, grinste er, doch Ferrington blieb ernst. Er nickte nur und kippte das Glas in einem Zug herunter.

Es wäre wohl am besten, wenn er den Major in Ruhe seinen Bericht abfassen ließ, bevor er Kirks Anschuldigungen zur Sprache brachte, von denen der Major offenkundig noch nicht erfahren hatte.

»Kommen Sie direkt von Emerald Downs?«, fragte er.

»Ja.« Die Stimme klang ein wenig gereizt, sodass der Leutnant den Rückzug antrat.

Er schäumte noch immer wegen der Vorwürfe des Inspektors, der auch verkündet hatte, der Leutnant sei Alkoholiker, was Clancy leidenschaftlich bestritt. Er trinke, sei aber kein Säufer.

»Nur weil ich einen Tropfen in der Satteltasche habe«, hatte er zu Sergeant Rapper gesagt, »bin ich noch lange kein Trunkenbold.«

Doch Sergeant Rapper war nicht daran interessiert, Clancy zu verteidigen, den er bei der Expedition als Totalausfall empfunden hatte.

»Schwach wie Pisse«, sagte er zu seinen Kameraden. »Und seine Trinkerei ist auch nicht gerade zuträglich, vor allem nicht bei dem Mist, den Kirk hier verbreitet. Er wird dem Major nicht helfen können.«

Rapper war zu dem Schluss gelangt, dass ein Unteroffizier wie er, der aktiven Dienst leistete, und ein Bürooffizier wie Ferrington durchaus zusammenarbeiten konnten, was die schwierige Situation, die sie erfolgreich gemeistert hatten, zur Genüge bewies. Er lobte Ferrington in der ganzen Kaserne, und seine Männer unterstützten ihn darin, was jedoch nichts an den üblen Gerüchten änderte, die in der Stadt kursierten und gegen die er einfach machtlos war.

Sergeant Rapper, stets korrekt, stand stramm und salutierte, als Colonel Gresham unvermittelt durchs Tor hereinkam.

»Guten Tag, Sir!«, rief er.

Der Colonel grüßte zurück, blieb aber nicht stehen. Er kannte die Kaserne, da er sie selbst entworfen hatte, und bemerkte erfreut, wie gepflegt die Rasenflächen und der Garten aussahen. Zweifellos trugen auch der häufige Regen und die gute Erde dazu bei, während die meisten Kasernengärten ausgesprochen vernachlässigt wirkten. Er nickte anerkennend, bemerkte, dass die robusten englischen Eichen, die er selbst empfohlen hatte, ebenfalls gediehen. Alles in allem war sein Plan gelungen, was er Lady Heselwood unbedingt zur Kenntnis bringen musste. Sie hatte nämlich erwähnt, sie wolle einen Landschaftsgärtner kommen lassen, um ihr neues Außengelände in Point Piper zu gestalten.

Er öffnete die Fliegendrahttür und schritt in den kleinen, verlassenen Empfangsbereich. Hinter einer offenen Tür fand er Leutnant Clancy am Schreibtisch, auf dem Sideboard hinter ihm eine Flasche Whiskey, und einen Mann in Zivil, der an einem Tisch herumlungerte.

Clancy sprang auf. »Colonel Gresham, Sir!«, rief er und warnte damit den Zivilisten, der sich einfach umdrehte und nickte. »Gresham.«

»Ich muss doch bitten, Major!«, rief Gresham, ohne Clancy zu beachten, der sich hastig die Jacke zuknöpfte.

Ferrington sah ihn abweisend an. »Wie geht es, Gresham?«

»Sie tragen keine Uniform, Sir!«

»Ach ja. Man musste meine Uniform zerschneiden, um einen Speer aus mir herauszuziehen. Tschuldigung, Clancy, Ihre Jacke dürfte übrigens auch ruiniert sein. Was machen Sie in dieser Gegend, Gresham?«

Der Colonel war fassungslos. »Major Ferrington, ich erwarte die Höflichkeit, die meinem Rang angemessen ist!«

»Sehr schön, sollen Sie haben. Aber ich habe mit meinem Bericht zu tun, danach muss ich in die Stadt, ich habe viel zu erledigen.«

»Verzeihung, Sir«, sagte Clancy. »Major Ferrington ist krank. Er ist nicht er selbst.«

Gresham starrte die beiden an. »Was hat er denn?«

»Tropenfieber, Sir.«

»Gute Idee«, meinte Ferrington und machte sich wieder an die Arbeit.

Doch Gresham wollte ihm das nicht durchgehen lassen. »In diesem Fall entbinde ich Sie für heute von Ihren Pflichten, Major. Begeben Sie sich umgehend ins Krankenquartier.«

Der Major funkelte ihn an. »Himmelherrgott, ich habe einen Grund für mein Hiersein, ich muss etwas erledigen. Ist das erlaubt?«

»Major, auch ich habe eine Aufgabe. Und die besteht darin, die Vorwürfe zu untersuchen, die man gegen Sie erhoben hat: Fahrlässigkeit, die zum Tod von Männern führte, die unter Ihrem Kommando standen.«

»Welche Männer? Wovon reden Sie eigentlich?«

»Er kennt die Vorwürfe noch nicht«, warf Clancy besorgt ein. »Er ist gerade erst aus der Wildnis gekommen und fand sein Haus ...«

»Klappe!«, fuhr ihn der Major an. »Welche Vorwürfe?« – »Auf einmal hören Sie ja doch zu. Kein Tropenfieber mehr, was?«

Gresham trat an den Schreibtisch. »Ich sehe, Sie schreiben gerade Ihren Bericht. Sehr schön, machen Sie ihn fertig, danach gibt es jede Menge für Sie zu tun. Das kann ich Ihnen versprechen.«

Clancy servierte dem Colonel seinen Tee auf der schattigen Ostveranda und ergriff die Gelegenheit, um in nun korrekter Kleidung darum zu bitten, für Major Ferrington sprechen zu dürfen. »Ich glaube, der Mann kann durchaus für sich selbst sprechen.«

»Da irren Sie sich, Sir«, meinte Clancy kühn. »Denn er ist verletzt worden …«

»Das weiß ich. Ich habe Ihre Version der Ereignisse gelesen, aber Sie sind aufgrund Ihrer Erkrankung nicht die ganze Zeit dabei gewesen.«

»Sir, ich möchte noch auf etwas anderes hinweisen. Der Major hat auch persönliche Verluste erlitten. Er musste entdecken, dass die Farmarbeiter in seiner Abwesenheit einen Aufstand angezettelt und sein Haus niedergebrannt haben.«

Der Colonel schaute ihn argwöhnisch an. »Was zum Teufel soll das heißen?«

»Er steht unter Schock, Sir. Können Sie sich vorstellen, Sie kämen von einer Expedition zurück und fänden sich den verbrannten Trümmern Ihres Hauses gegenüber?«

»Und das ist Ferrington zugestoßen?«

»Ja, Sir.«

»Verstehe, aber was hat das mit meiner Aufgabe hier zu tun?«

»Nun ja, der Mann ist durcheinander, deshalb verhält er sich auch so eigenartig. Was die andere Angelegenheit betrifft, die Sie vermutlich untersuchen wollen …«

Der Colonel trank einen Schluck Tee. »Jetzt nicht, Leutnant. Ich werde mir Ihre Aussage beizeiten anhören. Die Berichte, die Superintendent Grimes vorliegen, kenne ich bereits. Wenn Ferrington mit seinem fertig ist, soll er ihn mir morgen um zehn herbringen, nicht früher, nicht später. Und zwar in korrekter Kleidung.«

»Ich glaube, er hat keine andere Uniform, Sir.«

»Dann soll er sich eine kaufen.«

»Wir haben keine mehr vorrätig, und die Geschäfte hier führen keine Uniformen.«

Colonel Gresham biss die Zähne zusammen. »Gehen Sie mir aus den Augen, Leutnant!«

Kit hatte vorgehabt, Jessie und Adrian aufzusuchen, sobald er sich seiner letzten militärischen Pflicht entledigt hatte, doch nachdem er Clancy und Sergeant Rapper angehört hatte, begab er sich auf die Polizeiwache.

Inspektor Tomkins begrüßte ihn mit aufrichtigem Mitgefühl. »Wir stehen tief in Ihrer Schuld, Major Ferrington, weil Sie es trotz Ihrer schweren Verwundung mit den Schwarzen aufgenommen haben. Ihre Männer sprechen nur lobend von Ihnen.«

»Rollo Kirk hingegen nicht, oder? Wo ist er?«

»Er ist zurzeit nicht hier, Major. Sie sehen ziemlich erschöpft aus. Dürfte ich Ihnen einen guten, warmen Tee anbieten?«

Kit sah auf die Uhr. Es war fast fünf. Wo mochte Kirk nur stecken? Egal, eine Tasse Tee konnte nicht schaden, und Tomkins war ein angenehmer Zeitgenosse. Nüchtern und vernünftig, dachte er, eine erfreuliche Abwechslung.

Der Tee war stark und süß, dazu gab es Kürbisplätzchen. Sein Gastgeber entschuldigte sich für die Unannehmlichkeiten und zeigte sich erfreut, dass er die Gelegenheit erhielt, dem Major sein Bedauern auszudrücken.

»Wir hatten gehofft, die Wogen hätten sich geglättet, bis Sie zurückkommen, und gewiss nicht damit gerechnet, dass

Colonel Gresham so rasch herkommen würde. Leider war die Schiffsverbindung mit der *Argyle* gerade günstig.«

»Dürfte ich Kirks Aussage lesen?«

»Wir haben sie dem Colonel ausgehändigt.«

»Aber Sie haben doch sicher eine Abschrift.«

»Wie es der Zufall will ...« Tomkins holte eine Mappe aus seiner Schublade. »Bitte sehr.«

Kit fragte: »Was ist mit Grimes? Welche Position bezieht er?«

»Er ist gegen Kirk, weil der ihn praktisch übergangen hat. Eigentlich ist er grundsätzlich gegen Kirk, könnte man sagen. Aber es liegt nicht mehr in seiner Macht, es ist nun eine militärische Angelegenheit.«

Tomkins verschwand, um neuen Tee zu holen, und Kit las Rollos Version ihrer Unternehmung, die vom Helden Kirk und dem Schurken Ferrington handelte. Angewidert warf er die Blätter auf den Schreibtisch, lehnte sich zurück und wartete wütend auf Tomkins.

»Sie sollten wissen, dass wir Ihnen nur zu gern jedwede Hilfe zukommen lassen, auch persönliche Referenzen«, erklärte der Inspektor. »In dieser Hinsicht brauchen Sie sich jedenfalls keine Sorgen zu machen.«

»Vielen Dank, aber das ist nicht nötig.«

»Bitte, Major, seien Sie vorsichtig. Diese Nachforschungen können sehr heikel werden. Referenzen könnten von entscheidender Bedeutung sein.«

»Nein, es ist eine militärische Angelegenheit, und ich bin fertig mit dem Militär. Hätte man mich nicht gezwungen, meinen Besitz zu verlassen und eine Mission anzutreten, die jeder andere Offizier, der nur ein Fünkchen gesunden Menschenverstand besitzt, ebenso hätte führen können ...«

Tomkins schüttelte den Kopf. »Sie dürfen sich nicht unterschätzen, Major. Es ist Ihnen gelungen, mit diesem Häuptling Frieden zu schließen, was, bedenkt man seinen Ruf, eine große Leistung darstellt.«

»Nein, das war es nicht. Der Bursche wollte ohnehin Frieden. Er hat sogar nach mir geschickt. Der wahre Friedensstifter war mein Kundschafter Jack Drew. Außerdem möchte ich mich gar nicht gegen diese verzerrte Darstellung verteidigen. Ich weigere mich, basta. Unter keinen Umständen werde ich zulassen, dass Gestalten wie Rollo Kirk mein Verhalten beurteilen«, erklärte er hitzig.

»Ich glaube, Ihnen bleibt keine andere Wahl«, sagte Tomkins freundlich, doch Kit zuckte nur mit den Achseln und trank von seinem frischen Tee.

»Vielen Dank, dass Sie sich die Zeit genommen haben. Ich muss aufbrechen. Können Sie mir sagen, wo die Geschwister Pinnock wohnen?«

»Natürlich, im Lands Office Hotel. Ich nehme an, Ihnen ist bekannt, dass Adrian Pinnock sofort nach seiner Ankunft in Brisbane einen vollständigen Bericht über den Aufstand auf Emerald Downs zu Protokoll gegeben hat. Ich habe ihn hier, falls Sie ihn lesen möchten. Eine äußerst bedauerliche Angelegenheit, Major. Der junge Pinnock war am Boden zerstört.«

Doch Kit wollte nichts mehr lesen. »Für heute habe ich genügend Berichte gesehen. Ich möchte lieber mit den beiden sprechen und morgen wiederkommen.«

»Gewiss doch«, sage Tomkins und begleitete ihn hinaus. »Denken Sie daran, falls wir etwas für Sie tun können …«

»O ja«, meinte Kit eisig. »Sagen Sie mir, wie ich Kirk zu packen kriege.«

»Es war ein langer Tag für Sie«, meinte der Inspektor warnend. »Ruhen Sie sich aus, Major. Wir reden morgen weiter.«

Der Lärm in der Bar des Lands Office Hotel verstummte, als man Major Ferrington in der Tür entdeckte – seine hochgewachsene Gestalt zeichnete sich unverkennbar vor dem gleißenden Sonnenlicht ab.

Neugierige Blicke schweiften durch den Raum, mit wem wollte er sprechen, weshalb kam er her? Seine Haltung verriet, dass ihm der Sinn nicht nach Trinken stand. Nur wenige kannten ihn persönlich; er war immer distanziert geblieben, hatte sich um seine eigenen Angelegenheiten gekümmert, doch nun war er zum Stadtgespräch geworden. Das Schweigen in der Bar wich aufgeregtem Murmeln. Köpfe drehten sich, suchten eine mögliche Verbindung zu einem der Gäste und entdeckten schließlich den jungen Mann, der mit Bekannten am offenen Fenster saß.

»Wer ist das?«, fragte jemand, der Name machte die Runde, die Blicke wandten sich in Adrian Pinnocks Richtung.

»Der junge Bursche, der Emerald Downs verwaltet hat«, hieß es.

»Himmel, was für ein Verwalter!«

Pinnock ging zur Tür und streckte Kit mit dem Lächeln eines Mannes, der seinen Henker begrüßt, die Hand entgegen.

»Wo ist Jessie?«, fragte Ferrington draußen und setzte sich auf ein Mäuerchen.

»Oben«, sagte Adrian und trat einen Schritt vor. »Geht es dir gut?«

»Ja.« Kit unterdrückte ein Stöhnen; die Rippen schmerzten höllisch, die Wunde juckte unerträglich, vermutlich ein Zeichen, dass sie heilte.

»Ich möchte zuerst mit dir sprechen«, sagte Adrian. »Mir tut das alles so furchtbar leid, Kit. Ich übernehme die volle Verantwortung …«

»Die volle Verantwortung?«, donnerte sein Freund. »Und wie? Willst du Polly wieder zum Leben erwecken? Die Flüchtigen einfangen, die, wie ich höre, schon zwei Männer vom Suchtrupp ermordet haben? Du hättest einfach nur deine Arbeit tun sollen!«

»Wenn ich erklären dürfte …«

»Deine Erklärungen kommen ein wenig spät. Du hast die Kontrolle über diese Schweine verloren und zugelassen, dass sie meine Farm zerstören. Und warum hat Polly sich erhängt? Was war der Grund?«

»Das werden wir nie erfahren, Kit. Sie hat keinen Brief hinterlassen. Es ist einfach passiert.«

»Und jetzt übernimmst du die Verantwortung, indem du dich in einer Hotelbar herumtreibst.«

»Ich habe versucht, Geld für dich zu sammeln...«

»Himmelherrgott!« Angewidert rappelte Kit sich auf und ging davon, wobei er der Versuchung, seine verletzten Rippen zu umklammern, widerstand. Adrian folgte ihm.

»Können wir nicht in Ruhe reden? Bevor du zu Jessie gehst, meine ich. Ihr geht es nicht gut...«

»Nicht gut?« Kit drehte sich abrupt um. »Was ist los mit ihr?«

»Sie hat einen furchtbaren Schock erlitten. Der Aufstand hat sie völlig verängstigt.«

»Natürlich.« Kit ging durch die Hotelhalle. »Ich hoffe, sie hat sich ausgeruht.«

»Ja, aber ich sage ihr trotzdem lieber, dass du da bist.«

Kit empfand sein Leben auf einmal als unerträglich chaotisch und konnte keine Geduld mehr aufbringen. Er hatte versucht, seinen Zorn auf Adrian zu zügeln, doch plötzlich konnte er nicht ertragen, dass Adrian ihm den Weg zu Jessie versperrte, dem einzigen Menschen, den er wirklich sehen wollte.

»Du siehst erschöpft aus«, meinte Adrian. »Komm in mein Zimmer, du kannst bei mir schlafen. Ich bringe dir einen Drink und hole Jessie.«

»Aus dem Weg!«, rief Kit und stieß ihn beiseite. »Ich gehe zu Jessie und nehme mir danach ein eigenes Zimmer.«

»Wovon willst du das bezahlen? Du bist bankrott!«

Kit ging ungerührt weiter, erkundigte sich an der Rezeption nach der Zimmernummer und eilte nach oben.

Er klopfte, doch es dauerte eine Weile, bis Jessie mit einem schwachen »Wer ist da?« antwortete. Kit musste seinen Namen wiederholen, bis sie endlich öffnete.

Von seinen Gefühlen überwältigt, nahm er sie in die Arme und bemerkte nur beiläufig, wie ungepflegt sie aussah. Ihr langes, dunkles Haar war ungekämmt, das Kleid zerknittert, und er schämte sich, dass er so unangemeldet aufgetaucht war, dass das arme Mädchen sich gar nicht hatte zurechtmachen können.

Kit trat die Tür zu und küsste Jessie leidenschaftlich, sagte ihr, wie sehr er sie vermisst habe, doch dann merkte er, dass sie den Kopf wegdrehte und sich sanft von ihm lösen wollte.

»Tut mir leid, Liebste«, sagte er. »Ich hätte dich nicht überfallen sollen, aber du hast mir so gefehlt. Das wollte ich dir als Erstes sagen, ich habe dauernd an dich gedacht.«

»Aber du warst verletzt«, sagte sie. »Ich hatte Angst, als ich von der Speerwunde hörte …«

»Du weißt doch, dass Unkraut nicht vergeht, oder?«, meinte er grinsend und setzte sich aufs Bett. Dann ergriff er Jessies Hände und schaute zu ihr auf. »Stell dir vor, wie erschrocken ich war, als ich von dem Aufruhr auf der Farm erfuhr! Ich hätte dich niemals dort allein lassen dürfen.«

»Mir ist nichts passiert«, sagte sie traurig und setzte sich züchtig in den Lehnstuhl am Fenster, als warteten sie auf den Nachmittagstee. Kit beschwerte sich nicht, er war froh, sie gesund und sicher wiederzusehen. Sie wirkte blass, doch ihr Gesicht inmitten der widerspenstigen Locken war reizender denn je, beinahe ätherisch, dachte er, ganz anders als ihr übliches strahlendes, munteres Selbst.

»Wir sind weggeritten«, sagte sie. »Wir konnten einfach nichts tun.«

»Natürlich nicht. Ihr hättet schon beim ersten Anzeichen von Unruhe nach Baker's Crossing reiten sollen.«

»Es war schon zu spät. Alles ging so schnell. Seltsam, du

wurdest von wilden Schwarzen angegriffen und wir von wilden Weißen. Wirklich seltsam.«

Kit blickte sie besorgt an. Ihre Worte klangen eigenartig, und er hielt es für ratsam, das Thema zu wechseln.

»Ich bin froh, dass du hergekommen bist, Jessie, das war vernünftig. Gefällt dir das Zimmer?«

»Es geht so, ist auch egal. Hat man Polly begraben?«

»Ja. Ich werde einen schönen Grabstein für sie aufstellen. Warum setzt du dich nicht zu mir?«, fragte er und klopfte aufs Bett. »Dann schmusen wir ein bisschen.«

»Nein«, sagte sie fest. »Wir müssen reden. Über die Farm.«

»Mach dir keine Sorgen wegen der Farm, Jessie. Du bist in Sicherheit, das ist das einzig Wichtige.«

»Adrian ist durcheinander.«

Kit nickte, sagte aber nichts. Er wollte ihren törichten Bruder nicht kritisieren.

»Du offenbar auch, Liebes. Wir bringen es schon wieder in Ordnung.«

»Aber es war nicht Adrians Schuld.«

Von wegen, dachte er. Für Aufstände gab es immer eine Ursache. Adrian hätte merken müssen, dass sich etwas zusammenbraute, und etwas dagegen unternehmen... die Leute beruhigen, Nachbarn oder Polizei als Unterstützung herbeirufen.

»Denk jetzt nicht daran«, seufzte er.

»Ich muss aber. Hat man dir gesagt, weshalb Polly sich erhängt hat?«

»Wir kennen den Grund nicht, Jessie. Es ist sehr traurig, wenn jemand auf diese Weise stirbt, aber es ist nun einmal geschehen. Es hat keinen Sinn, darüber nachzugrübeln.«

»Aber wir kennen doch den Grund. Wir wissen sehr genau, weshalb sie in die Scheune gegangen ist und das... getan hat. Und wir sollten darüber nachdenken. Ich jedenfalls.«

»Komm, Jessie, lass...«

»Lass mich bitte ausreden, Kit. Polly hatte absolut recht. Sie versorgte uns gut, und ich habe gesagt… ich wollte dir doch nur helfen. Ich kann ein bisschen kochen, einfache Gerichte, ich hätte mir auch ein Kochbuch gekauft oder von meiner Mutter geliehen. Egal, ich hätte es gelernt. Verstehst du, was ich meine? Und die Hausarbeit ist auch nicht so schwer…«

Während sie über Hausarbeit und Wäsche faselte, spürte er ein nervöses Kribbeln im Nacken und betete, er möge sich in dem Ende dieser Geschichte irren, denn nun wuchs der Zorn in ihm. So dumm konnte sie doch nicht gewesen sein.

»… und ich wollte dir helfen, indem ich spare, verstehst du? Es hätte Geld gespart, ich wollte nicht untätig dasitzen, ich wollte dir zeigen, dass ich ebenso nützlich sein kann wie sie. Du hast immer ihre Küche gelobt, ich weiß, aber im Grunde konntest du sie nicht bezahlen, also habe ich…«

»Du hast was?«, fragte er und beugte sich drohend vor. »Du hast was getan?«

»… was ich tun musste. Um Geld zu sparen, habe ich sie entlassen.« Jessie atmete erleichtert aus, als hätte sie endlich eine Last abgeworfen. »Es tut mir so leid, Kit, ich glaube, das hat sie wohl so durcheinander gebracht, deshalb…« Ihre Stimme ging in Weinen über.

Er war fassungslos. Er starrte sie an, kämpfte mit der Vorstellung, was Polly angesichts ihrer Entlassung empfunden haben musste.

»Ich habe gesagt, ich würde ihr ein hervorragendes Zeugnis ausstellen«, fügte Jessie kläglich hinzu.

Kit verzog das Gesicht. »Du hast sie wegen der paar Shilling, die sie im Jahr bekam, entlassen? Sie bekam weniger, als du für zwei Taschentücher ausgibst! Weniger als euresgleichen sonntags in den Klingelbeutel wirfst!«

Er schüttelte den Kopf. »Und du hast sie allein gelassen mit dem Gedanken, wieder ins Gefängnis zu müssen? Wusstest du denn nicht, dass den Leuten, die, egal aus welchen

Gründen, zurückgeschickt werden, eine schwere Strafe droht? Ausgerechnet Polly, die keiner Fliege etwas zuleide tat. Was hattest du denn gegen sie?«

Jessie begann wieder zu weinen. »Schrei mich bitte nicht an, Kit. Es tut mir so leid, du hast ja keine Ahnung, wie furchtbar das alles für mich gewesen ist. Deine Farm! Ich werde es mir nie verzeihen …«

»Vergiss die Farm«, tobte er. »Die Frau ist tot. Und du wolltest ihr ein Zeugnis ausstellen? Allmächtiger Gott! Wir sind hier nicht in der feinen Gesellschaft von Sydney, du dummes Ding. Ein Zeugnis wäre nichts als ein grausamer Scherz gewesen. Und nun sitzt du hier und heulst. Um wen? Tut es dir leid um Polly oder um dich selbst? Wohl eher Letzteres!«

Er stand auf und ging zur Tür. Als er den Knauf drehte, schien seine ganze Welt in sich zusammenzustürzen. Er schaute sie verbittert an, wollte schon sagen: »Und das ganze Unglück wegen dem bisschen Geld!«, brachte es letztlich aber nicht über sich. Es war schlimm genug für Jessie, dass sie es wusste.

Als sie schließlich ihr Schluchzen unter Kontrolle hatte, wusch Jessie sich das Gesicht und kämmte sich mit dem billigen Frisierset, das Adrian ihr gekauft hatte. Sie flocht ihr Haar zu einem einzigen, losen Zopf. Sie hatte nicht damit gerechnet, dass Kit so wütend reagieren würde. Sie hatte die Szene so oft im Kopf durchgespielt, dass sie von dem erhofften Ende überzeugt war … einer bittersüßen Versöhnung, nachdem sie ihrem Verlobten aus freien Stücken die Wahrheit gesagt und ihn um Verzeihung angefleht hatte, worauf er ihr vergab.

Stattdessen hatte er sie angebrüllt, wo sie doch ohnehin schon erschüttert war. Es würde keine Verzeihung geben und keine Hochzeit. Wie hatte sie sich so täuschen können? Andererseits war er bereit gewesen, ihr zu verzeihen, bevor sie ihm von Polly erzählt hatte. Adrian hatte sie gewarnt, doch sie hatte nicht anders gekonnt.

Jessie seufzte. Sie war ein aufrichtiger Mensch. Versuchte jedenfalls, es zu sein. Sie wusste, dass die Schuld so lange auf ihr lasten würde, bis sie sie eingestanden hatte. Nun blieb sie im Lehnstuhl sitzen, bis Adrian an die Tür klopfte.

»Wo ist Kit?«, fragte er besorgt.

»Keine Ahnung. Er war wütend auf mich, richtig wütend ...«

»O nein, du hast ihm von Pollys Entlassung erzählt!«

»Er nannte mich dumm«, sagte sie dumpf.

»Das bist du auch! Himmel, Jessie, nun wird er noch wütender auf mich sein! Wohin ist er gegangen?«

»Keine Ahnung.«

»Was hast du jetzt vor? Ich meine, was euch beide betrifft.«

»Nichts. Ich glaube nicht, dass er noch mal mit mir redet.«

»Er wird sich beruhigen, es ist nur ein Streit unter Liebenden. Und er hat im Augenblick noch einige andere Probleme.«

»Das glaube ich nicht.«

»In diesem Fall wirst du das nächste Schiff nach Sydney nehmen.«

Jessie zuckte zusammen. »Das werde ich nicht. Ich will nicht Mutters schadenfrohe Blicke ertragen müssen und ausgelacht werden, weil ich hergereist und dann von meinem Verlobten sitzen gelassen worden bin.«

»Sei nicht so theatralisch. Er hat dich nicht sitzen lassen. Da er jedoch kein Haus hat, in dem du wohnen könntest, musst du wohl oder übel nach Hause fahren.«

»Niemals!«

Kit war schon ein Stück weit die Queen Street entlangmarschiert, als ihm einfiel, dass er weder Geld noch Unterkunft besaß. Wann immer er an Emerald Downs dachte, spürte er den Schmerz. Er hatte keinen Mut für einen Neuanfang, warum also nicht das Vieh zusammentreiben, verkaufen und den Besitz der Natur überlassen? Was Jessie und ihren Bruder betraf, würden sie ihn hoffentlich in Ruhe lassen. In seinem augenblicklichen Geisteszustand konnte er Adrian leicht Schaden zufügen und Jessie – dafür fehlten ihm die Worte!

Beim Gedanken an sie und die Rolle, die sie bei der Verwaltung der Farm gespielt hatte, schüttelte er den Kopf. Wie konnte sie es wagen, sich derart einzumischen? Und warum hatte Adrian das zugelassen? Er hatte Tom Lok behutsam nach der Stimmung der Arbeiter vor Pollys Selbstmord befragt und gehört, dass sie brummig gewesen waren, wie Tom sich ausdrückte. »Brummig und sauer, Boss. Mochten nicht Mr Pinnock.«

»Na und, sie sollten ihn ja auch nicht mögen, sondern einfach nur ihre Arbeit tun. Mich haben sie auch nicht gemocht, was also war der Unterschied?«

»Sie sind Boss. Er nur reden.«

Kit wusste genau, was Tom meinte. Er wünschte, Jack Drew hätte das gehört, der immer so scheinheilig tat und die Peitschenstrafe verurteilte. Ihm fiel ein, dass Adrian das Gewehr über den Köpfen der Männer abgefeuert hatte und nicht einmal von ihnen beachtet worden war. Hätte er einen der Arbeiter erschossen, würden die beiden Freiwilligen aus dem Suchtrupp noch leben. Der Aufruhr wäre schnell in sich zusammengebrochen. Hätte ich jemanden erschossen?, fragte er sich dann. Unter diesen Umständen schon.

Andererseits wäre Polly gar nicht erst entlassen worden, wenn er dort gewesen wäre. Jessie hatte nicht damit gerechnet, dass ihr Verlobter gutes Essen zu schätzen wusste. Schon wieder Jessie. Liebte er sie wirklich, oder hatte sie ihn mit ihrem überraschenden Auftauchen in Sydney, nicht zu vergessen ihrer hemmungslosen Freude am Sex, einfach überwältigt? Das Mädchen war ganz wild auf ihn gewesen, hatte die körperliche Liebe genossen. Das gefiel Kit, welchem Mann würde das nicht gefallen? Es kam bei Damen der Gesellschaft selten vor und war noch aufregender als Sex mit einer Frau wie Bonnie. An Bonnie hatte er lange nicht gedacht und fragte sich beiläufig, wie es ihr wohl gehen mochte. Doch es gab Dringenderes zu bedenken.

Die Kaserne, dort konnte er für eine Weile unterkommen! Er ging weiter bis Fortitude Valley und stellte sich in der Kaserne vor, wo er duschen und sich rasieren konnte. Bald gesellte sich Leutnant Clancy zu ihm, der sehr erleichtert wirkte.

»Sie können morgen bei Ihrem Gespräch mit dem Colonel meine Uniform tragen. Ich lasse passende Schulterstücke aufnähen.«

»Machen Sie sich keine Umstände, das ist nicht nötig. Aber ich würde gern mit dem Zahlmeister sprechen und mir meinen Sold für das Kommando auszahlen lassen.«

»Gewiss, Sie können jetzt sicher jeden Penny gebrauchen, um Ihr schönes Haus wieder aufzubauen.«

Kit nickte und verbarg seine Bitterkeit hinter einer weiteren Frage. »Wo ist der Telegrafenraum?«

Er verschickte zwei Telegramme auf Regimentskosten. Eines war an den Generalgouverneur adressiert und informierte diesen über den Erfolg der Mission und Kits sofortiges Ausscheiden aus dem Militärdienst. Ein zweites, beinahe identisches Schreiben ging an den Innenminister im Parlament von Neusüdwales, in dessen Zuständigkeitsbereich die Armee und eine praktisch nicht vorhandene Marine fielen.

Was auch passiert, ich bin draußen, dachte Kit. Und dieser Colonel Gresham konnte ihm auch gestohlen bleiben.

Danach konnte er eigentlich nicht mehr in der Messe essen und in der Kaserne übernachten, andererseits hatte er sich eine kleine Belohnung verdient. Früh am nächsten Morgen begegnete er Sergeant Rapper am Tor, und Rapper, der gewöhnlich gut informiert war, salutierte nicht, sondern ließ Kit grinsend an sich vorbeireiten.

»Was soll ich dem Colonel sagen, Sir?«, rief er ihm nach.

»Sagen Sie ihm, er kann mich mal!« Rappers dröhnendes Gelächter begleitete ihn noch ein ganzes Stück.

An diesem Morgen begann es zu regnen, und Scarpy fluchte, als er sein Pferd den schlammigen Abhang zur Fähre hinunterzerrte. Das Tier hasste die Fähre, und der rutschige Boden hatte ihm zusätzlich Angst eingejagt. Es bäumte sich auf und keilte aus, steckte zwei andere Tiere mit seiner Panik an und verursachte so viel Unruhe, dass der Fährmann die Geduld verlor und befahl, man solle das Tier gefälligst am Ufer lassen.

»Keine Sorge«, sagte Scarpy. »Es liegt nur am Gewitter, das macht ihm Angst.«

»Welches Gewitter? Das bisschen Regen tut doch keinem weh.«

»Ein Gewitter zieht auf, das können Sie mir glauben. Das Pferd hier ist schlauer als wir.«

»Ach, kommen Sie. Der Klepper kann sich nicht auf den Beinen halten. Aus dem Weg mit ihm.«

»Nein, er hat sich schon beruhigt. Sehen Sie, er kommt sanft wie ein Lamm an Bord. Vielleicht hat er sich diesmal geirrt.«

»Das können Sie aber laut sagen«, meinte der Fährmann lachend. »Auf seine Wettervorhersage würde ich keinen Penny wetten.«

Er holte die schweren Seile ein, signalisierte den Männern mit einem Pfiff, die Laufplanken einzuziehen, dann glitt die Fähre auf den Brisbane River hinaus. Die meisten Passagiere drängten sich unter dem Schutzdach aus Segeltuch, doch Scarpy blieb bei seinem Pferd. Er rollte eine Ölhaut aus und knöpfte sie um seine Schultern, tauschte die Strickmütze gegen einen Lederhut ein, schaute auf seine fast neuen Stiefel hinunter und beschloss, auch sie vor dem Regen zu schützen, indem er sie abstreifte und an den Sattel band.

Als er den Blick des Fährmanns bemerkte, zuckte Scarpy nur mit den Achseln. Der Fährmann schaute kopfschüttelnd zum Himmel empor.

Die Fähre folgte dem breiten, gewundenen Fluss und steuerte gerade die Anlegestelle von Cafferty's Creek an, als ein gewaltiger Donnerschlag das Schiff erbeben ließ.

Scarpy tippte dem Fährmann auf die Schulter, bevor er inmitten eines mächtigen Gewitters sein Pferd an Land führte. Der Regen fiel mittlerweile in Sturzbächen.

Sein Triumph war allerdings wenig befriedigend, da er in diesem Wetter am Fluss entlang bis zur Stadt reiten musste. Der Ort gefiel ihm nicht; er roch noch immer nach Sträflingssiedlung. Fünf Jahre hatte er hier verbracht, bevor er seine Entlassungspapiere bekam und Nelly, die Tochter des Friseurs, heiratete. Sie war ein nettes, aber zartes Mädchen, und er versprach ihrem Vater Ted, gut auf sie aufzupassen. Da begriff Scarpy, dass er seinen gesetzlosen und wenig einträglichen Lebenswandel aufgeben und von nun an den ehrlichen Weg einschlagen musste. Er erzählte Ted unmittelbar vor seiner Entlassung davon, und sein künftiger Schwiegervater wurde aufmerksam.

»Scarpy, wenn du ein ehrlicher Mann wirst und meine Tochter nimmst, bekommst du auch die Mitgift.«

»Was ist denn eine Mitgift?«, hatte Scarpy lachend gefragt.

»Da sieht man, wie unwissend du bist! Eine Mitgift sind zehn Pfund und ihre Aussteuertruhe, so etwas bekommt eine Dame eben, wenn sie heiratet.«

»Zehn Pfund? Du gibst mir zehn Pfund, damit ich Nelly heirate?«

»Wenn du dich gut um sie kümmerst; sie ist kränklich.«

Und das hatte er getan. Es war kein schlechtes Arrangement. Beide taten ihr Bestes, kauften eine kleine Farm, züchteten Hühner und Gänse, saßen abends singend unter dem großen Feigenbaum, während Nelly sie auf der Gitarre begleitete, und zählten die Sterne. Sie hielt tapfer durch, doch letztlich erlag sie der Schwindsucht. Erst als ihre Tante zum Begräbnis in Ipswich auftauchte, erfuhr Scarpy, dass Teds Frau eine Schwarze und Nelly folglich ein Halbblut gewesen war, doch das störte ihn nicht.

Danach hatte er ihre Verwandten noch gelegentlich gesehen, doch Besuche waren selten. Kürzlich hatte er sich jedoch noch einmal an ihre Tante gewandt, weil er bestimmte Informationen benötigte, und sie hatte ihm genau erklärt, mit wem er in Brisbane reden solle.

Er müsse einen Schwarzen namens Moorabi finden, der, wie sie ihm versichert hatte, einfach über alles und jeden Bescheid wisse.

Er suchte vor dem Wolkenbruch Schutz in einem Stall, in dem es zum Glück noch eine freie Box für sein Pferd gab.

»Ich mag ihn nicht in dem Wetter draußen lassen«, sagte Scarpy. »Also lass ihn hier stehen, Freundchen, sonst gibt es Ärger.«

Der Stallbursche betrachtete den stämmigen kleinen Mann mit der rauen Stimme und dem dazu passenden Gesicht und entschied, dass das Pferd bleiben konnte. Allerdings hätte er ihm gern mehr Geld abgeknöpft, da die Box gewöhnlich nur erstklassigen Pferden vorbehalten war.

»In Ordnung«, meinte er und sah dem Fremden nach, der auf die Straße hinausmarschierte, die mit dem Regen wegzuschwimmen drohte.

Scarpy fand einige von Nellys Leuten, die in ihren Hütten am Breakfast Creek Unterschlupf gesucht hatten, und erkundigte sich bei ihnen nach Moorabi. Er erfuhr, dass dieser ins heiße Land gezogen sei, womit sie den Norden meinten.

Die Schwarzen brachen in Gelächter aus, als er ihnen die Frage stellte.

»Ich suche einen Weißen, der aussieht wie ein Schwarzer.« Doch eine ältere Frau verstand ihn. – »Er war hier, hat mit Leuten geredet. Heißt Jack, ja?«

»Genau, das ist er! Jack Drew. Weißt du, wo er jetzt ist?«

Kopfschütteln.

»Er war Freund von Moorabi«, sagte die Frau, und Scarpy nickte mit schiefem Grinsen.

»So ein Pech. Wann kommt Moorabi wieder?«

»Vielleicht morgen. Vielleicht Sonntag«, sagte sie hilfsbereit, doch Scarpy wusste, dass ihr Zeitgefühl nicht gerade zuverlässig war.

»Nett von dir«, bedankte er sich. »Ich komme wieder. Und ihr sagt den Leuten, dass ich nach ihm suche, ja?«

Dann trottete er durch den Regen zu einer schäbigen Kaschemme beim Hafen, bestellte einen Whisky und plauderte mit dem Wirt. Wirte waren immer gute Informationsquellen.

Er erfuhr von den Suchtrupps, die entlaufenen Flüchtigen nachspürten, und gab sich interessiert, bis er das Thema auf Harry Harvey und dessen Strafe bringen konnte. Der Wirt berichtete, Harry sei noch mal mit »einem blauen Auge« davongekommen. Die anderen Männer habe man ins gefürchtete Gefängnis auf Norfolk Island geschickt, während Harry seine Zeit in Brisbane absitzen dürfe.

»Da haben wohl einige Münzen den Besitzer gewechselt«, meinte der Wirt augenzwinkernd.

»Wer sollte sich denn für Harry einsetzen?«

»Es heißt, er verstehe sich gut mit einem Bullen namens Kirk. Das ist ein ganz übler Patron.«

Scarpy bestellte einen weiteren Whisky und saß nachdenklich da. Er war besorgt. Harry Harvey hätte nie im Leben genügend Geld gehabt, um sich eine mildere Strafe zu erkaufen, folglich musste er mit seinem Wissen gehandelt haben. Scarpy hoffte, dass seine Besorgnis seinem schlechten Gewissen entsprang, immerhin hatte er Harvey von seinem alten Kumpel erzählt. Andererseits konnte Harvey tatsächlich Kapital daraus geschlagen haben. Er schuldete Jack auf jeden Fall eine Warnung, wenn er ihn denn finden konnte. Mit etwas Glück war er schon wieder in den Busch gezogen, doch er musste sich davon überzeugen.

Das Gewitter war in schweren Dauerregen übergegangen, und obwohl die Straßen unter Wasser standen, suchte Scarpy in den nächsten Tagen die düstere Stadt nach Jack ab, ging noch einmal ins Lager der Schwarzen und sprach erneut mit dem Wirt der Hafenkneipe. Er spielte mit dem Gedanken, Harry im Gefängnis zu besuchen, bezweifelte aber, dass es etwas nützen würde, und konzentrierte sich daher auf Kirk. Leider musste er erfahren, dass der Inspektor sich nicht in der Stadt aufhielt.

Doch Scarpy war ein geduldiger Mann; er blieb vor Ort und hoffte, seine Farm möge von dem Regen etwas mitbekommen.

Colonel Gresham war konsterniert, dass man seine Untersuchung einfach ignorierte. Nicht nur Ferrington gab nichts darum, selbst die örtliche Polizei bestand darauf, sie sei nicht zuständig, und man ließ ihn auf die Rückkehr von Inspektor Kirk warten. Sein Zorn wuchs.

Doch dann wollte es ein glücklicher Zufall, dass er am Postamt vorbeiging und von einem Beamten angesprochen wurde.

»Colonel, wir haben hier ein Telegramm für Major Ferrington. Es ist sehr wichtig. Sehen Sie ihn, oder sollen wir es ihm ins Hotel schicken?«

»Ich nehme es mit.« Er las es und legte es zu den Papieren, mit denen er die Untersuchung vorbereitete.

Das Telegramm stammte vom Innenminister und lautete:

ERSUCHEN UM ENTLASSUNG ABGELEHNT BIS
ERMITTLUNGSERGEBNIS VORLIEGT STOP

Das machte den Colonel sehr glücklich, und er konnte nicht umhin, Lord und Lady Heselwood davon zu erzählen.

»Dieser Ferrington scheint zu glauben, er könne der Untersuchung entgehen, indem er den Dienst quittiert. Er hat anscheinend nicht die geringste Ahnung, wie solche Verfahren ablaufen.«

»Man sollte meinen, Major Ferrington kenne sich in Verfahrens- und Protokollfragen aus, da er sich so gut mit dem Gouverneur versteht«, meinte Heselwood bissig. »Vielleicht interessieren ihn Ihre Ermittlungen einfach nicht.«

»Das ist unverschämt!«

»Nach allem, was ich höre, sind die Vorwürfe gegen Ferrington unverschämt.«

»Das sind sie nicht, Sir, ganz und gar nicht! Und ich tue hier nur meine Pflicht, während er mir ausweicht und sich wie ein durch und durch schuldiger Mensch benimmt, der seinen Anklägern nicht gegenüberzutreten wagt.«

Heselwood runzelte die Stirn. »Ich verstehe nicht, weshalb Sie sich noch die Mühe einer Untersuchung machen, da Ihre Entscheidung ohnehin bereits gefallen ist.«

Seine reizende Frau griff ein, bevor der Colonel weitere Dreistigkeiten ertragen musste. »Ich glaube, es liegt am Wetter, Colonel«, meinte sie. »Noch nie habe ich einen so hartnäckigen Regen erlebt. Es heißt, die Straßen seien blockiert und der Fluss steige an. Überall bleiben die Menschen stecken.«

Das war kaum eine Entschuldigung für Ferringtons Verhalten, doch der Colonel beschloss, das Thema ruhen zu lassen. »Gewiss haben Sie recht. Ich bedauere zutiefst, dass Sie während Ihres Aufenthalts unter diesen unerfreulichen Witterungsverhältnissen zu leiden haben.«

»Wo steckt Ferrington eigentlich?«, fragte Jasin Heselwood seine Frau, als er übellaunig auf der breiten Veranda auf und ab schritt. »Ich wollte nämlich mit ihm reden. Falls er wirklich einen Waffenstillstand mit den Schwarzen geschlossen hat, wäre es ratsam, mich mit dem Häuptling zusammenzubringen. Dann könnte ich Montone beruhigt wieder aufbauen, ohne neue Schwierigkeiten zu fürchten.«

»Ich weiß es auch nicht. Er kam vor ein paar Tagen, um Adrian und Jessie zu sehen, danach ist er verschwunden. Es ist alles ganz seltsam. Jessie steht noch unter Schock, sie kommt mit dem Erlebten gar nicht zurecht, was mich eigentlich wundert. Sie wirkte immer wie ein Mädchen, das so etwas mit links schafft.«

»Ganz anders als *mein* Mädchen«, sagte er grinsend. »Du erträgst einen heimtückischen Überfall auf dein Heim, musst um dein Leben reiten und hast es tatsächlich mit links geschafft. Anscheinend bist du aus anderem Holz geschnitzt!«

»Das glaube ich nicht. Als wir herkamen, war ich ein nervöses Wrack. Heute Nachmittag gehe ich zu Jessie. Sie will nicht nach Sydney zurückkehren, obwohl ihr Bruder es für ratsam hält. Meinst du nicht, sie sollte zuerst mit dem Major über ihre Pläne sprechen? Immerhin sind sie verlobt.«

»Lass sie. Der Bursche hat Wichtigeres zu tun.«

»Wichtigeres, als sich um seine Verlobte zu kümmern?«

Er antwortete mit einem Achselzucken. »Finde heraus, wo Ferrington ist. Je früher ich mit ihm rede, desto besser.«

Georgina sorgte sich mehr um Jessie, als sie ihrem Mann gegenüber gezeigt hatte, konnte aber wenig ausrichten.

»Vielleicht sollten Sie in unser Hotel ziehen, Jessie. Es ist höher gelegen und luftiger als dieses Gebäude.«

»Nein, danke. Mir geht es gut.«

»Sicher«, seufzte Georgina. »Aber es ist eine Schande, dass wir wegen des Regens nicht hinauskönnen. Ich hatte mich auf ein Picknick im Botanischen Garten gefreut, aber das mussten wir verschieben. Soll ich Ihnen ein kühles Getränk holen, vielleicht eine Limonade?«

»Nein, danke.« – »Sie können nicht den ganzen Tag hier sitzen, Jessie. Gehen wir in den Aufenthaltsraum.«

»Lieber nicht, Georgina. Ich möchte mich ein bisschen hinlegen.«

Lady Heselwood hatte es allmählich satt. Ihre Freundin Blanche hatte sie gebeten, sich um ihre Tochter zu kümmern, doch diese schien fest entschlossen, herumzusitzen und in Selbstmitleid zu versinken.

»Ich glaube, Sie sollten sich ein wenig zusammenreißen, meine Liebe. Passiert ist passiert. Vorbei. Wollen Sie etwa bis in alle Ewigkeit in diesem Lehnstuhl sitzen?«

»Nein«, meinte Jessie schwach.

»Was haben Sie denn dann vor? Sie können auch nicht ständig in diesem Hotelzimmer hocken.«

»Wo soll ich denn hin?«

»Nach Hause. Der Major war doch wohl der Meinung, Sie sollten heimkehren, bis hier alles geregelt ist.«

»Den Major interessiert es doch ganz und gar nicht, was ich mache.«

Georgina seufzte. »Sicher doch. Ist er zur Farm hinausgeritten?«

»Ich denke schon.«

»Wann werden Sie ihn wiedersehen?«

»Gar nicht. Die Verlobung ist gelöst. Ich habe ihm den Ring zurückgeschickt.«

»Wieso?«

»Einfach so. Ich möchte nicht darüber reden.«

Fassungslos stand Georgina am Fußende des Bettes, wollte dem Mädchen vergeblich Vernunft einreden und machte sich schließlich auf die Suche nach Adrian, der gerade aus der Hotelverwaltung kam und so niedergeschmettert wirkte wie seine Schwester.

»Was ist nur mit euch beiden los? Und was bedeutet die Sache mit der gelösten Verlobung?«

»Sie hatten Streit. Er ging weg, ohne noch einmal mit ihr

zu sprechen. Und von mir hält er noch viel weniger. Ich sehe zu, dass ich uns auf dem nächsten Schiff unterbringe.«

»Sollten Sie nicht warten und zumindest mit dem Major reden? Jessie will nicht nach Hause, vermutlich hofft sie noch auf eine Versöhnung.«

»Nein«, gab er zurück. »Sehen Sie, Lady Heselwood, es tut mir leid, und ich möchte Sie auch nicht kränken, aber die Entscheidungen treffe jetzt ich. Mir bleibt keine Wahl. Wir müssen das Hotel ohnehin verlassen, da wir kein Geld mehr haben. Wir leben schon jetzt von Geliehenem.«

»Guter Gott. Wir bezahlen Ihre Rechnung, Adrian. Das ist kein Grund für eine übereilte Abreise.«

Er schüttelte den Kopf. »Es hat keinen Sinn, zu bleiben. Wir müssen nach Hause.«

Bei seiner Rückkehr teilte er Jessie mit, dass er Fahrkarten für übermorgen besorgt und ihrer Mutter telegrafiert habe, sie solle sie abholen.

»Ich fahre nicht mit!«

»Dann bleib hier und lass dich auf die Straße setzen. Ich habe die Hotelrechnung bis morgen bezahlt, das war's. Du besitzt keinen Penny. Tu einmal im Leben, was man dir sagt! Du hättest nie herkommen dürfen, bevor der Major bereit war, dich zu empfangen. Du hast dir alles selbst zuzuschreiben. Kein Wunder, dass er die Nase voll von dir hat.«

Georgina ahnte Schlimmes und suchte Jessie am nächsten Morgen erneut auf. Sie hatte einen langen Sommermantel und einige leichte Kleider gekauft, dazu ein paar Leinenschuhe, die Jessie auf dem Schiff tragen konnte. In der Manteltasche steckte eine perlenbestickte Geldbörse mit zwanzig Pfund darin.

Jessie weigerte sich jedoch, die Sachen anzunehmen.

»Doch, das werden Sie«, beharrte Georgina. »Ich weiß noch sehr gut, wie es war, nur mit den Kleidern, die ich auf dem Leib trug, in der Stadt zu landen. Nehmen Sie die Sachen, und hören Sie auf mit dem Getue.«

»Aber ich fahre nicht nach Hause, Georgina.«

»Wohin wollen Sie denn dann? Auf Emerald Downs gibt es keine Unterkunft für Sie.«

»Ich dachte, ich könnte vielleicht in Ihr Hotel ziehen. Das haben Sie doch vorgeschlagen.«

»Und Sie haben abgelehnt. Außerdem hat Adrian mittlerweile entschieden, dass Sie beide nach Sydney zurückkehren. Ich weiß, Ihre Mutter wird sich freuen, sie war äußerst besorgt, vor allem nach den Unruhen auf der Farm. Glauben Sie mir, es ist das Beste, und eine Seereise dürfte Ihnen jetzt guttun.«

Jessie zuckte die Achseln und setzte sich auf die Kante des ungemachten Bettes. »Ich habe mich völlig zum Narren gemacht! Was soll ich nur sagen, wenn mich die Leute nach der Hochzeit fragen?«

»Meine Liebe! Sagen Sie, dass Ihre Hochzeit angesichts der besonderen Umstände verschoben werden musste. Der arme Mann hatte ein wunderbares Haus für Sie gebaut, das zerstört worden ist. Er wird wieder von vorn beginnen müssen. Schreiben Sie ihm einfach einen netten Brief, indem Sie sich für den kleinen Streit entschuldigen …«

Sie hob die Hand, um Jessies Protesten zuvorzukommen. »Ich weiß, ein Rückzug ist nicht leicht, manchmal aber nötig. Schreiben Sie den Brief, und erwähnen Sie nichts von dem Ring. Sie können ihm mitteilen, dass Sie ihn für eine Weile verlassen, er solle sich keine Sorgen um Sie machen. Es ist Ihre Aufgabe, ihn in der Not zu unterstützen und so hilfreich wie möglich zu sein.«

»Hilfreich?«, fragte Jessie zornig. »Ich habe bereits gelernt, dass man niemals versuchen sollte, Major Ferrington zu helfen. Ich werde nicht den Rückzug antreten, wie Sie es nennen. Er war grob zu mir. Er wird sich entschuldigen müssen, sonst ist es aus.«

Lady Heselwood hob die Augenbrauen. »Ich sehe, es geht Ihnen besser. Ein bisschen Zorn ist manchmal sehr viel sinnvoller als alles Gejammer der Welt. Nun lassen Sie uns packen, dann können wir noch zu Mittag essen, bevor Sie aufbrechen.«

Sie sah sich um.

»Wie dumm von mir! Sie haben ja gar keinen Koffer. Daran hätte ich wirklich denken sollen. Kommen Sie, wir sehen zu, dass wir einen kaufen. Sie können Ihre Kleider schlecht in einer Satteltasche unterbringen.«

Als Major Ferrington nicht wie befohlen zum Verhör erschien, ließ der Colonel einen Haftbefehl ausstellen und schickte Leutnant Clancy damit los.

Vier Soldaten, geführt von Clancy, ritten umgehend nach Emerald Downs, wo sie von Jack Drew erfuhren, dass der Major nicht zu Hause sei.

»Verzeihen Sie, Jack, mir gefällt das alles auch nicht, aber ich habe meine Befehle. Ich muss den Major in die Kaserne bringen.«

»Was soll das heißen? Was für ein Befehl soll das denn sein?«

»Er muss sich zu den Vorwürfen äußern.«

»Welchen Vorwürfen, verdammt noch mal?«

»Militärkram. Hat er Ihnen nichts davon gesagt?« Clancy saß ab, befahl seinen Männern, das Gleiche zu tun, und erläuterte Jack die Situation, während er Ausschau nach dem Eigentümer der Farm hielt.

»Man kann ihn doch nicht für den Tod der eingeborenen Polizisten verantwortlich machen!«, entgegnete Jack wütend. »Er wollte mit den Schweinen nichts zu schaffen haben, das hat er immer gesagt. Und darüber war Kirk von Anfang an informiert.«

»Ich weiß, aber seine Befehle lauteten anders. Er sollte mit ihnen zusammenarbeiten.«

»Sie sind vorwärts gestürmt, waren zu verwegen, um unsere Unterstützung anzunehmen, so war das. Diese Kerle haben schutzlose Schwarze angegriffen, wo immer sie ihnen begegneten; sie hatten nicht damit gerechnet, auf echte Krieger zu treffen. Kirk war genauso; für ihn waren die Stammesleute nur dumme Nigger, die er ungefährdet angreifen konnte, weil er von Bewaffneten umgeben war. Aber da hat er sich geirrt, was?«

»Er sagt, er habe sich auf die Verstärkung verlassen.«

»Verstehe. Kirk muss diese Strategie verfolgen, um seine eigenen Fehler zu kaschieren. Er ist geradewegs in die Katastrophe gelaufen, hat die Schwarzen idiotischerweise unterschätzt.«

»Na ja, man könnte sagen …«, lenkte Clancy ein. »Aber er ist Polizist, genau wie seine Männer, und der Major befand sich unter militärischem Befehl.«

»Verflucht!«, brüllte Jack. »Auf wessen Seite stehen Sie eigentlich?«

»Ich tue nur meine Arbeit. Ich könnte verstehen, wenn Sie den Major hier versteckten, Jack, er ist Ihr Freund, aber es hat keinen Sinn. Wir müssen weiter nach ihm suchen. Sind Sie ganz sicher, dass er nicht drüben im Busch wartet, bis wir wieder verschwunden sind?«

»Verdammt sicher! Major Ferrington braucht sich nicht wie ein Tier vor Ihnen zu verstecken. Sie sagten, es gebe eine Untersuchung. Darf ich dabei auch aussagen?«

»Nur wenn Ferrington Sie als Zeuge benennt. An Ihrer Stelle würde ich jedoch nicht mein Wort in die Waagschale werfen. In der Stadt erzählt man sich, Sie würden ebenfalls gesucht. Hätten selbst mal die Fliege gemacht. Ich würde mich lieber bedeckt halten.«

Clancy war enttäuscht über Jacks Haltung. Er führte nur seine Befehle aus. Außerdem hatte die Regierung endlich begriffen, dass Brisbane tatsächlich weitere Truppen benötigte, weil bekannt war, dass es jenseits der sicheren Gebiete Hunderte kriegerischer Stämme gab. Es wäre eine gewaltige, niemals endende Aufgabe, den Norden auch nur ansatzweise zu kontrollieren … und es war, wie Gresham gesagt hatte, einfach lächerlich gewesen, Ferrington diese Aufgabe zu übertragen. Sie brauchten mehr aktive Offiziere, und Clancy würde nach seinen Erfahrungen im Busch gewiss zum Captain befördert, falls ihn Gresham, der gar kein so übler Kerl war, dafür empfahl.

Doch wo steckte Ferrington?

Als Kit, noch immer wütend auf Jessie und Adrian, das Hotel verließ, war er entschlossen, Inspektor Kirk zu finden, der jedoch nach Redland Bay geritten war, um Albert Minchin zu verhaften.

Kit hätte auch nichts dagegen gehabt, ein paar Worte mit dem Vorarbeiter zu reden, und begab sich ebenfalls in Richtung Redland Bay, fragte in einsamen Farmhäusern nach, wo er erfuhr, dass Kirk und seine Männer ihm einen Tag voraus waren.

Irgendwie löste sich die Spannung der letzten Zeit ein wenig. Die Einsamkeit tat ihm gut, ebenso der ruhige Ritt an der Bucht entlang.

Er lagerte am Strand, beobachtete Aborigines, die gelassen im flachen Wasser fischten, staunte über die Vögel, die um ihn herum nisteten, und die Tiere, die friedlich im schattigen Gebüsch grasten. Er wusste, auf seinem Land, an seinem Fluss, war die Natur ebenso üppig, doch hatte er sich dort nie die Zeit genommen, um einfach dazusitzen und sich umzuschauen, zu genießen, was er bereits erreicht hatte, ein wunderbares Stück Land, zehntausend Morgen, mehr als er sich je erträumt hatte.

Mehr als er verdiente, sagte er sich traurig. Denn war er nicht wie eine Dampflok darauf zugebraust? Wild darüber hinweggefahren, statt sich Zeit zu nehmen und das Land als Ganzes zu betrachten, statt herauszufinden, welche Teile wie genutzt werden, welche Waldstücke unberührt bleiben sollten? Er wusste nicht genau, wie man so etwas anstellte, da er den Busch kaum kannte, aber Jack Drew konnte ihm womöglich helfen. Jack wusste nichts von der Landwirtschaft, verstand aber die Natur und ihre Gesetze.

Schließlich machte der Regen dem Naturgenuss ein Ende, und er kehrte, ohne Rollo Kirk gefunden zu haben, nach Brisbane zurück.

Als er sein Pferd von der Fähre führte, wartete Leutnant Clancy schon auf ihn.

Mit einem Haftbefehl.

18

Es hatte endlich aufgehört zu regnen, doch nun, da die Sonne durch die Wolken brach, stieg die Feuchtigkeit auf und verwandelte Brisbane in ein Schwitzbad. Georgina Heselwood aber hielt ihr Versprechen. Sie begleitete Jessie und Adrian zur *Argyle* und brachte sie sicher an Bord, wobei sie insgeheim hoffte, der Major möge noch auftauchen, doch es geschah nichts dergleichen.

In letzter Minute rannte Sam Dignam den Kai entlang und die Laufplanke hinauf, hielt Jessie eine Dose Konfekt hin und schüttelte Adrian die Hand.

»Hoffentlich bist du diesmal seefest«, sagte er und wandte sich wieder Jessie zu.

»Ruh dich aus.«

Mit diesen Worten umarmte er sie, und Georgina bemerkte, dass Jessie still vor sich hin weinte, während sie sich von ihm verabschiedete. Sie fragte sich, wem die Tränen wohl galten. Ihr selbst, ihrem Verlobten oder dem gut aussehenden, jungen Reporter? Nun, die Zeit würde es zeigen. Und um ehrlich zu sein, war sie ganz froh, Jessie aus dem Weg zu haben. Sie war ein eigensinniges Mädchen. Es war dumm und unüberlegt gewesen, Ferrington den Verlobungsring auf die Farm zu schicken, vor allem, da sie laut Adrian nur wegen einer Bagatelle gestritten hatten. Er schien jedenfalls zu erwarten, dass der Major entsetzt sein würde, wenn er den Ring in Händen hielt.

Sam begleitete Georgina von Bord und blieb bei ihr, bis das Schiff abgelegt hatte.

»Darf ich Sie ins Hotel begleiten, Lady Heselwood?«, erkundigte er sich.

»Vielen Dank, Mr Dignam, aber das ist nicht nötig. Ich sehe mir noch ein wenig die Auslagen der Geschäfte an.«

Er lüftete den Hut und ging davon. Georgina betrachtete die Auslage eines Juweliergeschäfts, war in Gedanken aber bei Sam Dignam. Er schien sehr viel von Jessie zu halten. War das womöglich die Ursache für ihr Verhalten? Benutzte sie einen kleinen Streit unter Liebenden, um die Verlobung zu lösen und sich Sam zuzuwenden? Ferringtons Position war nicht eben günstig. Noch vor der Katastrophe auf Emerald Downs hatte man über finanzielle Schwierigkeiten gemunkelt. Konnte das etwa der Grund für Jessies Rückzug sein? Vielleicht erschien ihr der wohlhabende Sam Dignam auf einmal attraktiver als der Pechvogel Ferrington.

Nein, sagte sie sich, so etwas wollte sie Jessie dann doch nicht vorwerfen. Gewiss, sie war ein ungezogenes Mädchen, das gegen den Willen seiner Mutter das Schiff bestiegen hatte, aber so berechnend war sie dann doch nicht. Eher im Gegenteil. Erst springen, dann denken, lautete ihre Devise.

Sie sah einige Männer, die gegenüber der Polizeiwache vom Pferd stiegen und die Tiere festbanden. Sie erkannte Inspektor Kirk, den Liebling der lokalen Presse. Sie und Jasin hingegen waren von den wilden Vorwürfen, die er gegen Major Ferrington losgelassen hatte, wenig beeindruckt. Außerdem ärgerte es ihren Mann, dass Colonel Gresham so viel von Kirks Äußerungen zu halten schien.

Georgina lächelte traurig. Ihr Mann war ausgesprochen selbstsüchtig. Von seiner Abneigung gegen Gresham einmal abgesehen, war ihm das Schicksal des Majors herzlich egal, obwohl sie ihn gemahnt hatte, dass es sich immerhin um Jessies Verlobten handelte.

»Alles Mist«, hatte er gesagt. »Diese Beamten wollen einander nur übertrumpfen. Sollen sie es unter sich ausmachen, und ich führe mit Ferrington ein ernstes Gespräch über den Waffenstillstand. Ich möchte den Häuptling gern persönlich treffen.«

Die Zeitungsfotografen hatten Kirk geschmeichelt, dachte Georgina stirnrunzelnd, als der Inspektor den Hut abnahm und sich das dunkle Gesicht mit einem schmutzigen Tuch abwischte. Er sprach kurz mit seinen drei Begleitern, nahm das Gewehr aus dem Halfter und überquerte die breite Straße.

Georgina wollte gerade weitergehen, als sie hörte, wie Kirk von jemandem gerufen wurde, und entdeckte einen dunkelhäutigen Mann, der die Straße herunterstürmte.

»Kirk!«, brüllte er noch einmal. »Komm her, du verlogenes Schwein. Ich will mit dir reden …«

Der Inspektor drehte sich um und erkannte den Mann, sein Gesicht verriet Panik. Georgina sah, wie er verzweifelt sein Gewehr laden wollte, das er am Gurt über der Uniformjacke trug, doch es war zu spät. Der Fremde hatte ihn eingeholt, ergriff das Gewehr und warf es weg. Dann rammte er Kirk mit einem hörbaren Krachen die Faust mitten ins Gesicht.

Georgina stieß einen Schrei aus. Die wenigen Leute auf der Straße standen wie angewurzelt da, während der Dunkle noch einmal auf Kirk einschlug, dass dieser zu Boden fiel, und ihn gewaltig in den Hintern trat.

Der Fremde wollte gerade verschwinden, als er Georginas Blick begegnete und zögerte. Er sah sie kurz an und ging weiter.

Sie sah ihn um eine Ecke biegen, wusste, dass sie ihm schon einmal begegnet war, ihn irgendwoher kannte. Aber er war doch ein Schwarzer! Moment, dachte sie dann, das stimmte nicht, seine Stimme klang englisch, sogar ohne einheimischen Akzent.

Georgina ging weiter, den steilen Hang hinauf, wobei ihr in dem langärmeligen Kleid mit den weiten Röcken der Schweiß ausbrach. Sie setzte sich auf eine niedrige Mauer im Schatten eines Bambusdickichts und ließ die Szene noch einmal vor ihrem inneren Auge ablaufen. Und da fiel es ihr ein.

Es war der Mann, der sie auf Montone unter das Bett geschoben hatte, als die Wilden die Station überfielen. Aber wie konnte das sein?

Dennoch, er war es, dessen war sie sicher.

Sie hatte ihn gesehen. Er war dabei gewesen … war aber kein Schwarzer, was die hellen Augen in dem dunklen Gesicht erklärte, die sie nie vergessen würde. Doch warum hatte er gemeinsam mit den Schwarzen gekämpft?

Georgina schauderte, als sie sich an den Schrecken erinnerte, und eilte rasch in ihr Hotel, als könnte sie so die furchtbaren Erinnerungen hinter sich lassen, doch ihr stiegen wieder die Tränen in die Augen. Sie weinte um die arme Mrs Gwyder, ihre Köchin, die im Hof erschlagen worden war, und um die getöteten Viehhüter, gute Männer, die gestorben waren, als sie ihrer täglichen Arbeit nachgingen.

Als sie das Hotel erreichte, war sie so wütend, dass sie am liebsten umgekehrt und geradewegs zur Polizeiwache marschiert wäre, um den Mann anzuzeigen. Sie würde aussagen, dass er während der Kämpfe in ihr Schlafzimmer eingedrungen war und sie ihn aus der Nähe gesehen hatte, sodass sie ihn jetzt identifizieren konnte.

Sie stieg die Treppe hinauf. Auf dem Absatz trat ein Zimmermädchen beiseite und streckte die Hand nach ihr aus.

»Geht es Ihnen gut, Madam? Sie sehen so blass aus.«

Georgina wäre beinahe gestürzt, und das Mädchen ergriff ihren Arm und führte sie die nächsten Stufen hinauf. Georgina war wie gelähmt vor Angst.

»Hier ist Ihr Zimmer, Madam. Soll ich mit hineinkommen …«

»Danke, nein … nein!« Georgina taumelte hinein und ließ sich schwer aufs Bett fallen, als der Wind plötzlich die Tür zuschlug. Genau das hatte er auch getan! Er war hereingekommen, hatte sie angestarrt, als erschreckte ihn ihr Anblick, dann war er auf sie zugelaufen und hatte ihr damit furchtbare Angst eingejagt, hatte sie gepackt und unters Bett geschoben. Dann war die Tür zugeschlagen, und sie war allein im Zimmer geblieben, während heulende Wilde in ihr Haus eindrangen und Gewehrschüsse den Tumult übertönten.

Ihr Mann hatte sie gesucht, sie durch die Flügeltür gezerrt, war mit ihr zu den Pferden gelaufen ... und sie waren um ihr Leben geritten, während hinter ihnen ihr schönes Haus in Flammen aufging.

Sie hatte Jasin mehrmals von dem Mann erzählt, doch er hatte ihr nicht geglaubt. Das würde sich nun vielleicht ändern. Doch wollte sie das wirklich? Der Bursche hatte immerhin versucht, sie zu schützen, hatte die Wilden an der Tür vorbeistürmen lassen. Sie seufzte verwirrt und goss sich ein großes Glas lauwarmes Wasser aus dem Krug ein. Was hatte der Kerl überhaupt hier zu suchen? Sie sollte ihn besser den Behörden melden, immerhin hatte er heute den Inspektor auf offener Straße angegriffen. Er musste verrückt sein.

Als ihr Mann zurückkam, wollte sie ihm zuerst von ihrer Entdeckung erzählen, zögerte dann aber. Sollte er ihr diesmal glauben, würde er glatt mit einer Schrotflinte auf die Straße stürmen und den Mann persönlich suchen.

Sie würde abwarten, bis sie ihn ganz sicher identifizieren konnte, wollte auch herausfinden, wer er eigentlich war. Das konnte doch nicht so schwer sein. Jedenfalls würde die Lokalpresse den Zwischenfall auf der Straße weidlich ausschlachten.

Scarpy liebte Zeitungen, obwohl er selbst niemals welche kaufte. Wenn er eine fand, las er jede Zeile einschließlich der Seitenzahl, und als er an diesem Nachmittag in der kühlen Kneipe mit den Steinwänden und dem Fliesenboden saß, bemerkte er, wie der Wirt einen ganzen Stapel Zeitungen neben die Hintertür legte.

»Was machst du damit?«, fragte er.

»Die kriegt der Metzger als Einwickelpapier.« Scarpy rutschte von seinem Hocker und nahm sich ein paar Blätter, die er sofort eifrig studierte.

Stunden später stieß er auf eine Anzeige.

»Gott steh uns bei«, stotterte er. »Hier sucht jemand nach Jack Wodrow.«

»Und?«, fragte der Wirt.

»Nichts«, murmelte Scarpy und las die Anzeige noch einmal sorgfältig durch.

»Hier ist die Rede von einem Hector Wodrow, der Name steht in der Zeitung.« Er wählte bedachtsam die nächsten Worte. »Hector Wodrow«, betonte er noch einmal. »Ich habe ihn gekannt.«

»Hector Wodrow?«

»Ja, das steht hier.«

»Dann magst du ihn vielleicht gekannt haben, Scarpy, aber jetzt wirst du ihm nie mehr begegnen. Er ist ertrunken, mit der *Arabella* untergegangen. Er stand auf der Verlustliste der Passagiere, die brachte die Zeitung auch.«

»Sieh mal an.« Scarpy vertiefte sich wieder in seine Lektüre und fragte sich die ganze Zeit, wer dieser Hector sein mochte, dass er Jacks Namen einfach ausposaunte. Schlimm genug, dass er selbst ihn Harry Harvey gegenüber hatte fallen lassen, doch dieser Trottel setzte ihn glatt in die Zeitung. Ein Wunder, dass er nicht auch noch den neuen Namen erwähnt hatte.

Er fragte sich, ob Jack die Anzeige gesehen hatte.

Scarpy riss die Seite heraus, faltete sie sorgsam und steckte sie in die Tasche.

Männer rannten heraus, um Rollo Kirk zu helfen, darunter Wachtmeister Griffen, der neu bei der Polizei von Brisbane war und nicht an der Expedition teilgenommen hatte.

Er konnte es nicht fassen, dass ein Polizeibeamter vor der Wache niedergeschlagen wurde. Sein Vater hatte ihn vor den rauen Sitten in dieser Stadt gewarnt, und als er sich nun über den halb bewusstlosen Kirk beugte, dem Blut aus Platzwunden über dem Auge und neben dem Mund lief, wusste er, dass sein Vater recht gehabt hatte.

Superintendent Grimes übernahm das Kommando.

»Wer war das?«, rief er, doch niemand schien den Fremden zu kennen.

»Drew«, stieß Kirk hervor und spuckte einige blutige Zähne aus.

»Jack Drew?«, fragte Grimes, und Kirk nickte mit verzerrtem Gesicht.

»Er ist da lang!«, rief ein Mann, und Grimes rief Griffen zu: »Schnappen Sie ihn! Los! Wir bringen Kirk besser ins Krankenhaus.«

Griffen rannte in die Richtung, die der Angreifer genommen hatte, und fragte Passanten, ob sie ihn gesehen hätten, lief durch die Gassen, die zum Hafen führten, bevor er schließlich den Kopf in eine Kneipe steckte.

»Ich suche nach Jack Drew«, rief er.

»Was hat er getan?«, knurrte Boris der Wirt hinter seiner Theke.

»Einen Polizeibeamten zusammengeschlagen.«

»Gut gemacht! Wann war das?«

»Eben erst.«

»Welchen? Wen hat er geschlagen?«

»Inspektor Kirk.«

Jubelgeschrei war die Antwort, und Scarpy trat vor. »Ich bin Jack Drew.«

Boris drehte sich überrascht um und sah, wie der Gast ihm ein Auge kniff. Wachtmeister Griffen schoss vor.

»Jack Drew, ich verhafte Sie im Namen des Gesetzes wegen Körperverletzung, Sie kommen besser mit, ohne Widerstand zu leisten.«

Scarpy nickte trübsinnig. Er war aufgeregt, weil Jack in der Stadt war und er ihm helfen konnte, indem er die Bullen vorübergehend von seiner Spur ablenkte. Er ließ sich willig nagelneue, glänzende Handschellen anlegen und ging gehorsam mit. Er konnte sich vorstellen, wie laut das Gelächter in der Kneipe sein würde, sobald sie außer Hörweite waren.

Sie gingen eine lange Straße hinauf, wobei die Leute sie anstarrten, und nahmen eine Abkürzung durch eine Gasse hinter der Polizeiwache, wo Griffen Scarpy in eine kleine Zelle stieß, in der bereits einige Viehhüter saßen und würfelten.

Bald kam ein anderer Polizist mit rotblondem Bart und schloss die Zellentür auf. »Jack Drew?«, fragte er verwirrt.

»Muss im anderen Loch sitzen«, sagte ein Viehhüter.

»Nein, die andere Zelle ist leer.« Er betrachtete Scarpy. »Wer sind Sie?«

»Mr Covington.«

»Weshalb sind Sie hier?«

»Ich soll einen Polizisten geschlagen haben, aber das war ich nicht, Sir, ich saß nur so da ...«

Die Tür schlug zu.

»Wen hast du geschlagen?«, fragte der Viehhüter vergnügt.

Inspektor Tomkins stieß auf den Wachtmeister, der die Verhaftung gerade umständlich ins Protokollbuch eintrug.

»Wen haben Sie da in der Zelle?«

»Jack Drew, Sir.«

»Das ist nicht Jack Drew. Lassen Sie ihn raus.«

»Aber er hat gesagt ...«

»Griffen, er ist es nicht.«

»Ehrlich nicht?«

»Nein.«

»Warum hat er es dann gesagt?«

Tomkins nickte. »Ach, das war wohl ein Scherz. Oder aber es steckt mehr dahinter. Er könnte auch ein Freund von Drew sein, der ihn decken will.«

»Dann verhaften wir ihn eben wegen Behinderung der Justiz«, schlug Griffen empört vor.

»Vergessen Sie es. Lassen Sie ihn frei.«

Griffen ging zur Hintertür, und Tomkins zog sich in sein Büro zurück. Er wünschte, Drew hätte nachgedacht, bevor er Kirk angriff, obwohl dessen wilde persönliche Angriffe gegen Ferrington und Drew weiß Gott Grund genug für eine Auseinandersetzung waren, doch dass Drew ihn krankenhausreif geschlagen hatte, würde ihm nicht gerade helfen.

Nachdem man Scarpy ziemlich unfeierlich aus dem Gefängnis geworfen hatte, beschloss er, noch einmal bei den Schwarzen vorbeizuschauen und nachzuhören, ob es Neuigkeiten von Moorabi gab. Er musste unbedingt Jack finden, der sich vermutlich verdrückt hatte, nachdem er den Bullen verprügelt hatte. Warum mochte er das getan haben? Ein Mann musste schon ganz schön sauer sein, um am helllichten Tag ein derartiges Spektakel zu veranstalten. Doch so war Jack eben. Immer noch der Boss, der sich von niemandem etwas gefallen ließ.

Er schlenderte zum Stadtrand, immer am Flussufer entlang, konnte die Schwarzen aber nicht an ihren üblichen Plätzen entdecken. Also setzte er sich unter einen Baum und wartete, falls noch jemand auftauchen sollte. Dann musste er eingenickt sein, fuhr irgendwann hoch und entdeckte verblüfft einen unbekannten Schwarzen gleich neben sich.

Er war ein gut aussehender Bursche mit hohen Wangenknochen, einer geraden, flachen Nase, einem glatten, beinahe feminin geschwungenen Mund und gleichmäßigen weißen Zähnen. Er trug das dicke, kinnlange Haar mit einem Mittelscheitel, dazu einen krausen Bart.

Da schwarze Männer und Frauen sich nur bekleidet in der Stadt aufhalten durften, trug dieser ein ärmelloses Hemd und eine Moleskin-Hose, die seinen muskulösen Körper kaum verbargen.

»Warum willst du Moorabi sehen?«, fragte er leise.

»Um mich nach einem Freund zu erkundigen.« – »Wer ist dieser Freund?«

»Jack Drew.«

»Du bist Freund von Jack Drew?«

»Alter Freund.« Scarpy hoffte, dass seine Entscheidung richtig gewesen war. »Er steckt in Schwierigkeiten. Ich muss ihn warnen. Ich dachte, Moorabi könnte mir den Weg zu ihm zeigen.«

»Ich bin Moorabi«, verkündete der Schwarze. »Kennst du Ort am Fluss?«

»Nein.«

Moorabi kratzte sich am Kopf und runzelte die Stirn, schien sich eine Wegbeschreibung zu überlegen, dann kam ihm eine Idee. Er bedeutete Scarpy, ihm zu folgen, und trat ans Flussufer, wo er mit einem Stock eine Karte des Brisbane River in den feuchten Sand zeichnete.

Scarpy war fasziniert. Er hatte keine Ahnung, dass der Fluss so viele Biegungen machte. Der Schwarze zeichnete die Straße ein, die von der Stadt wegführte, sich ein Stück weit am Fluss orientierte und dann in das Tal bog. Dann warf er den Stock unvermittelt in den Sand.

»Dort?«, fragte Scarpy. Moorabi nickte.

»Was ist das für ein Ort?« Er versuchte, die Stelle mit den Flussbiegungen zu vergleichen, doch als er aufblickte, war der Schwarze verschwunden.

»Er ist einfach am Flussufer entlanggegangen, es gab weit und breit kein Versteck, und plötzlich war er weg, einfach so«, berichtete Scarpy dem Wirt Boris. – »Ich glaube, die Verhaftung war zu viel für dich«, meinte Boris.

Da es zu spät für den Aufbruch war, blieb Scarpy noch in der Kneipe und aß von dem schmackhaften Eintopf, den Boris jeden Abend kochte. Danach begab er sich in sein Bett in der Seemannsmission gleich um die Ecke.

* * *

Am nächsten Morgen holte er bei Sonnenaufgang sein Pferd ab und ritt bei klarem Wetter auf die Straße am Fluss. Wie erwartet konnte er den Brisbane River bald nicht mehr sehen. Er wusste nicht, ob er Ausschau nach einem Dorf oder einer Farm halten musste, konnte sich aber zumindest einmal umhören. Jack schien zwar ein freier Mann zu sein, der ungehindert durch Brisbane laufen und einen Polizisten verprügeln konnte, andererseits hatte die Polizei sofort seinen Namen gekannt. Scarpy wusste, was es bedeutete, einschlägig bekannt zu sein.

Wie gut, dass er bezüglich der Indiskretion gegenüber Harry Harvey aus dem Schneider war, nachdem Hector Jacks Namen sogar in die Zeitung gesetzt hatte.

Er pfiff vergnügt vor sich hin, bestaunte die Landschaft, die viel interessanter war als das ebene Land bei ihm zu Hause, und erreichte gegen Mittag einen Ort namens Baker's Crossing.

»Du bist zu weit geritten«, sagte man ihm. »Jack Drew lebt auf Emerald Downs, ungefähr zehn Meilen hinter dir. Am Fluss.«

Diesmal erhielt er eine genauere Beschreibung und einen Bericht über die Widrigkeiten, die die Farm und ihre Bewohner heimgesucht hatten; die Leute in Baker's Crossing waren redselig und stellten mehr Fragen als nötig. Scarpys Antworten waren dann auch alle miteinander gelogen, schon aus Prinzip.

Moorabi wusste, er würde bald in dieselbe Richtung reiten wie Jack Drews Freund, doch zuvor musste er noch einige Leute aufsuchen.

Man hatte ihn losgeschickt, um Schwarzen, die noch am Fluss lebten, mitzuteilen, dass die Clans aus dem Landesinneren sich daranmachten, für immer in den Norden zu ziehen. Wer sich dem Exodus anschließen wollte, durfte nicht länger warten. Die Stammesältesten der Tingum hatten beschlossen, dass sie nicht nur weiter nach Norden, weg von den weißen Siedlern, ziehen wollten, sondern bis hinauf in die fernen Regenwälder, hin zu den großen Bergen, wo Stämme sie willkommen heißen würden, die von ihrem Schicksal erfahren hatten. Und wo ihre Kinder sicher aufwachsen würden.

Mehrere Schwarze aus der Gegend waren bereits aufgebrochen, doch viele wollten auch bleiben und weigerten sich, das altvertraute Land zu verlassen. Es sei auch zu gefährlich, durch fremdes Gebiet zu ziehen, in dem Stämme lebten, die noch kriegerischer waren als die Weißen. Das konnte Moorabi nicht abstreiten, auch wollte er die Leute nicht gegen ihren Willen überreden.

Seine Pflicht bestand laut Ilkepalas Anweisung lediglich darin, sie zu informieren. Die Verantwortung für ihre Entscheidung mussten die Leute selbst übernehmen.

Als er an der Flussbiegung durch den Mangrovensumpf stapfte, dachte er ständig an Ilkepala, denn der Magier hatte begonnen, ihn in die alten Riten und Weisheiten einzuweihen, die nur Auserwählte kennen durften. Und er hatte erklärt, dass Moorabi, sollte er ein gutes Leben führen, noch mehr zu erwarten hatte. Moorabi verstand, dass es viele Jahre dauern würde, bevor er für die spirituelle Einweisung in die großen Sinnzusammenhänge des Lebens bereit war, und danach … er wagte gar nicht weiterzudenken. Viele Älteste gelangten so weit, doch nur wenige waren dazu ausersehen, noch mehr zu erfahren, Magier wie Ilkepala zu werden, Männer, die über Furcht erregende Kräfte verfügten.

Nicht dass Moorabi, der ein bescheidener Mensch war, erwartete, diese Stufe geistigen Bewusstseins zu erreichen, doch er fand es aufregend, darüber nachzudenken, und war ungeheuer überrascht, dass Ilkepala ihm den Weg weisen wollte, wo er doch erst dreißig Jahre alt war. Diese Ehre war gewöhnlich älteren Männern vorbehalten.

Das Zirpen der Zikaden war ohrenbetäubend und schien

immer lauter zu werden, sodass er sich die Hände vor die Ohren hielt und ins Wasser lief, um ihm zu entkommen. Die schrillen Laute steigerten sich zu einem Kreischen, bevor sie plötzlich verstummten. Moorabi fand sich bis zu den Hüften im Wasser wieder. Um ihn herrschte absolute Stille. Kein Laut war zu hören, weder das Rauschen des Flusses noch die Zikaden, die Vögel oder die Blätter, die sich über ihm im Wind bewegten. Die Stille schien eine Leere in ihm zu erzeugen, er konnte sich nicht rühren.

Dann erklang ein entsetzliches, lautes Geheul. Das schrille Weinen einer Frau. Es war so traurig, dass er weinen musste, bis es schließlich verstummte. Nun hörte er wieder den Wind und das Rascheln der Blätter, doch die Zikaden schwiegen.

Da er den soeben erlebten Traum nicht deuten konnte, tat er weiter seine Pflicht, blieb ein paar Tage, um persönlich Abschied zu nehmen, was ausgesprochen traurig war. Seine Tanten weinten, als sie ihn ziehen lassen mussten.

Diesmal ohne Pferd, dachte er lächelnd, als er sich auf den Weg machte. Er hatte es vorgezogen, allein zu wandern, denn er hatte von Ilkepala bereits gelernt, dass Wanderungen die zweitbeste Gelegenheit zur Meditation boten. Stille und Einsamkeit eigneten sich am allerbesten.

»Dass ich das noch erleben darf«, lachte Scarpy, als er auf die ausgebrannte Ruine zuritt, wo Jack und ein Chinese Asche und Trümmer in einen Karren schaufelten.

»Wer sind Sie?«, fragte die vertraute Stimme.

»So begrüßt du einen alten Freund?«

»Himmel!« Jack starrte ihn an. »Du bist das, Scarpy! Das gibt's doch nicht! Was treibt dich denn her?«

Das hätte der sanftmütige Inspektor Tomkins am nächsten Morgen auch Lord Heselwood fragen können, als der Herr an der Rezeption auftauchte und eine Vermisstenanzeige aufgeben wollte. Er beharrte darauf, Major Ferrington sei nirgendwo aufzufinden.

»Reporter des *Brisbane Courier* haben mir glaubwürdig versichert, dass Major Ferrington sich nicht auf seiner Farm aufhält. Auch in der Stadt ist er nicht. Das Schiff hat er ebenfalls nicht genommen, ich habe die Passagierliste überprüft. Wo also ist er?«, fragte Seine Lordschaft und beugte sich über die Theke zum diensthabenden Beamten.

Ungerührt griff der Wachtmeister nach seinem Stift. »Wie war doch gleich der Name?«

»Die vermisste Person heißt…«

»Verzeihung«, sagte Tomkins zu dem Polizisten, »das übernehme ich.«

Dann wandte er sich an Heselwood: »Inspektor Tomkins, Sir. Spreche ich mit Lord Heselwood?«

»So ist es.«

»Gut.« Er ging mit dem Besucher beiseite und sagte leise: »Uns liegt die inoffizielle Information vor, dass der Major in der Kaserne unter Arrest steht.«

»Wie bitte?«

»Es ist noch nicht allgemein bekannt. Man hält es unter der Decke.«

»Sie wollen sagen, dieser Trottel Gresham hält es unter der Decke! Warum denn nur?«

»Es hat wohl mit seinen Ermittlungen zu tun. Wir dürfen es eigentlich gar nicht wissen; ein Unteroffizier hat uns den Tipp gegeben.«

Heselwood strich sich das blonde Haar aus der Stirn. »Das ist verdammt ärgerlich. Ich wollte mit dem Mann reden. In der Kaserne, sagten Sie?«

»Ja, Sir.«

»Vielen Dank, Inspektor, ich werde ihn besuchen.«

»Wie ich höre, sind keine Besuche gestattet.«

»Das werden wir ja sehen.«

Colonel Gresham hatte diese Stadt satt… das Wetter, die

Feuchtigkeit und vor allem die Haltung der Menschen. Sie besaßen keinen Respekt vor seinem militärischen Rang, boten ihm keinerlei Gastfreundschaft an… niemand hatte ihn zum Tee eingeladen… und im Hotel hatte man ihm den Katzentisch zugewiesen. Als er erklärte, er sitze gewöhnlich bei den Heselwoods, beschied man ihn barsch, Lord Heselwood diniere lieber nur in Gesellschaft seiner Frau. Gresham fürchtete, dies könnte als Kränkung gemeint sein, doch zogen Paare gelegentlich die Zweisamkeit vor.

Jedenfalls fühlte er sich miserabel und wollte die Ermittlungen einfach nur hinter sich bringen. Das Fehlen des Hauptzeugen Inspektor Kirk, der zu glauben schien, er könne Gresham nach Lust und Laune warten lassen, hatte ihn bereits mehrere Tage gekostet.

Doch schließlich war er unverrichteter Dinge mit seinem Suchtrupp zurückgekehrt und hatte dem Colonel mitteilen lassen, er stehe am nächsten Morgen um neun Uhr zur Verfügung.

Die Arroganz des Mannes war unerträglich, aber der Colonel war froh, die Sache nun endlich hinter sich zu bringen.

Er saß am Schreibtisch, ordnete Papiere, trank einen Schluck Wasser, sah auf die Uhr und rief zu Leutnant Clancy hinüber: »Sagen Sie Ihrem Schreiber, er soll sich hier ans Tischende setzen. Sie nehmen den Platz links von mir. Die drei Unteroffiziere, die draußen warten, sitzen dort drüben, dem Gericht gegenüber.«

Clancy zweifelte am gerichtlichen Charakter dieser Untersuchung, tat Greshams Gehabe aber als Schrulle ab, die er zu ertragen hatte.

»Sagen Sie Sergeant Rapper, er soll den Gefangenen hereinführen. Er hat das Recht, der Befragung seines Anklägers beizuwohnen…« Er hielt inne, als er Rapper in der Tür stehen sah.

»Was ist los?«

»Inspektor Kirk befindet sich im Krankenhaus, Sir.«

»Das kann nicht sein. Ich erwarte ihn jeden Moment.« – »Und ob er dort ist«, meinte Rapper und grinste anzüglich. »Ist gestern verprügelt worden. Von Jack Drew. In seinem Zustand kann er unmöglich hier erscheinen, Sir.«

»Raus!«, brüllte Gresham. »Verschwinden Sie, und zwar alle!«

Kurz darauf wurde Sergeant Rapper, der noch die freudige Nachricht genoss, ans Tor gerufen, wo ein Zivilist Major Ferrington zu sprechen verlangte.

Rapper unterdrückte einen Pfiff, als er den waschechten Lord erkannte, einen Mann, der genügend Einfluss besaß, um Gresham in Grund und Boden zu stampfen. Der Tag begann wirklich viel versprechend.

»Ich kann Sie nicht zu dem Gefangenen lassen, Sir«, sagte er ungerührt. »Aber Colonel Gresham wird Sie möglicherweise empfangen.«

»Möglicherweise! Bringen Sie mich auf der Stelle zu Gresham, Sergeant.«

»Ja, Sir!«

Er konnte nicht genau hören, was im Büro des Colonels vorging, doch die Stimmen wurden immer lauter und wütender, bis Leutnant Clancy herausstürmte und brüllte, Rapper solle Ferrington herbringen.

»Hat dieser Clown schon mit seinen Ermittlungen begonnen?«, wollte Kit von Rapper wissen.

»Nein, er kommt irgendwie nicht in Gang. Kirk sollte heute Morgen erscheinen, ist aber verhindert.«

»Wieso verhindert?«, fragte Kit säuerlich.

»Er liegt im Krankenhaus«, lachte Rapper.

»Hoffentlich Cholera.«

»Nein, noch besser. Jack Drew hat ihm eins verpasst. Blaues Auge, ein paar Zähne weniger, Stiefel im Hintern. Er wird wohl eine Weile nicht sitzen können.«

Kit schüttelte den Kopf. »Das wird uns nicht gerade helfen.«

»Sie haben übrigens Besuch. Er hat dem Colonel gewaltig die Leviten gelesen.«

»Wie?«, fragte Kit verblüfft. »Wer denn?«

»Seine Lordschaft. Lord Heselwood.«

»Was zum Teufel will der hier?«

Nervös stieg Kit die Treppe hinauf. Heselwoods Name schüchterte ihn ein. Er fragte sich kurz, ob er damals für das Vieh bezahlt hatte, aber ja, die Sache war längst erledigt. Dennoch musste irgendetwas schiefgelaufen sein.

Er strich sein Hemd glatt und wünschte, er hätte sich rasiert, reckte die Schultern und trat ins Zimmer, wo ihn die beiden Männer erwarteten.

»Ich möchte erklären, dass ich meinen Militärdienst quittiert habe«, sagte er unverblümt.

»O nein, das haben Sie nicht«, bellte Gresham und knallte das Telegramm auf den Schreibtisch.

Kit warf einen Blick darauf, dann nahm er es in die Hand. »Das ist ja für mich!«, rief er. »Warum hat man es mir nicht gebracht?«

»Das werden Sie gleich sehen«, meinte Gresham. »Versuchen Sie nicht, sich weiterhin vor der Verantwortung zu drücken, Major.«

»Wenn die Herren nichts dagegen haben, würde ich auch gern etwas sagen«, warf Heselwood ein. »Anscheinend wird es heute keine Untersuchung geben, Colonel, sodass wir in Ruhe plaudern können.«

»Es gibt nichts zu plaudern, Lord Heselwood«, entgegnete Kit wütend. »Ich weigere mich, eine Untersuchung anzuerkennen, die auf den himmelschreienden Vorwürfen eines gemeinen …«

Heselwood hob die Hand. »Ich wollte gerade vorschlagen, die Sache abzukürzen. Colonel, Sie haben mir gesagt, dass Ihnen Inspektor Kirks Bericht vorliege. Ebenso Major

Ferringtons Bericht sowie die Aussagen eines Offiziers und mehrerer Soldaten, die unter dem Kommando des Majors standen.«

»Ich will nichts damit zu tun haben«, sagte Kit, doch Heselwood gebot ihm erneut Einhalt.

»Geduld, Major. Mir scheint, der Colonel verfügt über alle relevanten Informationen, sodass ich mich frage, ob die mündlichen Aussagen von Kirk oder anderen Zeugen überhaupt noch etwas an der Sachlage ändern werden.«

»Stimmt«, sagte Kit.

»Und was ist mit Inspektor Kirk?«, fragte Heselwood den Colonel, der wütend den Kopf schüttelte.

»Woher soll ich wissen, ob er seine Aussage noch ändert? Außerdem geht Sie das überhaupt nichts an, Sir.«

»In gewisser Hinsicht stimmt das. Aber ich habe ein berechtigtes Interesse, wenn ich das so sagen darf. Ich benötige Major Ferringtons Hilfe, und die kann ich schlecht bekommen, solange Sie ihn eingesperrt haben. Mann, Sie haben doch alle Informationen für Ihre verdammte Untersuchung, fangen Sie endlich damit an!«

»Erst wenn die Zeugen verfügbar sind«, beharrte Gresham.

»Ein Zeuge. Mir scheint, dass Sie Kirk ohnehin mehr Glauben schenken als dem Major. Und ich möchte Sie warnen, dass Sie sich damit aufs Glatteis begeben. Trotz der angeblichen Fairness, auf die Sie so viel geben, habe ich den Eindruck gewonnen, dass Ihre Entscheidung bereits gefallen ist. Meine Frau war Zeugin dieser Unterhaltung. Und das ist eine Angelegenheit, die ich persönlich mit dem Generalgouverneur besprechen werde.«

Verblüfft bemerkte Kit, wie Gresham die Fassung verlor und zu stottern begann. »Wollen Sie etwa mein Urteil beeinflussen, Sir?«

»Nein, nein, nein«, meinte Heselwood leichthin. »Du lieber Himmel, nein. Ich weise Sie nur darauf hin, dass Sie bereits entschieden haben und es daher nur Verschwendung von Zeit und Geld wäre, die Sache hinauszuzögern. Wir müssen unser Leben weiterführen, Colonel. Wann können wir mit dem Ergebnis Ihrer Ermittlungen rechnen?«

»Mein Bericht geht an den Verteidigungsminister.«

»Schön. Ich meinte aber, wann wir damit rechnen können.«

»Heute Abend. Aber er ist vertraulich.«

»Sehr gut. Möchten Sie den Major noch etwas fragen?«

»Nein.«

»Dann darf er gehen, nehme ich an. Schließlich geben Sie hier nur Empfehlungen, nicht wahr? Dies ist doch kein Kriegsgericht.«

Der Colonel saß wie ein geprügelter Hund am Schreibtisch, schob Papiere hin und her, spähte über den Rand seiner Brille hinweg, wenn er Stellen markierte, kratzte sich am Hals, funkelte seinen Gefangenen an und spielte auf Zeit, weil er hoffte, Heselwood möge wie durch ein Wunder verschwinden. Aber nein, der Freund des Generalgouverneurs war nach wie vor da. Er lehnte sich gelassen zurück, holte ein Taschentuch mit Monogramm aus seiner maßgeschneiderten Tweedjacke und wischte sich die Stirn, obwohl Kit dort keinen einzigen Schweißtropfen entdecken konnte.

Während sie warteten, sagte Lord Heselwood zu Kit: »Furchtbar, dieser Angriff auf Inspektor Kirk. Das sind vielleicht Zeiten. Man fragt sich glatt, wer der Nächste sein wird.«

Kit hätte schwören können, dass die Frage auf Gresham zielte.

Der Colonel schaute unvermittelt hoch und sah Kit böse an. »Sie können gehen, Major. Ich werde Ihnen meine Empfehlung demnächst bekannt geben.«

Heselwood lächelte. »Der Herr hat's gegeben, wie die Bibel sagt.«

Er stand auf und streckte seine gepflegte Hand aus. »Vielen Dank, Colonel Gresham. Diese Bagatellen müssen ungeheuer lästig sein. Kommen Sie, Major, wir haben zu tun.«

Sergeant Rapper führte Kits Pferd herbei. »Was ist passiert?«

»Ich will verdammt sein, wenn ich das weiß. Zweifellos werde ich es bald erfahren.«

Als er mit Heselwood losritt, wollte er sich bedanken, doch der Lord tat es ab. »Keine Sorge, ich brauche Ihre Hilfe. Sie sollten mich zu dem Häuptling bringen, der in der Gegend um Montone das Sagen hat.«

»Damit kenne ich mich nicht aus, Lord Heselwood. Ich wüsste gar nicht, wo ich nach ihm suchen soll. Sie sollten sich an Jack Drew wenden.«

»Sicher, das werden wir auch tun. Ich bin sehr daran interessiert, den Burschen kennen zu lernen. Wir brauchen ihn auf unserer Seite. Andererseits singen die Soldaten in der Stadt Ihr Loblied. Der Häuptling sei von Ihrem Status, mit Uniform, Säbel und so weiter, tief beeindruckt gewesen. Wenngleich Sie heute nicht gerade eindrucksvoll wirken.«

»Ich habe keine richtige Uniform mehr. Nur die Galauniform.«

»Noch besser!«, lachte Heselwood. »Ich sollte mir auch eine besorgen.«

»Da fällt mir ein, ich habe nicht mal mehr die«, fügte Kit hinzu, doch Heselwood schien ihn nicht zu hören.

Kit versuchte noch die Dreistigkeit dieses Mannes zu verdauen, der sich einfach in eine streng militärische Angelegenheit einmischte. An Greshams Stelle hätte er ihn hinausgeworfen, Lord hin oder her. Dabei fiel ihm Greshams Bericht ein.

»Ich wüsste gern, was der Mistkerl empfehlen wird«, sagte er. Heselwood schaute ihn gleichgültig an.

»Keine Sorge. Ich wette, er schlägt eine unehrenhafte Entlassung vor, Schluss, aus.«

»Was?« Kit hätte beinahe kehrtgemacht, doch sie ritten gerade am Lands Office Hotel vorbei, und er sah automatisch hin.

»Sie ist weg«, sagte Heselwood. »Miss Pinnock und ihr Bruder sind gestern nach Sydney abgereist. Ich muss sagen, manche Leute haben sich gewundert, dass Sie sich nicht von ihr verabschiedet haben.«

Kit schwieg. Es überraschte ihn nicht, dass die beiden nach Hause gefahren waren, und er war so betäubt von den zahlreichen Schocks, die er erlitten hatte, dass er gar nicht an Jessie denken mochte. Er fühlte sich innerlich leer, und nachdem er der schändlichen Haft im Militärgefängnis entronnen war, kam er sich vor wie ein Gestrandeter, gänzlich ohne Kraft zum Kämpfen.

Heselwood deutete auf einen Frisiersalon. »Der Bursche ist gut. Lassen Sie sich rasieren und herrichten, dann kommen Sie ins Britannia Hotel. Wir nehmen mit meiner Frau den Morgentee, dann brechen wir auf.«

»Wohin?«

»Zuerst mal nach Emerald Downs«, rief der Lord und machte Platz für einen langen Zug Ochsen. »Wir brauchen die Hilfe Ihres Freundes Jack Drew.«

Mrs Kirk überfiel die Oberschwester im Buschkrankenhaus und bestand darauf, ihr Mann bekomme zu Hause bessere Kost und Pflege.

»Da bin ich ganz Ihrer Meinung, Mrs Kirk. Ich habe Ihrem Mann bereits gestern gesagt, er könne entlassen werden, doch er schien seine Verletzungen für ernster zu halten, als sie sind, und wollte nicht aus seinem Bett heraus. Mir wäre es recht, wenn er ginge, ich habe schwerere Fälle, um die ich mich kümmern muss.«

»Mein Mann ist Polizeiinspektor und sehr angesehen in dieser Stadt. Offenbar erkennen Sie einen schweren Fall nicht, wenn Sie ihn vor sich haben, und genau deshalb werde ich den Inspektor hier wegholen. Ihr Krankenhaus ist doch nicht mehr als eine Ansammlung von Buschhütten.«

»Wenn Sie was Besseres wollen, sollten Sie sich drum kümmern«, knurrte die Oberschwester und marschierte davon.

Mrs Kirk trommelte einige männliche Besucher zusammen, die ihr halfen, ihren bedauernswerten Ehemann in den Gig zu verfrachten. Sie selbst ergriff die Zügel.

»Fahr mich zur Kaserne«, sagte er. »Ich muss zum Colonel, damit seine Untersuchung weiterläuft.«

»Musst du nicht. Er war gestern bei uns. Ich habe ihm gesagt, du seist noch im Krankenhaus, und ich soll dir ausrichten, die Untersuchung sei abgeschlossen.«

»Das ist unmöglich. Ich habe gar nicht ausgesagt. Ich sollte doch der Hauptzeuge sein.«

»Na ja, das waren jedenfalls seine Worte.«

Rollo rutschte unbehaglich auf dem harten Sitz herum. »Wie sehe ich aus?«

»Die Schwellung im Gesicht ist zurückgegangen, aber dein rechtes Auge ist noch völlig verfärbt, das Kinn auch. Dieser Drew kann etwas erleben! Ich habe noch nie gehört, dass ein Polizeibeamter auf offener Straße angegriffen wird. Und niemand hat dir geholfen. Es ist eine Schande. Wir sollten diese Stadt verlassen, Rollo.«

»Haben sie Jack Drew eingesperrt?«

»Nein, und darüber habe ich mich bei Grimes beschwert, doch er versicherte mir, man habe noch keine Anzeige erstattet. Und ich sagte, das könnte ich gerne tun, aber er meinte, darum würdest du dich besser selbst kümmern.«

»Und ob«, murmelte er. »Diese Schweine. Sie hätten ihn auf der Stelle schnappen sollen, aber Grimes und seine feinen Freunde haben es auf mich abgesehen, weil ich derjenige bin, der etwas vorzuweisen hat.«

»Natürlich, Rollo. Sie sind nur eifersüchtig. Hör zu, ich habe gehört, dass die Stelle eines stellvertretenden Hauptaufsehers auf Norfolk Island frei ist. Die Insel soll wunderschön sein, ein herrliches Klima, nicht so ein Dampfkessel wie hier. Und es heißt, die Quartiere für die Verheirateten seien einfach göttlich. Die Wärter leben dort wie Könige, mit hübschen Häusern, Gärten mit Meerblick, Dienern und einem richtigen Regiment, das ständig dort stationiert ist. Ich möchte, dass du dich sofort bewirbst.«

»Wenn ich mit Drew und Ferrington fertig bin«, nuschelte er dank der fehlenden Zähne und der geschwollenen Zunge. »Hast du dich beim Zahnarzt erkundigt?«

»Er sagt, bei fehlenden Vorderzähnen würde man am besten alle ziehen und ein Gebiss anfertigen, dann hast du nie wieder Zahnschmerzen. Rollo, überlege es dir, du weißt doch, wie weh deine Zähne immer tun.«

Er nickte. »Ja, in Ordnung. Nachdem Drew hinter Schloss und Riegel ist. Hast du Gresham nach seinen Ermittlungen gefragt?«

»Ja, aber er sagte nur, er werde die Ergebnisse später bekannt geben.«

Rollo stöhnte. Heute würde er es noch ruhig angehen lassen und Drew morgen eigenhändig verhaften.

Als der Major mit Lord Heselwood auf sein Anwesen ritt, sah er überrascht, dass die Ruine des Hauses fast vollständig abgetragen war, und er dankte Jack, Tom Lok und dem Burschen namens Scarpy, der ihnen geholfen hatte.

»Ein paar Männer aus Baker's Crossing haben auch mit angepackt«, berichtete Jack. »Sie haben die Zäune neu gezogen und alles Mögliche erledigt.«

»Bei ihnen muss ich mich auch bedanken«, sagte Kit teilnahmslos und machte Lord Heselwood mit den drei Männern bekannt.

Tom Lok sprang nicht auf den Titel an, doch Jack und Scarpy wichen erschreckt zurück und betrachteten den Lord mit Argwohn. Heselwood selbst blieb gelassen.

»Nettes Fleckchen«, meinte er und stieg ab. »Würden Sie mich herumführen?«

»Sicher doch«, sagte Kit. Er wandte sich an Jack. »Lord Heselwood gehört die Montone-Station. Er war mit seiner Frau dort, als die Schwarzen angriffen. Sie sind so gerade mit dem Leben davongekommen.«

»Was Sie nicht sagen«, meinte Scarpy ungerührt, doch Jack murmelte, er habe zu tun, und schlenderte zum Fluss hinunter.

Er starrte ins reißende, vom Regen angeschwollene Wasser. Nun wusste er endlich, was aus der Frau in dem Haus geworden war. Nie hatte er gewagt, jemanden danach zu fragen, weder den Major noch Bussamarai oder Moorabi. Er hatte die tote Weiße im Hof liegen sehen, das hatte ihm gereicht; er wollte nicht hören, dass die Frau mit dem hübschen Gesicht und dem weichen, braunen Haar auch gestorben sei …

Doch sie war entkommen. Und hatte einen Namen. Lady Heselwood. Er hätte am liebsten vor Erleichterung geseufzt, aber die Last, die er trug, seit er damals in der Scheune zu sich gekommen war, saß noch immer wie ein Klumpen in seiner Brust. Montone war der Höhepunkt der Kämpfe in dieser Gegend gewesen, und beide Seiten hatten irgendwie gewonnen.

Bussamarai war es gelungen, die Weißen und ihr Vieh zu vertreiben, er hatte Haus und Nebengebäude niedergebrannt, und Heselwood war nun auf dem Rückweg. Beide mussten gewusst haben, dass der Wiederaufbau kommen würde, daher rührte wohl auch Bussamarais mangelnde Begeisterung für die Konfrontation mit den Weißen. Jack kam der Gedanke, dass die Zügellosigkeit des Angriffs auf Kirks Truppe in starkem Gegensatz zu Bussamarais Zögern gegenüber Rapper und seinen Männern stand. Also musste es persönliche Gründe gegeben haben. Der Häuptling hatte Rache genommen an Eingeborenen, die mit den Waffen der Weißen gegen ihre eigenen Leute vorgingen.

An Heselwood konnte er sich nicht erinnern. Andere Weiße waren dort gewesen und hatten geschossen. Einer hatte ihn getroffen.

Jack bemerkte plötzlich, dass das Wasser gestiegen war, dachte an das Krokodil, sprang auf und stieg wieder den Hügel hinauf.

Als Tom Lok ihnen am nächsten Tag das Essen servierte, saß die zusammengewürfelte Gruppe eher trübsinnig am langen Tisch im Küchenhaus.

Meist redete Heselwood. Scarpy sagte gar nichts. Er hatte seine Pflicht erfüllt, indem er Jack von Hector erzählte, und wünschte, er hätte das ein wenig respektvoller getan, da es sich, wie er feststellen musste, um Jacks jüngeren Bruder gehandelt hatte.

»Er wusste nicht, dass ich ein Räuber war«, hatte Jack melancholisch gesagt. »Der arme Kerl hat den weiten Weg gemacht, um mich zu finden, und ist dabei ertrunken. Er muss irgendwie erfahren haben, dass ich hier bin, ist aber nie auf die Idee gekommen, ich könnte meinen Namen geändert haben.«

Er lächelte wehmütig. »Es ist komisch, Hector war immerhin mein Bruder und so weiter, aber ich kann um ihn nicht so trauern wie um Brosnan.«

»Ach, Brosnan war ein prima Kerl. Wir hatten nie damit gerechnet, dass sie ihn erschießen, er wollte nichts mit einem Ausbruch zu tun haben.«

Jack seufzte. »Ja, Brosnan hat eine Lücke hinterlassen. Die Schwarzen nennen es Raum oder so ähnlich, die Stelle, an der er früher gestanden hat. Den Namen eines Toten erwähnen sie hingegen nie.«

»Vermutlich regt es sie auf, wenn sie an den Toten erinnert werden.«

»Sollte man meinen, aber es läuft anders. Sie sprechen den Namen einmal aus und denken nicht mehr daran. Dann bemerken sie irgendwann seinen Raum.«

»Klingt komisch.«

»Ja, aber was war die andere Sache, von der du sprachst? Sie suchen nach Jack Wodrow?«

»Ich glaube, Hector hat die ganze Angelegenheit ins Rollen gebracht.«

»Aber nicht mit Absicht.«

»Stimmt. Aber dein Freund Inspektor Kirk ist an der Sache dran.«

»Davon hat Clancy also gesprochen.«

»Wer ist das nun wieder?«

»Nicht wichtig.«

»Dann sollten wir machen, dass wir von hier verschwinden, Jack. Du kannst mit zu mir nach Hause kommen und dir in Ruhe die nächsten Schritte überlegen. Bleib, solange du möchtest…«

»Mal sehen. Ich habe es nicht eilig. Diese Ratte von Kirk wird mich nicht kriegen.«

Scarpy schlang seinen Apfelkuchen hinunter und blickte die anderen am Tisch an. Heselwood drängte noch immer, sie sollten mit auf seine Viehstation kommen, damit er nicht wieder von den Schwarzen überfallen würde. Mittlerweile bot er ihnen sogar eine Bezahlung an, und Scarpy war insgeheim der Ansicht, Jack solle die Gelegenheit ergreifen, um der Polizei zu entwischen und gleichzeitig ein paar Mäuse zu verdienen. Aber er hielt sich lieber aus der Sache heraus.

Wie üblich konnte Jack sich nicht entscheiden. Er hatte sich immer vorgestellt, als reicher Mann in die Zivilisation zurückzukehren, sodass er tun und lassen konnte, was er mochte. Nun fiel es ihm schwer, eine Entscheidung zu treffen.

Er sah Heselwood an, der dem Major für den Neubeginn

einige seiner Viehhüter anbot. Sie könnten auch auf den Besitz aufpassen, während Ferrington weg war, was Jack angesichts der Umstände nicht sehr taktvoll fand. Auch Kit spürte die Ironie.

»Ja«, donnerte er los, »warum tue ich das eigentlich nicht? Es stehen ja noch ein paar Gebäude, die müssen auch niedergebrannt werden.«

»Immer langsam, alter Freund. Warum gehen wir nicht in meine Bude und trinken ein Glas Port?«

Jack nickte, wünschte, sie würden gehen. Heselwoods »Bude« war das Büro des Majors, die Übrigen schliefen in der Männerunterkunft. Als sie gestern entdeckt hatten, dass die Vorräte knapp wurden, hatte Heselwood Tom Lok nach Baker's Grossing zum Einkaufen geschickt, während Jack und der Major Pollys Grab in Ordnung gebracht und einen kleinen Zaun darum gezogen hatten, um es vor Dingos zu schützen.

»Ich glaube, ich trinke erst noch einen Tee«, meinte der Major, und Tom Lok eilte beflissen los.

Kit hatte versucht, sich einzureden, dass er nicht mit Heselwood reiten müsste, war aber so deprimiert, dass ihm ohnehin egal war, was er tat. Als der Postbote ein kleines Päckchen gebracht hatte, war er so dumm gewesen, es vor den Augen der anderen Männer zu öffnen. Als Jack den Ring sah, hatte er verlegen weggeschaut, doch Heselwood hatte laut gelacht.

»Sieht aus, als müssten Sie die Dame noch einmal umwerben.«

»Was ich nicht kann, wenn ich ins Landesinnere reite«, knurrte Kit, doch der Lord wusste auf alles eine Antwort.

»Ganz im Gegenteil, die Abwesenheit verstärkt die Gefühle.«

Wessen Gefühle?, dachte Kit. Er war noch immer sehr wütend auf Jessie, diese Sache konnte er nicht einfach vergessen, doch er war auch äußerst grob mit ihr umgegangen, und genau das bereitete ihm Sorgen.

Dennoch, vielleicht war es besser so. Sie hatte die Verlobung gelöst, mehr war nicht zu sagen. Was konnte er ihr denn auch bieten außer einem zerstörten Heim und einem Haufen Schulden? Und, was durchaus denkbar war, einer unehrenhaften Entlassung.

Der Innenminister hatte sein Gesuch abgelehnt, zu Recht. Es hatte keinen Sinn, Verbindungen spielen zu lassen. Er verstand mittlerweile selbst nicht mehr, wie er sich diesen Fauxpas hatte leisten können.

Blanche Pinnock wartete besorgt am Circular Quay, als der Küstendampfer anlegte. Sie war ein Nervenbündel, seit sie Adrians Telegramm erhalten hatte, in dem er ihre Heimkehr ankündigte. Sie hatte den Untergang der *Arabella*, des anderen Küstendampfers, noch nicht verwunden und dachte jede Sekunde an ihre Kinder. Sie verspürte eine gewisse Erleichterung, als Marcus ihr mitteilte, dass das Schiff die gefährliche Zone passiert habe und sicher aufs offene Meer hinausfahre, doch sie studierte gründlich die Landkarte, verfolgte die Fahrtroute, bis sie hörte, dass man das Schiff bei den Heads gesichtet habe.

Die Passagiere strömten an Land, und da war Adrian, der erstaunlich gesund aussah, sonnengebräunt, schlanker als zuvor. Doch dann entdeckte sie Jessie, die von ihrem Bruder über die Gangway geführt wurde, und erschrak.

Sie sah furchtbar aus. Blanche stürzte vor und riss sie in die Arme. »Meine Lieben! Ich bin so froh, euch wieder bei mir zu haben. Ich habe euch so vermisst. Adrian, du holst das Gepäck, und ich warte mit Jessie im Wagen …«

»Mutter«, sagte er knapp und hielt einen Koffer hoch, »das hier ist unser Gepäck. Wir haben bei dem Brand alles verloren. Jetzt müssen wir Jessie rasch nach Hause bringen. Sie war die ganze Zeit über seekrank.«

»Du armes Kind«, sagte sie und ergriff Jessies Arm. »Keine Sorge, nun hast du festen Boden unter den Füßen, es wird dir gleich besser gehen. Jetzt müsst ihr mir alles erzählen, ihr habt sicher Schreckliches durchgestanden. Kit wurde im Kampf gegen diese Schwarzen verwundet …«

»Mutter, bitte …« Jessie stolperte und wäre beinahe gefallen, doch sie halfen ihr gemeinsam zum Wagen, und der Kutscher sprang hilfsbereit vom Bock.

»Ich bringe Jessie sofort nach Hause«, sagte Blanche. »Adrian, du holst einen Arzt. Das ist nicht nur die Seekrankheit, ihr geht es wirklich schlecht.«

Mit Hilfe der Hausmädchen brachte Blanche ihre Tochter rasch zu Bett, dann traf schon der Arzt ein. Er begrüßte die Patientin gewohnt herzlich, kam aber bald aus dem Schlafzimmer und bat Blanche zu einem Gespräch unter vier Augen.

»Was ist los mit ihr?«, fragte Blanche atemlos. »Ich hoffe, sie hat sich keine schlimme Tropenkrankheit geholt, sie sieht so blass und geschwächt aus.«

»Nein, das ist es nicht«, sagte er.

»Gott sei Dank. Aber ich musste Sie einfach rufen, gewöhnlich wird sie niemals seekrank.«

Er zog sie ins Zimmer und schloss die Tür.

»Die Seekrankheit ist es auch nicht. Ihre Tochter hat eine Fehlgeburt.«

»Was?« Blanche hätte fast geschrien. »Das ist doch unmöglich!«

»Leider nein, meine Liebe, und sie braucht jetzt unsere Hilfe.«

»Sie irren sich!«, schrie sie und wollte zur Tür hinaus. »Das dulde ich nicht. Ich muss selbst mit ihr reden.«

»Blanche«, sagte er fest, »das können Sie immer noch, aber wenn Sie nicht wollen, dass es bekannt wird, sollten Sie besser auf mich hören.«

Sein ernster Ton ließ sie nun innehalten. »Wie meinen Sie denn das?«

»Sie müsste eigentlich ins Krankenhaus, aber es wird weniger Gerede geben, wenn wir uns hier darum kümmern. Holen Sie Handtücher und alte Laken, heißes Wasser und ein Öltuch, falls Sie so etwas haben...«

»Wie geht es ihr?«, fragte Adrian, der draußen gewartet hatte.

»Gut. Lauf rasch zu deinem Großvater und sag ihm, er müsse sich keine Sorgen machen. Nur die Seekrankheit. Sie ist ausgetrocknet.«

Als die Mädchen helfen wollten, zwang sich Blanche zu einem Lächeln.

»Nein, danke«, sagte sie. »Ich habe Jessie lange nicht gesehen. Ich möchte sie ganz für mich allein haben.«

Als sie mit Krügen heißen Wassers die Treppe hinaufging, verschwand ihr Lächeln, sie biss vor Wut die Zähne zusammen. Sie half dem Arzt, die befleckten Handtücher und Laken auf einen Haufen zu werfen, der danach verbrannt werden musste, und gehorchte allen Anweisungen.

Mit sanfter Stimme wollte sie ihre Tochter trösten, die ihr Weinen nicht beherrschen konnte, doch eine Stimme in ihrem Inneren wetterte gegen Ferrington, den Verführer. »Den kaufe ich mir«, murmelte sie, als alles vorbei war und sie Jessie gewaschen und in ein sauberes Nachthemd gekleidet hatte. »Ich bringe ihn um.«

Sie packten sie ins Bett, und der Arzt sprach sehr nüchtern über die Angelegenheit, was Blanche noch demütigender fand, als wenn er die Stirn gerunzelt und dem Mädchen eine Predigt gehalten hätte.

Er hielt Jessies Hand, strich ihr über die Stirn und strahlte sie an. »Nun, meine Liebe, Sie sind ein starkes Mädchen. Alles wird gut, keine Sorge. Mrs Pinnock, sie kann dünnen Tee zu sich nehmen und morgen eine Weile aufstehen.«

Blanche brachte ihn zur Tür und sah auf die Uhr.

Die Mädchen waren inzwischen gegangen. Sie schaute bei Marcus hinein, der sich gerade zum Mittagsschläfchen anschickte.

»Der Arzt hat aber lange gebraucht.«

»Ja, er plaudert gern ein bisschen. Wo ist Adrian?«

»Ausgegangen.«

Müde stieg Blanche die Treppe hinauf und war gleichzeitig wütend, weil Adrian sie wieder einmal im Stich gelassen hatte. Sie brauchte ihn, um die beschmutzten Tücher zu entsorgen, die sie in einen Koffer gestopft und in ihrem Schlafzimmer versteckt hatte. Gleich morgen würde sie neue Wäsche kaufen.

Blanche setzte sich aufs Bett und vergoss bittere Tränen.

Adrian war erleichtert, dass er seiner Mutter die Verantwortung für Jessie übertragen konnte, und fuhr in seinem geliebten Brougham in die Stadt, um mit dem Bankdirektor zu sprechen. Dem würde er vielleicht etwas erzählen.

Doch der Direktor war völlig unbeeindruckt von Adrians Wut. »Ich kann Ihren Ärger durchaus verstehen, Mr Pinnock. Sie befanden sich in einer peinlichen Lage, aber der Fehler liegt nicht bei uns. Wie es aussieht, wurde Ihre Zuwendung nicht wie üblich ausgezahlt. Ich habe Erkundigungen eingezogen und festgestellt, dass der Zahlungsauftrag gekündigt wurde. Gewiss ein Missverständnis, aber ich konnte unter diesen Umständen …«

»Wer hat ihn gekündigt?«

Der Bankdirektor klopfte mit dem Federhalter auf seinen ordentlichen Schreibtisch. »Mr Marcus Pinnock.«

»Das kann nicht sein«, entgegnete Adrian. »Das würde er nicht tun!« Der Bankdirektor war aufgestanden und hielt ihm nun die Tür auf.

Als er wieder draußen in der Castlereagh Street stand, in der Tasche den letzten Rest des Geldes, das Sam ihm geliehen hatte, verschob Adrian zunächst die Befragung seines

Großvaters und lenkte seinen Brougham in die andere Richtung, um seine geliebte Flo zu treffen.

Sie konnte das schicke Gefährt durch die Haustür sehen, erkannte Adrian aber erst, als er aus dem Wagen sprang. Dann rannte Flo los und warf sich in seine Arme. Er hob sie auf und trug sie ins Haus, wobei er die Tür hinter sich zuschlug. Mittlerweile war es ihr mit Bonnies Hilfe gelungen, das kleine Haus wieder einzurichten, doch Adrian bemerkte ohnehin nicht den Unterschied. Er trug sie geradewegs ins Schlafzimmer und entkleidete sie so hemmungslos, dass Flo vor Freude beinahe überfloss. Diese Heimkehr hatte sie sich erträumt. Ihr Adrian liebte sie, verhielt sich, als wäre er zehn Jahre und nicht nur wenige Monate unterwegs gewesen, und sie weinte Tränen der Freude. Bei Einbruch der Dämmerung zündete sie Kerzen an und öffnete eine Flasche Rotwein, die sie gemeinsam im Bett tranken. Er berichtete von den gefährlichen Erlebnissen auf der Farm im Norden und wie ein Schwarzer seinen Freund Major Ferrington mit dem Speer verletzt hatte. Gott sei Dank hatte er sich erholt.

»Wie furchtbar«, rief sie aus. »Sie haben das Haus angezündet, während ihr drinnen wart? Was für Leute haben da nur gearbeitet?«

»Verbrecher. Aber wir sind davongekommen. Um das Haus war es allerdings wirklich schade.«

Adrian trank den Wein aus und zog Flo an sich, fuhr mit den Händen über ihren Körper. »Du bist so schön«, sagte er und küsste ihren Hals. »So weich und weiß und sinnlich, ich habe dich so vermisst. Ich kann noch gar nicht glauben, dass ich wirklich zurück bin.«

Er blieb lange, schlief mit ihr und döste dazwischen, wachte hungrig auf und bekam eine Suppe aus Geflügelklein sowie kalten, gebackenen Schinken mit eingelegten Zwiebeln und Erbsenbrei serviert.

Flo glühte innerlich noch immer, als sie am nächsten Morgen zu Bonnie lief und berichtete, ihr Liebling sei zurück.

Bonnie war mittlerweile bettlägerig und litt unter Atemnot, wollte aber immer noch wissen, was um sie herum geschah. Der alte Arzt aus der Macquarie Street kam jeden Tag vorbei, gab ihr Medizin und Salben, und der Apotheker Bamberry brachte ihr Opium gegen die Schmerzen. Beide erklärten Flo, dass Bonnie nicht mehr lange zu leben habe, was sie ungern hörte, denn es tat ihr weh, die Freundin sterben zu sehen.

Dennoch merkte Bonnie an diesem Morgen sofort, was mit Flo geschehen war, wollte jedes intime Detail hören, wobei Flo errötete, doch Bonnie machte es glücklich.

»Hat er dir Geld gegeben?«, keuchte sie.

»O nein. Wir waren viel zu verliebt, um über Geld zu sprechen.«

»Lass ihn nicht noch mal weglaufen. Und erzähl mir von Major Ferrington. Ist er wirklich wohlauf?«

»Ja, Adrian hat es mir gesagt. Dieser Freund von ihm ist ein Held, nicht wahr?«

»Für mich war er das immer, Schätzchen.«

Am Morgen ging Blanche zunächst zärtlich mit ihrer Tochter um, konnte die Täuschung aber nicht aufrechterhalten, und nach einer Stunde keifte sie bereits, Jessie solle sich nicht so bemitleiden.

»Du hast dir das selbst zuzuschreiben, mein Kind, also komm mir nicht mit deinen Krokodilstränen. Setz dich hin, reiß dich zusammen. Noch nie in meinem Leben hat man mich so gedemütigt. Vom Arzt erfahre ich, dass du schwanger warst!«

Sie stürmte hinaus, zu Adrian ins Zimmer und rüttelte ihn wach. »Steh auf! Es ist schon nach sieben! Wann bist du gestern Abend nach Hause gekommen? Hast wohl wieder gefeiert, was? Glaube nicht, ich wüsste nicht, was du vorhast. Zieh dich sofort an. Ich habe einen Auftrag für dich.«

»Was für einen Auftrag?«, murmelte er und setzte sich schlaftrunken im Bett auf.

»Ich habe Abfälle, die du entsorgen musst.« – »Das mache ich später.«

Er ließ sich wieder aufs Kissen fallen.

»Du tust es gefälligst jetzt! Weißt du eigentlich, in welchem Zustand deine Schwester nach Hause gekommen ist? Hast du auch nur die geringste Ahnung? Du verdammter Narr! Sie war schwanger!«

»Da hol mich doch!«, rief er. »Von wem?«

»Ihrem kostbaren Verlobten natürlich. Von wem sonst?«

»Was hat sie dazu gesagt?«

»Sie hat gar nichts gesagt, nicht ein Wort! Sie hatte eine Fehlgeburt! Ich musste dem Arzt helfen, es sollte doch nicht bekannt werden. Ein Skandal in meinem eigenen Haus! Jetzt zieh dich an, dann sage ich dir, was du zu tun hast.«

Adrian stieg aus dem Bett, um endlich seine Ruhe zu haben, und schickte sich an, das Nachthemd abzustreifen, worauf seine Mutter aufgeschreckt zur Tür lief.

Jessie war schwanger gewesen! Dieser Schuft! Kein Wunder, dass sie so bleich und verweint ausgesehen hatte. Das würde Blanche ihr nie verzeihen.

Und er durfte gar nicht daran denken, was Kit nun bevorstand!

Als er in den Flur trat, wartete Blanche schon auf ihn und stimmte wieder ihr Gezeter an. »Du kommst gefälligst mit! Und eins möchte ich klarstellen: Diesen Wüstling Ferrington werde ich nicht in meinem Haus dulden! Wir verkehren nicht mehr mit ihm. Und eine Hochzeit wird es auch nicht geben. Wie kann er es wagen, mir solch einen furchtbaren Schock zu versetzen! Ich hetze ihm die Polizei auf den Hals …«

»Keine Sorge wegen der Hochzeit, sie ist ohnehin abgesagt. Jessie hat nach einem Streit die Verlobung gelöst. Sie hat ihm den Ring zurückgeschickt.«

Blanche taumelte und stützte sich an der Wand ab. »Sie hat was? Sie war schwanger und hat die Verlobung gelöst? Was hat sie sich nur dabei gedacht?«

Adrian antwortete mit einem Achselzucken. »Danken wir Gott für die Fehlgeburt.«

»Wie kannst du so etwas sagen? Mein Gott, und ich habe dem Arzt gesagt, sie sei verlobt, wollte alles herunterspielen, dabei trägt sie nicht einmal mehr seinen Ring! Wie viele Demütigungen soll ich denn noch ertragen?«

Adrian hatte eigentlich vorgehabt, ihr an diesem Tag von Flo zu erzählen, hielt es jedoch für ratsam, die Enthüllung zu verschieben.

Aber da war seine finanzielle Zuwendung; darüber musste er heute Morgen unbedingt mit Marcus sprechen.

»Weiß Großvater Bescheid?«

»Nein, und er darf es auch nicht erfahren.«

»Wird er sich nicht fragen, weshalb Kit Hausverbot erhält?«

»Lass mich in Ruhe, und komm endlich mit.«

Marcus wartete im Arbeitszimmer auf ihn. Er saß hinter dem Rollsekretär und spähte wie ein angriffsbereiter Adler zu seinem Enkel hinüber.

»Guten Morgen, Großvater«, sagte Adrian und ließ sich in den bequemen Sessel neben dem Sekretär fallen.

»Fertig mit den Späßen? Können wir jetzt ein paar Worte miteinander reden?«

»Solange sie erfreulich sind. Ich wollte dich übrigens fragen …«

»Du wirst mich gar nichts fragen, bevor ich fertig bin. Ich möchte genau wissen, was auf dieser Farm geschehen ist, weshalb die Arbeiter gemeutert haben, während du dort die Aufsicht hattest. Ist es eine Sträflingsfarm oder nicht? Aus den Zeitungen ist das nicht zu ersehen.«

Adrian entspannte sich. »Nicht direkt. Kit hat Sträflinge beschäftigt, die ihre Strafe beinahe verbüßt hatten. Sie wurden nachts nicht eingesperrt wie auf einer richtigen Sträflingsfarm, und es gab auch keine Wachen.«

»Mit anderen Worten, sie konnten weglaufen, wann immer es ihnen passte?«

»Ja, aber die Folgen wären erbarmungslos gewesen. Wer gefasst wurde, ging nach Norfolk Island.«

»Falls man ihn fasste. Ich lese, der Anführer, ein Mörder, befindet sich noch auf freiem Fuß.«

Adrian schilderte die Ereignisse von dem Moment an, in dem sie begriffen hatten, dass Kit sich in finanziellen Schwierigkeiten befand, wobei er Pollys Entlassung tunlichst verschwieg. Der alte Mann schüttelte den Kopf, als er die traurige Geschichte hörte.

»Es war ein Risiko, sie überhaupt zu beschäftigen. Töricht.«

»Es sind billige Arbeitskräfte. Hätte Kit Wachen eingestellt, wäre es viel teurer geworden.«

»Also hat er gespart. Und was hat er jetzt vor?«

»Keine Ahnung.«

»Er ist mit deiner Schwester verlobt! Du hattest die Verantwortung …«

»Die Verlobung wurde gelöst.«

»Was? Wieso?«

»Das weiß ich nicht genau. Da musst du schon Jessie fragen.«

Marcus stopfte seine Pfeife. »Gib mir die Streichhölzer vom Kaminsims.«

Adrian reichte sie ihm.

Der alte Mann legte die Hand um die Pfeife und zündete sie an, dann wollte er mit seinen Fragen fortfahren, doch Adrian unterbrach ihn.

»Es geht um meine Zuwendung, Sir. Hast du sie gekündigt?«

»Ja.«

»Dürfte ich fragen, warum?«

»Weil du ein Wüstling und Verschwender bist und keinen Penny mehr von mir oder deiner Mutter bekommen wirst, bevor du wieder arbeiten gehst!« Er paffte eine Rauchwolke in Adrians Richtung, der niedergeschlagen den Kopf schüttelte.

»Es tut mir leid, Großvater. Ich gebe zu, ich habe mich ein wenig hängen lassen, aber mir steht eine Zuwendung zu. Als du die Zahlungen eingestellt hast, saßen Jessie und ich in Brisbane und hatten nicht einmal Geld, um die Hotelrechnung zu begleichen.«

»Mir scheint, es ist dir dennoch irgendwie gelungen. Nun, du wirst deine Zuwendung wieder erhalten, wenn du auf die Besitzungen in Parramatta zurückkehrst. Sie wird wöchentlich ausgezahlt, und zwar in bar. Was bedeutet, dass du vor Ort sein musst, verstanden?«

Adrian schwieg.

»Du wirst an Joe Somers berichten, der jetzt die Hauptstation leitet, und damit ist das Thema erledigt, verstanden?«

»Ja, ich habe verstanden. Aber ich kann nicht sofort nach Parramatta reisen.«

»Warum nicht?«, fragte Marcus wütend.

»Weil ich erst heiraten werde.«

»Und wen, wenn ich fragen darf? Das Flittchen aus dem Tingeltangel? Werde endlich erwachsen!«

Adrian war überrascht, dass sein Großvater von Flo wusste, wollte aber nicht weiter streiten, sondern sagte einfach: »Sie heißt Miss Fowler, Sir, und verdient deinen Respekt.«

Mit diesen Worten griff er nach seinem Hut und ging hinaus.

»Warum hast du mir nicht gesagt, dass du schwanger warst?«, fragte Adrian Jessie.

»Ich habe es wirklich nicht gewusst, mir ging es nur so schlecht …«

»Hat Kit es gewusst?«

»Natürlich nicht, Dummkopf. Wenn ich es nicht wusste, hat er es ganz sicher nicht gewusst, und du wirst es ihm auch nicht verraten. Hast du wirklich vor, dieses Mädchen zu heiraten? Mutter tobt!«

»Ja«, antwortete er, doch nun, da er die Sache angekündigt hatte und Flo seiner Familie würde vorstellen müssen, war er sich auf einmal nicht mehr so sicher.

Insgeheim war er wie gelähmt vor Angst. Obwohl er sie liebte, hatte er sie nach seiner Rückkehr aus Brisbane plötzlich mit anderen Augen betrachtet. Sie wirkte ein bisschen billig.

Es ging nicht nur um seine Familie, sondern auch um seine Freunde. Wie würde sie in die Viehzüchtergesellschaft von Parramatta passen?

»O Gott«, stöhnte er. »Die arme Flo.« Er wünschte, er wäre wieder auf Emerald Downs.

Blanche traute ihren Ohren nicht, als Marcus ihr erklärte, ihr Sohn wolle heiraten.

»Bitte, über solche Angelegenheiten macht man keine Witze. Ich habe schon genug mit Jessie und ihrer gescheiterten Verlobung zu tun. Wir müssen die Geschenke zurückgeben, wie peinlich.«

»Blanche, es ist die Wahrheit. Ich habe ihm gesagt, keine Arbeit, kein Geld, er solle machen, dass er nach Parramatta kommt. Darauf meinte er, er könne nicht nach Parramatta fahren, weil er heiraten werde. Glaubst du, bei der Kleinen ist was unterwegs?«

Blanche zuckte nervös zusammen.

»Du hast ihn da hineingedrängt, Marcus. Er hat im Norden Schlimmes durchgemacht, er hätte eine Atempause verdient. Vermutlich hat er das nur gesagt, um sich Zeit zu verschaffen.«

»Zum Teufel mit der Zeit! Im Westen kann er atmen, so viel er will. Du bist zu nachgiebig, das ist das Problem. Er kann ohne Geld nicht heiraten; sag ihm, er soll erst mal seinen Unterhalt verdienen, bevor er sich die Verantwortung für eine Familie auflädt.«

Adrian wollte nicht darüber sprechen. »Nicht in deiner augenblicklichen Stimmung«, erklärte er seiner Mutter. »Jessie hat dich völlig durcheinandergebracht, lass das jetzt bitte nicht an mir aus!«

»Stimmt es denn? Ich will eine klare Antwort, mehr verlange ich ja gar nicht. Ich habe das Recht, zu wissen, was hier geschieht.«

»Na schön. Ja!«

»Was?«, kreischte sie los. »Was? Wenn dein Vater noch lebte, würde er dich windelweich prügeln! Wie kannst du es wagen, hinter meinem Rücken mit dieser Person zu verkehren? Ich nehme an, du hast sie versteckt, weil sie nicht in unsere Kreise passt. Warum sonst diese Geheimniskrämerei? Hör zu, mit deinem Verhalten beleidigst du das Mädchen, jawohl. Hätte sie ein bisschen Verstand, würde sie dich zum Teufel jagen.«

»Das muss ich mir nicht länger anhören«, knurrte er und ließ sie stehen.

Es klingelte, und Blanche, die an diesem Morgen bis an die Grenzen ihrer Belastbarkeit getrieben worden war, fiel Mr Watkins in die Arme. Er hörte sich ihr Wehklagen an, wobei sie Jessies Schicksal natürlich verschwieg, und trocknete ihre Tränen.

»Sie sind mein einziger Trost«, schluchzte sie. »Was würde ich nur ohne Sie tun, Frederick?«

»Es ist andersherum«, entgegnete er lächelnd. »Sie sind das Licht meines Lebens, Blanche, und genau darüber wollte ich mit Ihnen sprechen. Ich möchte unsere Treffen gern offiziell machen. Würde dir das gefallen, Liebste?«

»Damit würdest du mich sehr glücklich machen. Lass es uns aber noch ein wenig geheim halten.«

Lachend küsste er sie auf die Wange.

»Blanche, was hast du zu Adrian gesagt? Dass du seine Geheimniskrämerei verabscheust. Dann darfst du es ihm nicht nachtun. Wir könnten es zuerst Marcus sagen, danach möchtest du dir vielleicht das Konzert im Botanischen Garten anhören.«

»Nur zu gern, aber ich habe Probleme mit Jessie und Adrian ...«

»Dann ist es Zeit, sie ihre Probleme selbst lösen zu lassen. Ich sage immer, nimm dir frei, wenn der Berg vor dir zu groß wird.«

19

Als Inspektor Kirk am nächsten Morgen in makellos gereinigter und geflickter Uniform das Haus verließ, war er blind vor Zorn auf Jack Drew.

Er prallte gegen den Torpfosten und stürmte in den Stall, wo er sich bissige Bemerkungen über sein blaues Auge und die anderen bunt verfärbten Flecken anhören musste, während die Stallburschen sein Pferd sattelten. Sie witzelten sogar, als er behutsam sein Hinterteil in den Sattel senkte.

Dann kam ihm der Gedanke, dass ihn auf der Wache vermutlich noch Schlimmeres erwartete, und er besann sich anders.

Warum überhaupt auf der Wache melden? Immerhin war er ein wichtiger Mann, ein Inspektor, der seine Arbeit auch selbstständig erledigen konnte. Und heute stand Jack Drew ganz oben auf der Tagesordnung. Wenn seine Kollegen das Schwein nicht verhafteten, würde er es eigenhändig tun.

Er spielte mit dem Gedanken, einen Wachtmeister mitzunehmen, schüttelte aber wütend den Kopf. Er brauchte keine Hilfe, um einen Schurken wie Drew zu schnappen, und würde ganz gewiss den Ruhm mit niemand anderem teilen. Das würde seine eigene Verhaftung sein, die eine gute Story abgeben würde, sobald bekannt wurde, dass sich hinter Drew der berüchtigte Räuber Wodrow verbarg. So klang es richtig aufregend. Kirk leckte sich die gesprungenen Lippen und trieb sein Pferd an. Er würde nach Emerald Downs hinausreiten und Drew mit vorgehaltener Waffe zum Mitkommen zwingen. Ferrington konnte nichts dagegen tun. Und falls er vor Zeugen einen Fluchtversuch unternahm, könnte Kirk ihn ohne Weiteres erschießen.

Der Ritt war jedoch strapaziöser als erwartet. Sein Hintern tat höllisch weh. Der Tritt, den Drew ihm versetzt hatte, war ordentlich gewesen, und je länger Kirk im Sattel saß, desto mehr schmerzten seine Knochen. Wieder und wieder verfluchte er Drew und schwor ihm und allen, die zu ihm gehörten, Rache.

Noch ein anderer Mann war in diese Richtung unterwegs, doch er ging querfeldein und betrat nur dann die gewundene Straße, wenn sie sich mit der geraden Linie deckte, auf der er voranschritt. In Moorabis Augen waren Straßen nur für Fahrzeuge gedacht, sie schlängelten sich um große Bäume, steile Hänge und tiefe Rinnen, mit denen das Land übersät war. Er kam gut voran, nachdem er sich Hemd und Hose ausgezogen hatte. Er trug nur einen Pelzgürtel, in dem ein Bumerang steckte. Als er an einen schnell fließenden Bach kam, watete er hindurch und erfreute sich an dem guten Regen, der das Tal überreich beschenkt hatte.

Er sah sich am Ufer um und entdeckte *nulaga*, die Jack als »Krabbe« bezeichnete. Das Tier war groß und fett, er konnte einfach nicht widerstehen.

Bald hatte er ein kleines Feuer entzündet und briet die Krabbe, brach den heißen Panzer auf und sog das köstliche Fleisch heraus. Zufrieden stieg er auf die nächste Anhöhe und sah sich um. Noch sah alles grün und gesund aus, doch bald würden sich die großen Bäume gegen die lange Trockenzeit wappnen müssen. Als er weiterzog, bemerkte er einen Reiter auf der Straße, achtete aber nicht auf ihn. Ihm war nämlich gerade der Gedanke gekommen, dass er die Straße in der Nähe des Eingangs zu der Farm, auf der Jack Drew lebte, überqueren würde. Vielleicht könnte er sich ein bisschen mit Jack hinsetzen und reden.

Kirk sah, wie der Schwarze sein Feuer neben der Straße austrat.

»Verdammt, die glauben, sie können sich überall hinhocken«, knurrte er. Anscheinend interessierte es sie überhaupt nicht, wem das Land gehörte. Diesem Kerl würde er einen Denkzettel verpassen.

Als er naher heranritt, stellte er angewidert fest, dass der Mann fast nackt war. Im Grunde könnte er ihn verhaften, selbst wenn er sich jenseits der Stadtgrenze befand, denn viele Weiße benutzten die Straße und wollten gewiss keinen derart obszönen Anblick ertragen. Man stelle sich vor, Damen würden diesem Kerl mit seinem nackten Hintern begegnen; der Gürtel konnte unmöglich als Kleidungsstück durchgehen! Und wenn er sich umdrehte, würden sie glatt in Ohnmacht fallen. Vermutlich entblößten sich die Schwarzen gern vor weißen Frauen.

»He, du da!«, rief er, und als sich der Schwarze umdrehte, keuchte Rollo: »Du bist das!«

Er griff nach seinem Gewehr. »Keine Bewegung, Pferdedieb! Dafür wirst du hängen. Du bist verhaftet.«

Doch der Pferdedieb wollte sich nicht verhaften lassen. Er rannte davon, während Kirk seine Waffe lud und seinem Pferd die Sporen gab.

Der Schwarze lief querfeldein, um in der Sicherheit des Buschs unterzutauchen, doch Kirk hatte ihn bald eingeholt. Er konnte sogar noch sein Pferd zum Stehen bringen, um besser zu zielen.

Er feuerte und sah, wie der Bursche die Arme hochriss. Kirk grinste, verglich den Mann im Geiste mit einem kopflosen Huhn, weil er trotz seiner Verletzung weiterlief. Dann geriet er ins Stolpern und fiel hin, kurz bevor er den Busch erreicht hatte. Der Inspektor stieg ab und schaute auf die Leiche hinunter. »Hättest schneller rennen sollen«, sagte er gereizt, da er den Körper aus dem Weg schaffen musste. Er überlegte kurz, ob er ihn mit Teebaumblättern bedecken sollte, zerrte ihn dann aber in den Busch und stieß ihn mit dem Stiefel noch weiter hinein.

Dann wischte er sich die Hände an der Hose ab und ging zurück zu seinem Pferd. Nachdem das erledigt war, würde er sich Jack Drew vorknöpfen.

»Da kommt jemand!«, rief Tom Lok.

Kit trat in die Tür des Küchenhauses. »Wer denn?«

»Der Polizist, Mr Kirk, reitet herunter.«

Kit schoss aus der Tür und rannte den Hügel hinauf. »Runter von meinem Besitz!«, brüllte er. »Hauen Sie ab, sonst hole ich die Pferdepeitsche, Sie verlogener Bastard!«

Kirk ignorierte den Ausbruch. »Ich bin in einer polizeilichen Angelegenheit hier, Sie können mich nicht wegschicken.«

»Und ob ich das kann! Raus hier!«

Kirk saß ab. »Wo ist Jack Drew?«

»Jedenfalls nicht hier.«

»Doch.« Jack trat aus dem Küchenhaus, gefolgt von seinem Freund Scarpy. »Was wollen Sie, Kirk?«

»Ich verhafte Sie wegen tätlichen Angriffs und Körperverletzung und wegen des Verdachts auf Wegelagerei.«

»Sie und wer noch?«, knurrte Scarpy.

»Halten Sie sich da raus«, meinte Kirk. »Sonst verhafte ich Sie gleich mit.«

»Was werfen Sie ihm denn vor?«, wollte Kit wissen.

»Behinderung der Justiz. Und das gilt auch für Sie, falls Sie versuchen sollten, diesen Verbrecher zu schützen. Mir käme es übrigens sehr gelegen, eine Zivilklage gegen Sie einzuleiten, Ferrington.«

Kit holte aus, doch Jack hielt ihn zurück. »Kommen Sie her.«

Er nahm Kit beiseite. »Ich habe schon damit gerechnet. Die Flecken stehen ihm gut. Vor Kirk laufe ich nicht davon. Sagen Sie ihm, dass Sie mich selbst in die Stadt bringen.«

»Das werde ich nicht tun.«

»Hören Sie zu, ich kann nicht mit ihm reiten, er ist bewaffnet. Vielleicht würde mir ein Unfall zustoßen. Aber ich werde mich der Anklage stellen. Ich wusste genau, was ich tat, und würde es jederzeit wieder tun.«

Sie diskutierten, bis Kirk Jack anbrüllte, er solle vortreten. Dann löste er das Seil von seinem Sattelknauf.

»Wollen Sie mich aufhängen?«, fragte Jack.

»Mund halten, Klugscheißer. Sie sind verhaftet.«

»Kirk, Sie reden so komisch, stimmt etwas nicht mit Ihrem Mund?«

»Gleich stimmt mit Ihrem Mund etwas nicht.«

»Warten Sie!«, rief Kit. »Ich habe gehört, wie Sie Mr Drew gedroht haben. Hören Sie, er ist bereit, sich wegen der Prügel verhaften zu lassen …«

Der Inspektor blickte ihn misstrauisch an. »Er ist was …?«

»Sie haben es doch gehört«, meinte Jack. »Ich bin also verhaftet. Überrascht, was?«

Er wandte sich an Kit. »Er will sich wieder wichtig machen. Meint, er könnte nicht verlieren. Wenn ich verschwinde, darf er wieder einen Suchtrupp zusammenstellen und mich jagen. Und wenn Sie ihm Schwierigkeiten bereiten, Major, kann der große Inspektor auch Sie vor Gericht bringen. Daher gebe ich auf. Ich komme gehorsam mit, Kirk.«

»Aber er geht nicht mit Ihnen«, warf Kit ein. »Ich bringe ihn persönlich nach Brisbane.«

»Und das soll ich Ihnen glauben?

»Schon gut, Sie nehmen ihn, aber ich begleite Sie.«

»Ich auch«, meldete sich Scarpy. »Wir kommen alle mit, damit er nicht wegläuft, was?«

»Danke, Scarpy«, meinte Jack grinsend. »Holst du die Pferde?«

»Sicher doch. Tom, du kannst mir helfen.«

»Moment noch!« Heselwood war in die Tür getreten. »Was geht hier vor?«

Ferrington deutete auf den Inspektor. »Dieses Schwein hat

Jack wegen tätlichen Angriffs und Körperverletzung gegen seine eigene Person verhaftet.«

»Sie waren das, Jack?«

»Auf meine Ehre, Sir.« Jack verneigte sich feierlich.

»Es reicht!«, rief der Inspektor, der zwar nicht ganz verstand, was gesprochen wurde, aber von Heselwoods Erscheinung ein wenig eingeschüchtert war. »Ich bin überrascht, Sie in dieser Gesellschaft anzutreffen, Sir.«

»Genau wie Sie habe ich geschäftlich hier zu tun. Aber Sie werden ihn doch nicht heute in die Stadt bringen wollen. Es ist ein langer Ritt, Inspektor.«

»Ich habe die Pflicht …«

»Gewiss doch.« Heselwood wandte sich an Kit. »Ungeachtet Ihrer Differenzen betrachte ich es als ein Zeichen der Höflichkeit, dem Herrn eine Erfrischung anzubieten, Major. Ich bin sicher, Tom Lok könnte auch eine Mahlzeit zaubern.«

Seine blauen Augen strahlten vor Güte und Unschuld. »Oder ist dieses Ersuchen zu unverschämt?«

»Nein, natürlich nicht«, stammelte Kit, der begriff, dass Heselwood irgendetwas im Schilde führte.

»Inspektor, warum trinken Sie nicht mit mir ein Glas im Büro, während Sie warten?«

Auch Kirk war verwirrt, doch das Angebot schien einfach zu verlockend. »Das weiß ich zu schätzen, Lord Heselwood, sehr freundlich von Ihnen. Aber was wird aus ihm?« Er deutete auf Jack. »Ich nehme ihn besser mit, sonst macht er sich noch davon.«

»Ich habe gesagt, ich komme mit«, knurrte Jack.

»Gut«, sagte Heselwood rasch. »Das wäre also abgemacht. Jack wartet auf Sie. Nun würde ich gern aus erster Hand etwas über die Schießerei bei Ipswich erfahren, bei der zwei Männer getötet wurden. Wie ist das nur passiert? Der Flüchtling war doch nicht bewaffnet, oder?«

»Dummheit«, meinte Kirk großspurig, »reine Dummheit.

Sie haben doch nichts dagegen, wenn ich mein Gewehr mitnehme, Mylord?«

»Ihr Gewehr? Nein, warum sollte ich? Ist schon in Ordnung.«

Der Inspektor versuchte vergeblich, seine Freude über die Einladung dieses wichtigen Mannes zu verbergen, der auch noch Ferrington von ihrer Unterhaltung ausgeschlossen hatte. Der Ärger darüber war dem Major deutlich anzusehen.

»Verzeihen Sie, dass ich Sie in dieser Bude empfange«, sagte Heselwood und führte Kirk in das altbekannte Büro. »Da es kein Wohnhaus gibt, schlafe ich hier in der Ecke. Nehmen Sie Platz, der Stuhl ist einigermaßen bequem. Ich zwänge mich hinter den Schreibtisch. Und einen anständigen Whisky gibt es auch, den besten, den Baker's Crossing zu bieten hatte.«

Er goss zwei Gläser ein und reichte Kirk eins davon. »Auf Ihr Wohl, Sir!«

Kirk hob sein Glas, trank und begann dann mit der Geschichte von Albert Minchin, der von dieser Farm geflohen war, erzählte, wie er selbst sich todesmutig in den Busch gestürzt hatte, um die Verwundeten zu retten, und gelangte gerade zu der Stelle, an der ihm der Bürgermeister von Ipswich zu seiner Tapferkeit gratulierte, als er im Hof ein großes, rotes Känguru entdeckte.

»Sehen Sie mal!«, sagte Heselwood. »Mann, ist das ein Kerl. Ich frage mich, was er vorhat.«

Sie sahen zu, wie das Tier zur Männerunterkunft hüpfte, kurz hineinspähte und weiterzog.

»Wie gesagt«, fuhr Kirk fort, »der Bürgermeister sagte, die Leute aus Ipswich seien dankbar für meine …«

»Die Tierwelt um die Montone-Station war herrlich«, bemerkte Heselwood. »Wir hatten ganze Herden von Kängurus und Wallabys, überall liefen Emus herum. Meine Frau fand es wunderbar. Und die Vögel! Sie hatte noch nie so riesige Schwärme gesehen. Natürlich gab es auch noch die Schwarzen, die mit unserem Traum kurzen Prozess gemacht haben. Sie waren selbst dort oben?«

»Ja, und wieder bin ich nur knapp mit dem Leben davongekommen. Diese mörderischen Wilden haben meine Leute getötet, ein richtiges Massaker war das. Sie hatten keine Chance gegen diese heimtückischen Horden.«

»Unglaublich!«, murmelte Heselwood und schenkte nach. »Das Problem ist jedoch, dass ich dorthin zurück möchte. Sie haben Erfahrung in der Gegend, halten Sie sie schon für sicher?«

»Den Schwarzen würde ich nicht über den Weg trauen. Je schneller sie ausgelöscht werden, desto besser. Dann sind Sie endgültig sicher.«

»Aber Major Ferrington sagt, er habe mit dem Häuptling Frieden geschlossen.«

»Ferrington würde ich auch nicht trauen.«

Heselwood seufzte. »Aber ich muss doch jemandem vertrauen. Ich habe beschlossen, dass mich zwei Männer zu dem Häuptling begleiten sollen, Jack Drew als Dolmetscher und der Major als Unterhändler. So könnte ich mir selbst ein Bild der Lage machen.«

»Und getötet werden.«

»Da bin ich mir nicht so sicher. Ich glaube, ein Waffenstillstand könnte funktionieren, wenn ich als Siedler und Nachbar den Mann besser kennen lernte. Wie ich höre, ist sich der schwarze Häuptling darüber im Klaren, dass er den Kampf gegen die Weißen nicht gewinnen kann. Das klingt doch vernünftig, aber dennoch läuft immer etwas schief.«

»Zum Beispiel?«

»Na ja, Sie wollen den Major und Jack Drew gerade jetzt, wo ich sie überredet habe, mich ins Landesinnere zu führen, nach Brisbane mitnehmen.«

Rollo kippte den Whisky hinunter. »Tut mir leid, Lord

Heselwood, aber ich muss meine Pflicht tun. Dieser Jack Drew ist ein Tunichtgut, das können Sie mir glauben. Ich bin mir fast sicher, dass er selbst ein entflohener Sträfling ist. Ferrington braucht nicht mit nach Brisbane zu kommen, aber Drew wandert ganz sicher ins Gefängnis.«

»So ein verdammtes Pech«, meinte Heselwood, stand auf und ging zur Tür. Die anderen Männer waren verschwunden, der Hof sah verlassen aus.

Dann wandte er sich unvermittelt um. »Gehe ich recht in der Annahme, dass Sie es waren, der Ferrington der Verletzung seiner militärischen Pflicht bezichtigt hat?«

»Ja«, entgegnete Rollo wütend, »und ich werde diesen Vorwurf nicht zurücknehmen, falls Sie darauf hinauswollen.«

»Mein lieber Freund, daran würde ich im Traum nicht denken. Aber da ist noch eine andere Frage. Sie haben behauptet, Ferrington habe kostbare Zeit darauf verwendet, Gold zu suchen. Stimmt das?«

»Ja, das habe ich von seinen eigenen Männern erfahren.«

»Haben sie denn etwas gefunden?«

»Nein.«

»Gut, sehr gut.« Heselwood zog den Stuhl zurück und setzte sich Rollo gegenüber. Dann überlegte er es sich anders, füllte die Gläser nach und stärkte sich mit einem Schluck. »Ich muss Ihnen etwas ganz im Vertrauen sagen und kann mich hoffentlich auf Ihre Integrität als leitender Polizeibeamter verlassen. Sie dürfen mit niemandem darüber sprechen.«

Rollo war fasziniert. Er hatte angenommen, Lord Heselwood sei ein Freund des Majors, doch nun sah die Sache anders aus.

»Natürlich können Sie sich auf mich verlassen, Sir, ich gebe Ihnen mein Wort«, sagte er. »Falls ich Ihnen irgendwie helfen kann …«

»Danke, Inspektor. Zunächst möchte ich Ihnen erklären,

dass der Wiederaufbau von Montone für mich nicht unbedingt an erster Stelle steht. Sie wissen zweifellos, dass mir Carlton Park gehört, eine ansehnliche Viehstation im Süden, die mich ohnehin auf Trab hält. Aber ich möchte dringend zu meinem Besitz im Norden und Frieden mit dem Häuptling schließen, und das geht nur, wenn Major Ferrington und Jack Drew mich mit ihm bekannt machen.«

»Warum wollen Sie sich mit dem Häuptling treffen, wenn es gar nicht so dringend ist, Montone wieder aufzubauen?«

»Deswegen.«

Lord Heselwood griff in seine Westentasche und holte einen kleinen Wildlederbeutel heraus. Er öffnete ihn und zog etwas heraus, das in weiße Seide eingewickelt war. Hervor kam ein glänzendes Goldnugget, groß wie ein halber Daumen. Heselwood lehnte sich zurück, damit Rollo es ungehindert betrachten konnte.

»Gold! Das ist Gold.«

»Ja, ein schönes Stück.«

»Woher stammt es?«

»Von Montone.«

»Was?«

Heselwood schloss die Fensterläden. »Ich habe es auf meiner Station gefunden.«

»Gab es noch mehr davon?«

»Ein paar habe ich verkauft. Ich wollte gerade anfangen, die Umgebung abzusuchen, als die Schwarzen uns verjagten.«

»Himmel! Wo genau haben Sie das Gold gefunden?«

»In der Wand einer Höhle, in der ich mich bei Regen untergestellt hatte«, log Heselwood. »Ich habe es mit dem Messer ausgegraben. Das war vielleicht aufregend.«

»Und wie!« Rollos Herz schlug wie eine Trommel. Geistesabwesend schenkte er sich noch einen Whisky ein, trank ihn und starrte das Gold an. »Darf ich es in die Hand nehmen?«

»Nur zu, es geht nicht kaputt.« Es war schwer und eine Menge Geld wert.

Rollo genoss das Gefühl, es in der Hand zu halten. Pures Gold! Es hatte einfach so dagelegen. Im Süden fand man bereits Berge von Gold, viele Männer machten ein Vermögen damit... und alle sagten, hier oben gebe es ebenfalls Gold. Man munkelte, Jack Drew stecke hinter Ferringtons Goldwäscherei, doch das war reine Zeitverschwendung. Das hier war der große Coup.

»Das habe ich als Souvenir behalten«, sagte Heselwood und drehte das Nugget in den Fingern.

Rollo schwitzte, er war völlig durcheinander. Noch immer überwältigte ihn die Aufmerksamkeit, die ihm dieser Mann schenkte, und sein Verstand raste auf der Spur des Goldes davon, er würde allem zustimmen, was der Lord von ihm verlangte. Besorgt fragte er sich, wie er selbst in dieses Bild passte... diesen Plan, ein großes Vermögen zu verdienen.

»Was... was ist mit dem Rest?«, stotterte er. »Dem Rest des Goldes. Ich meine, es wäre unvorsichtig, es hier zu lassen. Jemand anders könnte es finden, und ich möchte wetten, dass es Ihnen nicht unbedingt gehört, nur weil es auf Ihrem Land gefunden wurde.«

Heselwood seufzte. »Dessen bin ich mir bewusst und mache mir große Sorgen. Daher müssen mich Drew und Ferrington nach Montone begleiten und dem Häuptling vorstellen.« Er lächelte freudlos. »Schließlich möchte ich nicht als reiche Leiche enden.«

»Wissen die beiden von dem Gold?«

»Guter Gott, nein.«

»Sonst jemand?«

»Keine Menschenseele.«

»Ich könnte Sie hinbringen. Ich kenne die Gegend.«

»Mit Verlaub, Sie kennen aber nicht den Häuptling und beherrschen die Sprache nicht. Noch einmal, was würde aus Jack Drews Verhaftung, wenn Sie mit mir kämen?«

»Die könnte warten«, entgegnete Rollo eifrig. Verglichen mit einer Goldader war Jack völlig bedeutungslos.

»Wunderbar! Ich wusste, Sie würden mich verstehen«, sagte Heselwood. »Wir werden also Folgendes tun. Wir verschieben die Verhaftung, Ferrington und Drew bringen mich zum Häuptling, und wenn es sicher ist, Montone wieder aufzubauen, werde ich es tun. Danach brauche ich die beiden nicht mehr, und Sie können Drew nach seiner Rückkehr verhaften.«

»Und was wird aus mir?«, wollte Rollo wissen.

Heselwood sah ihn gekränkt an. »Ich dachte, Sie wollten mit mir Gold suchen! Ich brauche einen Partner und kann wohl kaum meine Viehhüter für ein solches Unternehmen abstellen. Wie viel Arbeit würde noch auf der Station getan, wenn sie erfuhren, dass es in der Nähe Gold gibt?«

»Ihr Partner«, hauchte Rollo.

»Das ist nur fair. Eine Hand wäscht die andere, Inspektor. Sie helfen mir, ich helfe Ihnen.«

Jasin Heselwood schob den Narren aus Major Ferringtons Büro und zog die dichten Augenbrauen hoch. Lieber hätte ich eine Hyäne zum Partner, dachte er bei sich.

Im Westen verdunkelte sich der Himmel, ein seltsamer Grünton legte sich über die zusammengeballten Wolken, und eine plötzliche Windbö wirbelte trockenes Laub auf. Heselwood führte Kirk zum Küchenhaus.

»Tom, hast du das Essen fertig? Der Inspektor ist hungrig.«

»Boss sagt kein Essen«, schmollte Tom.

»Besorge ihm sofort etwas zu essen«, befahl Heselwood. »Ich rede mit dem Boss.«

»Worüber?«, fragte Kit, der hinzugetreten war.

»Über die Regeln der Höflichkeit, Sir. Und ich möchte Ihnen mitteilen, dass sich der Inspektor entschlossen hat, Mr Drew noch nicht zu verhaften.«

»Warum?«

»Ich habe das Recht, meine Meinung zu ändern«, sagte Kirk gleichgültig und setzte sich an den Tisch.

»Na schön, ich sage es ihm.«

»Falls er noch da ist«, grinste der Inspektor. »Vermutlich ist er längst abgehauen.«

Kit funkelte ihn an. »Er ist noch hier.«

»Ausgezeichnet«, meinte Heselwood. »Ich möchte mit Ihnen beiden reden.«

Er sagte unverblümt: »Ich habe den Inspektor überredet, die Vorwürfe fallen zu lassen, falls Sie Ihre Aufgabe erfüllen und mich zu dem Häuptling führen. Dann wissen wir ein für alle Mal, ob dieser Waffenstillstand wirklich existiert. Das heißt, Jack muss als Dolmetscher mitkommen. Der Ritt dauert nur ein paar Tage, das ist nicht weiter strapaziös. Ich freue mich sogar darauf.«

Letztlich einigten sie sich zu ihren Bedingungen. Jack würde für seine Arbeit bezahlt werden. Der Major würde sich einen von Heselwoods erfahrenen Viehhütern für ein Jahr ausleihen, der ihm helfen sollte, seine Viehzucht profitabel zu gestalten.

Danach trat wieder Ruhe ein. Heselwood legte sich zu einem Nickerchen hin, und die drei anderen Männer gingen zum Fluss hinunter.

»Meinst du, es gibt Hochwasser?«, fragte der Major nervös.

»Nein«, entgegnete Jack. »Der Stand ist kaum höher als sonst, der Fluss lässt nur die Muskeln spielen. Doch Sie müssen auf Meewah achten; er kann wie eine Lawine über das Land hereinbrechen.«

»Ich dachte, das sei der Brisbane River«, meinte Scarpy.

»Ein neuer Name«, meinte Jack gereizt. »Wer war überhaupt dieser Brisbane?«

»Ein Gouverneur«, antwortete der Major. »Das Unwetter zieht schnell herauf. Dann kommt noch mehr Regen!«

Jack schnüffelte. »In diesen Wolken steckt kein Regen.«

»Aber mir kommt es verdammt dunkel vor. Wir können hineingehen, bei diesem Licht richten wir ohnehin nichts aus.«

Der Wind nahm zu, heulte durchs Tal, und Jack schauderte. In all den Jahren, die er in diesem Land gelebt hatte, war ihm noch nie ein solches Geheul untergekommen. Es klang wie tausend Dingos, die klagten und jaulten. Es erschreckte ihn, und er beeilte sich, Schutz zu suchen.

Und dann hörte er Tom Lok schreien. Er schrie und schrie!

Sie rannten hin. Die Schreie verstummten abrupt. Staubiger Wind umtoste sie, und sie konnten kaum atmen, während sie sich bergauf kämpften. Die Pferde im Stall wieherten jämmerlich und traten gegen die Wände. Das große, rote Känguru, das eben noch umhergehüpft war, schoss an ihnen vorbei, floh in rasendem Tempo in den Busch.

Der erste markerschütternde Schrei riss Heselwood aus dem Schlaf. Er stieß die Bürotür auf.

Zuerst konnte er vor lauter Staub und Dunkelheit nichts erkennen, doch die Schreie führten ihn zu dem Chinesen, der auf etwas zeigte, bevor er ohnmächtig zu Boden sank. Heselwood entdeckte einen riesigen Mann, einen wild dreinblickenden Schwarzen, der gewiss über zwei Meter maß. Gesicht und Körper waren mit weißen Streifen bemalt, die Augen in einem Ockerton umrandet.

Jasin taumelte zurück. »Allmächtiger«, rief er, »wer zum Teufel bist du?«

Während er noch sprach, schien der Mann in der Finsternis zu verschwinden und wieder aufzutauchen, wobei er diesmal jemanden trug.

»Wer ist das? Was soll das?«, frage Jasin und wich entsetzt zurück. Der Riese trug eine Leiche, die er vor sich hielt, die Leiche eines Schwarzen. Er stand einfach nur da, schwieg und rührte sich nicht von der Stelle, den toten Körper in den Armen, von Trauer erfüllt.

Die Geister hatten ihn rasch zu Moorabi geführt, der sterbend unter dem süß duftenden Teebaum lag.

»Ich hatte einen Traum«, flüsterte Moorabi. »Ist es das, wovon ich geträumt habe?«

»Nein, du träumtest vom Tod deines Vaters. Das Herz des großen Mannes hörte auf zu schlagen, als er im Fluss badete, und sie legten ihn in den weichen Sand, damit er sich erholen konnte, doch er entschied sich, uns zu verlassen.«

»Wer wird die Leute jetzt führen?«

»Das werden wir sehen. Du kannst gehen, dein liebender Vater erwartet dich.«

Er schloss Moorabis Augen und beweinte ihn, dann stimmte er ein Geheul für den tapferen Mann an, den er sich als Nachfolger erhofft hatte. Das Geheul alarmierte die Hügelmenschen, die Moorabi in angemessener Weise bestatteten und die Totenklage anstimmten.

Er erhob sich und schleuderte einen Stein in den Himmel, der immer höher flog. Ein Blitz zuckte auf und erleuchtete sein Gesicht, dessen Ausdruck sich von Trauer in Groll verwandelte, er wurde von einem sanften Mann, der einen teuren Freund begraben hat, zum Rächer, zum Mann namens Ilkepala, der die Einschusswunde in Moorabis Rücken gesehen hatte. Er trat an einen Bach und badete, bevor er die Geister wegen dieses entsetzlichen Verbrechens anrief. Dann bemalte er seinen Körper mit weißer Farbe in den Mustern der Vergeltung, nicht der Trauer, die würde erst später folgen. Moorabi war ein Erwählter gewesen. Ein schrecklicher Verlust.

Der Sturm umtoste ihn, als Ilkepala von dannen schritt.

Tom Lok kam zu sich und kroch weg. Rollo Kirk hörte die Schreie, meinte ein Ungeheuer zu entdecken und verbarg sich in einer Ecke des Küchenhauses. Heselwood blieb da, zwar eingeschüchtert von der Erscheinung, doch drängte es ihn nach einer Erklärung.

Jack bedeutete dem Major und Scarpy, sich zurückzuhalten. Dann trat er leise neben Heselwood und bat ihn zu gehen.

»Warum? Was zum Teufel geht hier vor?«

»Ich glaube, ich weiß, wer das ist«, sagte er. »Sie müssen sich raushalten. Vielleicht ist es auch gar nicht real. Halten Sie sich einfach fern.«

Er wartete ein paar Minuten und sprach dann die hochgewachsene Gestalt in ihrer eigenen Sprache an. »Du kennst mich. Darf ich fragen, wen du in deinen Armen trägst? Ich verspüre eine ungeheure Traurigkeit.«

Plötzlich erhielt er einen schmerzhaften Stoß in den Rücken, als hätte man auf ihn geschossen, und er fiel nieder.

Als er aufgestanden war, blickte er in Moorabis totes Gesicht.

»O nein!«, schrie Jack. »Was ist mit ihm geschehen?«

Dann begriff er, dass man Moorabi in den Rücken geschossen hatte, und die Erde bebte unter seinen Füßen, als er zu dem Riesen aufblickte, in dem er den Magier Ilkepala erkannte, der angeblich jede beliebige Gestalt annehmen konnte. Obwohl Jack diesem Zauber nicht ganz traute, war auch er nicht gegen Angst gefeit, als die riesigen, funkelnden Augen auf ihn herunterblickten und Moorabis Bild verblich.

Er spürte, wie seine Beine unter ihm nachgaben, konnte aber noch sagen: »Es tut mir leid, dass wir einen Freund verloren haben. Meine Klage wird lange währen. Ich bedauere dich und alle, die zu dir gehören.«

Der Riese schien zu verblassen wie zuvor Moorabi, das Geheul verklang, der Wind legte sich, sanft senkte sich der Staub um sie zu Boden, doch die Augen blieben da. Gelbe Augen.

»Wer hat diese furchtbare Tat begangen?«, fragte Jack. »Wer hat ihn erschossen?«

In diesem Augenblick schrie Heselwood, der in der Nähe des Büros stand, auf und deutete zum Küchenhaus hinüber, aus dem urplötzlich Flammen schlugen.

Kit wollte hinrennen, doch Jack befahl ihm zu bleiben. »Das geht Sie nichts an. Denken Sie an Rappers Geschichte mit den Bäumen. Auch das hier ist womöglich nicht real.«

»Du kannst es doch nicht einfach abbrennen lassen«, rief Kit und rannte zum Wassertank, um einen Eimer zu holen, doch Scarpy packte ihn und hielt ihn fest.

»Sieht wirklich aus, als würde es niederbrennen, aber ich würde mich nicht um alles in der Welt mit diesem Schwarzen anlegen. Der Kerl trug einen toten Mann; irgendwo hier lauert das Böse.« Sie hatten Kirk vergessen, der nun aus dem Gebäude gerannt kam. Er schaute zu dem Schwarzen, brüllte los und wollte wegrennen, war aber wie gelähmt.

»Helfen Sie mir«, rief er Heselwood zu.

»Verdammt!«, stieß Jack hervor, »Sie waren das! Sie haben ihn erschossen! Himmel, warum haben Sie das nur getan?«

»Habe ich nicht«, stammelte Kirk. »Ich war's nicht. Jemand anders hat ihn erschossen. Ein Unfall, es war ein Unfall.«

Schreiend riss er sich an den Haaren.

»Was ist passiert?«, fragte Heselwood.

»Ich weiß nicht«, antwortete Jack.

»Mein Haar brennt! Helft mir, ich stehe in Flammen.«

»Nein«, sagte Jack und packte ihn, »das bilden Sie sich nur ein.«

Doch auch seine Hände schienen zu brennen, und er ließ Kirk mit einem Schmerzensschrei los. An seinen Handflächen waren echte Brandblasen zu sehen. Da wusste er, dass Kirk verloren war. Niemand durfte sich einmischen. Er sah zu, wie der Inspektor trunken umhertaumelte, vor Schmerzen schrie. Heselwood wollte ihm helfen, doch Jack hielt ihn davon ab.

»Weg, jede Berührung ist gefährlich.«

»Was ist denn los mit ihm?«

»Sie hören es doch, er verbrennt.«

Aber der Major konnte den Anblick nicht länger ertragen. Er wollte Kirk davon überzeugen, dass er nicht wirklich brannte, und streckte die Hand nach ihm aus, doch da schoss ein feuriger Blitz durch seinen Arm, und er wurde zu Boden geschleudert.

Jetzt war alles still. Jack spürte Ilkepalas Gegenwart, konnte ihn aber nicht mehr sehen. Kirk taumelte weiter umher, wollte zum Fluss hinunter, um die Flammen zu löschen, stürzte jedoch nur wenige Fuß vom Ufer entfernt zu Boden.

Scarpy erreichte ihn zuerst. »Er dürfte tot sein. Seht mal nach.«

Der Major beugte sich vorsichtig nieder, die Finger ausgestreckt, doch Jack entdeckte wieder die gelben Augen, die sich im Fluss spiegelten und näher zu kommen schienen.

»Passt auf!«, brüllte er. »Aufpassen!« Er sprang zurück und zog Ferrington mit sich, als das riesige Krokodil aus dem Wasser schoss, sich auf den Leichnam stürzte, die Zähne hineinschlug und blitzartig mit ihm im Wasser verschwand. Das Wasser wurde wieder ruhig, als wäre nichts geschehen.

»Allmächtiger Gott!«, rief Heselwood. »Ich glaube, mir wird schlecht.«

Entsetzt und verwundert standen sie da, starrten wie versteinert auf den Fluss. Dann sahen sie einander an, zu betäubt für Worte. Sie konnten nichts mehr tun.

Obwohl niemand Hunger hatte, bereitete Scarpy am nächsten Morgen das Frühstück zu, da Tom Lok seine wenigen Habseligkeiten gepackt hatte und geflohen war.

»Er hatte solche Angst, dass er vermutlich lieber ins Gefängnis geht, als hier weiteren Geistern zu begegnen«, meinte Kit. »Ich werde ihn jedenfalls nicht anzeigen.«

»Ich kann es ihm nicht verdenken und werde mich auch auf den Weg machen«, erklärte Scarpy. »Aber sagen Sie mir eins, Mr Heselwood. Wie haben Sie Kirk überredet, seine Meinung bezüglich Jacks Verhaftung zu ändern?«

Heselwood gähnte. »Das ist jetzt unwichtig. Aber wenn Sie es unbedingt wissen wollen: Ich habe nur geredet. Ihm genau das gesagt, was er hören wollte.«

»Und das war?«

»Ach, egal, jeder Mann hat eben seinen Preis.«

»Da bin ich mir nicht so sicher. Kommt immer auf den Mann an.«

Die vier Männer unterhielten sich über die Ereignisse des Vortags, diskutierten ausführlich das Phänomen und staunten, dass das Gebäude, indem sie sich aufhielten, von den Flammen völlig unversehrt schien, während Jack und der Major Brandblasen an den Händen trugen.

»Warum sollte Kirk den Schwarzen getötet haben?«, wollte Scarpy wissen.

Jack meinte traurig: »Er war ihm schon einmal begegnet.« Er hatte genug von dem Gerede; es war ohnehin müßig, Genaueres herausfinden zu wollen. Er konnte sich nicht überwinden, noch einmal von Moorabi zu sprechen, und unternahm daher einen langen Spaziergang durch den Busch.

Schließlich gelangte er zum Mangrovensumpf, früher ein bizarrer Wald in einem Meer aus Schlamm, der nun hüfthoch unter Wasser stand. Allmählich fühlte er sich besser. Die Sumpfbewohner würden die Erneuerung begrüßen... ein weiterer unvermeidlicher Kreislauf des Lebens. Das Leben ging weiter, was auch immer geschah, dachte er seufzend.

Als er sich umdrehte, erschien plötzlich ein Schwarzer neben ihm, der den Rhythmus seiner Schritte aufnahm, als hätten sie sich verabredet. Er war normal groß, hatte drahtiges weißes Haar und ein Gesicht wie Leder, in seinem Pelzgürtel trug er einen Bumerang. Obwohl ihn nichts von seinen Stammesbrüdern unterschied, wusste Jack, dass es sich um Ilkepala handelte.

Anscheinend gab es nichts zu sagen, und sie gingen weiter durch den Busch, während die Vögel umherschossen und Kleintiere die Nasen aus ihren Erdlöchern steckten. Sie hörten den trauervollen Schrei eines Brachvogels, und Jack fragte sich, weshalb er immer so entfernt klang. Ilkepala würde es wissen, doch er brachte es nicht über sich, die Ruhe der lieblichen Umgebung zu stören.

Als sie das gerodete Feld erreichten, blieb Ilkepala stehen und streckte die Hand aus.

»Der große Häuptling, unser Freund, ist jetzt bei den Geistern.«

Bussamarai tot?, dachte Jack entsetzt. »Auch er ist gestorben? Was ist geschehen? Er sah gesund aus, als ich ihn das letzte Mal traf.«

»Ich glaube, sein Herz ist gebrochen. Das hier solltest du bekommen.« Ilkepala hielt Jack das große Goldnugget hin, das zum Kopfputz des Häuptlings gehört hatte, und Jack nahm es höflich entgegen.

»Er weiß, dass ich lieber ihn als dieses Geschenk bei mir hätte. Aber ich danke ihm für seine große Freundlichkeit.« Dann hielt er Ilkepala die Hand hin. »Auch dir danke ich für deine Weisheit und bitte dich um die Ehre, mir die Hand zu schütteln.«

Der Griff des älteren Mannes war fest. Dann tätschelte er Jacks Gesicht, in dem die Narben allmählich verblassten, und nickte zustimmend, bevor er im Busch verschwand, in der taufeuchten Nacht.

Heselwood begrüßte Jack mit der Frage: »Wo sind Sie gewesen? Nun, da Kirk aus dem Weg ist, hindert Sie nichts mehr daran, mit uns zu reiten.«

»O doch. Es hat keinen Sinn mehr. Der große Häuptling Bussamarai ist tot.«

»Woher wissen Sie das?«

»Man hat es mir gesagt. Glauben Sie mir, er ist tot, und ich habe keine Ahnung, wer nun die Führung übernehmen wird. Vermutlich wird der Waffenstillstand andauern, denn Bussamarai war hoch angesehen. Niemand wird seine Regeln brechen, jedenfalls für lange Zeit nicht, und bis dahin haben sich die Schwarzen mit etwas Glück an die weißen Siedler gewöhnt. Dank des Majors können Sie Ihre Männer holen und die Station wieder aufbauen.«

Kit hatte das Gespräch mitgehört. »Um den Häuptling tut es mir aufrichtig leid. Vermutlich hat es keinen Sinn, zu fragen, von wem du es erfahren hast?«

»Nein, nehmen Sie es einfach hin.«

Die nächsten Tage brachten seltsame Ereignisse.

Superintendent Grimes kam in Begleitung von Inspektor Tomkins nach Emerald Downs, um den Tod von Rollo Kirk zu untersuchen. Lord Heselwood hatte ihm von der Tragödie berichtet.

»Seine Lordschaft hat sein Bestes getan, um diese außergewöhnlichen Geschehnisse zu erklären, Major, und Sie sollten ihm danken, dass er als Zeuge zugegen war«, sagte Grimes. »Sonst hätte die ganze Sache ein bisschen verdächtig ausgesehen.«

Kit reagierte wütend. »Glauben Sie einem Mann mehr, nur weil er einen Titel trägt?«

»Wir glauben ihm mehr als den Männern, die kürzlich Streit mit dem Verstorbenen hatten, weil er als unbeteiligter Zuschauer gilt.«

»Hat er Ihnen auch gesagt, dass Ihr kostbarer Inspektor einen Aborigine namens Moorabi getötet hat?«

»Dafür liegen uns keinerlei Beweise vor, vor allem gibt es keine Leiche. Lord Heselwood bestand allerdings darauf, dass der Vorfall zu den Akten genommen wurde.«

Die beiden Polizisten überprüften das Anwesen und suchten mit besonderer Sorgfalt das Flussufer ab, von dem das Krokodil den Toten angeblich weggerissen hatte, doch sie fanden nicht einmal Anzeichen für das Vorhandensein des Tiers.

»Und keine Leiche«, meinte Grimes gereizt. »Lord Heselwood hat vorgeschlagen, Mrs Kirk zu sagen, ihr Mann sei ertrunken, und das haben wir auch getan. Sie wollte allerdings wissen, was er im Fluss zu suchen hatte.«

»Er ist halt reingefallen«, knurrte Jack.

»Nein, wir mussten ihr die Wahrheit sagen. Sie schien den Tod durch das Krokodil zu bevorzugen und äußerte die Absicht, ein Buch über sein Leben zu schreiben. Sie konnte die Aufregung, wieder auf der Titelseite der Zeitung zu erscheinen, kaum verbergen. Die Frau sonnt sich praktisch in der Aufmerksamkeit, die Kirks spektakulärer Tod erregt hat.«

Bevor sie gingen, sprach Tomkins noch mit Jack über den verstorbenen Inspektor Kirk und dessen Verdächtigungen.

»Er schien Sie für jemanden namens Wodrow zu halten, doch der Bursche ist lange tot. Dann ist da noch eine Sache mit Mudies Sträflingsfarm, die ich in seinen Notizen gefunden habe. Wissen Sie etwas darüber?«

»Nein, nie davon gehört.«

»Dachte ich mir. Kirk konnte sehr boshaft sein, ihn interessierte es nicht, wessen Ruf er zerstörte. Am besten vernichten wir seine Notizen, immerhin haben Sie sich um die Gemeinschaft verdient gemacht, Jack. Nur eins noch … Ihre Weste ist jetzt sauber, sorgen Sie dafür, dass es so bleibt.«

Heselwood war wieder in der Stadt und sprudelte seinen Bericht über die bizarren Ereignisse auf Emerald Downs derart hervor, dass Georgina kaum zu Wort kam.

»Unglaubliche Sache, von Anfang bis Ende. Habe ich schon erzählt, dass der Major und ein anderer Bursche sich tatsächlich verbrannt haben, als sie Kirk helfen wollten?«

»Ja«, sagte sie.

»Verdammt unglaublich, davon werde ich jahrelang zehren, und das Ergebnis kam auch mir zugute. Die Gegend um Montone gilt jetzt als sicher, sodass ich die Station wieder aufbauen kann. Und das alles habe ich Jack Drew zu verdanken.«

»Wem?« Sie kannte den Namen aus der Zeitung.

»Drew. Ein interessanter Bursche. Er kennt sich im Busch aus und hat dort oben für Frieden gesorgt. Die Zeitungen haben dank Kirk und der Einmischung des Colonels alles durcheinandergebracht. Drew hat Ferrington direkt ins feindliche Lager geführt, wo sie über die Freilassung seiner Soldaten verhandelten…«

»Warum hätte er das tun sollen?« Immerhin stand dieser Jack Drew auf der Seite der Schwarzen.

»Natürlich um des Friedens willen. Das will ich dir doch die ganze Zeit klar machen. Er kannte den Häuptling und sogar diesen Hexendoktor, der auf Emerald Downs herumgespukt ist. Hat mich ganz schön mitgenommen. Ich meine, ein Mann würde sich kaum mit einem wie Drew anlegen, der so mächtige Freunde hat. Deshalb wollte ich ihn auch mit nach Montone nehmen, doch er sagte, er habe genug vom Busch.«

»Das kann ich mir vorstellen«, sagte Georgina. »Hört sich an, als stünde er mit den Schwarzen auf allzu gutem Fuß.«

»O nein, das darfst du nicht sagen. Er hat uns erklärt, der Häuptling sei kürzlich gestorben, frag mich bitte nicht, woher er das wusste, aber sein Wunsch nach Frieden bleibe bestehen. Jedenfalls solange sich beide Seiten benehmen. Einen wie Drew haben wir schon lange gebraucht, jemanden, der lange genug bei den Schwarzen gelebt hat, um sie zu kennen. Jetzt handelt er als Vermittler. Liebes, sollten wir noch einmal Probleme auf Montone bekommen, werde ich Jack Drew holen, um sie zu lösen.« Georgina setzte sich in den gemütlichen Lehnstuhl und hörte zu, wie ihr Mann weiterschwafelte, während er sich zum Abendessen umzog.

Sie fühlte sich gut wie schon seit Tagen nicht. Sie hatte es eigentlich als ihre Pflicht betrachtet, Jack Drew wegen seiner Beteiligung an dem Überfall anzuzeigen, und hatte es nur deshalb nicht getan, weil er sie damals beschützt hatte. Ziemlich eigensüchtig, dachte sie.

Doch nun hatte sich der Mann aus dem Busch selbst rehabilitiert, und sie konnte ihm endlich für seine Geste danken. Persönlich begegnen wollte sie ihm nicht, es reichte, dass das Geheimnis endlich gelüftet war. Ihr Retter war also doch keine Einbildung gewesen. Und es wäre nett, sich irgendwie für seine raue Ritterlichkeit zu bedanken …

Als der Postbote eintraf, quoll sein Karren beinahe über vor prallen Posttaschen und einer Ansammlung von Päckchen und Vorräten. Jack vermutete, dass er zuerst nach Emerald Downs kam, um sich den Ort des Grauens anzusehen und vielleicht noch eine Neuigkeit aufzuschnappen.

»Wie wäre es mit einer Tasse Tee?«, fragte der Postbote, und Kit deutete geistesabwesend aufs Küchenhaus, wo er sich selbst bedienen konnte. Er war völlig verwirrt, nachdem er Adrians Telegramm gelesen hatte:

KOMMST DU NACH SYDNEY STOP HEIRATE BALD STOP
BONNIE HUNTER STIRBT STOP FRAGT NACH DIR STOP

Bonnie Hunter? Woher kannte Adrian Bonnie Hunter? Und was hatte die Nachricht von seiner Hochzeit zu bedeuten?

Er fragte Jack nicht, was in seinem ordentlich verschnürten Paket war, und bekam auch keine Erklärung.

Jack hatte ein wunderschönes Spitzentaschentuch mit einem gestickten G erhalten, das vermutlich von Lady Heselwood stammte. Sie hatte ihn an jenem Tag auf der Straße gesehen und sich gewiss an ihn erinnert. Er war so erleichtert, dass sie den Angriff überlebt hatte, dass ihm erst nach einer Weile gedämmert hatte, dass sie ihn im Grunde als Einzige an den Galgen bringen konnte. Doch sein Geheimnis schien bei ihr sicher zu sein. Er betrachtete das Taschentuch … er würde es wie einen Schatz hüten. Es lag kein Brief dabei, vermutlich hatte sie eine Verpflichtung einlösen wollen, ohne ihm gleich ihre Freundschaft anzubieten.

Das war recht und billig, dachte er lächelnd.

Kit hielt ihm das Telegramm hin. »Ist das zu fassen? Er heiratet. Hat nie etwas von einer Freundin, geschweige denn einer Verlobten erwähnt. Ich wüsste gern, wer die Glückliche ist.«

»Könnte eine Miss Fowler sein. Der hat er ein paar Mal geschrieben.«

»Nie gehört.«

»Wer ist Bonnie Hunter?«

»Eine alte Freundin von mir. Ich hatte keine Ahnung, dass Adrian sie kennt.«

»Wenn sie nach Ihnen fragt, sollten Sie die arme Frau besser besuchen, wenn Sie nach Sydney kommen.«

»Wer sagt, dass ich nach Sydney fahre?«

»Das werden Sie doch, oder? Sie können Miss Jessie nicht einfach dort lassen.«

Der Major runzelte die Stirn. »In dieser Hinsicht ist es nicht allzu gut gelaufen. Egal, ich werde hinfahren, aber nur zweiter Klasse, mehr kann ich mir nicht erlauben.«

»Wenn Sie möchten, bleibe ich noch eine Weile hier. Außer Sie glauben, die Damen seien die Reise nicht wert…«

20

Die Straßen von Sydney wirkten frisch und kühl nach dem nördlichen Sommer, der sich nicht um das Herannahen des Herbstes zu kümmern schien. Kit schlenderte durch eine geschäftige Einkaufspassage und verspürte zum ersten Mal seit langer Zeit wieder so etwas wie Fröhlichkeit. Einerseits plagte ihn ein schlechtes Gewissen, weil er Emerald Downs verlassen hatte, andererseits hatte er zurzeit genug von seiner Farm.

Als er aus der Passage kam und nach links in Richtung Postamt abbog, sah er auf der anderen Seite den Offiziersklub liegen. Zu seiner Überraschung verspürte er nicht den geringsten Drang, hineinzugehen, obwohl er nach der Ankunft auf seinem neu erworbenen Besitz den Klub und seine Kameraden am meisten vermisst hatte.

Kit gestand sich ein, dass seine Abneigung auch in seiner finanziellen Misere wurzelte, doch er ging gelassen an dem Gebäude vorbei.

Nach seinem Eintreffen in Sydney hatte er Adrian sofort eine Nachricht geschickt und ihn gebeten, ihn vor dem Postamt zu treffen, da er lieber nicht bei den Pinnocks zu Hause vorsprechen wolle. In seinem eleganten Anzug und dem Strohhut sah Adrian wie ein Dandy aus.

Er begrüßte Kit überschwänglich, als hätte es keine Missstimmung zwischen ihnen gegeben. »Schön, dich zu sehen, Kit. Du hast dich gut erholt. Bisschen dünn, aber das wird wieder. Zu Hause alles in Ordnung?«

»Mehr oder weniger. Was ist denn nun mit der Hochzeit? Du hast es nie erwähnt. Hast du ein Mädchen geschwängert?«

»Ich doch nicht. Lass uns in den Park gehen. Ich kann es

mir nicht leisten, dich zum Essen auszuführen, man hat mir die Zuwendung gesperrt.«

»Wieso?«

»Das hatte verschiedene Gründe, darunter auch die Hochzeit.«

»Wen heiratest du denn?«

»Flo Fowler. Ihr seid euch nie begegnet. Sie war beim Theater, hat als Assistentin eines Zauberers gearbeitet. Ein ganz reizendes Mädchen, Kit, sie wird dir gefallen. Ich muss wieder auf dem Familienbesitz arbeiten, um an mein Geld zu kommen.«

»Das ist nur fair.«

»Sicher, aber Mutter ist im Augenblick unheimlich schwierig. Wegen der Hochzeit. Ich möchte, dass Flo mit mir nach Hause kommt, aber sie ist zu schüchtern.«

Kit war beeindruckt, dass Adrian zu seiner Freundin stand und seiner Mutter trotzte. Er hätte gern gewusst, was Jessie davon hielt, wurde aber von seinen eigenen Sorgen abgelenkt.

»Wie geht es Bonnie?«

»Ach ja, tut mir leid, alter Knabe, sie ist vor zwei Tagen gestorben. Meine Flo hat für sie gearbeitet, sie während ihrer Krankheit gepflegt.«

»O Gott, sie war ein prima Mädchen.«

»In welcher Beziehung hast du eigentlich zu ihr gestanden? Flo lässt zwar nichts auf sie kommen, aber so wie ich es sehe, war sie schlicht und einfach eine Hure.«

»Ich möchte nicht schlecht über Tote reden«, erwiderte Kit steif. »Bonnie war nicht dumm. Sie hat das Beste aus ihrem Leben gemacht. Hat mir Geld geliehen, um die Farm ans Laufen zu kriegen. Sie wusste, ich hätte es ihr irgendwann zurückgezahlt.«

»Himmel, vermutlich hast du demnächst auch noch den Gerichtsvollzieher am Hals. Tut mir leid, wenn ich dir noch mehr Schwierigkeiten bereite.«

»Egal«, sagte Kit gereizt, »ich glaube nicht, dass er zu mir kommen wird. Aber wie sind sie überhaupt auf mich gekommen?«

»Als Flo sagte, sie sei mit mir verlobt, hat Bonnie ihr erzählt, dass sie die Pinnocks kenne und meine Schwester mit einem ihrer Freunde verlobt sei. Und als Flo dann erwähnte, dass ich auf deiner Farm sei, strahlte Bonnie und wollte alles über dich erfahren. Sie wollte dich sehen, es sei wichtig. Hört sich an, als wäre sie noch immer hinter ihrem Geld her gewesen.«

»Nein, Bonnie und ich haben uns gut verstanden.« Kit fiel es schwer, zu akzeptieren, dass diese starke, selbstbewusste Frau nicht mehr lebte.

»Hoffentlich hast du Recht. Ich habe eine Nachricht von ihrem Anwalt erhalten; er möchte mit dir sprechen. Es geht um die Nachlassverwaltung. Du musst hingehen, ich vermute nämlich, sie hat Flo ihr Haus hinterlassen. Die Kanzlei ist in der Pitt Street, warum gehen wir nicht gleich hin? Ich warte draußen, und danach können wir bei Flo zu Mittag essen.«

Kit stimmte zu, obgleich es ihn störte, wie selbstverständlich Adrian alles geplant hatte.

»Mutter ist beinahe in Ohnmacht gefallen, als deine Nachricht eintraf. Sie hat mir ausdrücklich verboten, dich zu treffen. Bekommt geradezu Anfälle, wenn Leute nach der Hochzeit fragen. Nach allem, was Jessie durchgemacht hat, bist du in unserem Haus unerwünscht – jedenfalls wenn es nach Mutter geht.«

»Jessie hat die Verlobung gelöst, nicht ich.«

»Davon spreche ich auch nicht. Sie hatte eine Fehlgeburt, du Mistkerl. Direkt vor Mutters Nase!«

»Sie hatte was? Geht es ihr gut?«

»Natürlich. Unkraut vergeht nicht.«

»Oh, mein Gott!« Kit stolperte wie betäubt weiter, er konnte gar nicht mehr klar denken. Zu spät, um Bonnie zu sehen. Zu spät, um Jessie zu helfen.

»Wann wird Bonnie beerdigt?«, fragte er in der Hoffnung, sich wenigstens in dieser Hinsicht richtig zu verhalten.

Der Anwalt war ein herzlicher Mann mit Glatze und baumwollfeinen Härchen über den Ohren.

»Ach ja, Major Ferrington. Ich wollte Ihnen schreiben, aber man sagte mir, Sie würden nach Sydney kommen.«

Kit setzte sich in einen festen Ledersessel und gab sich gelassen, hatte aber innerlich bereits beschlossen, seine Farm zu verkaufen, um die Schulden zurückzuzahlen. Jessie würde ihm ohnehin nie vergeben, dass er sie in der Not allein gelassen hatte, in ihrer Familie war er nicht länger erwünscht. Emerald Downs hatte ihm nichts als Unglück gebracht.

Der Rechtsanwalt öffnete eine Akte. »Da haben wir es ja. Letzter Wille und Testament von Bonnie Hunter etc., etc.«

Er blickte auf und lächelte nachsichtig über seine Brille hinweg. »Der Wortlaut ist ein bisschen ungewöhnlich, Major, aber wir sind ja unter Freunden. Sie sind der einzige Begünstigte. Ich zitiere: *Meine weltlichen Güter vermache ich meinem Freund und Liebhaber Major Kit Ferrington. Ich habe die Kneipe verkauft, sie hat mir gutes Geld gebracht, also vergiss deine Schulden. Ich habe erst richtig verdient, als es eigentlich zu spät war, also kannst du es ebenso gut bekommen. Ich habe gehört, dein Paradies ist die Hölle. Das hier macht es vielleicht wieder zum Paradies. Küsse von Bonnie.*

Na bitte, kurz und süß. Ich freue mich für Sie. Bonnie hatte viele Liebhaber, aber Sie waren ihr Favorit. Sie war eine vernünftige Frau; als sie wusste, dass die Zeit knapp wurde, regelte sie ihre Angelegenheiten und listete ihre Vermögenswerte auf. Ich möchte Ihnen noch etwas vorlesen: ein Haus mit Mobiliar im Vorort Miller's Point.«

Der Anwalt lächelte traurig. »Dort ist sie gestorben. Des Weiteren ein Konto bei der Bank of New South Wales mit einem Guthaben von fünfhundert Pfund und drei Shilling.

Letztlich, und das ist interessant: die Hälfte von Pomfreys Warenhaus in der Elizabeth Street. Der alte Charlie Pomfrey ist vor einem Jahr gestorben und hat seiner Freundin Bonnie seine Anteile vermacht, sehr zum Kummer seiner Familie. Erst kürzlich wollten sie ihr die Anteile zu einem Nominalpreis von dreitausend Pfund abkaufen, doch es kam nicht mehr dazu. Unsere Bonnie hat hart verhandelt. Nun ist es an Ihnen, zu entscheiden, ob Sie die Anteile verkaufen oder behalten möchten.«

»Ich würde verkaufen«, sagte Kit, als wäre die Frage rein hypothetisch. Das alles kam ihm so unwirklich vor. »Würden Sie mir das noch einmal vorlesen, Sir? Ich kann nicht recht…«

»Gewiss, Major.«

»Was hat er gesagt?«, fragte Adrian besorgt.

»Nicht viel. Sie hat mir die Schulden erlassen.«

»War doch ein gutes Mädchen, was?«

»Das könnte man so sagen. Und sie hat mir ein paar Pfund vererbt.«

»Nett von ihr. Wie viel?«

»Genug.« Kit widerstand dem Drang, vor Freude zu schreien. Fünfhundert Pfund waren ein Vermögen… und das war erst der Anfang. Er steuerte Adrian zwei Straßen weiter, sodass sie an Pomfrey's Warenhaus vorbeikamen.

»Wer bekommt das Haus?«, wollte Adrian wissen.

»Niemand. Es wird verkauft, und das Geld fließt in den Nachlass ein. Vermutlich geht der Erlös für die Anwaltskosten und Steuern drauf.«

»Verdammt, und ich war mir so sicher, dass Flo es bekommen würde!«

Flo bewirtete sie in ihrem winzigen Häuschen… Hühnerfrikassee mit geröstetem Brot und eingelegten Champignons, ein Essen, das Polly oft für Kit gekocht hatte. Ihm fiel ein, dass sie immer Muskat über das Frikassee gerieben hatte.

»Bonnie wohnte nur ein paar Häuser weiter«, erzählte Flo. »Natürlich war ihr Haus viel größer als meins. Ich mochte sie, sie war sehr freundlich zu mir und hat mich gut bezahlt.«

»Du hast aber auch gut für sie gesorgt«, warf Adrian ein.

»Nun ja, sie war richtig krank, und es wurde immer schlimmer. Ich fand es traurig und wollte gern helfen.«

»Dann hätte sie dir das Haus hinterlassen sollen.«

»Wozu brauchen wir ein weiteres Haus? Außerdem werden wir nach der Hochzeit doch in Parramatta wohnen, oder?«

Adrian runzelte die Stirn. »Dir würde es dort draußen gar nicht gefallen, Flo. Die Leute sind alle so ... steif.«

»Ist das der einzige Grund?«

»Natürlich.«

Sie wandte sich an Kit. »Ich glaube, ich passe nicht zu seiner Familie und seinen Freunden, darüber mache ich mir schon länger Sorgen.«

Kit sah Stahl in ihren blauen Augen aufblitzen und spürte, dass das Mädchen in der Beziehung allmählich die Oberhand gewann. Er blickte rasch zu Adrian hinüber.

»Liegt darin das Problem?«

»Es gibt kein Problem«, knurrte Adrian.

»Ich bin noch nicht einmal seiner Familie hier in Sydney vorgestellt worden.«

»Das kannst du aber, ich nehme dich mit, wann immer du möchtest«, versetzte ihr Verlobter.

»Jetzt will ich aber nicht«, schmollte Flo.

»Dann lass es. *Was* genau willst du eigentlich?«

Ihr Streit ging weiter, was Kit ärgerte, doch er war gefangen, da Flo sich beim Auftragen des Nachtischs Zeit ließ und lieber bei ihnen am Tisch bleiben wollte, um nichts zu verpassen. Sie waren wie Kinder, dachte er, von Logik keine

Spur. Er war überzeugt, dass sie zueinander passten, wenn sich die Schwierigkeiten irgendwie ausräumen ließen. Sie würden heiraten, obwohl Flo der Familie noch immer nicht begegnet war. Adrian würde in Parramatta arbeiten, während seine Frau in diesem Cottage wohnen blieb.

»Flo, Sie könnten ein schönes Haus in Parramatta haben«, sagte Kit hilfsbereit. »Seine Familie würde dafür sorgen, da bin ich mir sicher.«

»Ich will nicht dorthin. Sie haben gehört, die Leute sind steif, womit Adrian sagen will, dass sie auf mich herabschauen werden. Bonnie hat mich davor gewarnt. Sie sagte, Sie seien nie so gewesen, Major.«

Nein, dachte er, dafür war sie viel zu gut im Bett. Er hätte gern gewusst, was Flo sonst noch von Bonnie gelernt hatte.

»Falls Flo in diesem Haus bleiben möchte … sie wohnt so gerne hier … dann ist es in Ordnung«, meinte Adrian. »Parramatta ist gar nicht so weit entfernt. Ich kann jederzeit nach Hause kommen. Und sie kann die Fähre nehmen und mich besuchen.«

Flo sprang auf und küsste Adrian. »Wunderbar, dann ist ja alles klar.«

Kit lächelte. »Ich glaube, ich ziehe mich nun besser zurück.«

»Nein.« Flo rannte in die Küche. »Sie müssen noch den Nachtisch essen. Ich habe Klößchen mit goldenem Rohrzuckersirup gemacht.«

Adrian und Flo begleiteten ihn nach dem Essen bis in die Argyle Street, wo Flo ihm die St. Anne's Church zeigte.

»Ist die nicht reizend mit dem kleinen Garten und den Rosen an der Tür? Dort sollten wir heiraten.«

»Und das werden wir auch«, sagte Adrian, den der Gedanke an einen wonnevollen Nachmittag mit seiner Liebsten nachgiebig stimmte.

»Du bist so süß, mein Schatz. Er ist einfach reizend zu mir, ich vergöttere ihn. Wir sollten heiraten, bevor der Major nach Hause fährt. Welcher Tag würde dir gefallen?«

»Wann immer du willst, Liebste.«

»Dann der nächste Samstag. Wir heiraten in aller Stille, es brauchen nicht viele Leute zu kommen...«

Kit floh geradezu vor der übergroßen Zärtlichkeit, mit der die beiden einander bedachten, und bestellte im nächsten Pub einen kräftigen Rum.

»Was für ein Tag«, sagte er zu sich.

Eine Hure trat zu ihm. »Kaufen Sie mir was zu trinken, Mister?«

»Mit Vergnügen«, sagte er und legte im Gehen einen Shilling auf die Theke.

Am nächsten Tag besuchte er Flo. »Würden Sie Adrian bitten, Jessie diesen Brief zu übergeben? Ich glaube, ihre Mutter würde ihn abfangen, falls ich ihn mit der Post schicke.«

»Wie unfreundlich manche Menschen doch sind. Ich werde dafür sorgen, dass Adrian ihn mitnimmt. Unsere Hochzeit findet am Samstag um zehn Uhr statt. Sie kommen doch, nicht wahr?«

»Das ist aber ein bisschen kurzfristig, was? Für Sie, meine ich.«

»O nein. Ich habe mir selbst ein Hochzeitskleid aus Stoffen genäht, die Bonnie mir geschenkt hat. Ich hatte es schon seit Wochen fertig und kann gar nicht abwarten, es zu tragen.«

Danach ging er zu Bonnies Haus und spähte durchs Fenster, wollte aber nicht weiter vordringen. Er hatte geschäftliche Dinge zu erledigen, also zog er zunächst aus seiner billigen Pension aus und nahm sich ein Zimmer im prachtvollen Grand Hotel in der Castlereagh Street. Dann kaufte er sich, wobei er im Stillen Bonnies Großzügigkeit dankte, anständige Kleidung und verbrannte seine alten Sachen im Kamin.

Mit neuem Selbstbewusstsein begab er sich in die Kanzlei und unterzeichnete die erforderlichen Papiere, sodass er die Besitzurkunde für Bonnies Haus erlangen und dieses zum Verkauf anbieten konnte. Genauso verfuhr er mit den Anteilen an dem Kaufhaus, die er auf seinen Namen überschreiben ließ. Er erklärte sich bereit, sie zu dem Preis zu veräußern, den Bonnie festgesetzt hatte.

»Gab es keine Probleme mit der Bank?«, erkundigte sich der Anwalt.

»Nicht die geringsten, Sir. Ich war überrascht, dass man mir das Geld so bald zur Verfügung stellte.«

»Dafür hat mein Sekretär gesorgt. Ein fähiger Bursche. Die anderen Angelegenheiten werden allerdings etwas länger dauern.«

»Selbstverständlich.«

Kit, dem angesichts der neuen Entwicklungen noch immer ein wenig schwindlig war, ging zum Cemetery Hill, um Bonnies Grab zu besuchen. Bei einem Steinmetz gab er einen Stein in Auftrag, der das kleine Holzkreuz ersetzen sollte. Das war das Mindeste, was er tun konnte. Doch auf dem Rückweg schweiften seine Gedanken zu Jessie ab. Er war enttäuscht, dass er trotz seines unerwarteten Reichtums keinen Drang zum Feiern verspürte. Er vermisste Jessie zu sehr. In seinem Brief hatte er sich für seine Grobheit entschuldigt und sie um Verzeihung gebeten, weil er ihr die Schuld an Pollys Tod aufgebürdet hatte. Er erklärte ihr seine tiefe Liebe und bat sie, sich mit ihm zu treffen, damit sie sich in Ruhe unterhalten könnten.

Er nahm eine Droschke zu Flo und erkundigte sich, ob sie eine Antwort von Jessie hätte.

»Sie hat Ihren Brief erhalten«, erklärte Flo, »sagte aber, sie wolle Sie nicht sehen. Es tut mir furchtbar leid, Major, schließlich wollten Sie ja bald heiraten, aber ich würde nicht so schnell aufgeben, sondern einfach hingehen. Lassen Sie sich nicht von Mrs Pinnock abschrecken.« Dann fügte sie stolz hinzu: »Das hat Adrian auch nicht getan, er hat ihr getrotzt.«

Gut und schön, aber er war auch ihr Sohn, dachte Kit. Und da war noch die furchtbare Sache mit der Fehlgeburt. Die arme Jessie! Und zu alledem musste sie noch Blanches Vorwürfe ertragen. Kein Wunder, dass sie ihn nicht sehen wollte.

Was tun? Er konnte nicht die Hände in den Schoß legen. Heimfahren und Jessie vergessen? Je länger er darüber nachdachte, desto eher war er geneigt, Flo Recht zu geben. Er würde die Pinnocks aufsuchen und auf einem Gespräch mit Jessie bestehen. So heikel das auch sein mochte, ihm blieb keine andere Wahl.

»Rose Bay«, sagte er zum Kutscher, lehnte sich in die abgewetzten Lederpolster und lauschte dem gleichmäßigen Hämmern der Pferdehufe auf dem Pflaster.

»Miss Pinnock ist nicht zu Hause, Sir«, sagte das Hausmädchen.

»Wirklich nicht?«, fragte er und wollte an ihr vorbeispähen.

»Natürlich, Sir.«

»Wohin ist sie gegangen?«

»Das weiß ich nicht«, entgegnete das Mädchen verwundert.

»Würden Sie mir bitte Papier und Schreibzeug bringen, ich möchte eine Nachricht hinterlassen.«

Er hätte ihr sagen können, dass das Briefpapier in der Garderobenschublade aufbewahrt wurde, wartete aber, bis sie zurückkam, und nahm Papier und Federhalter entgegen.

Zum Glück kannte ihn das Mädchen nicht. Er steckte ihr einen Shilling zu und bat sie augenzwinkernd, die Nachricht Jessie persönlich zu übergeben. Sie strahlte ihn an.

»Natürlich, Sir, und vielen Dank.« Sie verstaute die Nachricht tief in den Falten ihres langen Rocks.

Mit dem Gefühl, Fortschritte gemacht zu haben, bestieg

Kit seine Kutsche. Immerhin wusste Jessie jetzt, wo er wohnte und dass er sie verzweifelt zu sehen wünschte.

Ja, dachte er, genau das hatte er geschrieben, verzweifelt. Und es war ernst gemeint.

Das Mädchen nahm Jessie beiseite und steckte ihr kichernd die Nachricht zu. »Er war so attraktiv, Miss, so ein Pech, dass Sie nicht zu Hause waren.«

»Vielen Dank«, entgegnete Jessie steif, da sie den Absender bereits erahnte.

Kit wohnte also im Grand Hotel und wollte sie verzweifelt sehen. Seinen Brief hatte sie nicht beantwortet. Sie hatte sich so geschämt, als ihr Adrian gestanden hatte, er habe Kit von ihrer Fehlgeburt erzählt. Sie wollte ihn nie mehr wiedersehen. Ihre Mutter, die noch immer wütend auf Jessie war, nannte sie selbstsüchtig und dreist, sie nehme keinerlei Rücksicht auf die Gefühle anderer, und im Nachhinein musste Jessie ihr Recht geben. Das hatte sie nicht gewollt. Wie hatte es geschehen können, dass sie einfach alles falsch machte?

Sie war so froh, dass sie und ihre Mutter nicht da gewesen waren, als Kit vorsprach. Adrian sagte, er habe Kit gewarnt, nicht herzukommen, weil Blanche ihn hasse. Vermutlich wäre sie mit ihren Beschimpfungen über ihn hergefallen, was Jessie nur noch peinlicher gewesen wäre.

»O Gott«, seufzte sie, »was kommt als Nächstes?« Doch nun sehnte er sich verzweifelt danach, sie zu sehen. Was hatte das zu bedeuten?

Sie legte die Nachricht und Kits Brief in ihren Taschentuchbeutel aus Satin. Es war ein wunderschöner Brief, voller Liebe, ein Brief, wie sie ihn sich immer gewünscht hatte, bevor all das geschehen war. Bevor sie uneingeladen bei ihm aufgetaucht war und alles durcheinandergebracht hatte. Sogar mit Sam hatte sie geflirtet, eine weitere Eskapade, an die sie gar nicht gern zurückdachte. Zum Glück hatte sie seit ihrer Rückkehr nichts mehr von ihm gehört.

Dann kam ihr die Idee, sie könnte Kit im Hotel aufsuchen und sich einfach anhören, was er zu sagen hatte, weshalb er so verzweifelt war. Vielleicht gab es ja noch ein Problem, von dem sie nichts wusste. Doch wie konnte sie ihm gegenübertreten? Wenn er die Fehlgeburt ansprach, würde sie vor Scham tot umfallen.

Kit hatte trotz allem nicht Colonel Greshams Ermittlungen vergessen und suchte daher seinen Freund Captain Jim Bignall in der Victoria-Kaserne auf.

»Schön, dich zu sehen«, sagte Jim und eilte ihm entgegen. »Wie ich höre, bist du ein großer Held, der die Wilden befriedet hat und so weiter.«

»Ich sehe das anders«, meinte Kit mit verzerrtem Gesicht. »Ich versuche nur, meine Farm aufzubauen, aber man hält mich ständig davon ab. Gresham klebte an mir wie ein Blutegel, und ich wüsste gern, was er mir letztlich in die Schuhe geschoben hat.«

»Ja, ich habe so etwas läuten hören. Überlass das nur mir, Kit, ich kümmere mich darum. Wo wohnst du?«

»Im Grand.«

»Oh, sehr schick. Die Farm muss eine Goldgrube sein. Mal sehen, was unser Colonel so treibt, ich melde mich bald bei dir. Stimmt es übrigens, dass du mit einem Speer verletzt wurdest?«

Jims Frage führte dazu, dass Kit sich weit länger als geplant in der Kaserne aufhielt. Schließlich wollte er nicht einfach davonlaufen, nachdem sein Freund ihm einen Gefallen tun wollte.

Daher war es beinahe fünf Uhr, als er wieder ins Hotel kam und sich an der Rezeption erkundigte, ob jemand nach ihm gefragt habe.

»Nein, Sir.«

»Irgendwelche Nachrichten?«

»Nein, Sir.«

»Samstag!« Blanche kreischte fast. »Du heiratest am Samstag?«

»Genau das habe ich eben gesagt.«

»Das ist unmöglich! Wie sollen wir jetzt noch jemanden einladen? Und geht es noch immer um dieses Tingeltangel-Mädchen? Jessie, rede du mit ihm, er hat jegliche Vernunft verloren. Begreift er denn nicht…«

»Ich muss wieder arbeiten, weil ich kein Geld habe«, sagte Adrian. »Du hast es so gewollt, und ich bin damit einverstanden. Ich werde in Parramatta gebraucht, daher wird die Hochzeit am Samstag stattfinden. Wir werden kurze Flitterwochen verleben, danach melde ich mich auf der Station.«

»Mutter, du weißt doch, dass Adrian Miss Fowler heiraten wird«, warf Jessie ein, »also stell dich nicht unwissend. Auch solltest du sie nicht als Tingeltangel-Mädchen bezeichnen.«

Adrian nickte. »Danke, Jess. Nun, wie gesagt, Miss Fowler und ich werden in der St. Anne's Church in der Argyle Street heiraten.«

»Wo? O mein Gott! Das ist doch unten bei The Rocks. Was hast du dir nur dabei gedacht?« Blanche ging zur Tür. »Ich will nichts mehr davon hören. Mach, was du willst. Wir werden jedenfalls nicht kommen. Ihr beiden scheint fest entschlossen, deiner Familie Schande zu bereiten.«

Als die Tür hinter ihr zuschlug, zuckte Adrian die Achseln. »Ich kann mir nicht auch noch darum Gedanken machen, Jessie. Hochzeiten haben anscheinend immer mehr mit dem ganzen Pomp und Trara zu tun als mit den beiden Menschen, die eigentlich am wichtigsten sein sollten. Hast du übrigens Kits Brief beantwortet?«

»Nein. Mir ist wirklich nicht danach, mit ihm zu reden. Aber er war heute da, als Mutter und ich unterwegs waren.«

»Auch gut«, lachte ihr Bruder. »Sie hätte ihm gehörig die Leviten gelesen.«

»Allerdings hat er mir eine Nachricht hinterlassen; er sehne sich verzweifelt danach, mich zu sehen.«

»Kann ich mir denken. Ich glaube, du bist zu unbarmherzig mit ihm.«

»Ich dachte schon, es könnte mehr dahinter stecken. Weitere Probleme.«

»Meinst du nicht, es reicht, wenn man verletzt wird, sein Haus und sein Hab und Gut verliert und von seiner Verlobten verlassen wird? Du bist vielleicht eine Stütze in der Not, Jessie! Flo würde mich nie so im Stich lassen. Ach ja, noch etwas. Ich habe in der Stadt gehört, Kit solle aus der Armee geworfen werden.«

»Was soll das heißen?«

»Es ist wirklich eine Schande. Und alles nur wegen Kirks Lügen. Ich bin froh, dass das Krokodil ihn erwischt hat. Vermutlich hatte es tagelang Sodbrennen. Man nennt es übrigens unehrenhafte Entlassung.«

»Ich weiß, wie man so etwas nennt. Konntest du ihm nicht irgendwie helfen?«

»Wie denn? Ich war ja nicht dabei. Aber ich bin immerhin noch sein Freund, ganz im Gegensatz zu gewissen anderen Leuten.«

Er ging in die Küche und sagte Bescheid, er werde zum Abendessen nicht zu Hause sein. Jessie kämpfte mit den Tränen, was in letzter Zeit häufig geschah. Brauchte Kit wirklich ihre Unterstützung? Vermutlich war eine unehrenhafte Entlassung etwas Furchtbares, seine Freunde würden auf ihn herabschauen. Eigentlich müsste sie dringend mit ihm sprechen, doch nach allem, was geschehen war, käme es ihr demütigend vor. Und sie war so nervös, dass sie nicht wusste, ob sie die Kraft besaß, ihm gegenüberzutreten.

An diesem Abend saß Major Ferrington im Hotelfoyer und las Zeitungen und Landwirtschaftsjournale, wobei er die

Rezeption im Auge behielt, falls eine Nachricht oder sogar Jessie persönlich eintreffen sollte.

Er trug ihren Ring in der Westentasche, um für alles gerüstet zu sein, und in der anderen Tasche hatte er ein goldenes Medaillon in Herzform, in dessen Mitte ein Rubin prangte.

Als er den *Sydney Morning Herald* durchblätterte, stieß er auf einen Artikel, in dem berichtet wurde, dass die Scharmützel zwischen Aborigines und Weißen im Hinterland westlich von Brisbane beendet seien – dank des heroischen Einsatzes von Inspektor Kirk, der leider kürzlich einem Krokodil zum Opfer gefallen sei. Seine Leiche habe man nicht geborgen. Seine schockierte Witwe schreibe zurzeit an einem Buch über Rollo Kirks zahlreiche Unternehmungen und Abenteuer, die diese Zeitung als Fortsetzungsbericht drucken werde. Man freue sich bereits auf den ersten Teil.

Der Empfangschef sah überrascht, wie Major Ferrington eine Seite aus der Zeitung riss und sie in den benachbarten Papierkorb schleuderte. Auch andere Leute im Foyer drehten sich zu ihm um, darunter eine alte Freundin, die nun auf ihn zuschoss und ihn umarmte.

»Darling, wie geht es dir?«, rief Roxy aus. »Wie wundervoll, dich zu sehen, du Schurke. Es tat mir so leid um dein entzückendes Haus, ganz ehrlich. Alle haben gesagt, es sei ein Haus, auf das ein Mann stolz sein könne. Aber warum sitzt du so allein hier? Ich wohne im Hotel, du auch?«

Er nickte und schaute nervös zum Eingang, während Roxy sich neben ihm auf dem Plüschsofa niederließ.

»Wir müssen einfach ein Glas Champagner trinken. Du wirkst so einsam und verloren ...«

»Ich warte auf jemanden, Roxy.«

»Gut, dann warte ich mit dir. Und dabei trinken wir Champagner, darauf bestehe ich. Ich möchte alle Neuigkeiten hören. Ruf den Ober.«

Er wusste, wenn er Roxy erzählte, auf wen er wartete,

würde sie es entweder darauf anlegen, ihn zu ärgern, oder ihn gnadenlos aufziehen, aber keinesfalls weggehen. Es gelang ihm, sie in den vorderen Salon zu schicken, während er für den Champagner sorgte, und er gab dem Empfangschef fünf Shilling und die Anweisung, ihn unbedingt zu benachrichtigen, falls Besucher oder Nachrichten für ihn eintrafen.

Roxy hatte einen Tisch am Fenster gefunden und blickte strahlend zu ihm auf. Sie schien in ihrem natürlichen Element und trug, wie Kit bemerkte, ihre roten Locken unter einem reizenden Hütchen aus perlenbesticktem Satin.

»Du siehst sehr elegant aus«, sagte er bemüht höflich.

»Danke, du selbst siehst auch nicht übel aus, irgendwie hager und interessant. Ich muss sagen, du hast viel erlebt, ein Drama nach dem anderen. Und wir alle, sogar Vater, waren sehr aufgebracht wegen deiner Sorgen mit Emerald Downs. Mein Gott, was hast du alles durchgemacht!«

»Roxy, das ist jetzt vorbei.«

»Aber ich mache mir dennoch Gedanken. Jasin Heselwood erzählte mir, der alte Colonel Gresham habe dir übel mitgespielt, also sagte ich ihm gründlich die Meinung. Ich habe erklärt, wenn er ein Mann sei, würde ich ihn niederschlagen.«

Kit stöhnte. »Vielen Dank. Ich warte noch auf seinen Bericht.«

»Wen interessiert denn sein alberner Bericht? Möchtest du mit uns zu Abend essen?«

Der Kellner brachte den Champagner, sodass Kit das Thema wechseln konnte.

»Bist du zur Royal Show hier?«

»Ja, ich reite zweimal mit. Habe auf Stargazer schon ein blaues Band gewonnen.«

»Ich dachte, er sei allmählich ein bisschen zu alt für diese Turniere.«

»Keine Sorge, der nicht. Der Champagner ist gar nicht schlecht. Danke vielmals, ich hatte gehört, du seist ein wenig knapp bei Kasse. Also, warum kommst du morgen nicht mit zum Turnier …«

Jessie hatte sich gezwungen, in die Stadt zu gehen und dort vielleicht Kit zu treffen, herauszufinden, ob er ihre Hilfe oder sogar ihren Rat benötigte. Man wusste nie genau, was einen Menschen bedrückte. Vielleicht wollte er die Verlobung offiziell lösen. Dann kam ihr ein anderer Gedanke, bei dem sie erschreckt zusammenfuhr. Wenn er nun eine andere Frau kennen gelernt hatte und reinen Tisch machen wollte? Aber nein, dafür war es gewiss noch zu früh.

Die Geschäfte waren nun, da die Dämmerung hereinbrach, hell erleuchtet, und alles wirkte sehr anziehend.

Jessie entdeckte ihr Spiegelbild in einem Schaufenster und bemerkte, dass ihr der italienische Strohhut, den ihre Mutter ausgesucht hatte, recht gut stand. Er war mit Blumen, Gazeband und heller Spitze geschmückt und passte zu ihrem eleganten Stadtkleid. Da sie nur mit den Kleidern, die sie trug, nach Sydney zurückgekehrt war, hatte Blanche in den besten Modesalons der Stadt eine neue Garderobe für sie ausgesucht, die nur aus den herrlichsten und modernsten Stücken bestand. Jessie hatte sich nicht beschwert, obwohl die Kleider heutzutage so eng waren, dass sie praktisch gar nicht mehr aus ihrem Korsett herauskam. Sie wusste, wie gern ihre Mutter einkaufen ging, und gönnte ihr den Spaß nach den Enttäuschungen der letzten Zeit.

Allerdings musste Jessie auch zugeben, dass ihr die neuen Kleider das dringend benötigte Selbstbewusstsein verliehen, und Blanche war erfreut gewesen, als sich die Leute nach ihrer schönen Tochter umdrehten.

»Na bitte«, hatte sie geflüstert, »du siehst wundervoll aus. Ich habe dir doch gesagt, was Kleider bewirken können.«

Genau in diesem Moment war Jessie der Gedanke gekommen, ihre Mutter könnte sogar froh darüber sein, dass ihre Garderobe in Flammen aufgegangen war. Sie fragte sich, ob Kit wohl merken würde, dass sie auf einmal nach der neuesten Mode gekleidet war.

Das Grand Hotel war nicht weit entfernt, und sie begann zu trödeln, betrachtete ausgiebig die Schaufenster und fand sich plötzlich vor der hell erleuchteten Halle des Hotels wieder, in der sich gern die elegante Gesellschaft Sydneys traf.

Sie spähte hinein zu den exquisiten Kronleuchtern und goldverzierten Wänden, ging dann zum nächsten Fenster, betrachtete die eleganten Menschen, die sich prächtig zu amüsieren schienen.

Sie fürchtete, Kit könnte nicht da sein, wenn sie jemanden nach ihm fragte, und sie würde sich vielleicht lächerlich machen. Sie betrachtete eine Frau, die hinter der Scheibe saß und Champagner trank. Sie trug einen perlenbesetzten Hut aus Satin, ähnlich dem, den Blanche besaß. Roxy Maykin!, dachte Jessie entsetzt. Vermutlich war sie zur Royal Show hergekommen und trank Champagner mit …

Die Erkenntnis traf sie wie ein Schlag in die Magengrube. Jessie rang nach Luft, als sie sich abwandte und vom Hotel weggehen wollte, wobei sie unvermittelt gegen eine Frau prallte, die ihr entgegenkam.

»Oh, verzeihen Sie«, murmelte sie mit gesenktem Kopf.

»Nanu, das ist doch Jessie,«, sagte die Frau. »Wie nett, Sie wiederzusehen. Wir sind uns seit der Fahrt auf der *Argyle* nicht mehr begegnet. Wie geht es Ihnen denn?«

»Danke, gut«, sagte Jessie, als sie Roxys Mutter erkannte.

»Wir müssen uns unbedingt unterhalten. Wir waren alle so entsetzt, als wir von Emerald Downs erfuhren; es muss furchtbar für Sie gewesen sein.«

»Wenn Sie mich bitte entschuldigen wollen, Mrs Maykin, ich muss gehen.«

Madeline Maykin war überrascht, dass das Mädchen so davonstürmte, und fragte sich, was mit ihr los sein mochte.

In diesem Moment sah sie Roxy mit Major Ferrington,

Jessies Verlobten oder Ex-Verlobten, falls die Gerüchte stimmten, am Tisch sitzen.

»Das geht aber nicht!«, sagte sie und eilte Jessie hinterher, ohne auf die verblüfften Blicke der Passanten zu achten.

An der nächsten Straßenecke holte sie Jessie ein. »Wohin wollen Sie?«

»Nach Hause, Mrs Maykin«, entgegnete Jessie verärgert. »Ich wollte gerade eine Droschke rufen.«

»Aber nicht doch, Schätzchen, Sie können nicht einfach weglaufen und sich verstecken.«

»Ich muss doch bitten!«

»Ach, kommen Sie, ich weiß, dass Sie Roxy mit Major Ferrington gesehen haben. Dennoch ist es töricht, einfach davonzulaufen, vor allem, da Sie heute so reizend aussehen. Nur zu, erzählen Sie mir, was geschehen ist.«

»Nichts ist geschehen«, meinte Jessie ausweichend und zog sich in einen dunklen Geschäftseingang zurück, als fürchte sie noch immer, gesehen zu werden. »Kit hat mir eine Nachricht zukommen lassen, dass ich ihn im Hotel aufsuchen soll, doch habe ich wohl den falschen Zeitpunkt gewählt.«

»Ich werde Sie nicht fragen, weshalb Sie den Herrn aufsuchen müssen und nicht umgekehrt«, meinte Madeline lachend. »Hat er denn eine Uhrzeit genannt?«

»Nein.«

»Na ja, dann sind Sie im Recht. Kommen Sie, Kopf hoch. Der Herr erwartet Sie.«

»Ich kann nicht, das verstehen Sie nicht.«

»Sie hat schon Ihr Pferd. Wollen Sie ihr auch noch Ihren Mann überlassen? Sicher nicht.«

Mit diesen Worten ergriff Mrs Maykin Jessies Arm und führte sie zurück zum Hotel. Gemeinsam gingen sie durch die Eingangshalle, wobei Madeline das Mädchen beinahe in Richtung Salon schieben musste.

»Hinein mit Ihnen. Und denken Sie daran, er erwartet Sie.«

»Bitte, Mrs Maykin, kommen Sie mit mir.« – »Nein, das müssen Sie allein durchstehen. Sie sind ein großes Mädchen, das dürfte nicht so schwer sein.«

Doch es war schwer, weil der Raum laut war und vor Jessies Augen zu verschwimmen schien. Leute standen ihr im Weg, sie stolperte über Beine und wich Kellnern mit voll beladenen Tabletts aus. Jemand rief Hallo, doch sie ging weiter, weil Kit dort drüben war und gerade mit strahlendem Gesicht aufstand, sie ungläubig und dann glücklich ansah... »Jessie!«

Er streckte die Arme aus, wobei er beinahe eine Palme umstieß, und umarmte sie so herzlich, dass die Leute lächeln mussten und ihr Glück teilten. Dann schaute er verlegen zum Tisch, der nur für zwei Personen gedacht war und an dem noch immer ungerührt Roxy Maykin thronte. Sie sah Jessie herablassend an.

»Kit sagte gerade, wie voll es hier sei«, bemerkte sie und deutete damit an, dass Jessie sich in ihr Gespräch gemischt habe. Der Schleier vor Jessies Augen verzog sich. Sie war solch absichtliche Grobheit nicht gewöhnt, doch diesmal durfte Roxy nicht die Oberhand gewinnen.

»Es liegt wohl daran, dass so viele Landpomeranzen nach Sydney gekommen sind«, sagte sie. »Brauchst du noch lange, Kit?«

»Leider ja«, meinte Roxy. »Er isst hier zu Abend. Die Verlobung ist gelöst, nicht wahr, Kit?«

Jessie meinte, in der Frage eine Drohung gehört zu haben, tat diesen Gedanken aber ab, als er sagte: »Guter Gott, nein!« Er warf einen Blick auf Jessies Hand und war froh, dass sie noch ihre Handschuhe trug, die ihren Ringfinger verdeckten. »Roxy, du verzeihst uns hoffentlich, aber wir haben heute Abend bereits etwas vor.«

Wieder wurde Jessie hinausgeschoben, diesmal durch die Halle auf die Straße.

Und Madeline Maykin stand an der großen Freitreppe und nickte, während sie auf ihre Tochter wartete. Sie und ihre Freundin Lucy Dignam hatten nämlich Pläne für ihre Kinder, die ganz nette Fortschritte machten, und sie konnte gut auf Major Ferrington verzichten. Sam Dignam, ein reicher Junggeselle, war eine weitaus bessere Partie, vor allem, seit er seine Schwärmerei für Jessie überwunden und sich leidenschaftlich in Roxy verliebt hatte. Daher musste ihre Tochter im Zaum gehalten werden, und dafür würde Madeline auch sorgen.

»Wie kannst du es wagen, mich einzuladen und gleichzeitig mit ihr dort zu sitzen?«, tobte Jessie, doch Kit schob sie eilig die Straße entlang.

»Wohin gehen wir?«, wollte sie wissen.

»Keine Ahnung. Übrigens habe ich Roxy nicht eingeladen, sie hat sich aufgedrängt, während ich auf dich wartete. Wärst du früher gekommen, hätte sie mich gar nicht angetroffen.«

»Ich mag es nicht, wenn du mit ihr zusammen bist. Ich bin nämlich nicht blind.«

»Ganz gewiss nicht.«

»Nun, wohin willst du jetzt?«

»Mal sehen. Das Hotel kommt nicht infrage, euer Haus auch nicht, die klugen Leute sehen zu, dass sie die Straße verlassen. Was schlägst du vor?«

»Du könntest mich in einer Droschke nach Hause bringen …«

»Oder wir fahren eine Weile in der Droschke spazieren. Danach bringe ich dich nach Hause.«

»Also sind wir wieder verlobt? Oder hast du sie angelogen?«

Kit lachte. »Ich habe ganz schön geschwitzt, weil der Ring in meiner Tasche statt an deinem Finger steckt.«

»Ehrlich? Du hast ihn bei dir?«

»Ja, ich hatte gehofft, du würdest ihn zurücknehmen.« – »Mutter wird toben.«

»Egal, eine Hochzeit kommt selten allein. Schau, hier ist eine Droschke.«

Am nächsten Morgen stand Kit früh auf und lief meilenweit am nebligen Ufer entlang. Er war überglücklich, dass mit Jessie alles wieder zum Besten stand, obwohl es noch viel zu besprechen gab. Er hatte einiges zu erklären, beispielsweise, woher sein neu erworbener Reichtum stammte. Für Ausreden war da kein Platz, er musste immer fürchten, Adrian könnte etwas ausplaudern. Auch musste er ihr gestehen, dass er womöglich unehrenhaft entlassen wurde. Und dass er statt des großen Hauses nur ein Cottage errichten würde, da er nicht zweimal denselben Fehler begehen wollte. Die Farm besaß nun absolute Priorität, und damit er nie wieder in einen finanziellen Engpass geriet, musste er mehr Land kaufen, um sich gegen schlechte Zeiten zu wappnen. Er sah zu, wie sich der Nebel über dem Hafen hob, und hörte die Glocke der Fähre.

Sie erwarteten Mr Watkins, der Marcus gerade nach Parramatta begleitet hatte, zum Mittagessen. Jessie wartete, bis sie alle am Tisch saßen, um ihrer Mutter mitzuteilen, dass sie und Kit sich erneut verlobt hatten, wobei der Gast als Schutz vor Blanches Ausfällen diente.

Sie streckte kühn die Hand aus. »Sieh mal, der Ring! Kit hat darauf bestanden, dass ich ihn wieder trage.«

»Was?« Blanche fiel beinahe vom Stuhl. »Was? Wann ist das passiert?«

»Gestern. Ich habe mich gestern Abend mit ihm getroffen. Als du bei der Versammlung des Wohltätigkeitsvereins warst.«

»Ist er hergekommen? Dieser Kerl? In mein Haus?« Sie war außer sich vor Zorn.

»Ja und nein. Hör zu, Mutter, es ist auch egal…« – »Es soll egal sein, dass du schon wieder Heimlichkeiten hast? Das höre ich mir nicht länger an.« Sie hielt sich die Ohren zu. »Ich verbiete dir, diesen Wüstling noch einmal zu treffen!«

»Dann hörst du es dir eben nicht an!« Jessie warf ihre Serviette hin und sprang auf. »Was kümmert es mich? Wir sind verlobt, und ich werde ihn heiraten. Ich werde ihm sagen, dass wir heiraten sollten, während er in Sydney ist, danach können wir gemeinsam abreisen. Dein Pech, falls du das nicht gehört haben solltest!« Sie stürmte aus dem Zimmer.

Blanche brach in Tränen aus.

»Hast du gesehen, was ich hier zu ertragen habe?«, fragte sie Fred, doch Jessie steckte noch einmal den Kopf zur Tür herein.

»Und vergiss nicht, dass Adrian morgen um zehn heiratet!«

»Das kümmert mich überhaupt nicht!«, keifte Blanche. »Ich werde jedenfalls nicht dort sein.«

»Wie du willst!«

Diesmal schlug die Tür heftig zu.

Blanche schniefte in ihr Taschentuch. »Oh, sollen sie doch tun, was sie wollen! Du hattest recht, Fred. Ich darf mich nicht so aufregen. Sollen wir morgen die Fähre nach Manly nehmen und ein Picknick auf den Heads machen? Ich habe gehört, der Blick auf den Hafen soll prachtvoll sein. Vielleicht sehen wir sogar ein paar große Schiffe.«

»Wunderbare Idee«, entgegnete er ruhig.

»Sehr schön. Ich lasse die Köchin einen Picknickkorb packen, vielleicht noch ein bisschen Wein dazu?«

»Ja, obwohl ich glaube, Sonntag wäre passender.«

»Oh, meinst du?«

Er nickte. »Wir müssen uns wegen Samstag unterhalten, Blanche. Ich habe immer sehr viel von Familie gehalten. Und nun, da ich deine Familie kenne, habe ich Adrian und Jessie ins Herz geschlossen. Wir sollten besser gemeinsam überlegen, was sich da machen lässt.«

Die kleine St. Anne's Church war mit Eukalyptusblättern und roten Jasminblüten geschmückt, und der Organist spielte leise Musik, als Adrian nervös aus der Sakristei vor den Alter trat, begleitet von einem Freund, den Kit nicht kannte.

»Sie sind zusammen zur Schule gegangen«, flüsterte Jessie.

Der Geistliche ging zum Altar und sprach ernst mit den jungen Männern, wobei er zu den Bänken spähte, in denen nun zwei ältere Damen Platz nahmen.

Mit lautem Flüstern erklärte die eine, ihr Ehemann werde der Brautführer sein.

»Wir sind Nachbarn von Flo. Ein reizendes Mädchen, und das da ist ihr Zukünftiger, der mit dem schwarzen Haar. Sieht auch prima aus.«

Als der Organist einen stimmungsvollen Marsch intonierte, drehte Kit sich nach der Braut um, sah zu seiner Überraschung aber Blanche und einen hochgewachsenen Herrn wenige Bänke hinter sich.

Jessie, die ebenso überrascht war, stieß ihn an. »Ich traue meinen Augen nicht. Sieh nur, Adrian steht mit offenem Mund da!«

»Wer ist der Mann bei deiner Mutter?«

»Der Herr, von dem ich dir erzählt habe. Ihr Freund, Mr Watkins.« Sie kicherte. »Ein wirklich netter Mann. Ich glaube, er ist auch ihr Zukünftiger.«

Doch da kam Flo am Arm des Nachbarn in Sicht, ihre kleine Gestalt versank beinahe in einer rosa Seidenkrinoline mit unzähligen Bändern, Schleifen und Rüschen. Kit fand das Kleid ein wenig übertrieben, es erinnerte ihn an einen Lampenschirm, doch er musste zugeben, dass das Mieder gut gelungen war. Es war so weit ausgeschnitten, dass ihre cremeweißen Brüste ausgezeichnet zur Geltung kamen. Und Flo strahlte! Ihr blondes, blumengeschmücktes Haar unterstrich noch ihren puppenhaften Reiz, und ihr Erröten betonte die makellose Haut und die großen blauen Augen.

Er freute sich, dass Jessie vortrat, um Flo zu begrüßen. Die Braut, die Adrians Schwester zum ersten Mal begegnete, war sichtlich hingerissen.

Als sie auf Adrian zuschritt, war ihr Gesicht ein Ausdruck vollkommener Seligkeit.

Stolz ergriff Adrian ihre Hand.

»Ist das nicht romantisch?«, flüsterte Jessie. Kit drehte sich zu Blanche um, die dieses Gefühl offensichtlich nicht teilte.

Später nahm sie Jessie ins Gebet. Sie bestand darauf, dass ihre Tochter sich hinsetzte und mitschrieb.

»Diese Demütigung ertrage ich nicht noch einmal. Ich hätte schreien können, als ich Claude Finley mit Adrian am Altar stehen sah. Was um alles in der Welt wird er seiner Familie erzählen? Dass keine Menschenseele bei der Hochzeit war?«

»Ein paar Leute waren schon da.«

Blanche beachtete sie nicht. »Falls du darauf bestehst, Ferrington zu heiraten, bevor er an diesen Ort zurückkehrt, wirst du umgehend ein Datum festsetzen und Informationen über seine Familie einholen. Ich kümmere mich um die Vorbereitungen und lasse die Einladungen persönlich überbringen. Nun die Liste: Kirche, Empfang, Hochzeitsparty … wer sind die Brautjungfern?«

»Mutter, ich will nicht …«

»Ich habe gefragt, wer die Brautjungfern sind. Notfalls suche ich sie selbst aus. Und du kannst Ferrington ausrichten, dass ihr in der Kathedrale heiraten werdet, etwas anderes dulde ich nicht.«

Zur gleichen Zeit traf Kit auf Captain Bignall, der ihn im Hotel erwartete.

»Du siehst aber flott aus«, sagte Bignall und trat zu ihm.

»Ich war auf einer Hochzeit. Schön, dich zu sehen. Wartest du schon lange?«

»Nein. Ich habe Neuigkeiten für dich. Können wir einen Moment nach draußen gehen?«

»Natürlich«, entgegnete Kit nervös. Er sagte sich, es sei ihm egal, welche Schlüsse Gresham gezogen hatte, es gebe ein Leben jenseits der Armee, doch insgeheim wusste er, dass er sich dies nur einredete.

»Nun denn«, sagte Bignall, als sie in den warmen Sonnenschein traten, »es sieht aus, als wäre Gresham unbarmherzig mit dir verfahren. Er hat eine unehrenhafte Entlassung empfohlen.«

Obwohl Kit damit gerechnet hatte, traf ihn die Eröffnung wie ein Schlag. »Tatsächlich? Verdammt noch mal.«

»Ja, wir waren alle sehr betroffen, als wir davon hörten. Daher hat eine Gruppe deiner Freunde aus dem Offiziersklub, meine Wenigkeit eingeschlossen, in deinem Namen Widerspruch eingelegt und erklärt, Kirks Aussage sei nicht nur verfälscht, sondern auch von Sergeant Rapper und mehreren Soldaten angezweifelt worden. Ihre Aussagen befanden sich in der Akte, doch Gresham hat sie schlichtweg ignoriert.«

Er hielt inne und strich sich ein Stäubchen von der Uniformjacke. Dann runzelte er die Stirn. »Ich konnte dir vorher nichts davon sagen, weil wir auf das Ergebnis warten wollten. Doch ich komme soeben vom Government House – ich übernehme nämlich deine alte Stellung als Adjutant des Generalgouverneurs und kann dir mit Sicherheit sagen, dass Sir Charles den Widerspruch unterstützt.«

Kit war verblüfft. »Ehrlich? Er hat den Widerspruch unterstützt?«

»In der Tat. Er sagte, die Viehzüchter im Norden stünden

in deiner Schuld, und das Ergebnis deiner Expedition habe er exakt vorausgesagt, als man dich zum Befehlshaber bestimmte. In der Tat war Sir Charles ziemlich ungehalten wegen Greshams Untersuchung. Reine Zeitverschwendung, sagte er, du hättest ohnehin deinen Abschied genommen. Er hatte nur keine Zeit, sich um die Einzelheiten zu kümmern. In seinem Büro scheint eine Menge liegen geblieben zu sein.«

»Guter Gott. Ich hatte nichts von ihm gehört und dachte, er sei wütend.«

»Ganz sicher nicht, du bist der Goldjunge.«

Kit war es sehr peinlich, dass ihn seine eigenen Angelegenheiten bisher davon abgehalten hatten, seine alten Freunde im Klub zu besuchen, die sich so großzügig für ihn eingesetzt hatten.

»Das ist wunderbar von euch Jungs«, sagte er zu Bignall. »Ich weiß gar nicht, wie ich euch danken soll.«

»Du kannst auf einen Drink mit in den Klub kommen. Und habe ich etwa gehört, du willst bald heiraten? Hoffentlich sind wir eingeladen.«

»Ich dachte, du würdest mir vielleicht die Ehre erweisen, mein Trauzeuge zu werden.«

Epilog

Nachdem die frisch Verheirateten sich in ihrem Cottage eingerichtet hatten und der Major damit beschäftigt war, mit Hilfe erfahrener Viehhüter die Farm neu zu organisieren, drängte es Jack, den Ort zu sehen, an dem sein Bruder ertrunken war. Es schmerzte noch immer, dass er Hector nicht begegnet war. Dass sein Bruder den weiten Weg auf sich genommen, so gründlich nach ihm gesucht und dabei sein Leben verloren hatte. Es schien ihm nicht gerecht, doch was war im Leben schon gerecht, dachte er bei sich.

Er tastete in seiner Hosentasche nach Bussamarais Goldnugget und betrat einen Juwelierladen, um die Sache endgültig hinter sich zu bringen.

»Ich mag zwar ein Bushie sein«, erklärte er dem Verkäufer hinter der Theke, »aber ich bin kein Idiot. Zehn Mäuse! Holen Sie Ihren Boss.«

Um einen Goldrausch ins Land der Aborigines zu verhindern, erklärte er dem Juwelier, er habe sein Nugget von den Goldfeldern im Süden mitgebracht, und feilschte um den Preis. Letztlich verließ er den Laden mit hundertvier Pfund in der Tasche, das Geld, das ihm der Major bezahlt hatte, eingeschlossen.

Eine königliche Summe, sagte er sich, aber diesmal würde er besser darauf aufpassen.

Nachdem er sein erstes Vermögen an Diebe und seinen Geldgürtel ans Feuer verloren hatte, sollte dies sein letzter Versuch sein. Diesmal musste es klappen! Unsicher betrat er eine Bank und zahlte dort den Großteil des Geldes ein, wobei er den Kassierer anwies, gut darauf zu achten.

Ein Beamter im Lands Office zeigte ihm auf einer Landkarte, wo die *Arabella* gesunken war, kurz bevor sie aufs offene Meer hinauswollte – in der Meerenge zwischen Moreton und den Stradbroke Islands.

»Wie komme ich zu diesen Stradbroke Islands?«, fragte er den Beamten.

»In New Farm finden Sie vielleicht einen Fischer, der Sie für einen Shilling rüberbringt. Da gibt es allerdings nicht viel zu sehen außer ein paar Schwarzen und einer kleinen Siedlung namens Dunwich.«

Jack wanderte durch die Stadt hinaus nach Fortitude Valley und folgte den Wegen nach New Farm, einem Gebiet, das von Gemüsegärtnern bestellt wurde. Danach hielt er sich am Fluss und stieß schließlich auf einige Fischerboote, die am Ufer vertäut waren.

Nachdem er herumgefragt hatte, schickte man ihn zu einem Lugger namens *Ladybird*, der einem dunkelhäutigen Griechen namens Stamos gehörte.

»Sie wollen nach Dunwich? Kostet zwei Shilling. Kommen Sie an Bord, Sie sind gerade rechtzeitig.«

Als der Zweimaster Segel setzte, blieb Jack auf Deck, um bei der Überfahrt nichts zu versäumen. Er interessierte sich für alles, vor allem für den Weg über den Fluss aufs Meer, doch als das Boot schließlich in die weite Moreton Bay hinausfuhr, dachte er bei sich, dass es wohl doch keine so gute Idee war, dieses wilde Gewässer allein zu überqueren.

Stamos rief ihn ins Steuerhaus und zeigte ihm mehrere Inseln. Zu seinem Erstaunen erfuhr er, dass Jack noch nie in diesen Gewässern gesegelt war.

»Wie sind Sie denn nach Brisbane gekommen?«

»Über Land. Ich bin von Sydney aus über Land gereist.«

»Himmel, das ist vielleicht ein Ritt, Mister.«

»Wie man's nimmt. Ich bin gelaufen.«

»Was Sie nicht sagen!«

Stamos war beeindruckt. Er lud Jack zum Essen ein, wobei sie über das Fischen redeten. Stamos erklärte, der Lugger fische mit Wadenetzen, und er fahre je nach Fang zwei- bis dreimal täglich in die Bucht hinaus. Jack war fasziniert, da er noch nie Netzfischerei in einer solchen Dimension erlebt hatte.

»Haben Sie es eilig?«, fragte Stamos. »Sonst können Sie mit uns fischen. Ich kann immer einen Helfer gebrauchen und setze Sie dann einfach für ein paar Tage in Dunwich ab.«

»Das könnte mir gefallen«, meinte Jack. »Wäre es in Ordnung, wenn ich hinten eine Leine auswerfe?«

»Am Hinterteil des Bootes«, grinste Stamos. »Pass auf, dass dich kein Riesenfisch ins Wasser zieht, Kumpel.«

Später betrachtete Jack die Tage an Bord der *Ladybird* als die schönsten, die er seit Langem erlebt hatte. Beinahe wie Urlaub, so etwas hatte er nie zuvor gekannt. Das Angeln und Sortieren der Fische machte Spaß, und er genoss die Gesellschaft des Skippers und seiner Mannschaft.

Sie legten am Pier von Dunwich an, wo man Jack von Bord ließ und die Siedler mit Lebensmitteln belieferte.

»Am Wochenende holen wir dich wieder ab«, rief Stamos. Er hatte nicht gefragt, was Jack auf der Insel zu erledigen hatte, und Jack hatte nicht darüber gesprochen. Das gefiel ihm. Er mochte Stamos, dachte er bei sich, während er das Dorf zu Fuß verließ. Er war ein anständiger Kerl und wusste alles über die Fischerei in diesen Gewässern.

Jack hatte das Dorf absichtlich gemieden und ging nun allein am Ufer entlang, wobei er an die *Arabella* dachte, die auf ihrer letzten Fahrt aus der Mündung des Brisbane River gestampft und hier vorbeigekommen war.

Noch bevor er die Nordspitze der Insel erreichte, fand Jack schon reichlich Treibgut am ansonsten unberührten Strand. Er drehte zersplitterte Planken um, zerrissenes Segeltuch, Flaschen, eine Matratze, einen Damenschuh, lauter

Erinnerungen an das Grauen, das sich im Sturm in der Meerenge zwischen den Inseln abgespielt hatte.

Er stieg auf eine Düne und schaute aufs Meer hinaus, das die *Arabella* verschlungen, das seinen einzigen Bruder in die Tiefe gerissen hatte.

»Was hast du mit ihm gemacht?«, rief er. »Ihn an die Haie verfüttert? Ihn an einem einsamen Strand angespült?«

Es hieß, es habe keine Überlebenden gegeben; nicht eine Menschenseele war an diesen Strand oder die Ufer der gegenüberliegenden Insel gelangt.

Der arme Hector. Wie hatte er seine letzten Minuten zugebracht? War er im tobenden Wasser ertrunken? Oder mit dem Schiff untergegangen, umgeben von erschreckten, verzweifelten Menschen?

Jack stand im Wind auf der Düne und rief seinen Bruder. »Hector, es tut mir so leid! Ich wünschte, ich hätte gewusst, dass du hier warst. Ich hätte mich verdammt gefreut, dich zu sehen, du warst immer ein braver Bursche. Aber es sollte nicht sein. Ich nehme an, unsere Eltern sind tot; wenn nicht, werden sie irgendwann erfahren, was dir zugestoßen ist. Darum werden sich die Behörden schon kümmern.«

Er wollte sich abwenden, doch sein Gewissen zwang ihn, zu Ende zu sprechen.

»Geh mit Gott«, rief er und neigte den Kopf.

An diesem Abend legte er sich am Strand zum Schlafen hin und spielte mit dem Gedanken, aus dem angespülten Holz ein Denkmal zu errichten, beschloss dann aber, dass man den Namen Wodrow am besten vergaß.

Am Morgen weckten ihn unzählige Meeresvögel, und Jack machte sich im Busch, der sich nicht vom Festland unterschied, auf die Suche nach Nahrung.

Tagelang erforschte er die Insel und begegnete mehreren freundlichen Aborigines, mit denen er Geschichten austauschte. Sie erklärten ihm, der richtige Name dieser Gegend sei Goompie.

Die Landschaft am Ozean war atemberaubend, und nachdem er aus Spaß meilenweit über den Strand gelaufen war, wanderte er hinüber in die geschützte Bucht und schlenderte am schlammigen Ufer entlang, bevor er nach Dunwich zurückkehrte.

Die meisten Menschen dort waren Fischer und luden den Besucher freundlich zum Bleiben ein. Er erfuhr, dass die Siedlung und der Anlegesteg von Sträflingen erbaut worden waren, doch der Ort hatte sich als ungeeignet für eine Strafkolonie erwiesen, sodass man den Plan aufgegeben hatte. Danach waren europäische Missionare hergekommen, fest entschlossen, die Aborigines zu Gott zu bekehren, doch da nur einer der Eingeborenen Englisch sprach und kein einziger Missionar die Sprache der Bundjalung beherrschte, hatte man die Mission aufgegeben.

Jack erarbeitete sich die Rückfahrt, da Stamos kein Geld von ihm annehmen wollte. Als sie den Brisbane River hinauffuhren, bot ihm der Skipper überraschend Arbeit an.

»Ich hätte nichts dagegen«, meinte Jack, »das Boot gefällt mir. Und die Insel auch. Ich würde gern dort leben.«

»Vergiss es«, entgegnete Stamos. »Sie verwandeln die Insel in eine Quarantäne-Station für Typhuskranke auf einlaufenden Schiffen. Wo wohnst du jetzt?«

»Eigentlich nirgendwo.«

»Dann könnte es Schlimmeres als New Farm geben. Ich habe ein Haus mit Blick auf den Fluss.«

Jack dachte darüber nach, doch als der Lugger sich dem Hafen näherte, betrachtete er eingehend das Ufer. Als sie anlegten, wandte er sich an Stamos.

»Was liegt oben auf diesen Klippen am anderen Flussufer?«

»Die Stelle nennt sich Kangaroo Point. Da stehen nur Häuser, sonst nichts.«

»Dann gebe ich dir einen Tipp. Zieh hinauf, da bist du sicher vor Hochwasser.«

»Woher weißt du das?«

»Hab ich von den Schwarzen gelernt. Ich habe noch ein paar Dinge zu erledigen. Wann fährst du das nächste Mal hinaus?«

»Am Donnerstag. Kommst du mit?«

»Ich werde hier sein.«

Als er sich auf die Suche nach einer Unterkunft machte, war Jacks Schritt ungewöhnlich beschwingt. Er nahm die Abkürzung durch ein Rübenfeld, sprang über einen Zaun und sprach ein Wallaby an, das in seiner Nähe graste.

»Ich gehe fischen, *burrai!* Und werde auch noch dafür bezahlt. Was sagst du dazu?«

Das Tier blickte auf, sah ihn nachdenklich an und schien zu nicken, bevor es sich wieder dem wohlschmeckenden Grünzeug zuwandte.

Als der Fluss ein Jahr später anstieg und das Hochwasser Brisbane überflutete, lag die *Ladybird* sicher bei Stradbroke Island, und Jack Drew, ihr neuer Besitzer, wartete mit seiner Aborigine-Mannschaft, bis das schlammige Wasser in die Bucht gespült und vom Meer weggeschwemmt worden war. Sein Freund Stamos, der sich nach einer Rückenverletzung zur Ruhe gesetzt hatte, betrachtete die Zerstörung von seinem Haus oben am Kangaroo Point und dankte Gott, dass er Jacks Rat befolgt hatte.

Die Fluten, die nach den Wirbelstürmen niedergegangen waren, waren auf die Hügel in der Umgebung geprasselt und hatten Emerald Downs unerwartet getroffen. Obwohl die Farmgebäude über der Flutgrenze erbaut waren, hatte der Major dreißig Stück Vieh und vier von Jessies Ziegen verloren. Die Hopfen- und Malzfelder waren davongeschwemmt worden.

Er hielt sich an den Rat seiner Frau, die das Problem der Überschwemmungen kannte, und trauerte nur um die verlorenen Tiere statt um die finanziellen Einbußen, die wohl zum Auf und Ab des Farmerdaseins gehörten.

Nach drei Wochen galt es wieder als sicher, nach Brisbane zu reisen. Die Stadtbewohner und Sträflinge waren noch bei den Aufräumarbeiten, doch immerhin hatte man die Cholera in den Griff bekommen, die durch verunreinigtes Wasser ausgebrochen war. Insgesamt neun Menschen waren ertrunken und sieben an Cholera gestorben, darunter fünf Kinder, und die Einheimischen trauerten. Es fehlte am Nötigsten, wie Kit bereits vermutet hatte. Deshalb hatten er und seine Frau Lebensmittel mitgebracht und an das Krankenhaus verschenkt, bevor sie sich ins Postamt begaben.

»Sie hatten Bücher bestellt, Mrs Ferrington?«, fragte der Postbeamte, und Jessie eilte zu ihm hinüber.

»Ja. Sind sie angekommen?«

»Sicher doch. Sie sind da draußen mit dem übrigen Kram. Vermutlich ruiniert. Sie müssen es noch einmal versuchen.«

»So ein Pech«, meinte Kit, »aber egal, wir bestellen die Vorräte noch einmal, dann müssen wir eben warten. Hast du auch an den indischen Tee gedacht, er ist fast aufgebraucht.«

»Ja, Liebster«, meinte sie lächelnd. »Den indischen Tee, den irischen Whiskey, das englische Essservice und so weiten, aber woher bekomme ich Ziegen für meine kleine Herde?«

»Wir hören uns um. Aber jetzt dürfen wir keine Zeit verschwenden, wir wollen doch noch zu Jack.«

Er war auf seinem Boot, das bei New Farm ankerte, als sie an Bord kamen und ihn mit einem Brief überraschten.

»Ein Brief für mich?«, meinte Jack verwundert. »Mir schreibt doch keiner.«

»Irgendjemand muss dir wohl geschrieben haben«, sagte Kit. »Ich habe ihn vor der Überschwemmung mit der Anweisung erhalten, ihn umgehend persönlich zu überbringen.«

Jack schlitzte das rote Siegel mit einem Messer auf und betrachtete die großen Buchstaben auf dem kostbaren Pergament, dann die Unterschrift.

»Wer ist diesen Charles Soundso?«

»Der Generalgouverneur«, meinte Jessie aufgeregt.

»Warum schreibt er mir? Will er sich Geld leihen?«

»Es ist eine Begnadigung«, erklärte Kit grinsend. »Die Geschichte, dass du Lehrer warst, habe ich nie geglaubt. Dazu kamen ein paar Gerüchte über Mudies Sträflingsfarm, und da habe ich eben Erkundigungen eingezogen. Daraufhin bekam ich Angst, es könnte noch einmal jemand wie Kirk auftauchen, und habe es lieber in Ordnung gebracht.«

»Wie?«

»Ich habe einem Kumpel geschrieben, der als Adjutant des Generalgouverneurs arbeitet.«

»Als was?«

»Sein Taschenträger. Ich habe ihm gesagt, du habest den Frieden mit den Schwarzen ausgehandelt, der nach wie vor gilt, und dass du nun ein angesehener Bürger von Brisbane seiest, und …«

»Gefallen gegen Gefallen, oder wie?«

»So ähnlich. Jedenfalls hat Sir Charles mitgespielt und seinen Namen unter ein Begnadigungsschreiben für Jack Drew gesetzt. Du hältst es in der Hand.«

»Ich will verdammt sein! Das ist meine Begnadigung?«

»Ja, du bist jetzt ein Bürger von Neusüdwales. Ein freier Mann.«

Nachdem sein Besuch gegangen war, verschloss Jack den Brief in seiner Seekiste. Seltsam, dachte er, jetzt war er wirklich Jack Drew, doch als freier Mann hatte er sich schon immer gefühlt.

Weltbild Buchverlag – Originalausgaben –
Genehmigte Lizenzausgabe 2009 für
Verlagsgruppe Weltbild GmbH,
Steinerne Furt, 86167 Augsburg

Projektleitung: Bettina Spangler
Umschlag: zeichenpool, München
Umschlagabbildung: Holger Leue, Getty Images
Satz: Uhl und Massopust GmbH, Aalen
Gesetzt aus der Sabon 10,5/12,5 pt
Druck und Bindung: CPI Moravia Books s.r.o., Pohorelice
Gedruckt auf chlorfrei gebleichtem Papier

Printed in the EU

ISBN 978-3-86800-074-0